La corte de los huracanes

Vampyria

La corte de los huracanes

Victor Dixen

Traducción de Patricia Orts

Rocaeditorial

Título original en francés: *La Cour des Ouragans*

© 2022, Éditions Robert Laffont, S.A.S., París

Primera edición: octubre de 2023

© de la traducción: 2023, Patricia Orts
© de esta edición: 2023, Roca Editorial de Libros, S.L.
Av. Marquès de l'Argentera 17, pral.
08003 Barcelona
actualidad@rocaeditorial.com
www.rocalibros.com

Ballet Royal de la Nuit compuesto por Jean de Cambefort,
bailado por su majestad el 23 de febrero de 1653, detalle, © BnF

Ilustraciones interiores y mapa de París: © Misty Beee (@misty.beee)

Grabados de cartas del tarot: @Misty Beee, de las ilustraciones originales de
Nicolas Jamonneau del *Tarot Interdit Vampyria*, publicado por 404 éditions.

Impreso por LIBERDÚPLEX, S.L.U.
Printed in Spain - Impreso en España

ISBN: 978-84-19283-79-5
Depósito legal: B. 14369-2023

RE83795

Para E.

Y el mar y el amor comparten la amargura,
y el mar es amargo y el amor es amargo,
se naufraga en el amor y en el mar,
porque en el mar y el amor hay tormentas.

Antología poética, PIERRE DE MARBEUF
(siglo XVII de la era cristiana)

* * *

Se echan las pajas (bis)
para saber quién quién quién será sangrado. (bis)
¡Eh! ¡Eh!
La suerte recae en el más joven. (bis)
El grumete que que que se ha echado a llorar. (bis)
¡Eh! ¡Eh!

Canción de los vampyros corsarios
(siglo III de la era de las Tinieblas)

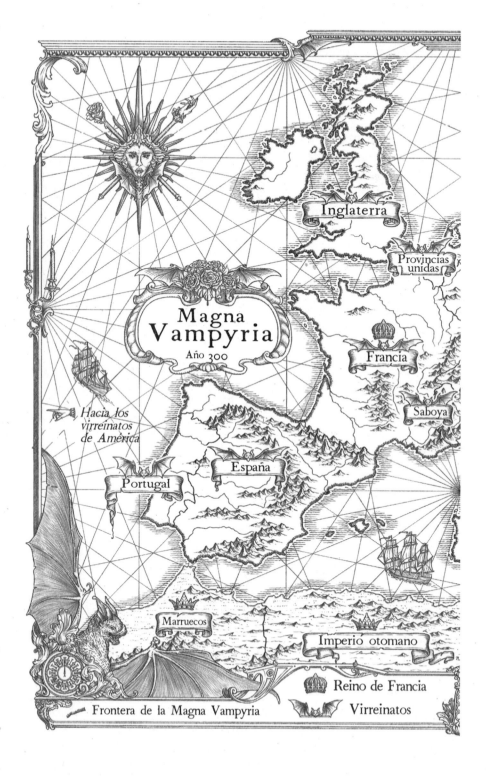

Inglaterra

Provincias unidas

Magna Vampyria
Año 300

Francia

Saboya

Hacia los virreinatos de América

España

Portugal

Saboya

Marruecos

Imperio otomano

Frontera de la Magna Vampyria

Reino de Francia

Virreinatos

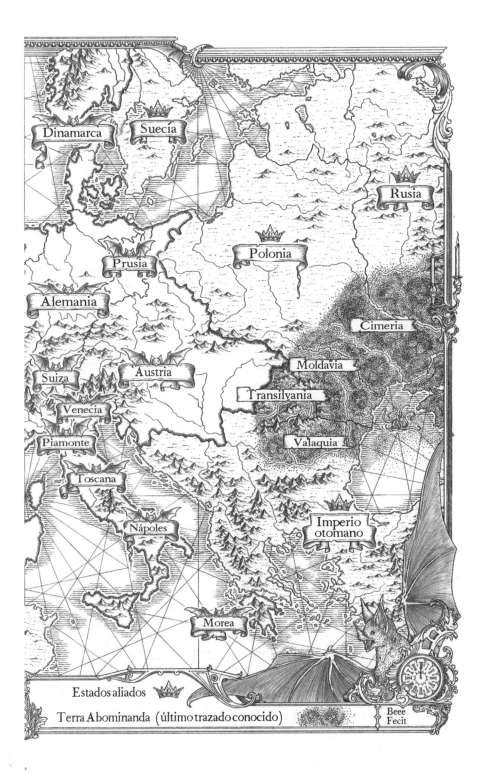

Dinamarca

Suecia

Rusia

Prusia

Polonia

Alemania

Cimeria

Suiza

Austria

Moldavia

Venecia

Transilvania

Piamonte

Valaquia

Toscana

Nápoles

Imperio otomano

Morea

Estados aliados

Terra Abominanda (último trazado conocido)

Beee Fecit

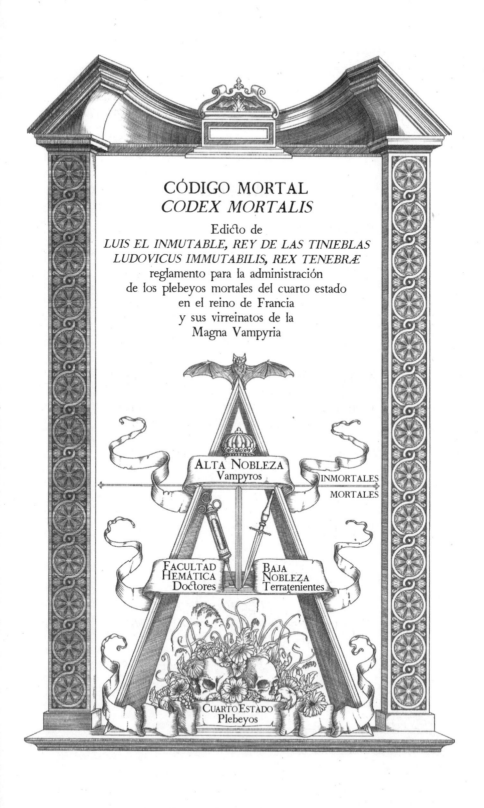

CÓDIGO MORTAL
CODEX MORTALIS

Edicto de
LUIS EL INMUTABLE, REY DE LAS TINIEBLAS
LUDOVICUS IMMUTABILIS, REX TENEBRÆ
reglamento para la administración
de los plebeyos mortales del cuarto estado
en el reino de Francia
y sus virreinatos de la
Magna Vampyria

ALTA NOBLEZA
Vampyros

INMORTALES

MORTALES

FACULTAD
HEMÁTICA
Doctores

BAJA
NOBLEZA
Terratenientes

CUARTO ESTADO
Plebeyos

PREÁMBULO

Por gracia de las Tinieblas, la sociedad de la Magna Vampyria se divide en cuatro órdenes. Un orden inmortal: los vampyros de la alta nobleza. Y tres órdenes mortales: los terratenientes de la baja nobleza, los doctores de la Facultad Hemática y los plebeyos del cuarto estado. Los siguientes artículos se aplican a esta última parte de la población.

ART. 1. OBEDIENCIA. *OBOEDIENTIA*
Los plebeyos nacen y viven bajo la protección de los vampyros, a los que deben, como contrapartida, una total sumisión.

ART. 2. CONFINAMIENTO. *SEQUESTRUM*
Los plebeyos no deben alejarse más de una legua del pueblo donde viven durante el día, mientras brilla el sol.

ART. 3. TOQUE DE QUEDA. *IGNITEGIUM*
Los plebeyos no deben abandonar su domicilio durante la noche después del toque de campana.

ART. 4. DIEZMO. *DECIMA*
Los plebeyos deben verter todos los meses un décimo de su sangre.

ART. 5. SANCIÓN. *SUPPLICIUM*
La persona que incumpla lo dispuesto en los anteriores artículos será ejecutada.

I

La sanción

—¿*D*ónde está nuestro oro? —gruñe el rey de las Tinieblas.

Su voz cavernosa se filtra a través de sus labios inmóviles, de la máscara dorada que ha ocultado su cara al mundo durante trescientos años. El trono donde está majestuosamente sentado también es de oro macizo; del suelo al techo, los revestimientos del salón de Apolo están adornados con pan de oro; en la sala hay suficiente metal precioso para fundir las coronas de cien soberanos. Pero, aun así, no es suficiente para satisfacer al ogro real, cuyas ansias de riqueza y sangre no conocen límites.

—¿Dónde está nuestro oro? —repite bajando el tono.

A los pies de los escalones cubiertos de terciopelo que conducen al trono hay apostadas varias figuras con el cuello inclinado. La primera fila está ocupada por tres nobles vampyros, reconocibles por su tez cetrina y sus tacones rojos; tras ellos aparecen seis mortales aristocráticos con la cara llena de cicatrices. Uno de ellos se apoya en unas muletas y otro lleva el brazo colgado de un grueso vendaje que le cruza el pecho.

Eso es todo lo que queda de la flota francesa de las Américas, que en el pasado estaba integrada por treinta barcos: una docena de oficiales lamentables y un puñado de marineros supervivientes ingresados en los hospicios de Versalles.

—El enemigo nos sorprendió, majestad —balbucea el más robusto de los inmortales, un larguirucho con la espalda encorvada por la vergüenza y la cara arrugada entre los rizos de su voluminosa cabellera castaña—. Luchamos lo mejor que pudimos, pero nos vencieron.

—Esas jeremiadas no responden a nuestra pregunta, Marigny —lo interrumpe el vampyro supremo con su tono metálico y sobrehumano, tan cortante como el filo de un hacha—. ¿De verdad quiere que la repitamos por tercera vez?

Un estremecimiento sacude las filas de cortesanos que abarrotan el salón del trono. Esa noche, la del 19 de marzo del año 300 de las Tinieblas, debería haber mostrado el esplendor de Francia. Desde hacía meses, en los pasillos de Versalles se murmuraba que la flotilla de las Américas iba a traer el más fabuloso cargamento de oro que jamás se había obtenido en las colonias del otro lado del Atlántico. El fruto de varios años de extracciones en las minas de México y Brasil, el tributo al Inmutable de los virreinatos de España y Portugal. Imaginando una recepción fastuosa, muchas cortesanas habían prendido en sus moños unos postizos en forma de galeones, tan altos que apenas podían cruzar las puertas.

Pero hoy el almirante Marigny se ha presentado con las manos vacías ante el rey, su corte y sus escuderos. Yo, Diane de Gastefriche, pertenezco a esa tropa de élite, la guardia personal de Luis el Inmutable. De pie bajo la escalinata, con mis cinco compañeros, presencio desde primera fila la humillación a la que el monarca está sometiendo a los supervivientes.

—No, señor, no se moleste en repetir su pregunta —contesta servilmente el almirante Marigny—. Se lo explicaré todo —añade aclarándose la garganta—. Como estaba previsto, la flotilla bordeó por el norte las islas Lucayas, manteniendo a raya con sus cañones a los bucaneros que han infestado la zona como alimañas durante siglos. Pero justo allí, en medio del mar de las Bermudas, se desencadenó una terrible tormenta sobre nosotros, preludio de un peligro aún mayor: un número inaudito de piratas. De las nubes emergieron legiones de bucaneros, ¡como si el huracán los hubiera vomitado! Su oro… está…, bueno…, en manos de su jefe. El capitán Pálido Febo: ese demonio con cara de joven se hace llamar así. Se dice que nació en algún lugar de la costa este americana antes de convertirse en el peor terror del océano en apenas unos años. De las Antillas Menores a Cabo Cod, hasta los filibusteros más feroces pronuncian su nombre con un hilo de voz, dado que saquea tanto a los barcos mercantes como a los de otros piratas.

Un silencio plúmbeo subraya las palabras del almirante. Los cortesanos mortales contienen el aliento. En cuanto a los inmortales, hace tiempo que dejaron de respirar. Solo se oye el reloj del salón del trono, el lúgubre tictac a cuyo ritmo tiemblan las llamas de las velas de las arañas. Su trémulo resplandor se refleja en la superficie de la máscara de oro del rey.

—Nuestro oro está en manos de este forajido —resume con voz apagada—. Mientras que usted, Marigny, está aquí con su gente.

—¡Perdí a la gran mayoría de mis tropas en la batalla, señor! —protesta el almirante—. Yo mismo estuve a punto de morir, ¡pongo a las Tinieblas por testigo!

Tocado en su orgullo, alza bruscamente la cabeza para afrontar los dos orificios negros e insondables que son los ojos del soberano. Veo que enseguida se muerde el labio pinchando con la punta de sus caninos la carne pálida de su boca. ¡El muy descarado se ha atrevido a alzar la voz al monarca!

El Inmutable se levanta del trono con parsimonia. Las solapas de su largo manto blanco de piel de armiño, adornado de pequeños murciélagos de oro, resbalan por los escalones.

—¡Usted también debería haberse quedado en las Bermudas! —reprocha al almirante.

Abandonando su tono apacible, deja estallar su rabia jupiterina. Con su ira, la temperatura de la sala, ya helada por la presencia del soberano, baja varios grados más.

—¡Debería haber defendido nuestra propiedad hasta la última muerte! —ruge.

Las lágrimas de las arañas chocan furiosamente entre ellas y los ventanales vibran en el centro de sus recargados marcos.

—Ese Febo es una desgracia para nosotros —refunfuña el rey—. Tiene el atrevimiento de atribuirse uno de los nombres con que en la Antigüedad llamaban a Apolo, el dios solar, al cual solo nosotros nos igualamos aquí abajo.

Recuerdo las clases de arte de la conversación de la época de la Gran Caballeriza. Apolo, Sol, Helios, Febo: la señora de Chantilly nos enseñó muchos sinónimos para designar al dios fetiche del Inmutable.

—¡Ese forajido jamás podrá competir con su brillo resplandeciente, señor! —exclama el almirante, con una obsequiosidad empalagosa—. Dicen que es tan pálido como una estrella muerta, de ahí su apodo…

—¡Ahórrenos lo que se dice por ahí y denos un testimonio de primera mano!

—Bueno…, atacó justo a mediodía, yo estaba adormilado —confiesa Marigny en voz baja—. A mis hombres solo les dio tiempo a cargar mi sarcófago en una barca de salvamento en el momento del abordaje. Huir de los rayos del día es nuestra condena, la de los no-muertos.

—Usted no es un no-muerto, sino más bien un peso muerto. Un inútil que únicamente sirve para lastrar un cajón con su cuerpo, demasiado bien alimentado con la sangre de nuestros súbditos.

—Yo…, señor…, jamás le he decepcionado en los ciento cincuenta años que estoy a su servicio.

—Que «estaba» a nuestro servicio —lo corrige el rey.

Alza su mano pálida de uñas largas y afiladas, una mano poderosa que, desde hace tres siglos, levanta legiones y aplasta imperios. Como autómatas, los guardias suizos que están apostados alrededor de la sala desenvainan sus espadas y avanzan hacia los supervivientes.

—Queremos un castigo ejemplar —dice el rey desde lo alto de su estrado—. Mañana, en la noche del 20 al 21 de marzo, la fiesta del equinoccio de primavera, liberaremos a los mortales que han sobrevivido en nuestros jardines para animar la cacería galante de la velada y entregaremos a los vampyros a los rayos del alba para que ardan hasta los huesos.

Unos murmullos de excitación recorren las filas de los cortesanos. Los nobles menores se regocijan por la próxima desaparición de varios señores de la noche, que dejará libres varias plazas del *numerus clausus* que regula el acceso a la condición de vampyro, aumentando de esta forma sus posibilidades de acceder a la vida eterna. Los grandes del reino, que fueron transmutados hace mucho tiempo, se relamen ante la perspectiva del festín que los aguarda.

—Es… es injusto —balbucea Marigny.

El almirante mira frenéticamente por entre los rizos de su cabellera, como una bestia acosada que presiente el grito final de victoria de sus perseguidores. De repente, sus pupilas se retraen, su mandíbula se distiende, los caninos que ha tratado de mantener retraídos salen bruscamente de la vaina de sus encías. Se precipita hacia la puerta más próxima emitiendo un grito ronco. Antes de que el guardia suizo que se interpone en su camino pueda alzar la espada, el almirante le desgarra el cuello con sus afiladas uñas. Los otros dos vampyros se apresuran a seguir a su jefe. Los oficiales mortales intentan correr hacia el pasillo, pero los desafortunados no tienen la velocidad sobrenatural de sus superiores: solo tres de ellos consiguen escapar antes de que los guardias suizos los intercepten.

—¡Escuderos, apresad y traednos a esos desgraciados! —nos ordena el rey.

A mi alrededor, las siluetas de mis compañeros centellean como relámpagos; en las venas de cada uno de ellos fluye un sorbo de la sangre del Inmutable, que multiplica por diez su fuerza. Por una razón que se me escapa, soy la única en la que la esencia real no ha desarrollado tales reflejos, de manera que cruzo el umbral en último lugar.

Me precipito por el oscuro pasillo con el estómago revuelto. El ritmo frenético de la carrera no es lo único que me produce náuseas, también el hecho de tener que perseguir a otros seres humanos como si fueran piezas de caza para complacer al Inmutable. Sea como fuere, no me queda más remedio que hacerlo, porque debo brillar ante sus ojos. Además de compañeros, los demás escuderos son mis adversarios, pues todos desean ganarse el favor real. Igual que yo, porque cuanto más parezca que me desvivo por el tirano, mejor podré ayudar en secreto a la Fronda del Pueblo, que ha jurado derrocarlo. Esa es la dura misión que llevo anclada en mi cuerpo, yo, que nunca olvidaré mi verdadero nombre: ¡Jeanne Froidelac, la única superviviente de una familia de fronderos asesinada por los soldados reales!

Redoblo el esfuerzo para dar alcance a los supuestos compañeros, que ignoran por completo mi verdadera identidad. Proserpina Castlecliff, la escudera morena originaria de Inglaterra, ha acorralado a uno de los oficiales mortales en un rincón. Un poco más allá, el apuesto Zacharie de Grand-Domaine también tiene inmovilizado a un hombre, que tiembla ante la punta de su espada. El tercer mortal ha sido atrapado por Rafael de Montesueño, el oscuro caballero español que lleva las uñas pintadas de negro.

Quedan los tres vampyros que también huyeron...

Con la respiración entrecortada, atravieso una puerta tras otra. Cruzo pasillos desiertos, al fondo de los cuales se oye el eco de las botas de Suraj de Jaipur y de Hélénaïs de Plumigny. El más fuerte y la más rápida de los escuderos.

Voy a parar a un salón donde nunca me he aventurado a entrar desde que estoy en Versalles. ¡El escudero indio está allí no con uno, sino con dos vampyros a sus pies! Su daga hadalie de doble hoja, fabricada con plata muerta, ha rebanado las corvas de los fugitivos, que se retuercen y hacen muecas en el suelo encerado. Además de que la plata muerta es una aleación altamente venenosa para las criaturas de la noche, Suraj es uno de los guerreros más feroces.

—Yo me ocuparé de estos dos, pero Marigny aún sigue suelto —murmura lanzándome una mirada penetrante por debajo del borde de su turbante de color ocre—. ¡Ve a reunirte con Hélénaïs, que lo está persiguiendo!

Desenvaino mi espada y echo a correr de nuevo por los pasillos y las antecámaras del palacio. Este no ha dejado de ampliarse a lo largo de los siglos para albergar a un número siempre creciente de cortesanos. Ciertas zonas apartadas aún están en construcción, como aquella en la que me encuentro: aquí no hay arañas ni candelabros, solo la luz de la luna, que se derrama a través de los ventanales de cristales helados.

—¡Cuidado, ratón gris, a tu derecha! —grita de repente una voz.

Giro sobre mis talones y levanto la espada para esquivar el golpe de Marigny, que se está dirigiendo hacia mí.

Pero en el pasillo en penumbra no hay nada: solo sombras y, al fondo de ellas, la esbelta figura de Hélénaïs.

—Mi pobre amiga, tus reflejos recuerdan más a los de un caracol que a los de un ratón —se burla.

Da un paso adelante y entra en un rayo de luna. La luz ilumina su excéntrico peinado compuesto de serpientes castañas, su delicada cara fruncida en una expresión socarrona y el guantelete con garras de plata muerta que lleva en la mano derecha: su arma predilecta.

—Si Marigny se hubiera abalanzado realmente sobre ti, habrías ido a comer raíces de diente de león.

—¿Dónde está? —pregunto sin humor para soportar las acres provocaciones, que son la especialidad de Hélénaïs—. Si unimos nuestras fuerzas, tendremos más posibilidades de atraparlo.

Una sonrisa se dibuja en los labios delicadamente plegados de la escudera.

—¿Tú y yo formando equipo como en los viejos tiempos? —susurra.

Asiento con la cabeza. Los viejos tiempos a los que se refiere Hélénaïs no son tan remotos: el pasado diciembre, hace tan solo tres meses, ella, Suraj y yo recorríamos a grandes zancadas las calles de París buscando a la Dama de los Milagros, la rival del Rey de las Tinieblas.

—¿Por qué no? —dice Hélénaïs señalando con la barbilla hacia las escaleras gemelas, con las barandillas parcialmente talladas, cuyos pálidos peldaños se hunden en la oscuridad—. Marigny bajó por ahí. Las escaleras conducen a un nuevo teatro, que aún está en construcción; enfila la de la derecha, yo bajaré por la izquierda: capturaremos a ese canalla formando una tenaza sobre él.

Se dirige hacia una de las escaleras. Bajo como una exhalación los peldaños de la segunda; mis tacones provocan ecos sepulcrales al pisar el frío mármol.

Abajo, la oscuridad es absoluta. Por si fuera poco, sé que, a diferencia de mí, que no puedo ver mucho, los ojos vampýricos del almirante sí que pueden distinguirme... ¡Rápido, el yesquero! Froto febrilmente la piedra hasta que una llama prende en la mecha y la transfiero a la vela más cercana, que arranco de su palmatoria. En el halo luminoso aparece una escena fantasmagórica: bancos de madera medio pulidos; molduras a medio pintar; bajorrelieves que representan la máscara sonriente de la comedia y la máscara con la mueca de la tragedia; al fondo, unas gruesas cortinas de terciopelo cuelgan en un escenario desierto. Un penetrante olor a betún se eleva del parqué nuevo, inflamándome las fosas nasales.

—¿Hélénaïs? —la llamo agarrando la vela con una mano y la espada con la otra.

21

No me responde. El teatro está completamente silencioso…, completamente vacío. ¿Y si esa ambiciosa me hubiera arrastrado hacia una falsa pista para deshacerse de mí y atribuirse la gloria de haber atrapado a Marigny? ¡Sería muy propio de ella! Es evidente que no está aquí y, con toda probabilidad, el almirante tampoco.

Pero, justo cuando estoy a punto de darme la vuelta, un temblor llama mi atención. ¡En el escenario se ha movido una de las cortinas! Me acerco a ella sigilosamente, con la espada tendida delante de mí. En mis largas cacerías solitarias en mi Auvernia natal, aprendí a volverme tan ligera como el aire, tan discreta como el viento.

Deslizo suavemente la punta de la espada bajo el dobladillo de la cortina… y la levanto de un solo golpe. Hay alguien escondido allí, agazapado tras el terciopelo, pero no es un inmortal: su boca trémula emana el vapor propio de un aliento vivo. Reconozco a uno de los oficiales mortales, el que tiene el brazo derecho vendado y que antes estaba forcejeando con Rafael. Debe de haber escapado del escudero español.

—¡Piedad! —me implora.

La peluca se le ha resbalado durante la huida dejando a la vista la frente perlada de sudor. Sus ojos giran en las órbitas, llenas de lágrimas de terror. A pesar de que puede ser un aristócrata a sueldo de la Magna Vampyria, su angustia me parte el corazón.

—¡Levántese y sígame, por orden del rey! —le digo.

Pero él permanece ovillado, aturdido.

—Yo… no quiero morir en una cacería galante —balbucea—. No merezco acabar así.

—Tampoco su tripulación merecía acabar masacrada por los piratas —replico tratando de imaginar a todos los plebeyos que han debido de morir en el mar de las Bermudas mientras un puñado de hombres ricos salvaban el pellejo—. Ustedes abandonaron a sus marineros para venir a refugiarse en Versalles.

El oficial frunce el ceño; por un momento, el honor se superpone al terror que se lee en sus ojos.

—¡Yo no los abandoné! —grita con voz ronca—. Los almirantes y los oficiales de rango más alto son unos cortesanos astutos que no tienen reparos en traicionar a sus compañeros. ¡Pero un lugarteniente digno de ese nombre permanece siempre unido a su tripulación, en la vida y en la muerte! ¡Yo, Étienne de Fabelle, combatí hasta el final! Mientras Marigny y los oficiales superiores huían en la tormenta, me quedé en la cubierta bañada de sangre y espuma; pero entonces las nubes se desgarraron, de repente, y lo vi igual que la estoy viendo a usted ahora...

A la luz de las velas, los ojos del teniente se abren como platos como si estuviera contemplando de nuevo el espectáculo que tanto lo impresionó.

—¿Qué vio? —le pregunto sin poderlo remediar, inquieta por un miedo que resulta tan palpable.

—El *Urano*.

El hombre es presa de un temblor incontrolable que hace resbalar las gotas de sudor por los mechones de su peluca. Sé que es sudor, pero en la oscuridad parece aguamarina.

—El *Urano* es el barco del capitán Pálido Febo —murmura—. Es una embarcación titánica, tan inmensa que sus lívidas velas devoran la totalidad del cielo. Es un barco-ciudadela demasiado monstruoso para haber salido de un astillero humano. La leyenda dice que fueron los propios abismos del océano los que vomitaron el *Urano*. Pues bien, de repente se me apareció, tan blanco como el esqueleto de una ballena, mientras la batalla se libraba en la cubierta de mi velero. Los acordes que salían de su gran órgano pálido eran más ensordecedores que el choque de las armas y el oleaje: ¡era la mismísima sinfonía del infierno! Fue entonces cuando lo vi, frente a los teclados del inmenso órgano, me refiero a Pálido Febo.

Los ojos del teniente Fabelle se abren un poco más.

—Era una figura alta, blanca, espectral... —explica en voz baja, como si la aparición estuviera ahora aquí, delante de él—. Me tapé los oídos con las manos para dejar de oír su música, pero las vibraciones atravesaron mis palmas, penetraron hasta el fondo de mi pobre cerebro. Una espada se abatió sobre mi muñeca y perdí el conocimiento.

Levanta el brazo vendado. Me doy cuenta de que termina en un muñón, lo que confirma su versión de los hechos.

—Cuando volví en mí, flotaba sobre un pedazo de madera con dos cadáveres. Al cabo de unos días, un barco holandés me

23

encontró y me trajo de nuevo a Versalles para que pudiera testimoniar sobre la debacle con mis superiores.

Siento flaquear mi determinación. ¿Y si este hombre no fuera tan malo? ¿Y si realmente hubiera luchado para proteger la vida de sus subordinados? ¿Y si…, y si hiciera como si no lo hubiera visto? Es indudable que tiene muy pocas posibilidades de escapar, pero no quiero ser yo la que se lo impida.

Sin decir una palabra, doy un paso atrás. El teniente ve cómo se aleja la punta de mi espada, después mi vela señalándole la escalera por la que he llegado. Una chispa de esperanza ilumina sus pupilas: ha comprendido que lo estoy dejando libre.

Se pone en pie de un salto, con los labios desbordantes de un confuso agradecimiento, y echa a correr hacia allí. En el teatro vacío resuenan las fuertes pisadas de sus botas mientras sube los escalones en una desquiciada carrera por la vida…

Que, de repente, se detiene.

¿Se ha resbalado, ha desfallecido? Atravieso la oscuridad hasta llegar a la escalera.

El amputado se ha parado en seco, efectivamente, pero no porque haya resbalado, sino porque ha tropezado con un obstáculo insalvable: una figura alta plantada en medio de los escalones y empuñando una espada. A contraluz de la luna es imposible distinguir los rasgos del recién llegado; pero ese pelo corto, en un palacio donde todos los cortesanos lucen pelucas y largas melenas, solo puede pertenecer a un hombre.

—¿Zacharie? —murmuro.

—Creí que estabas luchando contra Marigny y vine a echarte una mano. Jamás habría imaginado que una escudera de tu calibre iba a necesitar mi ayuda para capturar a un simple mortal, lisiado, por lo demás.

Trago saliva, apurada. Sola en el teatro desierto, he podido dejar hablar a mi corazón por un momento, pero ahora no puedo permitirme mostrar el menor signo de debilidad con otro escudero, especialmente con el que menos conozco. Mi corazón debe volver a ser tan duro y silencioso como la piedra.

—Ese bribón se me escapó por un pelo —afirmo—. Hubiera conseguido atraparlo sin tu ayuda, Zacharie, muchas gracias.

Con el estómago encogido, subo los escalones en dirección al teniente caído, demasiado consciente del terrible destino que le aguarda apenas lo entregue a los guardias suizos.

Un grito desgarrador sale de su garganta:

—No, no escapé de usted, señorita: ¡usted me perdonó! Se compadeció de mí, reconózcalo. Imploro de nuevo su piedad.

A pesar de que la cara de Zacharie queda en parte oculta por la penumbra, siento el peso de su mirada de reproche caer sobre mí. Por lo que sé, siempre ha mostrado una lealtad inquebrantable al Inmutable. ¿Y si ahora informa al rey de que le he fallado? ¿Y si el tirano empieza a dudar de mi devoción?

—Cállese —le ordeno al amputado—. No salvará el pellejo inventando tonterías.

Pero el otro no da su brazo a torcer:

—Todo lo que tienen que hacer es cerrar los ojos por un segundo, su compañero de armas y usted, y yo escaparé por los pasillos. Nadie lo sabrá.

—¡He dicho que se calle!

—¿Cuántos años tiene bajo ese extraño pelo plateado? —insiste con ojos llorosos—. ¿Diecisiete? ¿Dieciocho quizá? Es la edad de mi hija Henrietta. Tiene el mismo aire rebelde que ella. De usted depende que vuelva a verla. Que la abrace como hago después de cada viaje por mar.

—Si el tal Pálido Febo le hubiera mordido la lengua en lugar de la mano… —suelto con un nudo en la garganta.

—A pesar de sus duras palabras, usted no es en realidad lo que aparenta ser, lo siento —afirma con voz vibrante—. Usted es diferente de los demás escuderos. Bajo su coraza se oculta el corazón ardiente de una joven sedienta de justicia.

Me estremezco. Tratando de apelar a mis sentimientos, ese hombre que no conozco de nada acaba de describirme con más precisión de la que se imagina. No puedo evitar mirar a Zacharie para asegurarme de que no se ha tomado al pie de la letra las palabras del teniente. Pero el rostro del escudero resulta impenetrable.

—¡Ya es suficiente! —exclamo—. La única justicia a la que sirvo es la del Inmutable. Bajo mi coraza solo soy su fiel soldada. Si se atreve a blasfemar una vez más contra mi señor y maestro, esa palabra será la última que pronuncie.

25

Pongo mi espada de plata muerta en el cuello de Étienne de Fabelle. Mi cara está tan cerca de la suya que puedo sentir su ronco aliento en mi frente. El olor acre de su sudor me pica en las fosas nasales.

—Vamos —le digo bajando la voz—. Deje que lo lleve a su celda sin armar jaleo.

El teniente no se mueve. El brillo de esperanza que vi en sus ojos ha desaparecido. Sus ojos no son más que dos pozos oscuros, sin fondo.

—Me ha engañado —dice—. Cometí la estupidez de pensar que podría salvarme. —Después de haber vibrado, suplicado, implorado a pleno pulmón, la voz que sale de sus labios se oye a duras penas: es la voz de la resignación, la de un condenado que ha renunciado a toda esperanza de ser indultado—. Creía que solo los inmortales eran capaces de jugar así con las vidas humanas, pero es usted de la misma calaña. Tan joven y ya tan cruel como un vampyro milenario. Porque todo esto es un juego para usted, ¿no? Solo me dio la esperanza de escapar para arrebatármela enseguida.

—Le repito que no lo dejé escapar, señor —farfullo. La empuñadura de mi espada tiembla en mi mano húmeda—. Sea razonable. Afronte su destino con dignidad, como un auténtico caballero.

—No hay ninguna dignidad en morir cazado como un animal para divertir a los cortesanos inmortales. Un caballero no padece por su muerte. La abraza.

Cogiéndome completamente desprevenida, el prisionero se aferra a mí con todas sus fuerzas. Cuando por fin comprendo que, al abrazarme, en realidad ha elegido abrazar la muerte, ya es demasiado tarde: su cuello se ha hundido profundamente en la hoja de mi espada.

Reculo conmocionada.

La sangre brota profusamente de la arteria carótida seccionad e inunda la escalera de mármol.

Étienne de Fabelle cae de rodillas, como una marioneta a la que le han cortado los hilos.

Luego, su cuerpo desarticulado se desploma y rueda por la escalera hundiéndose en la negra noche.

2

La alianza

—*D*iane de Gastefriche, nos ha acostumbrado a cosas mejores —declara el Inmutable cuando entro de nuevo en el salón de Apolo.

Mi coraza y mis calzones de cuero están salpicados de sangre. Un poco de líquido viscoso ha rociado también mi pelo gris, que ahora aparece manchado con los coágulos.

Zacharie me condujo de vuelta desde las profundidades del palacio sin decir una palabra, pero su silencio era más condenatorio que cualquier sermón. En este momento, los cortesanos me miran con unos ojos tan ardientes como brasas.

—Sus compañeros han hecho bien su trabajo —prosigue el rey desde su trono señalando a los otros cuatro escuderos—. Los villanos han sido apresados y la señorita de Plumigny ha completado la operación capturando al almirante traidor con gran destreza.

Hélénaïs alza la barbilla con una sonrisa de triunfo en los labios.

—Ahora todos los fugitivos están encerrados a la espera de que se ejecute su sentencia —explica el rey—. Todos menos uno, que se nos escapó al morir.

La máscara dorada del soberano puede permanecer perfectamente inmóvil, pero tengo la impresión de que los gruesos rizos de su leonina cabellera se hinchan por culpa de la irritación.

Hago una reverencia sanguinolenta a la vez que me disculpo:

—Siento no haberlo cogido vivo, majestad, pero tuvo el destino que merecía.

—¿Quién es usted, Gastefriche, para decidir el destino que merecen nuestros súbditos? —me suelta el monarca con voz gélida—. ¿Cree que está por encima de nosotros?

—Por supuesto que no, señor...

—Pronunciamos una sentencia: muerte por caza galante, como un vulgar plebeyo. En cambio, usted decidió decapitarlo, una ejecución prestigiosa que solo está reservada a los nobles.

Aprieto los dientes. Explicar al rey que el teniente Fabelle se arrojó sobre mi espada solo serviría para acabar de arruinarme. De nada sirve decirle que el pobre hombre fue degollado, no decapitado. Nadie puede corregir al Inmutable.

Me contento con exagerar mi reverencia, de manera que acabo casi doblada por la mitad. El Rey de las Tinieblas, su trono, su corte: todo desaparece ante mis ojos, que ahora solo miran el suelo. Cuando ruge la ira real, hay que aplastarse ante el soberano, hundirse en el suelo para no sucumbir a las ráfagas.

—No tengo excusa, majestad —digo—. Siempre seré su humilde servidora.

—Así es, es más, hemos encontrado un trabajo para esta servidora. Va a navegar rumbo a las Américas.

Atónita, me arriesgo a alzar la cabeza:

—¿Las Américas, señor?

El continente americano siempre ha sido para mí un horizonte lejano, irreal. A pesar de que, oficialmente, los virreinatos de la Magna Vampyria se dividen esos territorios, se dice que en ellos el Código Mortal no es tan estricto como en la vieja Europa. Por ese motivo, allí es donde la Fronda tiene grandes esperanzas de poder llevar a cabo una revolución que, un día, podría expandirse por todo el mundo.

—En concreto, a las islas americanas —precisa el rey—. Hemos decidido enviarla a las islas Antillas para que se enfrente a los piratas de las Bermudas.

—¿A las Antillas, señor...? —digo sobresaltada—. Pero si jamás he puesto un pie en un barco.

—Bueno, ha llegado el momento de ponerlo, e incluso su mano, ya que pretendo dársela al capitán Pálido Febo.

El corazón me da un vuelco mientras asimilo la información. Abro la boca, pero de ella no sale ningún sonido.

—Mientras ustedes llevaban a cabo la masacre en los pasillos, estuvimos hablando con nuestros asesores de mayor confianza —prosigue el rey—. Nosotros, Luis, hemos decidido que nos conviene aliarnos con el más poderoso de los piratas, y las alianzas más fuertes se sellan con los lazos del matrimonio.

Observo a los inmortales que están en el estrado, flanqueando el trono. Como no podía ser menos, en ella se encuentra el siniestro Exili, gran arquiatra de Francia y jefe de la Facultad Hemática; dado que es el médico personal del rey, su sombría figura vestida de color púrpura jamás se separa de este. También reconozco el perfil afilado de Ézéchiel de Mélac, el ministro del Ejército, y el rostro armonioso de la princesa Des Ursins, la ministra de Asuntos Exteriores. El hombre menudo que está más próximo al trono, cubierto por una formidable melena gris y rizada, es Michel de Chamillart, el ministro de Hacienda.

—Explíqueselo, Chamillart —le ordena el rey.

—El comercio triangular con las Américas es esencial para la economía del reino —afirma el ministro con voz nasal—. Las colonias nos suministran oro y metales preciosos, pero también el azúcar y el café que tanto gustan a los cortesanos mortales, y el algodón con el que se viste la corte. El problema es que, desde hace varios años, los piratas saquean de forma grave nuestros barcos. Las expediciones punitivas de nuestra marina de guerra jamás han conseguido acabar con ellos, diría que más bien han sido un sinfín de espadazos al agua…

El pequeño vampyro lanza una mirada venenosa a su compañero responsable de dichos fracasos, el marqués de Mélac. Incluso en las altas esferas del Estado, la competición para obtener el favor del rey es feroz… y también para menoscabar la reputación de los rivales.

—Esos filibusteros son unos cobardes que evitan la confrontación directa —refunfuña Mélac—. Atacan a los barcos mercantes que navegan al final de la flota. No solo los que enarbolan bandera francesa.

—Exacto —tercia la princesa Des Ursins con su voz cristalina—. Si sellamos una alianza con ellos (o, al menos, con el más poderoso de ellos), podremos dirigir sus ataques. No solo

29

dejarán en paz a nuestros barcos, sino que, además, redoblarán su ferocidad contra los barcos de los países extranjeros, especialmente los de aquellos que tienen una ambición excesiva.

La alusión de la diplomática de más rango de la Magna Vampyria es obvia. El virreinato de Inglaterra lleva años tratando de emanciparse de la tutela de Versalles. Y la Armada inglesa está eclipsando a la de Francia.

—Pálido Febo es un simple pirata, de forma que vamos a ofrecerle la posibilidad de convertirse en corsario del rey —dice el Inmutable—. Así se encargará de imponer nuestra ley a los demás piratas americanos. Desvalijará los barcos enemigos y recordará a las potencias extranjeras nuestra supremacía. De esta manera, Febo caerá en la órbita de Apolo, como debe ser. En caso de que existan dos astros, el menor debe girar siempre alrededor del mayor. Tal es la mecánica de las esferas celestes. —El monarca vuelve hacia mí su rostro dorado, la encarnación del dios solar—. ¿Nuestro futuro súbdito se divierte con las tormentas tropicales? Que así sea. Crearemos para él el feudo de los Huracanes: un pedazo de mar sobre el que reinará en nuestro nombre. Le ofreceremos un título y así también aumentará su prestigio, señorita: cuando se casen, les conferiremos la dignidad de duque y duquesa.

Esas palabras me abruman, el favor me destroza. Sé que el único que decide sobre las uniones de sus escuderos es el rey, pero pensé que mi turno tardaría varios años en llegar.

—¿Por qué yo, señor? —logro balbucear.

—Porque es nuestra voluntad. Esa razón debe bastarle. Un ratoncito gris no puede penetrar en las sendas de nuestra mente intemporal.

No sabría decir qué es lo que más me molesta, si la forma en que el rey se refiere a mí como un mueble que puede ofrecer a su antojo o la apariencia de afecto que parecen destilar sus palabras. «Ratoncito gris»: así le gusta llamarme; soy la única de sus servidores a la que ha puesto un apodo.

Echo un vistazo a los otros dos escuderos. No me veo proponiendo a Proserpina en mi lugar; no siempre he jugado limpio con ella y, además, dudo que el rey se digne a enviar a una inglesa para sellar una alianza cuando uno de sus objetivos es, precisamente, debilitar a Inglaterra. Hélénaïs, en cambio...

—Su elección me honra, majestad —me atrevo a argumentar—, pero no me considero digna de ella. La señorita de Plumigny es mucho más valiosa que yo. Es un mejor partido. Es más aguda, como demuestra el hecho de que haya capturado al almirante. También es más rica y, por supuesto, mucho más guapa.

La sonrisa de Hélénaïs se ensancha al oírme afirmar en público su superioridad. Aunque hay que decir que su belleza es fruto de la cirugía alquímica que le paga su padre, el acaudalado barón Anacréon de Plumigny.

—Ella es sin duda más hermosa, no lo niego. —El rey asiente abofeteándome con esa grosería—. Por eso la destinaré en el futuro a una unión más prestigiosa en una corte extranjera, donde su belleza pueda brillar en beneficio de Francia. Sería un desperdicio enviarla a convivir con unos bucaneros sin modales, velar su brillo en las nieblas del mar de las Bermudas.

En las filas de los cortesanos se oyen comentarios en voz baja y risas ahogadas. Pero el rey no da tiempo a que el rumor se propague:

—Usted tiene algo más que una bonita cara: posee una mente hermosa —afirma silenciando a los que se estaban mofando de mí—. Tendrá que usarla para seducir al capitán Pálido Febo y conseguir que comparta nuestros puntos de vista. Contamos con usted, Gastefriche. Mañana, durante la noche del equinoccio, partirá con rumbo a Nantes. Una vez allí, embarcará rumbo a las Antillas, pero no a bordo de un barco de nuestra armada, dado lo lamentable que ha demostrado ser, sino en un barco corsario acreditado con una patente de corso firmada por nosotros. Vaya a preparar su equipaje y trate de no decepcionarnos esta vez. Más que a un lugarteniente fugitivo, ¡tendrá que hacer caer en sus redes a un futuro duque!

Dicho esto, el soberano se levanta de su trono dando por zanjada la conversación. Los pliegues de su manto de armiño levantan una ráfaga helada que apaga varios candelabros. A continuación, enfila el pasillo que conduce a sus jardines seguido por sus cortesanos, tocados con unas pelucas exageradas y unos moños adornados con galeones, arremolinados como el mar que está a punto de engullirme.

٣

—¡Debe de haber alguna forma de hacer cambiar de opinión al rey! —exclamo por enésima vez.

—Te repito que las decisiones del tirano son tan inmutables como él —responde sombríamente el gran escudero.

Al amanecer, cuando los inmortales de palacio se acostaron en sus ataúdes helados, corrí a la Gran Caballeriza. Oficialmente, iba a dedicar mi último día en Versalles a despedirme de mis antiguos compañeros. En realidad, ni siquiera pasé por los dormitorios y las aulas, sino que fui directa al despacho del director, desde donde él y yo atravesamos el pasadizo secreto que lleva a las profundidades del edificio. Allí, a nueve metros bajo tierra, pude desahogarme con mi mentor; al igual que yo, Montfaucon hace el doble juego en Versalles, donde es a la vez cortesano y comandante de la Fronda del Pueblo.

El día ha pasado volando, las horas se escurren como granos en un reloj de arena demasiado ancho. A pesar de que ya casi es de noche, estoy igual que esta mañana. El gran escudero me mira con sus ojos apagados por entre los rizos flácidos de su vieja peluca. El farol que cuelga del techo destaca las pesadas bolsas que tiene bajo sus ojos hundidos. Me gustaría zarandearlo, pero me contengo: ese gigante de dos metros debe de pesar el doble que yo.

—«Tiene» que haber algo que podamos hacer —suplica mi amiga Naoko—. No podemos permitir que Jeanne se vaya mañana para… siempre.

La joven japonesa se retuerce las manos ante la idea de que nos vayamos a separar de forma definitiva. Hace casi seis meses que vive en el subsuelo de la escuela, donde Montfaucon la tiene secuestrada desde que se enteró de la existencia de la Fronda. Cuando mis obligaciones en palacio me dejan una hora libre, suelo ir a verla. En cada visita me enseña las orquídeas y los lotos exquisitos que pinta a mano en sus kimonos de seda: unas flores artificiales que reemplazan a las que ya no puede admirar en la superficie.

—Piense en la Fronda, señor —insiste—. La resistencia no puede perder a una agente tan valiosa como Jeanne.

—La Fronda no perderá a Jeanne permitiendo que se case con Pálido Febo —gruñe Montfaucon alisándose la hirsuta perilla con sus dedos nudosos—. Al contrario, de esa forma puede ganar un combate igualmente valioso. Bastaría con que se uniera a nuestra causa.

¡No puedo dar crédito a lo que acabo de oír! La tristeza deja paso a la cólera:

—¡Es increíble! Después del Inmutable, ¿ahora quiere que me dedique a interpretar a una madama? ¡No soy un pedazo de carne que vender al mejor postor!

—Pálido Febo no ha ofrecido nada, más bien serás tú la que tendrás que ofrecerle algo a él —me corrige con rudeza, sin perder el aire severo—. Y te conviene ser convincente si no quieres acabar como un cuarto de buey, retomando tu delicada metáfora, dado que se tiene ganada su reputación de carnicero.

Demasiado atónita para decir nada, me pongo en pie de un salto y doy una fuerte patada a mi silla. Esta se estrella contra las frías baldosas y el respaldo se parte en dos. Lejos de conmoverse, el gran escudero sacude la cabeza con aire displicente, como un preceptor aburrido de soportar a un niño caprichoso.

—Todo este escándalo es inútil —murmura—. Tú no ganas nada y los demás pierden tiempo. Empezando por Orfeo, que tendrá que reparar el daño que has causado.

La puerta de la habitación cruje cuando la abre el hombre para todo del gran escudero, o más bien debería decir «la criatura para todo», porque Orfeo no es en realidad un hombre, sino un ensamblaje de múltiples partes humanas cosidas. Se acerca con aire servil a la silla rota, pero, antes de que la levante, apoyo una mano en su gruesa muñeca. A fuerza de frecuentarlo, su piel perpetuamente húmeda y fría ya no me estremece, como tampoco el tacto áspero de los puntos de sutura que la atraviesan.

—Espera —le digo—. ¿Y si, por una vez, dejas que tu amo haga el trabajo?

Orfeo me mira con sus grandes ojos de jade, dos joyas acuosas engarzadas en su extraña cara de tez cenagosa.

—El gran escudero siempre envía a otros a hacer el trabajo sucio por él, Orfeo —despotrico, temblando de indignación—. Todas las noches te deja sacar a los gules de sus madrigueras para ponerlos al alcance de su fusil. El invierno pasado me envió a París para eliminar a la Dama de los Mi-

33

lagros. Y Naoko me ha dicho que ese explotador la obliga a escribir todo el día, ¡gratis, claro!

—Naoko es una calígrafa con mucho talento, de manera que empleo sus habilidades para redactar los papeles falsos que necesita la Fronda —se defiende Montfaucon.

—«Emplear» es una palabra importante —lo corrijo—. Cualquier empleo merece un salario y Naoko trabaja gratis para usted. En cuanto a la Fronda sobre la que lleva insistiendo durante meses, aún no he visto rastro de ella. —Giro y me llevo una mano a la frente a modo de visera, fingiendo mirar al horizonte cuando, en realidad, estoy rodeada de paredes ciegas—. ¡Hola! ¿Dónde estáis? —grito—. ¿Dónde están los hombres emboscados? ¿Dónde está el ejército que debe derrocar al Inmutable? ¡En ninguna parte!

El eco de mi voz reverbera en el pasillo cavernoso que se abre al fondo de la habitación, como si la nada me respondiera: «En ninguna parte... En ninguna parte... En ninguna parte...».

—¿Has terminado? —me pregunta Montfaucon en tono desabrido una vez que el último eco se apaga—. ¿O vas a volver a dar un espectáculo? Deberías saber que los fronderos están por todas partes: de Versalles a París, y en todas las provincias. Hemos tardado décadas en tejer pacientemente una red secreta que abarca toda la Magna Vampyria. Para tu información, entre la tripulación de la *Novia Fúnebre*, el barco corsario donde vas a embarcar, hay un miembro de la Fronda, según he podido saber. El hecho de que no veas a los fronderos no implica que no existan. ¿Debo recordarte que durante diecisiete años tuviste a cuatro de ellos delante de tus narices todos los días?

El argumento de Montfaucon es cruel, pero inapelable: durante mi infancia jamás supe que mi familia pertenecía a la Fronda. Mis padres y hermanos murieron y se llevaron sus secretos a la tumba. Su recuerdo me golpea como un puñetazo; me tambaleo, busco mi silla, no la encuentro...

Montfaucon se levanta enseguida para sostenerme y evitar que caiga. Me cede con dulzura su asiento y su voz también se suaviza:

—No pretendía herirte, Jeanne, pero tenía que recordarte tus orígenes. Te recuerdo también que en las Américas hay muchos fronderos. Por eso la alianza con los piratas es crucial para aislar aún más el Nuevo Mundo del Antiguo y para que la rebelión prospere.

Asiento con la cabeza, mi cólera se aplaca.

El invierno pasado, Montfaucon envió a las Américas al pequeño Pierrot, un joven prodigio dotado de clarividencia; pero no solo eso, además es un adivino cuyas visiones hicieron nacer una técnica maravillosa que quizá podrá derrocar a los vampyros: una magia llamada «electricidad». El gran escudero decidió mandarlo al exilio porque creía sinceramente que el chico estaría más seguro al otro lado del Atlántico y que allí le resultaría más fácil poner sus prodigios al servicio de la Fronda del Pueblo.

El viejo se agacha frente a mí, sus articulaciones crujen como madera seca.

—Me acusas de dejar que otros hagan el trabajo sucio por mí. Es injusto. Te aseguro que si pudiera ir en persona, lo haría, pero dudo que Pálido Febo sea sensible a mis encantos, incluso con una buena capa de sombra de ojos y de colorete.

La imagen del austero rostro del gran escudero maquillado como una cortesana me arranca una sonrisa.

—¿Quién sabe? —digo en tono socarrón—. ¡Si cambiara su anticuada peluca por otra tan extravagante como las de Hélénaïs, arrasaría!

La propia Naoko no puede evitar soltar una risita, mientras el gran escudero se palpa los mechones que cuelgan a ambos lados de su cara de mejillas hundidas:

—¿Qué quieres decir? Mi peluca no es tan vieja. Hice que le alisaran los rizos el mes pasado, me costó treinta monedas contantes y sonantes...

—Mejor lo dejamos. Lo único que quería decir es que no es candidato a salir próximamente en la portada del *Mercure Galant*.

Montfaucon cae de repente en la cuenta de que me estoy burlando de él, frunce el ceño y refunfuña entre dientes:

—Si no quieres ir, no te obligaré a hacerlo, pero el rey será menos complaciente que yo. Ya sabes que no tolera que se le desobedezca. Tu única salida para escapar de su ira sería abandonar la corte a escondidas… Pero entonces te condenarías a vivir una vida solitaria aquí, en el sótano, como Naoko.

—A menos que ella me haga unos papeles falsos —digo buscando los ojos abatidos de mi amiga—. ¡Así podría salir de Île-de-France e incluso del reino! Después podría ir a las Américas y buscar a Pierrot. —Alzo la barbilla y desafío al gran escudero con la mirada—. ¡No pienso exiliarme al Nuevo Mundo para caer bajo la tutela de un marido, sino para unirme a las filas de la Fronda como una mujer libre!

Montfaucon sacude su gran cabeza con aire decepcionado.

—Mientras dure la era de las Tinieblas, ningún mortal será libre, Jeanne. ¿Aún no lo has comprendido? Incluso en las Américas, te verías obligada a llevar una vida clandestina, hecha de miedo y peligro. Así es como viven Pierrot y los fronderos a los que se lo confié. Por supuesto que podrías unirte a ellos y tomar parte en operaciones ocasionales de sabotaje contra las colonias de la Magna Vampyria, tal vez incluso llevar a cabo algún golpe de efecto. Pero una contribución así a nuestra causa sería muy modesta, comparado con lo que podrías lograr si consigues poner de nuestra parte a los piratas de las Bermudas. Yo también he recibido noticias del Atlántico: Pálido Febo es el primer bucanero con la influencia suficiente para poder unir a todos. Si pusiera a los piratas al servicio del Rey de las Tinieblas, eso supondría una amenaza mortal para las ramas americanas de la Fronda. Pero si las uniera bajo nuestra bandera, si lograra cortar la mayoría de las rutas marítimas que enriquecen a la Magna Vampyria, eso sí que sería un importante punto de inflexión en nuestra lucha. Un momento histórico. —Los ojos de Montfaucon brillan a la luz de la linterna—. Sí, Jeanne: el comienzo de una revolución.

A continuación, apoya con delicadeza su enorme mano, llena de anillos de acero, sobre mi hombro.

—Es imposible contar todos los que, como tus padres y hermanos, se sacrificaron para mantener la esperanza viva de que la Luz regrese algún día.

—El retorno de la Luz… —murmuro—. Como en mis visiones.

Mis ojos se pierden en un sueño donde ondean las sonrisas

de mis padres, la caricia de un nuevo sol y la promesa de un radiante futuro. En los últimos meses he vislumbrado en dos ocasiones un mundo mejor. Uno posible donde mi familia seguía viva y los vampyros habían desaparecido.

—El destino nos llama a todos a desempeñar un papel —afirma Montfaucon—. El que te ha sido asignado es el más desagradable de todos, no creas que no lo entiendo, además, ¡aún eres tan joven! Te quedaste huérfana en unas circunstancias terribles. Después te convertiste de repente en la escudera favorita del tirano y tuviste que representar un doble papel noche y día. Ahora te pido que abandones todo lo que has conocido hasta el momento para realizar un viaje sin retorno. ¿Partirás esta noche hacia Nantes para intentar reclutar al aliado más poderoso que jamás ha conocido la Fronda? ¿O prefieres el camino de la clandestinidad para servir a la causa de forma más modesta? Poco importa lo que elijas, la decisión es tuya y, sea cual sea, la respetaré.

Bajo la mirada. Me resultó fácil plantar cara al gran escudero cuando me ordenó embarcar sin darme voz ni voto. Pero Montfaucon no es el rey, ni un jugador cínico para quien los súbditos son simples peones. Bajo su hosca apariencia, mi mentor es un hombre justo; y ha llegado el momento de tomar la decisión correcta.

¿Qué quiero hacer con mi vida? ¿Mi existencia me pertenece solo a mí? Mis padres pusieron la suya al servicio de una causa que los superaba…, que los engrandecía.

—«La libertad o la muerte…» —susurro recordando el lema de la Fronda.

No significa libertad o muerte para uno solo, en un combate singular contra el destino, sino que todos debemos estar dispuestos a sacrificar nuestra vida sin esperanza de recibir una retribución personal, para obtener un día la liberación de todos.

Levanto la vista y mi mirada se posa en la de Naoko, que brilla como la superficie de un lago. Las lágrimas que está tratando de contener manifiestan que ha comprendido que, sea cual sea mi elección, voy a tener que marcharme.

—Iré a reunirme con Pálido Febo —digo dulcemente—. Porque es mi deber. Porque es lo que mi madre habría hecho en mi lugar. —Con un nudo en la garganta, intento sonreír a

37

mi amiga—. Solo es una despedida. Encontraré la manera de regresar algún día. Sabes que no hay nadie más testarudo que una cabeza de hierro como yo.

Naoko asiente agitando levemente el sedoso flequillo de pelo que cae como una cortina sobre el borde de sus cejas. Sabe tan bien como yo que mis promesas son simples palabras y que mis posibilidades de regresar son inciertas. Un toque frío en la piel me estremece: es el turno de Orfeo de poner su mano en mi brazo. Da la impresión de que quiere retenerme. No puede hablar, pero sus ojos de jade brillan con la misma intensidad que los de Naoko.

—Solo espero que tu cabeza de hierro no se rompa contra una aún más dura —susurra—. Me pregunto qué pasa por la de Pálido Febo.

—No lo sabemos —admite el gran escudero—. ¿Qué es lo que motiva a ese pirata salido de la nada? ¿El deseo de hacerse rico? ¿La gloria de gobernar los mares? ¿O, me atrevo a imaginar, el amor a la libertad? Eso es lo que te corresponde descubrir, Jeanne. Tendrás que hacerle entender que la lealtad al Rey de las Tinieblas sería en realidad una esclavitud, tú, que precisamente has sufrido más que nadie por los crímenes del Inmutable. Tendrás que convencer a Pálido Febo de que, si se convierte en un comandante de la Fronda del Pueblo, seguirá siendo su propio amo e incluso llegará a ser un héroe para la humanidad. Si todo eso no es suficiente, si lo único que cuenta para él es el oro, trata de comprarlo para que sea uno de nuestros mercenarios: los fronderos de las Américas también tienen recursos. Una vez en las islas, nuestro agente infiltrado en la tripulación de la *Novia Fúnebre* podrá ponerte en contacto con la rama martiniquesa de nuestra organización. El hombre en cuestión se llama Cléante. Es uno de los sirvientes asignados al servicio de los oficiales vampyros.

Como para recalcar ese momento solemne, el reloj de hierro que cuelga de la pared da unas graves campanadas.

—Son las siete de la tarde —anuncia el gran escudero con la voz enronquecida por la emoción—. Está anocheciendo, Jeanne. El muro de la Caza se abrirá de un momento a otro. En palacio te están esperando. Permíteme darte un último consejo: evita como a la peste a Hyacinthe de Rocailles, el capitán corsario de la *Novia Fúnebre*. La fama de crueldad de ese inmortal está más que demostrada. Hemos previsto una contraseña por si necesitas la ayuda de Cléante durante la travesía: pídele un vaso de agua de Seltz y él encontrará la manera de hablar contigo en privado.

Montfaucon se levanta de su silla irguiendo su espalda encorvada:

—Ahora debes irte.

Abre torpemente los brazos, luego los deja caer a ambos lados de su macizo cuerpo, como si no supiera qué hacer con ellos. Por una vez, sus ojos esquivan los míos, pero aun así puedo ver que se humedecen entre sus rizos. Entonces lo abrazo. Es la primera y última vez que lo hago en mi vida, con tanto fervor como una vez abracé a mi padre.

3

El séquito

*E*l rey ha ordenado que vaya a la galería de los Espejos para que conversemos por última vez antes de mi partida.

Desde el momento en que entro en la enorme sala, me asalta una fúnebre sensación. No es solo que la galería se encuentre vacía a una hora de la noche en que suele estar repleta de cortesanos. Es que, además, el monarca me está aguardando solo allí. Vestido con su largo manto blanco, está de pie bajo las pesadas arañas de cristal.

—Acérquese, ratoncito.

Su voz resuena con más fuerza en la habitación desierta. Reverbera en los grandes espejos helados y los altos ventanales que se abren a la noche oscura. Con el corazón aún conmovido por la despedida del gran escudero, de Naoko y de Orfeo, camino hacia él y, a medida que lo hago, siento que la temperatura se va enfriando. Temblando, hago una reverencia. Abrumada por su magnificencia envuelta en armiño, me siento realmente como un ratón al pie de una montaña nevada.

—Levántese, señorita. Piense que pronto ya no tendrá que inclinarse tanto ante nosotros, porque será duquesa. Tendrá su propia corte: la Corte de los Huracanes. Acérquese.

Siento un roce helado, más frío que la misma muerte: la larga mano del rey acaba de cerrarse sobre mi muñeca para ayudarme a ponerme en pie. Mi corazón se hiela bajo mi coraza de cuero. Es la primera vez que el soberano me toca desde la noche en que aproximó su muñeca a mi boca para hacerme beber un sorbo de su sangre.

Mareada, me aferro al brazo que me tiende, que es tan duro

como una roca. La piel de su manto no me ofrece calor alguno: está rígida, como si el cuerpo que envuelve la hubiera congelado. Acto seguido, echa a andar y me arrastra titiritando a lo largo de los ventanales que dan a los jardines. Fuera, la noche es negra, sin luna ni estrellas. Pero, incluso sin ver nada, me resulta imposible ignorar la masacre que está teniendo lugar en este mismo momento. El ruido de los zapatos al pisotear la grava, los gritos de excitación y los estertores de angustia se filtran por los cristales opacos: la caza galante del equinoccio está en pleno apogeo…

—El convoy nupcial está enganchado —anuncia el soberano. Al estar tan cerca de él, siento la vibración de su formidable voz hasta en los huesos, hasta lo más profundo de mi alma—. Su carruaje le espera cerca de la cuenca de Neptuno, el dios del mar que velará por su destino de ahora en adelante. Partirá antes del primer amanecer de la primavera.

Cohibida, levanto la mirada. Mi cabeza apenas llega al pecho del monarca, pero incluso desde ese ángulo es imposible ver lo que se oculta tras su máscara, ya que está firmemente sujeta a su cara por unas cadenas que se adentran en el secreto de su fantástica cabellera.

Una pregunta sale amortiguada de sus labios metálicos:

—¿Sabe lo que significa el equinoccio, señorita?

Trato de hacer memoria. Cuando vivía en la Butte-aux-Rats, mi madre me enseñó la ronda de las estaciones y el almanaque de las hierbas.

—Es la fecha a partir de la cual los días son más largos que las noches, señor —murmuro.

—Exacto. Algunos mortales piensan ingenuamente que nuestro reinado se debilita en verano, pero eso es completamente falso, dado que la prolongación de la Luz dura apenas un instante ¡y las Tinieblas vuelven siempre en otoño!

Me cuelgo por un momento del brazo del rey sin decir una palabra. A cada paso que da, el suelo cruje bajo su peso, como si fuera una estatua de mármol andante. ¿Por qué me está hablando de mortales que aguardan la victoria de la Luz? ¿Qué ocurre detrás de su máscara impenetrable, cuyo perfil puedo ver a unos centímetros de mí?

—Dentro de unas horas, la luz del día se elevará en los jardines —prosigue—. Los rayos quemarán a Marigny y a sus dos oficiales. ¿Puede verlos?

Se detiene ante una de las ventanas. En efecto, me parece distinguir tres siluetas oscuras que destacan en la noche: tres cruces de madera plantadas en medio de la explanada con unos cuerpos atados a ellas.

—Es grotesco pensar que basta una mañana para consumir una eternidad... —dice el rey, pensativo—. Nunca nos resignaremos a esa intolerable limitación de la condición vampýrica. Nuestro imperio pronto abarcará también con el día. El trabajo alquímico que llevamos realizando desde hace varias décadas con Exili está a punto de dar sus frutos. Dentro de poco, nuestra grandeza brillará en cualquier momento y lugar.

Los latidos de mi corazón se aceleran bajo mi coraza de cuero. Es la primera vez que el rey habla delante de mí de su gran proyecto, que es la comidilla de la corte: reconquistar el día. Igualarse con Apolo. Reinar por completo sobre las veinticuatro horas de la esfera. ¿De verdad es posible que esa meta se halle tan próxima? ¿Cómo?

El monarca vuelve su dorado rostro hacia mí.

—Verá, ratoncito, en el tesoro que robó su futuro marido hay una gema que tiene para nosotros un valor especial. La llaman el Corazón de la Tierra. Es un mineral muy raro, procedente de las profundidades abisales de las minas mexicanas, que se encuentran en el centro de la Nueva España. La flotilla nos trajo ese diamante infinitamente sutil, redondo y del tamaño de una pelota del juego de palma, que es indispensable para que podamos ultimar nuestra gran obra alquímica. Pálido Febo puede quedarse con todo lo demás, el oro y las joyas, pero le agradeceríamos que nos devolviera esa piedra de propiedades únicas que, de todos modos, no le servirá para nada, porque hay que ser muy versado en las artes ocultas para saber utilizarla. Recuérdelo y convénzalo de que nos la devuelva, pero, por encima de todo, actúe con discreción: no queremos alertar sobre el corazón más de lo estrictamente necesario. Las Tinieblas son testigo de que nuestra corte está llena de traidores e intrigantes. Usted misma ya sabe algo al respecto, dado que frustró el complot de La Roncière. Pero sé que podemos contar con usted, tiene toda nuestra confianza.

De manera que ese era el propósito de la última conversación a solas con el Inmutable, que no da puntada sin hilo: lo que pretendía era confiarme una misión secreta, además de la oficial. Más que por mi «hermosa mente», como afirmó antes en la corte, me ha elegido porque cree en mi absoluta dedicación a él.

—Haré todo lo que pueda, señor —mascullo confusa, porque mi mente es un hervidero.

Antes de marcharme debo encontrar la manera de poner sobre aviso al gran escudero. ¡Tengo que decirle que el rey está a punto de alcanzar su aborrecible objetivo! No sé una palabra sobre el Corazón de la Tierra, pero quizás esa piedra signifique algo para mi mentor…

—Le exigimos que haga más que eso —me ordena el Inmutable al mismo tiempo que me aprieta con más fuerza el brazo con su helada mano, como si fuera capaz de quebrarlo como una ramita sin importancia—. Queremos que nos entregue el Corazón en otoño, cuando visitará oficialmente Versalles con su nuevo marido —gruñe—. De esa forma, el día de nuestro jubileo, el 31 de octubre, en la mañana del tricentenario de nuestra transmutación, ¡saldremos a la misma hora que el sol!

43

La imagen de semejante horror me deja petrificada: el Rey de las Tinieblas y su corte asolando el día y pervirtiendo el último refugio de los mortales… Sea como sea, el soberano acaba de soltarme y ha empezado a aplaudir:

—¡Se acabó la entrevista! ¡Que venga nuestra gente para darle las últimas recomendaciones antes de su partida!

Casi de inmediato, una de las puertas de la galería de los Espejos se abre. Los consejeros más próximos al rey entran en la sala: Exili, el gran arquiatra, el marqués de Mélac y la princesa Des Ursins. Los siguen tres escuderos: Proserpina, Zacharie y Rafael.

—¡Hemos preparado todo, señorita de Gastefriche! —anuncia la ministra de Asuntos Exteriores—. Un segundo carruaje acompañará al suyo para llevar su ajuar. He ordenado cargar en él una buena cantidad de telas, cosméticos y joyas.

—Se lo agradezco, señora —digo—, pero no soy muy ducha en el arte de la coquetería y los adornos.

—Pues tendrá que aprender. Le esperan cuatro semanas de travesía por el Atlántico, y a lo largo de ellas podrá perfeccionar sus habilidades, además de su conocimiento sobre las Antillas. Para ello recibirá lecciones de un selecto séquito. —La princesa señala a los escuderos—. Tres de sus compañeros de armas viajarán con usted. Proserpina Castlecliff domina a la perfección el arte de la seducción, si he de dar crédito a lo que me han contado sobre la larga lista de conquistas que hizo cuando estudiaba en la Gran Caballeriza. A buen seguro, podrá enseñarle un truco o dos.

Me sorprende que me hayan puesto una profesora para que aprenda a seducir, pero me asombra aún más que la primera diplomática del reino tenga informantes en la Gran Caballeriza que la ponen al día sobre los coqueteos entre los estudiantes. Proserpina me hace un guiño cómplice con uno de sus párpados ahumados, el gesto es suficiente para que vuelva a convertirse en Poppy, la amiga traviesa que me va a aligerar el viaje.

—Zacharie de Grand-Domaine, por su parte, conoce bien las Américas y las islas circundantes —prosigue Des Ursins—. Es hijo de Philibert de Grand-Domaine, el dueño de la mayor plantación de azúcar de Luisiana. Él sabrá prepararla para su nueva vida en esa parte del mundo, que a partir de ahora será la suya.

El de Luisiana no me hace guiño alguno. Mantiene una expresión impasible, tan severa como la que puso cuando me sorprendió con el lugarteniente Fabelle en las profundidades del palacio. Bueno, seguro que durante la travesía podré conocer mejor al escudero que sigue siendo el más misterioso de todos.

—Y, por último, Rafael de Montesueño hará de intérprete con nuestro principal aliado en las Antillas: la Nueva España, que paga regularmente a Francia un importante tributo de oro. Le será útil aprender unas cuantas nociones de español.

El melancólico caballero siempre ha tenido una tez pálida que contrasta con su pelo corvino, pero hoy está realmente lívido. El viaje a las Américas parece entusiasmarle tan poco como a mí.

—El rey demuestra su generosidad prestándole a la mitad de sus escuderos para hacer el viaje —dice por último la princesa Des Ursins.

—¿La mitad? —Hago una mueca—. Contándolos bien, seremos cuatro de seis…

—No se incluya en la cuenta —me corrige la vampyra—. Apenas se case, su puesto de escudera quedará libre y una nueva tendrá el honor de recibir el Sorbo del Rey.

Trago saliva, compungida. Yo, que luché tanto para alcanzar el cargo y así poder sabotear el reino aprovechando la proximidad con su amo, va y ahora me lo arrebatan. ¿De verdad podré servir mejor a la Fronda estando a miles de leguas del rey? Espero que Montfaucon me haya aconsejado bien y que haya tomado la decisión correcta…

—Por último, toda recién casada necesita una dama de honor —anuncia la princesa—. Una confidente que, además de viajar con usted, permanecerá a su lado cuando se convierta en duquesa. El gran arquiatra ha elegido especialmente a la dama que la acompañará.

—¿El gran arquiatra? —repito, presa de un terrible presentimiento.

Exili esboza una sonrisa tan fría como la piel azulada de su calvo cráneo, que se apoya en una enorme gorguera de paño blanco. Intento devolverle la sonrisa, pero la verdad es que no quiero aceptar ningún regalo de ese monstruo que hace trescientos años transmutó a Luis XIV en vampyro.

—No era necesario, eminencia —refunfuño.

—Ha sido un placer —susurra.

A continuación, hace un gesto hacia la puerta extendiendo sus largos dedos con uñas de mandarín. Como movida por unos hilos invisibles en manos de un titiritero, una sexta persona se asoma a la puerta: es una chica morena y bajita en la que no había reparado hasta ahora. Sus andares tienen algo de torpe y mecánico que me recuerda a mi maestro de arte cortesano: el general Barvók, un mutilado de guerra cuyo cuerpo se mantenía unido gracias a una serie de tuercas y prótesis. De igual forma, la joven que camina hacia mí emite chirridos metálicos cada vez que hace uno de sus movimientos espasmódicos. Bajo los pliegues de su vestido cortesano puedo distinguir un complejo mecanismo que no tiene nada de humano. En cuanto a su cara, devorada por un par de enormes quevedos de hierro con las patillas atornilladas a las sienes por dos grandes pernos, parece…

—Françoise des Escailles —murmura Poppy reconociendo a nuestra antigua compañera de la Gran Caballeriza.

45

En la escuela, Françoise era la alumna más aplicada, la favorita de los profesores y el chivo expiatorio de los parásitos como Hélénaïs. Pero fue víctima de un terrible destino durante una de las pruebas para el Sorbo del Rey, porque cayó del caballo que montaba y fue medio devorada por las yeguas vampýricas del soberano. Una imagen horrible pasa por mi mente: el recuerdo de una yegua arrancando un brazo de la desdichada. Al final del suplicio, llevaron lo que quedaba de su cuerpo a los laboratorios de la Facultad. Dado que no había vuelto a tener noticias de mi pobre amiga, creía que había fallecido. Pero aquí está de nuevo, varios meses después. Me pregunto si esa criatura demacrada, remendada por los cirujanos de la Facultad, seguirá siendo la chica que conocí en el pasado. ¿Ha sido realmente moldeada para hacerme compañía... o para espiarme bajo las órdenes de Exili?

Por más que la escudriño, no doy con la respuesta: los cristales de los quevedos atornillados a su cráneo son tan gruesos, tan opacos, que es imposible verle los ojos tras ellos. Hace una afectada reverencia, como una autómata.

—La señorita Des Escailles difícilmente conversará con usted: me temo que el accidente que sufrió alteró un poco su mente —explica el gran arquiatra con voz meliflua—, pero le será fiel como un perro y la seguirá a todas partes como su sombra.

La sutil sonrisa del gran arquiatra se estira hasta convertirse en un rictus cruel. Extiende los brazos para invitar a mi séquito y a mí a acercarnos a él.

—Vengan, entonces. Para sellar su unión, propongo que los cinco hagan un pacto de sangre. Las manos, por favor.

La sangre, el valor supremo, la tinta sagrada con la que la Magna Vampyria escribe su siniestra historia... No tengo más remedio que extender el brazo, al igual que Poppy, Zacharie y Rafael. Françoise también obedece en silencio. El gran arquiatra saca un alfiler dorado de su abrigo carmesí y pincha nuestras palmas una a una. Cuatro gotas de sangre roja comienzan a salir, más una quinta violácea, que aparece en la piel de Françoise: a saber qué Tinieblas habrá introducido la Facultad en su cuerpo.

Mientras mezclamos nuestras sangres con un apretón de manos para sellar el pacto bajo la dirección del mayor prelado del reino, un aullido desgarrador resuena en los jardines. Justo debajo de las ventanas, un mortal ha caído bajo los colmillos de un vampyro.

—¡Por las Tinieblas, por lo visto los cortesanos se están poniendo las botas! —exclama con glotonería el marqués de Mélac—. Estoy deseando unirme a ellos…, en cuanto su majestad lo permita, por supuesto.

Como para hacerse eco de estas sombrías palabras, un estrépito de pasos apresurados retumba detrás de una de las puertas de la galería de los Espejos, salpicado por los gruñidos de los guardias suizos que están de servicio.

—¡Déjenme ver al rey, se lo suplico! —exclama una voz desesperada.

El ministro del Ejército suelta una carcajada desdeñosa.

—Según parece, una de las presas de la cacería galante intenta escapar a su destino. Refugiarse en palacio es patético. Atreverse a pedir audiencia con el rey, ¡menudo descaro!

Detrás de la puerta, el desdichado continúa gritando:

—¡Señor, si podéis oírme, os lo imploro! ¡Abridme o moriré!

Mélac se ríe a mandíbula batiente.

—¡A esa presa no le falta temple, ni humor involuntario! «¡Abridme o moriré!». ¡Ja, ja, ja! ¡Esa bolsa de sangre caliente con patas no podría haberlo dicho mejor!

—Silencio, Mélac —le ordena el rey con voz atronadora—. Si prestara atención a sus sentidos vampýricos en lugar de reírse estúpidamente como un bandido, se habría dado cuenta de que el individuo que está al otro lado de la puerta no tiene una sola gota de sangre caliente en sus venas. Déjenle pasar.

La puerta se abre y confirma la intuición sobrenatural del rey: es un inmortal que solicita audiencia. Un vampyro con una larga cabellera pelirroja que enmarca un rostro juvenil devastado por el dolor: Alexandre de Mortange, vizconde de Clermont, no es de los que reprimen sus sentimientos.

De hecho, se precipita al pie de la escalinata que conduce al trono y cae de rodillas.

—¡Majestad, no me prive de Diana! —exclama—. ¡Sería peor que clavarme una estaca en el corazón!

—¿Cómo podríamos quitarte algo que nunca te ha pertenecido, Mortange? —replica con frialdad el soberano—. En nuestra corte, las uniones que no están sancionadas por nuestra buena voluntad carecen de valor.

Hablar de mí como si fuera una «cosa» no tiene nada de galante, pero el tirano tiene razón: nunca he pertenecido a Alexandre. Por otro lado, en caso de que esté de verdad enamorado de la baronesa que cree que soy, jamás he sentido por él nada que no sea repulsión. No puedo negar que en el pasado le di falsas muestras de afecto, pero solo lo hice por interés, porque la situación así lo requería. En el fondo, sueño con clavarle en el pecho la estaca que acaba de mencionar, ¡porque él asesinó a mi madre en Auvernia y se la bebió como si fuera una botella humana!

—Nos queremos, señor —implora—. Desde la primera noche, pero ¿qué digo? Desde el primer segundo que pasamos juntos.

Vuelve bruscamente la cara hacia mí. A la luz de los candelabros, su piel tiene la palidez jaspeada de la muerte, como la de todos los chupasangres, aunque el temblor de sus cejas pelirrojas remeda de maravilla las emociones vitales.

—Díselo, Diane, mi estrella de plata —me insta—. Dile a nuestro gran rey que no podemos vivir el uno sin el otro.

—En cambio, debemos hacerlo, Alexandre —protesto con un suspiro de resignación—. Debemos plegarnos a la voluntad del rey.

Alexandre suelta un estertor trágico, digno de las obras de Racine, que desde hace trescientos años son cabeza de cartel en París.

—¡Oh, cruel! ¿Cómo puedes hablar tan fríamente?

—Es nuestro deber. No podemos eludirlo.

Los guardias suizos ya se están moviendo para escoltar a Axejandre fuera del salón del trono, pero él escapa de ellos y provoca las exclamaciones de indignación de los ministros reales. Se precipita hacia la pared artesonada... ¡y empieza a trepar por ella como un lagarto!

La visión de ese cuerpo humano arrastrándose verticalmente es terrible. De manera vertiginosa pasa por mi mente la forma en que Alexandre entró en mi vida el verano pasado: escaló como por obra de magia hasta el balcón de la habitación más alta de la casa solariega de Gastefriche, donde yo me había refugiado. Ahora sé cómo hizo ese oscuro milagro. Las Tinieblas han debido de desarrollar en él el don de desafiar la gravedad de forma atroz.

—¡No puedo afrontar la perspectiva de una eternidad sin ti! —grita colgado del techo.

Los faldones de su chaqueta revolotean en el aire. Su larga melena pelirroja enmarca su angustiado semblante. Los guardias suizos blanden sus alabardas para hacerlo caer del techo, como si se tratara de un animal nocivo que ha irrumpido en una casa.

—¿No vas a decir nada? —me presiona—. ¿Quieres que muera definitivamente? ¿Es eso lo que quieres, cruel?

La vista del hombre lagarto vestido de corte me produce vértigo. Sus preguntas estridentes me horrorizan. Aparto la mirada, con la garganta demasiado contraída para poder pronunciar una palabra.

Alexandre cae pesadamente al suelo, amortiguando el impacto al ponerse a cuatro patas, como un reptil. Los guardias suizos lo rodean enseguida y él permite que se lo lleven sin oponer resistencia. Un instante después, los relojes dorados de las chimeneas de la galería de los Espejos comienzan a sonar al unísono: son las dos de la mañana.

La voz del rey me distrae de la horrible y bochornosa escena.

—Mortange no probará la muerte definitiva, sino la privación de los honores de la corte, que, para un mundano como él, viene a ser lo mismo. —Da una palmada con sus largas y pálidas manos—: ¡Pero ahora se acabó la charla! Ha llegado la hora de separarnos, señorita. Su carruaje la está aguardando.

—Gracias, señor —articulo mientras recupero la compostura—. ¿Me permite que vaya un momento a la Gran Caballeriza para coger un último vestido?

«¡Pero, sobre todo, para avisar al gran escudero de que está a punto de infectar el día con su presencia demoniaca! Montfaucon debe enterarse a toda costa de la existencia del Corazón de la Tierra, la maldita gema capaz de sellar la victoria final de las Tinieblas sobre la Luz!».

El monarca sacude la cabeza, los rizos negros de su fantástica cabellera se retuercen como furiosas serpientes.

49

—Debería haber pensado en su vestido cuando se despidió de sus compañeros. No pierda un tiempo precioso con sus trapos viejos. Le hemos dicho que en el convoy hay un sinfín de telas de las más hermosas. Le ordenamos que parta de inmediato para llegar a Nantes lo antes posible. Nos volveremos a ver en otoño, para nuestro jubileo, cuando venga a homenajearnos con su marido el duque.

El rey recalca sus palabras con una mirada vacía y abismal, como si pretendiera recordarme que me ha dado una cita secreta: el encuentro en que debo entregarle el Corazón de la Tierra en persona.

Miro agitada a mi nuevo séquito, cuyo aliento sentiré a partir de ahora en la nuca cada minuto. ¿Seré capaz de convencerlos de que se detengan un momento en la Gran Caballeriza cuando salgamos de los muros del palacio? Poppy debería de ser lo suficientemente conciliadora y Rafael parece absorto en otra cosa, pero Zacharie querrá sin duda cumplir a rajatabla las órdenes del rey, y quién sabe cómo reaccionará la criatura en que se ha convertido Françoise des Escailles.

Mientras me devano los sesos tratando de encontrar una excusa que doblegue al inflexible escudero y a mi nueva dama de compañía, una mano helada se posa en uno de mis brazos. No es el terrible roce del Rey de las Tinieblas, sino una mano suave y delicada, aunque también firme.

Levanto los ojos y mi mirada se cruza con la de la princesa Des Ursins. De todas las vampyras que he conocido en la corte, ella siempre me ha parecido más… viva. Su piel tiene un brillo rosado del que carecen otros inmortales. Pero, al verla de cerca, me doy cuenta de que su tez es mero artificio: unos granos de polvo brillan en las mejillas de la princesa, que son carne muerta desde hace mucho tiempo.

—Vamos, Diane, ¿quiere venir conmigo? —me pregunta.

—No la entiendo, señora —farfullo, presa de una terrible duda—. ¿Significa eso que usted también va a viajar con nosotros?

—Su boda constituye una alianza internacional. En calidad de ministra de Asuntos Exteriores, huelga decir que la acompañaré hasta las fronteras del reino.

4

El embarque

*U*n suplicio interminable.

Eso me parece el viaje desde Versalles. El convoy nunca se detiene, cambia de caballos en cada posta. Durante la noche, comparto el banco del carruaje tapizado de terciopelo con la princesa Des Ursins y con Des Escailles: una cruel ironía, estar atrapada entre erizos de mar y escamas (*ursins* significa «erizos de mar», y *escailles*, «escamas»), cuando pienso en la vida en el mar que va a ser la mía a partir de ahora. Los tres escuderos están sentados en el banco de enfrente. Diplomática versada en el arte de la conversación, la princesa habla durante horas y horas sin perder en ningún momento su afable sonrisa. Nos cuenta mil anécdotas vividas a lo largo de los siglos de presencia en la corte; pero noto que, mientras se desahoga, me observa a la luz del farol que cuelga del techo, como si estuviera atenta a detectar algún fallo.

Durante el día, la princesa yace en un ataúd en el compartimento de equipajes, pero no por eso me siento más libre. La mirada inexpresiva de mi abominable dama de compañía, ahogada en el fondo de sus gruesos quevedos, no se desvía un momento de mí. ¿Cerrará a veces los párpados tras esas lentes insondables? ¿Acaso la Facultad la ha privado también del sueño, además de del habla? No la veo beber ni comer en ningún momento, como si ahora fuera sobre todo una máquina, en lugar de una persona de carne y hueso.

Zacharie y Rafael están casi igual de silenciosos, los dos permanecen ensimismados en sus pensamientos. Solo Poppy rompe el monótono rodar con sus juguetonas exclamaciones, marcadas por las estridentes carcajadas que solo ella sabe lanzar. Está contenta de ver el país y, sobre todo, de partir rumbo a las Américas, con las que tanto ha soñado.

—Tienes suerte —me dice al final del quinto día, la víspera de nuestra llegada a Nantes—. ¡Qué vida de aventuras te espera en los trópicos! En cambio, nosotros tendremos que volver a la monotonía de Versalles. ¿Verdad, Zach?

La compañía de aquel turbio luisiano no la desagrada: ya en la época de la Gran Caballeriza me confesó que sentía una pasión secreta por él.

—Los trópicos no son menos sombríos que Versalles, créeme, sé de qué hablo —replica él sombríamente—. Además, el lugar de un escudero es estar donde se lo ordene el rey.

Poppy pone los ojos en blanco.

—¡Vaya, pareces Suraj! El deber ante todo, ¿me equivoco? —Se lleva una mano a la sien remedando la posición de guardia—. Aquí estamos los buenos soldaditos de la Magna Vampyria. Entre tú, el español vestido de luto y la niña de cuatro ojos con la boca cosida tengo la sensación de que nos vamos a divertir como enanos.

A Zacharie no le hacen gracia sus payasadas. En cuanto a mí, sonrío apretando las mandíbulas. La inglesa ya está quejándose de que tendrá que regresar a Versalles, cuando yo daría lo que fuera por poder volver allí y avisar al gran escudero del peligro que nos amenaza.

¡Debo encontrar una manera de informarlo sobre el Corazón! Dada su erudición, puede que sepa lo que significa la gema y también en qué manera pretende usarla el rey. Así podrá organizar el contraataque o, al menos, preparar a la Fronda para ese asalto sin precedentes de los chupasangres. Pero ¿cómo puedo entrar en contacto con él? Si me valiera de un cuervo mensajero, podrían interceptarlo, y, por si fuera poco, estoy bajo vigilancia constante.

Demasiado emocionada para darse cuenta de mi confusión, Poppy abre la ventanilla del carruaje. Deja que el viento levante los mechones que se han resbalado de su increíble moño, adornado con cintas vaqueras deshilachadas.

—¡Mmm, aroma a yodo! *Delicious*! —exclama arrugando

sus párpados ennegrecidos por el carbón—. Reconocería ese olor en cualquier parte: es el olor del mar.

A diferencia de mí, que procedo de una pequeña ciudad encajonada entre dos montañas, Poppy nació en la costa.

—El mar… —repito, dándole vueltas a la palabra con la lengua—. Nunca lo he visto…, salvo en los libros.

Dejo vagar mi mirada por el cielo bretón cargado de nubes. ¿Se parecerá la espuma de las olas a la blancura aborregada de las nubes? ¿Será el balanceo de las olas como el del carruaje? Mi mente cansada no puede imaginar el océano. Hace varios días que no deja de rumiar tratando de encontrar la manera de comunicar discretamente con el gran escudero, pero es inútil. Ahora solo anhela el olvido…

Borrarse…

… y dormir.

El oleaje me arrastra y me mece.
¿Es aún el movimiento de la carroza?
¿O es ya el Atlántico?
Abro los ojos en la penumbra. El resplandor de un fuego se proyecta en las vigas, encima de la cama donde estoy tumbada. ¿Habrá chimeneas a bordo de los barcos del rey? Lo dudo.

Esta habitación no es el camarote de un barco. El vaivén no es el del oleaje. Cuanto más miro el techo, más familiar me parece. La viga está cubierta de frases confusas: mi padre, el boticario, solía tallar en la madera citas de sus libros favoritos. Y esa bolsita de lavanda que cuelga de la pared: mi madre, la herborista, solía hacerlas para purificar el aire de nuestra casa. ¡Estoy en mi habitación de la Butte-aux-Rats!

Invadida por la emoción, intento levantarme, pero no puedo. Mis miembros están fuertemente atados. Vuelvo a apoyar la cabeza en la almohada para ver qué es lo que me retiene. Ahogo un grito: ¡mi cuerpo se ha encogido! Apenas mide unas decenas de centímetros y está envuelto en una apretada tela blanca. Como el cuerpo de una momia en miniatura.

Una sombra se inclina de repente hacia mí oscureciendo el resplandor de la chimenea. Presa del pánico, intento girarme, pero es inútil.

53

—*Tranquila, pequeña.*

Me quedo paralizada. Es la voz de mi madre. El balanceo ha parado, porque era ella la que mecía mi cama. Ahora viene a liberarme. En el confuso contraluz del fuego humeante no puedo distinguir los rasgos de su cara, pero puedo oler su aroma a salvia y a romero. Los latidos de mi corazón se calman. Los dedos largos y ágiles de mi madre desatan la tela que me oprime los hombros. Alargo las manos para abrazarla. ¡Ay, qué cortas y regordetas son mis extremidades, qué pequeñas son mis manitas! Mamá agarra una de ellas con las suyas, la mano de un duendecillo en la de un gigante, y la aprieta con fuerza para que no me mueva.

Un destello frío me llama la atención. En la otra mano, mi madre tiene un objeto metálico y afilado. ¿Una... jeringuilla? La dirige hacia el brazo y me la clava de golpe haciéndome gritar de dolor y miedo.

54
Abro los ojos bruscamente, conteniendo el grito antes de que estalle en mi garganta. Mis piernas luchan tan frenéticamente como las de un ahorcado en el vacío, porque ya nada las aferra. Entorno los ojos y poco a poco voy tomando conciencia de lo que me rodea: el banco de cuero sobre el que me he quedado dormida y la luz del día que se filtra por la ventanilla del carruaje, de color rojo violáceo.

¡Una pesadilla!

Solo era una pesadilla. No he tenido una de ese tipo en varios meses. Las últimas se remontan a mi estancia en París, en pleno invierno. En cada sueño me veía morir en circunstancias horribles y poco después tuve una experiencia cercana a la muerte en la vida real. El Sorbo del Rey parece haber desarrollado en mí la capacidad de tener esas visiones premonitorias; es evidente que se trata de mi don oscuro, pues en todos los escuderos se acrecienta uno después de haber probado la sangre real.

Hoy, sin embargo, mi sueño era diferente. No me veía en el futuro, sino en el pasado. Ese cuerpo liliputiense que era el mío... Los pañales apretados que me envolvían... Era un bebé en una cuna. ¿Un recuerdo de mi más tierna infancia? ¡No, imposible! Mi madre nunca usó una jeringuilla: era mi padre quien sangraba a los aldeanos cada mes. Lo hacía con el corazón encogido, forzado por la ley que obliga a todos los boticarios a cobrar el diezmo en todos los pueblos de Francia. Y, aun así, jamás extrajo una gota de sangre de un niño antes de que cumpliera siete años.

La horrible pesadilla que acabo de tener no es un recuerdo. No es más que una fantasmagoría, una extraña visión provocada tal vez por la angustia de abandonar el país de mis padres. El espejismo ya se está desvaneciendo.

—¿Te encuentras bien, Diane? —dice una voz con tono preocupado.

Me enderezo aturdida. En el banco de enfrente, Poppy me mira con aire inquieto. A su lado están Zacharie y Françoise. Rafael, en cambio, ha desaparecido.

—Solo ha sido una pesadilla —le explico—. Me he quedado dormida un momento.

—¡Solo un momento! —exclama Poppy—. Has dormido como un tronco. Llegamos a Nantes hace casi una hora.

¿Ya estamos en Nantes? La verdad es que la carroza está parada. A través de la ventanilla veo las fachadas de un puerto con los tejados rodeados de gaviotas. Aprieto la frente contra el cristal y entorno los ojos para filtrar los rayos. El mar me parece deslumbrante. Es lo más vasto que he visto en mi vida: un infinito vertiginoso incendiado por el crepúsculo. Un bosque de mástiles destaca a contraluz en el puerto al mismo tiempo que en el muelle las siluetas de los marineros ejecutan una compleja danza.

—Mira, ese es nuestro barco —dice Poppy señalando con el índice una embarcación completamente negra, desde el casco hasta las velas—. La *Novia Fúnebre*. Estamos esperando a que se haga de noche y a que se despierte la princesa Des Ursins para embarcar. Rafael ha aprovechado la ocasión para estirar un poco las piernas.

Se me hiela la sangre: ¡es mi oportunidad!

—A mí también me vendría bien caminar un poco —comento.

Zacharie arquea una ceja.

—La princesa Des Ursins no ha dado su autorización.

55

—¿Acaso Rafael golpeó la tapa de su ataúd antes de ir a dar una vuelta? No voy a salir volando como una gaviota. Estaré de vuelta antes del atardecer.

Poppy se muestra conforme conmigo, porque no ve la hora de quedarse a solas con el escudero después de cinco días de viaje sin haber disfrutado de la menor intimidad con él.

—Déjala que respire un poco, Zach. La cuatro ojos la vigilará, de todos modos. No la perderá de vista.

En efecto, apenas me muevo hacia la puerta del carruaje, Françoise me imita emitiendo el espantoso chirrido metálico que acompaña cada uno de sus movimientos. Bueno, voy a tener que resignarme a mi engorrosa compañera..., al menos por ahora.

Pongo un pie en la acera de Nantes. Tras la visión formidable del mar, su sinfonía estalla en mis oídos: los gritos de los pájaros y los estibadores, el golpeteo de las velas al viento, el suspiro de las olas al chocar contra los cascos. Un poderoso olor a yodo y a algas marinas levanta mi corazón, igual que a lo lejos se elevan las olas. Tras dejar atrás el carruaje, me dirijo directamente hacia la *Novia Fúnebre*, que está al final del muelle. Vista de cerca, la masa oscura del barco resulta aún más impresionante. El único punto brillante en toda esa oscuridad es la bandera que ondea en la popa, una sábana blanca con un murciélago dorado. Es la bandera del reino de Francia. En la proa, el mascarón representa a una mujer vestida de luto negro, con el rostro oculto por un velo mortuorio. Así que esa es la lóbrega *Novia Fúnebre*...

Me deslizo entre los hombres que están terminando de transportar las provisiones para el viaje, hasta el pontón por el que se accede al barco.

—¡Eh, señoras! —grita un marinero armado con un fusil—. ¡Nadie puede subir a bordo sin el consentimiento del capitán Hyacinthe de Rocailles!

Me zafo de las manos del marinero, pero Françoise no es tan ágil como yo: las articulaciones mecánicas que le ha injertado la Facultad la frenan. Libre por fin de esa lapa, salto a la cubierta. Lustrada con una cera de color negro brillante, su superficie refleja el cielo cambiante como un espejo de obsidiana.

—¡Buenos días, caballeros! —les grito a los presentes—. ¡Soy Diane de Gastefriche, la pupila del rey, su pasajera! ¡Qué ganas tengo de navegar con ustedes!

Los hombres dejan los paquetes y las cuerdas por un momento para volverse hacia mí con asombro. La mayoría de las caras están llenas de cicatrices. Los corsarios son unos asesinos acostumbrados a destripar y a degollar a las tripulaciones enemigas de Francia.

Aprovechando que he captado su atención, suelto el «ábrete, sésamo»:

—El viaje me ha dejado exhausta y me muero de sed. ¿Hay entre ustedes algún caballero dispuesto a ofrecerme un vaso de agua de Seltz?

Observo los rostros curtidos en busca de una señal. Veo expresiones tanto de perplejidad como de hostilidad… hasta que me topo con dos ojos claros que parpadean nerviosos. Pertenecen a un hombre de unos cuarenta años, dueño de un fino bigote. La librea de criado que luce me confirma que se trata de Cléante, el ayuda de cámara del que me habló Montfaucon.

57

—Sígame, señorita —dice febrilmente—. La llevaré a las cocinas.

Lo sigo mientras los marineros reanudan su trabajo. Miro un momento por encima del hombro para asegurarme de que Françoise sigue en poder de los fusileros, quienes ahora que he declarado en voz alta que soy la pupila del rey han renunciado a perseguirme.

Bajamos una escalera y llegamos a la segunda cubierta, donde hay una habitación con las vigas abarrotadas de ollas, sartenes y recipientes. Cléante cierra la puerta a nuestras espaldas.

—No pensé que recurrirías a la contraseña tan pronto —susurra con la familiaridad propia de los hermanos y hermanas de armas de la Fronda del Pueblo—. Aún no hemos zarpado. Debes de ser muy ágil, teniendo en cuenta cómo te has desembarazado de los fusileros. El capitán Hyacinthe…, ¡si se entera de que has embarcado sin su permiso!

Al mencionar al capitán, que debe de estar durmiendo en algún lugar de las entrañas de la *Novia Fúnebre*, los ojos del ayuda de cámara parpadean inquietos. Me pregunto quién será ese frondero que lo arriesga todo para infiltrarse en un barco del Rey de las Tinieblas, pero las presentaciones pueden esperar, porque el tiempo apremia.

—No tuve más remedio que hacerlo —me apresuro a explicarle—. Tengo que enviar como sea un mensaje al gran escudero antes de que zarpemos. Dado que mis acompañantes me siguen a todas partes, tú eres mi única esperanza. ¿Hay fronderos en la ciudad capaces de enviar un mensaje a Versalles?

—Sí, pero ya es casi de noche y estamos a punto de levar anclas —balbucea Cléante.

—En ese caso, tenemos que darnos aún más prisa.

Le cuento todo lo que me dijo el rey, el terrible plan con el que pretende reconquistar el día, que el místico diamante procedente de México podría hacer realidad si el Inmutable logra arrebatárselo a Pálido Febo. Atónito, Cléante palidece visiblemente. Unos instantes después subimos de nuevo a la primera cubierta.

—La señorita de Gastefriche ha saciado su sed y ahora va a reunirse con su séquito —anuncia Cléante a los fusileros que vigilan el pontón—. Por otra parte, el cocinero me ha pedido que vaya a buscar una valiosa bolsa de especias que ha olvidado en el mercado. Salgo corriendo hacia allí.

—Dese prisa —le ordena un hombre con una profunda cicatriz en una ceja—. La *Novia Fúnebre* no te esperará por unos puñados de pimienta.

Mientras Cléante se va, los fusileros que han retenido a Françoise hasta ese momento la liberan.

—Con el debido respeto, señorita, su amiga no es, lo que se dice, muy habladora —aventura uno de ellos.

—Digamos que habla con los puños —replica otro.

Me doy cuenta de que tiene un ojo morado. Los de Françoise, en cambio, siguen ocultos por los cristales de culo de botella. La luz rojiza del atardecer hace brillar los pernos que fijan los quevedos a sus sienes. No sabría decir qué me incomoda más, si su ausencia de mirada o su silencio… Una vez más, me pregunto qué debe de suceder tras esas lentes tan gruesas. ¿Tendrá aún cerebro o la Facultad le rellenó el cráneo con engranajes? Sigue sin decirme una palabra, realmente es la sombra eternamente leal que Exili me describió.

El convoy es presa de una gran agitación. ¿Se habrá levantado ya la princesa Des Ursins? No, porque si se han encendido los faroles en las fachadas del puerto, significa que aún no ha amanecido. De hecho, la princesa aún yace en su ataúd. Zacharie y Poppy, por otro lado, están fuera del carruaje. El luisiano ha salido de su reserva habitual y parece enfadado con un burgués que luce una rica levita bordada con hilo de oro. Detrás de ellos, unas sombras avanzan en fila india, con el cuello inclinado y la piel oscura desvaneciéndose en el crepúsculo. Es un grupo de africanos vestidos con harapos. Están embarcando un barco que está amarrado cerca de nosotros, tan barrigudo como su propietario.

Se me parte el corazón al ver las pesadas cadenas que los atan unos a otros. «Esclavos». Una vez, en la Butte-aux-Rats, leí una de las pocas historias que circulaban sobre la esclavitud y me repugnó, pero el espectáculo de esa horrible práctica es peor que todo lo que esa lectura me hizo imaginar.

—¡La esclavitud está prohibida en suelo francés! —declara Zacharie, enfurecido.

Es la primera vez que lo oigo alzar la voz, porque siempre se ha mostrado muy comedido. Las últimas llamas del atardecer proyectan sobre su cara contraída por la cólera un resplandor ardiente. A lo lejos, las gaviotas se pelean ruidosamente por los restos de pescado que han arrojado los últimos arrastreros que están arribando al puerto.

—Solo están de paso en suelo francés —responde el armador—. Es una simple muestra de una tribu de la costa occidental africana que he traído a Nantes para que mis socios juzguen su calidad. Asunto zanjado: esos caballeros están de acuerdo en que esos miserables son suficientemente robustos y aptos para trabajar en el campo. Mi barco negrero podrá volver a zarpar rumbo a Dahomey, llenar sus bodegas con cientos de otros especímenes y luego navegar hacia las colonias americanas.

—¡Al menos deles algo de comer y beber! —gruñe Zacharie apretando los puños.

El armador se limita a encogerse de hombros.

59

—No soy Creso. El agua está racionada, al igual que la comida.

—¡Cómo se atreve a racionar el alimento a esa pobre gente mientras usted engorda con su miseria!

El burgués resopla. Siento que un insulto aflora en sus labios llenos de desdén, pero al final cambia de opinión, al ver el sol real grabado en la coraza de Zacharie.

—Con el debido respeto, señor escudero, esas criaturas no son más que bestias de carga —afirma suavizando el tono—. Son simple mercancía cuyo comercio enriquece las arcas del reino de Francia tanto como las mías.

Acto seguido, saca de su levita un pergamino lleno de sellos.

—Aquí está mi autorización para el comercio de esclavos debidamente otorgada por el Ministerio de Comercio de su majestad.

Zacharie es un espadachín de primera: le bastaría desenvainar su espada y cortar de un solo tajo tanto al documento como a su propietario. Pero al ver ese pedazo de papel se queda paralizado, como si fuera un muro infranqueable. El documento le recuerda que la vergonzosa trata de esclavos está autorizada por la voluntad del rey, del soberano al que ha jurado una lealtad absoluta.

—Veo que ha entrado en razón —dice con regocijo el armador mientras vuelve a guardarse el innoble permiso—. A juzgar por su complexión, debe de proceder de las islas, de una plantación de Luisiana, tal vez. Es hijo de un amo y una esclava, ¿me equivoco? El Código Negro autoriza la emancipación de esos retoños.

El rostro de Zacharie permanece cerrado como un puño. Podría doblegar la altivez de ese personaje abyecto y presumir de ser hijo de Philibert de Grand-Domaine, su padre, a quien la princesa Des Ursins presentó como el más poderoso plantador de Luisiana, pero no lo hace. El ocaso incendia su piel morena. Sobre sus labios sellados, sus ojos negros proyectan destellos aún más ardientes de rabia.

El burgués interpreta su silencio como aquiescencia.

—Me lo imaginaba. Así pues, en lugar de discutir, sería mejor que nos dedicáramos a hacer negocios. ¿Su padre no necesita mano de obra extra en su plantación? —Se vuelve hacia los desafortunados hombres, que casi han terminado de subir al barco negrero—. Tengo previsto cargar seiscientos pares de brazos frescos en Dahomey. Restando las inevitables pérdidas que se producen durante la travesía, creo que dentro de seis meses podré entregar unos quinientos en Nueva Orleans. Aquí tiene mi tarjeta.

Pone la tarjeta en la mano de Zacharie y a continuación da media vuelta para dirigirse hacia uno de los elegantes edificios que delimitan el puerto. Miro con horror las altas columnas y las elaboradas molduras que se financian con el comercio de seres humanos...

—Lo siento mucho, Zach —susurra Poppy poniendo con delicadeza una mano en el brazo del escudero, pero él lanza un bufido y se zafa de ella.

—Sentirlo no sirve de nada.

El rostro de la inglesa se contrae bajo el moño. Entreabre sus labios de color rojo oscuro con intención de pronunciar más palabras reconfortantes, pero un diluvio de tintineos ensordecedores se lo impide. Todos los campanarios de Nantes están anunciando el comienzo del toque de queda.

Cuando calla el último tañido, se oye un sonoro crujido bajo el carruaje: el compartimento para el equipaje se está abriendo. Un zapato de tacón exquisito, seguido de un tobillo de alabastro, se posa en el suelo. Luego, el cuerpo de la princesa Des Ursins sale del ataúd que se encuentra en dicho compartimento. Alisa los pliegues de su vestido de damasco malva y reajusta el velo de encaje que cubre su cabellera. Por lo demás, parece tan fresca como una rosa matutina.

—Ya hemos llegado —dice con su voz cristalina—. La orilla donde nuestros caminos se separan. —Barre el muelle con sus largas pestañas—. Pero díganme, ¿dónde está el caballero de Montesueño?

—Aún no ha vuelto de su paseo —responde Poppy—. Si lo conozco bien, seguro que está charlando con un caballo, porque creo que prefiere esos animales a los seres humanos.

—De acuerdo. Mientras lo esperamos, aprovecharemos para despedirnos. Tengo un regalo para usted, señorita de Gastefriche.

—¿Un regalo? —repito un tanto alarmada—. Su compañía durante el viaje en carruaje ya ha sido el más hermoso de los regalos.

La diplomática inclina el cuello, tan largo y grácil como el de un cisne.

—De eso se trata, ¿quién te hará compañía cuando te quedes sola en tu nuevo ducado marítimo? La criada que te designó el gran arquiatra no es adecuada para conversar contigo. Permíteme ofrecerte una segunda más habladora.

Tras decir esas palabras, se vuelve hacia los cocheros.

—¿Ha llegado mi invitada?

—Sí, señora —responde uno de ellos—. Fuimos a buscarla con el carruaje mientras usted dormía.

Dicho esto, el hombre abre la puerta del segundo vehículo, donde viaja mi ajuar. Una joven se apea de él. Luce un vestido beis de franela, mucho más sencillo que los que suelen llevar las damas de la corte. Las dos largas trenzas rubias que flanquean su cara cubierta de manchas rojizas brillan en el halo del farol que cuelga del gancho más próximo. Sin saber por qué, siento que se me retuerce el estómago. Estoy segura de no haber visto en mi vida a esa persona y, sin embargo, creo reconocerla. Esos ojos azules grandes y apagados... Esa pequeña nariz respingona... Esa frente alta y abultada...

—Aquí está mi regalo —dice la princesa Des Ursins—. Te ofrezco un cálido reencuentro.

¿Reencuentro? Intento sonreír mientras me estrujo con furia el cerebro a la vez que siento un nudo en la garganta. La desconocida habla primero y me crucifica con una sola palabra:

—¡Querida prima!

Me estremezco y siento que mis piernas flaquean. Por eso los rasgos me resultaban familiares, porque se parecen a los de la verdadera Diane de Gastefriche, a la que tuve que matar para salvar el pellejo antes de usurpar su identidad. Pensé que su muerte, después de la de su padre, había extinguido para siempre el linaje Gastefriche. No tuve en cuenta la posibilidad de que pudieran tener familia lejana.

Un tartamudeo confuso mueve mis labios:

—Yo..., esto...

—Yo también estoy muy emocionada —murmura la joven con los ojos empañados—. Hace mucho tiempo que no nos vemos.

—Demasiado tiempo, sí —logro decir con voz ronca.

—¡Cuánto la he echado de menos!

—Yo…, yo también…

El corazón me late tan rápido que podría salírseme del pecho. Los gritos de las gaviotas resuenan en mis sienes con más fuerza que el toque de queda. ¡Basta un detalle para que esta chica comprenda que no soy quien ella cree! Puede desenmascarar mi impostura pronunciando una simple frase ante la consejera más próxima al rey y ante los escuderos que le son devotos. ¿Cuánto hace que no ha visto a la verdadera Diane de Gastefriche? Por el momento, la emoción del reencuentro parece haberle hecho perder el norte y la oscuridad le ofusca la vista, pero, cuando recupere el sentido a plena luz, ¿será posible mantener el engaño?

Camina hacia mí abriendo los brazos.

—¡Mi querida Diane! —exclama abrazándome.

—Mi querida… prima —balbuceo cayendo en la cuenta de que ni siquiera sé su nombre de pila.

63

La princesa Des Ursins tercia en ese preciso momento:

—Prudence aceptó mi ruego sin pensárselo dos veces. Cuando el rey anunció su partida la semana pasada, envié enseguida a mis agentes a visitar a la rama bretona de su familia por parte de madre: los Keradec. Su prima se ha despedido de sus padres para unir su vida a la suya.

Prudence de Keradec —porque así se llama— da un paso hacia atrás para observarme mejor en el halo vacilante del farol.

—Me habría gustado venir antes, Diane —dice con voz temblorosa—. Recuerde que de niñas estábamos muy unidas. Nos lo contábamos todo. Luego la vida la alejó de mí y después no he vuelto a encontrar una amiga como usted: desde hace muchos años solo confío mis secretos a mi diario.

«¡Esos años no han sido suficientemente largos!», me digo. Cuanto más remotos sean los recuerdos de esta prima de mal agüero, más fácil me resultará engañar su memoria mientras encuentro la manera de neutralizarla definitivamente.

—Qué emoción sentí al ver su nombre en las gacetas el
año pasado, cuando superó las pruebas para acceder al Sorbo
del Rey —prosigue—. Qué alivio fue saber que había sobrevivido al ataque que sufrió su pobre padre, el tío Gontran. Pero
las puertas de Versalles están cerradas a los pequeños nobles
provincianos como mis padres y yo. Solo hemos podido seguir
sus hazañas desde la distancia, en las páginas del *Mercure Galant*. —Acto seguido, mira con los ojos llenos de lágrimas a la
ministra de Asuntos Exteriores—. Nunca podré agradecer lo
suficiente a la señora Des Ursins que me haya llamado.

—Es natural —afirma la princesa—. Así tendrán tiempo
de ponerse al día y de recuperar el tiempo perdido, durante la
travesía. A propósito, ya es hora de embarcar. ¿Todavía no hay
señales de Montesueño?

Los cocheros niegan con la cabeza.

—Peor para él. Vámonos.

Partimos, la princesa flanqueada por Zacharie y Poppy, y
yo, por Françoise y la tal Prudence. Los cocheros nos siguen
cargados con los pesados baúles que contienen mi ajuar. Ahora
que todos los plebeyos se han encerrado en sus casas, el bullicio
del puerto se ha transformado en un silencio sepulcral. Avanzo
mirando al frente, sin atreverme a volver la cara hacia Prudence por miedo a que de repente caiga en la cuenta de su error.

—Bienvenidos a bordo de la *Novia Fúnebre* —dice un oficial uniformado a la entrada del mismo pontón por el que ac-
cedí antes al barco—. Soy el lugarteniente Eugène.

A diferencia de los fusileros que conocimos hace una hora,
imagino que el oficial es un vampyro, dada la palidez de una
cara enmarcada por unos largos y lustrosos rizos castaños.

—¿Cómo es que el capitán del barco no viene a recibirnos
en persona? —pregunta la princesa.

—Hyacinthe de Rocailles le pide disculpas, señora, pero
tiene la costumbre de levantarse tarde… y de no pisar nunca
tierra.

La princesa Des Ursins arquea una ceja.

—Un marinero que no se digna levantarse para saludar
una ministra del rey, ¡es insólito! Aunque me imagino que,
tratándose de vulgares corsarios, no cabe esperar la más ele-
mental cortesía.

64

El lugarteniente vampyro se limita a esbozar una sonrisa helada.

—Tienen ustedes las mismas costumbres que los piratas —dice la princesa aspirando por la nariz—. La diferencia es que saquean y matan amparados por la patente de corso que les firma el rey. —Hace un leve mohín de desaprobación, dado que su diplomacia se caracteriza por una mayor discreción—. Bueno, estoy segura de que esos modales no incomodarán al capitán Pálido Febo, y eso es lo único que cuenta.

Se vuelve hacia mí para darme un último abrazo tan frío como la muerte.

—Adiós, querida. La dejo, por supuesto, pero queda en manos de su amada prima. Tendrán tiempo de sobra para reencontrarse.

Dicho esto, nos empuja a Prudence y a mí hacia el pontón.

A cada paso que doy tengo la sensación de ir cayendo más y más en una trampa para alimañas, una trampa en cuyo fondo voy a permanecer atrapada con mi supuesta prima durante toda la travesía, e incluso después.

65

5

La prima

Cierro la puerta del camarote con dos vueltas de llave.

En cuanto pusimos un pie en la cubierta del barco, me excusé diciendo que me sentía indispuesta por la fatiga del viaje. A decir verdad, la verdadera causa de mi náusea es Prudence. Sé que no voy a poder escapar de ella siempre. Cuatro semanas en el mar en su compañía, sin tocar tierra: la mera idea me produce vértigo. El dolor de cabeza empieza a palpitar en la nuca, como cada vez que la bilis negra sube hasta mi cerebro. Siempre he sufrido en exceso ese humor, ¡y esta vez mi malestar no es fingido!

Miro febrilmente a mi alrededor buscando una escapatoria. El camarote es estrecho y tiene el techo bajo: parece la celda de una prisión. Un farol emite una luz amarillenta, que ilumina una cama estrecha y un secreter liliputiense. El único ojo de buey no ofrece la menor esperanza: es demasiado pequeño para que un cuerpo pueda pasar por él, incluso uno tan pequeño como el mío. Además, si huyera ahora, frustraría las esperanzas que la Fronda tiene puestas en mí. Me siento acorralada.

Con manos febriles, fuerzo el pestillo cubierto de sal. ¡Rápido, un poco de aire fresco antes de que me asfixie! Pero, en lugar del frescor, me llega a la nariz el aliento del mar, un olor al que no estoy nada acostumbrada: acre a la vez que repugnante. ¿Ha levado anclas el barco? No, aún sigue atracado, de manera que el ojo de buey de mi camarote da al puerto. Este se encuentra ahora totalmente desierto. El carruaje de la princesa Des Ursins ya se ha marchado. Las ventanas de las fachadas de los ricos edificios burgueses están cerradas. Todas excepto una, que brilla débilmente, en el último piso de un edificio devorado por la noche. Una silueta alta destaca a la luz vacilante de una lámpara de aceite. ¿Quién será la persona que vela asomada a la ventana?

A modo de respuesta, un crujido resuena en el silencio de la noche. Miro hacia abajo: una maciza puerta tachonada acaba de abrirse en la planta baja del edificio. Sobre ella cuelga un cartel de hierro forjado donde aparece escrito «Albergue de la Partida». Una segunda figura se desliza por el marco. El desconocido avanza a grandes zancadas por la penumbra en dirección al puerto y a nuestro barco. A medio camino, se detiene de repente y se da la vuelta. Por primera vez veo su cara a la luz del farol que cuelga de un gancho. Es Rafael. Se queda como petrificado en la noche por un segundo, su mirada apunta hacia la ventana que se encuentra bajo el techo…, hacia el que está de pie en ella. Guiñando los ojos, distingo el contorno de un turbante en la cabeza de la silueta asomada en el último piso. ¡Suraj! Es él, estoy segura, ¡es el escudero indio! Soy una de las pocas personas en Versalles que sabe que él y Rafael están teniendo una aventura prohibida. ¿Será por eso por lo que vino a Nantes en lugar de vigilar al rey en palacio?

Rafael se da la vuelta de repente y echa de nuevo a correr hacia la *Novia Fúnebre*. Los postigos de la planta alta del albergue se cierran con un chasquido tan agudo como el de un hacha al golpear un tajo. Cierro también el ojo de buey, presa de la confusa sensación de haber descubierto un secreto que, por un momento, me ha distraído del mío. Sea como sea, ¡ya es hora de reaccionar!

En la puerta de mi camarote se oyen tres golpes seguidos de una voz ahogada:

—Su bebida, señorita.

Giro febrilmente la llave en la cerradura. La cara de Cléante aparece en la puerta. A sus espaldas, el farol que cuelga del techo del estrecho pasillo se balancea suavemente: el barco ha levado anclas. El ayuda de cámara entra en mi camarote y coloca un vaso de agua con gas encima del secreter: pedí que me trajeran agua de Seltz para aliviar el dolor de cabeza, pero, sobre todo, para poder hacer un balance de la situación con mi aliado.

—Conseguí transmitir su mensaje —susurra—. No utilicé un cuervo, porque el riesgo de que los intercepten es muy elevado.

—Eso mismo pensé yo.

—Y tenía razón. En este momento, un rebelde está galopando hacia Versalles a toda velocidad para advertir a Raymond de Montfaucon del plan de reconquista del día que está urdiendo el Rey de las Tinieblas.

—Gracias, Cléante. Por mi parte, haré todo lo posible para que Pálido Febo jamás entregue el Corazón de la Tierra al Inmutable. El problema es que debo llegar a conocerlo sin que mi falsa identidad quede al descubierto.

—¿Qué quieres decir?

—Mi prima está a bordo.

—¿Te refieres a una pariente de Auvernia que sobrevivió a la masacre de los chupasangres?

—No, se trata de una prima de la difunta cuyo nombre he usurpado.

Mientras le cuento a Cléante el inesperado suceso, su semblante se va descomponiendo, sus labios empiezan a temblar bajo su fino bigote.

—¡Pero si se entera de lo tuyo, todo está perdido!

—Por eso tendré que representar mi papel a la perfección. Y tú vas a ayudarme.

—¿Yo? ¿Cómo?

—Dada tu condición de ayuda de cámara, puedes ir y venir con más libertad que yo por el barco. Entra en el camarote de Prudence aprovechando un momento en que ella no esté. No sé casi nada de ella, excepto que lleva un diario. Si pudiera leer esas páginas, averiguaría algo más, quizá lo suficiente para engañarla.

Cléante asiente con la cabeza.

—Por el momento, dile a mi séquito y al capitán que me he quedado dormida, vencida por la fatiga del viaje en carroza. Así esta noche no tendré que asistir a la cena.

Una hora más tarde, Cléante regresa con una libreta encuadernada con un cuero suave.

—Me escapé durante la cena. Todavía quedan dos platos por servir a los pasajeros mortales y dos sangres para los inmortales, eso te deja un buen cuarto de hora para leer el diario.

Luego vendré a buscarlo y lo devolveré al cajón del secreter de Keradec, justo antes de que vuelva al camarote.

Desaparece de nuevo sin hacer ruido, con un paso sigiloso que, además de ser propio de un discreto ayuda de cámara, lo es también de un avezado agente de la Fronda.

A la luz de mi lámpara, en el secreto de mi camarote, abro febrilmente el diario como si fuera la tapa de un cofre del tesoro. ¡Qué decepción! Solo hay algo escrito en las primeras páginas, es evidente que se trata de un cuaderno nuevo, sin duda destinado a un nuevo capítulo en la vida de Prudence. Y yo que pensaba que iba a poder profundizar en sus escritos y recuerdos. Bueno, el tiempo apremia y al menos así podré leerlo todo. Me sumerjo en la pulcra caligrafía, tan infantil como esa prima con trenzas de niña. La primera entrada es de ayer, el 28 de marzo del año 300 de las Tinieblas:

> Querido diario:
>
> ¡He decidido irme a las Américas! Yo, que nunca he salido de la baronía de Keradec, ¡estoy a punto de embarcar rumbo al otro extremo del mundo! Estoy muy contenta de volver a ver a Diane, pero a la vez algo preocupada: ¿le seguiré gustando después de todos estos años? Ella se ha convertido en una gran personalidad de la corte, mientras yo sigo siendo una joven bretona que nunca ha visto el resto del país. Cuando éramos niñas, la admiraba como a una hermana mayor, porque tenía un año más que yo. ¿Te acuerdas? Solía remediar los fallos en mis bordados, corregía las notas que fallaba cuando tocaba el clavicordio y me pasaba en secreto novelas llenas de historias de amor prohibidas. Pero ahora nos separa mucho más que un año: ella ha vivido mil cosas, y yo, casi nada.

Esas primeras líneas me conmueven extrañamente. Esperaba la prosa pretenciosa de una aristócrata segura de sí mismo, pero, en lugar de eso, me encuentro con las dudas de una humilde campesina. Es difícil no recordar la persona que yo misma era hace apenas un año: una provinciana que jamás había salido de su pueblo. Y si a mí me angustia que Prudence descubra la verdad, ella parece temerosa de no despertar mi simpatía. Su prima mayor parecía tener cierto ascendente sobre ella. Lo recordaré y lo utilizaré a mi favor.

Reanudo mi lectura pasando rápidamente por encima de los pasajes más insignificantes para poder recopilar datos que puedan resultarme útiles. ¡Ah, aquí está!

> Me despedí de mis padres. Mi padre, el barón Robert, me dijo que me mostrara digna del honor que me ha correspondido. Mi madre, la baronesa Angélica, derramó muchas lágrimas. Porque me marchaba, por supuesto, pero también porque todo esto le recordaba la muerte de su querida hermana, la madre de Diane. La tía Célimène mantuvo unidas a las dos familias, querido diario: imagínate que cada primavera viajaba de Auvernia a Bretaña para pasar un mes con nosotros. Pero cuando las fiebres se la llevaron, en el año 290, los lazos se rompieron y no he vuelto a ver a Diane desde entonces.

¡Lo que leo supera con mucho mis expectativas! Aquí están los elementos que necesitaba. Los bebo como leche, con el cerebro trabajando a toda velocidad. Sé la fecha de nacimiento de la verdadera Diane de Gastefriche, el 5 de mayo del 281, porque lo leí en sus documentos nobiliarios. Esto significa que su prima menor está a punto de cumplir dieciocho años, aunque no lo parezca. También significa que solo tenía ocho años la última vez que se vieron. ¡Mejor que mejor! En diez años pueden haber cambiado muchas cosas, tanto mental como físicamente. La verdadera Diane era todavía una niña en el 290 y hoy me he presentado a Prudence como una mujer joven; así pues, puedo achacar mi cambio físico a la pubertad.

Hojeo rápidamente varios párrafos cargados de un lirismo ligeramente caótico, donde Prudence vierte sus temores y esperanzas, hasta llegar al final de la entrada de hoy:

> En pocas palabras, querido diario, me lanzo a lo desconocido. Es excitante. Es aterrador. En cualquier caso, prefiero estas emociones extremas a la comodidad de una vida trazada de antemano en Keradec. Tú serás mi confidente durante el viaje, por lo menos hasta que me sienta lo suficientemente cerca de Diane y hayamos recuperado nuestra antigua complicidad.

Estupendo. Me aseguraré de que dicha complicidad no

arraigue demasiado deprisa para poder seguir averiguando cada noche en estas páginas más información sobre la persona que se supone que soy. Aliviada, cierro la tapa de cuero. Cléante puede venir a recuperar el diario. Después de todo, quizá mi situación no sea tan desesperada.

Cuando me despierto, a la mañana siguiente, el dolor de cabeza ha desaparecido. Mecida por el balanceo del barco, he dormido lo necesario, y el pálido sol primaveral brilla a través del ojo de buey de mi camarote. Tras asearme rápidamente frente al pequeño espejo que cuelga encima del secreter, agarro mi capa, abro la puerta del camarote...

Y me encuentro cara a cara con Françoise.

Está de pie, inmóvil, frente al umbral. ¿Cuánto hace que salió de su camarote, que está esperándome delante del mío? ¿Toda la noche? En la penumbra del pasillo, su rostro inexpresivo parece completamente congelado. Incluso a escasos centímetros de los míos, sus ojos siguen sin poder verse tras los monstruosos quevedos que la Facultad le atornilló al cráneo.

—Esto... ¿Me permite? —le pregunto rodeándola—. Necesito respirar un poco de aire fresco.

Sigue sin decirme palabra, pero emitiendo los horribles chirridos que marcan los movimientos de su cuerpo remendado.

Cuando salgo a la luz del día, a la cubierta principal, la infinidad del cielo me estalla en la cara. ¡Todo ese horizonte sin nada que se interponga en mi mirada!

—¿Algún problema, zeñorita? —me dice un marinero ocupado en enrollar una cuerda mientras masca tabaco.

—Yo... no —tartamudeo, y mi aliento forma una pequeña nube de vapor en el aire frío.

Intento sonreír al marinero, pero su cara permanece cerrada a cal y canto, como la puerta de una prisión. Sus pequeños ojos, rodeados de arrugas surcadas por los elementos, me escrutan con atención.

—He oído que se puso enferma durante el viaje desde Versalles —dice, refiriéndose a mi supuesto malestar del día anterior—. ¡Pero debe saber que un carruaje rodando es como pipí de gato comparado con el mar! Le conviene guardar cama hasta que lleguemos a las Antillas, con su infernal carabina haciendo guardia en la puerta como un chucho.

Suelta un escupitajo ennegrecido por el tabaco por encima de la borda.

Siento todo el desprecio de ese hombre de mar por mi origen rural. Por muy escudera del rey que sea, e incluso a pesar del motivo de esta expedición, me hace sentir que solo soy una invitada de paso en un barco donde probablemente ha pasado la mayor parte de su vida. Aunque en la *Novia Fúnebre* ondea la bandera francesa, la embarcación es en realidad un territorio que obedece a sus propias reglas. Aquí no existe la ley del toque de queda: un barco requiere la atención constante de su tripulación, incluso si sus miembros son en buena medida plebeyos. Pero sí que se aplica la ley del confinamiento, aunque sea de otra manera, porque, en realidad, este hombre y sus compañeros están aprisionados en el barco.

—Me acostumbraré al balanceo, ¡ya he visto muchas cosas! —afirmo.

Para demostrarlo, suelto el mástil y camino hacia el castillo de proa, pero el suelo tiembla traicioneramente bajo mis pies. Me tambaleo, pierdo el equilibrio y me agarro por un pelo al brazo de Françoise. «Maldita carabina…». ¡El viejo marinero no sabe lo acertado que estuvo cuando la llamó así!

De repente, veo a Prudence, que camina hacia mí con un paso tan vacilante como el mío y envuelta en un grueso abrigo de lana oscura. La angustia me encoge el estómago: el momento que temí ayer se aproxima, va a verme a la luz del día.

—¡Querida prima! —exclama al mismo tiempo que sus trenzas rubias se agitan con el viento—. Espero que esté mejor.

—Mucho mejor —contesto intentando sonreír con la mayor naturalidad posible.

—Sí, la verdad es que la encuentro radiante. Tan guapa como la recordaba.

La opresión que siento en el estómago se afloja un poco. ¿La señorita Keradec no es buena fisonomista? ¡Cuánto me alegro!

Mi prima lanza una mirada preocupada a Françoise.

—Veo que la acompaña su…, esto…, sirviente.

—Ninguna otra mujer ha tenido un nombre menos adecuado desde que el mundo es mundo —comento suspirando—.

¡La señorita Des Escailles me sigue a todas partes como si eso sirviera para algo!

—Tiene suerte de estar siempre acompañada —dice Prudence sin captar el sarcasmo en mis palabras—. Anoche me sentí muy sola en la mesa de los oficiales. Los demás escuderos me intimidan, no digamos ya los vampyros. El capitán Hyacinthe… me asusta.

Se estremece bajo su áspero abrigo, de una hechura tan modesta como la de su vestido, pero la causa de su temblor no es solo el viento helado. De manera que el capitán de la *Novia Fúnebre* es tan inquietante en carne y hueso como asegura su reputación. ¿Qué aspecto tendrá? Bueno, no tardaré en conocerlo. Por ahora, lo único que he de hacer es asegurarme de que Prudence no dude sobre mi identidad.

—Querida Prudence, que me encuentre radiante demuestra lo bondadosa que es usted —le digo—, porque las pruebas que he padecido y las tribulaciones propias de la vida en la corte me han cambiado, ¿no cree? Vamos, es demasiado educada para confesármelo, pero apuesto a que me encuentra cambiada… Es por la pena. Después de perder a mi pobre padre, mi pelo encaneció de la noche a la mañana. Usted, en cambio, ¡está tan fresca como una rosa! Una rosa pálida… Porque está un poco pálida, querida prima… ¿Va todo bien?

Intento sonsacarle las posibles dudas que puedan quedarle, pero no detecto la menor sospecha en sus grandes y desvaídos ojos azules, cuya claridad contrasta con las inmensas velas negras hinchadas por la brisa.

—Si me encuentra pálida, será porque me voy a poner enferma también —confiesa apenada—. Mi estómago no pudo retener nada de la cena de anoche. Yo… creo que estoy mareada. Y además me parece que siento nostalgia.

De repente, esta pariente salida de la nada ya no me parece tan temible. Anoche la veía como la némesis que iba a descubrir mi usurpación y a causar mi perdición, pero esta mañana solo la veo como una niña perdida e inofensiva.

—La nostalgia pasará —le aseguro metiéndome en la piel de la prima mayor protectora que ella describe en su diario—. Yo también tardé cierto tiempo en aclimatarme a Versalles.

Prudence esboza una sonrisa tímida.

—Siempre ha sido mi ejemplo, Diane. Incluso cuando era pequeña, sabía que estaba destinada a tener un gran futuro. Y aquí está hoy, a punto de convertirse en duquesa de la mano de un señor de los mares. ¡Va a reinar en la Corte de los Huracanes!

A mi pesar, la ingenuidad de Prudence me conmueve. Tengo la impresión de estar escuchando a una niña contándose un cuento de hadas, olvidando que estoy prometida a un asesino sanguinario… Pongo una mano en su brazo con deferencia, como la «hermana mayor» que se supone que soy a sus ojos.

—¿Por qué nos hablamos de usted, prima? ¡Tuteémonos, por el amor de Dios!

La sonrisa de Prudence se ensancha haciendo bailar las cándidas pecas de sus mejillas.

—¡No sabes cuánto me enternece eso, Diane! Después de tantos años, tenía miedo de no reconocerte, lo admito. Pero ahora me doy cuenta de que, por mucho que digas lo contrario, no has cambiado nada.

¿No he cambiado? Prudence debe de ser aún más miope que Françoise, o quizá la emoción la ciegue, cosa que, desde luego, me conviene.

—Lo único realmente distinto es tu pelo —añade alzando los ojos—. Antes eras tan rubia como yo, pero entiendo que tu cabellera perdiera su color debido a la terrible tragedia que viviste.

Los ojos de Prudence, tan parecidos a los de la verdadera baronesa, se empañan.

—Me avergüenza haberte confesado que ya echo de menos a mis padres, a ti, que perdiste a los tuyos en unas circunstancias espantosas.

—No tienes por qué avergonzarte, Prudence. Aunque hayas dejado la casa de tus padres, sigues unida a ellos en tus pensamientos. Tan pronto como lleguemos a las Antillas podrás escribirles. Así podrás transmitir también mi cariño al tío Robert y a la tía Angélique, como en los viejos tiempos.

Nos abrazamos, Prudence aliviada por haber encontrado a la prima que perdió hace tanto tiempo, y yo por haberme metido a esa desconocida en el bolsillo.

ϒ

Paso mi primer día en el mar acostumbrándome al movimiento del barco. En ese sentido, la engorrosa Françoise me resulta útil, porque gracias a ella puedo agarrarme a algo cada vez que pierdo el equilibrio; lastrada por el hierro que la Facultad metió bajo sus faldas, ella permanece estable, sean cuales sean las circunstancias, tan sólida como un cabo de amarre.

Me entretengo charlando con Prudence, evitando sumergirme demasiado en unos recuerdos de los que carezco. La divierto frívolamente contándole los cotilleos de la corte y las últimas modas de palacio. Después de un almuerzo a base de galletas secas y de queso fresco, que engullimos a toda velocidad en una habitación del entrepuente, paso un rato con Poppy observando a los taciturnos marineros. Al hablar utilizan unos términos exóticos para mis oídos —pasamano, cabrestante, trinquete, foque mayor—, palabras que intento recordar para trazar la geografía de un mundo que a partir de ahora será el mío: el de la marina. Me suelto el pelo, el viento es tan fuerte que es imposible mantenerlo recogido; de hecho, el moño alto de Poppy se deshace y varios mechones resbalan sobre sus hombros bajo el frío sol. A veces vislumbro la silueta de Zacharie, solo en la toldilla, situada en el punto más alto del barco, practicando esgrima con su espada. Parece como si luchara contra un enemigo invisible, más aún, contra el mismísimo océano. En cambio, a Rafael parece habérselo tragado la tierra.

—Según parece, subió a bordo en el último momento —me cuenta Poppy al final del día.

Estamos apoyadas en la barandilla del castillo de proa, con los ojos clavados en las olas heladas, en el punto donde el día está muriendo. Mientras contemplo el horizonte, casi olvido la presencia silenciosa de Françoise, que está a unos pasos tras de mí.

—Al igual que tú, Rafael no debía de encontrarse muy bien anoche, porque no cenó en la mesa de oficiales —prosigue Poppy. Se ríe, con esa risa estridente tan característica de ella—. ¡Por lo visto, el «caballerito» se encuentra más a gusto a lomos de un caballo que en la cubierta de una carraca!

Me guardo muy mucho de contarle nada sobre la escena que presencié el día anterior en el albergue de la Partida, a través del ojo de buey de mi camarote. No me corresponde revelarle el secreto que descubrí el año pasado. La relación que une a Rafael

75

de Montesueño y a Suraj de Jaipur es doblemente ignominiosa... En primer lugar, porque el amor entre personas del mismo
sexo está mal visto por la Facultad Hemática, que supervisa la
reproducción del ganado humano. En segundo lugar, porque el
rey se enorgullece de validar personalmente las uniones de sus
escuderos. El encuentro de anoche, que tuvo lugar al amparo de
la oscuridad, se parecía mucho a una cita clandestina.

—Zacharie no es mucho más sociable —añade Poppy con
pesar. Señala con la barbilla la toldilla, donde el solitario de
Luisana sigue practicando esgrima—. Creo que el espectáculo
de los esclavos en Nantes hizo mella en su moral, y lo entiendo. Fue... ¡abyecto! Me gustaría hablar con él, pero temo herir
sus sentimientos, no ser capaz de atinar con las palabras.

La voz de Poppy se quiebra, sus ojos de largas pestañas
ahumadas se nublan.

—Dale tiempo —le aconsejo—. Si algo no nos falta, es eso:
tenemos por delante todo un mes de travesía.

Ella asiente con la cabeza. Siento un impulso de afecto por
esta joven que se indigna ante los horrores del mundo, que
muchos otros cortesanos se limitan a ignorar o incluso a aplaudir con vehemencia. Me pregunto si algún día Poppy podrá
unirse a la Fronda del Pueblo.

Pero enseguida me quito de la cabeza esa peligrosa idea.
¡Montfaucon no me ha enviado al otro lado del océano para
reclutarla!

—Estabas hablando de la mesa de oficiales —digo retomando la conversación—. Según me ha contado Prudence, impresiona mucho.

—No hace falta mucho para desequilibrar a tu prima. Es
probable que en su mansión bretona no se relacione con muchos inmortales, pero a nosotras, que venimos de Versalles,
donde abundan, no puede amedrentarnos un puñado de corsarios de sangre fría.

—¿Ni siquiera el capitán Hyacinthe de Rocailles?

Poppy suelta un silbido. El viento arrecia jugando con sus
mechones salvajes, dándole la apariencia de una antigua medusa coronada de serpientes.

—Ese es llamativo, lo reconozco —admite—. El tipo de cara
que no olvidas si tus ojos se cruzan con el suyo.

—¿No serán más bien los suyos? —la corrijo.

—Oye, rimadora de salón, ¿quién te has creído que eres? El hecho de que sea inglesa no implica que cometa unas faltas tan gordas en francés. Conozco el singular y el plural. Rocailles solo tiene un ojo. Gracias a Dios, porque, teniendo en cuenta cómo te fulmina con él, ¡con dos te convertiría en ceniza en el acto!

Un tintineo siniestro puntúa sus palabras: en el puente de mando un marinero está tocando una campana de bronce. A pesar de que en el mar no existe el toque de queda, se anuncia de todas maneras para señalar la muerte del día y la resurrección de los vampyros.

Los demás escuderos y yo estamos sentados a la gran mesa rectangular remachada al suelo de la cámara del consejo: la sala más grande de la *Novia Fúnebre*, situada en la parte posterior de la nave. Dicha sala hace también las veces de comedor. Un gran ventanal se abre al mar, cuya superficie se ve alterada por la estela que deja el barco tras de sí. Un rico revestimiento de madera negra adorna las paredes a ambos lados del vano y unas gruesas alfombras bordadas con motivos arácnidos cubren el suelo. El lujo es impresionante: en las esquinas se han instalado unos braseros portátiles que caldean un poco el ambiente, de manera que puedo quitarme la capa y dejar a la vista el vestido que, según los usos, hay que ponerse para cenar. La vajilla dispuesta sobre la mesa de ébano no desentonaría en Versalles: delante de cada invitado mortal hay platos de porcelana fina y una elaborada cubertería. Incluso hay servilleteros de cuerno, que oscilan suavemente al ritmo del ligero balanceo. Por otra parte, la media docena de oficiales vampyros presentes solo cuentan con un surtido de copas de cristal para degustar los diferentes tipos de sangre que les van a servir. Solo hay un asiento vacío: el del capitán Hyacinthe, que preside la mesa. Tal y como su lugarteniente le comentó a la princesa Des Ursins, el señor de la casa tiene la costumbre de levantarse tarde…

Aprovecho la ocasión para observar a Rafael, que no ha dicho una palabra desde que ocupó su lugar en la mesa entre Françoise y Prudence. Vestido con una camisa negra al estilo de la corte española, mantiene los ojos obstinadamente clavados

77

en su plato vacío. Sus mechones oscuros caen sobre su frente y sus mejillas, pero no lo suficiente para ocultar el largo corte que se aprecia en su mejilla derecha. Una herida fresca, todavía bermeja, que no tenía la última vez que lo vi a bordo del carruaje. ¿Lo hirieron durante las horas clandestinas que precedieron a su embarque? ¿Suraj le hizo esa cicatriz? Por lo visto, los dos amantes quedaron con el corazón destrozado tras su encuentro secreto en el albergue de la Partida: ¿por qué?

Mientras me hago estas preguntas, la puerta trasera de la sala del consejo, que es contigua a las estancias que ocupa el capitán, se abre de repente. En un instante entreveo una habitación donde hay depositados recipientes de porcelana, retortas y tarros llenos de pétalos secos, un equipo que me recuerda al que mi padre tenía en su laboratorio de la botica. Un soplo de aire helado entra en el comedor haciendo temblar las llamas de los candelabros; pero la corriente de aire no solo trae frío, también un aroma tan embriagador como el de las llanuras de Auvernia cuando estaban en flor durante los cortos meses estivales. Sin duda, es el olor que emana de las hierbas del laboratorio. Precedido por esa estela, el capitán hace por fin su aparición.

Por las vagas descripciones que me habían hecho de él tanto Prudence como Poppy, me había imaginado a un viejo lobo de mar tuerto, con la piel arrugada debido a décadas de saqueos. Olvidé con demasiada rapidez que los chupasangres permanecen congelados en la edad en que fueron transmutados. A juzgar por sus rasgos perfectamente lisos, Hyacinthe de Rocailles no debía de tener más de veinticinco años cuando las Tinieblas lo embalsamaron. Su larga cabellera rubia metálica tiene casi el color del platino. Su nariz recta, que prolonga una frente olímpica, me recuerda a la de las estatuas de pastores o dioses griegos que jalonan los jardines de Versalles. Un detalle rompe la imagen que parece directamente sacada de *Las metamorfosis* de Ovidio: el parche ocular de cuero negro en forma de corazón en su ojo izquierdo… El ojo derecho, en cambio, brilla con un resplandor azul, tan penetrante como una esquirla de hielo.

Los oficiales vampyros se levantan al unísono. Los mortales los imitan con cierto retraso y yo, petrificada por la aparición, soy la última en ponerme en pie.

—Damas y caballeros, tomen asiento, se lo ruego —nos invita el capitán.

También en este caso, su voz está muy lejos de tener el tono ronco que había imaginado: es grave y aterciopelada, tan armoniosa como la lira de Orfeo.

—Veo que esta noche estamos al completo —comenta tomando asiento en el extremo de la mesa—. El señor de Montesueño y la señorita de Gastefriche nos honran con su presencia.

—Le ruego que me disculpe por la cena de anoche, señor —le digo—. Estaba un poco indispuesta, pero ya me encuentro mejor.

—Me alegro. Algunas personas nunca se acostumbran a estar a bordo de un barco. Sabiendo la vida que le espera junto a Pálido Febo, temí que fuera una de ellas. —Su único ojo brilla fríamente—. Su futuro marido vive rodeado de tormentas. Le siguen dondequiera que vaya. Hasta tal punto que uno se pregunta si no es él el que las desencadena.

Intento esbozar una sonrisa afable.

—¡Desencadenar tormentas es una prerrogativa reservada a los dioses! No me voy a casar con Eolo, que yo sepa.

—¿Qué es la alquimia sino el intento de los hombres de igualarse a los dioses?

—¿La alquimia? —repito.

La palabra rebota contra el cristal de los vasos.

—Sospecho que Pálido Febo se dedica a ella —murmura con aire misterioso el capitán.

Temblorosa, miro fijamente mi plato vacío. La alquimia, rigurosamente controlada por la Facultad, está en el origen de la transmutación de Luis XIV en vampyro, la primera de la historia. Y ahora el monarca pretende volver a utilizar esa ciencia mística para reconquistar el día con la ayuda del Corazón de la Tierra. Mis padres también la practicaban en secreto al servicio de la Fronda, aunque no sé mucho más sobre sus experimentos. ¿Cabe la posibilidad de que Pálido Febo también experimente con las artes ocultas, como asegura Hyacinthe de Rocailles?

El capitán da unas palmadas con sus largas manos cubiertas de anillos, tan blancas como su camisa de mangas de encaje. Un ballet de sirvientes inicia de inmediato. Entre ellos veo a

79

Cléante, pero evito mirarlo a los ojos para no levantar sospechas. Ante los mortales aparecen unos platos de sopa mientras los vasos de los vampyros se llenan con la primera sangre.

—Sopa de guisantes con tocino y sangre de Albión recién extraída —anuncia pomposamente un mayordomo vestido con librea.

Al oír mencionar a su tierra natal, Poppy se retuerce en su silla. Lleva puesto uno de sus famosos vestidos vaqueros ajustados, que resalta sus vertiginosas curvas, para que Zacharie, junto al que se ha apresurado a sentarse, se fije en ella. Pero el luisiano apenas le ha dedicado una mirada desde que comenzó la cena.

—¡Sea como sea, la sangre no está muy fresca! —bromea Poppy agitando sus párpados empolvados—. Soy la única inglesa a bordo y no creo haber contribuido con una sola gota.

—Eso es falso —dice Hyacinthe.

—Ja, ja, ja, ¡qué gracioso es usted, capitán! Si me hubieran pinchado, lo sabría: tengo muchas cosquillas.

—No, lo que es falso es que sea la única inglesa a bordo. En la bodega se pudren en este momento una docena de sus compatriotas.

La sonrisa se desvanece de los labios de Poppy, pintados de un púrpura intenso.

—Pero… Inglaterra sigue siendo oficialmente aliada de Francia, que yo sepa.

El único ojo de Hyacinthe se centra en ella.

—Oficialmente, sí, por supuesto. En los palacios y embajadas todo son reverencias y cortesías, pero en el mar la situación es algo diferente. Los barcos con bandera inglesa a veces atacan a los barcos de su majestad. ¿Son corsarios comisionados por la corona británica o son simples piratas que actúan por cuenta propia? Un amplio debate que dejo a los diplomáticos. —Hyacinthe agarra su copa llena de sangre y se la lleva a las fosas nasales para apreciar el buqué—. Antes de echar el ancla en Nantes, la *Novia Fúnebre* navegó hasta las Azores. Los barcos procedentes de las Américas suelen hacer escala en esas islas portuguesas antes de ponerse rumbo a España, Portugal y Francia. Pero la semana pasada mi tripulación y yo nos cruzamos con un barco inglés que no tenía nada que hacer allí, así que lo hundimos. El capitán juró por las Tinieblas que su barco mercante se había extraviado en esas aguas a causa de una tormenta, pero ¿cómo podíamos comprobar que estaba diciendo la verdad? Una vez más, dejo esas cuestiones para los charlatanes: yo soy un hombre de acción.

Hyacinthe de Rocailles sonríe cruelmente mostrando las puntas de sus relucientes caninos. Luego hunde sus labios en la odiosa bebida sin quitar ojo a Poppy, como si estuviera bebiendo su sangre directamente del cuello de mi amiga. El resto de los oficiales vampýricos que están sentados a la mesa sonríen también con aire depravado: por lo visto, están disfrutando tanto como su jefe de la incomodidad que manifiesta la inglesa.

Siento náuseas: varias cubiertas por debajo de nosotros, a unos pobres desgraciados los mantiene con vida para que puedan proporcionar sangre fresca durante la travesía. Enemigos de Francia o no, corsarios o simples mercaderes, ¡nadie debería ser sometido a semejante tortura! Confieso que me cuesta terminar la sopa. Zacharie, Poppy y Prudence también parecen haber perdido el apetito. En cuanto a la frugal Françoise, ni siquiera se ha mojado los labios con ella.

—¡Ah, no hay nada como la sangre recién exprimida! —afirma el capitán, limpiándose delicadamente la comisura de sus sensuales labios con una servilleta bordada con sus iniciales—. ¿Qué quiere? Soy un epicúreo incorregible. Durante los dos siglos que llevo navegando por los siete mares con la *Novia Fúnebre*, solo transporto ganado vivo, jamás botellas. ¿No es así, caballeros?

Los oficiales asienten ruidosamente. Sus labios también han enrojecido con la primera sangre.

Hyacinthe suelta una carcajada seca y acto seguido dice:

—¡Bueno, esta vez sí que transporto botellas! Frascos, para ser más exactos, pero no para mi consumo ni para el de mis lugartenientes. —Me señala con el dedo índice—. Son para usted, señorita.

—¿Para mí? —digo hipando, a punto de ahogarme.

—Pues sí, para su transmutación, ¡por supuesto! ¡El rey llenó los frascos con su preciosa sangre a prueba de putrefacción, para que tanto usted como Pálido Febo puedan convertirse en vampyros en su noche de bodas!

6

Proa

Mis padres están inclinados sobre mi cuna.

En sus ojos no hay ni rastro de amor: solo un brillo frío, tan afilado como la hoja del cuchillo que empuña mi padre.

El terror me revuelve las entrañas.

Grito a pleno pulmón, pero mi boca de niña aún no sabe articular palabras: un gorgoteo confuso resuena contra las paredes de la habitación ciega, que tiene las cortinas echadas.

El brazo de mi padre parece vacilar, la hoja está suspendida a unos centímetros de mí.

—Vamos, aunque sea difícil, tenemos que hacerlo —le anima el monstruo que se ha apoderado de la cara de mi madre—. Tenemos que tomar una muestra para analizarla.

El cuchillo termina su recorrido, roza la piel de mi muslo y la corta lentamente.

Me despierto sobresaltada, con una sensación opresiva en el pecho debido al miedo. Tardo unos instantes en darme cuenta de que no estoy en la Butte-aux-Rats, sino en el camarote de la *Novia Fúnebre*: al igual que allí, las cortinas también están cerradas.

¡Otra pesadilla! ¡Una más de las que arruinan mis noches desde que, hace una semana, subí a bordo de este desafortunado barco! El extraño sueño del carruaje fue el primero de una larga serie en la que, en cada ocasión, mis padres se convierten en verdugos y el dormitorio de mi infancia en una cámara de tortura. Estoy convencida de que es la sangre del

rey, el maldito sorbo que corre por mis venas, lo que envenena mi mente de esta manera. Más que ningún otro, el fluido
real es un concentrado de tenebrina, el humor vampýrico.
La perspectiva de que, dentro de poco, estaré completamente
llena de ese líquido maligno me pone enferma…

¡No! ¡Me niego a convertirme en una vampyra! ¡Nunca renunciaré a mi humanidad! ¡Nunca seré transmutada y
aún menos por la sangre del Inmutable!

Dado que no aguanto más, me dirijo hacia el ojo de buey
y corro la cortina; detrás del cristal de bordes esmerilados, la
noche es oscura, sin un atisbo de esperanza. Intento poner
en orden mis pensamientos, todavía ofuscados por el terrible
sueño que acabo de tener. Cuando el rey nos prometió la
vida eterna a Pálido Febo y a mí, pensé que lo haría personalmente en Versalles, con ocasión de nuestra visita oficial para
celebrar su jubileo. De haber sido así, habría tenido tiempo
para escapar de la transmutación. Cómo iba a imaginar que
el maquiavélico soberano nombraría a un agente como Rocailles para supervisar la odiosa operación, que no tardará en
hundirme para siempre en las Tinieblas.

Respiro hondo mirando fijamente en el océano de tinta, semejante al raudal de tenebrina que amenaza con verter la muerte-viva en mis venas. Invoco la sabiduría de mi
madre con todas mis fuerzas. Me parece ver su cara en la
luna casi llena, hablándome con dulzura: «Cálmate, Jeanne.
Reflexiona. Lo cierto es que esto no cambia para nada tu misión principal: convencer al capitán Pálido Febo de que se
una a la Fronda».

Tiene razón: mi misión no cambia. Lo único es que su
ritmo se acelera. Desde el mismo momento en que conozca
al pirata, incluso antes de casarnos, tendré que ser lo suficientemente convincente para persuadirlo de que prefiera mi
causa a la vida eterna. Debo conseguirlo. ¡Entonces ya no se
hablará más de transmutación y me daré el gusto de tirar los
frascos del rey por la borda!

Mi respiración se calma. Mis pensamientos se centran.
Lo que en un primer momento pensé que iba a ser un mara-
tón se ha convertido en una carrera de velocidad. Que así sea.
Debo estar en plena posesión de mis medios, de mis habili-

83

dades físicas y de mi poder de persuasión. Tengo que dormir. He de dejar de tener esas malditas pesadillas como sea.

—Dime, Poppy, ¿todavía tienes esas bolas de morfina?

La inglesa me mira desconcertada. Hemos adoptado la costumbre de dar un paseo todas las noches después de cenar hasta el castillo de proa. Allí, envueltas en nuestras capas de lana dotadas de profundas capuchas, contemplamos por un momento los reflejos de la luna lejana en el océano. Al estar tan cerca de la proa, el viento sopla con fuerza y ahoga nuestras palabras. Tanto mejor: aunque Françoise nunca me pierde de vista, no puede oír lo que susurramos mi amiga y yo.

—¿Por qué me hablas de morfina? —se inquieta Poppy—. Sabes que desde que bebí el Sorbo del Rey ya no soy propensa a la tuberculosis y que ya no me... drogo.

Asiento con la cabeza bajo la capucha.

—Sí, lo sé, pero, si te lo pido, es porque a mí también me vendría bien un poco de ayuda para calmar mis noches. La angustia que me produce saber que dentro de poco voy a conocer a Pálido Febo perturba mi sueño.

No puedo confesar a Poppy la verdadera naturaleza de mis pesadillas, porque ella aún cree que soy una baronesa y no sabe nada sobre mi familia de fronteros. A la luz de la luna, una sonrisa ilumina su rostro borrando los dolorosos recuerdos de los años en que estuvo tan enferma.

—La intrépida Diane, capaz de doblegar tanto a los gules como a los conspiradores, ¡tiembla ante la idea de una cita a ciegas!

—Digamos que mis últimas aventuras galantes no salieron, lo que se dice, demasiado bien. Mi primer pretendiente resultó ser un peligroso terrorista y el segundo un tarro de cola tan pegajoso como Des Escailles. Después de Tristan de la Roncière y de Alexandre de Mortange, temo lo peor.

La verdad es que no espero nada en absoluto. Mi corazón no está en juego en este asunto. Lo único que cuenta es mi deber, no mis sentimientos. Mi único objetivo es poner a Pálido Febo al servicio de la Fronda. Convenciéndolo, seduciéndolo o comprándolo…, poco importa cómo sea. Pero Poppy tampoco sabe nada de eso.

Mi amiga suelta una sonora carcajada en respuesta al rugido de las olas negras que chocan contra el casco de la *Novia Fúnebre*:

—La verdad es que, dadas tus anteriores aventuras amorosas, ¡entiendo que estés ansiosa, *darling*! —Mete la mano en el bolsillo de su capa, saca un saquito de lona y me lo entrega discretamente—. Aunque he dejado de masticar morfina, siempre llevo un poco conmigo, por si tengo una recaída. Me alegro de que eso te pueda ayudar, pero, por tu propio bien, úsala con moderación, créeme. El exceso puede causar la adicción, además de náuseas.

Me meto el saquito entre los pliegues de la capa, de forma que Françoise no pueda verme.

—En cualquier caso, me pregunto qué aspecto tendrá Pálido Febo —murmuro—. Prudence se imagina una especie de príncipe azul.

Poppy pone los ojos en blanco.

—Tu prima es una cabeza hueca y tú eres una cabeza de mula: a veces me cuesta creer que tengáis sangre común.

—¡Nos parecemos más de lo que crees! —me apresuro a añadir—. Yo también soy una sentimental. Todas lo somos…, incluida tú, a tu manera.

La inglesa sonríe con cierta tristeza, estirando sus oscuros labios pintados de carmín oscuro:

—¡Yo soy ardiente, *darling*! Mi pasión es tan encendida como el rojo de la amapola a la que debo mi nombre. Me inflamo siempre demasiado rápido. Es una pena que Zach no vea cómo me consumo por él. —Exhala un largo suspiro—. El mundo es un lugar caótico, a menudo nos sentimos atraídos por aquellos que nos ignoran. Mira a Rafael: está sufriendo por amor, se ve a una legua. Tengo instinto para esas cosas. Debe de haber dejado en Versalles a una hermosa joven indiferente a su pasión.

Me guardo muy mucho de decirle a Poppy que su instinto no es tan infalible, porque el amor secreto de Rafael y Suraj solo les concierne a ellos dos.

—En cuanto a tu Febo, no sé si será el príncipe azul, pero

85

al menos no es un viejo chocho. Ya oíste lo que dijo Marigny: tu prometido es un joven que entró hace poco en el mundo de la piratería. No puede ser mucho mayor que tú.

—Me pregunto si es realmente un hombre, a juzgar por las carnicerías que se le atribuyen. En cuanto a la apariencia de juventud, puede ser engañosa, basta ver cada noche en la cena a Hyacinthe: no tiene una sola arruga, a pesar de que lleva siglos infestando los mares.

Poppy desecha mis temores con un ademán de la mano.

—Tu enamorado pirata no es un vampyro. Al menos, aún no, ya que opera al descubierto. La sangre del Inmutable os fijará a los dos en la flor de la vida *for ever and ever*. ¡Qué romántico, y te mueres! Bueno, es una forma de hablar, en cualquier caso tendrás que morir para acceder a la vida eterna. —Posa una mano en la mía para consolarme—. Merece la pena.

Intento sonreírle. ¿De verdad cree lo que dice? No tengo motivos para dudarlo. La transmutación es el horizonte de todos los cortesanos mortales y cuando, además, se practica con la sangre del monarca se considera una verdadera consagración.

Cuando me dispongo a cambiar de tema, un grito estridente me sacude hasta lo más profundo de mi alma. Es una voz humana e inhumana al mismo tiempo, a caballo entre un grito de angustia y el canto de un cisne.

—¿Qué es eso? —pregunta Poppy, aterrorizada.

—¡Parece venir de la proa, muy cerca de aquí! —contesto señalando al bauprés, que apunta hacia el oscuro horizonte como un gigantesco aguijón.

Poppy y yo nos inclinamos por la borda. Françoise está alarmada: sale de su habitual rigidez estatuaria y se precipita hacia la barandilla, como si temiera que yo pudiera caerme al mar.

—¡Tranquila, que no voy a saltar! —le grito, zafándome de su abrazo para poder ver mejor la parte delantera del barco.

Los contornos del mascarón de proa se dibujan a la luz de la luna. Solo vislumbré a la novia que dio su nombre al barco la noche en que embarcamos y desde entonces no le he prestado mucha atención. Ahora, sin embargo, veo que su vestido de luto, que creía tallado en ébano, es de auténtico terciopelo. La tela negra, endurecida por la sal y la escarcha, cruje con la brisa. El velo oscuro que cubre la cara del mascarón de proa también es de tela, pero lo que lo levanta no es el viento, sino el aliento de la boca que grita debajo.

—El... mascarón de proa está vivo —exclama Poppy con voz temblorosa, llena de pánico.

—¡No puede ser! —grito tratando de hacerme oír a pesar de los interminables alaridos—. ¡Nadie puede sobrevivir tan expuesto a los elementos durante días y noches!

—Exacto, la novia solo está medio viva —susurra una voz a mis espaldas.

Me giro bruscamente y veo a Hyacinthe de Rocailles. No le he oído acercarse. Está plantado allí, sin capa ni abrigo, con su cabellera de color rubio platino agitándose en la noche ventosa y su amplia camisa blanca ondeando como una vela. El relente mezcla su olor a yodo con el aroma floral que lo acompaña a todas partes. Las ráfagas de viento levantan su volante de encaje de Alençon. Debajo, su torso musculoso y sin vello está tan liso como el mármol; a fin de cuentas, es la piel de un vampyro, a la que no afecta la frialdad del ambiente. Su único ojo resplandece con la luz de la lámpara de tormenta que sostiene en una mano.

—¡Es hora de entrar! —ordena, y a continuación me agarra un brazo con una mano más fría que el aliento del océano—. No quisiera que la pupila del rey acabe en el fondo del océano, arrastrada por las olas.

—Es una diablura que haría palidecer incluso a los arquiatras —afirma Cléante.

El ayuda de cámara ha venido a traerme mi tradicional agua de Seltz; el pretexto del que se vale para reunirse conmigo todas las noches a la hora de dormir, apenas Prudence y Françoise entran en sus respectivos camarotes.

—Hyacinthe de Rocailles practica el lado más siniestro de la alquimia —me explica—. Se rumorea que es un maestro en la manipulación de hierbas raras y de raíces de mandrágora, que cultiva en sus estancias de la *Novia Fúnebre*, un jardín demoniaco donde brotan las flores del mal.

Eso explica las retortas y los frascos de pétalos que entreví en los aposentos del capitán. A decir verdad, no ocultó su interés por las artes ocultas cuando me dijo que sospecha que Pálido Febo también se dedica a ellas.

—Antes de cada viaje transatlántico, Rocailles pone un nuevo mascarón de proa al frente de su barco —prosigue Cléante—. Una pobre mujer a la que ha seducido en una taberna, dado que pertenece a la clase de chupasangres a los que les gusta jugar con sus presas. Puede que seduzca a sus conquistas de una noche prometiéndoles que, después del amor, podrán acceder a la vida eterna. Pero, en lugar de eso, las desangra hasta casi matarlas y luego las obliga a beber una decocción de flor inmortal mezclada con su sangre vampýrica en una proporción precisa, suficiente para que la desafortunada mujer resista la travesía, pero insuficiente para transmutarla por completo. Así las convierte en dhampyras.

—¿Dhampyras...? —repito quedamente, y el nombre de este nuevo horror, hasta ahora desconocido, me quema los labios.

—Es una vampyra a medias. Una criatura que se mantiene artificialmente entre la vida y la muerte, entre el día y la noche. La Facultad prohíbe tales prácticas en tierra firme, pero en el mar ese demonio de Hyacinthe asume todo el poder.

La mandíbula de Cléante se crispa nerviosamente. Hyacinthe de Rocailles representa todo aquello contra lo que lucha —el despotismo calculador y la crueldad gratuita—, hasta el punto de que se está jugando la vida en esta arriesgada misión clandestina. Baja la voz instintivamente y continúa susurrando:

—Gracias al velo que la cubre, la dhampyra puede protegerse de los rayos del sol, pero una hibridación semejante tiene un equilibrio inestable y quienes la sufren acaban muriendo entre dolores atroces al cabo de unas semanas. No obstante, antes de desintegrarse la dhampyra goza de unos sentidos sobrenaturales que le permiten ver los barcos enemigos a través de las brumas y a las abominaciones nocturnas que pueblan las profundidades del abismo. Embriagada de miedo debido a los traumas que ha padecido, la pobre criatura grita cada vez que vislumbra un nuevo peligro. Esa es la función que tienen los sucesivos mascarones de proa de la *Novia Fúnebre*: sirven como vigías a su pesar antes de que el capitán arroje su cadáver marchito al mar y luego seduzca a una nueva «prometida».

Reflexiono sobre esas terribles palabras, conmovida por el destino de las desgraciadas que mueren crucificadas en la proa del barco.

—Lo que la dhampyra ha sentido esta noche... —murmuro—. El capitán habló de sirenas. Las únicas que conozco son las criaturas mitológicas de las que se habla en las páginas de Homero.

—Desde el comienzo de la era de las Tinieblas, esos seres pueblan también el fondo de los océanos, para gran desgracia de los marineros —me explica muy sombríamente Cléante—. Sus voces cautivadoras atraen a los mortales hacia el oleaje, donde luego se dan un buen festín con su carne. Por eso el mascarón de proa brama cuando percibe la presencia de las sirenas, para ahogar su magnético canto con sus gritos.

Escucho el silencio recién recuperado con un nuevo oído. Desde mi estrecho camarote, solo puedo oír el sordo crujido del casco y el silbido sofocado del viento. La vigía ha enmudecido. Las sirenas se han ido. Pero ahora sé que los amargos abismos sobre los que nos deslizamos están poblados de abominaciones...

—El gran escudero me aseguró que la Fronda de las Américas me ayudaría —suelto abruptamente—. Que me brindaría los medios para comprar a Pálido Febo con oro, en caso de que no consiga ganarlo para nuestra causa con mis argumentos. Debo conocer como sea a la rama martiniquesa antes de que me presenten al pirata.

—Me ocuparé de ello en cuanto lleguemos a las Antillas —me promete Cléante—. Ya he estado antes en las islas y tengo contactos con la Fronda local. La *Novia Fúnebre* hará sin duda escala en Martinica durante varias semanas, el tiempo necesario para localizar el *Urano*, dado que el océano es vasto y Pálido Febo es esquivo.

Asiento con la cabeza, vagamente tranquilizada por ese retraso, que me permitirá organizarme lo mejor posible.

En cuanto Cléante se despide, me meto en la boca una bola. La mastico bien, sintiendo cómo la morfina va adormeciendo poco a poco mi mente. Ojalá pueda ahuyentar las pesadillas que atormentan mis noches y me haga olvidar a las que navegan por el océano.

El resto del viaje transcurre en un ambiente sosegado. La morfina, que me procura unas noches sin sueños, hace que mis despertares sean un poco más pesados cada mañana. La extensa monotonía del océano me adormece. La ociosidad a bordo de la *Novia Fúnebre* me hace perder el sentido de la orientación. Solo veo a Zacharie y a Rafael en la cena, unas sombras taciturnas consumidas por sus pensamientos. Sospecho que el español sufre por la misteriosa disputa que tuvo con Suraj; aunque la herida de su mejilla se ha cerrado, intuyo que la amorosa aún sigue abierta de par en par en su corazón. El de Luisiana, en cambio, sigue siendo un misterio para mí. Paso la mayor parte de mis días en mi camarote o en el de Poppy, probándome los suntuosos artículos de tocador que la princesa Des Ursins ha incorporado a mi ajuar. Prudence se une a veces a nosotras y delira sobre mis galas al mismo tiempo que se ruboriza con las picardías de la inglesa. Por otra parte, no estoy aprendiendo nada nuevo de lo que escribe en su diario, que leo cada noche en secreto. El tiempo acaba pareciéndose a una interminable guirnalda de seda, plumas y lentejuelas.

La única señal de que avanzamos es que la temperatura ambiente se va suavizando gradualmente. Día a día, la escarcha se derrite en mi ojo de buey. El azote del viento en las mejillas es menos cortante, casi acariciador. Mi respiración ya no lanza vapor cuando salgo a cubierta.

—¡Feliz cumpleaños! —exclama Prudence una mañana.

—Yo…, esto…, gracias.

Mi mente vacila. Estoy segura de que los documentos nobiliarios de la verdadera baronesa de Gastefriche fijaban su nacimiento el 5 de mayo y aún estamos a 29 de abril. ¿Por qué Prudence me felicita con tanto anticipo?

—Sé que aún faltan seis días para tu cumpleaños —me explica ella, luego, respondiendo a la pregunta que no me atrevo a formular—. Pero he pensado que podríamos celebrarlo al mismo tiempo que el mío, que es hoy. Como en los viejos tiempos, ¿recuerdas?

Asiento con la cabeza, intentando sonreír con aire de connivencia. Sobre todo, ¡no digo nada y dejo que siga hablando!

—Ya sabemos que nuestros padres solo nos organizaban una única fiesta porque les preocupaba el dinero —dice suspirando—. La familia Gastefriche era tan pobre como los Keradec, ¿verdad? ¡Pero a mí me encantaba poder celebrar mi cumpleaños contigo!

—El placer era mutuo..., y lo sigue siendo hoy —le aseguro—. ¡Yo también estaba a punto de felicitarte, mi querida Prudence! —Mi momento de vacilación ha pasado y vuelvo a ser la prima mayor—. Ya tienes dieciocho años: felicidades.

—Y tú diecinueve —exclama aplaudiendo.

Intento sonreír. Mi verdadero cumpleaños fue el pasado mes de enero, pero nadie me felicitó, porque toda mi familia había muerto...

Tragando mi pena, me refugio en los lugares comunes:

—El tiempo ha pasado tan deprisa desde las primaveras de nuestra infancia en Keradec. Tengo la impresión de tener aún ocho años...

—Yo también —dice Prudence sacudiendo vigorosamente la cabeza.

A continuación, mete una mano en el bolsillo de su ligera capelina de fieltro, que ha sustituido al abrigo de lana desde que el tiempo ha mejorado, y extrae un pequeño paquete cuidadosamente envuelto en papel de seda:

—Es para ti, de parte de mis padres.

—¡Oh, no deberían haberse molestado! —exclamo—. Me has pillado desprevenida: no tengo nada para ti...

—No sabías que iba a participar en el viaje. Y, además, para mí no hay mejor regalo que tu presencia. ¡Vamos, ábrelo!

Lo desenvuelvo y saco una plumilla y un tintero.

—Es un regalo modesto, porque mi familia aún no anda sobrada de dinero —precisa Prudence—. Al contrario, las finanzas de la finca se han deteriorado aún más, dado que el clima es cada vez más frío y las cosechas no hacen sino empeorar. —Baja la mirada hacia la plumilla—. Ese instrumento fue tallado en la madera de un manzano de Keradec, uno de los últimos que aún no se ha congelado. Recuerdo cuánto te gustaba su fruta.

—Es un detalle maravilloso. Gracias a ti y a tus padres.

Prudence enrojece complacida. Me coge las manos entre las suyas y hunde sus grandes ojos azules en los míos.

—Puedes agradecérselo tú misma escribiéndoles una nota con este portaplumas —sugiere emocionada—. Me dijiste que tan pronto lleguemos a las Antillas podremos mantener correspondencia.

—Sí, les escribiré con mucho gusto —le prometo, conmovida a la vez que un poco avergonzada por recibir unas atenciones que, en realidad, corresponden a otra persona.

—He oído que hoy vamos a celebrar tu cumpleaños por adelantado —dice Hyacinthe de Rocailles en la cena, después de que nos hayan servido el postre y la última sangre.

Prudence me sonríe afectuosamente por encima de su pedazo de tarta de Saboya. Sospecho que es ella quien se ha ido de la lengua. Lo más probable es que haya querido correr la voz para complacerme. Pobrecilla, no sabe que si hay algo que he estado evitando a toda costa desde el comienzo de la expedición es relacionarme con ese abyecto chupasangre que es nuestro anfitrión. No solo lo evito por su sadismo, del que nos ha ofrecido muchos ejemplos desde el comienzo del viaje. Además, tiene algo que me incomoda profundamente. A pesar de su apariencia juvenil, Hyacinthe no es como Alexandre, cuya crueldad es propia de la volcánica despreocupación típica de un eterno adolescente. Con el rubio corsario siento, por el contrario, que todo está fríamente pensado, sopesado y calculado. Cada vez que su ojo azul se posa en mí, tengo la impresión de que me está diseccionando con un bisturí.

—Mi verdadero cumpleaños no es hasta el 5 de mayo —digo—. No es para armar tanto jaleo.

—Esa modestia te honra, querida, pero, en cualquier caso, ¡eres la pupila del rey y una futura duquesa!

—Si el futuro duque me acepta —contesto yéndome por la tangente.

Una sonrisa enigmática estira los labios de Hyacinthe esculpiendo unos minúsculos hoyuelos en sus mejillas de alabastro. ¿Burla? ¿Desprecio? ¿O simple pose? Es imposible interpretar la expresión de ese endiablado vampyro. En cualquier caso, ya que estamos en el capítulo dedicado a Pálido Febo, a ver si puedo sonsacarle lo más posible sobre él.

—Debes reconocer que Pálido Febo sigue siendo un misterio —digo—. A saber cómo me recibirá, por mucho que haya sido enviada por el mismísimo Rey de las Tinieblas. ¿Tienen al menos alguna idea de dónde está en este momento, mientras hablamos?

Por toda respuesta, el capitán chasquea los dedos.

—¡El mapa de las Antillas! —ordena.

Los criados retiran los platos donde han servido la tarta de Saboya. Como de costumbre, Françoise no ha tocado el suyo. Luego, uno de los oficiales vampyros, el lugarteniente Eugène, se apresura a extender un largo trozo de pergamino en el centro de la mesa. Un bordado de tierras y mares de nombres exóticos, atravesado por las rutas marítimas, se despliega ante mis ojos.

—Desde hace siglos, las potencias continentales se han repartido las Antillas —explica el capitán—. Aunque las colonias administradas directamente por Francia son las Antillas Menores y Sang Domingo, en realidad todas las islas deben rendir cuentas al Rey de las Tinieblas, porque en Europa las coronas de España y las Provincias Unidas le han jurado lealtad. Incluso las pocas posesiones inglesas, como Jamaica, deben pagar el impuesto. Solo hay unos pocos enclaves que escapan al control real, como las islas Lucayas: unos manglares miserables y unas selvas infestadas de malaria, donde los piratas del mar Caribe se reúnen para disfrutar de sus bienes mal adquiridos. Ratas excavando en agujeros malolientes, ¡eso es lo que son!

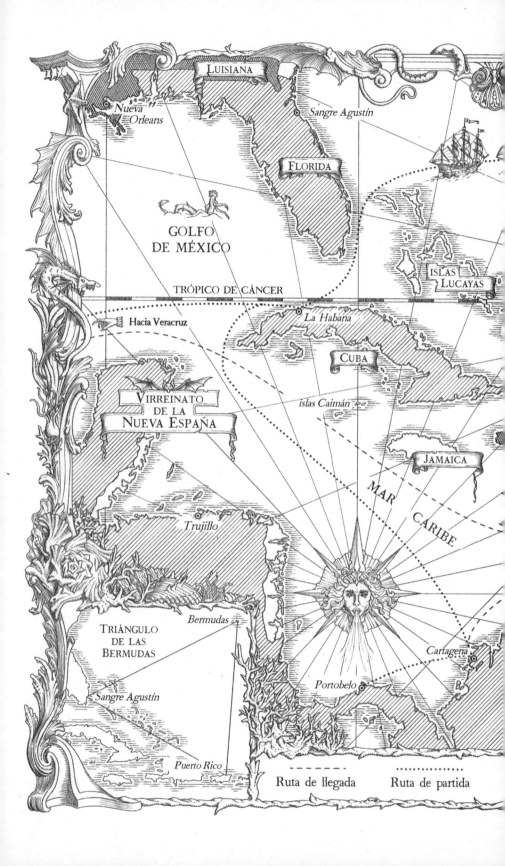

LUISIANA

Nueva
Orleans

Sangre Agustín

FLORIDA

GOLFO
DE MÉXICO

ISLAS
LUCAYAS

TRÓPICO DE CÁNCER

Hacia Veracruz

La Habana

CUBA

VIRREINATO
DE LA
NUEVA ESPAÑA

islas Caimán

JAMAICA

MAR
CARIBE

Trujillo

TRIÁNGULO
DE LAS
BERMUDAS

Bermudas

Cartagena

Portobelo

Sangre Agustín

Puerto Rico

- - - Ruta de llegada   · · · · · Ruta de partida

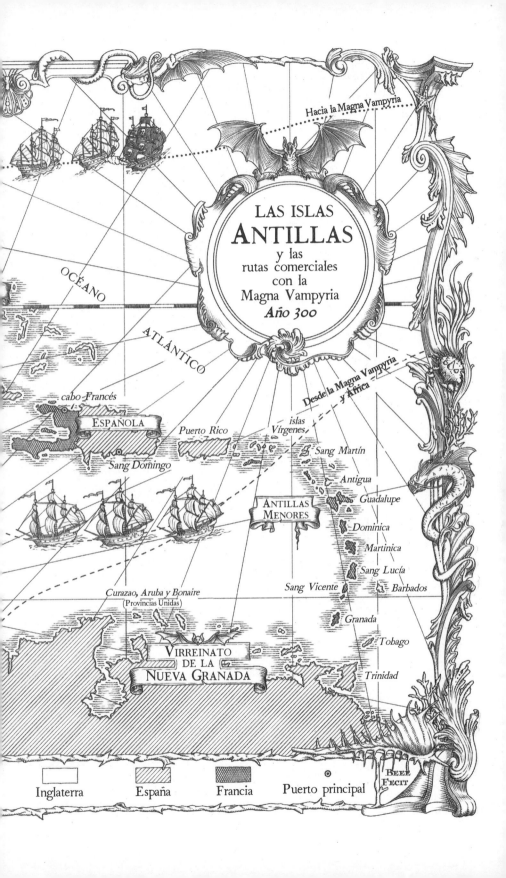

Hyacinthe olfatea para subrayar el desprecio que siente por los que, a diferencia de él, no matan en virtud de una patente de corso. Saca un estilete de su bolsillo, una pequeña daga con un rubí y una hoja muy fina, especialmente diseñada para infligir heridas profundas. Con la punta afilada, señala un archipiélago en forma de semicírculo, situado al este del mapa:

—Mañana, 30 de abril, llegaremos a las Antillas Menores. Anclaremos en Fort-Royal, la capital de Martinica y de las Antillas Francesas. El gran mercado de la ciudad es famoso en toda América: así tendremos ocasión de reponer las provisiones de la tripulación... y la sangre fresca para los oficiales. —Mira con asco su vaso, lleno de un líquido de color rojo pálido que apenas ha tocado—. Los pocos ingleses que aún siguen vivos en la bodega están completamente desangrados, en los últimos días su sangre tiene el sabor apagado de las anemias graves. ¿Verdad, caballeros?

Los oficiales vampyros asienten enérgicamente agitando la larga cabellera que enmarca sus pálidos rostros.

—La sangre de los ingleses se ha vuelto pésima —corrobora el lugarteniente Eugène haciendo un mohín.

—Menos mal que no tardaremos en llegar a las Antillas; de lo contrario, habríamos tenido que desangrar a un miembro de la tripulación para refrescarnos la garganta —añade otro inmortal.

Al oír esas palabras, el lugarteniente Eugène canta:

> Se echan las pajas (bis)
> para saber quién quién quién será sangrado. (bis)
> ¡Eh!¡Eh!
> Le toca al más joven. (bis)
> El grumete que que que se ha echado a llorar. (bis)
> ¡Eh!¡Eh!

Ante mis horrorizados ojos, todos los oficiales lo secundan en coro, incluido el capitán. Mientras cantan, sus pupilas se encogen y sus caninos se erigen. Bajo sus hermosas ropas de seda, esas criaturas son unas bestias feroces. A pesar del perfume que emana, su jefe no es más que un cadáver sediento. La falta de sangre fresca hace aflorar su naturaleza más íntima.

> Le ha tocado al más joven,
> le ha tocado al más joven.
> El mozo que que que se echa a llorar.
> El mozo que qué que se echa a llorar.
> ¡Eh! ¡Eh!

La horrible canción hace vibrar el techo de madera de la sala, acompañada del repiqueteo de los tacones rojos de los vampyros. Uno de los vasos, todavía medio lleno de sangre inglesa, se derrama sobre el mapa engullendo las Antillas Menores bajo un tsunami rojo y viscoso.

Hyacinthe de Rocailles pone fin al barullo dando una palmada con una gran sonrisa en los labios.

—¡Vamos, señores, compórtense o asustaremos a nuestros invitados! Un poco de paciencia. Cuando lleguemos a Martinica festejaremos como es debido. Luego, debidamente saciados y refrescados, navegaremos hacia el norte. —Me fulmina con su único ojo—. Hacia el mar de las Bermudas, para que pueda conocer a su prometido, querida. Nos está esperando.

Mi corazón da un vuelco.

¿He oído bien? ¿Pálido Febo nos está esperando? ¡Cléante calculó que tardaríamos varias semanas en localizarlo y en establecer contacto con él! Al fondo de la sala, el criado se ha quedado petrificado mientras nos servía, por lo visto tan sorprendido como yo.

—¿Qué le ocurre, Diane? Se ha puesto pálida de repente. Ese pastel de Saboya parece un poco seco. ¿Acaso no le gusta el postre o quizá se ha puesto así al pensar que no tardará en conocer a su marido?

—Lo estoy deseando, por supuesto —refunfuño—, pero todo es tan... repentino. ¿Cómo es posible que Pálido Febo haya podido darnos una cita sin haber recibido antes la propuesta de matrimonio?

—¿Y usted qué sabe?

—No entiendo nada —contesto alzando la voz—. Me

puse en camino tan pronto como el rey decidió que la boda se celebraría. Navegamos a la velocidad del viento. Ningún barco puede haber sido más rápido que el nuestro para llevar la noticia.

Hyacinthe suelta una carcajada tan armoniosa como un arpegio, pero tras su tono lírico percibo la acritud del sarcasmo. Desde el comienzo de nuestra conversación ha estado jugando al gato y al ratón. Me da información a cuentagotas con la única intención de ver cómo me derrumbo ante él. Porque en eso consiste su perverso placer, en manipular a sus interlocutores hasta quebrantarlos.

—Su ingenuidad es adorable, querida —me dice—. Estoy seguro de que un candor semejante hará las delicias de un pirata empedernido como Pálido Febo. Debe saber que los mensajeros que envié por delante de la *Novia Fúnebre* son más rápidos que ella. ¿Cree que solo los cuervos pueden transportar misivas? Las gaviotas son igual de eficaces en el mar, siempre que estén debidamente hechizadas.

La sonrisa del capitán se ensancha de manera imperceptible. No contento con crear dhampyras, utiliza también la alquimia para esclavizar animales. Tal y como me dijo Cléante, los inquisidores de la Facultad no tienen el brazo lo suficientemente largo para impedir que Hyacinthe se entregue a las artes ocultas, a menos que, dada su condición de corsario del rey, este le conceda un permiso especial.

—¡No ponga esa cara, Diane! —dice muriéndose de risa—. Está para comérsela, ¡menos mal que ya he terminado de cenar! Debe saber que yo mismo comuniqué a Pálido Febo en nombre del Inmutable la proposición de crear un ducado de los Huracanes que abarcase toda la costa norteamericana, desde el mar Caribe hasta Nueva York. Una gaviota ha regresado esta noche con la respuesta del pirata atada a una pata. Se trata de una invitación para que lo visite acompañada de un regalo. Creo que coincide justo con sus diecinueve años, ¿no?

Con su mano larga y elegante, saca una pequeña joya del bolsillo y la hace resbalar por la mesa para pasármela. Es un camafeo, similar a los que he visto con frecuencia en Versalles: los cortesanos y las cortesanas se suelen intercambiar esas efigies en señal de amor. El que tengo ante mí está grabado en una piedra pálida y vagamente translúcida, sin duda ópalo blanco. En él aparece el perfil de un joven de aspecto serio. Lleva el pelo recogido en una coleta y su mirada melancólica apunta hacia un horizonte desconocido.

—Es guapo... —murmura Prudence.

Mi prima se ruboriza por haber dejado escapar el comentario, pero Poppy insiste en el tema:

—No te embales, bretona, la de Bigouden: en Versalles los presuntos guaperas no se avergüenzan de ir repartiendo camafeos vergonzosamente retocados. Más de una vez me he presentado a una cita galante tras haber recibido un atractivo perfil por correo real y luego me he llevado un buen chasco al ver al pretendiente en carne y hueso: ¡mercancía fraudulenta! Debería haber una ley que comprobara si las imágenes de perfil corresponden al original antes de ser enviadas.

La inglesa puede presumir todo lo que quiera, pero lo cierto es que no le conozco ninguna aventura desde que se convirtió en escudera, dado lo encaprichada que está con el de Luisiana. De hecho, veo cómo lo mira de reojo con la esperanza de que sus alardes lo hayan puesto celoso. En vano.

—Who knows? Quizás en la Corte de los Huracanes conozca a un pirata de buen corazón y pueda meterlo en la maleta cuando regrese a Versalles —comenta en un último y patético intento de llamar la atención de Zacharie—. O quizá tenga simplemente una aventura de una noche en brazos de un filibustero y me pueda relajar un poco con él.

Hyacinthe de Rocailles aplaude con delicadeza.

—¡Bien dicho, señorita Castlecliff! Usted, al menos, está deseando ir a la boda. No como sus compañeros de mesa, que no pueden ser más sosos. —Señala a los invitados con un amplio ademán que hace brillar sus anillos bajo el resplandor de los candelabros—. Un poco de alegría, gente, ¡qué demonios! Grand-Domaine: no ha dicho ni una palabra en todo el viaje. Montesueño: a pesar de que he oído decir que la corte española es de lo más austera, espero que se anime un poco cuando llegue el momento de celebrar la boda. Por no hablar de la señorita Des Escailles, que es tan muda como un pez gallo y casi tan expresiva. La señorita de Keradec, por su parte, muestra una pizca de entusiasmo, pero es tan tímida que es más fácil imagi-

99

nársela en un convento de la Facultad que a bordo de un barco pirata. En cuanto a la directamente interesada, da la impresión de que acaban de anunciarle su propia muerte. —Hyacinthe hace asomar los colmillos por el borde de sus labios—. Lo cual no es del todo falso, porque mañana por la noche tendrá que pasar por ahí, aunque solo sea para renacer en las Tinieblas...

Es el golpe de gracia. La revelación hacia la que estaba destinada a converger el discurso de ese monstruo. Atónita, solo soy capaz de repetir como un loro:

—¿Mañana por la noche?

—No me agradezcas la diligencia, es natural.

—Es que..., cuando dijo que haríamos escala en las Antillas para hacer provisiones, pensé que nos detendríamos allí un poco más.

Todo va demasiado deprisa. He perdido por completo el control de la situación. Mis esperanzas de entrar en contacto con la Fronda son cada vez más escasas, igual que las de escapar a la transmutación.

—Solo anclaremos una tarde en Martinica —susurra Hyacinthe remachando el concepto—. El tiempo necesario para conseguir un nuevo rebaño de ganado listo para sangrar. Hace años llegué a un acuerdo con el gobernador de la isla, el apuesto Jean-Baptiste du Casse. A cambio de traerle de la metrópoli los últimos ejemplares del *Mercure Galant*, me permite abastecerme en sus prisiones. Bandidos, mercaderes arruinados, esclavos fugitivos: todos esos convictos mejorarán nuestra vida diaria. Volveremos a zarpar al caer la noche, sin perder tiempo. Pálido Febo ha quedado en reunirse con nosotros en la intersección entre el meridiano 60 y el trópico de Cáncer en la medianoche del 30 de abril. Tengo la intención de transmutarles enseguida. Después del crepúsculo del 7 de mayo, Diane, se despertará inmortal... ¡y duquesa!

Con la punta de su estilete, el capitán alarga en el mapa el charco de sangre, que ha comenzado a coagularse. Sube inexorablemente a lo largo de una línea vertical y al final se detiene en medio del mar. Allí clava el estilete, en el centro de un desierto de agua. Ese es el lugar donde, dentro de unas horas, me convertiré en lo que más odio en el mundo: un cadáver animado por el poder maligno de las Tinieblas.

—¡Mi barco nunca ha tenido un nombre tan apropiado: la *Novia Fúnebre*! —exclama el demonio rubio—. La novia es usted, Diane de Gastefriche, y su boda será fúnebre, porque tendré que matarla antes de ofrecerle la vida eterna.

Su ojo derecho destellea. Una sonrisa cruel estira sus labios, dejando completamente a la vista sus afilados colmillos:

—Vamos, vamos, no ponga esa cara de funeral, querida; al menos, no todavía. La muerte solo será un mal trago antes de pasar a la dicha perpetua. Yo me encargaré de que no sufra demasiado, se lo prometo.

7

Fort-Royal

*U*n sol resplandeciente me deslumbra cuando salgo a cubierta a mediodía, después de haber pasado una noche libre de sueños gracias a una doble dosis de morfina. El viento del norte que ha soplado durante semanas ha amainado y las velas negras de la *Novia Fúnebre* están arriadas: el barco está en el puerto, en una bahía al abrigo del viento. Incluso en pleno agosto, en la Butte-aux-Rats el clima no era tan agradable ni tan «caluroso». Es extraño sentir los rayos atravesar el cuero de mi coraza y calentar hasta la médula de mis huesos con la fuerza de un gran fuego ardiendo en una chimenea. Cuenta la leyenda que hace mucho tiempo, antes de que comenzara la era de las Tinieblas y la tierra de Francia se helara, los veranos podían llegar a ser sofocantes. Durante tres siglos el sol solo ha brillado débilmente sobre la vieja Europa; pero parece haber encontrado refugio aquí, en los trópicos, donde arroja lentejuelas doradas sobre un mar esmeralda. Recuerdo las palabras del gran escudero: la Magna Vampyria no ejerce un control tan férreo en las Américas. Bajo un sol como este es más fácil imaginar la revolución…, a menos que el Rey de las Tinieblas logre reconquistar el día.

La mera idea me produce un escalofrío, a pesar del calor reinante.

—Es precioso, ¿verdad? —exclama Prudence.

Está apoyada en la barandilla junto a mis compañeros de viaje y la inevitable Françoise. El puerto se extiende bullicioso ante nosotros. A diferencia de los edificios de Nantes, convencionales y bien alineados, la ciudad de Fort-Royal está formada por una serie de casuchas con las paredes encaladas. Curiosamente, ese desorden bañado por la luz no ofrece una impresión de caos, sino de armonía. Flores de vivos colores estallan entre las fachadas: rosas, azules y moradas como nunca las he visto en mi vida. Aun así, por resplandeciente que sea, el puerto sigue dominado por la oscura sombra de una imponente bastida de piedra: el fuerte Sang Louis, en cuya cima ondea la bandera del Inmutable con su siniestro murciélago dorado. Sé que en dicha fortaleza duermen el gobernador vampyro, Jean-Baptiste du Casse, y sus esbirros...

—Es una lástima que solo nos quedemos aquí una tarde —se lamenta Prudence—, pero supongo que debes de estar deseando conocer a tu futuro marido.

«¡Sobre todo, no veo la hora de poder contactar con la Fronda local sin ti pisándome constantemente los talones, querida prima!».

Esbozo mi mejor sonrisa:

—Exacto, Prudence: he pensado ir al gran mercado para comprar varios perfumes exóticos. Cuando me encuentre con Pálido Febo, quiero embriagarlo con mi estela.

Una sombra de preocupación pasa por la cara de la joven bretona.

—¿De verdad vas a aventurarte sola en esta isla desconocida? ¿Por eso te has puesto el traje de escudera?

—Será la última vez que me lo ponga, ¡así que aprovecho la oportunidad! Además, no voy a aventurarme sola, como dices. No sé lo que es la soledad desde que Françoise entró en mi vida. Puedes venir conmigo, si quieres, y los demás también.

Sí, todos pueden acompañarme si quieren, ¡porque me tomaré la libertad de perderlos! Ese es el plan que ideé con Cléante anoche después de cenar, en la intimidad de mi camarote. Él desembarcó en cuanto arribamos a puerto para ponerse en contacto con la Fronda valiéndose de sus propios medios. La idea es que, cuando yo acuda más tarde al gran mercado, él haya tenido tiempo de organizar mi secuestro sorpresa.

—De acuerdo, iré contigo —accede Prudence—. Aprovecharé la ocasión para enviar la carta a mis queridos padres.

Una cosa, prima, ¿les has escrito un mensaje como pensamos? Así puedo meterlo también en el sobre.

—Aquí está —digo sacando una hoja doblada en cuatro de mi bolsillo.

Apenas he escrito unas veinte líneas, lo más neutras posibles, para agradecer a la tía Angélique y al tío Robert la plumilla de madera de manzano que me han regalado. Unas cuantas palabras de cortesía, lo justo para consolidar mi tapadera de jovencita de buena familia.

—¡Me gustaría ir a ver unos cuantos escaparates con Diane! —exclama Poppy—. Las indianas de algodón de las Américas tienen fama de ser las más coloridas del mundo. Veamos, para mí un deslumbrante color carmín…, para ti, en cambio, imagino un azul marino…, y en tu caso, Zach, creo que te sentaría bien un bonito amarillo dorado.

«Indianas», así es como llaman a las telas ligeras y estampadas que están de moda en Versalles. Pero Zacharie parece lejos de compartir el entusiasmo de Poppy.

—No los voy a acompañar —dijo.

—Pero ¿por qué? —protesta la inglesa—. Estoy segura de que podríamos encontrarte un traje espléndido para la boda de Diane. —Mira a Rafael—. No estarás pensando en hacer como Raffie, que va siempre vestido de negro, como un enterrador… ¡Es tan triste!

—En este caso, es lo más apropiado —objeta Rafael.

Señala una procesión de marineros bajando por el pontón que une la *Novia Fúnebre* con el puerto. Los corsarios están descargando unos paquetes largos, envueltos en sábanas blancas o, más bien, unos cadáveres cosidos en sus hamacas. Supongo que esto es todo lo que queda de los que han servido de despensa a los oficiales durante semanas.

—Es…, es horrible —dice Poppy estremeciéndose.

—¿Te parece horrible porque son tus compatriotas?

—No, vamos, Zach. Sea cual sea su nacionalidad, esos hombres no merecían morir así.

El escudero de Luisiana mueve los músculos de la mandíbula.

—Ya oíste al capitán Hyacinthe la otra noche —dice—. El barco inglés que capturaron en las Azores pertenecía a la marina mercante. Todos los barcos mercantes que surcan las rutas atlánticas están implicados de alguna manera en la trata de esclavos. Esos hombres, cuyo destino deploras, transportaban sin duda cientos de esclavos en sus bodegas, apilados como presas de caza. Estos son los únicos que merecen nuestro llanto. Considero justo que sus torturadores acabaran también sus vidas en la bodega. No esperes que derrame una sola lágrima por ellos. —A continuación, desvía la mirada del puerto y clava sus ojos en los de Poppy—. En cuanto a las indianas que tanto te gustan, ¿te has preguntado alguna vez de dónde procede el algodón con el que están hechas? Los esclavos lo cultivan hasta que acaban muriendo aquí, en las Américas, para que las cortesanas como tú puedan lucirlo en Versalles. Así pues, que os divirtáis viendo escaparates, ¡espero que encuentres un modelo que te guste!

Dicho esto, da media vuelta dejando a Poppy sin aliento y aún más pálida que cuando padecía tuberculosis.

—Yo... creo que me voy a quedar a bordo —balbucea.

A una parte de mí le gustaría consolar a mi querida Poppy, pero me contengo. Si no viene al gran mercado, tendré una persona menos de la que escapar. Así le ahorraré una angustia más y a mí me resultará más fácil.

—Yo tampoco estoy de humor para ir de compras —dice Rafael mientras la inglesa se aleja tambaleándose hacia su camarote—. Prefiero pasear por la orilla del mar.

Le contesto con la mayor inocencia del mundo:

—Haces bien en ir a respirar aire fresco, en vez de encerrarte en el gran mercado. ¡Ja, ja! Si no tuviera que preparar una boda, haría lo mismo.

Rafael me responde con una mirada de decepción. Me avergüenzo de mis palabras al caer en la cuenta de lo crueles que han sido para él, que nunca podrá casarse con su amor secreto. Sabe que soy una de las únicas personas en Versalles que conoce su historia clandestina, y eso contribuye a que mi torpeza sea aún más imperdonable.

A pesar de que he sido yo la que ha metido la pata, es él quien se disculpa:

—Siento no haber sido un buen profesor —murmura.

—¿Un profesor? ¿Qué quieres decir?

—Se suponía que debía enseñarte un poco de español durante la travesía, pero no me apetecía.

Los ojos verdes de Rafael miran al vacío. En ese instante, comprendo hasta qué punto necesita abrirme su corazón. ¿Se enfadaría conmigo si supiera que lo vi reñir con Suraj en el albergue de la Partida de Nantes? ¿O, por el contrario, se desahogaría aliviado con un oído amigo? Pero esas preguntas están de más. Dada la presencia de Prudence y Françoise, no es momento para confidencias. Además, no dispongo de mucho tiempo para encontrar a la Fronda.

—Bueno, te deseo que des un buen paseo, Rafael —le digo—. Nos vemos esta noche.

Mi amigo guarda silencio, ensimismado una vez más en sus pensamientos.

Echo a andar por la pasarela que lleva al puerto con Prudence y Françoise pisándome los talones.

106   Si los colores de Fort-Royal me han deslumbrado, sus fragancias me marean. En ningún lugar son tan embriagadoras como bajo los soportales del mercado. Este es un gigantesco laberinto de abigarrados tenderetes: montañas de especias de olores dulces y cálidos, aroma a café y a chocolate negro. Veo tarros de pigmentos, me embelesa la profusión de flores de nombres desconocidos: gardenias, plumerias, hibiscos… Un amplio techo cubre todo como la tapa de una caja de perfumes.

Me detengo ante una maceta que contiene unas extrañas vainas verdes de aroma embriagador.

—Es cardamomo —me explica el especiero—. Tiene un sabor afrutado, floral y picante, y note el toque fresco a alcanfor y a mentol. ¡Es perfecto para la pastelería, señorita!

—Gracias, señor, pero soy muy torpe en la cocina…

—En ese caso, permítame enseñarle esta variedad de rones. —Señala una estantería llena de botellas donde maceran distintos ingredientes exóticos—. Piña, jengibre, vainilla, canela: ¡elija usted! Esos sabores dulces valen como un buen postre sin necesidad de meterse en la cocina. ¿Quiere probar uno?

Declino el ofrecimiento con una sonrisa. El alboroto del mercado ya me aturde lo suficiente. Prudence también parece sentirse así. Dado que apenas ha viajado, todo llama su atención. Françoise, en cambio, no parece darse cuenta de nada detrás de sus gruesos quevedos, que nunca se despegan de mi espalda. Sigo mi paseo fingiendo interesarme por las telas que exhiben los comerciantes blancos y mestizos que regentan los distintos puestos. A pesar de los suntuosos diseños de las indianas, me cuesta apreciar su belleza después de que Zacharie nos haya explicado a qué precio se produce el algodón.

—¿Quiere probarse este vestido, señorita? —me pregunta una mujer con una sonrisa radiante.

Me tiende una prenda de color malva tirando a rosado confeccionada con una batista muy fina y ribeteada con encaje.

—No, gracias, he venido a ver los perfumes...

—Este malva le sentaría bien a su tez, señorita. «Debería probárselo».

La insistencia de la mujer me hace levantar la cabeza. La forma en que me mira, con una intensidad febril, me basta para adivinar que la ha enviado la Fronda.

—Reconozco que el color es delicioso... —digo cogiendo el vestido.

—En esta cabina, por favor —me invita la vendedora.

Señala un rincón del puesto donde han extendido una sábana que hace las veces de cortina. Françoise me sigue automáticamente, pero yo la detengo.

—Ahí dentro no hay sitio para las dos.

Mi acompañante inspecciona el reducido espacio a través de los cristales de sus quevedos. ¿Para asegurarse de que no puedo desaparecer ni hacerme daño? Probablemente, ambas cosas. La Facultad parece haber programado a Françoise para que sea a la vez mi carabina y mi guardaespaldas... Por primera vez, su ciega devoción me conmueve de forma extraña. Toco su mano: su piel está fría bajo mis dedos.

—Gracias por su celo, Françoise —le digo forzando una sonrisa—. Tengo suerte de que cuide de mí. Como ha podido comprobar, nada me asusta.

107

Entro en el pequeño espacio y la vendedora hace caer la sábana de golpe. Casi enseguida, la tabla de madera colocada a modo de pared de fondo gira abriendo un pasadizo oculto.

Un hombre me está esperando allí, tocado con un sombrero de paja de ala ancha que me impide ver su cara. Sin decir una palabra, me hace señas para que le siga. Mientras Prudence y Françoise creen que me estoy probando el vestido, me adentro en los bastidores del gran mercado.

¿Dónde acaba el mercado y empieza la ciudad? No sabría decirlo. Las callejuelas por las que me conduce mi silencioso guía son tan sinuosas como las avenidas del bazar. La ropa tendida a secar en los cientos de cuerdas que van de una ventana a otra ocultan el cielo. Sudo profusamente debido a la gruesa coraza de cuero, perfecta para el clima de Versalles, pero inadecuada para el trópico. Unos tambores indistintos parecen hacerse eco del ruido sordo que emiten mis botas al pisar el suelo de tierra.

108

Bajamos un tramo de escaleras, luego otro, y la poca luz diurna que queda se desvanece por completo. Ya no huele a flores ni a especias, sino a arcilla: estamos lejos, en las entrañas de Fort-Royal, en una red de galerías exclusivamente iluminadas por el farol que lleva mi acompañante. Lo sigo lo más rápido que puedo, consciente de que no voy a ser capaz de encontrar el camino de vuelta si lo pierdo de vista.

Por fin llegamos a una suerte de cámara subterránea iluminada por unas antorchas fijadas a las paredes. En ella hay una docena de personas de pie, con la cara oculta por unos sombreros de paja similares al que lleva mi guía. El resplandor danzante de las llamas se refleja en las espadas y pistolas que todos llevan a la cintura. Mi corazón, presa ya del pánico por la carrera, se acelera aún más: ¡estoy frente al ejército de fronderos de las Américas!

—Yo…, yo soy… —digo tratando de recuperar el aliento.

—Sabemos quién eres, Jeanne —responde una voz de mujer—. Cléante nos ha informado.

Entreveo al ayuda de cámara a la sombra de la mujer que acaba de hablarme y que da unos pasos hacia mí.

—Soy Zéphirine, la comandante de la Fronda del pueblo de Martinica —me dice con acento cadencioso.

Acto seguido, se quita el sombrero y puedo ver el rostro de una mujer negra de unos treinta años, sorprendentemente bella. En ese momento me doy cuenta de que lo que creía que era una capa es, en realidad, un vestido criollo en cuyo escote brillan muchos collares.

—¿Por qué me miras así? ¿Acaso pensabas que todos los negros de las colonias nacen y mueren esclavos?

—No —balbuceo—, lo que no sabía era que la Fronda tuviera mujeres al mando.

Suelta una carcajada seca que hace tintinear los grandes aros de plata que lleva en las orejas.

—Ese prejuicio tampoco te honra. Deberías saber que aquí el sexo y el color de la piel no cuentan. Lo único que importa es el valor. ¿Eres tan valiente como asegura Cléante?

Sin saber cómo saludar a una comandante de la Fronda, hago una reverencia, como me enseñaron en la corte. Los martiniqueses se ríen de buena gana.

—Estoy intentando recoger la antorcha de mis padres, que también fueron fronderos —digo—. Llevo varios meses jugándome la vida en Versalles cada noche, fingiendo ser quien no soy.

—Te juegas la vida disfrutando del lujo y las sedas —responde Zéphirine—. Los que deciden unirse a la Fronda del Pueblo en las Antillas solo son recompensados con poco más que un pedazo de pan seco y unos insalubres escondites, como la galería donde estamos ahora. Además, no solo arriesgamos la vida por la noche, cuando salen los chupasangres del gobernador. Durante el día también nos persiguen los *bekés*, los dueños de las plantaciones, a quienes conviene mantener el orden injusto de la Magna Vampyria. Verás, hay cosas peores que la explotación de los plebeyos por parte de los vampyros: la explotación de seres humanos por otros seres humanos debido al color de su piel. —La cabecilla levanta su grácil barbilla y sus ojos centellean en la oscuridad—. Mis hermanos y hermanas esclavos, los condenados de la tierra, están sujetos a una ley aún más cruel que el Código Mortal. Tu rey Luis no se convirtió en un monstruo cuando se transmutó. Ya lo era cuando estaba vivo y promulgó el Código Negro en el año 1685 de la era antigua, que supuso la legitimación de la esclavitud en su forma más abyecta. En virtud de esa ignominiosa ley, los amos mortales explotan a sus esclavos como quieren y los inmortales se alimentan de ellos sin parar, porque no existe siquiera la limitación del diezmo. Durante siglos, los barcos negreros han sido una especie de máquina infernal que destroza familias y destinos.

No tengo nada que decir ante esa descripción implacable, que se hace eco de las palabras de Zacharie. Hasta ahora, me he considerado la víctima por excelencia de la ley de hierro que gobierna el mundo desde hace trescientos años. Pero Zéphirine tiene razón, hay otros que merecen más compasión que yo. Tuve la suerte de crecer en una familia cariñosa a la que no le faltaba nada o casi nada, sometida al yugo de los chupasangres, desde luego, pero a un yugo limitado por las leyes del diezmo y el toque de queda. Cuando me convertí en huérfana, estaba ya en el umbral de la edad adulta. Un sinfín de personas no han tenido ese privilegio y fueron arrancadas no solo de sus padres, sino también de sus familias, para ser encadenadas ya en la infancia.

—Por eso te pregunto si eres tan valiente como dicen —repite la comandante—. Durante generaciones, las diferentes ramas de la Fronda del Pueblo en las Antillas se han dedicado a sabotear las fincas de los amos en tierra firme y a acosar a los barcos mercantes en los mares. Ese proyecto de matrimonio es la oportunidad de nuestra vida. Si logras que Pálido Febo se una a nosotros, sellarás una alianza de valor inestimable. No solo debilitaría a los plantadores más allá de cualquier esperanza y cortaría por completo las rutas comerciales. Sin una salida para sus explotaciones criminales de algodón, tabaco, azúcar y café, los amos colapsarían. Las revueltas de esclavos se generalizarían. El orden impuesto en las islas por la Magna Vampyria se derrumbaría y podríamos decretar su abolición. Hay mucho en juego, pero, si debemos poner nuestro destino y nuestro botín en tus manos, prefiero asegurarme de que estas no tiemblen cuando llegue el momento. ¿No te acobardarás si Pálido Febo pretende de verdad poner un anillo en tu dedo?

Sostengo la mirada de la comandante con toda la firmeza de la que soy capaz:

—No me echaré atrás, lo juro. Pertenezco en cuerpo y alma a la Fronda del Pueblo y estoy dispuesta a sacrificarme por ella. Solo soy una herramienta que pretende servir a la causa e impedir que suceda lo peor.

—¿Lo peor?

—El dominio absoluto e indiviso de los chupasangres sobre las veinticuatro horas del día.

A continuación, le cuento a la comandante las confidencias que me hizo el rey. Le revelo la presencia del Corazón de la Tierra en el cofre de guerra del capitán pirata. Su armoniosa cara se descompone cuando le describo la gema, porque comprende al vuelo el gran peligro que supone.

—En los últimos meses, los infiltrados de la Fronda en Nueva España nos han referido que en las minas reales de México hay una gran actividad —murmura—. Los prospectores buscaban el diamante.

—¿Tiene idea de cómo es?

La mujer sacude la cabeza con aire grave.

—No, no tengo la menor idea, pero eso hace que tu misión sea aún más vital, si cabe. Puedes contar con nuestro apoyo y con nuestro dinero. Sesenta mil monedas de oro, es la suma de la que dispone actualmente la Fronda de la Martinica, Guadalupe y Sang Domingo. Si es necesario para comprar a Pálido Febo, estamos dispuestos a sacarlo de nuestras arcas; sin embargo, si tus argumentos o tus encantos son suficientes, ese dinero servirá para otra cosa, puedes estar segura. Muchas operaciones de guerrilla, tanto en las islas como en el continente americano, necesitan fondos.

—Prometo hacer todo lo posible.

—Bien. Empiezo a ver a la joven e intrépida guerrera que Raymond de Montfaucon descubrió en ti.

Al mencionar el nombre de mi mentor, se me encoge el estómago. La oscura galería donde estoy ahora me recuerda de repente a los sótanos de la Gran Caballeriza, donde dejé a Montfaucon, a Naoko y a Orfeo: la familia de mi corazón.

—¿Conoces al gran escudero? —le pregunto.

—Nunca lo he visto en persona, dado que nos separa un

111

océano, pero, dadas las circunstancias, los agentes de la Fronda han aprendido a coordinarse sin conocerse. Montfaucon es uno de sus comandantes más prestigiosos y en varias ocasiones he dirigido con él operaciones transatlánticas, como la extradición de un tal Pierrot a las Américas el pasado invierno.

La mención del joven superviviente de la Corte de los Milagros acaba de turbarme por completo. ¡Pierrot pasó por aquí! ¡Entonces es cierto que la Fronda tomó bajo su protección al joven adivino! La sensación de estar siguiendo sus huellas me conmueve.

—¿Dónde está ahora? —pregunto.

—En algún lugar del inmenso continente americano. Prefiero no decirte dónde por su bien y por el de la Fronda. A pesar de que deseo de todo corazón el éxito de tu misión, no puedo excluir que caigas en manos del enemigo. Cuanto menos sepas, menos podrás revelar en caso de que te torturen. En cuanto a Raymond de Montfaucon, no te preocupes por escribirle. Nosotros le mantendremos informado del progreso de tu misión, aunque cuando le lleguen nuestros mensajes ya no habrá vuelta atrás. Cléante nos ha dicho que vas a ver a Pálido Febo esta noche.

Tras pronunciar esas palabras, la comandante me tiende la mano.

—La Fronda te da las gracias, Jeanne Froidelac.

—¿Volveremos a vernos algún día, señora?

—Si vuelves a Martinica, podrás ponerte en contacto conmigo. Lo único que tendrás que hacer será ir al gran mercado y pedir azafrán en polvo; mi gente se encargará de traerte hasta mi presencia.

Agarro sus dedos largos y delgados y los aprieto con fervor. La comandante los aprieta aún más fuerte y no me suelta.

—Tu mano... —susurra.

—¿Qué ocurre? ¿Qué pasa?

—Está congelada.

La comandante me suelta por fin los dedos. A la luz de las antorchas, su rostro parece petrificado por la inquietud.

—Probablemente es el Sorbo del Rey que corre por mis venas —aventuro—. Tuve que absorber parte de la sangre del tirano para acceder a la posición de la que gozo hoy, ese fue el precio que tuve que pagar por ello.

Zéphirine sacude la cabeza.

—No, no es eso, o, al menos, no es únicamente eso. Las Tinieblas no solo están «en ti», también están «por encima de ti». Puedo sentirlas como una nube negra.

De repente, la atmósfera de la galería, saturada de salitre, me resulta asfixiante. El resplandor de las antorchas parece más débil, como velado por la amenaza invisible que ha evocado la martiniquense.

—¿Qué significa que puede «sentir» las Tinieblas?

—Soy un poco vidente —dice con sus ojos de marfil, brillando en contraste con su piel de obsidiana—. Es un don de familia que me ha permitido frustrar más de una emboscada. —Se dirige a uno de sus hombres—: Évariste, dame las cartas, por favor.

Su lugarteniente le entrega una baraja con el revés de los naipes de color negro y adornado con unos arabescos dorados. En una especie de recuerdo vertiginoso, me siento como si retrocediera en el tiempo, hace unos meses atrás, cuando vagaba entre las sombras del cementerio de los Inocentes de París.

—Esa baraja —susurro—. Se parece a..., se parece ¡al Tarot Prohibido!

—¿La habías visto ya?

—Sí, pero al otro lado del Atlántico, en manos de un adivino que se hacía llamar el Ojo de los Inocentes. ¿Cómo llegaron esas cartas aquí?

—Has de saber que existen varias copias del Tarot Prohibido cuidadosamente guardadas para que no caigan en manos de la Facultad, que querría destruirlas todas. En mi familia, el tarot se transmite de madre a hija, al igual que el don de la clarividencia que te he comentado. Sentémonos un momento y veamos qué dicen los arcanos.

Sin más preámbulos, agarra el farol que sostiene su lugarteniente. Acostumbrada a acampar en los lugares más incómodos, se sienta en el suelo pedregoso. Aun así, su postura sigue siendo grácil, con las piernas elegantemente dobladas tras ella bajo los pliegues de su vestido criollo.

113

Me agacho a mi vez mientras Zéphirine extiende las cartas delante de mí.

—No tenemos tiempo para hacer una lectura larga, porque debes regresar al barco antes de que anochezca. La Brújula nos ayudará a ver con más claridad, porque nos advierte de las oportunidades y las amenazas invisibles que nos rodean. Elige cinco cartas.

En el túnel ciego no se oye siquiera la respiración de los fronderos. El momento es tan solemne que yo misma contengo la respiración. En el pasado fui testigo de la extraordinaria agudeza del Tarot Prohibido… Movida por el instinto, señalo cinco cartas con mano temblorosa.

Zéphirine las agarra y dispone cuatro de ellas en cruz alrededor de la quinta.

—Esta carta te representa a ti, aquí y ahora —me explica refiriéndose a la carta central—. Al igual que los puntos cardinales de una brújula, las otras muestran las grandes fuerzas que actúan a tu alrededor. A la izquierda se encuentra el pasado que aún estás elaborando; a la derecha, el futuro que ya está afectando a tu presente; arriba, las influencias conscientes que actúan alrededor de ti; abajo, las influencias secretas que intentan cambiar tu destino sin que lo sepas.

La Piedra Angular

El Pasado

El Presente

El Futuro

Los Cimientos

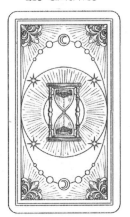

Con la punta de los dedos, da la vuelta a la carta central. Hipo, aterrorizada. El arcano representa a una oscura figura encapuchada que sujeta con sus garras los hilos de dos patéticas marionetas. El nombre del arcano está escrito en letras doradas, medio descoloridas por el tiempo: «Las Tinieblas».

—Tenía razón —afirma Zéphirine con voz apagada—. Las Tinieblas te rodean.

—¿A qué te refieres? ¿Cómo puedo disiparlas?

Daría lo que fuera por poder contarle a la comandante las terribles pesadillas que he tenido en las últimas noches, porque pueden haber sido inspiradas por la nube de Tinieblas que ella cree que me rodea. Pero no digo nada, porque, de hacerlo, tendría que confesarle a Zéphirine que ya no puedo conciliar el sueño sin la morfina.

La voz de la comandante resuena como un eco escalofriante en mis pensamientos:

—En el sentido adivinatorio, las Tinieblas simbolizan todos los lazos que nos obstaculizan, nos atan, nos limitan. Los impulsos que nos gobiernan. Las adicciones de las que somos víctimas. ¿Ves de qué puede tratarse?

—No muy bien, no —digo desviando la mirada.

¡No soy una drogadicta como lo era Poppy! Estoy segura de que podré dejar la morfina cuando quiera, así que no es necesario que Zéphirine sepa que estoy recurriendo a ella temporalmente.

—Las Tinieblas también pueden ser un espejo de nuestros propios demonios —insiste—. Las cosas inconfesables que reprimimos, que ocultamos. Esa parte del mal que llevamos dentro y que, si no la extirpamos, carcome nuestro interior como un cáncer.

Cada vez me siento más incómoda. ¿El mal que hay en mí? Esa idea me trae a la mente un recuerdo que he tratado de reprimir: el de mi encuentro con los gules en las viscosas entrañas de París. En esa ocasión pude entender varios fragmentos de la conversación que mantuvieron esas criaturas mientras decidían si me devoraban o no, y al hombre le parecen ininteligibles los gruñidos de los gules. ¿Cómo pude descifrarlos? Sigo sin saberlo y no tengo ningunas ganas de preguntármelo.

—Sus indicaciones no me dicen nada, señora —afirmo—.

Sin intención de hacer un juego de palabras arriesgado, la carta de las Tinieblas no me aclara nada.

—Mmm... Veamos si las otras cartas pueden iluminarte. Da la vuelta a la carta que está a la izquierda, la que representa el pasado.

Reconozco enseguida el arcano que simboliza a un esqueleto armado con una guadaña. De repente, tengo la impresión de que el túnel se ha quedado sin aire.

«La Muerte»..., también conocida como el arcano sin nombre. Me estremezco, a punto de asfixiarme. Ya apareció cuando me leyeron las cartas hace seis meses en París. Creía que era cosa del pasado.

—Recuerda lo que te he dicho: en la Brújula, el pasado sigue influyendo en el presente. El arcano sin nombre no ha dejado de seguirte, eso es lo que nos dice el tarot. ¿Con qué o con quién lo asociaste en el pasado?

—Con los gules necrófagos... Con la Dama de los Milagros, la portadora de la muerte... Con toda la ciudad de París, amurallada como un panteón cerrado durante siglos.

—¿Eso es todo? Piénsalo bien. ¿No hay algo de París que podría haberte seguido hasta las Antillas? ¿Una sombra del pasado que regresa ahora?

Este verbo, «regresar», es para mí como una terrible revelación.

—Tristan —digo con la respiración entrecortada—. ¡También asocié al arcano sin nombre con Tristan!

La comandante arquea las cejas.

—¿Quién es Tristan?

—La punta de lanza de la conspiración de La Roncière, uno de los príncipes que se oponía por completo a la Fronda del Pueblo. Lo maté durante la competición por el Sorbo del Rey, el otoño pasado, pero los conspiradores que sobrevivieron lo resucitaron de entre los muertos para vengarse y cosieron un mechón de mi pelo en su corazón alquímico. —Trago saliva dolorosamente, atormentada por la última visión del joven al que quise: la de un cadáver sin cabeza, impulsado por una fuerza maléfica empeñada en destruirme—. El monstruo que es ahora Tristan intentó asesinarme en París el pasado mes de diciembre. Fracasó y lo vi hundirse en el Sena medio congelado, pero el misterioso cabecilla de los conspiradores, el señor Serpiente, me advirtió de que los resucitados regresan hasta que ejecutan su siniestro cometido.

Rozo el arcano sin nombre con la yema del dedo índice. Como si quisiera empujar al mayor de la familia La Roncière de vuelta al limbo del que jamás debería haber salido, como para exorcizar el mal absoluto en que se ha convertido.

—Hace meses que no sé nada de Tristan —digo—. ¿Es posible que ahora haya vuelto, a miles de leguas de donde lo vi por última vez? No tiene sentido.

—Te equivocas, lo tiene —afirma Zéphirine—. Gracias a la protección de los muros de Versalles, donde la Facultad y sus inquisidores son todopoderosos, el resucitado no podía alcanzarte. Pero una criatura así, moldeada por la magia más perversa, sabe esperar a que llegue su hora. Lo que vosotros llamáis «resucitados», en las Antillas se denominan «zombis». Son el producto de los experimentos que llevan a cabo alquimistas obsesionados por manipular a las Tinieblas. Esas abominaciones tienen toda la eternidad por delante. Gozan de un instinto más poderoso que un imán, que los vincula para siempre a su presa. —La comandante clava sus brillantes ojos en los míos—. El fantasma puede estar en camino mientras hablo, avanzando por el fondo del océano. O quizá ya esté aquí, en las Antillas, porque puede haber viajado en un barco parecido al tuyo.

No sé qué imagen es más horripilante, si la de un cuerpo sin cabeza recorriendo lentamente la noche eterna de los abismos o la del mismo monstruo en tierra firme a escasos metros de mí. ¿Y si apareciera aquí, ahora, en una de las galerías negras que conducen al pozo donde estoy agazapada? ¡El olor a tierra del subsuelo me ahoga!

—Necesitas una protección poderosa —afirma Zéphirine—. Toma.

Se quita uno de sus numerosos collares: un cordón de cuero del que cuelga un amuleto de plata en forma de ojo. Apenas me lo pone en el cuello, empiezo a respirar un poco mejor.

—¿Qué es? —le pregunto.

—Un talismán contra el mal de ojo. El portador escapa momentáneamente de la maldición que lo acecha. Con él te volverás invisible a los sentidos sobrenaturales del resucitado y este perderá tu rastro. Llévalo colgado al cuello, apoyado en el corazón, para ahogar sus latidos. Pero, bueno, el tiempo apremia. Veamos qué dice la tercera carta: la piedra angular de tu presente.

La comandante gira la carta que está arriba dejando a la vista la imagen de un vampyro de aspecto juvenil saliendo de su ataúd. Observo que el sol no se ha puesto del todo detrás de él: el imprudente está levantándose algo pronto, con el consiguiente riesgo de quemarse.

—Es el Loco —anuncia la comandante—. La carta de los comienzos y de la aceptación del riesgo. No se puede decir que tu misión no sea arriesgada.

—Eso no nos dice nada —observo.

—La piedra angular representa las influencias conscientes, es normal que no te sorprenda mucho; pero el Loco debería empujarte a ser más prudente. Pasemos ahora a la carta de los cimientos, que debería asombrarte aún más.

La comandante da la vuelta a la penúltima carta, la que se encuentra abajo. En un primer momento pienso que está al revés, porque la persona que aparece en ella está boca abajo, pero enseguida me doy cuenta de que en realidad está colgada por un pie de la rama de un árbol. Su ropa no se parece a nada que haya visto antes.

—El Ahorcado —murmura la comandante—. La carta del sacrificio.

—Se lo digo y se lo repito: estoy dispuesta a sacrificarme si con eso consigo reclutar a Pálido Febo para la Fronda. De hecho, le ofrezco mi mano.

—El Ahorcado indica un sacrificio aún más radical que tu mano, por muy deseable que esta sea —me ataja Zéphirine.

—Si no es mi mano, entonces, ¿qué es…, mi vida?

—Tal vez. No lo sé. La posición del Ahorcado como base en esta lectura indica que el objeto del sacrificio aún es desconocido. ¿Qué tendrás que sacrificar, Jeanne? Piénsalo detenidamente.

La comandante ya se ha concentrado en la quinta y última carta, la del futuro, que se encuentra a la derecha. Al darle la vuelta, se ve un globo terráqueo rodeado por dos manos gigantescas flotando en el éter. La llama del farol empieza a parpadear proyectando unas sombras fantasmagóricas en las paredes del túnel.

119

—El Mundo —dice la comandante con voz inexpresiva—. El último de los veintidós arcanos mayores. La culminación del Tarot Prohibido y también metafóricamente el final de la batalla entre la Luz y las Tinieblas.

—Entonces, ¿el desenlace de esta aventura será feliz?

—Observa bien la carta. Ha salido invertida.

Efectivamente, me doy cuenta de que el nombre del arcano está escrito al revés. Una de las manos, que es luminosa, aparece bajo el globo. La segunda, que está por encima de él, tiene las uñas largas como garras y da la impresión de estar amenazando con aplastar el planeta. La espantosa mano vampýrica lleva a la Tierra una nube negra y cósmica: una noche eterna.

—La victoria de las Tinieblas sobre el mundo y sobre tu corazón... —murmura la comandante.

El resplandor del farol proyecta sombras en sus mejillas y dibuja bolsas bajo sus ojos, unos signos de fatiga que no había notado hasta ahora. Es como si de repente mostrara todo el cansancio de la lucha que lleva librando desde hace muchos años. Una guerra que varias generaciones de fronteros combatieron antes que ella.

—¡No es posible! —grito—. Debe de haber girado la carta sin querer cuando le dio la vuelta. Déjeme sacar otra.

Alargo los dedos hacia el abanico de cartas aún ocultas, pero Zéphirine atrapa mi muñeca en el aire.

—¡Detente! ¡Debes respetar el oráculo del Tarot Prohibido, por muy perturbador que sea!

—¿Qué oráculo hay que respetar en esta serie de cartas, cada una más atroz que la otra?

—Es a ti a quien corresponde averiguarlo. Cada lectura es un regalo, aunque sea tan acre como la ceniza. Esta me deja tan perpleja como a ti. Ojalá encuentres la clave.

Mientras habla, una serie de ecos apagados suenan en algún lugar por encima de nuestras cabezas. Son unos golpes metálicos, como si estuvieran cerrando con clavos la tapa de un ataúd.

—¡Es el toque de queda! —exclama la comandante. Recoge sus cartas y se levanta a toda prisa mientras su gente se apresura a organizar la evacuación—. Es hora de que vuelvas al barco y a tu destino, antes de que el gobernador arrase la isla para encontrarte.

La Piedra Angular

El Loco

El Pasado

El Presente

Las Tinieblas

El Futuro

Los Cimientos

El Ahorcado

8

La proposición

Corro por los callejones oscuros, ensordecida por el estruendo que hacen los grillos, que han empezado a cantar al anochecer.

Allí, al fondo de la noche tropical adensada por el aroma embriagador de las plumerías, veo danzar las luces del puerto. Cléante me condujo hasta el borde de la ensenada y luego fue por otro lado, ya que, para no despertar sospechas, debemos volver a la *Novia Fúnebre* por caminos separados. A medida que avanzo se van cerrando los últimos postigos y se atrancan las últimas puertas. El toque de queda ha comenzado. Al igual que en Francia, en los trópicos el anochecer es para los plebeyos sinónimo de confinamiento hasta la mañana siguiente. A menos que esa mañana nunca llegue... La última carta que me leyó la comandante —la de las Tinieblas cubriendo el Mundo— me atormenta. ¿Significa que mi misión está condenada al fracaso y que Pálido Febo se pondrá al servicio del Inmutable? O aún peor: ¿que el tirano conseguirá apoderarse del Corazón de la Tierra, cumpliendo así su plan de conquistar el día y cubrir todo el planeta entero con su sombra? A menos que el mensaje de la carta sea más íntimo —más pernicioso— y signifique que seré yo la que sucumba a las Tinieblas y me convierta en vampyra gracias a la sangre real. ¡No, eso es imposible! ¡Soy hija de fronteros, siempre estaré del lado de la Luz!

—«Los hombres son de abril cuando cortejan y de diciembre una vez casados» —susurra de repente una voz cercana sacándome de mi ensimismamiento.

Me doy la vuelta con todos mis sentidos alerta y la espalda empapada de sudor bajo la coraza. Allí, en una esquina del callejón, se alza una sombra que los rayos lunares no consiguen alcanzar.

—¿Quién ha hablado? —grito echando mano a la daga de plata muerta que llevo a la cintura.

—El bardo —responde la voz, que me resulta extrañamente familiar.

—¿El bardo? ¿Qué bardo?

—El único: William Shakespeare. No soy más que su humilde intérprete.

El personaje emerge de su sombrío agujero; puedo ver la casaca de terciopelo de color antracita que lleva puesta. A continuación, su cresta de pelo negro y sus pómulos altos y cincelados se adentran en la luz. Una sutil sonrisa se dibuja en sus labios, en una de cuyas comisuras descansa en equilibrio un palillo de dientes.

—¡Lord Sterling Raindust! —exclamo.

Porque, efectivamente, es él, el extraño agregado de la embajada británica a quien conocí hace seis meses en París. Un inmortal amante del teatro, que considera que el mundo no es sino un vasto escenario y que se burla hasta de su condición vampýrica, como demuestra el palillo metido en la boca, dado que no ha ingerido un solo alimento sólido desde hace años, y el imperdible de plata que cuelga del lóbulo de su oreja izquierda. Un punk, un anarquista: así se define él. Cuando nos vimos arrojados el uno contra el otro en el caos de la Ciudad de las Sombras, formamos equipo durante cierto tiempo para encontrar a la Dama de los Milagros. Luego, los vientos del destino nos separaron.

—¿Qué haces aquí, en Martinica, tan lejos del Viejo Continente? —le susurro.

Sterling se saca el palillo de la boca y se lo pone detrás de la oreja.

—He venido a evitar que cometas el error de tu vida, Diane de Gastefriche.

El problema con Sterling Raindust es que nunca sabes cuándo está bromeando o cuándo está hablando en serio. Siempre manifiesta un insoportable sarcasmo, que jamás he sabido discernir si es fruto del cinismo o de la lucidez.

123

—¿Impedirme que cometa el error de mi vida? Esa frase es digna de una novela sentimental de tres al cuarto.

—Por eso prefiero usar las palabras de Shakespeare, desde hace cuatro siglos nadie ha encontrado una manera mejor de expresar la absurda broma de la existencia humana. En este caso, la frase que te he citado es de una comedia, *Como gustéis*.

No puedo evitar sonreír.

—¿Qué quiere decir exactamente esa frase? ¿Que los hombres son tan dulces como la primavera antes del matrimonio y tan fríos como el invierno después?

—¡Veo que has captado perfectamente la idea! Tienes alma de poeta.

—¡Y tú eres un maldito descarado que pone en duda una unión santificada por el mismísimo Rey de las Tinieblas!

Sterling no sabe que trabajo para la Fronda del Pueblo; al contrario, cree que estoy consagrada en cuerpo y alma al Inmutable. Además, veo unas figuras moviéndose en dirección al puerto, que, a buen seguro, son oficiales preparando una batida para encontrar a la amada pupila del rey. En lo alto de Fort-Royal, por encima de las humildes casas con los postigos cerrados, se iluminan las ventanas de las mansiones de los amos, los vampyros y los nobles mortales que gobiernan las plantaciones.

—Disculpa, tengo que irme —digo—. Gracias por el consejo: si Pálido Febo resulta ser un cubito de hielo después de la boda, me abrigaré bien.

Hago amago de echar a andar y dejarlo atrás, pero él me agarra un brazo y me arrastra hacia la esquina del callejón sin salida del que había emergido. Las luces del puerto desaparecen e incluso el febril murmullo de la caza que se avecina. Debido a su traje oscuro, Sterling no es más que una sombra con el contorno iluminado por la lejana luna. Siento que mi corazón late un poco más deprisa, a diferencia del suyo, que hace tiempo dejó de latir.

—Espera, Diane —dice, como intimando conmigo—. No te he dicho el final de la cita: «Las jóvenes son de mayo mientras son vírgenes, pero el cielo cambia cuando se convierten en mujeres».

Me zafo de su mano, vagamente turbada.

124

—¿Me vas a hablar así de todos los meses del calendario?

—¿Y tú vas a escucharme en vez de hacer, como siempre, lo que te dé la gana?

¡Esta vez es demasiado!

—¡Deja que te aclare las cosas! —le digo—. No soy virgen y mucho menos de mayo. Soy de octubre, del 31 para ser más exactos, la fecha en que bebí el Sorbo del Rey. Y estoy a punto de ser agasajada con frascos enteros de sangre real en mi noche de bodas, en la que, además, me convertiré en duquesa. Así que, largo, subordinado de la embajada inglesa.

El mero hecho de hablar de mi transmutación me horroriza, pero Sterling no debe saber que no tengo la menor intención de dejar que la sangre del rey invada mi cuerpo.

Su sonrisa se desvanece y sus labios se contraen en una dura expresión.

—¿De manera que eso es lo que quieres, el acceso a la inmortalidad, como todos los lamemuertos de Versalles? Creía que eras diferente.

—Lo que demuestra que tienes una pésima capacidad de juicio. Pero ahora déjame ir, me aguardan en el barco, porque hemos de navegar hasta donde se encuentra mi marido.

Pero Sterling no se aparta de mi camino. Al contrario, se acerca un poco más a mí, enfriando con su gélida aura vampýrica el pegajoso calor de la noche tropical. En algún lugar en lo alto de la ciudad, se oye un aullido desgarrador: debe de ser un imprudente que no se guareció tras el toque de queda o un esclavo que ni siquiera puede encontrar refugio.

—Recuerda lo que te dije el invierno pasado en París —susurra Sterling tan cerca de mí que, si aún respirara, sentiría su aliento en mi frente—. ¿Tanto deseas la vida eterna? Yo puedo dártela. Lo único que tenemos que hacer es ir esta noche a la isla inglesa más próxima. Un pequeño velero nos está aguardando al fondo del puerto: antes del amanecer estaremos en Barbados. Allí te vaciaré de tu sangre para llenarte con la mía. ¿Qué te parece mi propuesta?

De repente, el aire húmedo y saturado de aromas exóticos me resulta asfixiante. En la oscuridad casi total del callejón solo brillan tres puntos de luz: el imperdible prendido en la oreja del lord y las dos puntas de sus caninos de marfil. De-

125

senvaino mi daga de plata muerta y su punta también refleja la luz de la luna.

—¡Eres un presuntuoso, Sterling Raindust, si piensas que tu reciente sangre vampýrica puede compararse con el fluido multisecular del más poderoso de todos los inmortales! Además, debes de tomarme por idiota si crees que puedo preferir la tuya a la de él.

—No solo te ofrezco mi sangre, también la libertad. ¿No te parece un abuso que el rey te use de nuevo como cebo? La primera vez fue para atraer a la Dama de los Milagros hasta París, y ahora pretende que te cases con Pálido Febo en las Antillas. Ese juego nunca va a terminar. Si me sigues, te librarás de la tutela del «más poderoso de los inmortales», como tú lo llamas, que es también el más despótico.

Se me escapa una risa nerviosa.

—¿Dejar la tutela del Rey de las Tinieblas para someterme a la de la Reina de los Locos, es esa tu propuesta?

La fama de lunática de la virreina Anne es conocida. Por lo que he oído, las islas británicas padecen una proliferación incontrolada de muertos vivientes, desconocida en el continente. Además, el virreinato británico debe de ser un auténtico desbarajuste si elige como diplomáticos a personajes tan extravagantes como lord Raindust. A saber cuáles son las verdaderas ambiciones de este vampyro inescrutable, que solo se expresa con aforismos y peroratas. En París me confesó su visión desencantada de un mundo sin esperanza, irrevocablemente condenado a hundirse en las Tinieblas, y su voluntad de sembrar el caos para que todo termine sumido en una cacofonía que se superponga al silencio. Por mi parte, jamás le he dicho que he tenido otra visión: la de un mundo resplandeciente, donde la Luz acababa venciendo la batalla. No es el momento de decírselo, sobre todo después de la siniestra lectura del Tarot Prohibido, que está más próxima a su versión que a la mía.

—Imagino que sería toda una hazaña para ti entregar a la pupila del Inmutable al enemigo —digo rechinando los dientes—. Sobre todo en vísperas de su noche de bodas, arruinando así los planes de alianza entre Francia y Pálido Febo. Eso te haría merecedor de una embajada, tal vez incluso de un ministerio.

—Sabes de sobra que no me interesan los cargos ni los honores —se defiende Sterling.

—No, no sé nada. Solo conozco lo que quieres mostrarme. ¿Quieres que confíe en ti, en una persona para quien el mundo es puro teatro? Los actores cambian de papel como de camisa.

—Cuando te digo que me preocupas, no estoy representando ningún papel, pequeña cabeza de chorlito. Sígueme. Es una orden.

Acto seguido, se mueve para salvar los últimos centímetros que nos separan, pero yo le cierro el paso con la hoja de mi daga.

—¡Atrás!

Haciendo caso omiso de mi advertencia, su mano se cierra repentinamente sobre mi muñeca derecha, sin el menor rastro ya de dulzura en su roce helado, sino solo la hosquedad propia de un chupasangre para quien los mortales son exclusivamente ganado que hay que llevar de un lado a otro. Por mucho que intente desasirme de él, la fuerza sobrenatural del lord supera con creces la mía, y, además, sigue apretando para obligarme a soltar la daga.

¡Que así sea!

Abro los dedos de la mano derecha, la que tengo atrapada, y dejo que el arma resbale de mi sudorosa palma…, para agarrarla en el aire con la mano izquierda, que aún está libre. En el mismo movimiento, arremeto hacia delante apuntando la daga hacia mi oponente. No quiero asestarle un golpe mortal, solo quitármelo de encima, pero mi daga de plata muerta le hace un corte en el hombro arrancándole un grito de sorpresa.

Me suelta la mano.

Escapo del vampyro y echo a correr por el callejón hacia las luces del puerto.

127

—¡Diane! Estaba muerta de preocupación —grita Prudence apenas pongo el pie en la cubierta de la *Novia Fúnebre*.

La joven bretona aparece muy pálida a la luz de los faroles que cuelgan de los mástiles del barco. Françoise está a su lado, su semblante inexpresivo contrasta con la emoción de mi prima.

—¿Dónde has estado? —me pregunta Prudence—. Te dejamos sola unos minutos para que te probaras el vestido y cuando no volviste, y al ver que no regresabas, corrimos la cortina para ver si necesitabas ayuda, pero no estabas allí y el vendedor aprovechó que estábamos de espaldas para huir.

—Unos bandidos me secuestraron, es probable que el vendedor estuviera conchabado con ellos —afirmo a la vez que me enjugo la frente perlada de sudor con el dorso de una mano.

—Bandidos —grita Prudence presa del pánico haciendo bailar las pecas que salpican sus mejillas—. ¡Podrían haberte matado! Eso…, eso es lo que pensé cuando vi que Françoise regresaba con las manos vacías hace un momento.

Veo que, en efecto, el vestido de corte de mi carabina está arrugado. Debió de ponerse fuera de sí cuando descubrió que había desaparecido en el gran mercado.

—Françoise haría lo que fuera por protegerte —murmura Prudence—. Se desvivió por encontrarte y yo imaginé lo peor cuando la vi regresar sola. ¿Dónde te llevaron?

128

—A algún lugar de la ciudad, no sé dónde. No pude verles la cara, porque iban enmascarados. Creo que querían pedir un rescate, pero me las arreglé para escapar. Tranquilízate, mi querida Prudence, me hicieron pasar más miedo que daño.

—¿Más miedo, de verdad? —pregunta una voz a mis espaldas.

Me doy media vuelta y veo al capitán Hyacinthe emergiendo de la segunda cubierta. Me escruta con su único ojo, que me resulta más penetrante que nunca.

—No das la impresión de estar tan aterrorizada para haber sido un rehén al que podía haberle sucedido lo peor —afirma.

—Sirviendo al Rey de las Tinieblas, he aprendido a afrontar cara a cara el peligro, sin pestañear.

El ojo de Hyacinthe tampoco pestañea.

—Sea como sea, es extraño que una luchadora tan aguerrida como tú se pirre de esa manera por unos trapos. ¿Te enseñan un bonito vestido y pierdes el juicio hasta el punto de dejarte capturar? Más bien da la impresión de que querías perder de vista al cerbero que no te deja ni a sol ni a sombra.

La sangre se me hiela en las venas. ¿Es posible que Hyacinthe sepa que me he reunido con la Fronda? ¡No, no puede ser! Estoy absolutamente segura de que no nos siguieron.

—¿Perderla de vista? —repito con una risa algo avinagrada—. No sé a qué se refiere. ¿Qué motivo podría tener para huir la víspera de la noche más hermosa de mi vida?

—No serías la primera que cambia de opinión sobre los lazos del matrimonio en el último momento.

—No me conoce. Jamás eludiré mis deberes. Pero ahora dígame: ¿es así como me da la bienvenida después de haber sido víctima de un atentado? A decir verdad, de quien escapé fue de mis secuestradores, y, siendo franca, me vendría mejor una buena sopa que sus pérfidas insinuaciones. ¡No olvide que está hablando con la pupila del rey! Como escudera, le juré completa lealtad.

—Otro hizo el mismo juramento —replica Hyacinthe sin dejarse impresionar por mi diatriba—, pero eso no le ha impedido desertar o, cuando menos, intentar hacerlo.

Chasquea los dedos. Dos hombres emergen de las sombras. El primero es Zacharie de Grand-Domaine y el segundo, con las manos atadas a la espalda, es Rafael de Montesueño.

—El «caballero» intentó zarpar hacia las islas españolas —me explica Hyacinthe—. A Puerto Rico, para ser más exactos, desde donde, con toda probabilidad, quería llegar al continente americano, pero antes de que pudiera embarcar en una goleta de contrabandistas el caballero de Grand-Domaine lo detuvo.

Parpadeo sin querer, perturbada por la visión de los dos jóvenes que, en teoría, eran mis compañeros de equipo y que en apenas una noche se han convertido en adversarios. ¿Por qué intentó huir Rafael? ¿Por qué lo detuvo Zacharie?

—¿No dijiste que querías quedarte a bordo esta tarde, Zacharie? —le pregunto.

—Así es, pero solo porque quería seguir a Montesueño. —A la luz de los faroles, el rostro del luisiano aparece tan helado como la máscara del mismísimo Inmutable—. He dudado sobre él desde el principio del viaje. El retraso con el que embarcó en Nantes me hizo sospechar. La extraña actitud que tuvo durante el viaje no hizo sino reforzar mis suposiciones, que, como hemos comprobado, estaban más que justificadas.

129

Rafael no intenta defenderse ni explicar por qué quería abandonar el suelo francés sin que nadie lo supiera. Mantiene la mirada fija en la madera oscura de cubierta, unos mechones negros le tapan los ojos.

—Montesueño permanecerá encerrado en la bodega de la *Novia Fúnebre* desde esta noche y hasta que regresemos a Francia —decreta Hyacinthe de Rocailles—. El Inmutable en persona decidirá en su momento el destino del desertor. —Una sonrisa cruel estira los labios del capitán vampyro—. Viendo la suerte que han corrido las últimas personas que decepcionaron al monarca, el almirante Marigny y su camarilla, no me cabe duda de que el castigo será ejemplar. Y su recompensa, Grand-Domaine, estará a la altura de su captura.

Da una palmada en el hombro al escudero americano, que permanece impasible. Luego hace señas a sus hombres para que lleven a Rafael a lo que a partir de ahora va a ser su prisión.

—Vamos a levar anclas —anuncia—. Gastefriche, le sugiero que vaya a lavarse un poco, apesta a sudor. Es una pena que no haya encontrado sus perfumes en el mercado. Nos reuniremos dentro de una hora en la sala del consejo para disfrutar de la última cena antes del gran encuentro.

Tras esas palabras, da media vuelta y se dirige hacia el puente de mando para coordinar las maniobras de salida.

—¿Por qué? —le pregunto sin poder contenerme a Zacharie en cuanto el capitán nos deja solos.

—Porque era mi deber —replica este en tono desabrido—. Tú habrías hecho lo mismo en mi lugar si hubieras sospechado que Rafael quería desertar, supongo. ¿O le habrías dejado marchar como hiciste con el miserable lugarteniente hace mes y medio en Versalles?

La pregunta de Zacharie es como un puñetazo. Su mirada inflexible me atraviesa como una flecha. No ha olvidado el patético episodio del teatro de Versalles. No se creyó que el lugarteniente Fabelle se me hubiera escapado. Ahora que le ha dado su merecido a Rafael, me pregunto a quién se dedicará a vigilar en nombre de su maldito sentido del deber.

El ambiente durante la cena es especialmente lúgubre. Por primera vez desde el comienzo del viaje, Poppy no anima la mesa con su chispeante conversación. Por las miradas sombrías que dirige a Zacharie, comprendo que está enfadada con él por haber entregado a uno de los nuestros. Prudence aún parece conmocionada por mi supuesto secuestro: no dice una palabra y guarda silencio, como Françoise. El comportamiento de esta ha cambiado desde que volví a bordo. Durante la travesía, sus quevedos me apuntaban permanentemente como la aguja de una brújula señalando el norte, pero ahora sus vidriosos ojos apenas se levantan del plato que tiene delante y que, por supuesto, no toca. Tengo la impresión de que ya no existo para ella, yo, que era su única obsesión. Su cambio de actitud me confunde... Al igual que mi encuentro inesperado con Sterling Raindust, que, no puedo negarlo, me ha turbado.

Tengo el estómago tan encogido que solo puedo dar unos bocados. Los oficiales vampyros, por su parte, no se entretienen tampoco saboreando las diferentes sangres recién extraídas de una flamante reserva: las apuran de golpe, con prisa por volver a sus puestos.

—Les ruego que disculpen toda esta celeridad, pero la noche puede ser dura —explica el capitán Hyacinthe tras haber apurado su última copa de sangre—. Se prevé mal tiempo. Como les dije, Pálido Febo vive rodeado de tormentas y el *Urano* tiene la desafortunada propensión a arrastrar tras de sí el huracán allá donde va. Ese extraño fenómeno me interesa como alquimista. Me pregunto si su futuro marido estará dispuesto a revelarnos sus secretos, querida Diane. En cualquier caso, ahora vaya a descansar a sus aposentos y evite salir a cubierta; dado lo poco que pesa, no nos gustaría que una ráfaga de viento se llevara a la futura esposa. Además, ha llegado el momento de que se ponga su vestido de novia.

Abandono la mesa aliviada para ir a encerrarme en mis habitaciones. Por primera vez desde el comienzo del viaje, Françoise no me acompaña a mi camarote, sino que vuelve al suyo mecánicamente. Mientras me pongo el suntuoso vestido blanco de tul que deberé lucir en mi noche de bodas, reflexiono sobre el cambio que se ha producido en la criatu-

131

ra de la Facultad. Parece un perro de caza que ha perdido el rastro de su presa. Es como si, de repente, me hubiera vuelto invisible para ella…

Apenas formulo ese pensamiento, las palabras de la comandante Zéphirine vuelven a mi mente: «Con este talismán te volverás invisible a los sentidos sobrenaturales del resucitado, y este perderá tu rastro». ¡Eso es! Françoise es como Tristan: un muerto viviente. Por eso no come nada. Sé que los enemigos que tengo en la corte resucitaron al heredero de La Roncière cosiendo un mechón de mi pelo en su corazón alquímico, para que pueda encontrarme donde quiera que esté. De igual forma, los arquiatras de la Facultad tuvieron que injertar en el pecho de Françoise un mechón de pelo robado o un pedazo de uña, qué sé yo. El caso es que, desde que llevo el precioso talismán alrededor del cuello, el hechizo ya no funciona. Mi acompañante se ha convertido en un autómata inútil que ha perdido el rumbo.

Mientras cierro los últimos corchetes de mi vestido, el mar comienza a agitarse. El farol se balancea en el techo y los objetos empiezan a rodar por la bandeja de mi secreter. Recojo los peines y los botes de crema y me apresuro a cerrar el pequeño armario para evitar que se rompan. Mi mirada se posa en el camafeo de Pálido Febo, que guardé allí. Lo agarro con cuidado. Ese perfil enigmático me parece de repente tan… real. Dentro de unas horas cobrará vida. ¿Cuánto tiempo tendré entonces antes de que llegue la hora de la transmutación? Al menos unos minutos, para pedir un momento a solas con el novio. Mi libertad será mayor, ya que la espía de Exili no estará a mi lado. Sé que tendré que valerme de toda mi fuerza de convicción y, si es necesario, prometer todo el oro de la Fronda de las Antillas para lograr que el pirata se una a nuestro bando.

Al alzar la mirada me encuentro con mi reflejo en el pequeño espejo. Mis ojos parecen dos lagos grises temblando al ritmo del oleaje que sacude el casco, al ritmo del miedo que atenaza mi corazón. Mi vestido de novia parece tan frágil como uno de los dientes de león sobre los que mi querido Bastien y yo solíamos soplar en Auvernia, para ver cómo volaba la pelusa. Como dijo ese demonio de Hyacinthe, tengo la sensación de que bastaría una borrasca para desintegrarme. Por mucho que el talismán contra el mal de ojo que llevo en el escote sea eficaz contra los monstruos de fuera, no sirve de nada contra la angustia que me agita por dentro.

Respiro hondo, obligando a frenar los latidos en mi pecho. Dejo el camafeo, agarro mi daga y me la meto en una liga, bajo los pliegues ondulados de mi falda. ¿Dónde estaba? Ah, sí, si no logro convencer a Pálido Febo... Bueno, aún me quedará la posibilidad de clavarle la daga en el cuello. Si se niega a aliarse conmigo, tampoco se aliará con el Rey de las Tinieblas. ¡Impediré que se una a él aunque sea lo último que haga antes de morir, lo juro!

En el espejo, mis ojos han dejado de temblar: su superficie vuelve a estar tan quieta y lisa como un estanque helado.

Alguien llama a la puerta.

¿Cléante? No, esa no es la contraseña que acordamos, él siempre da tres golpes.

—Adelante —contesto temiendo que aparezca Prudence, pero se trata de Poppy, quien destaca en el umbral embutida en su vestido vaquero y peinada con un moño alto donde ha prendido varias flores de diente de león.

—¡Caramba! ¡Ese vestido te queda genial, *darling*! —exclama—. Estás muy elegante. Creo que se trata de un modelo de Rosier, la mejor modista de París, ¿me equivoco?

—Puede ser —respondo encogiéndome de hombros—. La cola me parece un poco larga. No sigo demasiado las tendencias de la moda.

—Ni las capilares, por lo que veo —se burla Poppy—. Diría que necesitas que te eche una mano con el peinado de novia.

—La verdad es que no me vendría mal. —Me río apuntando en el espejo a mi masa de pelo gris, que está completamente enmarañado después de la trepidante carrera por las calles de Fort-Royal.

La inglesa cierra la puerta tras de sí y coloca una pequeña caja de madera con incrustaciones en el borde de mi secreter.

—Para ti. Como regalo de bodas.

—¿Qué es?

Poppy abre la tapa y las notas se elevan componiendo una melodía agridulce, a la vez serena y melancólica. Una minúscula hada de porcelana con alas de libélula y nervaduras doradas gira impulsada por un mecanismo invisible.

—Es una de mis posesiones más preciadas —me dice Poppy—. Tengo esta caja de música desde que era muy pequeña. Toca una nana inglesa muy antigua, *Lavender's Blue*, que cuenta una antigua historia de amor. Mi madre abría esta caja cuando me costaba dormir porque tenía los bronquios inflamados. Tarareaba la melodía hasta que cesaba la tos.

Al igual que entonces, Poppy empieza a cantar dulcemente, mientras las notas siguen sonando:

> *Lavender's blue, dilly dilly, lavender's green,*
> *when I am king, dilly dilly, you shall be queen:*
> *who told you so, dilly dilly, who told you so?*
> *'Twas mine own heart, dilly dilly, that told me so.*

No doy crédito a mis oídos. Cuando canta, la voz grave de Poppy adquiere la cremosidad de la miel, diría incluso que del oro fundido. Es como un rayo de sol en la penumbra del camarote, en medio del océano negro y gigantesco donde se está gestando la tormenta.

—Tu voz... —susurro—. ¡Se ha transformado!

Una sonrisa pasa por los labios de color rojo encendido de Poppy:

—Es así desde que me convertí en escudera. Aunque sigo hablando como antes, con la voz dañada por la tuberculosis, todo cambia cuando empiezo a cantar. —Mira hacia otro lado, sus ojos se pierden en el vacío o quizás en los recuerdos—. Cuando era niña, imaginaba que el rey de la canción era un príncipe azul que vendría y me sacaría del húmedo castillo de Castlecliff, pero el que al final apareció en mi vida para darme su Sorbo fue el Rey de las Tinieblas. Una nueva voz, ese parece ser el don oscuro que su sangre ha desarrollado en mí. Por lo demás, he dejado de creer en el príncipe azul. Lo que Zach ha hecho con Rafael ha dado al traste con mis últimas ilusiones.

Las notas que escapan de la caja de música están llegando a su fin. La diminuta hada deja de dar vueltas. Poppy cierra la tapa con delicadeza.

—Ya no necesito una nana para dormir —dice—, pero, cuando me dijiste que te cuesta conciliar el sueño, pensé que la melodía te ayudaría. También he metido en ella el resto de mis bolas de morfina. Procura no abusar de ellas.

Abre un cajón oculto donde hay dos docenas de bolitas blancas.

—Gracias, Poppy —susurro con el corazón en un puño.

Me doy cuenta de que este es uno de los últimos momentos que pasaremos juntas. Tanto si logro convencer a Pálido Febo de que se una a mi lucha como si le clavo la daga en el cuello, perderé la compañía del resto de los escuderos. No tengo ninguna intención de llevar al rey el Corazón de la Tierra en la víspera de su jubileo. No regresaré a Versalles y no volveré a ver a Proserpina Castlecliff. A pesar de lo mucho que hemos intimado en los últimos meses, ella no sabe quién soy en realidad, solo ha visto la máscara que me he visto obligada a mostrarle. Y esta noche, a medida que se va aproximando la hora de separarnos para siempre, me siento extrañamente triste.

—Qué suerte tuve de conocerte en Versalles —digo con un nudo en la garganta—. Eres realmente fantástica.

—Tú también, querida, vale la pena conocerte. Bajo tu coraza, escondes un corazón sensible. Te pareces a una bailarina de porcelana oculta en una caja de música. Tu melodía debería ser *Las cuatro estaciones* de Vivaldi, teniendo en cuenta que contigo las hemos visto de todos los colores.

Nos reímos a carcajadas, ¡qué bien nos hace sentir!

—Te echaré de menos —digo tras recuperar el aliento—. Mucho, más de lo que puedo expresar con palabras.

—No tienes por qué ser tan trágica, ¿sabes? No estamos representando una obra de Racine, *darling*, esto solo es una despedida.

Se desliza detrás de mí y empieza a hacer una trenza con sus dedos, largos y ágiles, para recoger mi abundante cabellera plateada. El susurro del viento al otro lado del ojo de buey se transforma en un aullido y no tarda en ser demasiado fuerte para que podamos hablar. A Poppy le resulta cada vez más difícil mantener el equilibrio de pie en ese suelo que se balancea, pero aun así se las arregla para atar la trenza con una cinta de seda de color rosa pálido, que ha sacado de entre las que me ha regalado el rey. Le doy las gracias sonriéndole en el espejo y po-

135

sando la mano en su brazo. Ella me guiña un ojo y vuelve tambaleándose a su camarote, agarrándose a las paredes del pasillo.

Incapaz de estar de pie ni de sentarme a mi secreter, me tumbo en la cama. El farol del techo traquetea violentamente como una estrella desalineada. Los recuerdos chocan en mi mente en un concierto caótico; es cierto, como los violines enloquecidos de *Las cuatro estaciones* de Vivaldi. El enigmático camafeo de Pálido Febo; la intensa mirada de la comandante Zéphirine y la desesperada de Rafael de Montesueño; la impenetrable sonrisa de lord Raindust y la cruel de Hyacinthe de Rocailles… Todas esas caras chocan entre sí como las olas embravecidas que azotan el barco que me lleva a mi destino.

9

Pálido Febo

*H*asta cien veces siento subir mi estómago hasta el borde de mis labios.

La poca comida que ingerí en la cena acaba en el orinal, e incluso cuando mi estómago está vacío, sigo vomitando chorros de bilis amarga en el borde de la cama para no manchar mi inmaculado vestido. Con cada bandazo, el barco cruje como un viejo esqueleto a punto de quebrarse. Mi único farol acaba por romperse. Su llama se apaga en medio de una lluvia de cristal. Al otro lado de mi ojo de buey ya no hay mar ni cielo, solo un abismo negro que aúlla.

Aferrada al colchón, con la mejilla aplastada contra la almohada, comprendo que es muy posible que todo termine aquí, ahora. Mis angustias existenciales y mis estrategias perspicaces carecen ya de sentido, porque nunca entraré en la Corte de los Huracanes: voy a morir en su periferia y conmigo perecerán también las esperanzas de la Fronda. ¡Y todo para esto!

De repente, sin embargo, cuando ya me veía a un paso de la muerte, las sacudidas del barco disminuyen. El rugido del viento cesa como por arte de magia dando paso a un silencio irreal. Me pongo en pie, ojerosa, las piernas apenas me sostienen. Mi cuerpo se estremece, me arrastro hasta el ojo de buey intentando tragarme la náusea.

Al ver el paisaje que hay detrás del cristal lavado por los elementos, me quedo sin aliento. El mar que ha estado a punto de hundirnos ahora está tan quieto como una balsa de aceite que refleja la noche. Ninguna ola perturba su superficie, sobre la que levita una bruma diáfana. A modo de horizonte, nos rodea

137

un inmenso muro de nubes en movimiento con los contornos de hollín esculpidos por la luz de la luna. Ese muro circular, cuyo diámetro debe ser de unos diez kilómetros, nos aísla por completo del mundo exterior, y en el centro de este titánico circo se alza el espectáculo más extraordinario que he visto en mi vida.

El *Urano*.

Aunque todavía está lejos de nosotros, tal vez a una media legua de distancia, supera con mucho lo que imaginé al oír la descripción que me hizo el lugarteniente Étienne de Fabelle antes de morir. No es un barco: es una fortaleza flotante. En lugar de un solo casco, como la *Novia Fúnebre*, tiene una docena de ellos unidos entre sí. Su superficie, de color blanco lechoso, destaca aún más en el agua negra. Sobre las cubiertas se erige un bosque de mástiles desnudos. Largas velas plegadas cuelgan sombríamente, como sudarios tallados a la escala de los dioses. Ese increíble conjunto está rematado por una especie de torreón que se eleva desde la cubierta del barco central y cuya pared está perforada por un sinfín de ventanas arqueadas. Recuerdo la oscura Notre-Dame de París: de nuevo tengo la impresión de estar ante una catedral, solo que, en lugar de roca negra, esta ha sido realizada con una madera tan pálida como los huesos.

Siento que se me eriza la piel. Tiritando, me miro los brazos desnudos: tengo la piel de gallina. Esa sensación no está únicamente causada por el mareo ni por la abrumadora visión del *Urano*. La temperatura de mi camarote, que, hasta hace solo unas horas, era cálida y húmeda como la de Martinica, ahora es polar. ¿Cómo es posible semejante diferencia? Me despego del ojo de buey helado y me pongo una capa de lana por encima de mi vestido blanco de cola larga.

En la cubierta, el frío es aún más palpable. Arrojo vapor cuando respiro, como cuando aún estábamos en las altas latitudes. Poppy, Zacharie y Prudence están de pie, envueltos en sus capas (Françoise ni siquiera se ha molestado en salir). Los miembros de la tripulación llevan unos abrigos encerados, aún empapados por la tormenta. Sus caras parecen petrificadas, sus barbas chorrean agua marina y tienen las cejas cubiertas de cristales de sal.

—El ojo del huracán —dice Hyacinthe de Rocailles rompiendo el silencio sepulcral.

Es el único que no lleva capa ni abrigo, solo su camisa blanca, que brilla bajo la luz de la luna.

—Estamos en el ojo del huracán —repite meditabundo, como si estuviera pensando en voz alta.

—Estamos sobre todo mucho más al norte de lo que nos dijo —objeta Poppy, cuyos dientes castañetean bajo su capucha—. Puede que usted, dado que es inmortal, no sienta el frío, pero ¡yo me estoy quedando congelada! ¿Con qué clase de sortilegio hemos podido pasar de los trópicos a las regiones hiperbóreas en tan pocas horas?

—Aún estamos en el trópico, *lady* Castlecliff. Aquí está helando, pero detrás del muro de furiosas tormentas aún nos rodea el calor estival. Esa diferencia de temperatura ha sido la causa del huracán.

Como para puntualizar sus palabras, un relámpago ilumina fugazmente el circo de nubes que nos rodea dejando ver por un momento las oscuras nubes. Un instante después, el rugido de un trueno nos alcanza.

Qué duda cabe de que Hyacinthe de Rocailles es un monstruo sediento de sangre, pero hay que reconocer que, además, es un navegante excepcional. Conoce los océanos y sus climas como la palma de su mano. Si afirma que estamos en el ojo del huracán, no tengo ninguna razón para no creerle, pero, aun así, tengo una pregunta en el tintero:

—Dice que detrás de las nubes siempre es verano —murmuro—. En ese caso, ¿de dónde procede este frío invernal?

El capitán vampyro levanta el dedo hacia el barco-ciudadela.

—El ojo es el punto más frío y tranquilo de cualquier huracán. Pues bien, el *Urano* está exactamente «en el centro» del ojo de «este» huracán.

—¿Quiere decir que el *Urano* ha generado la terrible tormenta que acabamos de padecer y que continúa haciendo estragos a nuestro alrededor?

—El *Urano* o su capitán… Ya le dije que sospechaba que Pálido Febo practica la alquimia. Estoy deseando saber cómo hace para alterar el clima de esta manera y crear un prodigio semejante. —Hace una señal a sus lugartenientes—. ¡Vamos, vosotros, a remar!

La ausencia de viento en el ojo del huracán obliga a los ma-

139

rineros de la *Novia Fúnebre* a sacar los remos para aproximarse al *Urano*. De esta forma, nuestro barco se desliza envuelto en el silencio, roto a veces por relámpagos lejanos, sin que ninguna brisa tense las velas.

A medida que nos vamos acercando al barco-ciudadela, puedo ver mejor su abigarrada composición. La forma de los cascos es distinta, al igual que la de los aparejos. Algunos son sencillos y sin adornos, otros están decoradas con figuras ricamente talladas. A semejanza de Orfeo, una criatura híbrida integrada por pedazos de cadáveres, el *Urano* parece estar formado por múltiples restos suturados por un sinfín de pasarelas. En cuanto a la blancura que confiere al conjunto una aparente homogeneidad, por su aspecto granuloso podría ser una costra de sal solidificada por el frío.

La *Novia Fúnebre* acaba rozando uno de los cascos periféricos de esa aberración flotante, cuyo tamaño es varias veces superior al de ella. Los ganchos alzan el vuelo. Unos gruesos cabos amarran el barco corsario al conglomerado pirata. Al final, un pontón de madera cae sobre nuestra cubierta.

—Ha llegado la hora, Diane —me dice Hyacinthe de Rocailles—. Ese vestido blanco le queda como un guante. La capa de lana, en cambio, no me convence tanto. ¿De verdad quiere llevar esa especie de felpudo sobre la espalda?

—Aprecio su opinión sobre mi indumentaria, pero recuerde que soy una criatura de sangre caliente, al menos por unos instantes.

Hyacinthe esboza una sonrisa forzada mostrando sus caninos como una promesa del abrazo que me espera. Es evidente que se alegra de mi inminente transmutación. Levanto mi larga falda de tul para subir al pontón seguida del capitán, de mi séquito y de una veintena de tripulantes bien armados de la *Novia Fúnebre*. Los que cierran la fila transportan cuatro grandes baúles. Reconozco los tres primeros: son los que contienen mi ajuar. En cuanto al último, decorado con un murciélago dorado..., no hace falta ser adivino para saber que contiene los frascos de sangre real, destinados a llenar mis venas después de que Hyacinthe las haya vaciado de su sangre mortal.

Intento no pensar en ello y concentrarme en mi misión. A cada paso que doy, siento la daga fría en mi muslo. Me hago pocas ilusiones en caso de que tenga que usarla alguna vez a bordo del *Urano*: ese barco ciclópeo será mi tumba.

De repente, una nota telúrica rompe el silencio haciendo vibrar el pontón bajo mis zapatos. El cortejo se detiene. Parece la llamada de un cuerno, como el que Raymond de Montfaucon hizo sonar durante la montería el otoño pasado. Pero el instrumento del gran escudero tenía una sola nota, a diferencia del que se oye ahora, que tiene docenas de ellas, cada una más grave que la anterior. Son unos acordes palpitantes, que penetran hasta en mis huesos y se hunden pesadamente en las profundidades de mi alma.

Miro hacia el torreón: la lluvia de arpegios procede de él. La cima de la increíble torre está erizada de tubos metálicos. Un ventanal se abre entre las espinas que arrojan sus rayos hacia el cielo negro. «Es el gran órgano del *Urano*, cuya música oyó el lugarteniente Fabelle antes de perder el conocimiento». Y el organista, cuya esbelta silueta puedo distinguir entre los candelabros donde hay clavadas unas velas…, debe de ser el mismísimo Pálido Febo.

—*Maestoso andante*: ritmo majestuoso acompasado —me explica Hyacinthe, que es un gran melómano—. Cuántos mimos: Pálido Febo le ha compuesto una marcha nupcial tan solemne como una marcha fúnebre.

Sigo andando por el pontón con el corazón latiendo al ritmo de la vertiginosa melodía. El tema parece repetirse una y otra vez como una exhortación. ¿Es esta la forma que tiene mi prometido de darme la bienvenida o de decirme que debo llorar por todo lo que he conocido hasta ahora?

Con un hervidero de preguntas en la cabeza, pongo por fin un pie en la cubierta del *Urano*. Una multitud tan numerosa como la de Versalles me aguarda; la tripulación del barco-ciudadela corresponde a su desproporcionado tamaño. Hay cientos de hombres y mujeres de todas las edades blandiendo faroles y antorchas. Al igual que la variedad de cascos que integran el *Urano*, su diversidad compone un conjunto uniforme: todos van vestidos con telas pálidas e incoloras. Parece un ejército de fantasmas observándome en silencio.

Alguien me acaricia tímidamente la palma de la mano. Miro hacia abajo: es Prudence. Se ha arreglado para la ceremonia pintándose los labios de rojo y retorciendo sus trenzas rubias en unos rodetes a ambos lados de su cara lozana. Sus ojos grandes y claros me miran con admiración, como una dama de honor acompañando a una novia. Poppy, por su parte, me dedica una amplia sonrisa con la intención, supongo, de transmitirme una pizca de su legendaria determinación. Hasta Zacharie me hace un gesto de ánimo con la cabeza.

Cuando el último acorde del inmenso órgano deja de sonar, uno de los tripulantes del *Urano* se separa del grupo y camina hacia nosotros. Es un coloso calvo, ni joven ni viejo, de rasgos toscos. Dos ojos hundidos brillan con un resplandor azul gélido bajo sus tupidas cejas rubias. Su enorme cuerpo está envuelto en lo que parece un uniforme militar. A diferencia de los coloridos uniformes de la guardia suiza en Versalles, este está confeccionado con una tela tan blanca como la nieve, similar a la de las enormes velas que cuelgan de los mástiles. El espectral atuendo se completa con unas botas forradas de piel clara, adecuadas para el clima del lugar.

—Soy Gunnar el Noruego, primer lugarteniente del *Urano* —anuncia con voz grave.

Desde el advenimiento del Rey de las Tinieblas, hace tres siglos, el francés se ha convertido en la lengua franca del mundo. El que habla Gunnar está marcado por un acento gutural que es la primera vez que oigo, pero que inmediatamente me hace pensar en los fiordos helados del norte del mundo. Es como si este hombre hubiera traído consigo los vientos polares a los trópicos.

—¡Abran paso a Diane de Gastefriche, pupila del rey de Francia! —anuncia Hyacinthe pomposamente como un trampero que regresa de una cacería con un trofeo.

Lejos de dejarse impresionar por el nombre del Inmutable, Gunnar permanece impasible.

—El capitán Febo está esperando a la señorita de Gastefriche —dice en tono inexpresivo.

—Bueno, vamos entonces sin más dilación —me apremia Hyacinthe—. Por desgracia, el padre de la novia abandonó hace tiempo este mundo y, por tanto, no podrá llevarla hasta el altar, así que yo me encargaré de ello. Entregaré la mano de la damisela a Pálido Febo, de hombre a hombre, de capitán a capitán.

Me pone la mano en el brazo para acompañarme, como si fingiera ser mi padre; resulta odioso.

—Disculpe, pero, como usted mismo ha recordado, no es mi progenitor —le digo desasiéndome de él—. Tampoco es usted el rey, que lo reemplazó en mi corazón desde que me convertí en su pupila. Deseo ir a ver a mi marido sola, sin otra compañía que la mía, y conocerlo de esa manera.

La sonrisa de Hyacinthe se congela en una mueca. Acabo de dejarlo en ridículo delante de su tripulación y de la gente del *Urano*. En cualquier caso, no puede reaccionar con brutalidad después de un mes de viaje, tan próximo ya al final de la misión diplomática que Versalles le ha confiado.

—Que así sea —me concede de mala gana—. Puede conocer a Pálido Febo como desee, pero sea breve. —Consulta su reloj de bolsillo—. El cruce del muro huracanado nos ha llevado más tiempo del previsto. Son ya las dos de la madrugada y la ceremonia de transmutación requiere al menos tres horas. Así pues, tenemos que empezar enseguida para poder terminar antes de que amanezca.

Gunnar me hace señas para que lo siga a la torre. Cuando estoy más cerca de ella, me doy cuenta de que es tan dispar como el resto del *Urano*. A la luz del farol que lleva el lugarteniente, me parece identificar fragmentos de cascos recuperados, tablones de cubiertas claveteados y varias piezas de carpintería de la marina. Mi larga cola blanca se desliza por unos escalones irregulares, de diferentes alturas, como si la espiral que serpentea hacia lo alto estuviera formada por distintos tramos de escalera.

La gélida torre del *Urano* parece haber sido construida con los restos de cien naufragios...

—Ya hemos llegado —anuncia Gunnar en lo alto de la escalera de caracol—. Estas son las estancias de Pálido Febo.

He contado ciento diez escalones, lo que me permite estimar que la cima de la torre está, por lo menos, a veinte metros por encima de la cubierta del *Urano*. Nos encontramos ante una puerta cuyo marco aparece decorado con unas molduras doradas en forma de helechos. ¿A qué galeón perteneció esta puerta en el pasado? Sin duda ha sido uno de los mejores botines del pirata. Los obreros que construyeron la torre reservaron esa pieza selecta a su capitán. Y ahora yo estoy en el umbral.

143

¿Es la ansiedad de encontrarme finalmente con Pálido Febo lo que me hace temblar?

¿O acaso es el frío, que siento aquí con más intensidad que en ningún otro lugar?

Gunnar llama a la puerta.

Esta se abre.

Una ráfaga de aire helado me azota la cara.

Entro en una de las habitaciones más extrañas que he visto en mi vida. Las altas paredes están cubiertas de relucientes paneles blancos, pero no es el barniz el que las hace brillar así, sino la escarcha. Hay dos grandes ventanales, uno frente a otro, abiertos de par en par a la noche, dado que no tienen ni postigos ni cristales. Los rayos de la luna entran de lleno por esas aberturas. Primero chocan contra una cama alta con dosel, sobre la que cuelga un drapeado translúcido que recuerda a las alas de una polilla; luego se topan con un escritorio de madera tallada, cubierto de libros y pergaminos; y, por último, salpican los cuatro teclados de marfil del órgano, cuyos enormes tubos vi desde cubierta. Esta sala helada, bañada por una blancura irreal, parece salida directamente de un sueño.

—¿Pálido Febo? —lo llamo sin darme cuenta de que Gunnar ha cerrado la puerta.

No lo veo por ninguna parte, a pesar de que acabo de oír su música y de ver su silueta desde cubierta. Alguien tuvo que encender las velas de los candelabros que hay junto al órgano. Me encamino hacia él temblando. Las lágrimas de cera blanca se han solidificado a lo largo de las varillas de hierro forjado. Las altas llamas verticales están completamente inmóviles, sin un soplo de viento que las agite. Como si ellas también estuvieran congeladas.

Siento el impulso irreprimible de tocarlas, de asegurarme de que están ardiendo, de que no he entrado de lleno en un cuadro…, de que no me he convertido en una imagen.

—Cuidado con los candelabros, son muy afilados.

Me vuelvo de golpe exhalando una nube larga y vaporosa. Una figura aparece junto a la cama, tan lívida que se confunde con las pálidas cortinas; por eso no la he visto hasta ahora.

—Si te pinchas el dedo con el hierro del candelabro, podrías caer en un sueño de cien años.

144

—O tal vez vendría un príncipe y me despertaría antes con un beso —respondo con el corazón palpitante.

La figura se aleja de la cama y, poco a poco, se va haciendo más nítida bajo la luz de la luna. Al igual que su tripulación, el capitán del *Urano* va vestido de blanco de pies a cabeza, desde la chaqueta larga adornada con galones plateados en los hombros hasta los zapatos de terciopelo. Pero la blancura no solo está en la ropa: su tez carece por completo de color, como si fuera albino. Su palidez es incluso mayor que la de los vampyros. Mientras la luz esculpe con dureza los rostros de los inmortales para que parezcan estatuas, en el caso del pirata da la impresión de que difumina su frente lisa, su nariz recta y sus lívidos labios. Su piel no es de mármol opaco, sino un ópalo translúcido, como el camafeo que me envió. Su media melena, recogida en una coleta, parece tejida con hilos de araña, igual que las largas pestañas blancas que bordean sus singulares ojos. Creo que eso es lo más inquietante: la ausencia de color en sus iris, que son pálidos y traslúcidos como dos pedazos de hielo y en cuyo centro se abre el abismo negro de las pupilas.

Tras volver en mí, agarro por los lados el vestido de tul que llevo bajo mi capa de lana y lo levanto un poco para hacer una reverencia.

—Capitán Febo, es un honor para mí conocerlo.

—El honor es mío, señorita.

Su voz corresponde a su imagen distante y velada.

¿Y ahora qué? Me siento terriblemente incómoda. ¿Debo representar el papel de la novia un poco más? ¿Descubro ya mis cartas y le revelo que soy una frondera? ¿Cuál será la mejor manera de conseguir que este extraño joven comparta mis puntos de vista?

—Está temblando —comenta—. ¿Quiere beber algo?

—Me vendría bien una bebida caliente.

—Me temo que ninguna bebida permanece caliente mucho tiempo en mi presencia. Me refería más bien a algo alcohólico. —Con paso relajado, se dirige hacia el pálido escritorio de ratán y destapa una botella de cristal que está entre los pergaminos—. A diferencia del agua, el ron no se congela.

Vierte un poco de alcohol en dos copas, una para él y otra para mí. Siento disminuir la temperatura cada vez que da un

145

paso hacia mí. Mi mente es un hervidero. Pálido Febo ha insinuado que el agua se enfría en su presencia, hasta el punto de que llega a congelarse. Esto significa que...

—Es usted el que provoca este frío polar —suelto con un hilo de voz.

Él asiente con la cabeza.

—Exacto. Siempre ha sido así y siempre lo será.

Me parece detectar una insondable tristeza en sus palabras. Cuando sus largos dedos de pianista rozan los míos al entregarme la copa, siento como si estuviera tocando unos cubitos de hielo. De manera que Hyacinthe de Rocailles estaba equivocado: el huracán perpetuo que rodea el *Urano* no está causado por los supuestos experimentos alquímicos de su capitán, sino que es él el que causa una depresión termométrica lo suficientemente potente como para desencadenar las tormentas. Ahora que sé que el frío sobrenatural es siempre indicio de la presencia mística del mal, pienso en lo paradójico que es que, a pesar de ser tan inmaculado, Pálido Febo sea una emanación pura de las Tinieblas. Pero, si no es un vampyro, debe de ser una abominación aún peor, dado que su frialdad supera con mucho a la del Inmutable. Si hasta este instante he temblado de frío, ahora tiemblo de miedo, porque no hay nada que aterre más que aquello que no comprendemos.

—Toma, esto te ayudará a entrar en calor —me insta.

Se lleva la copa a la boca. Lo imito y mojo mis labios con el licor ardiente, bebiéndolo a pequeños sorbos para ganar tiempo. ¿Cómo puedo involucrar en la batalla por la Luz a un ser que parece estar hecho por completo de Tinieblas? ¡Es una locura! Quienquiera que sea Pálido Febo —o sea lo que sea— sería más simple si pudiera acabar con él ahora mismo.

—Nunca bebo solo, siempre en compañía —dice dejando la copa a un lado—. Este viejo ron blanco de sabor sutil tiene casi cien años. ¿Qué le parece?

—De sabor sutil, sí, pero con cuerpo —logro articular pensando únicamente en la daga que llevo metida en la liga—. Es sorprendente que un alcohol tan añejo pueda seguir siendo tan ardiente.

—Igual que su tutor, el viejo rey Luis.

El comentario me pilla desprevenida. ¿Es un elogio a la longevidad del Inmutable o más bien una afirmación sarcástica? Vacilo ante la idea de apuñalar al capitán. ¿Y si, a pesar de todo, fuera posible reclutarlo?

—Usted también accederá a la eternidad cuando sea transmutado con la sangre del monarca —digo dulcemente.

El capitán se encoge de hombros.

—El tiempo presente me resulta ya insoportable, así que no pienso demasiado en la eternidad.

—Pero... ¿y su transmutación tras la boda?

—Aún no estoy seguro de hacerla.

No puedo creer lo que oigo. Hasta ahora, estaba convencida de que el regalo de la vida eterna era la razón principal por la que Pálido Febo había aceptado concertar el matrimonio, pero no es así.

—¿Solo quiere casarse conmigo para convertirse en duque? —le pregunto.

—¿Duque? ¿De qué, señorita?

—Bueno, de la Corte de los Huracanes: la que el Inmutable va a crear para usted y que abarca todo el Atlántico Norte.

Una risa sin alegría se escapa de los labios incoloros de Pálido Febo.

—¡Luis es muy generoso ofreciendo lo que no posee! Esas aguas solo pertenecen a aquellos que las surcan. La Corte de los Huracanes ya existe: está dondequiera que vaya.

El pirata me quita la copa de las manos: la he apurado sin darme cuenta. El calor del ron arde en el fondo de mi estómago, pero la duda que me corroe es aún más caliente.

—Pero entonces, si lo que le atrae no es la transmutación ni los honores, ¿por qué estoy aquí esta noche? —le pregunto.

—Porque su rey me convenció de que era hora de que me casara para compartir mi soledad con alguien. Y, tal vez, para caldear mi infierno helado con la llama de un alma gemela.

Esa confesión hace añicos mis últimas certezas. El despiadado Pálido Febo, el pirata más temible de las Antillas, ¡está buscando su alma gemela!

—Usted podría ser esa llama, Diane de Gastefriche —susurra.

Por primera vez utiliza el nombre de la aristócrata que cree que soy, pero qué más da, si no es el título lo que lo motiva.

Detrás de la frialdad que lo rodea se esconde un corazón palpitante. Ese ser helado solo tiene una esperanza: sentir pasión. Por una mujer joven o puede que por una causa. Así pues, ha llegado el momento de descubrir mis cartas.

—Sí, yo podría ser esa llama —digo—. Y juntos podríamos encender una llama aún más viva, una verdadera antorcha que iluminara el mundo.

Tomo su mano entre las mías. A pesar de la dolorosa mordedura del frío, no la suelto.

—Creía que había accedido a sellar esta unión porque deseaba la inmortalidad, el reconocimiento o las riquezas —le digo con el corazón acelerado—. Ahora veo que me equivoqué. Al igual que yo, usted aspira a un ideal, lo comprendí cuando escuché su música. ¡Un vulgar criminal jamás tocaría una melodía tan delicada! Únase a mi lucha: la lucha por…

Antes de que pueda terminar la frase, Pálido Febo posa su dedo índice en mis labios cerrándolos con un sello helado.

—Ni una palabra más, Diane. Las peleas se combaten, no se discuten. ¿La tuya es en aras de la poesía? ¿De la posteridad?.

«¡Por la Luz! —siento deseos de gritar—. ¡Por el fin del reinado de las Tinieblas!»… Pero la mano del capitán me detiene, además de un oscuro presentimiento…

—Ya me mostrará el objetivo de su lucha en los días venideros —continúa Pálido Febo—. Aún no sé por qué combate, pero sí contra quién lo va a hacer.

Aparta el dedo de la boca y apunta con él hacia la segunda abertura, que se encuentra frente a la del órgano. Mi mirada se sumerge en la noche, en el lado opuesto a aquel por el que la *Novia Fúnebre* se acercó al *Urano*. Allí hay otras tres embarcaciones amarradas al barco-ciudadela, ocultas por su fantástico volumen, y las tres enarbolan banderas extranjeras.

—Cuando me dijo que aún no se había decidido, no se refería a su transmutación, ¿verdad? —Me estremezco.

—Así es: aún no he decidido a quién tomaré por esposa. Allí están los barcos de sus rivales. —Da unos pasos hacia su cama y tira del cordón de terciopelo que cuelga en la cabecera. El tañido de una campana avisa a su tripulación de que la entrevista ha terminado—. Usted ha sido la última en llegar. El combate puede empezar.

148

10

Rivales

—*E*ntonces, ¿cómo es? —me pregunta Poppy apenas salgo de la torre.

—Peor de lo que imaginaba.

—¿De verdad? —dice inquieta Prudence con sus grandes ojos trémulos, como si fuera ella la que tuviera que casarse—. Oh, mi pobre prima..., pero la boda se va a celebrar, ¿verdad?

Hyacinthe de Rocailles desdeña esos recelos con su mano cubierta de anillos.

—¡Por supuesto que la boda se va a celebrar! Ya se acostumbrará a su marido, Diane. Tiene toda la eternidad para hacerlo. —Chasquea los dedos—. ¡Que suban las vasijas de sangre real para proceder a la transmutación del duque y la duquesa!

Gunnar se interpone impidiendo la entrada a la torre con su elevada estatura.

—Por hoy, la entrevista de la pretendiente francesa ha terminado —afirma con su voz grave—. El capitán no volverá a ver a las candidatas hasta después de la primera prueba.

Hyacinthe hipa de indignación.

—¿A las candidatas? ¿Primera prueba? ¿Qué clase de galimatías es ese?

Con una dicción inflexible, el primer lugarteniente le explica lo que su superior me ha revelado en su torre de marfil: que no soy la única que pretende su mano.

—Pero ¿cómo es posible? —exclama Hyacinthe—. ¡Hemos navegado hasta el otro lado del Atlántico!

—Otros se han dado más prisa que usted —replica Gunnar, imperturbable.

—¿Otros? ¿Qué otros?

El capitán corsario se da media vuelta escudriñando la multitud con su único ojo. El gentío ha aumentado desde que subí a la torre. Me doy cuenta de que no se trata tan solo de la gente de Pálido Febo: unas figuras vestidas con llamativos colores destacan bajo la luz de las antorchas, tras los blancos trajes monocromos que lucen los miembros de la tripulación del *Urano*.

La primera delegación avanza: está integrada por varios hombres que lucen unos abrigos largos y coloridos y unos pantalones anchos, y que van calzados con babuchas. Unos bigotes negros perfectamente recortados adornan sus caras bronceadas, que contrastan con sus suntuosos turbantes de color marfil. En sus cinturones relucen largas cimitarras con la hoja curva y los mangos adornados con exquisitos arabescos. En el centro de esta guardia, digna de una reina, se encuentra una elegante joven. Va envuelta en una larga túnica de terciopelo rojo. Un velo de satén del mismo color cubre su cabeza y la parte inferior de su rostro, dejando solo a la vista unos ojos alargados por el kohl.

—¡La enviada plenipotenciaria Emine Pacha, una de las doce hijas del gran visir de Turquía! —anuncia Gunnar.

—¿Cómo es posible que un barco turco sea más rápido que nosotros? —se rebela Hyacinthe, herido en su orgullo de capitán.

Una voz armoniosa se filtra a través del velo rojo:

—El sultán puso a mi disposición la más rápida de sus galeras. No es solo el viento lo que nos ha traído hasta aquí, sino también cientos de brazos.

—Pero ¿no se supone que el sultán es un aliado del Rey de las Tinieblas? —le recuerda Hyacinthe con acritud.

—Y, en efecto, lo es, pero eso no le impide querer sellar otra alianza con Pálido Febo. Por eso me ha enviado a mí, la hija de su gran visir, acompañada de sus mejores jenízaros.

Intento distinguir el rostro de la plenipotenciaria tras su máscara de satén, pero no lo consigo. ¿Cómo es posible que una voz tan dulce sea capaz de expresar tanta determinación?

Mientras escruto el impenetrable velo de mi rival otomana, una segunda embajada emerge de la multitud. En este caso, los hombres van vestidos con pieles aún más gruesas que las de los tripulantes del *Urano*: se trata de pieles de lobo cosidas entre sí, que magnifican sus figuras y les confieren un aspecto inquietante, entre animalesco y humano. Una joven de pómulos altos destaca en esa manada. Sus largos cabellos rubios fluyen como ríos de oro bajo su gorro de piel.

—¡La duquesa Ulrika Gustafsson, prima hermana del rey de Suecia! —anuncia de nuevo Gunnar.

Una vez más, Hyacinthe no puede evitar un tic.

—¿Por qué maléfico hechizo ha podido llegar hasta aquí antes que nosotros esa delegación? —gruñe—. Que yo sepa, los marineros del norte no tienen ninguna galera y Suecia está mucho más lejos de las Antillas que Francia.

—Por tierra sí, pero no por el banco de hielo —le corrige la duquesa en un francés gutural.

A la luz de las antorchas, su larga y fría melena rubia despide unos resplandores azulados, como los de una cascada helada.

—Los sureños olvidáis que los mares del norte no se recorren en barco, ¡sino en trineo! —explica.

Recuerdo el atlas que tenía mi padre y la inmensidad blanca que aparecía en la parte superior de los mapas y que, en mi acogedora habitación de la Butte-aux-Rats, me producía vértigo. Desde el comienzo de la era de las Tinieblas, el hielo rodea todo el norte del mundo, desde Escandinavia hasta Canadá.

—La capa de hielo se ha expandido aún más en los últimos años, a medida que la presión de las Tinieblas iba en aumento —precisa la duquesa—. Mis fieles domalobos y yo hemos viajado en trineo desde Laponia hasta el golfo de San Lorenzo. Una vez allí, contratamos los servicios de unos marineros de Quebec para que nos trajeran. He tenido que soportar tormentas de nieve tan blanca como la muerte y lluvias de granizo tan grande como un huevo. Comparado con eso, el clima aquí es suave. —Mira a los jenízaros otomanos, que, según puedo ver, tiemblan porque su ropa es demasiado ligera—. No voy a detenerme ante un puñado de meridionales y mucho menos ante una simple escudera.

Poppy sale enseguida en mi defensa, plantándose con firmeza para enfrentarse a la aristócrata sueca.

—¡Eh, Reina de las Nieves! —la llama—. ¡No olvides que la escudera es portadora de un sorbo de la sangre del Inmutable.

151

—¿Solo un sorbo? —se burla la duquesa—. ¡Mi cuerpo está lleno de la sangre de mi tío, el rey Carlos XII!

Su pálida sonrisa se estira para dejar a la vista unos afilados caninos. La ansiedad me retuerce el estómago: ¡mi segunda rival es una chupasangre!

—No soy una candidata cualquiera, como las otras dos —susurra señalándonos desdeñosamente con la barbilla y alzando la voz para que todos puedan oír bien sus insinuaciones—: La francesa solo es una aristócrata de baja estofa. En cuanto a la otomana, es aún peor, ya que es hija de un vulgar funcionario plebeyo.

—Mi padre, el gran visir, no es un funcionario —replica Emine temblando de indignación tras el velo—. ¡Es el jefe del Gobierno nombrado por el sultán, el comendador de los mortales en persona!

La duquesa se encoge de hombros.

—Si tu padre el subalterno es tan importante como dices, ¿por qué no lo ha transmutado el sultán?

—Porque nuestras costumbres son diferentes de las vuestras, ignorante. En Turquía no hay nobleza hereditaria ni alta aristocracia vampýrica. Solo el sultán y su familia son inmortales.

Una sonrisa maligna se dibuja en los labios de la duquesa escandinava, que se da la vuelta para tomar como testigos a la multitud de miembros de la tripulación del *Urano* que nos rodea y que ha presenciado en silencio el altercado desde el principio.

—Escuchad, amigos, todo tiene su explicación. Esa es la razón por la que el llamado Imperio otomano no es capaz de enviar a un inmortal para casarse con vuestro capitán. Por eso también retrocede ante las estirges de la Terra Abominanda: ¡en todo el país solo hay un puñado de señores de la noche para hacerles frente!

No es la primera vez que oigo hablar de las estirges: esas abominaciones nocturnas, las más terribles de todas, asolan el este de la Magna Vampyria desde el mar Negro hasta las estribaciones del subcontinente indio. Una amenaza que se ha acrecentado en los últimos años, según aseguran las noticias del frente que llegan hasta Versalles.

Antes de que Emine pueda reaccionar a los comentarios despectivos de Ulrika, una tercera delegación se abre paso entre las filas de los marineros del *Urano*. Está compuesta por hombres y mujeres que no van tan bien vestidos como los otomanos con sus ricas sedas ni como los suecos con opulentas pieles. Estos enviados lucen prendas variadas, superpuestas en varias capas para protegerse del frío. Los mosquetes, los estoques y las pistolas que llevan colgados a la cintura parecen igual de heterogéneos. En cuanto a los rostros llenos de cicatrices y a los ojos febriles, me recuerdan a los de la tripulación de la *Novia Fúnebre*. No hay duda de que se trata de una banda de filibusteros.

—Carmen la Loca, la capitana pirata de la *Maldición del Mar* —anuncia Gunnar confirmando mi intuición—. Fue la primera en llegar. Ya estaba en las Antillas cuando se supo la noticia de que Pálido Febo iba a tomar esposa.

—Por supuesto que estaba allí, es mi coto de caza: ¡desde mi Cuba natal hasta la isla de la Tortuga! —replica una joven morena de tez oscura con marcado acento español.

Camina hacia el centro de la cubierta para que todos puedan verla a la luz de las antorchas. Calzada con unos zapatos de tacón alto que acentúan la curvatura de sus largas y torneadas piernas, y vestida con un corsé de cuero atado en su abundante pecho, pienso que no puede ser mucho mayor que yo, pero la gran cicatriz que le atraviesa la cara la envejece. La mirada despiadada de sus ojos oscuros contribuye a que resulte aún más dura. Tiemblo en mi vestido de tul blanco, demasiado ligero. Me siento cada vez más insignificante frente a mis feroces rivales, como una soldado que parte para la guerra ataviada con una armadura de papel, con la cinta rosa que llevo en el pelo a modo de estandarte.

Esta vez es Zacharie el que se indigna:

—¡Una plebeya no tiene derecho a participar en esta prueba, no digamos si, encima, es una criminal! —exclama—. Diane de Gastefriche, pupila del rey de Francia, no se rebajará a rivalizar con una forajida.

Aprieto los dientes. Zacharie no sabe que no soy más noble que la pirata y, desde luego, más criminal que ella, dadas las acciones que he cometido contra la Magna Vampyria.

153

—Siento que mi compañía te desagrade, dulce doncel —responde Carmen socarronamente.

Mira al luisiano de arriba abajo.

—¿No eres también de las islas? Un joven tan elegante como tú tendría un lugar en mi tripulación...

—Nací en Luisiana y soy un súbdito leal del rey a quien mi país debe su nombre, Luis XIV el Inmutable —se defiende Zacharie.

—Una cara bonita y musculosa, pero sin cerebro, ¡qué pena! —Carmen hace una reverencia remedando las maneras de Versalles, lo que provoca las risas sarcásticas de sus hombres—. Tu rey y su pupila pueden ir a vestirse. Seré yo la que se case con Pálido Febo. ¿Por qué motivo debería convertirse en un lamemuertos de una potencia continental cuando puede permanecer libre para matar y saquear todo lo que quiera del brazo de su igual? Yo misma, la Bellísima, como me llaman en La Habana, ¡porque solo los envidiosos me llaman la Loca!

Con una mirada cargada de rímel y de desprecio, escruta a todas las pretendientas: la plenipotenciaria otomana, la duquesa sueca y yo, la baronesa francesa.

—¡Oídme bien! ¡Haré picadillo a mis tres rivales! —asegura bravucona mientras la feroz luz de las antorchas baila en sus ojos ardientes.

—Y la cuarta te devorará —replica una voz en la multitud.

Todos los ojos se vuelven hacia el fondo de la pálida cubierta incrustada de sal. Una última delegación se encuentra allí, tan discreta que hasta ahora no había reparado en ella. Hay que decir que está únicamente formada por dos personas. La primera es una chica alta de una belleza impresionante. Con su tez de azucena y su larga y ondulada melena rubia, parece salida de un cuadro o de un sueño. Su largo cuello blanco podría ser el de un cisne. El ajustado vestido de encaje que lleva parece tejido con hilos de cristal y las perlas que adornan sus orejas son como gotas de rocío helado. No tiembla, a pesar de la ligereza de su atuendo, que ciñe su cuerpo escultural: por la forma en que soporta el frío, intuyo que es una chupasangre, igual que la sueca.

Su acompañante también es un inmortal. Porque la cresta

de pelo negro y la mirada desengañada solo pueden pertenecer a una persona: lord Sterling Raindust. ¿Qué hace aquí? Al verlo me he quedado sin aliento.

—*Lady* Jewel, condesa de Canterbury, dama de compañía de la reina Ana Estuardo —anuncia antes de que Gunnar tenga tiempo de hacerlo.

Tan insondables como siempre, los ojos oscuros del lord se cruzan con los míos. ¿Por qué no me dijo que iba a presentar una candidata cuando nos vimos en Fort-Royal? Intentó disuadirme de que fuera a ver a Pálido Febo, pero ¡no me dijo que iba a acudir con una hermosa vampyra! En cuanto al nombre, Jewel, «joya»…, me hace pensar en la que estoy buscando, el Corazón de la Tierra. ¿Y si Sterling supiera de su existencia? ¿Y si lo que quería era tan solo impedir que viniera para apoderarse él de ella?

—Puede que el reino de Suecia y el Imperio otomano solo sean aliados lejanos de Francia —digo al lord con el estómago encogido—, ¡pero Inglaterra es vasalla de la Magna Vampyria! Así pues, su candidatura constituye un acto de traición.

Sterling me sostiene la mirada sin pestañear e incluso tengo la impresión de que observa con desdén a la pequeña y descerebrada mortal que no ha tenido el sentido común de seguir su consejo.

—Mi señora, la reina Ana ha jurado en efecto lealtad al rey Luis en la vieja Europa —conviene en tono sosegado—, pero estamos en las Américas, por si no se ha dado cuenta, señorita de Gastefriche. Una nueva situación para el Nuevo Mundo.

—¡Basta ya! —ruge Zacharie desenvainando su espada—. Diane ha usado la única palabra válida para ese comportamiento: ¡la suya es una pérfida traición que será lavada con la sangre!

El escudero salta como un rayo hacia el lord y su protegida, pero Gunnar es más veloz que él y se interpone entre ellos esquivando su espada con una daga con la empuñadura de marfil que ha extraído de la manga de su librea.

—¡Déjeme hacer justicia en nombre del rey de Francia o tendrá problemas! —lo amenaza Zacharie.

El gigante noruego no se mueve un ápice, escudándose tras el cuerpo del escudero.

155

—La justicia de su rey no se aplica en estas tierras. Aquí solo cuenta la que imparte Pálido Febo. La menor agresión de una pretendienta o de su séquito contra otra conllevará la muerte inmediata de los culpables.

La ley de Pálido Febo… De repente, caigo en la cuenta de dónde estamos: en un barco increíble, en el corazón de una tormenta inaudita, perdidos en una nada de agua. Miro instintivamente hacia lo alto de la torre, a través de la noche estrellada, y en la cima distingo la silueta del amo de este lugar, a contraluz de los candelabros que iluminan su balcón. Ha observado la escena desde el principio, a la manera de un emperador romano acomodado en su tribuna mientras los gladiadores salen a la arena. El combate por obtener sus favores ya ha comenzado.

—Déjalo, Zacharie —le digo—. Eres un buen espadachín, pero no puedes derrotar a toda la tripulación del *Urano*.

—Pero esta afrenta… —protesta mi amigo, aferrando la espada con una firmeza semejante a la lealtad que le profesa al Inmutable.

—Debemos plegarnos a la voluntad de nuestro anfitrión. Él me advirtió de que iba a tener que luchar para ganar su mano. Que así sea. Lucharé como luché para convertirme en escudera. —Me vuelvo hacia Gunnar—. Pero si las cinco pretendientas vamos a tener que enfrentarnos en duelo, será necesario reconsiderar la regla de no agresión entre nosotras.

El lugarteniente mete la daga en la manga de su librea con la misma rapidez con que la desenvainó.

—No se enfrentarán directamente, sino mediante hazañas interpuestas —me explica.

—¿Hazañas?

Gunnar asiente con gravedad frunciendo sus rubias cejas.

—Proezas con las que demostrarán si son dignas de nuestro capitán. Tendrán que pasar por cuatro pruebas, una por semana, hasta finales de mayo. Cada vez que termine una, la pretendienta menos capaz será eliminada hasta que solo quede una. Esta se casará con Pálido Febo la noche del solsticio de verano, la más corta del año, entre el 21 y el 22 de junio.

Siento un vértigo nauseabundo, como si el destino jugara a repetirse. Lo que el lugarteniente llama «hazañas» son en realidad pruebas de eliminación, como las que tuvimos que pasar

156

para lograr el Sorbo del Rey. Entonces mis contrincantes eran unos simples internos sin gran experiencia, pero ahora tendré que enfrentarme a dos avezadas mortales y a dos vampyras en plena posesión de sus poderes. ¿Podré salir victoriosa? E incluso si lo hago, ¿qué esperanza me queda de poder reclutar para la Fronda a un ser tan atormentado como Pálido Febo, que parece haber organizado esta absurda justa con la única intención de divertirse?

Callo mis dudas. Lo que cuenta es permanecer el mayor tiempo posible en la competición, sea cual sea el resultado: cada proeza que goce del favor del amo me permitirá pasar una semana más a bordo del *Urano*..., siete días más para intentar encontrar el Corazón de la Tierra. Incluso si no me gano la mano del capitán pirata, saldré victoriosa si consigo agarrar con la mía la joya que codicia el Rey de las Tinieblas, ¡para que este nunca llegue a poseerla!

—¿Una proeza semanal? —pregunta airada la duquesa Ulrika Gustafsson sacándome de mi ensimismamiento—. ¿No podemos ir más rápido y dar por zanjado el asunto un poco antes? —Dedica a Gunnar una sonrisa de connivencia—. Tú y yo, el noruego, somos casi compatriotas. Seguro que hay una manera de llevarse bien entre escandinavos. A decir verdad, este barco parece una placa de hielo encaminada a conquistar los trópicos..., al igual que yo.

Se dirige de nuevo a los cientos de tripulantes vestidos de blanco, como si ya fuera su reina:

—Se necesita una princesa venida del frío para ir del brazo helado de vuestro capitán, ¿qué decís?

Un murmullo se eleva de la multitud, pero el primer lugarteniente ataja de inmediato el intento de acercamiento diplomático.

—Hace más de veinte años que no he estado en Noruega. El *Urano* es ahora mi único hogar, al igual que para el resto de la tripulación. En cuanto al ritmo de las hazañas, lo decidió Pálido Febo. El capitán quiere tener tiempo suficiente para conocer a las mujeres que reclaman su mano. Los detalles de la primera prueba se darán a conocer mañana por la noche. Yo mismo me encargaré de que los observen, y la guardia personal del capitán tomará medidas si es necesario.

Señala a los miembros de la tripulación más próximos a él. Unos cuarenta hombres y varias mujeres con espadas al cinto y fusiles colgados al hombro, que nos escrutan con severidad.

—Durante los próximos dos meses, las pretendientas y su séquito serán los invitados de Pálido Febo a bordo del *Urano* —prosigue el primer lugarteniente—. El resto de las tripulaciones permanecerán en sus respectivos barcos, atracados junto al nuestro, hasta que se celebre la boda. Después del solsticio de verano, todo el mundo será libre de marcharse, os doy mi palabra.

Ahora es Carmen la que protesta:

—Dices «invitados», vikingo, pero mi oído oye «prisioneros». Si, por desgracia, una de mis proezas no le gusta al Rapunzel que está allí arriba, en su torre, no pienso quedarme con mis chicos para asistir a la boda de una mema. ¡Levaré anclas de inmediato!

—En ese caso, su barco levará anclas sin su capitana —replica Gunnar impasible—. Usted, Carmen, se quedará aquí para siempre, porque se hundirá hasta el fondo.

Un escalofrío me recorre la espina dorsal, aún más gélido que el frío reinante.

—Como he dicho, al final de cada hazaña será eliminada una pretendienta —explica el lugarteniente envuelto en el silencio—. En realidad, se trata de una eliminación física. Por orden de Pálido Febo, la perdedora será arrojada al mar atada de pies y manos y lastrada por unas pesadas cadenas para ser pasto de los tiburones. Las que quieran marcharse tienen hasta mañana para desistir, luego la regla se aplicará sin excepciones.

Una sonora carcajada acompaña aquellas ominosas palabras: es la de Hyacinthe de Rocailles. El corsario se ríe a carcajadas, como si estuviera presenciando una buena comedia. Sus largos rizos platinados se levantan con el viento de la noche e incluso aplasta con la yema de un dedo la lágrima de risa que se le ha formado en la comisura de su único ojo.

—¡La verdad es que Pálido Febo tiene sentido del espectáculo! —afirma. Acto seguido, dirige un saludo a la torre, donde la silueta del cruel pirata sigue inmóvil—. Al traerle a la pupila del Rey de las Tinieblas, señor, no estaba seguro de que mereciera ser elevado al rango de duque, lo confieso.

Permitidme que cambie de opinión. Está demostrando ser tan maquiavélico como el Inmutable y más que digno del cargo que este le ofrece. ¡Le felicito!

Siento que dos manos toman las mías: a mi derecha, la de Poppy; a mi izquierda, la de Prudence. Mi verdadera amiga y mi falsa prima me aprietan con fuerza para infundirme ánimos, pero, a pesar del calor que me transmiten sus palmas, sigo sintiéndome helada por dentro.

¿En qué lío me he metido? No puedo apartar los ojos de la sombría mirada de Sterling Raindust, que sigue escrutándome en silencio. Cuando nos vimos en Fort-Royal y trató de disuadirme de que me reuniera con Pálido Febo, lo que pretendía era, sobre todo, transmutarme en nombre de Inglaterra. Si realmente hubiera querido protegerme, me habría revelado lo que me esperaba a bordo del *Urano*, cosa que no hizo.

«Estoy segura de que ese embustero sabía que las perdedoras serían ejecutadas, ¡y no me lo dijo!».

—¡Debes retirarte! —exclama Poppy—. Esa competición por la mano de un soltero parece uno de los típicos caprichos retorcidos de Versalles. *Mi increíble prometido*: ¡es como jugar a casarse para entretener a los cortesanos!

Estamos reunidos en una de las habitaciones del *Urano* que Gunnar ha puesto a mi disposición como invitada. Al igual que el barco-ciudadela, la pieza es enorme, al menos seis veces más grande que mi diminuto camarote de la *Novia Fúnebre*. En ella hay una cama con dosel que no desentonaría en Versalles, cubierta por gruesas y cálidas mantas. Poppy y Prudence se han sentado en ellas a mi lado.

—No he venido hasta aquí para tirar la toalla —respondo a la inglesa—. A pesar de que no me gustan las maneras, no me queda más remedio que enfrentarme a mis rivales.

—¿Aunque eso signifique perder el pellejo? ¡Gunnar nos advirtió de que solo una pretendienta saldría con vida! —recuerda Poppy frunciendo sus cejas ahumadas.

—O muerta viviente —puntualiza Prudence en voz baja—, dado que en la competición participan dos inmortales. El combate está completamente desequilibrado.

—La naturaleza de los inmortales les aporta unas ventajas innegables, pero también ciertas limitaciones —digo—, empezando por la necesidad de evitar el sol.

Me dirijo hacia la ventana, que también es mucho más grande que mi modesto ojo de buey de la *Novia Fúnebre*, y descorro la cortina. La luz azulada de la mañana entra en la habitación: en lo alto, en el pedazo de cielo que se ve encima del ojo del huracán, ha amanecido. Los rayos del sol esculpen el circo de nubes arremolinadas que nos rodea con más precisión que los de la luna de anoche. Por mucho que el muro esté formado por nubes, sé que es casi tan impenetrable como el de la Caza. Si alguno de los barcos invitados por Pálido Febo intenta huir antes de tiempo, los cañones del *Urano* lo destruirán rápidamente mientras se enfrentan al tormentoso frente.

—Por esa razón la primera hazaña se anunciará después del anochecer —comenta Poppy—. Para que todo el mundo pueda participar. —Deja escapar un gemido—. ¡Renuncia, Diane, te lo ruego! En esas condiciones no veo qué desventaja pueden tener las pretendientas inmortales respecto a las mortales.

—Para llevar a cabo nuestras proezas, Carmen, Emine y yo no tendremos, en efecto, ninguna ventaja… —pienso en voz alta—, pero «entre una hazaña y otra» será diferente. Ahí sí que tendremos tiempo libre para ir y venir del *Urano* mientras Ulrika y Jewel yacen en sus ataúdes calafateados. Y, tal vez, eso nos permita ver el capitán y tener alguna ocasión más de seducirlo.

Una sonrisa se dibuja en los labios pintados de Poppy disipando por un momento su expresión de angustia.

—Coquetear: ¡a eso me refiero! —me dice—. Recuerda que la princesa Des Ursins me incluyó en tu séquito para que te enseñara algunas nociones de seducción. Dado lo cabezota que eres, si realmente quieres participar en la competición, no voy a poder disuadirte…, pero haré todo lo posible por ayudarte.

—No te preocupes —le digo para tranquilizarla—. Quién sabe, quizá la amenaza de ejecución solo sea un farol para animar la competición.

—Ojalá sea así. En cualquier caso, ha llegado el momento de darte mis consejos. ¡Conseguiré que seas tan irresistible que a Pálido Febo jamás se le pase por la cabeza eliminarte!

Sin más preámbulos, Poppy desabrocha los dos primeros botones de mi corpiño.

—Esto para avivar la imaginación masculina, lo justo para encender la mecha sin mostrar demasiado. —De repente, ve el talismán que me dio la comandante Zéphirine—: ¿Qué es eso?

—¡Nada especial! —digo llevándome una mano al medallón de plata en forma de ojo—. Una baratija que compré en el mercado de Fort-Royal.

Pero Poppy ya se ha concentrado en otra cosa: tras desatarme la cinta y deshacerme la trenza, me revuelve el pelo con arte.

—Cierto aire atrevido para que al capitán le entren ganas de ser algo vulgar.

Por último, saca del bolsillo de su vestido un pequeño bote de colorete rojo, que luego aplica delicadamente en mis mejillas y en mis labios.

—Es un bálsamo de amapola, mi flor favorita. No hay nada como esto para resaltar el brillo de la tez, ¡y para demostrar a Pálido Febo que eres una chica de sangre caliente, capaz de hacer arder su corazón y sus entrañas, en lugar de una virgen de hielo vampýrica que solo puede enfriarlo aún más!

161

Ante esas atrevidas sugerencias, Prudence se sonroja casi tanto como el colorete de tono amapola.

—¿De verdad crees que Diane debe arrojarse en brazos de Pálido Febo como si fuera… una cualquiera? —pregunta a regañadientes.

Poppy suelta una carcajada ronca.

—Tus padres no deberían haberte llamado Prudence, «prudencia», sino Puritana. ¡Menuda mojigata estás hecha! —Le guiña un ojo a la joven bretona—. Por lo demás, no se trata de que Diane se comporte como una furcia, sino como una joven poderosa. Déjame decirte algo, jovencita: he conocido a muchos tipos que se dan grandes aires, como Febo. La extravagante competición que ha organizado no es sino una ilusión de control y, sobre todo, una muestra de su debilidad. La mayoría de los hombres tienen unos egos frágiles y pretenden dominar a toda costa para dar la impresión de que son superiores. Febo oculta su timidez bajo ese juego cruel y, en última instancia, patético. ¡Se merece su nombre, caramba!

—¿Qué quieres decir? —le pregunto.

—¿No te acuerdas de las clases de retórica que nos dio la señora de Chantilly, la maestra de arte de la conversación, en el segundo año? —De repente, se da una palmada en la frente—. ¡Ah, claro, en la Gran Caballeriza pasaste directamente al tercero! Bueno, entonces déjame que te lo explique: un *phébus* es una forma estilística un poco *too much* que consiste en emplear metáforas enrevesadas para evocar algo sin designarlo directamente. Exactamente como el tal Febo, que se ha inventado esta loca puesta en escena para no tener que expresar abiertamente sus sentimientos. Ese chiflado descolorido es, en realidad, un pretencioso que, en el fondo, solo espera que alguien dé el primer paso. Que lo tomen de la mano. La que se atreva a hacerlo convertirá al lobo en cordero y luego lo mangoneará como quiera.

La confianza de Poppy es estimulante y su fuerza de convicción es tal que llego a ver al sanguinario capitán pirata como la persona patológicamente tímida que ella describe. Puede que tenga razón: tal vez imponiéndome a él pueda obligarlo también a sellar una alianza con la Fronda. Ya veremos. Por el momento, mi prioridad sigue siendo el Corazón y tengo la intención de comenzar a investigar de inmediato.

—Gracias por el buen consejo, Poppy —le digo—. Tomo nota. Creo que voy a dar un paseo por los pasillos del *Urano*; quién sabe, quizá me cruce con el soltero más codiciado del Nuevo Mundo.

—Pero ¿y si en lugar de eso te topas con una de tus rivales? —pregunta Prudence, inquieta.

—Oíste la regla igual que yo: nada de agresiones entre las pretendientas, está prohibido.

La joven bretona parece tranquilizarse, pero solo a medias.

—De todos modos, deberías descansar, recuperar las fuerzas antes de que esta noche anuncien la primera hazaña —me aconseja con la cara surcada de arrugas de cansancio.

—No te preocupes, querida prima, te prometo que me iré a la cama en cuanto termine mi paseo. No hace falta que me acompañes. De hecho, creo que es mejor que salga sola a caminar para poder sacar el máximo partido de mis encantos en caso de que tenga un encuentro galante.

Me levanto y abro la puerta de mi habitación. El pasillo está desierto.

—Por lo visto, a la autómata le está fallando algo —comenta Poppy al notar que Françoise no está fuera.

—No ha salido de la habitación que le ha asignado el primer lugarteniente —añade Prudence—. ¿Estará enferma?

La inglesa se echa a reír.

—¡Era evidente que los engranajes de la señorita Pernos acabarían oxidándose después de pasar más de un mes en el mar!

Me cuido muy mucho de no decirle que la apatía de Françoise no tiene nada que ver con sus engranajes, sino con el ojo de plata que llevo escondido en el cuello. Las dos jóvenes se despiden y cada una de ellas se encamina hacia su habitación. Zacharie, por su parte, ya se ha encerrado en la suya. En cuanto al último miembro de mi séquito, Rafael, en estos momentos debe de estar pudriéndose en las bodegas de la *Novia Fúnebre*. Cléante también debe de haberse quedado a bordo del barco corsario con el resto de la tripulación. Esta noche voy a tener que prescindir de él para intentar localizar el diamante.

163

Me echo un chal a los hombros y salgo de mi habitación. Una vez más, y a diferencia de los estrechos y oscilantes pasillos del velero con el que crucé el Atlántico, los del *Urano* son amplios y no se mueven ni un milímetro. Las llamas de los candelabros de hierro fijados aquí y allí a las paredes de madera pálida no tiemblan. Sabiendo como sé que a mi alrededor arrecia una tormenta perpetua, esa calma absoluta me produce una sensación extraña. Más que por un barco en el agua, tengo la impresión de moverme por una casa arraigada en tierra firme; por una especie de mansión blanquecina y vacía cuyo ocupante histórico ha muerto sin que su sucesor haya tomado aún posesión de ella.

De cuando en cuando, me cruzo con marineros ocupados en sus tareas, hombres y mujeres con expresiones frías, cuyas ropas incoloras parecen confundirse con la grisura que envuelve al *Urano* por dentro y por fuera. Ninguno de ellos me devuelve la sonrisa y mucho menos el saludo.

—¡Hola, amigo! —le digo a un joven que parece tener mi edad y que lleva una gorra encasquetada hasta los ojos—. ¿Tu capitán pasa las noches y los días metido en su torre de marfil o baja alguna vez de ella para mezclarse con el pueblo llano?

El chico me mira por debajo del borde de la gorra.

—El capitán duerme hasta tarde —dice—. Nunca baja a cubierta antes de mediodía. —Después, consciente de que ya se ha ido bastante de la lengua, frunce el ceño—: Nos han ordenado que no hablemos con las pretendientas para no favorecer a ninguna en especial.

¡Ahora lo entiendo! Esa orden explica la actitud que la tripulación tiene conmigo. En cualquier caso, el joven me ha respondido en un francés sin acento. Es evidente que se trata de su lengua materna; así pues, también de algo que nos une y en lo que puedo confiar.

—Supongo que vienes de Francia, como yo —insisto—. Vamos, apelo a tu patriotismo, amigo mío: ¿no puedes darme una pequeña pista sobre la primera hazaña que vamos a tener que realizar?

Él se encoge de hombros, apurado.

—No sé nada. El único que conoce el secreto es el primer lugarteniente, Gunnar. Los demás nos limitamos a que el barco navegue hacia el oeste.

¿Nos dirigimos hacia el oeste? ¿De manera que el *Urano* está navegando? Me doy cuenta de que no voy a poder sacar nada más del marinero francés; ni nuestro destino ni, mucho menos, dónde se encuentra el escondite donde Pálido Febo guarda los frutos de sus incursiones. En cuanto a Gunnar, tengo la impresión de que es algo más que un mero lugarteniente, de hecho, parece ser la mano derecha del capitán e incluso su confidente.

Subo la escalera que lleva a la cubierta principal. Al salir por la escotilla, la claridad del día me pica en los ojos y el viento frío me azota la cara. Las gigantescas velas del *Urano*, que anoche colgaban como sudarios vacíos, ahora están hinchadas por una poderosa brisa. El barco-ciudadela parte las olas con sus múltiples cascos blancos, cuyo barniz de sal seca atrapa los rayos del sol. El conjunto es tan monumental que no percibo la menor vibración en el interior. A remolque de esta fortaleza flotante, los cuatro barcos de la competencia parecen juguetes infantiles arrastrados por cabos: la silueta negra de la *Novia*

164

Fúnebre; el velero canadiense alquilado por los suecos, en cuya cubierta puedo ver trineos y unos perros lobo encerrados en un recinto al aire libre; la galera otomana, con los remos replegados; y, por último, el esquife más pequeño, que enarbola la bandera inglesa y que lleva el nombre de *Stormfly* pintado en el casco: se trata de la corbeta de velas grises y elegante silueta en la que viaja el canalla de Sterling Raindust.

Pero lo más extraño no es esta fragata desmesurada, fruto de la imaginación de un loco, sino el movimiento del huracán que nos rodea. El circo de nubes ciclópeas que se desplaza a la misma velocidad que la armada, de modo que nunca alcanzamos el frente de la tormenta, que se encuentra a varios kilómetros delante de nosotros. El muro retrocede sin cesar. El vasto círculo de cielo soleado sigue brillando por encima de los mástiles. La razón es que estamos en el ojo del huracán; y la torre del *Urano* es la pupila de ese ojo. Allá arriba, en su inexpugnable habitación, está aquel cuya frialdad mística desencadena la tormenta... Porque él es quien ha levantado el viento. Él es quien lo dirige en las ciclópeas velas del *Urano*. Ese enigma al que llaman Pálido Febo, capaz de mover las nubes con su mera voluntad llevando a miles de vivos y muertos a un destino desconocido.

11

El abordaje

*D*e repente, se oyen unos golpes repetidos que me arrancan de las brumas del sueño.

—¿Eh? ¿Qué pasa? —digo sobresaltada.

—¡Diane, date prisa! —grita la voz de Poppy al otro lado de la puerta de mi habitación—. Gunnar ha ordenado que todas las candidatas vayan a cubierta.

Me froto los ojos intentando poner algo de orden en mis pensamientos. Me fui a la cama a media mañana y ahora es de noche, si he de creer a la pálida luz de la luna que se filtra a través de la cortina. ¿Cómo he podido derrumbarme así? Debía de tener mucho sueño o quizá fue la morfina la que me ha tenido en su limbo durante ocho horas…

Mi amiga sigue aporreando la puerta con tanta fuerza que hace temblar sus goznes y hasta los pilares de mi cama con dosel.

—Tranquila, Poppy, ya te he oído. —Suspiro—. Dame justo el tiempo para levantarme y, por piedad, deja de golpear esa pobre puerta.

—¡No estoy golpeando nada, es el cañón lanzando salvas! ¿El cañón?

—¡Ponte el equipo de montar! —vuelve a gritar Poppy—. ¡No es una noche para llevar enaguas!

Me levanto de un salto, completamente despierta. Me pongo la coraza y los pantalones de cuero y luego me dirijo hacia la puerta. Poppy me espera allí, acompañada de Prudence. Zacharie está con ellas y me mira febrilmente.

—Date prisa —me apremia.

—Pero ¿qué ocurre? —pregunto jadeando mientras corremos por los pasillos.

—Es una batalla naval —me explica el escudero—. El huracán se aproxima desde la costa este de Florida: es la ruta que siguen las flotas europeas para regresar al viejo continente después de haber repostado en las Américas, sus bodegas llenas de oro, especias, condimentos y telas.

Al salir a cubierta vemos un espectáculo sorprendente, iluminado por la luna llena. La mitad de los barcos que integraban el *Urano* se han desprendido del buque insignia para recuperar momentáneamente su autonomía. En este momento navegan hacia una larga hilera de veleros que se encuentran a lo lejos, de cara a la tormenta quebrada por los relámpagos. Es la flotilla de la que Zacharie hablaba hace un momento. Por lo visto, fue sorprendida por el huracán que, como un monstruo marino, se la tragó. Ahora está atrapada entre el muro del ojo, que le impide volver mar adentro, y los barcos pirata, algunos de los cuales ya se han colocado en diagonal y se disponen a disparar sus cañones.

—La tripulación del *Urano* prepara el terreno bombardeando la flotilla, pero, ustedes, las pretendientas, deberán rematar el trabajo —ruge una voz grave, aún más grave que los impactos de la artillería.

Me doy media vuelta y veo a Gunnar. Detrás de él están mis rivales con sus respectivos séquitos, armados de pies a cabeza.

—Que cada una de vosotras tome el mando del barco con el que vino hasta aquí y que efectúe el abordaje —ordena el primer lugarteniente con su tono autoritario, que no admite réplica—. La que traiga el botín menos consistente al finalizar la noche será eliminada.

Un grito salvaje refuerza las palabras del noruego: es Carmen. Tiene los ojos tan desorbitados que su apodo, la Loca, en este momento le va como anillo al dedo.

—¡Puedo hacerlo! —ruge desenvainando su espada—. ¡Cubriré de oro a Pálido Febo y teñiré el mar de sangre en su nombre! —Levanta la hoja hacia la ventana más alta de la torre como si estuviera brindando—. *¡Ahoy!* Por ti, mi hombre: ¡disfruta del espectáculo!

167

Porque eso es lo que quiere el capitán pirata, cuya sombra destaca en la ventana: un espectáculo. La pirata salta a la pasarela que conduce a la *Maldición del Mar*, una fragata llena de bocas de cañón, perfectamente adaptada para abordar a los barcos mercantes.

—¡Vamos, gente! —grita la plenipotenciaria Emine, cuyos ojos resplandecen por la ranura de su velo rojo—. ¡Sacad los remos y los tambores, que los galeotes se sienten en los bancos!

Seguida de sus jenízaros, sube a bordo de su embarcación. En el mar, la artillería comienza a tronar. El olor a pólvora se mezcla con el del relente. La masacre ha comenzado.

La duquesa Ulrika Gustafsson parece más desconcertada que la cubana y la otomana, porque llegó a las Américas cruzando el banco de hielo y solo zarpó para recorrer las últimas millas que la separaban de las Antillas a bordo de un barco alquilado. Detrás de las robustas siluetas de su gente, enterrada bajo las pieles de lobo, se perfilan los marineros canadienses que ha contratado. Son simples marineros, ni piratas ni soldados.

—¿A qué esperáis, partida de memos? ¡Izad las velas de inmediato! —les ordena con un rugido que deja a la vista sus afilados caninos—. Solo os pido una cosa, marineros: dejadme abordar uno de esos galeones bien surtidos. Mis domalobos harán el resto del trabajo. —Alza la barbilla, sus largos cabellos rubios chasquean en el viento como correas de látigo—. Esta noche partimos a la conquista de un botín para Pálido Febo; debéis saber que además he traído un verdadero tesoro de Suecia en mis trineos. ¡Si me ayudáis a calificarme en la hazaña de esta noche, quebequeses, prometo que os daré cien ducados de oro a cada uno!

Eso es todo lo que hace falta para motivar a los canadienses, que se precipitan hacia su barco seguidos por los domalobos, y despliegan velas y cabos mientras los perros lobo encerrados en las perreras aúllan a la luna.

Miro alrededor buscando a la pretendienta inglesa, pero esta ha desaparecido con Sterling. La corbeta con bandera inglesa se adentra ya en el mar a una velocidad asombrosa. Es la embarcación más pequeña de las cinco, pero también es la más rápida, de ahí que su nombre, *Stormfly*, que significa «Mosca de las Tormentas», sea todo un acierto. Y también por eso el maldito lord pudo llegar ayer al *Urano* antes que yo.

—¿Cómo es que seguimos amarrados? —gruñe Hyacinthe de Rocailles. Sus pupilas depredadoras se contraen instintiva- mente anticipando la futura masacre—. La cubana ha prome- tido teñir el mar de sangre, pero yo salpicaré con ella las velas de toda la flotilla, ¡y hasta el cielo si hace falta!

—Hará lo que yo le diga —respondo con voz apagada y el corazón latiendo al ritmo de los cañones que siguen tronan- do—. Gunnar ha dejado claro que esta noche la capitana soy yo.

El vampyro suelta un bufido airado.

—¿«Capitana»? —silba—. ¡Pero si hace apenas dos sema- nas jamás había surcado el mar! ¡Yo, en cambio, hace más de cien años que no pongo un pie en tierra firme!

—Tendrá que acostumbrarse —respondo, esforzándome por sostener la mirada del único ojo del corsario, que me pe- netra como un puñal—. Usted obedecerá mis órdenes. El ob- jetivo no es hacer la peor carnicería, sino traer el mejor botín.

Hyacinthe se ríe sardónicamente.

—¿Porque cree que puede conseguir una cosa sin la otra? No me diga que no soporta la visión de la sangre. Sería diver- tido, tratándose de la escudera del vampyro supremo, mejor dicho, ¡de una futura vampyra!

Me abstengo de responder al sarcasmo de Hyacinthe, pero la idea de derramar sangre inocente simplemente para com- placer a Pálido Febo no me hace ninguna gracia. Seguro que en los barcos de la flotilla hay muchos buenos oficiales, como era, por ejemplo, el lugarteniente Fabelle, además de simples marineros que se limitan a hacer su trabajo para alimentar a sus familias en sus puertos de origen.

—¡Vamos! —ordeno—. ¡Estáis bajo mis órdenes!

Zacharie me obedece de inmediato. Poppy también hace amago de seguirnos, pero la detengo con un ademán.

—Prefiero que cuides de Prudence. Te prometo que volveré victoriosa.

De esta forma, la *Novia Fúnebre* es el último barco en zarpar. Ante nosotros se extiende un campo de batalla dan-

169

tesco, envuelto en el humo de las armas y la niebla. Varios barcos de la flotilla se han incendiado y ahora iluminan la noche como antorchas flotantes. La *Maldición del Mar* ya ha asaltado el mayor de los galeones, que enarbola la bandera española. Los piratas pululan por la cubierta como hormigas carnívoras sobre un cadáver.

De repente, se oye un fuerte crujido a babor. De pie en la parte delantera de mi barco, con el viento azotando mis mejillas, vuelvo la cabeza: la galera otomana acaba de partir un barco con su espolón de bronce. La desafortunada embarcación ha quedado literalmente dividida en dos a causa del impacto. Mientras la cubierta trasera se hunde rápidamente en el mar llevándose consigo una bandera portuguesa, la tripulación intenta desesperadamente refugiarse en la cubierta de proa que aún emerge del agua, pero ¿por cuánto tiempo?

Con el corazón desbocado, vuelvo a dirigir mi atención a estribor. Por ese lado, el barco de la duquesa Ulrika está teniendo más dificultades. Rodea la cola de la flotilla sin acabar de decidir a quién atacar. Desde el punto donde me encuentro puedo ver a los domalobos amenazando a los marineros canadienses, que, como era de esperar, no están acostumbrados a realizar maniobras de abordaje. Los aullidos de los perros lobo no hacen más que acrecentar la confusión.

Todos esos retrasos han permitido al *Stormfly* adelantar a los suecos: se dirige en línea recta hacia un velero aislado con los colores holandeses. Los frenéticos cañonazos de la presa nunca dan en el blanco: la corbeta inglesa, ágil y fácil de maniobrar, los esquiva fácilmente. Los dos cascos se encuentran, cae una pasarela y los atacantes se esparcen por la cubierta. A pesar de que la tripulación de la corbeta es inferior a la de los demás barcos, es también la más rápida. Por la velocidad en los movimientos de los ingleses y por su forma de pelear con las manos desnudas, comprendo que todos son inmortales: vampyros dotados de sentidos sobrenaturales que perforan los pechos con sus uñas alargadas en forma de garras, rasgando además los cuellos con sus colmillos. Me parece ver una cresta negra brillando al frente de esa jauría salvaje, que me recuerda de forma espantosa a la que aparece esculpida en el muro de la Caza…

Aparto la mirada asqueada mientras las mangas de mi peto chorrean agua.

—¿Se puede saber a quién estamos atacando, capitana? —pregunta Hyacinthe a mis espaldas, rechinando los dientes.

El viento levanta su larga cabellera de color platino, coronándolo con su fantástica melena.

—Déjeme tiempo para pensar...

—Tendrá todo el tiempo del mundo cuando se esté pudriendo en el fondo del océano, ¡porque va a perder clamorosamente esta prueba!

Me vuelvo apretando los dientes, incapaz de responder. Ese repugnante chupasangre tiene razón: si no actúo pronto, fracasaré. Mi mirada se cruza con la de Cléante, que está entre los corsarios que aguardan mis instrucciones. Sus ojos febriles parecen gritarme que tome una decisión. De esta primera hazaña no solo depende mi destino, sino también las esperanzas de la Luz... Si pierdo la vida, la Fronda del Pueblo perderá tanto a Pálido Febo como el Corazón.

Petrificada por la magnitud de lo que está en juego, busco desesperadamente una señal en el lóbrego horizonte. Mis rivales ya se han apoderado de los barcos más opulentos y parte de la flotilla está ahora intentando atravesar el frente tormentoso para escapar de la debacle. Los fugitivos corren el riesgo de hundirse si afrontan caóticamente a los elementos, pero para mí el resultado será el mismo: su cargamento acabará en el fondo del mar, fuera de mi alcance.

De repente, una mano agarra mi muñeca, es Zacharie.

—Rocailles tiene razón: ¡debemos atacar cuanto antes! —me apremia aumentando la presión que ya me abruma.

—Sobre todo, debemos elegir sin precipitarnos.

—¡Las opciones se están reduciendo de manera alarmante, Diane! —Señala con un dedo un barco de tres mástiles que está empezando a maniobrar para hacer frente a la tormenta—. Mira, ahí está ese barco danés, seguro que está lleno de riquezas. ¿A qué esperamos?

Zacharie imagina los tesoros encerrados en el casco del galeón, pero yo no puedo evitar ver a los marineros daneses presas del pánico en cubierta, luchando con las velas medio rasgadas por las ráfagas de viento. «No hay botín sin carnice-

171

ría», afirmó Hyacinthe de Rocailles. ¿Por qué me cuesta tanto ordenar el abordaje, dado que hasta ahora he seguido a menudo mis impulsos? ¿Es la morfina que aún tengo en el cuerpo? ¿Es el miedo al remordimiento después del ataque? «¿O, por el contrario, el miedo a que me guste demasiado?».

Espantada, me doy cuenta de que esa es la verdadera razón. Ese desenfreno violento... me hace feliz. Siento latir en mi corazón una excitación salvaje. Un fuego devorador arde detrás de mis ojos. Como si el olor acre de la pólvora incendiara mi cerebro. Como si el espectáculo de la masacre despertara algo profundo en mis entrañas, una parte oscura, reprimida..., bestial.

De golpe, pasa por mi mente la carta central del tarot: las Tinieblas. Tengo la impresión de estar colgada de los hilos del siniestro titiritero que aparecía representado en el arcano. Me parece oír la voz de la comandante Zéphirine susurrándome al oído: «Las Tinieblas representa los impulsos que nos gobiernan...». ¿Qué impulsos asesinos e insospechados anidan en mí?

—¡No es momento para sueños! —grita Zacharie zarandeándome por los hombros—. ¡Espero que no dejes escapar esos barcos como dejaste escapar al lugarteniente Fabelle en Versalles!

Ahí está otra vez, sacando a relucir ese momento de debilidad que nunca me ha perdonado. Me fulmina con una mirada acusadora, mostrando el blanco de sus ojos en la noche, sin sospechar la extrema confusión que bulle en mi interior.

—El Inmutable se equivocó contigo —me espeta fuera de sí—. Nunca debiste ser escudera. No tienes temperamento para serlo. Tu corazón es demasiado blando.

—Mi corazón es más duro de lo que puedas imaginar.

Zacharie me suelta bruscamente, sorprendido por la voz que ha salido de mi garganta; una voz de poseída, procedente de lo más profundo de mis entrañas, de esa cueva oscura donde maceran mis más íntimas Tinieblas.

Vuelvo mi mirada vehemente hacia el mar. El barco danés sigue maniobrando. Su flanco ha quedado indefenso, porque los marineros han abandonado los cañones para luchar con las velas. Es el momento perfecto para atacar, pero un segundo barco llama mi atención: a diferencia de los demás, no intenta huir, sino que trata de navegar contra el viento… para acercarse a nosotros.

—¡Ese! —exclamo.

—Está loca… —dice Zacharie, indignado—. ¡Lleva la bandera francesa!

Efectivamente, una bandera blanca con un murciélago dorado ondea en la popa del velero.

—Da igual —insisto—. Su tripulación busca pelea, así que se la daremos.

Zacharie da un paso atrás, horrorizado. Hace un momento me acusó de debilidad, pero ahora es él quien vacila. La idea de atacar a la corona a la que ha jurado lealtad lo deja sin aliento.

A mí, en cambio, me enciende. Ya no veo el murciélago dorado que aparece en la bandera: el mismo emblema que adorna el manto real del Inmutable. ¡Atacando ese velero, en realidad lo estoy atacando a él!

—¡Al abordaje! —grito movida por una furia volcánica que me asusta a la vez que me estimula.

Los corsarios de la *Novia Fúnebre* titubean, vacilando también entre la lealtad que han jurado al reino de Francia y el deseo de luchar.

—¿A qué estáis esperando? ¿A que el barco se dé la vuelta y dispare sus cañones?

—No se pase de lista y elija otro, Diane —me dice Hyacinthe en voz baja—. No hay ninguna necesidad de derramar sangre francesa.

—No, ¡otro no! Tú mismo dijiste que no hay saqueo sin masacre, ¡así que este es el barco que vamos a destripar!

De pie en el castillo de proa y con el pelo azotando mis mejillas encendidas, arengo al resto de la tripulación:

—¡Esta noche las órdenes las doy yo, esa es la regla del juego que ha organizado el mismísimo Pálido Febo! —Extiendo un brazo hacia la torre del barco-ciudadela que, iluminada por candelabros, se erige por encima de las nubes de pólvora—. Si se entera de que os habéis amotinado contra mí, no daría un céntimo por vuestro pellejo. Puede que seáis unos piratas duros y avezados, ¡pero en el *Urano* hay diez por cada uno de vosotros!

173

Como para concretar mi amenaza, un acorde aún más profundo que el estruendo de los cañones hace vibrar la cubierta bajo mis pies: el gran órgano ha comenzado a sonar. Me parece reconocer la pieza que tocaron cuando subí a bordo del *Urano*, pero en un tempo más furioso y menos solemne. Los arpegios se suceden, iracundos, poniendo música al caos de fuego y sangre que enrojece el mar, pues es de ahí de donde se inspira el organista, supongo. ¡Y esa música diabólica también me inspira a mí! ¡Me transporta!

—Lo repito por última vez: ¡al abordaje! —les ordeno señalando el velero con un dedo.

Las últimas reticencias de los corsarios ceden. El timonel endereza la rueda del timón. Los cabos se tensan. Las velas restallan. La *Novia Fúnebre* salta por encima de las olas al ritmo que le marcan los acordes del órgano, secando el relente helado de su siniestro mascarón de proa. Nos dirigimos directamente hacia el velero francés…, ¡que también avanza hacia nosotros!

La obstinación de esa tripulación desconocida en combatir contra la *Novia Fúnebre* me enfurece aún más. Veo marineros agitándose en cubierta, siluetas indistintas que destacan vagamente en un apocalíptico contraluz, porque, a sus espaldas, varios barcos de la flotilla se han incendiado. ¿De manera que quieren la muerte? Si tanto lo desean, ¡no tengo ningún problema en concedérsela!

La música late en mis sienes. El humor sanguíneo hierve en mi cerebro. Mi mano va instintivamente a la empuñadura de mi daga y la desenvaino, la hoja queda a la vista.

Con un movimiento idéntico, un hombre desenvaina también su espada en la proa del barco francés. El capitán enemigo me desafía. En la aureola del fuego, su cara no es más que una sombra. ¿Se trata de un oficial vampyro o de un suboficial mortal? Me da igual: dentro de poco, los cascos se harán añicos, nuestras espadas chocarán, y la mía se clavará directamente en su corazón.

—¡Sin cuartel! —exclamo.

Detrás de mí, un centenar de corsarios se hacen eco de mi rugido en un coro salvaje, como un oleaje imparable. Ya no es solo el viento el que nos empuja, además está la furia asesina de toda una tripulación. La *Novia Fúnebre* se arroja como un ave de presa sobre un gorrión. La distancia que nos separa se desvanece. Mientras el gran órgano aumenta el ritmo en un *crescendo* trepidante, los rasgos del capitán que está en la proa se van definiendo con una precipitación vertiginosa.

Esa cabellera pelirroja ondeando al viento…

Esos ojos azul celeste en medio de la noche ardiente…

Y esa boca pálida gritando mi nombre:

—¡Diane!

Cuando los cascos de los dos barcos se encuentran en un tremendo choque, compruebo que el llamado capitán de los franceses no es otro que… Alexandre de Mortange. No empuña una espada, como pensé en la oscuridad, sino el palo de un banderín blanco en señal de paz.

Después de haber subido unos estratos musicales increíbles, el órgano enmudece de repente, como si quisiera dejar oír la voz de Alexandre:

—¡Diane! —repite con la respiración entrecortada—. ¡No quiero pelear contigo! ¿Podemos hablar?

Los garfios vuelan ya por el aire, siseando como serpientes, para clavar sus ganchos de hierro en nuestra presa. Los pontones de abordaje caen en el barco asediado haciendo un gran estruendo. Levanto el brazo con el que empuño la daga para cerrar el paso a los corsarios que se disponen a efectuar el asalto:

—¡Alto ahí!

Me siento como el jinete de un caballo monstruoso, mil veces más fuerte que yo. En la Gran Caballeriza aprendí a contener el ardor de mi semental, Typhon, así que sé que debo mostrar firmeza para aplacar el ardor de mis hombres.

—Que nadie dispare ni degüelle sin mi permiso —les advierto, alzando la voz para que puedan oírme a pesar del siniestro crujido que emiten los dos cascos al rozarse—. Lo único que debéis hacer es apuntar mientras negocio con su capitán.

Un trueno subraya mis palabras.

—¿Negociar? —se burla Hyacinthe de Rocailles con la cara iluminada por los relámpagos—. Hace apenas unos instantes, cuando el órgano tocaba *stentato bruscamente*, hablaba de destriparlos. ¿Y ahora cree estar en un salón mundano de Versalles con música de cámara de fondo?

Ignorando su sarcasmo, cruzo uno de los pontones empapados de agua marina con Zacharie pisándome los talones. Los corsarios saltan a la cubierta enemiga empuñando sus cuchillos y con un dedo en el gatillo de sus pistolas. A pesar de que los franceses han sacado también sus armas, es evidente que no están a la altura de la situación. El temblor con el que sujetan sus espadas y sus ojos brillando de miedo bajo sus gorros de lana me recuerdan más a los marineros canadienses que a los jenízaros otomanos o a los piratas cubanos: salta a la vista que son simples marineros, no unos combatientes.

Sin necesidad de decirles nada, se apartan para dejarme pasar. Cuando llego al castillo de proa, ordeno con un ademán al escudero de Luisiana que se quede un poco rezagado. Rodeo unas grandes cajas de madera que están amarradas a la cubierta con unas robustas cuerdas: se trata, sin duda, de víveres. Luego recorro los últimos metros que me separan de Alexandre de Mortange. El vampyro está de pie, inmóvil, con la camisa empapada por el relente, la chorrera abierta de par en par a causa del viento, dejando a la vista su pálido pecho. Aunque esta noche ofrezca el espectáculo de un héroe romántico, no he olvidado la infame metamorfosis reptiliana que hizo en el salón del trono la noche que partí hacia Nantes.

Apoyo la punta de mi espada a la izquierda de su esternón, donde yace su corazón congelado de muerto viviente.

—Ha sido una locura que te lanzaras de esa forma a la batalla —gruño mientras el pelo me azota las mejillas a causa del viento.

—Sí, estoy loco —responde en voz baja—. Loco por ti.

Me devora con su mirada ardiente. Yo también siento un ardiente deseo de clavarle la daga de plata muerta en la caja torácica; de silenciar para siempre la boca que en el pasado chupó hasta la última gota de sangre de mi madre. Pero me contengo, igual que he contenido a los corsarios. Necesito saber cómo ha llegado Alexandre hasta mí. ¿Cruzó fácilmente el muro de la tormenta? Si un día tengo que recorrer el perímetro del *Urano* para escapar con el Corazón en el bolsillo, esa información podría resultarme muy útil.

—¿Cómo llegaste hasta aquí? Habla rápido, porque mi tripulación está muy nerviosa…

—Fleté este barco en La Rochelle —contesta alzando la voz para hacerse oír en el fragor de la batalla—. Pagué el doble de precio por el barco y tripliqué el salario de los marineros. Navegamos por el Atlántico siguiendo la estela de la *Novia Fúnebre*, con la esperanza de darle alcance, pero no lo conseguimos. Cuando recibimos la noticia de que la tormenta que acompaña al *Urano* se movía hacia Florida, ordené que nos pusiéramos a la cola de la flotilla. El huracán estuvo en un tris de destrozarnos, pero aun así mantuve el rumbo para encontrarte, Diane.

La voz vibrante de Alexandre me confunde. A pesar de ser el asesino de mi madre, ha cruzado literalmente un océano por mí, desafiando la furia de los elementos... Es una prueba innegable de su amor, aunque sea un amor monstruoso.

A mis espaldas oigo las maldiciones que lanzan los corsarios que tratan de contener a los marineros. Comprendo que están deseando apretar el gatillo. Zacharie está con ellos para asegurarse de que respetan mi orden de alto el fuego, pero soy consciente de que no voy a poder retenerlos eternamente.

—¿De dónde has sacado el dinero para financiar semejante expedición? —pregunto con brusquedad.

—Vendí todas mis posesiones —responde Alexandre—. Mis carísimos trajes hechos a medida, mis alfileres de corbata adornados con piedras preciosas e incluso mi colección de zapatos Talaria, la mayor del reino, el trabajo de toda una vida.

Recuerdo las primeras horas que pasamos juntos, cuando me llevó de Auvernia a Versalles en su carroza. En esa ocasión había presumido de sus zapatos de Talaria, hechos con piel de cocodrilo de Luisiana, excitado ante la idea de ponerlos de moda en el *Mercure Galant*... En realidad, Alexandre nunca ha dejado de ser un muchacho inmaduro de diecinueve años, a pesar de sus dos siglos de inmortalidad. Ha despilfarrado toda su fortuna por el capricho de comprar este barco, que ahora ha quedado bajo mi control, pero dudo que este botín de guerra sea suficiente para satisfacer a Pálido Febo...

—También he vendido mi castillo de Mortange y todos los edificios anexos, además de las granjas —añade nervioso mientras al fondo los fusiles y los cañones siguen entonando su melodía de muerte.

—¿Tu castillo? No sabía que tuvieras un castillo.

En algún lugar a lo lejos se oye un prolongado crujido: otro casco que se rompe.

—Hacía siglos que no iba por allí —susurra—. Creo que te habría gustado: la finca de Mortange, la tierra de mis antepasados, en mi Borgoña natal.

De repente, caigo en la cuenta de que Alexandre ya no necesita alzar la voz para hacerse oír. Las armas de fuego han cesado su *staccato*. El resplandor de los barcos en llamas se va disipando a medida que estos se van hundiendo en el mar. La batalla toca a su fin.

—En Mortange, las noches estivales son suaves y los jardines están llenos de fragantes flores… —murmura Alexandre—. Me habría encantado deslizar una de ellas en tu cabello plateado, pero ya no es posible.

Extiende una mano hacia mí. Sus largos dedos blancos rozan los míos, que aún agarran la empuñadura de la daga cuya punta sigue en su pecho. El tacto de su piel, fría como el mármol, contrasta con la llama que baila en sus iris azules.

—Uno no pasa doscientos años en la Tierra sin acumular riquezas, Diane —bisbisea—. Ahora que lo he liquidado todo me siento más ligero. Libre para volar contigo rumbo a nuevos cielos.

—¿Volar conmigo? ¿De qué estás hablando? —Miro nerviosa por encima del hombro en dirección a Zacharie, pero, a pesar de la calma que reina ahora, está demasiado lejos para poder oír lo que estamos diciendo—. Te recuerdo que el rey me ha ordenado que me case con Pálido Febo.

El fuego que arde en los ojos de Alexandre pasa de ser amoroso a beligerante.

—Esa boda no es más que una transacción despreciable, lo sabes tan bien como yo. El Inmutable está tratando de venderte a cambio de una alianza política. ¡Jamás lo permitiré!

Acto seguido, abre la tapa de uno de los cofres que están estibados en cubierta con la punta de su zapato. Un montón de monedas de oro centellea a la luz de la luna provocando murmullos febriles entre los corsarios.

—He embarcado cuarenta de estos —me explica Alexandre señalando la hilera de cofres con el sello en forma de querubín enmarcado por unas alas: su escudo de armas—. Cuarenta mil luises de oro en total. Suficiente para contentar a Pálido Febo y que te vengas conmigo.

Una risa nerviosa sube por mi garganta. ¡Cuarenta mil luises de oro! El patrimonio de Mortange debía de ser enorme si ha conseguido obtener semejante fortuna. Dudo que ningún otro barco de la flotilla llevara un tesoro de tal calibre en su bodega. Qué irónico: ¡Alexandre me ha traído un botín que supera todas mis esperanzas de ganar la prueba de esta noche!

—¿Por qué te ríes? —me pregunta preocupado—. ¿Crees que es una suma irrisoria para comprarte a Pálido Febo?

—Lo que es irrisorio es que pienses que puedes comprarme como a una potra en el mercado. Has cruzado el Atlántico imaginando que lo único que tenías que hacer era presentarte para que yo te siguiera hasta el final.

Una expresión de sorpresa congela los rasgos escultóricos de Alexandre. El olor a madera quemada flota en el aire. El viento ha amainado.

—Pero nuestro amor… —protesta.

—Ya te dije en Versalles que la voluntad del rey prevalece sobre los sentimientos. Además, los tuyos están lejos de ser compartidos, tal y como imaginas.

En el silencio desolador que sigue a la batalla, mis palabras resuenan con más fuerza. Sé que hieren a Alexandre mucho más profundamente que cualquier espada, por afilada que sea. He esperado mucho tiempo, pero por fin he podido vengarme. «¡Por mamá! ¡Por Bastien! ¡Por toda mi gente!».

—¿Lejos de ser compartidos? —balbucea. Tras la sorpresa, la indignación deforma su cara—. No comprendo. Sabes que estoy dispuesto a morir por ti.

—Ya estás muerto, Alexandre —le espeto secamente—. En tu corazón reseco no hay lugar para amar otra cosa que no sea la idea del amor.

—¿Lo dices por Aneta? —balbucea.

Aneta, la escudera que no llegué a conocer, de la que se encaprichó antes de mí y a quien sangró en un exceso de pasión.

—Aneta solo es un ejemplo entre muchos —digo.

No sé lo que daría por escupirle la verdad a la cara: ¡la frondera a la que remató con una sonrisa en la cara el verano pasado era mi querida madre! Pero no puedo comprometer mi doble

179

identidad. Además, es igualmente delicioso dejar a Alexandre marinando en la incertidumbre.

—¿Qué otros ejemplos? —me implora—. ¿Qué me reprochas? ¡Habla, no seas cruel!

—Ya he dicho lo que tenía que decir. Tus cuarenta mil luises de oro no servirán para financiar una historia de amor que existe únicamente en tu cabeza, sino para probar a Pálido Febo que soy digna de casarme con él.

Hago un gesto con la cabeza a los corsarios.

—¡Cargad el oro a bordo de la *Novia Fúnebre*! Y si alguien se resiste, no dudéis en disparar.

Alexandre cae de rodillas en la cubierta. La afilada hoja de mi daga desgarra su camisa. A nuestras espaldas, mis hombres ya han empezado a trasladar su tesoro de su barco al nuestro.

—¡Destrúyeme! —grita—. ¡Dame la muerte definitiva, ya que no me darás tu amor!

—No te daré nada. Nunca obtendrás nada más de mí.

Alexandre agarra mi daga con las dos manos para apuntarla hacia su cuello. De sus dedos de alabastro empieza a manar una sangre de color púrpura oscuro que resbala por la plata muerta mientras unas volutas de tenebrina se elevan en el claro de luna.

—¡No tienes derecho a dejarme sufrir así! —gime. Su voz se hincha al sollozar y las lágrimas brillan en sus ojos—. ¡No tienes derecho!

Arranco brutalmente la daga de la funda de carne que forman sus temblorosas manos. Después me doy media vuelta dejando atrás al asesino de mi madre: un hombre en el suelo, irremediablemente arruinado y rechazado por todos.

Las Tinieblas que hervían en mi interior se aplacan.

Por fin me he vengado.

180

12

La favorita

*L*a noche toca a su fin.

Las cinco pretendientas estamos reunidas en la cubierta del *Urano*. Todas hemos ordenado a nuestra gente que traiga el fruto de sus saqueos. Tras la barandilla de madera blanqueada, a lo largo del horizonte circunscrito por el muro del ojo, los últimos pecios que aún siguen a flote están acabando de consumirse. Unos cuantos barcos han logrado escapar en la tormenta, pero ¿cuántos de ellos llegarán sanos y salvos a la otra orilla? Quedan los botines de guerra, entre los que se encuentra el velero francés capturado por los corsarios de la *Novia Fúnebre*: los barcos han sido amarrados a la cola del barco-ciudadela, sus tripulaciones han sido desarmadas y hechas prisioneras. Sumergido en la masa, han llevado a Alexandre a una prisión secreta…

—No puedo creer que Mortange te haya seguido hasta aquí —me susurra Poppy al oído.

—No me ha seguido a mí, sino a la imagen que tiene de mí.

Poppy frunce el ceño.

—Sí, creo que sé lo que quieres decir —murmura—. Está enamorado del amor, hasta tal punto que no ve quién eres de verdad. Pero ahora deja que te arregle el pelo, porque da la impresión de que has recogido toda la sal del Atlántico.

«Tú tampoco sabes quién soy en realidad, mi querida Poppy», digo tristemente para mis adentros. No solo pienso en mi doble identidad, sino también en esa tercera persona que he sentido brotar en mí durante el ataque. Una loca tan sanguinaria como los corsarios…, como los vampyros. Esa desconocida se ha ido, pero a partir de ahora voy a vivir con el temor a que reaparezca.

—¡El capitán Febo! —anuncia la profunda voz de Gunnar sacándome de mis lúgubres cavilaciones.

Antorcha en mano, dos de los guardias del capitán abren las puertas de la torre. Una ráfaga de aire helado sale por el umbral. El príncipe de los piratas aparece en cubierta.

Va vestido de blanco de pies a cabeza, como la primera vez que lo vi. Fuera de su inmaculada habitación, situada en lo alto de la torre, donde se mimetiza perfectamente como un camaleón, su blancura resulta aún más llamativa. El solemne silencio que acompaña su caminar solo se ve turbado por unos leves crujidos: una fina capa de escarcha se va formando a medida que avanza y él la rompe a cada paso con la suela de su zapato de alabastro. Contengo la respiración. Es como si el invierno hubiera llegado de repente.

—Bien hecho, señoras —dice plantándose frente a nosotras—. Me han ofrecido un bonito espectáculo.

Nos sopesa a las cinco, una a una. Cuando su mirada se posa en mí, noto que sus iris han adquirido un leve color rosado. Como si las llamas de la batalla naval aún bailaran en él.

—Ha llegado el momento de hacer balance —dice—. ¿Qué me han traído?

Carmen la Loca es la primera en responder:

—¡El Dorado, mi príncipe, o casi! —exclama.

Entre su larga y ondulada cabellera negra, su cara de cautivadora belleza brilla sudorosa. Chasquea los dedos. Cuatro de sus hombres se acercan con las mejillas cubiertas de hollín y la mirada aún enfebrecida por la sangrienta batalla que acaban de librar. Arrastran cuatro pesados cofres rebosantes de vajillas de oro, aunque el brillo del tesoro se ve opacado por unas grandes salpicaduras de sangre. La cubana no dio cuartel: la desafortunada tripulación del galeón español que atacó fue pasada a cuchillo en su totalidad.

—El Dorado... —murmura Pálido Febo, pensativo y tomando entre sus dedos diáfanos una copa de oro decorada con grabados—. Un sueño que han perseguido aventureros y conquistadores durante siglos, pero cuya existencia es dudosa.

—Suelta la copa, que vuelve a caer en el cofre con un tintineo tan estridente como el sonido del toque de queda—. Da igual. Usted me ha enriquecido, señorita, pero, por encima de todo, me ha entretenido con la barroca ferocidad de su ataque. Le concedo el primer premio de esta noche y la invito a pasar las próximas veinticuatro horas conmigo como mi favorita.

¿Cómo? ¿Pálido Febo ha decidido quién es la ganadora antes de haber inspeccionado todo el botín? Estoy empezando a entender que lo que de verdad le interesa no es tanto el oro, sino la puesta en escena, «el entretenimiento», como lo llama él.

La pirata se infla en su corpiño de cuero y el cordón desatado deja bien a la vista el nacimiento de sus generosos pechos. ¿El escote se le abrió durante el furioso abordaje o se trata de un adelanto deliberado de sus favores, similar al que Poppy me animó a hacer? El caso es que no da la impresión de ser una mujer que se ofrece, al contrario, es una que toma lo que quiere, como hizo, sin ir más lejos, con el tesoro del galeón español. A pesar de su brutalidad y de sus malos modales, de pronto la veo como la encarnación de una forma de libertad: es la capitana de su barco y no se somete a nadie. Ni a una mujer como la reina de Inglaterra, ni a un hombre, poco importa que sea el sultán, el rey de Suecia o el de Francia. Ella pretende tratar con Pálido Febo como siempre ha hecho con los hombres: de igual a igual.

Pero Febo se está volviendo ya hacia Emine. A diferencia de la exuberante pirata, la plenipotenciaria otomana no exhibe sus encantos, sino que los cubre bajo su velo de satén rojo.

—Usted también ha sabido complacerme, señorita, pero de una manera diferente —dice Pálido Febo—. Si la tripulación de Carmen me ofreció un alegre caos, la suya me hizo presenciar un auténtico ballet. La cadencia perfecta de los remeros... El destroce del objetivo ejecutado con precisión... Y el metódico desmembramiento que efectuaron sus soldados.

—De hecho, señor, los jenízaros están entre los mejores soldados del mundo —responde orgullosa la hija del gran visir—. Son unos profesionales obedientes, no unos piratas indisciplinados.

La clara alusión a la tripulación de la *Maldición del Mar* hace que Carmen dé un respingo. Hay que reconocer que los

183

jenízaros otomanos están perfectamente alineados en posición de firmes, sin que se vea una sola arruga en sus bonitos trajes, mientras los harapientos piratas aún no han dejado de resoplar debido al esfuerzo que les ha supuesto la batalla. El botín de la plenipotenciaria otomana también aparece perfectamente alineado a sus pies: una veintena de sacos de yute llenos de especias.

Pálido Febo mete una mano en el saco más próximo y saca un puñado de un polvo rojizo.

—Ciertas especias valen su peso en oro, incluso más —murmura el pirata—. Dicen que condimentan hasta los platos más insípidos y que animan incluso las vidas más aburridas, la verdad es que no lo sé, porque soy alérgico a ellas.

Tengo la impresión de que la mujer otomana se tensa mientras Pálido Febo observa el polvo que tiene en la palma de su mano. Procura no llevárselo a las fosas nasales para olerlo, pero el tono carmesí de sus ojos se intensifica al reflejar el color rojo de la especia.

—Venderemos estas mercancías a buen precio —murmura—. Sigue en la competición, señorita. ¿Será usted quien condimente mi vida?

184

A continuación, abre los dedos y lanza al aire el preciado polvo. Después se vuelve hacia la delegación inglesa.

La condesa Jewel está plantada allí todo lo alta que es, más sublime que nunca y acompañada, como siempre, por Sterling. Este va vestido con su casaca de color antracita, que hace que resulte poco menos que invisible durante la noche. Detrás de él hay una docena de esbirros, también vestidos de gris; la blancura surrealista de su piel me confirma que son vampyros, tal y como suponía. La tripulación procedente de Inglaterra (el país donde la gente se transmuta continuamente sin tener en cuenta para nada el *numerus clausus*) está integrada en su totalidad por chupasangres...

—Apenas la he visto luchar, *lady* Jewel —le dice Pálido Febo a la pretendienta inglesa.

—La condesa de Canterbury coordinó el ataque —replica Sterling respondiendo por su protegida—. Ella no se rebajaría a combatir.

—¿Tampoco se piensa rebajar a responderme? —replica secamente Pálido Febo.

Un tic nervioso mueve la boca del lord; en la comisura de sus labios no hay rastro del palillo que suele llevar para masticarlo. Inclina la cabeza:

—Le ruego que me disculpe, señor. Hablo demasiado.

Veo que mira de reojo a Jewel, como incitándola a hablar. La verdad es que el hecho de que haya que animarla a expresarse hace de la condesa una extraña candidata que contrasta con las demás, que se pelean por ser el centro de la atención.

—Espero que nuestro botín..., esto..., le agrade, señor Febo —dice bajando los ojos.

Habla en un francés vacilante, con un marcado acento inglés, así que imagino que no hace mucho que ha aprendido mi idioma, pero su voz es tan límpida como la joya que evoca su nombre.

El músico que hay en Pálido Febo la aprecia:

—Es un placer escucharla, señorita. Comprendo que sea avara de sus palabras si cada una de ellas es tan preciosa como una gema.

Una tímida sonrisa se dibuja en los labios de la vampyra.

—*Oh, sir*, me honra en exceso.

Poppy deja escapar un suspiro de exasperación y me dice al oído:

—*What a bitch!* Estoy segura de que farfulla a propósito para representar a una tímida inglesa.

Por mi parte, tengo la impresión de que Jewel es realmente una joven apocada. Veo que vuelve a intercambiar una mirada furtiva con Sterling, como si buscara en él la confianza que necesita para añadir algo. El lord empuja discretamente con un pie una bolsa de terciopelo adornada con brillantes topacios.

—Estas son las únicas gemas dignas de usted, señor Febo —dice gruñendo—. Las encontramos a bordo del *Dutch*..., esto, del barco holandés.

Pálido Febo se limita a sonreír, aparentemente encantado por la modestia de la inglesa, a menos que sean sus esfuerzos por expresarse en la lengua de Molière. La ingenuidad de Jewel me parece verdadera. No está interpretando un papel, a diferencia de Sterling, ¡que se comporta como un enrevesado diplomático sean cuales sean las circunstancias!

185

—*Lady* Jewel, la considero digna de permanecer en la competición —dice Pálido Febo, satisfecho—. Quedan dos pretendientas por decidir. Las señoritas de Gastefriche y Gustafsson, confieso que no me han impresionado mucho sus hazañas de esta noche.

La duquesa sueca se cubre con su largo abrigo de piel de lobo.

—El juego estaba amañado —afirma indignada—. ¡He tenido que cargar con un equipo de inútiles!

—Fue usted quien eligió su tripulación —le recuerda con severidad Pálido Febo—, y esta, bajo su mando, ha sido incapaz de capturar un solo barco.

Los ojos de color acero de la vampyra lanzan chispas bajo el borde de su sombrero alto.

—Créame: los marineros canadienses serán castigados como es debido —promete—. Mis domalobos los obligarán a pedir clemencia a fuerza de latigazos y con mucho gusto sangraré a varios de ellos.

El señor del *Urano* hace un gesto de impaciencia.

—Ahórreme esos detalles sórdidos.

—¿No le divertiría el espectáculo de la tortura? —resopla la sueca—. Hace un momento estaba deseando que empezara la batalla naval. Creí que le gustaban las…, bueno…, las sensaciones fuertes.

—La violencia puede ser sublime cuando se despliega con naturalidad, como la naturaleza nos muestra cada día, pero es abyecta cuando se abate sobre víctimas indefensas. Esa es la diferencia entre una cacería y una carnicería.

Un murmullo recorre la multitud mientras los rasgos de la duquesa se quedan petrificados en una mueca de frustración. Describiendo su método como «abyecto», Pálido Febo la ha insultado en presencia de todos. En cuanto a que la violencia pueda ser en ocasiones «sublime», se trata de una visión cruel del mundo, un argumento que Tristan de La Roncière podría haber defendido y que yo jamás he comprendido… hasta ahora. Porque, cuando inicié el asalto, hubo un momento en que me sentí transportada por una exaltación extrema, por un sentimiento rayano en lo excelso…

—Basta ya de cháchara —dice Ulrika Gustafsson forzando

sus labios azulados para esbozar una sonrisa amistosa—. Lo que cuenta, querido Febo, son las riquezas que puedo ofrecerle, ¿verdad? Los ducados de oro con los que pensaba pagar a los canadienses servirán para aumentar mi botín. He traído cuarenta mil de Suecia, ¡lo que seguramente supera todo lo que pueden reunir juntas el resto de las pretendientas! ¡Que traigan los cofres!

No doy crédito a mis oídos: ¡la duquesa acaba de anunciar la suma exacta a la que asciende el botín que le he arrebatado a Alexandre! Y pensar que creía haber ganado con holgura…, pero no pienso darme por vencida, de ninguna manera.

—¡Yo también puedo ofrecerle cuarenta mil monedas de oro, señor! —grito—. No son ducados, sino luises.

Hago una señal a los corsarios de la *Novia Fúnebre* para que traigan los cofres franceses mientras los domalobos arrastran los cofres suecos hasta la cubierta. Pronto los ochenta cofres están unos frente a otros, como dos líneas de batalla, al final de la cual una de las pretendientas será condenada a muerte.

La duquesa es la primera en atacar:

—¡Mi oro ha recorrido conmigo medio mundo para llegar hasta ti, Febo! Lo que sin duda multiplica por diez su valor respecto a los luises que la francesa se ha limitado a recoger aquí.

—Yo, en su lugar, duquesa, no hablaría de valor —contraataco de inmediato—. Dudo que el oro del rey de Suecia sea tan puro como el que acuña el banco del soberano francés. Desde hace siglos, Versalles recibe directamente los metales preciosos de las Américas; en cambio, no sé muy bien a qué minas tienen acceso ustedes, los escandinavos, en la banquisa. Además, no me he limitado a «recogerlo», como dice usted. Participé en el juego. Ejecuté la hazaña que nos habían pedido. ¡Ataqué un barco, a diferencia de usted!

La aristócrata sueca suelta una carcajada que rezuma desprecio, aunque también percibo en ella una punta de pánico. Al igual que la duquesa, los domalobos parecen estar cada vez más hartos. Veo que, con los dedos, aprietan nerviosamente los mangos de los largos látigos que cuelgan de sus cinturones.

—¿Está diciendo que ha abordado un barco? —pregunta

187

Ulrika hipando—. ¡Supongo que es una broma! Se apoderaron de esos cofres sin disparar un solo tiro, a eso yo no lo llamo un abordaje. Es más, lo considero sospechoso. Al vampyro francés se lo llevaron a las cárceles del *Urano* conmocionado: parecía un tímido enamorado. Vi cómo la miraba… y cómo le miraba «usted». —Me apunta con un índice acusador, prolongado por una uña pintada de azul—. Quiere hacer creer a Pálido Febo que su corazón está libre, pero lo cierto es que ya es de otro, ¡confiéselo!

—Su imaginación le hace ver cosas que no son —me defiendo.

Observo de reojo la reacción del capitán pirata, que permanece impasible. Aun así, la duquesa ha tocado un punto sensible. Aunque no sienta nada por Alexandre, bastaría que Pálido Febo decidiera interrogarlo para que este le confesara que nos une una tórrida pasión. A pesar de que el idilio solo ha existido en la mente trastornada de Mortange, un testimonio semejante jugaría en mi contra, sin duda.

—En mi país hay una palabra para las chicas que ofrecen sus encantos a varios hombres a la vez —suelta la duquesa con voz diabólica.

Sus labios delicadamente pintados se tuercen para articular una palabra tan sucia como un escupitajo:

—*Slampa!* ¿Cómo se traduciría? ¿Zorra, puta?

A mi lado, Poppy maldice en voz baja, pero le impido ir más allá. Al igual que sucedía en las justas oratorias de Versalles, soy yo la que debe defenderse. La única diferencia es que esta noche, en esta cubierta helada donde brilla la luna, ante la amplia asamblea bien abrigada, no solo me juego mi honor, sino también mi pellejo.

—Y usted dígame cómo se traduce al sueco «degenerada decadente de la raza» —le espeto a la duquesa.

Sus pupilas se retraen y sus colmillos asoman por el borde de sus labios:

—¿Qué? —gruñe.

—Usted critica mis costumbres, de las que no sabe nada, pero todos conocen las suyas. Se jacta de haber sido transmutada por la sangre de su tío, Carlos XII. Esa transmutación incestuosa generó a una inmortal débil, que ni siquiera es capaz de dirigir un desafortunado abordaje. Eso es lo que sucede cuando se mezcla demasiado la sangre de una sola familia: se producen las degeneraciones consanguíneas.

Se oyen unas risas ahogadas en la multitud. La aristócrata sueca las corta en seco con una letanía de improperios pronunciados en su lengua materna. No hace falta traducirlos para saber que ella ya me habría saltado a la garganta con los colmillos fuera si no estuviéramos en público. Tras recuperar el aliento, se vuelve hacia Pálido Febo:

—¡Ordénele que se trague sus inaceptables palabras! —le exige.

Pero el capitán corsario, el único amo de su reino, no es un hombre que permite que le digan lo que debe hacer.

—Usted también la insultó —le recuerda él con frialdad.

—Sí, pero a título personal, ¡mientras esa canalla ha atacado al rey de Suecia en persona!

—Con cierto ingenio que me ha hecho sonreír. —Se vuelve hacia mí—: Acepto sus luises, Diane. Me parece que, bajo su apariencia de porcelana, tiene un temperamento de hierro.

—Pero… —La duquesa se atraganta.

—¡Les ruego un poco de paz! —la ataja Pálido Febo sin siquiera dirigirle la mirada—. Las incesantes recriminaciones de la sueca me molestan, peor aún, me aburren. Creo que ya la he visto bastante. Quiero que desaparezca.

Los domalobos sacan los látigos que estaban deseando usar desde el principio del altercado, pero por cada correa de cuero que se desenrolla en la noche, los innumerables marineros del *Urano* desenvainan diez espadas; no solo la guardia de élite del capitán se pone en acción, toda la tripulación se prepara para el combate. Además, los bucaneros de Carmen la Loca se apresuran a echar una mano a nuestros anfitriones; a ellos se unen después los jenízaros de la plenipotenciaria Emine, los vampyros de *lady* Jewel y la tripulación de la *Novia Fúnebre*, que pasa al ataque sin que esta vez yo haga nada para evitarlo. Todos se lanzan a la batalla, que se convierte en un baño de sangre. A pesar de las pieles de lobo que llevan, los domalobos son la presa de esa noche, en lugar de los depredadores.

Retrocedo unos pasos, ensordecida por los gritos. Ulrika

189

Gustafsson lucha como un demonio en medio de esa jauría enfurecida, mordiendo y desgarrando con sus colmillos y sus garras. Sin embargo, por poderosa que sea la sangre de la realeza sueca que corre por sus venas, no es invencible. Los guardias del *Urano* acaban inmovilizándola con unas pesadas cadenas y la llevan a los calabozos mientras la marea humana se cierra y ruge sobre los pocos domalobos que aún quedan en pie.

Solo entonces, por encima de los últimos látigos chasqueantes y las últimas pieles de lobo desgarradas, veo a Sterling. Está al margen de la refriega, sin tomar parte en ella. A decir verdad, no parece prestarle la menor atención. Sus ojos negros no se apartan de mí, a buen seguro desde el principio de la pelea. Vuelve a llevar un palillo en la boca, que pasa de una comisura a otra, como si fuera la aguja de un metrónomo.

Dejando que la noche se cierna sobre mis rivales, doy media vuelta y me sumerjo en las entrañas del barco-ciudadela.

190   Un espantoso dolor de cabeza me atormenta. Es como si la batalla naval se estuviera repitiendo en mi cráneo desgarrando mis meninges a cañonazos. Entierro la cabeza bajo la almohada, sola en mi inmensa habitación, con las cortinas corridas al amanecer. Pero es inútil: incluso bajo el espeso gorro de plumón, la artillería sigue zumbando en mis sienes.

¡Rápido! ¡La morfina!

Corro hacia la caja de música de Poppy y me meto una bola en la boca. La mastico con dificultad. Al principio, cada vez que contraigo los músculos de la mandíbula aumenta el dolor, como si estuviera masticando mi cerebro, pero luego, poco a poco, experimento una sensación algodonosa. La droga hace efecto, embotando mis nervios y disipando los recuerdos de la masacre. Me dejo caer de nuevo en la cama y me sumo en un sueño tan profundo como los abismos donde, esta noche, se hundieron docenas de desafortunados marineros.

—*¿Quién eres?* —*grita una voz en plena noche.*
La última vez que me hicieron esa pregunta no fue en

el abismo del océano, sino en las profundidades de París. La boca que la pronunció no era humana, sino la de un gul, cuya lengua entendí de forma incomprensible, dado que la desconozco...

—¿Quién eres? —vuelve a preguntar la voz.

Su tono se vuelve más claro: reconozco el timbre de mi madre. Las sombras de la habitación toman forma: son los contornos de mi dormitorio en la Butte-aux-Rats. Mi madre está a la cabecera de la cama, como en mis dos pesadillas anteriores, pero esta vez no lleva una jeringuilla ni un cuchillo, sino que me tiende un espejo.

—Qué extraño reflejo tienes... —susurra.

Mi mirada angustiada se posa en el espejo. Al principio no veo... nada. Solo las sábanas arrugadas de mi cama, donde debería reflejarme. Como si mi cama estuviera vacía. Pero, a medida que mis ojos se van acostumbrando a la penumbra, me aparecen los rasgos diáfanos superpuestos a la almohada.

Una frente alta y traslúcida como el vidrio...

Unos cabellos tan finos como hilos de cristal...

Y dos grandes ojos incoloros que devoran la cara estrecha de una niña de tres años.

Una niña muerta, fantasmal: el espectro de mí misma.

Me despierto de repente, el corazón me late a toda velocidad en el pecho. Mi primer instinto es palpar con febrilidad la piel de mis mejillas para asegurarme de que mi cara es de carne. El segundo instinto es correr hacia la caja de música para coger otra bola de morfina. Mis pesadillas han vuelto, es evidente que la excitación de la batalla naval las ha traído de vuelta. No puedo permitirlo. Tengo que dormir. ¡Debo hacerlo!

—¡Shhh! ¡Poppy! Tengo que pedirte un favor... —le susurro al oído a la inglesa.

Estamos en la cubierta principal del *Urano*, un poco apartadas de Prudence y Zacharie. Después de haber dormido la mayor parte del día, hemos sido convocados con las distintas delegaciones para asistir a la ejecución de Ulrika Gustafsson. Nos reunimos en la popa del barco-ciudadela, todos, salvo el que ha tramado la macabra puesta en escena. Pálido Febo se ha retirado a su torre y está disfrutando del espectáculo desde lo alto. Carmen la Loca tampoco ha aparecido. Supongo que está con el amo, porque es la favorita…, mientras que la perdedora, con los pies y las manos encadenados, intenta mantener el equilibrio sobre un tablón suspendido en un costado del barco.

—¿Cómo puedo ayudarte, Diane? —murmura Poppy incapaz de apartar los ojos de la víctima.

—Las bolas de morfina que me diste en tu caja de música…, ¿tienes más?

Poppy aparta por fin sus ojos ahumados de la duquesa para clavarlos en mí. Leo en ellos una mezcla de incomprensión y de inquietud.

—¡La consumo con moderación, te lo aseguro! —me apresuro a precisar—. Pero las he contado y solo me quedan diecinueve bolas, y Gunnar dijo que las pruebas durarán hasta finales de mayo. Me gustaría tener varias dosis más. Solo para tomarme una cada día al acostarme y despertarme tan fresca como una rosa.

No quiero decirle a mi amiga que, en realidad, quedan veinticinco bolas en la caja, porque entonces tendría que confesarle que ahora necesito dos dosis para conciliar el sueño…, y eso me avergüenza un poco. Disimulo mi bochorno con la mejor de mis sonrisas.

—¡Oh, querida Diane, comprendo que estés angustiada! —exclama compasiva—. Pensabas que la amenaza de Pálido Febo de ejecutar a las perdedoras era un farol, pero ese sádico iba tan en serio como la propia muerte. —Suspira con impotencia—. Por desgracia, te di toda la morfina que tenía. Se trata de una sustancia de primera calidad que extraen de unas amapolas que cultivan en Turquía. ¿Te serviría si te diera media bola al día?

—Por supuesto, ¡buena idea! —exclamo haciendo una mueca.

En ese mismo momento, suena un estruendoso redoble. Son los músicos del *Urano* tocando sus tambores. Tengo la impresión de retroceder varios meses, al momento en que los tambores del patíbulo de Montfaucon redoblaban antes de la ejecución de los conspiradores del complot de La Roncière. Con la ayuda de unas largas pértigas, dos hombres obligan a la duquesa a avanzar por el tablón, que se mueve de forma cada vez más peligrosa a cada paso que da. Casi veinte metros más abajo, al fondo del inmenso casco del buque insignia, unas aletas giran en el agua oscura. Son docenas de tiburones previamente cebados con los cubos de sangre que la tripulación del *Urano* ha arrojado al mar.

Los ojos azules de la sueca se abren de terror y rabia por encima de la apretada mordaza que cierra su vampýrica mandíbula. Se atraganta al lanzar un grito ahogado. ¿Es una súplica o una imprecación? Nadie lo sabrá nunca. Las pértigas le dan un último golpe en la espalda, y ella cae al vacío con su larga melena rubia desplegándose por última vez bajo la luna. Su cuerpo, lastrado por unas pesadas cadenas de hierro, se sumerge de golpe en el agua negra. Dado que es inmortal, su destino está sellado. No se ahogará, sino que será devorada por los tiburones, porque las aletas se hundieron de inmediato tras ella.

Aprovecho la conmoción causada por la ejecución para perderme en la multitud que se agolpa en cubierta y me cuelo en el grupo de los turcos. Los jenízaros desenvainan sus cimitarras al verme llegar, pero su ama les hace señas para que me dejen pasar:

—Envainad las armas, mis valientes guerreros. Como nos han recordado antes, Francia es aliada de Turquía... y la señorita de Gastefriche nos ha ayudado a desembarazarnos de la duquesa, nuestra común enemiga.

A continuación, me tiende gentilmente la mano para invitarme a unirme a ella. Hoy lleva un velo de satén turquesa que proyecta unos reflejos iridiscentes cada vez que se mueve.

—Ulrika Gustafsson se equivocó al subestimarnos por ser mortales —dice. Por encima de su velo, sus ojos rasgados despiden un brillo inteligente—. Usted y yo podríamos formar un equipo.

—De ninguna manera —ruge una voz a nuestras espaldas.

Es Zacharie de Grand-Domaine, que ha conseguido abrirse camino hasta esta parte de la cubierta, aunque los jenízaros le impiden acercarse más a nosotras.

—Diane no puede aliarse con alguien que ha traicionado al rey de Francia —dice.

Zach ha agarrado la empuñadura de su espada y no dudo que, si tuviera que hacerlo, sería capaz de enfrentarse solo a todos los guerreros otomanos.

—Diane puede decidir por sí misma —lo corrige secamente la plenipotenciaria.

—Creía que en su país las mujeres no tenían voz ni voto —dice el escudero de Luisiana—. Que estaban confinadas en casa o en el harén.

—Abra los ojos: mi presencia aquí demuestra lo contrario. Debería saber que mi país es mucho más justo que el suyo. Nosotros no hemos instituido el diezmo de sangre como en la Magna Vampyria, ya que los prisioneros de guerra son suficientes para alimentar a los inmortales de la familia imperial. Tampoco existe la regla del confinamiento ni el toque de queda. Todos los ciudadanos del Imperio otomano son súbditos libres, aunque sometidos a la autoridad del sultán, el comendador de los mortales.

—Todos excepto los negros.

Las palabras de Zacherie caen como plomo. Por un momento, solo se oye el rumor de las olas chocando contra los cascos y el silbido del viento entre los mástiles: el monótono canto de los elementos indiferentes a los dramas de la especie humana.

—Sé que los otomanos permiten la esclavitud en el territorio de su madre patria —prosigue Zacharie—. Sus incursiones en las naciones africanas no son un secreto para nadie. —Sus labios se tuercen en un pliegue amargo—. Al menos Francia y sus virreinatos solo toleran esa horrible práctica en las colonias americanas.

Intuyo hasta qué punto a Zacharie le debe de costar defender la posición insostenible de Francia en nombre de su lealtad al rey. ¿Solo en las colonias? Eso ya es demasiado para él, puedo sentirlo en su voz, que vibra de indignación. Si solo hubiera una ciudad que practicara la esclavitud —qué digo, apenas un pueblo—, sería igual de inaceptable.

—Las cosas no tardarán en cambiar —dice exhalando un suspiro.

194

La plenipotenciaria arquea una ceja negra perfectamente perfilada:

—¿Qué va a cambiar? ¿Quiere decir que la esclavitud va a extenderse a toda Europa?

—No, ¡quiero decir que será abolida en todas las colonias de la Magna Vampyria.

Zacharie pronuncia la frase con tal convicción —con tal rabia— que en mi corazón suena como el toque de queda. A juzgar por la forma en que sus hermosos ojos maquillados se abren por encima del borde de su velo, Emine está tan sorprendida como yo.

—¿Qué le hace pensar eso? —pregunta.

—El Rey de las Tinieblas me prometió que lo consideraría.

Abro los ojos como platos. Tengo la impresión de estar viendo a Zacharie por primera vez. Su absoluta entrega al Inmutable adquiere un nuevo significado…, un significado trágico. Supongo que el monarca ha conseguido su lealtad inquebrantable prometiéndole la abolición, una promesa que, por descontado, nunca cumplirá. El tirano aplicó la misma estrategia con otro escudero, Suraj, a quien engañó ofreciéndole el apoyo de las tropas francesas para contener las hordas estirges que asedian el reino indio de Jaipur. Es el maquiavélico juego del Rey de las Tinieblas: prometer mucho y no conceder nada.

—La esclavitud es una triste realidad, lo comprendo —reconoce Emine—, pero es un mal necesario. Toda una economía depende de ella. Si los esclavos desaparecieran, ¿quién reemplazaría a los remeros en las galeras del sultán y a los trabajadores de las plantaciones del Inmutable?

—Hombres y mujeres libres pagados por su trabajo.

—Es una visión muy utópica, pero no entiendo por qué se preocupa usted tanto por la libertad de los condenados de la tierra, si es libre.

La mandíbula de Zacharie se tensa. Supongo que no responderá a esa pregunta y que guardará silencio, como sucedió en Nantes, cuando el armador le preguntó si era hijo de un amo y una esclava. Siento una oleada de empatía por él, por la batalla que libra en solitario contra una de las instituciones más atroces jamás creadas por el hombre. La plenipotencia-

195

ria otomana no alcanza a imaginar que sea posible combatir por otra cosa que no sea el mantenimiento de sus privilegios; Zacharie y yo sabemos que las batallas más sublimes no son las que se libran por uno mismo, sino por los demás.

Le pongo una mano en el brazo para transmitirle mi comprensión, pero él me aparta, exasperado por la conversación que acaba de tener y que, intuyo, ha despertado en él unos sentimientos muy profundos.

—Eres libre de pactar con el enemigo, ¡yo me lavo las manos! —dice entre dientes.

Acto seguido, da media vuelta y se pierde entre la multitud de marineros que ocupan la cubierta del *Urano*. En ese momento recuerdo por qué he venido a hablar con la plenipotenciaria: ¡la morfina! La sustancia que me permitirá aguantar hasta el final de esta locura para poder satisfacer las expectativas que la Fronda ha puesto en mí.

Me vuelvo otra vez hacia Emine. Un exquisito aroma a rosa y a especias desconocidas invade mis fosas nasales: la estela de una damisela oriental del más elevado linaje, sin duda.

196

—Ha dicho que quería que formáramos un equipo —le digo—. ¿Cuáles son sus condiciones?

—Bueno, en caso de que las dos quedemos finalistas, la ganadora podría exigir a Pálido Febo que concediera la gracia a la otra. Un futuro esposo no puede negarle tal favor a su prometida.

—Creo que vale la pena intentarlo.

Tiendo la mano a la otomana, que la agarra entre sus gráciles dedos. Tras el calor de la batalla, vuelvo a sentir el penetrante frío. Es hora de volver al calor, pero primero debo formular mi petición:

—¿Puedo pedirle un favor para sellar nuestro pacto?

—Si puedo ayudarla, lo haré con mucho gusto.

—Verá, tengo un pequeño problema de insomnio. Nada grave, pero me gustaría conseguir un remedio que me ayude a dormir.

—¿Se refiere a una infusión?

—Esto…, en realidad, querría algo un poco más fuerte. He oído decir que la medicina otomana recurre a unas sustancias que resuelven eficazmente ese problema.

Eso es todo lo que necesita la perspicaz mente de la plenipotenciaria para entender adónde quiero ir a parar. Se inclina un poco más hacia mí, hasta tal punto que su velo roza el lóbulo de mi oreja:

—Me he traído de Turquía una farmacopea completa, incluida una poderosa tintura de opio extraída de las mejores flores de amapola. Ordenaré que lleven discretamente un frasco a su habitación, pero solo debe tomar unas gotas cada vez, porque cualquier exceso puede resultar fatal.

—Gracias.

Sus ojos me sonríen por encima de su velo:

—¡Es algo natural entre aliados!

197

13

El tesoro

—Cléante, ¿sabes por casualidad dónde esconde Pálido Febo su tesoro... y el Corazón de la Tierra?

El criado niega con la cabeza.

—No, he intentado averiguar algo escuchando las conversaciones de los marineros del *Urano*, pero todo ha sido inútil.

Hoy, tercer día de mi presencia a bordo del barco-ciudadela, he conseguido que el criado viniera a mi habitación con el pretexto de que me debía traer unos ungüentos que había olvidado a bordo de la *Novia Fúnebre*.

—El buque insignia es enorme, por no hablar de todos los barcos que lo rodean y que están enganchados a él. —Suspira—. La cámara del tesoro puede estar en cualquier parte de este laberinto.

—A menos que esté en el sanctasanctórum: la torre de la que Pálido Febo no sale casi nunca —digo pensando en voz alta.

—Según tengo entendido, ni siquiera los marineros del *Urano* pueden entrar en ella. Solo Gunnar está autorizado a hacerlo.

—También lo está la favorita que se designe al final de cada hazaña durante las veinticuatro horas que debe pasar con el capitán —preciso—. Tengo que ser la próxima.

Cléante me mira fijamente.

—Estuviste en un tris de morir en la batalla naval —recuerda inquieto—. A saber qué nueva proeza les exigirá Pálido Febo a las pretendientas.

—Es imposible predecir lo que saldrá de su retorcido cerebro. Debemos prepararnos para lo peor.

—¿Qué puedo hacer para ayudarte, Jeanne?

Escuchar mi verdadero nombre de su boca me emociona. La forma en que sus labios se estiran bajo su bigote me conmueve. Es la primera vez que me sonríe; desde el principio del viaje siempre se ha mostrado muy serio. De repente, me recuerda a Valère, mi hermano mayor, que era en apariencia desabrido y severo, pero sensible en el fondo.

—¿Comes bastante? —me pregunta—. ¿Duermes lo suficiente?

—Las gachas de avena y el pescado hervido que me sirven en mi habitación son nutritivos, aunque también un poco insípidos, y la cama es cómoda —miento.

No quiero que Cléante se entere de que me trago una bola de morfina cada noche con una gota de tintura de opio. Para asegurarme de que la sustancia no estaba envenenada, se la di antes a una de las ratas del barco. Tras comerse un pedazo de pan duro empapado en la tintura, el roedor se echó una buena siesta y se despertó fresco y en forma. Como yo, desde que consumo la poción de Emine.

—Admiro tu valor —murmura—. Podrías ser mi hija, pero, a pesar de tu juventud, eres tan valiente como los comandantes de la Fronda más aguerridos. —Su efímera sonrisa ya se está desdibujando bajo su bigote, borrada por una expresión grave.

Observo sus rasgos tensos, hundidos por la luz que cae de la lámpara del techo. ¿En qué luchas secretas habrá participado? Hasta ahora, solo hemos conversado brevemente, en momentos robados, tratando de sacar adelante nuestra misión común. Cléante sabe poco sobre mi pasado y yo no sé nada sobre el suyo.

—No soy tan valiente como los que me precedieron —digo en voz baja—. Mis padres. Mi mentor, Montfaucon. La comandante Zéphirine. Y tú.

—El oro prometido por la rama de Martinica… —dice cuando menciono a la comandante—. Me temo que no nos servirá para negociar con Pálido Febo. Recuerda que casi desdeñó los cuarenta mil luises de oro que le trajiste. —Cléante lanza un suspiro—. Cuando me enrolé en la *Novia Fúnebre* en Nantes, la Fronda me encargó un objetivo bien claro: ayudarte a ganar a Pálido Febo para nuestra causa, pero cuanto más lo

199

conozco, más dudo que eso sea posible. ¿Qué motiva a este hombre, dado que no actúa movido por la justicia ni por la gloria, ni por la transmutación, ni por la riqueza?

—Lo hace por el espectáculo.

—¿Cómo dices?

—Más que por el botín que le trajeron, juzgó a las pretendientas por sus acciones guerreras. Él mismo ha confesado que no nos pide realizar esas hazañas para enriquecerse, sino para divertirse.

Cléante asiente con la cabeza, sin decir una palabra. Como yo, empieza a rendirse a la evidencia: será imposible incorporar a la Fronda del Pueblo a un ser que se deleita con el dolor de los demás. Ya no es cuestión de casarse con él. Más que nunca, es urgente encontrar el Corazón para impedir que llegue a manos del Rey de las Tinieblas: este se ha convertido en el único objetivo de nuestra presencia aquí.

Séptimo día a bordo del *Urano* y séptimo día deambulando por sus interminables pasillos. Françoise sigue vegetando en su habitación y Prudence es demasiado pusilánime para seguirme en mis exploraciones. En cuanto a Poppy, está muy ocupada tratando de adaptar sus movimientos a los de Zacharie con la esperanza de arrancarle una sonrisa.

Pero ¿de qué sirve tener libertad de movimiento si esta no me lleva a ninguna parte? Cada puerta que empujo se abre a habitaciones desiertas o a depósitos llenos de grano. Bajo cada cubierta hay otra cubierta que perpetúa su gris monotonía a lo largo de decenas de metros. Y cada mirada que se cruza con la mía la elude invariablemente sin decir una palabra.

Cuanto más me adentro en los meandros del *Urano*, más se refuerza mi convicción: Pálido Febo esconde su tesoro en la torre como un dragón celoso. Me destrozo los pies para nada paseando por el barco-ciudadela con unos zapatos de tacón demasiado alto, una tortura que me impongo para seducir al capitán en caso de que me tope con él, cosa que hasta ahora no ha sucedido. La única solución para apoderarse del Corazón es que el capitán me invite a la torre. Tengo que ganar la próxima proeza. Mi próxima hazaña tiene que impactarlo. Es necesario…

—¿Se ha perdido, señorita de Gastefriche?

Estaba perdida, sí, pero en mis pensamientos, hasta tal punto que no he visto aparecer esa figura en el recodo del pasillo.

—¡Lord Raindust! —digo con la respiración entrecortada.

El vampyro inglés no lleva una de sus casacas de terciopelo de color antracita que le permiten confundirse con la noche como la taimada serpiente que es. Hoy viste una camiseta interior de tirantes de algodón blanco; no es un atuendo propio de un noble, sino de un plebeyo, de un estibador o de un trabajador del mercado. Seguro que se ponía esas prendas cuando aún era mortal y trajinaba con los decorados de los teatros londinenses. Debía de haber sido un trabajo físico, porque sus brazos son más musculosos de lo que dejan entrever sus camisas holgadas. Recuerdan el mármol curvilíneo de las antiguas estatuas que decoran los jardines de Versalles, excepto que su color tira más a marrón. La piel de Sterling tiene un tono ambarino frío que recuerda el de unas costas aún más lejanas que las de Inglaterra. ¿Cuáles? Jamás lo he sabido.

El vampyro parece darse cuenta de mi confusión:

—Lo siento, acabo de despertarme y todavía llevo la ropa que uso en el ataúd —se disculpa encogiéndose de hombros—. No esperaba una visita galante.

Mientras se pasa el palillo entre los labios, observa detenidamente el suntuoso vestido de seda azul que me he puesto hoy. Su mirada se detiene en el corpiño, que he entreabierto, tal y como me recomendó esa incitadora al crimen que es mi amiga Poppy.

—Mi visita no tiene nada de galante —lo corrijo subiéndome enseguida hasta el cuello el chal de encaje que completa mi atuendo—. No esperaba encontrarme contigo. ¿Desde cuándo los chupasangres salen a la luz del día?

—Dada nuestra condición de inmortales, Gunnar tuvo la amabilidad de alojar al séquito de la condesa de Canterbury en las profundidades del *Urano*, en una cubierta que queda muy por debajo del nivel del mar y fuera del alcance de los rayos de luz diurna. En cualquier caso, mi instinto de madrugador nunca se equivoca: si me he despertado en mi ataúd es porque el sol se ha puesto en la superficie.

201

¿El sol ya se ha puesto? Mi deambular por el barco-ciudadela me ha llevado más lejos y me ha hecho perder más tiempo de lo que pensaba..., pero no pienso decírselo.

—Lo decía en broma —finjo—. Sé de sobra que ha anochecido. Lo único que pretendía era ver tu sucia cara de mentiroso descomponerse ante la idea de haber salido antes de hora de tu agujero.

Sterling escupe el palillo y su boca se tuerce en una mueca de indignación que deja a la vista la punta de sus caninos.

—¿Me estás llamando mentiroso? —dice enfurecido—. Recuerda que te puse en guardia y te aconsejé que no vinieras al barco de Pálido Febo.

—Me ocultaste que era un ser fantasmal y feroz, más gélido que el mismísimo Rey de las Tinieblas.

—Eres injusta. Traté de advertirte.

—¿Con tus estúpidos versos como ese de que «los hombres son de diciembre una vez casados»? Pálido Febo es peor que diciembre antes incluso del matrimonio: ¡es una especie de Edad de Hielo! Tú lo sabías. Igual que sabías que organizaría un combate entre las distintas pretendientas. ¿Cómo conseguiste esa información, que incluso el Rey de las Tinieblas y sus servicios de inteligencia ignoraban? Sea como sea, da igual, lo que importa es que no me contaste nada, a menos que se me escapara una de tus sutiles metáforas.

—Era un secreto de Estado —se defiende el lord con amargura—. No tenía autoridad para revelar a un extranjero una información obtenida por nuestros servicios de inteligencia.

No puedo reprimir una risa desabrida.

—¿Te das cuenta de cómo hablas, tú, el supuesto punk sin dios ni amo? ¡Da la impresión de estar oyendo a un burócrata en un lóbrego ministerio!

—¡Para ya! ¿De qué habría servido si te lo hubiera dicho, dado que te negabas a escucharme? No habría conseguido que cambiaras de opinión. Eres terca como una mula.

Le apunto al esternón con el dedo índice; su piel está tan fría como la piedra.

—De eso nada, ¡«tú» eres terco como una mula! —le corrijo—. Estás tan seguro de ti mismo que crees saber lo que pasa por mi cabeza, pero no tienes ni idea, Sterling Raindust.

Y cuando haya ganado la ronda final de esta competición, acabarás en el fondo con tu condesa y tus secuaces. Los tiburones tendrán que probar la comida inglesa, lo siento por ellos.

Sterling suelta un rugido salvaje. Su mano sale disparada como un rayo hacia mi cara y podría jurar que veo que sus uñas se convierten en garras, solo que, en lugar de acabar en mi mejilla, su palma cae a un lado, en el panel que hay a mis espaldas. Los pendientes que Poppy ha elegido a juego con mi vestido —dos zafiros en forma de lágrima— tintinean al chocar contra mi cuello.

Me quedo aplastada entre la pared y ese muerto viviente, su torso helado presiona mi pecho palpitante. Sus ojos, con el contorno marcado con lápiz negro, son dos órbitas blancas: sus pupilas se han retraído hasta quedar reducidas a dos cabezas de alfiler. A escasos centímetros de mi sien veo un largo corte en su escultural hombro: los vampyros pueden cicatrizar de forma sobrenaturalmente rápida, pero la herida que le infligí para escapar de Fort-Royal fue profunda...

—Con un zarpazo podría pagarte con la misma moneda y desfigurar tu bonita cara —me amenaza con voz apagada.

—Si lo haces, Pálido Febo te eliminará aún más rápido —replico soportando su mirada demoniaca—. Recuerda que dijo que cualquier agresión contra las pretendientas será castigada con la muerte.

Nos quedamos quietos unos instantes en el pasillo desierto. Siento un leve balanceo bajo mis pies: a diferencia de lo que sucede en las cubiertas superiores del barco-ciudadela, aquí, en las entrañas, es imposible ignorar que estamos rodeados por miles de centímetros cúbicos de agua...

Las pupilas del lord vuelven a dilatarse lentamente mientras recupera el control de sí mismo. A la luz de las lámparas de aceite que oscilan suavemente en el techo, me parece ver destellar las lentejuelas doradas que hay esparcidas por sus iris negros.

—Desiste tú —dice por fin apartando la mano de la pared—. Aún estás a tiempo.

—Te devolveré la cortesía: dile a tu condesa que se retire.

—No tienes ninguna posibilidad contra ella.

—Al contrario, creo que el triunfo está asegurado. La tal

203

lady Jewel no da la impresión de tener mucho coraje. Ni siquiera participó en el abordaje la otra noche. Además, parece más aburrida que una ostra. ¿La reina Ana no pudo encontrar a nadie mejor para representar a Inglaterra? Me pregunto dónde descubrió a su campeona…

—En la calle. En una de las más sórdidas de Soho, en Londres, para ser más exactos.

Pasada la rabieta, Sterling ha recuperado su tono flemático y vuelve a adoptar esa dicción impenetrable que tiene el don de exasperarme…, a la vez que pica mi curiosidad.

—¿En Londres? —repito—. ¿*Lady* Jewel no reside en su castillo de Canterbury?

—Jamás ha puesto un pie allí.

—Pero, entonces, ¿cómo puede ser condesa?

—Nada más simple, gracias a la carta de ennoblecimiento firmada a toda prisa por la reina, acompañada de una orden de transmutación, que tuve el gusto de cumplir.

Una sonrisa de superioridad se dibuja en los labios del lord.

—¿Quieres decir que transmutaste a una plebeya por orden de Ana Estuardo para que participara en esta misión? —pregunto atónita.

—Así es. Y su sangre era exquisita, antes de que le ofreciera beber la mía en un delicioso abrazo, porque no hay nada más íntimo que el ritual de transmutación.

—Pero ¿por qué buscó una chica de la calle? ¿Solo por su belleza?

—Es un secreto de Estado —responde misteriosamente Sterling.

¡Otra vez ese insoportable argumento! El inglés finge sellar sus labios apretándolos con el pulgar y el índice, cuyas uñas, al igual que sus colmillos, se han retraído. Ardo en deseos de preguntarle por Jewel. La sospecha que me asaltó la primera vez que oí su nombre sigue atormentándome: ¿es una alusión al Corazón de la Tierra? No, no empecemos con paranoias. Por el momento no hay nada que sugiera que Sterling está buscando también el diamante místico…, a menos que ese sea otro de sus «secretos de Estado».

—Guárdate tus secretos —le digo, comprendiendo que no voy a sonsacarle nada más—. Yo mantendré mis piezas en el juego. Si estuvieras tan seguro de la victoria de tu protegida, no me pedirías que me retirara. No cuentes conmigo.

—Y tú no cuentes conmigo para que te saque del apuro la próxima vez que estés a un paso de la muerte.

—¿La próxima vez? Estás delirando, ¡porque no estuve al borde de la muerte ni un solo instante!

El lord sacude la cabeza con condescendencia, como un adulto frente a un niño irresponsable.

—Sí, lo hiciste, y ni siquiera te diste cuenta —explica exhalando un suspiro—. ¿Acaso crees que el abordaje de la duquesa Gustafsson fracasó miserablemente debido tan solo a la incompetencia de su tripulación?

—Los marineros canadienses no están habituados a las maniobras militares… —murmuro desconcertada.

—En su defensa, hay que decir que es difícil ejecutar cualquier maniobra con un timón descentrado, cosa que hice una hora antes de la batalla; al ver que los guardias del *Urano* preparaban varias embarcaciones satélites, pensé que ibais a usar los barcos para realizar la proeza de la noche.

La confesión de Sterling me deja sin palabras. ¿De manera que saboteó el barco de los suecos para ayudarme a ganar? Pero antes de que pueda decir nada, se oye un chirrido, seguido de otro: las puertas del pasillo se están abriendo una tras otra. Los vampyros las atraviesan vestidos con las camisetas interiores con las que han reposado durante todo el día. La última criatura que emerge de esa cabezada sin sueños de los muertos sale del camarote de Sterling: reconozco la larga y esbelta figura de *lady* Jewel luciendo su vestido de encaje calado y su larga pálida melena despeinada como después de una noche de amor. Ha compartido la habitación con su transmutador, puede que incluso su ataúd, porque, como él mismo ha dicho, no hay nada más íntimo que el ritual de transmutación…

Me doy media vuelta, confusa. Tengo la sensación de que las luces se balancean más en el techo, a menos que sea que la cabeza me da vueltas.

¿Por qué Sterling desalineó el timón de los canadienses? ¿Prefería eliminar primero a la duquesa Gustafsson creyendo que después yo iba a ser una rival menos temible para la inglesa? ¿O de verdad quería ayudarme, como afirma? Me viene a

205

la mente la conversación que tuvimos en Fort-Royal, en la que me dijo que no representaba un papel, que estaba realmente preocupado por mí. También recuerdo las pruebas a las que nos enfrentamos juntos en París, hace varios meses, mientras seguíamos la pista de la Dama de los Milagros. ¿Fue una simple complicidad debida a las circunstancias o se trata de algo más?

Mi cabeza es un hervidero de preguntas, camino por los pasillos y las escaleras sin rumbo fijo. Las diferentes cubiertas son casi idénticas, no sé cómo se puede orientar la tripulación del *Urano*... Por otra parte, hace tiempo que no veo a ninguno de sus miembros. ¿En qué rincones insospechados me he aventurado una vez más? Me doy cuenta de que el pasadizo por el que avanzo ahora está casi a oscuras. Varias lámparas de aceite despiden una luz mortecina. Estoy casi segura de haber subido suficientes escalones como para estar de nuevo por encima de la línea de flotación, pero no hay ojos de buey en las paredes; eso significa que me encuentro en el núcleo central de la nave, lejos del casco. Al final, me topo con una gran puerta tachonada que cierra el pasadizo convirtiéndolo en un callejón sin salida.

Mientras hago amago de volverme, una intuición me disuade de hacerlo. O, más bien, una sensación: un frío penetrante, que aumenta a medida que me acerco a la puerta. Pongo la mano en el panel blindado y compruebo que está cubierto de escarcha. Solo una criatura es capaz de emitir tal frialdad, que supera a la de toda la corte de Versalles: Pálido Febo. El capitán duerme por la mañana, pero ya debe de haberse levantado, y está ahí, muy cerca, estoy convencida.

Me aclaro la garganta y doy tres golpes.

—¿Hay alguien ahí, por favor?

El chasquido de una cerradura rompe el silencio y a continuación la pesada hoja tachonada se abre haciendo crujir sus goznes de hierro, pero no es Pálido Febo quien aparece, sino su primer lugarteniente, vestido con su librea color nieve.

—Señor Gunnar... —farfullo—. Me... he perdido.

Me pongo de puntillas para intentar entrever algo de la habitación que hay a espaldas del noruego, pero su imponente cuerpo bloquea todo mi campo de visión.

—Está muy lejos de sus aposentos para haberse perdido —gruñe escrutándome con sus ojos penetrantes.

Intento sonreír de la forma más ingenua posible.

—Salí a pasear y he sido un tanto imprudente, lo confieso. Este barco es tan extraordinario que perdí la noción del espacio y del tiempo. Debo admitir que me cuesta orientarme: ¿estoy lejos del punto de referencia central, de la torre?

—No, has conseguido llegar a ella —susurra una voz detrás de Gunnar.

El lugarteniente da un paso atrás y aparece la blanca figura del capitán.

—¿Quiere que la acompañe de nuevo a su habitación? —pregunta el coloso.

Pálido Febo niega con la cabeza:

—Gracias, yo me encargaré.

El tono, a la vez familiar y respetuoso, en el que se hablan el inaccesible capitán y su mano derecha parece más propio de una conversación entre iguales que entre un superior y su subordinado. Pálido Febo franquea el umbral de la puerta emanando su aura gélida, que me hace temblar bajo el chal. La extrema palidez de su cara hace que me estremezca aún más. Apenas tengo tiempo de echar un vistazo furtivo a la misteriosa habitación, porque Gunnar cierra enseguida la puerta. Solo llego a ver unos candelabros de hierro forjado, que difunden el resplandor del fuego en una escalera de caracol.

—Siento mucho molestarle, señor —le digo a mi anfitrión—. La verdad es que no lo entiendo: creía que la torre se erigía desde de la cubierta principal.

—Sus cimientos se encuentran en las cubiertas inferiores, llegan hasta las bodegas. Es normal que no lo supiera, porque el acceso a la torre está prohibido a todos, salvo a mi primer lugarteniente y a unos cuantos invitados selectos.

—Como Carmen hace unos días, ¿verdad? ¡Menuda oportunidad tuvo de acceder a su intimidad!

Juego la carta de los celos, pero lo cierto es que la intimidad de Pálido Febo me da tan igual como el año 40 de las Tinieblas. Lo único que me interesa es acceder a su tesoro, y estoy más convencida que nunca de que este se encuentra en su inexpugnable torre.

—Me pregunto qué le habrá enseñado a Carmen —digo

con aire melindroso—. No alcanzo a imaginarlo. Es usted tan misterioso…

—El misterio más insondable no es el ajeno, sino el propio —responde enigmático.

Me tiende su brazo envuelto en una manga inmaculada y adornada con galones de plata. Cuando pongo la mano en él, siento como si me hubiera apoyado en una estatua de hielo.

—Va muy bien vestida para dar un simple paseo —comenta mientras caminamos—. Ese azul real es, sin duda, perfecto para Versalles, pero aquí resulta un poco incongruente.

Finjo avergonzarme, yo, que siempre he detestado los perifollos.

—¡Oh, no! ¿No le gusta mi vestido, señor? Ha de saber que lo confeccionaron las mejores costureras de palacio.

—Debo admitir que prefiero el que llevaba la noche en que nos conocimos.

Mientras andamos lentamente por el pasillo, pienso en mi vestido de novia de tul blanco, diseñado para mi noche de bodas, el que pensaba lucir antes de saber que no era la única participante en la carrera.

—Me volveré a poner ese vestido otra vez…, si me elige —digo parpadeando lánguidamente, como he visto hacer a Poppy tan a menudo.

—¿Por qué no antes?

—Dicen que trae mala suerte que el novio vea a la novia vestida de blanco antes de la ceremonia.

—Ya la he visto así; además, he tenido tanta mala suerte en mi vida que puedo soportar un poco más sin que eso marque ninguna diferencia.

Al igual que en nuestro primer encuentro, cuando estuve a solas con él en su habitación de la torre, me impresiona la profunda melancolía que transmiten sus palabras. El monstruo que acecha el Atlántico está a su vez acechado por una sombra… ¿Cuál? Poppy afirma que Febo es un *phébus*, es decir, una figura retórica que consiste en decir las cosas de manera confusa para ocultar algo simple. Tal vez interrogándolo consiga descubrir su naturaleza oculta. Freno el paso para alargar el momento y prometo en voz baja:

—Mañana volveré a ponerme mi vestido blanco.

—Me parecerá más dulce a mis ojos, porque ese azul tan estridente los fatiga.

Cuando el capitán menciona sus ojos me doy cuenta de que estos han perdido la tonalidad rosada que adquirieron durante la batalla naval y que vuelven a estar pálidos.

—¿Es ese el motivo por el que toda su gente viste prendas incoloras? —le pregunto movida por una intuición—. ¿Y por el que todos los revestimientos del *Urano* parecen encalados?

Asiente con la cabeza.

—Los colores vivos siempre me han dañado. Al igual que los sabores demasiado fuertes o los aromas demasiado embriagadores. No puedo mojar mis labios en un vaso de vino, solo soporto el ron blanco, como el que probó la noche en que nos conocimos.

Recuerdo que Pálido Febo confesó que era alérgico a las especias. Supongo que por eso la comida a bordo del *Urano* es tan sosa. Quizá sea también la razón por la que las ventanas de sus habitaciones en lo alto de la torre no tienen cristales, porque de esa forma las ventila y disipa cualquier olor persistente.

—Todo lo que forma parte de este mundo me agrede —susurra ralentizando el paso.

Un pequeño temblor agita sus labios sin sangre al hacer esa confesión. Sus ojos se humedecen. Tengo la impresión de que, bajo su pelo blanco recogido en una coleta, su frente diáfana adquiere de repente la consistencia quebradiza de la loza. En este momento, el temible pirata que hace temblar las cabezas coronadas de Europa se me aparece tal y como Poppy lo describió: como un hombre con un ego frágil. Una estatua de hielo que podría hacerse añicos por cualquier cosa.

Intuyo que necesita un oído comprensivo para desahogar sus sentimientos…, y yo necesito averiguar todo lo posible sobre él si de verdad quiero apoderarme del Corazón.

—¿Cuánto tiempo lleva viviendo en este mundo? —le pregunto dulcemente.

—Nací en el año 278 de las Tinieblas, si se refiere a eso, pero los tres primeros años de mi existencia viví fuera del mundo.

Reflexiono sobre sus palabras mientras me apoyo en su brazo y el eco de nuestros pasos resuena en una nueva cubierta. Tiene veintidós años, que es más o menos la edad que le atribuí a primera vista. ¿Qué significa eso de que vivió sus primeros años «fuera del mundo»?

—Apenas tengo recuerdos de mi infancia —murmura adelantándose a mi pregunta—. Solo me quedan unas sensaciones confusas, fragmentos imprecisos... —Su mirada se pierde a lo lejos mientras enumera—: Una atmósfera sofocante... La fiebre que me hace temblar... La muerte inclinada sobre mi cuna.

Su historia me apena. De manera que Pálido Febo estuvo a punto de morir poco después de nacer. Esa enfermedad infantil parece ser la causa de su debilidad en la edad adulta. De ahí su extrema palidez y esa visión morbosa del mundo.

—Recuerdo también unas notas musicales cautivadoras —prosigue.

—¿Las que repite una y otra vez en los teclados de su gran órgano? —le pregunto—. Entre la tarde de mi llegada a bordo y la de la batalla naval, me ha parecido reconocer un motivo.

El capitán asiente con la cabeza sacudiendo suavemente su coleta de pelo cano.

—El motivo está incompleto, igual que mi memoria. Supongo que lo oí durante los primeros meses de vida. Recuerdo el principio, pero el final se me escapa, a pesar de todas las variaciones que hago tratando de recuperarlo. Se me escapa de la memoria y las notas desaparecen, de manera que estoy condenado a reproducir una fuga eternamente inacabada...

—Eso es lo que sucede con nuestros comienzos —le digo—. Cuando llegamos a la edad adulta, no recordamos mucho. Los primeros años se pierden para siempre.

Mientras lo digo, pienso en los sueños que me han acosado desde el principio del viaje. ¿Y si fueran recuerdos lejanos? No, por supuesto que no: ¡solo eran fantasías retorcidas instiladas por el Sorbo del Rey y su maldita tenebrina!

Pálido Febo se detiene de repente y se vuelve para mirarme a la cara:

—Pero ¿no es posible encontrar lo que se ha perdido? —me pregunta, con un fervor que me asusta. Acto seguido, pone las manos sobre mis hombros y, al hacerlo, tengo la impresión de que mil agujas de hielo se clavan en mi carne—. Siempre he sentido nostalgia de un pasado que creo olvidado, pero que quizás esté tan solo adormecido en mí, dado que me provoca un sentimiento tan fuerte, ¿no le parece? Tal vez solo haga falta una chispa para que mi memoria se encienda y pueda recordar.

Asiento con la cabeza, aterida, sin saber cómo reaccionar a esa pregunta sin respuesta.

—Si logro arrojar luz sobre mis orígenes, creo que podré comprender por qué el presente me resulta tan intolerable —reflexiona bajando tanto la voz que parece estar hablando consigo mismo—. Sí, el día en que recuerde de dónde vengo, sabré adónde debo ir. —Echa a andar de nuevo cogiéndome del brazo—. Dejaré por fin de vagabundear por los mares, porque habré encontrado mi destino.

Esa profesión de fe me desarma y me conmueve de forma extraña. Yo también, cuando era niña en la Butte-aux-Rats, tenía la impresión de no estar en el lugar que me correspondía. La muchacha de pelo gris a la que los jóvenes del pueblo llamaban «la bruja» y a la que acusaban de tener el mal de ojo. Solía perderme en mis cacerías por el bosque tratando de encontrarme a mí misma. Irónicamente, la tragedia que aconteció a mi familia dio sentido a mi vida o, como dice Pálido Febo, «un destino». Siento de nuevo la esperanza de poder reclutarlo un día para la Fronda, a la que había renunciado. ¿Será una locura intentarlo? Sí, sin duda. ¡Bajo su apariencia sensible, es un verdugo que mata a las candidatas a desposarlo con la única intención de divertirse! No me cabe en la cabeza cómo este joven tan sentimental puede ser a la vez tan despiadado…

—La tripulación de la condesa Gustafsson nunca llegará a su destino —digo para ponerlo a prueba.

Sé que me arriesgo haciéndole ese reproche velado mientras nos dirigimos hacia las cubiertas superiores, donde las siluetas furtivas de los marineros se inclinan al paso del capitán. Pero estoy dispuesta a correr ese peligro si eso puede ayudarme a comprender mejor el carácter de Pálido Febo.

—Los que se obstinaron en defender a la perdedora encontraron su destino final en el fondo del mar —responde impávido—. Los demás elegirán su próximo destino cuando todo esto termine.

—¿Los demás? —pregunto.

Creía que la delegación sueca había sido completamente eliminada.

211

—Los marineros canadienses siguen a bordo de su barco, que está bien amarrado al *Urano* —me explica Pálido Febo—. Además, algunos domalobos han depuesto las armas. Después de mi boda podrán elegir entre regresar a casa o unirse a mi tripulación.

Esa información me pilla por sorpresa, pero también me hace abrir los ojos.

—Tu tripulación… —repito—. ¿Está formada por náufragos a los que ofreciste esa opción después de haber saqueado sus barcos?

El capitán asiente con la cabeza.

—Todos prefirieron quedarse aquí, de hecho. Para algunos, regresar a casa sin un cargamento de oro habría significado morir ejecutados; en el caso de otros pesó el gusto por la aventura. Fueran cuales fueran sus razones personales para quedarse, todos han contribuido a convertir al *Urano* en lo que es hoy. Carpinteros, herreros, expertos en calafatear, maestros marineros: todos han participado en la construcción de esta fortaleza flotante a lo largo de los años utilizando los restos de sus antiguas embarcaciones.

Vuelvo a mirar el creciente número de tripulantes que nos rodea. Bajo sus viejas prendas grises, la diversidad de los marineros del *Urano* me impresionó ya la primera vez que los vi y ahora vuelvo a constatarla: nórdicos, mediterráneos, asiáticos… Vienen de todo el mundo y son los supervivientes de los galeones que en su día se cruzaron en el camino del barco-ciudadela. Así pues, su temible capitán es capaz de apiadarse.

—¿Por qué? —le pregunto a bocajarro. Me mira sorprendido bajo sus largas pestañas blancas—. ¿Por qué ha impuesto esa maldita competición entre las pretendientas? —preciso.

—Ya se lo he explicado: para divertirme.

—Perdone, señor, pero eso no es una respuesta. De hecho, plantea otra pregunta: ¿por qué busca un entretenimiento tan violento?

—Para sentirme vivo.

Me viene a la mente la imagen del rostro exaltado de Pálido Febo la noche de la batalla naval… y sus ojos de color rosa. No fueron las llamas del fuego las que los tiñeron así, ahora lo entiendo, sino las venillas que irrigaban sus globos oculares. Como si su sangre, normalmente descolorida como el resto de su ser, se hubiera vivificado de repente. Eso es, como si hubiera estado un poco más «vivo» por una noche.

—Ya se lo he dicho, la nostalgia de otro lugar me está minando —insiste—. A la espera de encontrar quizás algún día mi mundo perdido, estoy obligado a soportar este, aunque me sienta un completo extraño en él y su realidad me hiera. Busco cualquier cosa que pueda distraerme de la viscosa melancolía que envenena mi alma y me inspire en los teclados de mis órganos nuevas variaciones sobre mi tema incompleto. —Arruga ligeramente los párpados—. Razias desenfrenadas *in crescendo*. Batallas orquestadas como sinfonías. E incluso esta competición por mi mano, como un concierto donde compiten cinco solistas.

No sé qué decir, desconcertada por la paradoja de ese ser que, si por un lado muestra una sensibilidad tan extrema que no soporta siquiera los colores fuertes, por otro se complace en musicalizar las más brutales masacres.

—Ya hemos llegado, señorita de Gastefriche, esta es su cubierta —dice de repente.

Vuelvo en mí, espoleada por la certeza de que ha llegado el momento de separarnos. Los pocos y providenciales minutos que he pasado en su compañía están llegando a su fin. ¡Rápido, he de averiguar algo más antes de que nos despidamos! ¡He de sonsacarle alguna pista sobre el Corazón!

—Sus incursiones no son solo un pretexto para componer melodías ni para dar con el final de su motivo —observo apresuradamente—. También le sirven para llenar sus arcas. He oído decir que su barco contiene un tesoro fabuloso, que no se puede comparar con ningún otro. Una colección de joyas de valor incalculable que ha reunido durante sus expediciones.

—Pasó por delante de él hace unos minutos, cuando nos cruzamos estaba saliendo de mi cámara acorazada, que se encuentra en la decimotercera cubierta inferior.

Siento un arrebato de excitación subir bajo mi corpiño, mis mejillas se sonrojan a pesar del frío.

—¿En serio? —exclamo—. ¿He pasado por delante de esas maravillas? ¡No sabe lo que me gustaría admirarlas!

—Al sexo bello le fascina todo lo que brilla —afirma Pálido Febo malinterpretando la causa de mi excitación—. Carmen también pidió ver mi tesoro durante nuestro encuentro y para recompensarla por su hazaña le regalé la gema que eligió.

—Qué… generosidad —tartamudeo, presa de una repentina ansiedad. ¿Y si la cubana hubiera elegido el Corazón?

Pálido Febo desdeña mi cumplido con un ademán de la mano engalanada de encaje blanco.

—Esas gemas no significan nada para mí. Solo son piedras de colores, a menudo demasiado brillantes para mis ojos.

—¿Y qué piedra le dio a Carmen, si me permite que se lo pregunte? ¿Una esmeralda? ¿Un zafiro? ¿Un… diamante?

—No, un rubí —contesta el capitán encogiéndose de hombros—. No se preocupe, quedan suficientes piedras en mis arcas para satisfacer todos mis coqueteos. Si mañana me impresiona con su hazaña, elegirá la próxima gema en muestra de mi afecto.

Dicho esto, inclina la cabeza.

—Señorita.

214

Luego se despide, dejándome con el corazón desbocado en la puerta de mi habitación.

14

Las sirenas

—¡ *S*é dónde esconde su tesoro Pálido Febo! —digo a Cléante. He hecho venir al criado con la excusa de que quería beber agua de Seltz, a sabiendas de que no hay en las cocinas del *Urano*. Encerrados en mi habitación, le cuento febrilmente lo que averigüé ayer cuando me encontré con el capitán.

—El Corazón está detrás de la puerta claveteada de la decimotercera cubierta inferior —le confío—. Si salgo vencedora en la prueba de esta noche, pediré el diamante a Pálido Febo como recompensa.

—¿Y si otra queda primera? —pregunta Cléante, inquieto.

Reflexiono unos instantes.

—Puede que haya otra manera de apoderarse del Corazón... —digo pensando en voz alta—. Mientras realizamos las pruebas, toda la atención del *Urano* se concentra en las candidatas. Recuerda el ataque a la flotilla: la mitad de la tripulación estaba en el mar y la otra mitad en cubierta, Pálido Febo salió a su balcón y el cerbero de su primer lugarteniente solo tenía ojos para la batalla naval.

—¡Lo que significa que es el momento perfecto para irrumpir en las cubiertas inferiores e intentar entrar en la cámara fuerte! —susurra el frondero completando el hilo de mi pensamiento.

Se lo confirmo con gravedad:

—Dado el poco interés que pone Pálido Febo en sus botines de guerra, puede que ni siquiera se dé cuenta de que el diamante ha desaparecido.

—¿Cómo lo reconoceré? —pregunta Cléante, cuyos ojos brillan con determinación.

—El Inmutable me dijo que el Corazón es redondo y tan grande como una pelota de juego de palma.

—¿Ese deporte con raqueta con el que se entretienen los empolvados mientras el pueblo se afana?

Asiento con la cabeza. Cuando era escudera en Versalles, a veces asistía a partidos nocturnos entre aristócratas. Movidos por sus reflejos sobrenaturales, los cortesanos inmortales vencían siempre a los mortales.

—Una gema de ese tamaño no es común —digo—. Si puedes llegar hasta el tesoro, deberías encontrarla con facilidad.

Cléante asiente con el semblante lleno de feroz resolución.

El octavo día acaba de morir dejando paso a la octava noche a bordo del *Urano*. Al igual que hace una semana, las pretendientas y sus séquitos se reúnen en la cubierta principal, donde solo hay una delegación menos participando en el concurso. Alrededor del barco-ciudadela, la pared circular del ojo del huracán está levantando unas olas más monumentales que las habituales. Supongo que Pálido Febo, que se encuentra en lo alto de la torre, es el origen de ese recrudecimiento. Reconozco el tema obsesivo con el que me dio solemnemente la bienvenida cuando llegué hace dos semanas, y que luego puso furiosamente música a la batalla naval de hace siete días. En este momento, el organista ofrece una nueva variación más majestuosa, casi sagrada. Los largos sollozos del órgano llenan el espacio con su melancolía, marcando el tiempo lento y hierático de un réquiem. Tengo la sensación de que el músico utiliza su arte para concentrar su aura glacial e intensificar la tormenta... De hecho, han empezado a formarse estalactitas bajo las velas y la escarcha cubre como un barniz resplandeciente los anchos listones de la cubierta. Las dos camisetas que me he puesto bajo mi gruesa coraza apenas me protegen del frío.

—Doloroso pesante —dice Hyacinthe, que está a mi lado con el resto de la tripulación de la *Novia Fúnebre*—. Y, si me permite decirlo, de una gran belleza, como esta tormenta.

Unos metros más allá, Carmen la Loca jura como un carretero, con el pelo agitado por el viento. Es una mujer pragmática, no de las que se dejan arrastrar por consideraciones estéticas sobre los elementos.

—¿Adónde nos llevas esta noche, cariño? —le suelta a Gunnar en voz alta para que todos puedan oírla—. Espero que no se trate de un nuevo abordaje a una flotilla. Teniendo en cuenta cómo sopla el viento, ¡los barcos quedarían destrozados antes de que tuviéramos tiempo de divertirnos!

La cubana suelta una sonora carcajada, que se confunde con la fúnebre melodía del órgano. Siempre me ha parecido muy segura de sí misma, pero, desde que adquirió el estatus de favorita, se muestra más triunfante que nunca. Su exuberante belleza resplandece en la noche. En un dedo luce un rubí tan grande como un huevo de codorniz, el que le regaló Pálido Febo.

—Esta noche no vamos en busca de una flotilla —precisa el primer lugarteniente. Otea el horizonte con los brazos cruzados sobre su ancho pecho mientras la luz de las lámparas de tormenta sujetas a los mástiles esculpe su cara—. Estamos a punto de acostar una roca volcánica que se encuentra en el mar de las Bermudas, en el centro del triángulo formado por la punta de Florida, Puerto Rico y el archipiélago de las Bermudas.

La risa muere en la garganta de la pirata.

—¿Una roca en el centro del triángulo de las Bermudas? —repite con voz átona mientras su aliento lanza una nube de vapor al aire helado—. ¿No se referirá al Diente de la Muerte?

—Ni más ni menos —confirma el coloso noruego.

La cara de Carmen se descompone, sus labios carnosos se agitan con un temblor nervioso. Intercambio una mirada furtiva con las dos otras candidatas. Las pupilas vampýricas de Jewel solo reflejan su perplejidad, al igual que en los ojos marcados con kohl de Emine: para ellas tampoco significa nada ese Diente…

—¡Por las barbas de Neptuno! —exclama la pirata—. ¡Es una auténtica locura! Todos los barcos que se acercan al Diente de la Muerte se estrellan contra él. Se dice que a lo largo de los siglos ha masticado la vida de decenas de miles de marineros. Allí no hay nada que buscar salvo la desolación…

—Y el tesoro de las sirenas —añade Gunnar impasible.

Prudence suelta un gritito. Poppy se estremece a mi lado. Imagino que está pensando en las criaturas con las que nos cruzamos sin verlas ni oírlas mientras atravesábamos el Atlán-

217

tico… Haciéndose eco de ese recuerdo, un largo grito viene a mezclarse con las notas inquietantes del órgano. Se eleva en la popa del barco-ciudadela, en el punto desde el que se remolcan los barcos de las pretendientas. Reconocería esa voz chillona entre mil: es la del mascarón de proa de la *Novia Fúnebre*. Está gritando como solía hacerlo en el pasado, porque sus sentidos sobrenaturales de dhampyra han visto algo que los ojos mortales no pueden percibir; en algún lugar de las negras profundidades sobre las que flotamos, nadan las abominaciones nocturnas hambrientas de carne humana…

—¡Escuchadme antes de que el canto de las sirenas impida que se oiga mi voz! —ordena Gunnar—. Dentro de unos minutos arribaremos a las inmediaciones del Diente, donde las candidatas tendrán que realizar una nueva hazaña: tomar una muestra del famoso relicario que se encuentra encerrado en su interior. Las reliquias amasadas por las sirenas en el curso de sus saqueos se encuentran, en efecto, entre los artefactos más codiciados, dignos de adornar los gabinetes de curiosidades de príncipes y reyes. Tales rarezas aún faltan en el tesoro de Pálido Febo. Vosotras remediaréis esa carencia, y la que traiga la reliquia menos bonita quedará eliminada.

Lejos de tranquilizar a Carmen, las instrucciones la perturban aún más. Tras el pánico, la ira:

—Quieres que todas nos dejemos el pellejo, ¿ese es el plan? —espeta a Gunnar temblando de rabia—. ¡Pestilente! ¡Por eso nos has traído al mayor nido de sirenas del Atlántico! Las reliquias de las que hablas son los cadáveres de los hombres ahogados que ellas arrastraron a la muerte. Sus cuerpos yacen en las cuevas submarinas del Diente, fuera del alcance de cualquier buscador lo bastante insensato como para acercarse a ellos.

Estoy desconcertada. ¿Por qué nos piden que vayamos a buscar unos montones de huesos que, sin duda, estarán muy dañados después de haber permanecido sumergidos tanto tiempo en el agua? ¿Qué valor pueden tener esos restos?

—Nos ahogaremos si buceamos a tanta profundidad —sigue despotricando Carmen—. A menos que las sirenas nos maten primero para añadir nuestros huesos a su diabólica colección.

—Si regresáis antes de que baje la marea, no os ahogaréis —objeta Gunnar.

—¿La marea en medio del océano? —La cubana se atraganta—. ¿Me tomas por una pueblerina que nunca ha estado en el mar?

A modo de respuesta, el primer lugarteniente apunta hacia el horizonte con un dedo. Al principio solo veo que las nubes se amontonan levantando tremendas trombas de agua donde el frente frío del huracán se encuentra con la humedad tropical. Luego, poco a poco, una forma oscura y gigantesca emerge del remolino de brumas. A la luz de la luna puedo distinguir el contorno dentado de un acantilado solitario, que se erige en medio de la nada hasta alcanzar varios cientos de metros de altura. Un volcán muerto y solitario en medio del Atlántico.

—Es verdad que parece un diente… —murmura Prudence, temblando—. El diente de un dios o de un titán.

—Mirad las sombras que se arremolinan en la cima —comenta Poppy—. ¡Parecen buitres!

Pero aún hay algo más llamativo que el esbelto colmillo coronado de carroñeros que parecen querer desgarrar el empíreo con su pico cónico: sus raíces. En efecto, el vórtice generado por el muro del huracán es tan poderoso que succiona hacia el cielo chorros de agua tan enormes que la base del acantilado aflora más de diez metros. Unas algas viscosas cubren la base de la roca formando la especie de encía brillante y negruzca del diente demoniaco. Supongo que esos estratos inferiores suelen estar sumergidos y que la formidable tormenta los ha dejado a la vista por primera vez desde el origen del mundo…

—¡Allí, mira, son cuevas! —exclama Poppy señalando con un dedo la tumultuosa depresión creada por la marea artificial.

De hecho, en las profundidades del Diente se abren unos agujeros negros, similares a cavidades abiertas.

—Son cuevas, en efecto —corrobora Gunnar—. Las candidatas tendrán que aventurarse en ellas. Irán solas, sigilosamente y sin su séquito, y deberán estar de vuelta antes de que el *Urano* zarpe de nuevo al terminar la noche. Recuerden las cuatro: partiremos a las seis en punto. —Golpea las dos palas que usa como manos—. El tiempo apremia: ¡distribuyan a todas los tapones de cera!

219

Varios tripulantes del *Urano* pasan por la cubierta con unos sacos llenos de bolas de cera que todos se apresuran a coger.

—Es como en la *Odisea*, que estudiamos con la señora de Chantilly el año pasado en clase de conversación… —murmura Poppy—. En el poema de Homero los compañeros de viaje de Ulises también se tapan los oídos para no oír el canto de las sirenas.

Imitando a los marineros del barco-ciudadela, los invitados se tapan a toda prisa los oídos con las preciosas bolas de cera. La tripulación de la *Novia Fúnebre* los imita: aquí, en el corazón del reino de las sirenas, el grito de la dhampyra no será lo bastante fuerte para ahogar su cautivadora llamada. De hecho, me parece oír unas voces armoniosas bajo las notas graves del órgano y los agudos aullidos del mascarón de proa… Una melodía aún confusa, pero curiosamente seductora. ¿Estarán ya cerca las sirenas?

Irresistiblemente atraída por ella, me acerco al extremo de la cubierta…, apoyo los dedos en la barandilla helada…, me acodo a ella para mirar las negras olas…, me inclino hacia el origen de esa extraña y maravillosa melodía que…

—¡Deténgase!

Una mano tan fría como la barandilla agarra mi brazo, la de Hyacinthe de Rocailles. Me arranca del espectáculo y me gira bruscamente hacia él.

—¡Ha estado a punto de caerse! —me amonesta.

Balbuceo unas palabras de agradecimiento, pero él se encoge de hombros y se señala las orejas, que ya ha tapado con la cera. Cojo las bolas que me da y me apresuro a presionarlas en el interior de las mías, bien pegadas contra los tímpanos. El aullido de la dhampyra, la melodía del órgano, la llamada remota de las sirenas e incluso el golpeteo del viento en las velas se ahogan en un silencio algodonoso.

Aunque no puedo oír a Poppy, descifro unas fervorosas palabras de ánimo en sus labios pintados de morado oscuro. Los labios de Prudence, en cambio, vibran con la oración. Zacharie se limita a hacer un ademán de aliento con la cabeza. En cuanto a Pálido Febo, observa la partida de las candidatas desde lo alto de su balcón, iluminado por candelabros, detrás de los teclados de su órgano.

El capitán Hyacinthe me conduce a la *Novia Fúnebre* por unas pasarelas y desde allí echa un bote de remos al mar. Embarcamos en él acompañados por unos cuantos remeros de rostros endurecidos: mi última procesión antes de terminar el viaje en solitario.

El bote se pone en marcha hacia el Diente de la Muerte. Por mucho que vea los remos golpear el mar, ningún ruido acompaña las salpicaduras. El sombrío espolón se acerca envuelto en el silencio, azotado por unas ráfagas insonoras, como en una pesadilla con los ojos abiertos. A medida que sus contornos quebrados se van definiendo, distingo mástiles rotos encastrados entre las rocas y jirones de velas flotando en el viento como pieles muertas: es todo lo que queda de los últimos «prospectores» que creyeron poder saquear el relicario impunemente por encargo de ricos coleccionistas de la vieja Europa... De las sirenas, en cambio, no hay ni rastro: no solo no las oigo, tampoco las veo. ¿Dónde se esconden? ¿Entre los elementos furiosos que empañan mis ojos y azotan mis mejillas?

El bote casi vuelca diez veces, pero en todas ellas Rocailles evita el desastre enderezando el rumbo y agarrando con firmeza la rueda del timón. La tormenta ofrece a ese navegante la oportunidad de demostrar su pericia. Por fin, nuestro modesto barco arriba a una pequeña cala relativamente protegida del viento, al fondo de la cual logra mantenerse a flote sin ser aplastado por las furiosas olas.

Hyacinthe saca un reloj del bolsillo de su chaqueta y me lo entrega. Yo tenía uno parecido, un reloj roto que siempre marcaba las 7.38: un recuerdo de mi madre que le regalé a Orfeo como muestra de mi amistad. Así pues, necesito una forma de medir el paso del tiempo, porque está contado. El corsario me lo recuerda golpeando la manecilla del reloj, que se aproxima a las dos de la madrugada. Al final, me ofrece su brazo para ayudarme a desembarcar del bote oscilante, al mismo tiempo que con la otra mano me tiende una lámpara de tormenta. No hay compasión en su único ojo: solo frío desprecio, como si no me considerara a la altura de la proeza que debo realizar. Puede que tenga razón, pero no creo que las demás pretendientas estén mejor preparadas que yo para llevar a cabo la hazaña que nos ha cogido a todos por sorpresa. Sus barcos deben de

221

haberse acercado a otras partes del Diente, pero, al igual que yo, tendrán que arreglárselas solas.

La perspectiva de tener que arrastrarme hasta esas heladas y rezumantes profundidades en busca de unos huesos me hace sentir una ira fugaz contra Pálido Febo. El placer que le produce humillarnos para saciar su sed de «vida» me repugna. Me pongo en marcha. Durante las cuatro horas que faltan para que vuelva a subir la marea, el Diente descubre su encía negra y su aliento pútrido. Mis botas se hunden en una esponjosa espuma de algas; tengo que quitármelas para poder andar. Intento aproximarme a la entrada de la cueva más cercana levantando mi lámpara de tormenta con una mano mientras sujeto con la otra la bolsa donde pienso meter mi reliquia. Las furiosas salpicaduras azotan mis sienes, me meten el pelo en los ojos y aguijonean mis labios y mis fosas nasales con una lluvia de sal.

Sin embargo, apenas me adentro en la cueva, las sensaciones del mundo exterior se disipan. Aquí, no solo el viento deja de soplar, es que apenas puedo ver algo. A mi alrededor solo hay Tinieblas viscosas, rocas negras erizadas de conchas afiladas. ¿Cómo puedo saber adónde he de ir si ni siquiera sé lo que busco? Carmen nos dio a entender que eran los huesos de los desafortunados marineros que nos precedieron. Pero, por más vueltas que le doy, no consigo entender qué interés pueden tener esos restos. Solo una cosa es cierta: cuando finalice la noche, el *Urano* se alejará, la tormenta amainará y las trombas de agua que levanta el huracán se aplacarán. Si no vuelvo a tiempo, me ahogaré en estas galerías que han sido exhumadas por unas horas de las profundidades del océano…

Una detonación sorda suena de repente y me saca de mis pensamientos.

¡Un disparo!

Me doy media vuelta, aturdida, tratando de localizar la fuente de la deflagración, pero los tapones que llevo en los oídos me lo impiden. En cualquier caso, a lo lejos puedo ver un montón de llamas trémulas. ¿Fuegos fatuos? No, son las lámparas de tormenta de unos fusileros… que apuntan hacia mí.

Suena otro disparo, y aunque solo puedo distinguir el sonido amortiguado, siento la bala pasar a unos centímetros de mi cuello. Me tiro al suelo y al hacerlo me araño las palmas de las manos con las lapas, que son tan afiladas como navajas de afeitar. El olor rancio de las algas me inflama los senos nasales.

Una mano me da unas palmaditas en el hombro.

Me doy la vuelta, buscando febrilmente en la penumbra con los ojos, y entreveo a alguien tendido como yo en el suelo. Se trata de una figura completamente envuelta en un abrigo de piel oscura y la cara oculta por un velo que solo permite ver dos ojos brillantes.

—¡Emine! —grito.

La turca no puede oírme, pero me hace señas para que encienda mi lámpara de tormenta, como la de ella, para escapar de la vigilancia de nuestros asaltantes. Lo hago de inmediato, pero pongo la rueda de ajuste al mínimo.

Luego vuelvo a concentrarme en los tiradores, que tienen bien levantadas sus lámparas, encendidas al máximo. Reconozco las espeluznantes caras de los piratas de la *Maldición del Mar*, que se han agrupado alrededor de su ama.

Ignorando la orden de Gunnar de que vayamos solas a las profundidades del Diente, la cubana ha desembarcado con toda una tripulación... Hay que decir que el primer lugarteniente no está allí para comprobar si respetamos su consigna. Y aunque los ataques entre las candidatas están explícitamente prohibidos, si no regresamos, a Carmen le bastará decir que las sirenas nos atraparon. Al igual que en Versalles, en la Corte de los Huracanes están permitidos los golpes bajos, siempre y cuando se hagan a espaldas del soberano...

Mientras doy vueltas a tan oscuros pensamientos, el resplandor de las lámparas de tormenta de nuestros atacantes se atenúa hasta que acaba desapareciendo por completo. Cansados de apuntarnos, vuelven a buscar las reliquias. Para ellos también se ha puesto en marcha la cuenta atrás.

Solo entonces reavivo la llama de mi lámpara de tormenta y me vuelvo hacia Emine. Nos ponemos de acuerdo con una sola mirada: hace unos días prometimos formar equipo y esta noche nos va a dar la ocasión de cumplir nuestro acuerdo. Nos levantamos y comenzamos a caminar de nuevo, en una dirección diferente a la que han tomado la pirata y sus secuaces. No creo que volvamos a cruzarnos en su camino, por lo demás, no creo que ella sepa mejor que nosotras adónde debe ir. A pesar de que, por la manera en que palideció cuando Gunnar lo mencionó, conocía la existencia del Diente de la Muerte, estoy segura de que es la primera vez que pone un pie en él.

Pasando por encima de charcos del color de la tinta, bordeando estrechos salientes, la mujer otomana y yo nos adentramos en lo desconocido. El halo de nuestras lámparas dibuja la geografía surrealista de una tierra extraña: el mundo secreto de los abismos momentáneamente arrancado de su noche silenciosa. Tenemos cuidado de no tocar nada, porque las paredes irregulares están cubiertas de ostras afiladas y de erizos llenos de pinchos. Cintas de algas viscosas cuelgan del techo, como si fueran una serie de cortinas sucesivas que tenemos que apartar para penetrar en el corazón del misterio...

De repente, tras una de esas viscosas cortinas, aparece una alta pared de roca volcánica negra y porosa, ahuecada por miles de alveolos húmedos. ¿Podría ser esto... «el relicario»? En cada hueco hay un objeto brillante, que atrapa el resplandor parpadeante de nuestras lámparas. Nos acercamos con cautela, bordeando grandes agujeros oscuros llenos aún de agua marina. Poco a poco, los contornos de las figuras que están en los nichos se van definiendo: se trata de huesos humanos cubiertos de oro fino. Tibias, fémures y costillas se elevan hasta donde alcanza la vista. En muchos de los huesos hay conchas incrustadas, que generan unas formas demoniacas en las que se mezclan el hombre y el crustáceo, unas joyas macabras que combinan el nácar y el oro. Aquí, una columna vertebral se enrosca sobre sí misma como una serpiente metálica; allí, una caja torácica contiene un coral rojo a modo de corazón sangrante. Tales son las reliquias de las sirenas, que por lo visto crean unas obras híbridas fusionando los restos de sus víctimas con los tesoros de los naufragios que han provocado. Las extrañas riquezas naturales del mar rematan esas piezas únicas, de forma que por fin comprendo el monstruoso valor que deben de tener para los coleccionistas...

Emine me agarra de la manga de la coraza para tirar de mí hacia el final de los relicarios. Ha visto la sección más hermosa, la de los cráneos. Hay centenares de ellos: máscaras óseas cuyas órbitas negras y abiertas parecen volverse hacia nosotras. La disposición de las conchas en las cajas craneales no es alea-

224

toria; han sido injertadas en ellas de tal manera que formen unos sutiles arabescos y unos patrones simétricos. En algunas han arrancado los dientes y los han sustituido por perlas. Mi corazón se debate entre la fascinación y el horror: ¿por qué las sirenas han adornado de esa forma a los restos de sus víctimas?

Emine no se molesta en hacer preguntas. Señala una fila alta de celdas, que está a un metro por encima de nuestras cabezas: los cráneos que se guardan allí parecen los más suntuosos, ¡esas sí que son reliquias dignas de Pálido Febo! La plenipotenciaria me hace señas para que la aúpe y así pueda llegar a los cráneos y coger uno para cada una. Me agacho, juntando mis manos para servirle de peldaño. Emine se apoya en ellas y se eleva del suelo. Su largo manto de piel, empapado de humedad, golpea mi cara mientras la otomana tiende los brazos hacia una calavera que resplandece de una forma especial. Cuando la baja, veo que está cubierta de pedrería engastada... y que además tiene unos largos y erectos caninos. ¡Es la cabeza de un chupasangre! Sin duda, se trata de un oficial inmortal que tuvo la desgracia de cruzarse en el camino de las sirenas. Emine me vuelve a agarrar enseguida para levantarse de nuevo. A continuación, baja un segundo cráneo, también espantosamente dentado y decorado con unas piedras preciosas espectaculares. Hemos encontrado el sanctasanctórum: la parte vampýrica del relicario, que también es, a todas luces, la más rica. Aquí, las sirenas se han superado en su arte funerario... Cuando me dispongo a abandonar el lugar y regresar al *Urano* con nuestros dos hallazgos, mi compañera de fortuna me retiene aferrándome una manga. Por encima del borde de su velo, sus ojos pintados con kohl brillan excitados. Señala el nivel que está por encima de aquel al que ha accedido hasta ahora, allí arriba se encuentra el trofeo más hermoso: un cráneo rematado con una espléndida corona dorada fundida a partir del hueso.

225

Con un ademán, le hago entender a Emine que ya tenemos nuestro botín y que no tiene sentido demorarse en este lugar maldito. Pero ella insiste en que la aúpe por última vez. Así pues, hago acopio de todas mis fuerzas, no solo para soportar el peso de su menudo cuerpo, sino también para levantarla más alto con el único ímpetu de mis brazos.

De repente, justo cuando acaba de coger la tercera reliquia, la suelta para llevarse la mano al brazo derecho. Tiembla encima de mí, pierde el equilibrio… y cae en la roca dura, al lado de la calavera coronada que se aleja rodando. En el halo de la lámpara de tormenta que está en el suelo, puedo ver un líquido oscuro supurar a través de los dedos de su mano crispada: es sangre que gotea de su brazo herido. Con la respiración entrecortada, me doy la vuelta para mirar hacia la galería que conduce al relicario: Carmen y sus hombres están plantados en el umbral, a unos cincuenta metros de nosotras. Veo el resplandor mortal de los fusiles que han vuelto a cargar. Apenas me da tiempo de tirarme al suelo boca abajo junto a Emine, que se retuerce de dolor. Delante de nosotras, una roca nos protege de los disparos, pero ¿por cuánto tiempo? La fantástica pared vertical del relicario impide cualquier escapatoria, y dentro de unos instantes los piratas se abalanzarán sobre nosotras. ¡Estamos atrapadas sin remedio!

Veo con impotencia cómo avanzan por el borde de la roca. Al aislarme de los sonidos del mundo exterior, mis tapones para los oídos parecen acrecentar el retumbe de los latidos de mi corazón, como un tictac inexorable previo al fatal desenlace. La jauría de piratas se acerca rápidamente componiendo una pantomima silenciosa, una danza macabra: bocas profiriendo gritos de júbilo que no puedo oír, ojos que brillan pensando en el saqueo, cuchillos desenvainados para degollar a quienes se interpongan en su camino. No, no puedo acabar así, desangrada como una pieza de caza: si he de morir, ¡será con la daga en la mano!

Pero justo cuando me dispongo a saltar desde detrás de la roca para combatir en nombre del honor, sucede lo improbable: los dos hombres que van a la cabeza se desploman al suelo. ¿Habrán resbalado en el musgo escurridizo? Otros tres piratas se caen también liberando mi campo de visión. Me doy cuenta de que no ha sido el musgo lo que los ha hecho caer ni las piedras desiguales del camino, sino unos obstáculos vivos en movimiento…, unas formas oscuras que han salido de las charcas para arrastrarse hasta ellos.

«¡Las sirenas!».

Son ellas, ¡estoy segura! Desde el lugar donde me encuentro es imposible ver sus rasgos. Solo puedo distinguir unas siluetas alargadas, sin piernas, que se arrastran como anguilas gigantes.

A veces, en la penumbra, se alargan unos brazos deformes. Las manos palmeadas se apoyan en la roca para arrastrar el resto del cuerpo, compuesto de unas largas colas de pez azuladas. Las escamas húmedas que las cubren reflejan la luz de las lámparas de los piratas proyectando destellos metálicos en la noche. Como Emine y yo, los cubanos debieron de pensar que estaban a salvo de las abominaciones del mar mientras estuvieran en un terreno seco; pero, a diferencia de nosotras, que nos adentramos aquí sigilosamente, como auténticos ladrones, ellos entraron en la cueva del relicario como conquistadores, armando un alboroto de mil demonios. El escándalo sacó a las sirenas de las guaridas donde la marea las había confinado y ahora están aferrando a los intrusos con sus garras para llevárselos con ellas.

Las palabras de Gunnar pasan por mi mente: «Las pretendientas irán solas, sigilosamente y sin su séquito». Ahora comprendo que lo que quería no era solo obligarnos a enfrentarnos a las sirenas en igualdad de condiciones, sino también eludir su vigilancia. Al insistir en ir por la fuerza, Carmen la Loca parece haber firmado su sentencia de muerte. Veo cómo gesticula rodeada de su guardia cada vez menos numerosa, porque sus hombres siguen desplomándose como bolos. Las lámparas caen al suelo y se apagan. En la creciente oscuridad, los últimos rifles escupen furiosamente; apenas puedo distinguir sus explosiones amortiguadas, el breve resplandor que acompaña a cada disparo. Una de las últimas imágenes que capto es la de la pirata con la cara distorsionada por el terror, la boca descuartizada en un grito silencioso, empuñando una pistola en una mano y la lámpara de tormenta en la otra. Una figura monstruosa se yergue a contraluz en la última gota luminosa: supongo que es una sirena que, semejante a una cobra gigantesca lanzándose al ataque, se ha alzado sobre su cola. Solo es una sombra china a lo lejos, pero esa sombra parece brotar de las peores pesadillas: una cresta rígida y tan afilada como el coral, una espina dorsal tan erizada de púas como el lomo de un pez escorpión, una mandíbula abierta con dientes más afilados que los de un tiburón. Apenas tengo tiempo de ver más, porque el monstruo se abalanza sobre la cubana, que suelta la lámpara y se sume en la oscuridad.

227

15

El sacrificio

*O*bservo las tinieblas conteniendo la respiración.

Al igual que hice antes, cuando Carmen y sus hombres nos atacaron, he ajustado las llamas de nuestras lámparas de tormenta al mínimo, de manera que ahora solo son dos puntos brillantes aprisionados en el cristal. En cualquier caso, dudo que esa precaución sea suficiente para impedir que nos vean las sirenas, acostumbradas como están a traspasar con sus ojos la oscuridad de los abismos oceánicos. ¿Dónde están ahora? ¿Despedazando a los piratas en el fondo de sus agujeros de agua para crear nuevas reliquias? Imagino sus afilados colmillos, que apenas he vislumbrado, desgarrando la carne aún palpitante de los ahogados para extraer los huesos…

Escondidas detrás de la roca, Emine y yo no estamos cerca de uno de esos pozos de agua. Intento persuadirme de que eso será suficiente para escapar de las abominaciones marinas. Me parece haber visto unas horribles branquias rojizas en la sien de la sirena que se llevó a Carmen. Pero las abominaciones fueron capaces de arrastrarse antes varios metros… ¿Cuánto tiempo pueden sobrevivir fuera de su elemento? ¿Y si fueran suficientemente anfibias para venir a por nosotras ahora?

De repente, siento que algo me agarra una muñeca. Me sobresalto y me preparo para desenvainar mi daga y acuchillar a la sirena que se ha deslizado hasta aquí. Pero la mano que me ha aferrado no es palmeada, es la de Emine. Su silueta, tendida en el suelo, se vislumbra vagamente a la tenue luz de las lámparas, al lado de las tres calaveras brillantes que hemos robado del relicario y que están milagrosamente intactas. Parece que le cuesta respirar. A pesar de la penumbra, encuentro fácilmente su herida. A menudo ayudé a mi padre a operar en casas de campo mal iluminadas. La bala traspasó el brazo de la joven justo debajo del hombro. Afortunadamente, el proyectil atravesó la carne y no se quedó en el interior, pero, aun así, ha perdido mucha sangre y hay que detener la hemorragia. ¡Un paño, rápido! Solo tengo un pedazo de tela a mano: el que cubre la cara de mi paciente.

Emine no se opone a que le quite el velo: a pesar de que los tapones de cera nos impiden comunicarnos, ha comprendido que quiero curarla. Bajo el cuadrado de satén rojo aparece un rostro juvenil, más cándido de lo que imaginaba, dada la determinación que se lee en sus ojos. Ato firmemente la tela alrededor de su brazo herido. Ese torniquete improvisado debería servirnos hasta que volvamos al *Urano*..., si es que conseguimos regresar a él.

Saco el reloj de Hyacinthe de mi coraza. Marca las cinco de la mañana. ¡Tenemos poco más de una hora antes de que el barco-ciudadela leve anclas y el mar vuelva a llenar las entrañas del Diente de la Muerte! Mi mente es un hervidero de dudas y pánico. ¿Debo abrirme paso a la fuerza? ¿Correr entre las charcas hasta alcanzar la salida de la cueva, esperando que ninguna abominación nos atrape antes de llegar a la salida? Delante de mí, la oscuridad es total: no puedo ver si todas las sirenas han regresado a sus guaridas o si aún queda alguna al borde de los agujeros de agua.

El segundero del reloj gira inexorablemente mientras los pensamientos se arremolinan en mi cabeza. Toco de forma instintiva el talismán que me entregó Zéphirine, que llevo siempre cerca del corazón; la comandante me dijo que protegía contra las maldiciones, pero no contra las abominaciones nocturnas... ¡Ay, si pudiera ver por un momento lo que ocurre en la oscuridad!

Mientras ruego por que se haga la luz, sucede lo imposible: una llama brillante aparece al fondo de la cueva. Es una lámpara de tormenta encendida a toda potencia y que avanza hacia nosotras a buen paso. ¿Quién se atreve a exponerse así al peligro? La silueta del caminante no tarda en definirse, aunque debería decir la caminante, pues se trata de una figura femenina alta que luce un sencillo vestido de encaje calado. Reconozco a la cuarta pretendienta: *lady* Jewel de Canterbury. Avanza como una aparición fantasmal, con su larga melena rubia flotando en el aire saturado de humedad. Envuelta en el halo de la lámpara, su cara virginal parece transfigurada, sus finos labios se mueven en silencio. Aunque no puedo oírla, intuyo que está cantando; con su corazón que ha dejado de latir, con su alma condenada por toda la eternidad. Pero lo más increíble son las sirenas que su llama hace salir de la oscuridad. Tal y como me temía, esas criaturas siguen estando al borde de las charcas, de manera que, si hubiera tenido la audacia de salir hace apenas unos instantes, me habrían despellejado con sus garras. Sin embargo, ahora están inmóviles como gárgolas, petrificadas por la canción de la inglesa, que pasa por nuestro lado sin vernos ni inquietarse por las temibles guardianas del relicario. A continuación, saca una calavera de los nichos inferiores, da media vuelta y sale de nuevo de la cueva.

Se me hiela la sangre: sea cual sea la magia que aflora en los labios de la vampyra, ¡es nuestra única oportunidad de salir con vida de esta trampa! Mientras Jewel pasa una vez más por delante de la roca que nos oculta, me pongo de pie bruscamente.

—¡Espera! —digo articulando lo mejor que puedo para que pueda leer mis labios.

Jewel se queda paralizada. Sus grandes ojos de color azul claro me miran fijamente. Su boca ha dejado de cantar. En el borde del halo de su lámpara de tormenta me parece ver las siluetas de las sirenas volviendo a moverse, como si el hechizo que las inmovilizaba se hubiera disipado de repente.

¡Rápido! Cojo la más bonita de las tres calaveras que Emine ha sacado del relicario —la de la corona dorada— y se la enseño a Jewel.

—¡Ten, te regalo la reliquia más bonita! —articulo señalándola con un dedo.

Acto seguido, dibujo una circunferencia que nos abarca a las tres y señalo la salida. Jewel parece entender lo que quiero decirle. Suelta su reliquia y agarra la mía mientras las sombras de las sirenas siguen acercándose peligrosamente a nosotras.

En un primer momento, su olor tortura mis fosas nasales, porque es un hedor amoniacal a pescado podrido y a algas fangosas. Luego las caras de las criaturas entran en la luz, están más cerca que nunca de nosotras... y también aparecen más nítidas. Compruebo que la vista no me ha engañado: tienen branquias pulsantes a ambos lados de la cabeza. Por lo demás, sus caras son un híbrido aberrante de pez y ser humano: mejillas cubiertas de escamas iridiscentes, agujeros negros con el contorno escamoso a modo de orificios nasales, branquias en lugar de orejas. Pero lo que más llama la atención son sus globos oculares sin pupilas, de un color blanco traslúcido, que me recuerdan a los horribles ojos de los gules de París. Tengo la vertiginosa impresión de que todas vienen a por mí.

De repente, una mano palmada me araña una mejilla.

—¡Canta! —grito aterrada.

En cuanto los labios de Jewel vuelven a abrirse, las sirenas se quedan de nuevo petrificadas, subyugadas: esas monstruosidades, famosas por su canto cautivador, quedan a su vez hechizadas por la melodía que entona Jewel.

Meto dos calaveras en mi bolsa y ayudo a Emine a levantarse. Le ofrezco mi apoyo y las dos echamos a andar cojeando, siguiendo a Jewel, que va delante. Intento evitar los ojos vidriosos de las sirenas por temor a que mi mirada pueda sacarlas de su letargo. Tengo la impresión de que la ruta que estamos tomando es diferente de la que recorrimos antes. En cualquier caso, da igual, porque la blanca claridad de la luna no tarda en unirse al halo amarillento de la lámpara, lo que indica que nos estamos aproximando a la salida.

Por fin, salimos al aire libre, a una cala ventosa similar a aquella en la que Hyacinthe atracó su barco, solo que en esta nos aguarda una embarcación con bandera inglesa, además de lord Sterling Raindust, que está de pie en la popa. Cuando nos ve regresar con la candidata que está a su cargo, la sorpresa paraliza su lívido rostro. Sus ojos oscuros van de mi cara a la de Jewel, y al final se posan en la calavera coronada que esta sostiene en sus manos blancas. El agente de la embajada británica es dueño de una mente ágil y calculadora, como he tenido muchas ocasiones de comprobar, así pues, comprende al vuelo que a su protegida le ha tocado la lotería. Quizá por eso se dig-

231

na a dejarnos embarcar con ella a Emine y a mí, que vamos a tener que conformarnos con el segundo y el tercer puesto en la clasificación de esta noche.

Al subir al barco, evito encontrarme con la mirada del lord con más cuidado del que puse para eludir la de las sirenas. Me alegro de que tengamos los oídos tapados, así no podremos hablar. El bote se pone en marcha en dirección al *Urano*, subiendo y bajando por la cresta de unas olas tan altas como colinas. Mientras que a la ida no pude ver nada en la espuma encrespada, ahora me parece distinguir unas colas rugosas, erizadas de espinas: las de las iracundas sirenas que nos rodean. La luminosidad aumenta por momentos; en la amplia brecha del cielo que domina el ojo del huracán el alba se tiñe ya de rosa. Jewel ha dejado de cantar, preocupada sin duda por el amanecer, dada su condición de recién nacida a las Tinieblas. Se aferra a Sterling y alza sus hermosos y angustiados ojos hacia su creador..., ¿hacia su amante? Él mismo me dijo que no hay nada más íntimo que el ritual de la transmutación. Además, hace unas noches vi salir a la joven condesa del camarote del lord.

232

Cuando, por fin, el bote llega al *Urano*, siento un gran alivio. La chalupa de Hyacinthe ya ha regresado: al no verme salir del Diente, probablemente pensó que me había ahogado. Debe de haber vuelto a las estancias que ocupa a bordo de la *Novia Fúnebre*. ¡Bah, qué más da que no esté! Las grandes sonrisas de Poppy y Prudence me enternecen, eso es lo único que importa.

Mientras los jenízaros se apresuran a curar bien a Emine y le entregan un nuevo velo para que vuelva a taparse la cara, Poppy me da un gran abrazo... y luego me quita los tapones de cera.

—¡Estás loca! —grito tapándome las orejas con las manos.

A continuación, señala las suyas con un dedo para mostrarme que ella también se ha deshecho de ellos.

Aparto las manos con cautela, pero no oigo ninguna melodía cautivadora. El gran órgano también ha enmudecido con la subida de la marea. Solo se oye el soplo del viento y el romper de las olas.

—Está amaneciendo —me dice Poppy—. Las sirenas se han ido... y nosotros también nos marchamos.

Las velas del *Urano* se han hinchado, en efecto. Me vuelvo hacia el Diente de la Muerte y descubro asombrada que ya está medio envuelto en la bruma. El nivel del océano ha subido cubriendo las entradas a las cuevas por las que he estado deambulando. Ahora están llenas de agua de mar. Los huesos de las innumerables víctimas de las sirenas vuelven a sumergirse antes de haber podido secarse.

Prudence se precipita hacia mí, sus trenzas se bambolean a ambos lados de su semblante lloroso.

—¡Oh, mi querida prima, tus difuntos padres estarían muy orgullosos de ti! Te confieso que he pasado la noche rogando al cielo que no enrojeciera antes de tu regreso.

Agarro las manos de la frágil muchacha. A pesar de que soy yo la que tiene el vestido empapado a causa del relente, es ella la que tiembla.

—¿Qué reliquia has traído? —me pregunta Zacharie—. La inglesa ha conseguido una buena pieza. No creo que puedas superarla.

—¡Dale un respiro, Zach! Acaba de arriesgar la vida. Ay, Diane, si supieras lo feliz que me siento. —Me toca con una mano la mejilla, donde la garra de la sirena ha dejado un sutil arañazo—. ¡Pero si estás herida!

—No es nada. Un simple rasguño que sanará más rápido de lo normal, dado que la sangre del rey fluye por mis venas.

Saco las dos calaveras de mi bolsa y me vuelvo hacia Zacharie.

—Tienes razón, no tengo nada mejor que ofrecer que *lady* Jewel, pero, si no fuera por ella, en este momento estaría alimentando a las sirenas en lugar de justificándome ante ti.

Miro a la extraña vampyra británica, a la que recogieron en los barrios bajos de Londres y catapultaron al rango de condesa. Suponía que Sterling la había transmutado por su belleza, pensando que así cautivaría más fácilmente a Pálido Febo. En cambio, ahora sospecho que también lo hizo por su voz, por ese misterioso canto que antes no pude oír, pero al que debo la vida.

—Has traído dos cráneos —comenta Zacharie—. Aunque no sean tan bonitos como los de *lady* Jewel, tal vez Pálido Febo sea de los que aprecia más la cantidad que la calidad.

233

—Solo una de estas reliquias me pertenece —preciso—. La segunda es de Emine.

El luisiano frunce el ceño. Todavía está resentido por el altercado que tuvo con la otomana.

—¿De «ella»? —gruñe—. Volvió lisiada y con las manos vacías. Quédate con los dos cráneos, Diane.

—No sería justo. Emine y yo formamos equipo en el Diente de la Muerte. Ninguna de las dos ganará esta noche, pero ninguna perderá: fue Carmen quien depuso las armas. El rubí que le regaló Pálido Febo pronto adornará su cráneo, que ahora está en manos de las sirenas. En cuanto a mí, me enfrentaré a Emine en la próxima prueba.

Zacharie no da su brazo a torcer:

—Me niego a perder una oportunidad de ganar esta competición por la única razón de honrar un pacto con una renegada, ¡eso es alta traición! —me amenaza. Después, se acerca a mí y me susurra al oído—: Podría denunciarte al rey…

—¿Igual que denunciaste a Rafael a Hyacinthe? —replico con un hilo de voz—. ¿Quién será el próximo escudero a quien sacrificarás en el altar de tu celo? ¿Proserpina? Deberías preguntarte si el traidor no eres tú, Zacharie, visto cómo delatas a los que, en teoría, son tus hermanos de armas.

Dado que estamos muy juntos al final de la amplia cubierta, nadie puede oírnos, ni siquiera Prudence, que nos observa tímidamente a unos metros de distancia. Puedo comprender la obsesión del caballero de Luisiana por combatir en aras de la abolición de la esclavitud sin importar cuáles sean las víctimas colaterales: yo también pasé por lo mismo y no dudé en traicionar con tal de llevar a cabo lo que consideraba justo. Tardé mucho tiempo en darme cuenta del precio de mi bajeza y en comprender que yo sola no podía aliviar toda la miseria del mundo. Quisiera que Zacharie lo entendiera también y que encontrara unos aliados dignos en lugar de actuar solo en un callejón sin salida.

—Mi lealtad al Inmutable es absoluta —se defiende.

—Pero su gratitud tiene sus límites —susurro—. Aunque tu lucha contra la esclavitud sea crucial, te equivocas de táctica. Sea lo que sea lo que el Inmutable te haya prometido, no esperes nada de él.

Zacharie se indigna por mi osadía.

—Cuidado, Gastefriche: ¡tus palabras podrían considerarse delito de lesa majestad!

—Al contrario. Veo al Inmutable tal y como es: un dios todopoderoso que camina entre mortales, el problema es que los dioses no están obligados a rendir cuentas a nadie. Suraj ya ha pagado el precio. Sabes de sobra que el rey jamás le concederá las tropas que necesita para defender su remoto reino de la India. Así que abre los ojos, Zacharie: no te concederá la justicia que reclamas.

Los labios del escudero se entreabren, pero no emiten sonido alguno. Por primera vez no sabe qué decir para explicar la devoción que siente por el Inmutable. Le sostengo la mirada, algo inquieta por haberle hablado con tanta franqueza, pero también extrañamente aliviada. De repente, se me ocurre una idea descabellada: ¿y si un día me atreviera a revelarle mi verdadera identidad? ¿Y si le demostrara que la Fronda del Pueblo es la única forma de acabar con el horror de la esclavitud de una vez por todas? Desecho enseguida tal posibilidad: es demasiado pronto. Zacharie aún está muy ligado al Inmutable, y yo tengo una misión que cumplir. He de apoderarme como sea del Corazón: ¡es la condición indispensable para que se cumplan los sueños de futura libertad! Porque si la gema cae en manos del Rey de las Tinieblas, este conquistará el día y la esperanza de la abolición se desintegrará para siempre...

Me alejo de Zacharie y me apresuro a entregar los cráneos a Gunnar: uno en mi nombre y otro en el de Emine. El primer lugarteniente ya ha recogido la reliquia que trajo Jewel, quien luego se retiró a su camarote en compañía de Sterling.

—Gracias, Diane de Gastefriche —dice Gunnar recibiendo maquinalmente mi botín. Después se concentra de nuevo en la calavera coronada examinándola con ojo experto—. Es la cabeza de un príncipe vampyro de la más alta nobleza. Sin duda perteneció a uno de los virreyes de la Nueva España. Varios de ellos desaparecieron en el primer siglo de la era de las Tinieblas, cuando las rutas marítimas eran aún menos seguras que hoy en día. Estoy convencido de que esta pieza singular ganará de cabeza la prueba de esta noche.

Mientras el oficial noruego se dispone a entrar en la torre para llevar los trofeos a su superior, lo retengo un instante.

—Usted parece conocer la fauna de los mares tropicales mejor que nadie, señor Gunnar. ¿Por qué las sirenas se dedican a realizar esas obras de orfebrería fúnebre?

El lugarteniente se encoge de hombros.

—Nadie lo sabe. Las profundidades del océano encierran misterios que no están destinados a ser descubiertos por los que vivimos en la superficie.

Sin añadir nada más, se da media vuelta.

Paso la mayor parte del día durmiendo en mi camarote, feliz de que la mezcla de morfina y tintura de opio me proporcione descanso y olvido. Cuando, por fin, me despierto, los recuerdos del Diente de la Muerte me parecen tan vaporosos como si pertenecieran a un sueño. En el espejo de mi tocador veo que el arañazo que tenía en la mejilla ya ha desaparecido. Así pues, no queda ni rastro del calvario de la noche anterior. Camino hacia la ventana. A través del cristal compruebo que el sol está a punto de ponerse. El mar, encendido por el crepúsculo, se extiende a trescientos sesenta grados hasta el muro del ojo del huracán. A saber qué rumbo ha tomado ahora el barco-ciudadela arrastrando tras de sí sus tormentas. Bueno, a decir verdad, lo único que me importa es haber comprado una semana más para poder apoderarme del Corazón. Además, no veo la hora de que Cléante me cuente lo que hizo mientras yo me enfrentaba a las sirenas. Hemos quedado en que vendrá a traerme el agua de Seltz después de cenar.

Acompañada de Poppy y Prudence, que han adquirido la costumbre de venir a verme a mi habitación en cada una de mis comidas, me apresuro a tragar las rebanadas de pan calizo y el revuelto de pescado claro que me sirve un tripulante del *Urano*; una comida insípida, como todas las que me han dado desde que subí a bordo. Apenas me despido de mi séquito con la excusa de que quiero asearme un poco, llaman a la puerta. Me apresuro a abrir.

—¡Cléante!

El criado está de pie en la puerta, blanco como la pared. Sus manos se mueven agitadas, no lleva la botella de agua de Seltz que sirve de coartada para nuestras entrevistas... y una sombra se cierne sobre él a sus espaldas.

Al reconocer la alta figura de Hyacinthe de Rocailles, coronada por su larga cabellera de color platino, se me encoge el estómago. El capitán corsario presiona a Cléante con la punta de su fino estilete, cuya empuñadura tiene rubíes engastados.

—¿Esperaba visita, señorita de Gastefriche? —susurra el vampyro.

—Yo..., esto..., suelo beber un vaso de agua de Seltz después de cenar —farfullo.

—Me temo que tendrá que prescindir de él esta noche, querida. Este canalla no le trae su digestivo, sino su confesión.

Un sudor frío me recorre la espalda.

—¿Su confesión? —Me estremezco—. No lo entiendo.

El vampyro empuja a su prisionero a mi habitación y cierra la puerta. Busco febrilmente los ojos de Cléante, pero su cara se ha convertido en una máscara cerrada.

—Anoche, mientras vagabas por el Diente de la Muerte, los guardias de Pálido Febo encontraron a este individuo intentando entrar en la cámara del tesoro del *Urano* y lo detuvieron —me explica Hyacinthe—. Gunnar pensó en pasarlo por las armas, pero yo me apresuré a asegurarle que me encargaría de ejecutar personalmente al ladrón... después de haberle tirado de la lengua.

El sudor frío que recorre mi espalda se convierte en espinas de hielo. Por eso no vi anoche a Hyacinthe cuando regresé del Diente de la Muerte, ¡porque estaba torturando al pobre Cléante! Además, lo ha tenido cautivo todo el día para traerlo hasta aquí tras salir de su ataúd. ¿Por qué? ¿Qué le dijo Cléante? Ay, yo tengo la culpa de que ese pobre hombre se encuentre en tan terrible situación, ¡porque yo fui quien lo animó a buscar el Corazón mientras estábamos ocupados con la prueba!

—Solo quería robar unas monedas de oro para mejorar mi vida —dice Cléante—. Según dicen, el tesoro de Pálido Febo es tan inmenso que no se habría dado ni cuenta.

237

El valiente frondero me mira a los ojos, como si pretendiera tranquilizarme: «Esta es mi versión de los hechos, no he revelado nada más».

Pero Hyacinthe de Rocailles no está conforme.

—¡Vamos, vamos! ¿Arriesgar la vida en el barco del pirata más sanguinario del mundo por un simple puñado de monedas que podrías haber robado fácilmente en el gran mercado de Fort-Royal? No me creo una sola palabra, a pesar de que es lo que llevas diciendo desde anoche.

—En cambio, le juro que…

—¡Basta ya de mentiras!

El vampyro silencia a su víctima con una sonora bofetada dejando una huella roja en su mejilla y un rasguño en su labio inferior.

—Me he informado sobre ti —gruñe el corsario olfateándolo con desprecio—. Cléante Le Bihan, natural de Nantes, contratado el pasado mes de febrero. Eso es todo lo que se sabe sobre el recluta más reciente de mi tripulación, además del más misterioso. Supongo que su visita de anoche a las cubiertas inferiores del *Urano* responde a un motivo más importante que el simple robo. Es más, creo que embarcaste en la *Novia Fúnebre* por una razón secreta. ¿Qué motivo es ese, desgraciado? Si no me lo dices a mí, díselo a la pupila del rey. Ella es la representante de la autoridad del amo de la Magna Vampyria y, además, le has prestado servicio con un celo sorprendente en las últimas semanas.

Conozco ya a Hyacinthe de Rocailles lo suficientemente bien como para saber que cada palabra que sale de sus aterciopelados labios obedece a un cálculo bien preciso. El pretexto de traer aquí al prisionero para que yo ejerza la justicia real le sirve para expresar, también con sutileza, las sospechas que abriga sobre mí.

—Confieso que esperaba encontrar algo más que unas simples monedas de oro —dice Cléante frotándose el labio partido—. Lo suficiente para convertirme en un hombre realmente rico y tener por fin mi propio barco pirata. Estoy cansado de servir a un tirano chupasangre y de satisfacer los caprichos de un vago pretencioso. ¡No sabe la cantidad de veces que me habría gustado tirar su maldita agua de Seltz a la cara a esa furcia!

Soy consciente de que, profiriendo esa afrenta, que sin duda le valdrá la condena a muerte, Cléante intenta evitar que sospechen también de mí. Su coraje me conmueve hasta las lágrimas, pero no tengo derecho a llorar.

—Eso ya me parece más sincero —afirma Hyacinthe—, pero ¿de verdad nos lo has contado todo? ¿Cómo averiguaste dónde estaba el tesoro de Pálido Febo?

—Alargué bien la oreja en los pasillos —mascula Cléante.

—Mmm…, la tripulación del *Urano* no es, lo que se dice, muy habladora. Pálido Febo sabe rodearse de gente en la que puede confiar; a diferencia de mí, que por lo visto dejo entrar extraños en mi velero, como si este fuera un molino. —Suelta un suspiro—. Bueno, ya que insistes en guardarte cierta información, tendré que sonsacártela. Me temo que el procedimiento será doloroso, pero me dejas pocas opciones.

Dicho esto, moviéndose tan rápido como una serpiente, el vampyro agarra el pelo de Cléante y le inclina brutalmente la cabeza hacia atrás para dejarle el cuello a la vista. Luego abre bien la mandíbula, donde sus dos caninos se erigen ya como colmillos.

Lanzo un grito:

—¡Espera!

El único ojo del corsario me mira entre sus largos mechones platinados con reflejos metálicos. El abrazo con el que sujeta a su víctima sin esfuerzo aparente y sus músculos inmortales, que tienen al menos dos siglos, forman una camisa de fuerza infalible. Poco importa cuánto luche Cléante, sus esfuerzos serán tan ridículos como los de un conejo atrapado por una boa constrictor.

—¿Esperar a qué? —sisea Hyacinthe.

—No mates a ese canalla todavía —le pido jadeando—. Él… aún puede hablar.

—Su sangre hablará por él. Verá, tengo el don tenebroso de percibir en la sangre de los mortales lo que estos pretenden ocultar. A medida que la bebo, voy leyendo los secretos que anidan en sus corazones como si lo hiciera en un libro abierto. Los hombres se parecen a las botellas de ron añejo, que revelan todo su buqué en las últimas gotas.

Mientras sujeta firmemente a Cléante con un brazo, Hyacinthe se levanta el parche del ojo con la otra mano. El pedazo de cuero negro en forma de corazón no es un simple adorno, como pensaba, sino el símbolo del don que las Tinieblas han conferido a ese monstruo: el de penetrar en el misterio de los corazones de aquellos a quienes mata.

Hyacinthe hunde sus colmillos en la protuberante yugular de Cléante. Su ojo izquierdo se ilumina de inmediato con un brillo rojizo, como si la sangre de su víctima se trasfundiera directamente en su cerebro.

Temblando de pies a cabeza, observo impotente cómo se desarrolla aquel vil espectáculo. Mientras el ojo místico del corsario se atiborra de sangre, el otro me mira fijamente como si tratara de detectar el más mínimo desfallecimiento que pueda traicionarme. ¿Debería correr hacia mi daga, que está en una esquina de mi tocador, e intentar liberar a Cléante? Sé que tengo pocas posibilidades de derrotar a un inmortal tan poderoso con una simple hoja de plata muerta. Además, aun en el caso de que lograra derrotar a ese monstruo, mi cobertura saltaría en mil pedazos y tendría que enfrentarme a su tripulación y a la de Pálido Febo…

De repente, Hyacinthe suelta sus colmillos de la carne palpitante dejando caer un chorro de sangre caliente y gimiendo de placer:

—¡Ah! ¡No hay nada mejor que el sabor de los secretos largamente guardados, igual que el alcohol envejecido por el paso de los años! Ese desgraciado oculta muchos, te lo aseguro. Para empezar, no se llama Le Bihan, sino Laborde. No es oriundo de Nantes, sino de Bayona. Burló descaradamente la ley del confinamiento y en su recorrido de Aquitania a Bretaña cometió varios crímenes contra la Magna Vampyria. —El ojo maléfico de Hyacinthe brilla como una brasa recién sacada del fuego—. Sin ir más lejos, hundió varios barcos cisterna llenos de sangre en Mimizan. Atacó una carroza real en Burdeos. Saqueó las arcas de la Facultad en La Rochelle. Veo incluso un viaje ilegal a las Antillas hace dos años, a bordo de un barco sin matricular.

Mientras concluye la enumeración de delitos, los labios ensangrentados del vampyro se tuercen en una expresión de júbilo.

—¡Un frondero! —exclama—. ¡Me lo imaginaba! Ahora tenemos que averiguar por qué esa alimaña subió a mi barco.

Sin esperar más, hunde de nuevo sus colmillos en el cuello, ya terriblemente agujereado. ¿De verdad consigue leer toda la vida de Cléante en su sangre? ¿En virtud de qué odioso hechizo? ¡Ese demonio está cerrando los párpados para saborear mejor su vil alimento!

Reculo de forma instintiva hasta el tocador alargando una mano hacia mi daga, pero Cléante me detiene con la mirada. Sus ojos solo son ya unas estrechas ranuras donde la vida se extingue. Sus labios solo son dos líneas sin sangre que articulan un monosílabo:

—No…

En un intento desesperado, Cléante trata de hacerme comprender que no quiere que sacrifique las esperanzas de la Fronda. Así pues, es él quien se sacrifica. Siento que mis ojos se llenan de lágrimas, que se forma un nudo en mi garganta, mientras Hyacinthe deja de morderlo por segunda vez para tomar de nuevo aliento.

—Una joya —exclama triunfante—. O, para ser más exacto, un diamante: eso es lo que este entrometido buscaba en las profundidades del *Urano*. —Hyacinthe alarga su lengua roja como la sangre y se la pega al paladar, como si fuera un *gourmet* tratando de identificar los ingredientes de una sofisticada receta—. ¿El Corazón del Mar…? No, más bien el Corazón de la Tierra. El sabor es definitivamente ibérico…

El pánico me retuerce las entrañas. Estoy segura de que en el siguiente sorbo Hyacinthe descubrirá el secreto más preciado de Cléante: ¡mi identidad! El criado moribundo debe de haberlo comprendido también, porque patalea con todos sus miembros en una patética giga del ahorcado, profiriendo débiles gritos inarticulados.

Pero nada puede aflojar el cerco de carne muerta que lo aprisiona. El ojo rojo de Hyacinthe, empapado de sangre y de recuerdos robados, resplandece como un rubí maligno. Su ojo derecho se ilumina de forma feroz.

—Los desvaríos de este granuja me impiden concentrarme —me dice—. ¡Ayúdame a hacerlo callar para matarlo!

241

Sé que, con ese odioso mandato, el torturador pretende ponerme a prueba una vez más. Intenta averiguar cuáles son mis límites, si existe un vínculo inconfesable entre ese criado que tanta devoción parecía tenerme y yo. Ese juego cruel me produce náuseas, pero no tengo derecho a derrumbarme en el preciso momento en que Cléante hace acopio de sus últimas fuerzas para tratar de resistir a lo inevitable. Su cuerpo atormentado es puro sufrimiento. Su cara, una mueca de dolor. No es la certeza de la muerte inminente lo que lo angustia, sino el miedo a dejar escapar su último secreto.

Camino hacia él, conteniendo la respiración y las lágrimas, y le tapo la boca con una mano para ahogar su grito de agonía, pero también porque llevo el frasco de tintura de opio que me acompaña siempre en la palma. Hyacinthe no se da cuenta, porque está concentrado en «leer» la sangre de Cléante.

Vierto todo el contenido en la garganta del desdichado, a escondidas de su verdugo, que ya ha vuelto a clavar sus colmillos en su cuello para realizar el tercer y último mordisco. Mientras el licor del olvido se extiende por el cuerpo del mártir, lo miro fijamente a los ojos y respondo a su oración silenciosa con otra: «Nuestro secreto está a salvo, valiente Cléante. Gracias…, ahora duerme en paz».

Poco a poco, los rasgos tensos del hombre que me recordaba a mi hermano Valère se relajan. Su respiración entrecortada se calma. El terror de sus ojos moribundos se transforma en una suerte de quietud apagada.

Hyacinthe alza bruscamente la cabeza, lamiéndose los labios con aire perplejo.

—Qué extraño —dice—. Su corazón ha dejado de latir de repente, unos instantes antes de lo previsto. Además, su sangre perdió todo el sabor, como si la hubieran diluido en un agua insípida.

A continuación, empuja disgustado el cuerpo sin vida de Cléante. Desarticulado, el pobre criado se desploma sobre la alfombra que está en el centro de mi camarote.

—Aun así, me las arreglé para conseguir un último retazo de información antes de que todo se apagara.

—¿Qué averiguaste? —pregunto, con la garganta más seca que el papel de lija.

—Ese miserable frondero no era el único que codiciaba el diamante. El Rey de las Tinieblas también lo desea ardientemente.

Hyacinthe saca de un bolsillo un pañuelo de seda bordado con sus iniciales y se limpia delicadamente los labios con él antes de volver a colocarse el parche sobre la cuenca de su ojo izquierdo, que ya se está oscureciendo.

—Por lo que he percibido, ¡esa gema parece ser el ingrediente alquímico necesario para reconquistar el día! —exclama con avidez—. ¿No es fascinante, mi querida Diane?

—Fascinante, desde luego —consigo articular secundando su disgusto al mismo tiempo que me invade la pena—. Mándeme unos sirvientes para que limpien los restos de su comida. Me gustaría descansar y no pienso irme a la cama rodeada de… semejante desorden.

Mi identidad está a salvo, pero la supervivencia nunca ha tenido un gusto tan amargo.

243

16

La apuesta

*P*ermanezco postrada en mi habitación durante varias horas. Rechazo la comida e incluso la compañía de Poppy y Prudence cuando llaman a mi puerta. Les susurro a través de ella que una jaqueca terrible me impide verlas. Es cierto: el dolor de cabeza pulsa en mi cerebro trayéndome las imágenes de la agonía de Cléante. Me torturan unas preguntas obsesivas, como si unas mazas de mortero se hundieran en mis meninges una y otra vez. ¿Qué hará Hyacinthe ahora que sabe de la existencia del Corazón? ¿Intentará obtenerlo por sus propios medios para ganarse la admiración de su rey y señor? Hasta ahora, mi ventaja era la naturaleza secreta de mi búsqueda, hasta el propio Pálido Febo parecía tener poco interés en la gema. Me estremezco al pensar que Rocailles se ha incorporado a la carrera… A pesar de que sé dónde está la cámara blindada, si me ven allí después de que hayan pillado *in fraganti* a un miembro de mi tripulación, será una admisión de complicidad. ¡Ah, no sé lo que daría por poder pedir consejo al gran escudero! ¡Por compartir mis dudas con mi querida Naoko! Después de la muerte de Cléante me he quedado sola con el secreto de mi doble identidad, sola con una misión que me abruma: sola en el mundo.

Mientras esos pensamientos morbosos pasan por mi cabeza, oigo una melodía a lo lejos. El gran órgano suena de nuevo. En esta ocasión no se trata de un diluvio sinfónico que hace de banda musical a una batalla ni de un réquiem de magia negra para que arrecie una tormenta, sino de una pieza sencilla, diría que incluso ligera, acompañada de una voz cristalina. Una cantata. Imagino el comentario que haría Hyacinthe: *allegretto con amore*, «un poco alegre y amoroso». Por primera vez oigo cantar a *lady* Jewel, pues supongo que es ella, la favorita de la noche, la que está sentada al lado del maestro en la alta torre. A pesar de que el aria se oye a lo lejos y amortiguada por el grosor de los muros y el rugido de las olas, me emociona. Si el Sorbo del Rey ha convertido el timbre de Poppy en oro líquido, como pude comprobar cuando canturreó al son de su caja de música, el de la vampyra inglesa se asemeja a un derrame de cristales. La voz de Jewel ya es exquisita cuando habla, pero cuando canta se vuelve angelical, como si descendiera de los cielos de antaño, antes de que las Tinieblas los cubrieran por completo y abolieran la idea misma de paraíso. La pureza de esa voz seráfica, que fue capaz de inmovilizar a las sirenas en las entrañas del Diente de la Muerte, ahora encanta a Pálido Febo, hasta el punto de que este arranca de su órgano acentos casi alegres. No reconozco siquiera el tema obsesivo que suele atormentarlo.

Paradójicamente, la oda que se eleva a los cielos me sumerge en el abismo de la desesperación. Jewel está sumando unos puntos preciosos, que no hacen sino seguir disminuyendo mis posibilidades de acercarme al capitán y de apoderarme del Corazón. ¡Ah, no puedo soportar más esa melodía que me recuerda mi fracaso! ¡Ni siquiera tengo ya los tapones para los oídos ni mi frasco de tintura de opio!

Desesperada, me meto en la boca no una ni dos, sino tres bolas de morfina. Para extinguir el recuerdo infernal de la agonía de Cléante, para silenciar el canto divino de Jewel y hundirme en el olvido del sueño.

La nueva semana a bordo del *Urano* se desarrolla como un sueño o, mejor dicho, como una pesadilla con los ojos abiertos. Dado que cada vez consumo más bolas de morfina, agoto rápidamente mi reserva y me veo obligada a recurrir una vez más a Emine para conseguir otro frasco de tintura de opio. La pretendienta turca me lo da sin hacer ningún comentario, pero percibo que sus ojos me miran con aire reprobador por encima de su velo. ¡Si piensa que soy una drogadicta, se equivoca de

245

medio a medio, porque no lo soy en absoluto! ¡El opio me está ayudando a superar una etapa, eso es todo, y sabré deshacerme de él con facilidad!

Huyendo de la compañía de los que me rodean, paso los días y las noches deambulando por las cubiertas superiores del barco-ciudadela en búsqueda de información que pueda aclararme lo que va a suceder a continuación. Pero los miembros de la tripulación guardan un silencio obstinado. Así que me paso horas de pie en la proa de la nave, envuelta en chales, observando el horizonte con la esperanza de vislumbrar nuestro próximo destino, además de la próxima hazaña a la que voy a tener que enfrentarme. Por desgracia, el muro movedizo del ojo del huracán obstruye tercamente toda perspectiva.

—¿Aspira a convertirse en el nuevo mascarón de proa del *Urano*?

Me estremezco —es evidente que tengo los nervios a flor de piel— y me giro apoyándome de espaldas a la barandilla. La séptima noche desde la proeza de las sirenas está tocando a su fin. Obcecada por la inminente prueba, no he oído que Hyacinthe de Rocailles se acercaba a mí con paso de guepardo por la cubierta principal. Normalmente, se levanta tarde y no suele salir a pasear justo después del crepúsculo.

—No ponga esa cara de asombro —se burla—. He madrugado a propósito para venir a animarla antes de la tercera hazaña.

—No necesito ánimos, necesito información —replico temblorosa.

El corsario se encoge de hombros:

—Desafortunadamente, no puedo proporcionarle ninguna, querida. Nadie sabe lo que pasa por la tortuosa cabeza de su prometido. Esta noche debe de estar indispuesto, pues no se le oye tocar y la tormenta parece haber amainado.

En efecto, me doy cuenta de que las nubes del muro del ojo del huracán giran a menos velocidad y de que el viento sopla con menos fuerza. La temperatura también parece más suave, por lo visto ha subido varios grados.

Hyacinthe se toma la libertad de apoyarse en la barandilla a mi lado. Desvío de inmediato la mirada, pero, incluso cuando no veo su único ojo, el vampyro se impone a mis sentidos con su embriagador aroma floral, que invade mis fosas nasales.

—Sostengo que sería un magnífico mascarón de proa —afirma—. Creo que ese vestido le sienta mejor que el peto, porque con este parece un poco dura.

Mira el uniforme de escudera que me he puesto para afrontar la próxima prueba.

—No estamos en Versalles y usted no es el árbitro de la elegancia —replico—. La hazaña de esta noche está a punto de comenzar, usted mismo lo ha dicho, y estas prendas son más que apropiadas.

—La hazaña, sí..., si fracasara, a pesar de mis sinceras plegarias, podría proponerla para convertirla en la próxima proa de la *Novia Fúnebre*, ¿qué le parece? —Suspira desolado—. Por lo visto, las sirenas del Diente de la Muerte acabaron con la última dhampyra: la miserable criatura se desgañitó tanto en su presencia que se le reventaron los pulmones. La pobre no duró mucho, solo una travesía del Atlántico desde el puerto de Vannes, donde la recogí.

El horrible elogio de la desgraciada anónima, cuya única falta fue caer en garras de un inmortal demasiado atractivo, me subleva.

—Soy la prometida de Pálido Febo, no la suya —le recuerdo en tono desabrido a Hyacinthe mientras mantengo obstinadamente la mirada fija en el negro horizonte.

—«Una de sus prometidas» —me corrige—, pero no se preocupe, solo estaba bromeando.

—Pues se acabaron las bromas —lo atajo deseando poner punto final a aquella odiosa conversación—. No tiene ninguna gracia. Si fracaso esta noche, prefiero acabar en la barriga de un tiburón que en la proa de su barco. El rey nunca permitirá que su escudera tenga un final tan indigno.

—Su escudera sin duda no —corrobora Hyacinthe con voz melosa—, pero le he pedido un escudero. La misma tarde en que detuvimos a Montesueño en Fort-Royal, envié una gaviota a Versalles con mi solicitud atada a una pata.

Esta vez sí que no puedo evitar mirar al corsario. Este me sonríe afablemente con sus labios aterciopelados, con la mis-

247

ma boca que hace una semana enrojeció al beber la sangre de Cléante. En cuanto al parche en forma de corazón, ahora sé que oculta una brasa demoniaca.

—¡Bueno, sí, me gusta variar mis placeres! —se defiende con aire inocente, como un niño pillado con la mano metida en una caja de galletas—. A lo largo de los siglos, a veces he atado a «un novio» a la proa de mi barco. Rafael de Montesueño no quedará mal, es guapo. Como, en cualquier caso, en Francia le espera la pena de muerte por deserción, yo podría ejecutar la sentencia, ¿no?

Me deja sin palabras. El destino que Hyacinthe tiene reservado para Rafael es... ¡abominable! Pero no debo dejar traslucir mi confusión. Esa provocación puede ser una nueva artimaña para tantear mi lealtad al rey.

—Está muy pálida y tiene las mejillas hundidas —comenta—. ¿Ha decidido convertirse en asceta, como su infernal acompañante, Des Escailles, que parece alimentarse solo de aburrimiento? No parece sentarle muy bien, ya que hace varias noches que no la hemos visto.

—Françoise está descansando en su camarote, eso es todo —digo a modo de excusa—. En cuanto a mí, como más que suficiente.

La verdad es que el opio, además de darme sueño, me causa unas náuseas espantosas. La mitad de mis comidas acaban en un cubo pocos minutos después de haberlas ingerido. Poppy me advirtió de ese indeseable efecto secundario, que, sin duda, pasará.

Hyacinthe sacude la cabeza con aire compungido.

—La comida que sirven a bordo del *Urano* parece particularmente sosa, lo reconozco, a pesar de que no he comido alimentos sólidos desde hace siglos. No tiene nada que ver con las deliciosas cenas en Versalles a las que está acostumbrada.

—Le agradezco su premura, pero no he venido a los trópicos para hacer turismo gastronómico.

—Se equivoca al desdeñar la cocina tropical —afirma—. Tiene sabores interesantes. Por supuesto, Pálido Febo no los sirve en su mesa, pero cuando la transmuten, con gusto le invitaré a la mía. Ya verá, los prisioneros que subieron a bordo en

Fort-Royal son realmente exquisitos. El gobernador Du Casse no solo me procuró los convictos que suele tener encerrados en sus prisiones. Además me ha mimado con una buena selección de sangre arreglada.

La mención de ese nuevo horror debe de haberme hecho palidecer un poco más, a juzgar por el brillo alegre que percibo en el único ojo de Hyacinthe. En el gran mercado de Fort-Royal descubrí los rones arreglados. No quiero siquiera pensar en qué manera los chupasangres interpretan a su manera esa especialidad antillana…

—Querida, leo su curiosidad como un libro abierto, no necesito probar su bonito cuello para eso. Deje que le explique. El sujeto en cuestión se alimenta siguiendo una monodieta, que depende del sabor que se desea obtener. Piña, naranja, papaya: las posibilidades son infinitas. Para ajustar bien la medida, le damos alcohol para beber, de manera que el aroma se fije en su sangre antes de la cosecha.

—Como acaba de recordar, aún no he tenido el honor de ser transmutada —especifico—, así que le ruego que no tenga la crueldad de tentarme con sus botellas de sangre arreglada.

Hyacinthe suelta una cortés carcajada, que agita los largos mechones de color platino que enmarcan su rostro de facciones perfectas.

—Veo que le falla la memoria, Diane. Ya le he dicho que nunca bebo de la botella. Las sangres arregladas que he embarcado aún se encuentran en sus recipientes originales: unos mortales a los que hemos dado biberones de ron desde que zarpamos. Imagínese cómo tienen el hígado…

Siento otra arcada que surge de lo más profundo de mi cuerpo, así que me alejo tambaleándome. ¡Es demasiado! ¡Tengo que dejar atrás a ese monstruo para no vomitarle encima! Paso entre los marineros, que se ocupan de las maniobras noche y día, pisando montones de cuerdas pegajosas. A cierta distancia veo un moño alto y castaño iluminado por un farol que cuelga del mástil: es Poppy. Corro hacia ella, aliviada por poder tener una conversación normal con una chica de verdad…, pero, cuando me encuentro a escasos metros de ella, veo que está discutiendo con un inmortal cuya chaqueta de color gris antracita se mimetiza con la oscuridad.

Sterling Raindust, ¡lo que faltaba! Hago además de dar media vuelta, pero ya es demasiado tarde, porque Poppy me ha visto.

—¡Diane! —exclama—. Te he buscado por todas partes y no ha habido manera de encontrarte.

—Estaba en la proa… —refunfuño, alejándome de ella.

Pero mi amiga corre para darme alcance dejando atrás al lord.

—¿Cómo te encuentras? ¿Ya no te duele la cabeza?

—Estoy lista para la prueba de esta noche. Y tú, ¿qué hacías charlando con la pérfida Albión? Aunque hayas nacido en Inglaterra, te recuerdo que Francia es tu nueva patria. Zacharie no aprobaría ese tipo de conciliábulos.

—Me he librado de Zach y Prudence por un momento, están en la popa —me explica febrilmente Poppy—. Necesitaba ver a lord Raindust… para ayudarte, Diane.

—¿Para ayudarme? —repito. Poppy ha logrado captar toda mi atención—. ¿Has podido sonsacarle algo a Raindust? Ese zorro ha demostrado ya en varias ocasiones que está bien informado sobre las actividades de Pálido Febo. Pero dime: ¿has conseguido tirar de la lengua al enemigo sobre la hazaña que han previsto para esta noche?

Poppy toma mis manos entre las suyas y baja la voz:

—Lord Raindust no es el enemigo, como dices —suplica—. Si desistes, promete ayudarte a huir a Inglaterra y…

—Ahórrame los detalles, me sé la canción —la interrumpo irritada—. Tu nuevo amigo me la ha repetido varias veces. Es increíble que intente valerse de ti para convencerme. En cualquier caso, no pienso renunciar.

A la luz de los faroles que cuelgan de los mástiles, veo dibujarse en el semblante de la inglesa una expresión de ansiedad. Rebusca en los pliegues de su vestido y saca un pergamino doblado, que desliza con discreción en el bolsillo de mis pantalones de cuero:

—Es un pase firmado por lord Raindust en calidad de representante de la reina Ana —me susurra al oído—. Este documento te permitirá solicitar asilo en cualquier puerto inglés. Habrás notado que el viento está amainando esta noche: es el momento perfecto para escapar sigilosamente a bordo de una corbeta.

—Tu amistad me conmueve de verdad, Poppy, pero te repito que no pienso abandonar de ninguna manera.

Mi amiga empieza a temblar de impaciencia, de frustración, pero, por encima de todo, de miedo, porque quiere salvarme a toda costa. Su afecto me estremece y me enternece.

—¿Por qué tanta obstinación, Diane? —me implora—. Pálido Febo es un psicópata de la peor calaña, lo sabes tan bien como yo. Te juegas la vida en cada hazaña, ¿por qué?

—Ya sabes por qué: por el Rey de las Tinieblas —contesto con un nudo en la garganta.

Nunca me he sentido tan mal por no poder decirle cuál es mi verdadero compromiso. En este momento daría lo que fuera por tener un oído amigo con quien hablar. ¡Cómo echo de menos a Naoko y a Orfeo!

Poppy me asesta entonces el golpe de gracia:

—Esa mortificante cabezonería me recuerda a la que te animó durante las pruebas para obtener el Sorbo del Rey —comenta con acritud—. Recuerda que cometiste muchos errores, y que yo no fui la última en pagar el precio. Me aseguraste que luego te habías arrepentido, pero ahora estás volviendo a cometer tus peores excentricidades.

—Mi lealtad al rey es infinita... —me limito a repetir como un loro, un pobre animal trastornado, un pájaro enjaulado.

En ese momento, empiezan a oírse gritos a nuestro alrededor:

—¡Tierra! ¡Tierra!

En efecto, a lo lejos, los contornos de una costa emergen poco a poco del muro del ojo: unos anchos bancos de arena ennegrecidos por la oscuridad y cubiertos de una espesa vegetación. Aunque la tormenta haya balanceado los troncos de los cocoteros, la furia con la que se desencadenó aquí no tiene nada que ver con la que arrasó el Diente de la Muerte hace una semana. Hyacinthe tenía razón, el huracán ha amainado por el momento. Se convirtió en una tormenta tropical de perfiles indefinidos que llenó el cielo de nubes cargadas de agua, entre las que brilla la luna de forma intermitente.

Resuena un redoble de tambor. Todas las tripulaciones convergen hacia la torre envueltas en una llovizna vaporosa que difracta la luz de los faroles. Gunnar está plantado al pie

251

de esta con los brazos cruzados en su ancho pecho, semejante a una enigmática esfinge guardiana de los secretos del cerebro de Pálido Febo.

—La prueba de esta noche está a punto de comenzar —anuncia con su rostro curtido brillando a causa de la humedad ambiental—. Dentro de unos instantes atracaremos en las islas Lucayas.

Un murmullo de entusiasmo recorre las filas de los marineros de la *Novia Fúnebre*, que se han congregado a mis espaldas en cubierta. Recuerdo que su capitán describió las islas Lucayas como una serie de manglares impenetrables donde los piratas antillanos se reúnen en secreto para pegarse la buena vida. Por lo que oigo, los corsarios también planean relajarse allí. «Voy a beberme diez barriles de ron», promete uno de ellos. «Y yo voy a llenarme la barriga con diez cerdos a la parrilla, porque estoy harto de avena y bacalao hervido», gruñe otro. «¡Sin ánimo de fardar, no sabéis a cuántas furcias me voy a tirar esta noche!», exclama un tercero.

Gunnar pone fin a esas vulgares exclamaciones:

—Las cosas no serán como en el Diente de la Muerte. Esta vez, ninguna pretendienta desembarcará con su tripulación. Me ocuparé personalmente de ello, ya que seré yo quien las acompañe. Además, no necesitarán a su séquito: tendrán que demostrar solas sus encantos.

Mientras los corsarios exclaman decepcionados, lanzo una mirada furtiva a mis competidoras. Emine va envuelta en un velo de color verde esmeralda con reflejos iridiscentes; por su parte, Jewel lleva su delicado vestido de encaje blanco bordado con lentejuelas. Las dos van mucho más arregladas que yo, que sigo vestida con los pantalones y la coraza, pues pensaba que se iba a tratar de un desafío físico. El número de los «encantos», sea lo que sea, no presagia nada bueno.

—Pálido Febo comunicó a los piratas de las Antillas que va a casarse y esta noche ha invitado a los más influyentes a que acudan a una guarida de las islas Lucayas para presentarles a sus novias —anuncia Gunnar.

—Creía que su patrón no duda en atacar a sus semejantes cada vez que se le presenta la ocasión —dice Zacharie—. ¿No le temen?

252

—Sí, pero esta noche han acordado una tregua. Como muestra de buena voluntad, nuestro capitán se ha encerrado en su habitación y ha realizado unos intensos ejercicios espirituales para calmar la tormenta: está tocando una sonata en sordina.

¿Una sonata? Solo oigo el crujido de los mástiles, el chirrido de las poleas y el murmullo de las olas. Los tubos del gran órgano parecen haber enmudecido. ¿Acaso se contenta el músico con rozar el teclado?

—Además, a los piratas dignos de ese nombre les apasiona enfrentarse a cualquier riesgo y afrontar todos los elementos —añade Gunnar—. Es el amor al juego.

Tengo un funesto presentimiento. Jugar para distraerse con la infelicidad ajena, es típico de Pálido Febo. ¿Qué nueva idea perversa habrá salido de su cerebro enfermo? Gunnar no dirá nada más. Nos ha invitado ya a subir a uno de los barcos satélites más pequeños del *Urano*, una simple goleta. Con una tripulación de unos veinte marineros, la embarcación se separa del conglomerado. Hiende las brumas que flotan en el mar mientras se dirige hacia las oscuras siluetas de las islas Lucayas. Detrás de nosotros, en la cubierta alta del buque insignia, puedo ver tres cabezas inclinadas sobre la barandilla: el moño alto de Poppy, el corte de pelo marcial de Zacharie y las trenzas de Prudence, que ondean suavemente con la brisa.

253

—Solo pasaremos en tierra una o dos horas —nos explica Gunnar al cabo de unos treinta minutos, mientras el velero arroja el ancla a varios metros de una playa desierta barrida por una lluvia ligera—. El tiempo justo para presentarlas a los Hermanos de la Costa.

—¿Los Hermanos de la Costa? —repite Emine—. ¿Así se llaman los piratas que ha invitado Pálido Febo?

El primer lugarteniente asiente con la cabeza.

—Es un término antiguo, acuñado hace varios siglos. Se dice que en aquella época los piratas libres consiguieron llegar a un acuerdo para crear una hermandad que tenía su propio código de honor. Ese hermoso pacto se hizo añicos con el advenimiento de la era de las Tinieblas. Desde entonces, cada uno va a lo suyo. Se reúnen en contadas ocasiones, como esta noche, igual que los miembros dispersos de una familia, aunque solo lo hacen para luchar mejor después entre ellos. Vamos, ya es hora de bajar.

Gunnar nos hace pasar a una chalupa para ir a tierra mientras sus hombres cargan en ella unos pesados cofres.

—Pero… ¡parece el botín de Alexandre de Mortange! —exclamo al reconocer el sello querúbico.

—Así es, estamos descargando diez de sus cofres —corrobora Gunnar—. Se atraen más moscas con miel que con hiel, y hay que pagar a los bucaneros.

La chalupa llega a la playa en un abrir y cerrar de ojos. Mis zapatos se hunden en la suave arena y mi pelo se moja con la llovizna. Un ejército de cocoteros rodea la playa con sus troncos apretados, entre los que ondea la niebla. La luna acuosa se refleja en las palmeras, que resplandecen con el agua de lluvia. A lo lejos, en las calas vecinas, me parece ver los mástiles oscuros de otros barcos: sin duda son los de los piratas que han respondido a la llamada de Pálido Febo. ¿Cómo nos pedirán que los deleitemos? ¿Bailando? ¿Declamando versos? ¿Quizás algo peor? Gunnar no nos dará sus instrucciones hasta el último momento…

Nos ponemos en marcha, seguidos por los hombres que transportan resoplando los cofres llenos de luises de oro. Tras penetrar en la jungla, la vegetación se vuelve tan tupida que la luna desaparece y solo podemos ver gracias a los faroles que empuñan los dos tripulantes que van a la cabeza iluminándonos el camino. Al menos, el frondoso techo nos protege de la lluvia.

Mientras avanzamos, escucho los sonidos de la naturaleza. Lejos de estar dormida, la isla tiene una vida nocturna intensa e invisible. Las extrañas vibraciones de los élitros…, los zumbidos intermitentes…, los chirridos metálicos… El aire está cargado, saturado del dulce olor del humus en descomposición, y resulta difícil respirar. Más que la humedad, lo que me oprime el pecho es la zozobra. Después de haber pasado días y días tiritando en la gélida atmósfera del *Urano*, sudo profusamente bajo mi grueso uniforme de cuero de escudera. Cuando se anunció el evento, Poppy tuvo el tiempo justo de prender una flor de tela a mi pechera para feminizarla. Yo, en cambio, no lo tuve para tragarme una bola de morfina, y la verdad es que la necesitaría para calmar mis nervios. Me pregunto si anoche no debería haber aumentado mi dosis de tintura de opio.

Cuando llegamos a una especie de claro recortado en medio de la jungla, siento cierto alivio. Veo que hay instalada una gran carpa. El chaparrón toca el tamtam en el techo de lona. Las sombras nos acechan por todas partes: piratas armados hasta los dientes montan guardia alrededor del campamento. Se apartan sin mediar palabra para dejar pasar a nuestra comitiva. Posan sus miradas ardientes sobre Emine, Jewel y sobre mí, pero estas se fijan en particular en los cofres de oro.

El lujo del interior de la tienda contrasta con la naturaleza salvaje del exterior. Las alfombras persas esparcidas por el suelo y las arañas de cristal que cuelgan de las vigas crean el espejismo de una corte efímera. En el centro hay una gran mesa redonda a la que están sentados diez hombres tocados con unos extravagantes sombreros adornados con piezas procedentes de sus botines de guerra: plumas de avestruz, baratijas de oro y collares de perlas. Algunos fuman en pipa, otros mascan tabaco bajo sus barbas rizadas. Todos nos miran con ojos febriles. Gunnar hace señas a sus hombres para que pongan los cofres en un rincón de la tienda, luego se dirige hacia el último asiento libre, que le han destinado. Saca las dagas que lleva ocultas en las mangas de su librea y las empuja hacia el centro de la mesa, donde estas se unen a un alto montón de cuchillos, pistolas y fusiles: las armas de los Hermanos de la Costa, de las que se han desprendido por el momento.

—Buenas noches, caballeros, gracias por haber respondido a la llamada de Pálido Febo —dice el primer lugarteniente.

Los piratas inclinan la cabeza y algunos se despeinan al hacerlo. Salta a la vista que Gunnar es una figura que impone respeto, incluso entre los hombres más indómitos del mar Caribe.

—¿Dónde está nuestra hermana, Carmen? —pregunta uno de los capitanes, un lobo de mar con un largo bigote rubio almidonado que, según me parece, habla con acento de Europa del Este—. No la veo, a menos que se haya escondido detrás de ese velo.

Señala a la plenipotenciaria con la punta de su pipa.

—La mujer que ve ahí es Emine Pacha, la pretendienta otomana —le corrige Gunnar—. Y sus compañeras son Jewel de Canterbury, la candidata inglesa, y Diane de Gastefriche, la francesa. Por desgracia, Carmen la Loca no se clasificó para la tercera ronda del concurso.

Un murmullo nervioso recorre la mesa redonda. Las sillas crujen. Varios brazos se tienden enseguida hacia las armas para recuperarlas. Hasta que la voz grave de Gunnar pone punto final a la conmoción:

—Con o sin Carmen, las apuestas están abiertas, y os recuerdo que hay en juego diez mil luises de oro —afirma.

Señala los cofres con su enorme mano. Los piratas se calman de inmediato, como por arte de magia.

—Lo único que tenéis que hacer es apostar en secreto por la pretendienta que prefiráis —explica luego con sosiego.

Mientras mis dos rivales y yo nos miramos de reojo, un tripulante del *Urano* entrega un sobre a cada uno de los Hermanos de la Costa.

—Escribiréis el nombre que hayáis elegido en el papel y los ganadores se repartirán las diez mil libras al final de la velada —les dice Gunnar.

—¿Hay que apostar por quién se casará con Pálido Febo, es eso? —pregunta un hombre lleno de cicatrices que lleva un bicornio abarrotado de medallas militares de todo el mundo, sin duda arrebatadas a los muertos de unas cuantas flotillas.

—No, no es eso. No conoceremos a la novia hasta dentro de una semana, cuando finalice la cuarta y última prueba —contesta Gunnar—. Vais a apostar por la que será eliminada esta noche. Vosotros mismos la elegiréis. La candidata que reciba más votos perderá el juego…, a la vez que la vida.

Unas crueles risitas sacuden los hombros de los apostadores. Oro y sangre: la receta perfecta para complacerlos. Parecen haber olvidado ya a Carmen la Loca, la única mujer que era miembro de esta asamblea.

—¿Y cómo hemos de elegir a la perdedora entre estas memas? —pregunta uno de los apostadores señalándonos con el garfio que lleva en el brazo derecho.

—Decididlo vosotros. Pálido Febo no ha impuesto ningún criterio, solo un límite de tiempo: disponéis de una hora para juzgarlas.

—¿Podemos tocar la mercancía? —bromea un grandullón con una sonrisa en la que brillan varios dientes de oro.

Esto es demasiado para Emine, que estalla:

—¡Esta bufonada no es una proeza! —exclama iracunda haciendo vibrar el velo—. Debería avergonzarse. ¡Nos está subastando como a vulgares caballos de carreras!

—Así es —corrobora riéndose un pirata afectado por un preocupante estrabismo divergente—. Y la yegua más lenta será ejecutada.

El loro verde que lleva posado en un hombro repite como un inquietante eco: «¡Ejecutada! ¡Ejecutada! ¡Ejecutada!».

Otro bucanero señala a la otomana con un dedo índice con la uña negra de mugre.

—Si no quieres que escriba tu nombre en el papel, muéstrame la cara que se esconde detrás de ese trapo, potranca —le ordena—, porque ya he decidido cómo voy a elegir: eliminaré a la más fea.

257

Emine tiembla de rabia a mi lado y la comprendo. ¡Más que una jaca, me gustaría ser una yegua vampýrica para desgarrar las gargantas de los Hermanos de la Costa con una dentellada! Esos hombres, que están muy lejos de haber ganado un concurso de belleza, ¿pretenden juzgarnos por nuestra apariencia? Son unos canallas. Pero el peor canalla de todos es el organizador de esta siniestra mascarada. Pálido Febo podría haberles exigido un espíritu caballeresco algo descarriado sometiéndolos a unas pruebas tan peligrosas como aquellas por las que hemos tenido que pasar en las dos últimas semanas. En esta ocasión, sin embargo, solo se trata de una parodia de proeza trivial, cruel y, sobre todo, de un entretenimiento carente por completo de sentido.

—Para que podáis juzgar a las pretendientas con ecuanimidad, propongo que pasen por delante de vosotros —sugiere Gunnar—. Cada una de ellas tendrá un cuarto de hora para presentarse y luego dispondréis de los últimos quince minutos para apostar. ¿Por quién empezamos?

—¡Lancemos los dados! —sugiere el hombre del garfio—.

Uno y dos para la francesa, tres y cuatro para la inglesa, y cinco y seis para la otomana. Veamos quién será la primera en dar la vuelta al ruedo.

—¡Bien dicho! —aprueban sus compañeros.

Con su mano hábil, el pirata saca de su bolsillo un dado de cuerno y lo arroja sobre la mesa. Sale el número tres. El amputado vuelve a lanzar el dado, esta vez es un seis. Está decidido: yo seré la última.

Gunnar se gira en su silla para dirigirse a Emine y a mí.

—Les ruego que esperen su turno bajo el toldo, señoritas.

Dos miembros del equipo se apresuran a escoltarnos fuera de la tienda, pero la mujer otomana les reprende secamente:

—¡Abajo esas manos! No vamos a salir volando.

Las dos salimos a la noche, bajo un toldo de lona sobre el que tamborilea la lluvia. En el borde del halo del farol que cuelga de él se ven las siluetas de los piratas que siguen montando guardia en los márgenes del claro; más allá de ellos se encuentra la impenetrable jungla. Como dijo Emine, no hay adonde volar y, además, hemos venido hasta aquí para competir, por muy abyecta que sea la audición. Hablando de audición…, oigo cómo la voz encantadora de Jewel se eleva en la tienda, a nuestras espaldas. Además de estar bendecida por su radiante belleza, está haciendo uso de su don tenebroso.

—Aún no sabemos quién será la última, pero sí quién va a quedar clasificada en primer lugar —digo con acritud.

—Yo no pienso acabar… —me confiesa Emine susurrando.

¿Qué ha dicho? No estoy segura de haber entendido bien las palabras que han atravesado su velo…

—Estoy planeando huir —prosigue a media voz—. El comportamiento de Pálido Febo me ha repugnado desde el principio, pero esta noche ha ido demasiado lejos. Mis temores eran fundados: ese hombre está chiflado, es un loco peligroso con el que es imposible sellar ninguna alianza. Eso es lo que referiré al sultán.

Los ojos de Emine destellan por la abertura de su velo, como los de una astuta Scheherezade, mostrando su capacidad para escapar de una unión fatal. El vapor que se eleva de la tierra encharcada la rodea con un halo irreal. El continuo batir de la lluvia ahoga sus susurros. Soy la única que puede oír sus confidencias.

—Siento ya pesar por la que elegirá, porque será como casarse con Barba Azul —profetiza—. Alguien que mata con tanta facilidad a sus prometidas no dudará en asesinar a su cónyuge si eso puede inspirar una de sus sinfonías infernales.

—Pero hasta ahora has participado como las demás... —le recuerdo acusando el golpe.

—¡Sí, porque no tenía elección! ¡No quería perder y ser ejecutada! No teníamos escapatoria: el huracán era demasiado poderoso, y la pared del ojo, demasiado densa. Pero esta noche, en cuanto vi que la tormenta amainaba, advertí a mis jenízaros de que por fin había llegado el momento. Poco después de que zarpáramos con Gunnar echaron sus botes al agua amparándose en la sombra de la galera. Ellos también han llegado a las islas Lucayas, pero sin subir las velas, solo remando para pasar desapercibidos en la niebla. Mientras hablamos han debido de subir sigilosamente a la goleta y habrán matado a la tripulación sin que se oyera un solo grito.

Esas revelaciones me dejan sin palabras, tan muda como las indefensas víctimas de los jenízaros. Solo una docena de marineros se quedaron a bordo de la goleta y no eran guerreros entrenados como los guardias que protegen al capitán del *Urano*... Imagino que, dada su preparación, los otomanos no tuvieron problemas para hacerse con el control del barco.

—Cuando volvamos a la playa más tarde, después de la apuesta, nos estará esperando un comité de bienvenida —continúa Emine—. Los francotiradores neutralizarán a Gunnar y a nuestra escolta. Lo único que tendré que hacer es subir a bordo de la goleta y zarpar mar adentro. Estamos demasiado lejos para que los cañones del *Urano* puedan alcanzarnos y Pálido Febo está demasiado alterado para poder desencadenar rápidamente la tormenta. Nada podrá detenerme hasta que llegue a la costa de Florida, que está a pocas leguas de aquí; desde allí organizaré mi regreso a Turquía, pues mis jenízaros han traído suficiente oro para comprar un barco de cinco mástiles con la tripulación incluida.

Atónita por la audacia del plan, permanezco callada unos instantes. La noche llena mi silencio de extraños murmullos mientras las palmeras se mecen a la luz de la luna.

—Creí que habíamos sellado una alianza para asegurar la victoria de una de las dos y el rescate de la otra —logro decir al final—. Si te he entendido bien, nuestro pacto ya es papel mojado.

A decir verdad, nunca he estado muy segura de que nuestro acuerdo duraría hasta el final. En la corte de Versalles aprendí a desconfiar tanto de todo y de todos que siempre espero lo peor.

—Nuestro pacto sigue en pie —afirma Emine para mi sorpresa—. Por eso te he contado mis planes. La hija del gran visir mantiene su palabra. Así pues, te propongo que huyas conmigo.

Apenas puedo creer lo que oigo. Después del salvoconducto de Sterling, ahora me ofrecen una nueva escapatoria. ¡Es evidente que las ratas están abandonando el barco! La lluvia arrecia sobre el toldo, como si quisiera seguir el compás de los latidos acelerados de mi corazón. En el interior de la tienda, Jewel ha dejado de cantar. Su cuarto de hora está a punto de terminar.

—Es mi turno —me advierte Emine—. Solo debo fingir unos minutos más que sigo este absurdo juego. Luego dejaré atrás esta locura. Decídete rápido, Diane: ¿quieres huir conmigo? Tienes que decírmelo antes de que nos marchemos de aquí.

La cortina que cierra la tienda se levanta. La luz amarilla de los candelabros se expande bajo el toldo acompañada de un soplo de aire fresco: el aura tenebrosa que emite Jewel. Emine entra corriendo sin mirar siquiera a la joven condesa de Canterbury, a la que voy a vencer con mi retirada.

17

Jewel

—*Lady Jewel, can I ask you something?*

La vampyra parece sorprendida. Un «*yes*» vacilante cruza el umbral de sus labios diáfanos. No está acostumbrada a que me dirija a ella en inglés, pero es preferible que nos comuniquemos en esa lengua que en su macarrónico francés.

—¿De verdad quiere casarse con Pálido Febo? —le pregunto todavía en su idioma.

—Es mi deber —responde en su lengua materna—. Por eso me ha enviado aquí la reina Ana.

—Eso no responde a mi pregunta. No estoy hablando del deseo de su soberana, sino del suyo.

Una expresión confusa nubla la tersa frente de la vampyra. En el halo del farol que cuelga del toldo, me parece más joven que nunca. ¿Tuvo una vida muy breve antes de convertirse en inmortal? Es la primera vez que me hago esa pregunta, pero esta noche, mientras la lluvia canta su monótona melodía y la selva exhala sus olorosos vapores, la cara trémula de la condesa de Canterbury me interroga.

—¿Desea casarse con el capitán Febo?

—Mi único deseo es complacer a Sterling... —me responde de inmediato la condesa—. Esto..., quiero decir, a lord Raindust.

Eso es, ¡lo que sospechaba desde el principio! Jewel está completamente entregada a ese manipulador de Sterling. ¿Por qué? También consigo adivinarlo.

—Lo quiere, ¿verdad? —le digo.

Jewel asiente con la cabeza bajando sus ojos de largas

pestañas rubias. Si no supiera que es una criatura sin sangre, juraría que puedo ver cómo se sonroja. ¡Todavía hay mucha vida en esa joven!

—Pero él no la quiere, porque, de ser así, no le pediría que se casara con otro —le digo.

Jewel alza bruscamente los ojos para mirar los míos. Sus pupilas de color azul celeste tiemblan como dos lagos acariciados por una brisa primaveral; su mirada, a diferencia de la mayoría de los chupasangres, aún no se ha congelado por completo.

—¡Él me quiere! —protesta—. ¡Sin él estaría muerta!

—A decir verdad, está muerta «por su culpa» —la corrijo—. Le recuerdo que él la transmutó y que, para poder hacerlo, la mató.

—Y matándome me salvó —precisa la bella inglesa con un susurro.

El fervor de su voz —y más aún la pasión— me confunde.

—Sterling Raindust es un espía dispuesto a cometer cualquier bajeza —argumento.

—No, no es en absoluto como lo describe —me interrumpe—. En realidad, no lo conoce, igual que tampoco me conoce a mí en absoluto.

—La conozco mejor de lo que piensa. Su nobleza es pura fachada. En realidad, viene de la calle.

La lluvia cae a cántaros sobre el toldo de lona que nos sirve de techo. Como un redoble de tambor en un espectáculo anunciando que se levanta el telón. Consciente de dónde vengo, me avergüenza recordar a Jewel su origen humilde, pero ella desconoce mi procedencia y ahí radica mi ventaja. Trato de recordarme a mí misma que no me enfrento a una joven como yo, sino a un cadáver animado. A pesar de que su transmutación es reciente, Jewel debe de haber consumido ya docenas de frascos de sangre de plebeyos, puede que incluso haya bebido directamente del cuello de uno de ellos valiéndose de sus nuevos y afilados dientes.

—Es cierto, no nací noble, sino plebeya —confiesa—. No niego mis orígenes modestos e incluso se los revelé a Pálido Febo durante nuestra entrevista. A él no le importó. En mi pueblo de Devonshire decían que tenía una voz bonita. Así que me fui a Londres hace dos años con el sueño de convertirme en cantante de la Royal Opera House. Pero, una vez allí, la ciudad destrozó con sus garras a la pequeña chica de campo que era. Terminé sin hogar, obligada a cantar en la calle para pedir limosna.

Cuando Jewel se ve obligada a chapurrear un francés que apenas conoce, es fácil tomarla por una cabeza hueca, pero ahora que está hablando en su idioma su elocuencia me llega al corazón. No sé qué es lo que más me perturba, si el hecho de que los plebeyos puedan ir y venir en Inglaterra sin estar sujetos a la ley del confinamiento o si, en cambio, es el modo en que la cara de la vampyra parece revivir al evocar su reciente pasado mortal.

—Así fue como me encontró lord Raindust, en una esquina bañada por la lluvia, como esta noche —murmura perdida en sus recuerdos—. Me tendió la mano, como nadie lo había hecho antes.

Sus labios tiemblan. A pesar de la rivalidad que hay entre nosotras, siento por ella una oleada de afecto. Toco su brazo cubierto de encaje: está helado.

—Puede que lord Sterling le tendiera la mano, pero se guardó su corazón —le digo—. De hecho, no duda en entregarla a otro para favorecer a la corona de Inglaterra.

Jewel sacude la cabeza, negándose a dejar de creer en el cuento de hadas que ha imaginado. Sus párpados diáfanos baten como las alas de dos polillas frenéticas.

—Nos volveremos a ver después de la boda —replica con voz vibrante, la misma voz que, cuando canta, hechiza a los monstruos y a los piratas—. La boda con Pálido Febo solo es una maniobra política. En cambio, mi unión con Sterling es eterna, lo sé. Me visitará cuando mi marido duerma; cada recepción oficial, ya sea en las Antillas o en Inglaterra, nos servirá de pretexto para un reencuentro secreto; nos querremos con un amor mucho más ardiente, dado que será prohibido.

—¿De verdad está tan segura?

Ha llegado el momento de darle el golpe de gracia, aunque me cueste. Lo hago por su bien, por el mío... y, sobre todo, por el de la Fronda. ¡Esta noche debo regresar victoriosa al *Urano* para poder reunirme con Pálido Febo y pedirle el Corazón!

Meto la mano en el bolsillo de mis calzones de cuero y saco el documento que me dio Poppy. Lo despliego bajo la luz del farol que cuelga del toldo para mostrarle los sellos y los timbres entre los que discurre la elegante caligrafía del lord.

—Aquí tiene un salvoconducto firmado por su supuesto amor eterno —le explico—. En este documento me invita a ir a Londres y a esperarlo allí para verlo, no dentro de un año, en una recepción oficial que probablemente nunca llegará a celebrarse, sino esta misma noche.

Los ojos de Jewel se abren como platos. Sus pupilas se contraen y las puntas de sus caninos sobresalen involuntariamente por encima de sus labios: los celos difuminan la imagen de la chica inocente y sacan a la luz a la depredadora inhumana en que se ha convertido.

—¡No me lo puedo creer! ¡Me juró que no había nada entre ustedes!

Mi corazón se acelera. Así que Sterling y Jewel ya han hablado de mí... y él tuvo que negar que me quiere. Eso no es lo que me contó cuando me dijo que le inquietaba mi situación. ¿A quién ha mentido? ¿A Jewel o a mí?

—«Los hombres son de abril cuando cortejan y de diciembre una vez casados» —declamo citando tanto a Sterling como a su modelo, William Shakespeare.

—¿Qué? —pregunta Jewel sollozando.

—Lo que quiero decir es que hoy Sterling le parece tan encantador como la primavera, porque está tratando de conseguir lo que pretende de usted. Pero mañana, cuando se haya ido, de él solo quedará su ausencia, tan fría como el invierno..., y el abrazo del marido al que la habrá entregado.

—Miente —balbucea la vampyra aferrándose a uno de los pilares de la carpa para no tambalearse.

—O bien estoy diciendo la verdad. Solo hay una manera de averiguarlo. Ponga a prueba a Sterling. Sí, *lady* Jewel: oblíguele a elegir entre usted y yo.

La vampyra entreabre los labios sin emitir sonido alguno, es una muñeca de cristal congelada bajo los rayos lunares.

—Abriremos los sobres cuando estemos de nuevo a bordo del *Urano*, en presencia del capitán Febo —dice Gunnar mientras sale conmigo de la carpa.

Después de Emine, tuve que presentarme ante la repugnante asamblea de jueces por una noche. Me vi obligada a responder a sus estúpidas preguntas, a recibir sus inapropiados comentarios con sonrisas corteses, e incluso a hacer algunos guiños como me enseñó Poppy. Por suerte, la prueba solo duró quince minutos, de lo contrario habría acabado saltándoles a la cara.

—El acuerdo es disparar un cañonazo si Emine es eliminada, dos si se trata de Jewel y tres en el caso de Diane —prosigue Gunnar—. De esta forma, los apostadores podrán repartirse el botín. Pedí a todos que copiaran su voto en una segunda papeleta a modo de prueba, para poder reclamar su parte.

El coste del entretenimiento me parece alto, dado que Pálido Febo no lo ha disfrutado. Diez mil luises de oro por ver desaparecer a una de nosotras en el fondo del océano... ¡Menuda locura! Una vez más compruebo que el señor del *Urano* atribuye muy poco valor al dinero. Gunnar camina enérgicamente con los sobres en la mano. Debe de sospechar que los Hermanos de la Costa se van a despedazar entre sí sea cual sea el resultado con tal de hacerse con el dinero del premio. Pero eso no es problema suyo: lo único que le importa es regresar al lado de su superior para proceder al macabro recuento de los votos.

Escoltados por los pocos marineros del *Urano* que nos han acompañado, atravesamos de nuevo la jungla. El rumor de los grillos, que ya me molestó a la ida, ahora me parece ensordecedor. Siento como si estuviera oyendo el tictac de una fatídica cuenta atrás que no deja de intensificarse. Por fin llegamos a la pequeña playa, donde, bajo la lluvia que arrecia, nos aguarda el bote.

Apenas salimos de la selva, el crepitar de los insectos es ahogado por el sonido de los rifles. Tres hombres se desploman en la arena húmeda, abatidos sin haber llegado a enterarse de lo que les estaba sucediendo.

—Es una emboscada: ¡repleguémonos tras los cocoteros! —grita Gunnar.

El lugarteniente suelta los sobres, que alzan el vuelo en el viento. Los miembros supervivientes de la tripulación corren en desbandada, patinando sobre la arena mojada. En lugar de seguirlos, Emine me mira febrilmente.

—¡Ahora, Diane!

—He decidido que me quedo y que cedo mi sitio a Jewel.

A través de la rendija de su velo empapado por la lluvia, los ojos de Emine se clavan en la vampyra inglesa. Esta permanece inmóvil en la playa mientras los fusiles siguen disparando.

—Cuida de ella como habrías cuidado de mí —le pido apresuradamente—. En nombre de nuestro pacto.

La orgullosa otomana me mira fijamente. Siento que me está juzgando, convencida de que estoy cometiendo un error. Pero, como ella misma me dijo, siempre mantiene su palabra. Asiente con la cabeza y da media vuelta seguida de Jewel. Ambas se alejan en la tormenta en dirección a las rocas, tras las cuales se divisan las sombras de los jenízaros emboscados.

Giro en dirección contraria y corro para reunirme con Gunnar en el linde de la selva. Desde allí, desde detrás de los troncos, puedo ver zarpar el bote; las dos fugitivas suben a la goleta y el viento las hace desaparecer en la bruma.

266 ¡*Buuum!* El *Urano* dispara un cañonazo, no para hundir la goleta, que hace tiempo que se perdió de vista tras el muro del ojo aún debilitado, sino para comunicar a los Hermanos de la Costa que la pretendienta turca ha sido eliminada de la competición, a pesar de que los sobres con los votos no se han abierto.

¡*Buuum!* ¡*Buuum!* Dos cañonazos más para anunciar que la candidata inglesa también ha quedado descalificada. En realidad, debe de estar ya muy lejos. Tardaron casi una hora en enviar una nueva embarcación para recoger a los supervivientes del tiroteo que tuvo lugar en la playa de las islas Lucayas y traerlos de vuelta al barco-ciudadela.

—Has ganado —me susurra Poppy al oído—. *Oh my gosh,* Diane, *darling,* ¡me siento tan tan aliviada!

Su moño, alto, hinchado por la humedad, parece más desproporcionado que nunca. Las cintas vaqueras con las que lo ha adornado cuelgan aquí y allí como algas azules empapadas. No sé si el rímel se le ha corrido por las lágrimas o por la llovizna, aunque es probable que sea por ambas cosas.

—Nunca dudé de ti, mi querida prima —añade Prudence, cuyos grandes ojos resplandecen también—. En el fondo de mi corazón, siempre he estado convencida de que serías tú la que se casaría con Pálido Efebo. —Se ríe a la vez que solloza, y a continuación añade en un susurro—: Oye, ¿Poppy y yo podremos ser tus damas de honor?

—No se me ocurren otras mejores —le aseguro, conmovida por su candor—, pero lo primero es lo primero. Voy a lavarme antes de encontrarme con mi futuro marido: seguro que querrá verme después del resultado de esta noche. —Bajo la mirada a mi peto manchado de arena y barro—. Quiero presentarme ante él como una digna pupila del Rey de las Tinieblas, no como una puerca.

Una vez en mi habitación, me lavo un poco para refrescarme después de haber padecido la humedad de la selva. Descorcho un frasco de colonia para frotarme el cuerpo y luego me pongo el vestido de tul blanco que tanto le gusta a Pálido Febo. Mientras me pinto en el espejo de mi tocador, suenan tres golpes en la puerta.

—Adelante —digo esperando ver aparecer a Gunnar.

En cambio, en el umbral se recorta la figura de lord Sterling Raindust. Me levanto de mi tocador, sintiéndome acorralada.

—Vaya una visita inesperada —digo mientras él cierra la puerta—. El telón ha bajado, la obra ha terminado y no ha salido tal y como habías previsto. A menos que hayas venido para llamarme a escena.

A la vez que hablo, deslizo la mano para agarrar la empuñadura de la daga de plata metida en la liga. Los penetrantes ojos del lord captan de inmediato mi gesto.

—No será necesario —dice—. Hay que estar loco para asesinar a la novia de Pálido Febo en el corazón de su reino.

La luz de la lámpara del techo acentúa sus altos pómulos. El alfiler de plata que lleva en una oreja reluce con un brillo peligroso.

—Tratándose de ti, no me sorprendería ningún golpe de efecto —replico.

—Te debemos el más sorprendente, porque fuiste tú quien animó a Jewel a renunciar, ¿verdad?

No me molesto en negar las sospechas de Sterling. En lugar de eso, vuelvo a sentarme en el tocador y sigo arreglándome.

—Tu protegida no se rindió —le explico mientras me pongo colorete en las mejillas—. Al contrario, declaró su libertad.

—No sé de qué me estás hablando —retumba la voz de Sterling a mis espaldas—. Jewel siempre ha sido libre.

—¡Para ya! —suelto sin mirarlo—. Sé que la tenías dominada. Le hiciste creer en un futuro brillante para transmutarla y valerte de ella.

El inglés golpea el suelo con una bota, tan fuerte que desvío la mirada del espejo y me vuelvo para fijarla en él. Sus ojos, pintados de negro, resplandecen.

—No le hice creer en ningún futuro: ¡le ofrecí uno de verdad! —replica iracundo—. La noche en que conocí a Jewel estaba indagando sobre los asesinatos de prostitutas en los bajos fondos de Londres. El distrito teatral del Soho es mi lugar favorito desde que vagaba por él como mortal. Vuelvo allí regularmente entre una misión y otra para la embajada en París, y en ocasiones la gendarmería inglesa me llama para que resuelva algún asunto turbio. Esa noche estaba vigilando a un sospechoso. Un monstruo sádico. «Un destripador». Sus huellas me llevaron a un callejón oscuro en el preciso momento en que estaba apuñalando a su víctima. Cuando, por fin, pude borrar a esa escoria de la faz de la Tierra, la pobre muchacha ya había perdido demasiada sangre. Era la muerte o la transmutación. Así que opté por ofrecerle la vida eterna.

Mi mano se queda suspendida sobre el tarro de colorete. Jewel…, ¿una prostituta? No se atrevió a confesármelo, prefirió contarme que se ganaba la vida cantando en las calles, pero, por hermosa que fuera su voz, es obvio que esta no era suficiente para una ciudad hambrienta de carne fresca, que también reclamaba su cuerpo. Ahora entiendo por qué, transmutándola, Sterling la había salvado…

—La condesa de Canterbury es una ramera… —murmuro, intentando grabar esa información en mi mente.

—Sí, su verdadero nombre es Mary. Jewel es como se hacía llamar en la calle: un nombre tan resplandeciente como una joya, que evoca la voz de ángel con la que atraía a los clientes. Pensamos que podíamos mantener ese nombre cuando se la presentara a Pálido Febo. —Me mira con aire desafiante—. ¿Esa circunstancia escandaliza a la baronesa nacida con una cuchara de oro en la boca?

Sacudo la cabeza. Nada de lo que me ha revelado me escandaliza. Si me estremezco es por compasión hacia esa joven tan maltratada por la vida. Me doy cuenta de que Sterling fue quizá la única oportunidad que tuvo.

—La salvaste, de acuerdo, pero no vamos a darte una medalla por eso —digo con un nudo en la garganta mientras vuelvo a concentrarme en el maquillaje—, porque después seguiste utilizándola. Entregársela a Pálido Febo, aunque fuera adornada con un rimbombante título y lentejuelas resplandecientes, es otra forma de prostituirla.

Sterling se acerca un poco más y roza uno de mis hombros con sus fríos dedos. Me mira con tristeza, como si le doliera que le hubiera atribuido semejantes intenciones.

—Nunca obligué a Jewel a hacer nada, Diane —dice—. Fue ella la que se ofreció voluntaria para esta misión, porque la reina Ana le ofreció a cambio un título aristocrático. Su voz ya era exquisita cuando estaba viva, pero se volvió divina al morir. Ese es su oscuro don y nuestra soberana creyó que podía ser una ventaja para conquistar a Pálido Febo. Jewel decidió aceptar el desafío; yo solo estuve presente para acompañarla y protegerla, dado que era su transmutador.

Me resulta difícil objetar algo. Puedo comprender que una persona desheredada esté dispuesta a darlo todo por el gran ascenso social que supone recibir el título de condesa. En cuanto a Sterling, ha sido un guardaespaldas ejemplar. Desde que llegué a bordo del *Urano*, he visto con qué diligencia cuidaba de Jewel, incluso luchó por ella en la batalla naval.

—Has llevado el celo hasta el punto de compartir habitación con ella —digo, ya falta de argumentos.

—Una vez más, lo hice para protegerla. Una vampyra joven como ella no habría sido capaz de defenderse si alguien hubiera querido clavarle una estaca en el corazón durante el sueño. Como la competencia entre las pretendientas era violenta, me pareció lo más prudente.

—Pero ¿fue prudente dejar que se enamorara perdidamente de ti?

La forma en que esta frase sale de mis labios —demasiado rotunda, demasiado rápida— me avergüenza de inmediato, porque mi ardor parece traicionar un sentimiento inconfesable. Me gustaría callarme, seguir pintándome como si nada hubiera pasado, pero no puedo evitarlo. Me levanto del tocador para enfrentarme a mi visitante cara a cara:

—No pongas esa cara de inocente. Estoy segura de que siente algo por ti. Por mucho que jures que fue ella la que tomó la decisión de casarse con Pálido Febo, eso no es lo que Jewel me dijo. Según sus propias palabras, solo estaba dispuesta a casarse con él para complacerte, pero yo la desengañé.

Sterling aprieta los puños y me mira, con esos ojos negros.

—¿Qué le dijiste?

—Simplemente lo que necesitaba saber: que no se puede confiar en ti. Que ella no era más que un instrumento en tus manos de titiritero. ¿Qué me dijiste cuando estábamos en París? «El mundo entero es un teatro y nosotros solo somos simples actores». ¿Recuerdas? Pues bien, Jewel ha decidido dejar de interpretar el papel que le asignaste.

La furia distorsiona las delicadas facciones del lord, sus caninos asoman por sus labios retraídos y un temblor se apodera de él haciendo bailar el imperdible en su oreja.

—Podría despedazarte, baronesita —me amenaza con voz apagada mirándome el cuello.

—Creía que querías salvarme, decídete —replico confusa.

—Sí, es cierto que quería, y habría hecho cualquier cosa para conseguirlo —dice con voz apagada—. Fui un idiota al pensar que podría hacerte entrar en razón. —Sus párpados se pliegan sobre sus pupilas, reducidas a dos puntos minúsculos—. Y más aún por haberme enamorado de una ingrata como tú.

Doy unos pasos hacia mi cama, incapaz de sostener su mirada un instante más. Todo se tambalea. No es el suelo del barco lo que se mece bajo mis pies, sino mi corazón, que zozobra en mi pecho. ¿Es él, el escurridizo agente doble, quien habla así? ¿«Enamorado»? Estoy acostumbrada a oír esa palabra en la vibrante boca de Alexandre de Mortange, pero nunca imaginé que llegaría a oírla de labios de Sterling Raindust.

—Una declaración que suena tan falsa como una mala diatriba en un drama de tres al cuarto —digo con acritud. Hago un esfuerzo por soltar una sonora carcajada mientras me concentro en la pared que tengo delante para ahogar el tamborileo de mi corazón en las sienes—. Yo no soy Jewel,

270

no voy a caer en tu pequeño número encantador digno de la *commedia dell'arte*.

Oigo los pasos de Sterling acercándose a mí por la espalda. Se interpone entre la pared y yo obligándome a enfrentarme de nuevo a él. Sus pupilas, tras haberse retraído por la ira, se dilatan como dos manchas de tinta que van ocupando poco a poco el blanco de sus ojos.

—Podríamos irnos ahora a Inglaterra —dice—. El *Stormfly* fue construido para afrontar las tormentas, y nuestra huida será tanto más fácil mientras el muro del huracán no haya acabado de formarse por completo.

Parpadeo a mi pesar, porque me gustaría escrutar sus ojos sin pestañear. Los latidos de mi corazón se aceleran un poco más. La grave belleza de Sterling me traspasa: sus pómulos altos, sus labios de terciopelo, su fría piel ambarina. En este momento, siento en cada fibra de mi cuerpo que está siendo totalmente sincero.

—Ya te he dicho que no voy a representar ningún papel —susurra—. Ni tú tampoco, a juzgar por cómo me miras.

—Te ruego que evites imaginar lo que pasa por mi cabeza —suelto en un suspiro—. No sabes nada de mí.

—Tienes razón, no sé nada. Así pues, ilumíname y responde a una sola pregunta: ¿de verdad quieres casarte con Pálido Febo?

Se me congela la respiración. Me agarro a una columna de la cama con dosel. Sin saberlo, Sterling me ha hecho la pregunta con la que instilé la duda en la mente de su protegida. Es como si el destino tartamudeara, pero lo más horrible es que oigo cómo repito las mismas palabras que dijo Jewel no hace mucho tiempo:

—Es mi deber.

Sterling se acerca un poco más a mí. Su aura fría penetra a través del tul que me envuelve, como si nuestros cuerpos desnudos se reencontraran. Sus iris son ahora dos espejos de obsidiana. La habitación en penumbra se refleja en ellos, mi vestido blanco tiembla como un fuego fatuo en la noche. Mi piel también se estremece cuando Sterling se inclina suavemente hacia mí. Con delicadeza, posa sus labios fríos como la muerte, donde ya no fluye la sangre, en mis palpitantes labios de vida.

271

Ese beso no se parece en nada al apasionado abrazo que Tristan de La Roncière me robó en una partida de caza el otoño pasado, un abrazo en que mezclamos nuestros respectivos sudores y recuperamos el aliento uno en la boca del otro. Es justo lo contrario: un momento cristalino, suspendido, fuera del tiempo. Una caricia tan sedosa como la de la nieve… e igual de frágil. Un copo efímero que se derrite mientras Sterling se aleja lentamente de mí.

Acto seguido, repite su pregunta en un susurro:

—¿Qué quieres realmente, Diane?

Y yo, como una autómata, repito mi respuesta:

—Cumplir con mi deber…

La expresión que se dibuja en el semblante ambarino del lord no es de rencor ni de cólera, sino mucho peor, de decepción. Verme reflejada así, tan diminuta en sus pupilas de dimensiones cósmicas, me mortifica.

—En la Corte de los Huracanes no solo se rompen los barcos —dice con acritud—. También los corazones. Adiós, señorita de Gastefriche. ¡Espero que su rey y los honores que le confiere merezcan la pena!

Me embarga un violento impulso de retenerlo, de decirle que no tengo ningún compromiso con el Rey de las Tinieblas, que solo me debo a la Fronda del Pueblo, ¡solo a ella! Él, que tiene un espíritu superior, comprendería que me estoy sacrificando por una causa y no por ciertos honores. ¡Daría lo que fuera por borrar la sombría desilusión que veo en los ojos de Sterling y por reavivar la llama que brillaba en ellos hace apenas un instante! Pero no puedo decirle la verdad. El inglés se da la vuelta compungido, con el cuello inclinado, y se aleja.

¿Cuánto tiempo permanezco inmóvil en la soledad de mi habitación, sentada en el tocador, mirando mi propio reflejo sin verlo? ¿Unos minutos? ¿Una hora? A menudo, lord Sterling Raindust me ha parecido más vivo que muchos mortales, pero la última mirada que me dirigió fue la de un hombre muerto: como el amor malogrado que podría haber existido entre nosotros y que nunca se hará realidad.

El nudo que tengo en la garganta no se deshace. Me escuecen los ojos, pero no los autorizo a llorar. No quiero echar a perder mi maquillaje de casada. Ahora que estoy tan cerca de la meta... Obligo a mis ojos a reafirmar su brillo en el espejo. Por las Tinieblas, ¡que Pálido Febo me llame ya y acabe con esto de una vez por todas!

—¿Querida prima? —dice una voz a través de la puerta.

Es Prudence..., la dama de honor que el destino me ha impuesto. Probablemente viene con Poppy para decirme que mi futuro marido está listo para recibirme. Me aclaro la garganta y la invito a pasar. Está sola y viste una falda de algodón azul claro y unos guantes de encaje. Las cintas azules con las que ha atado sus rubias trenzas hacen que resulte aún más enternecedora, como una niña arrojada a la furia de la Corte de los Huracanes.

—Veo que ya te has puesto el vestido de novia, aunque la boda no se celebrará hasta la noche del solsticio de verano, dentro de algo más de un mes —comenta sonriéndome con afecto.

—Es el vestido preferido de Pálido Febo. Así que más vale que lo luzca a partir de esta noche. ¿Me ha mandado llamar?

—No, creo que no, todavía no. Solo he venido a decirte lo orgullosa que me siento de ti y de tu victoria.

Intento sonreír mientras la joven bretona cierra con cuidado la puerta para que tengamos un poco de intimidad. Su inocencia me conmueve. Su espontaneidad me emociona. Cuando subió al barco en Nantes, pensé que iba a ser peor que una espina clavada en un pie, pero la verdad es que es inofensiva, diría incluso que encantadora. A lo largo de las semanas que hemos pasado juntas en el mar, me he encariñado mucho con ella.

—Eres muy amable, Prudence —le digo—, pero no estoy segura de que mi victoria sea una buena noticia para ti. Si me hubieran descalificado, habrías podido regresar a la finca de Keradec, a casa de tus padres. ¿De verdad te ves acabando tus días lejos de los tuyos, como dama de compañía de la duquesa de los Huracanes?

A decir verdad, sé que voy a hacer lo que sea para evitar el matrimonio con Pálido Febo. Ya no es mi objetivo. La Fronda no tiene nada que ganar con esa boda y, personalmente, la perspectiva me horroriza. Pero ¿lograré evitarla? Improvisaré. Lo primero que he de hacer es recuperar el Corazón de la Tie-

273

rra. Luego trataré de escapar con el diamante. Si no puedo hacerlo, quizá deba aceptar la boda a la espera de poder escapar...

No sé cuál será el desenlace de mi aventura, pero una cosa es segura: no es necesario que Prudence me siga en ella hasta el final.

—Estas pocas semanas en tu compañía han sido preciosas para mí, querida Prudence —digo con dulzura interpretando el papel de la hermana mayor que ella siempre ha visto en mí—. Querías ver mundo y lo has hecho, pero ahora ha llegado el momento de que vuelvas a Bretaña. Sé lo preocupada que debe de estar mi tía por ti. Quiero que embarques en la *Novia Fúnebre* y que regreses con Poppy y Zacharie. Confía en mí, dulce Prudence, lo hago por tu bien.

Ya imagino las protestas de la amorosa jovencita, que está tan encariñada conmigo, pero, contra todo pronóstico, ella se muestra conforme.

—Tienes razón, mi querida prima. Ha llegado el momento de regresar a Bretaña.

—Es la decisión correcta —le aseguro caminando hacia ella para abrazarla—. Volverás con mil recuerdos que contar a tus futuros hijos.

—Regresaré con algo más que simples recuerdos, volveré con una buena cantidad de oro contante y sonante. Mis futuros hijos lo apreciarán mucho más que unos vagos desvaríos.

Me detengo petrificada a un metro de Prudence, con los brazos ya abiertos y listos para estrechar su cuerpo. Como un espantapájaros con un vestido de tul.

—¿A qué oro te refieres? —le pregunto—. Si es el de Alexandre, ya sabes que no me pertenece.

—Bueno, tendrás que arreglártelas para convencer a Pálido Febo de que me lo dé. Confío en ti, pues si algo no te falta es labia. ¡Después de todo, lograste embaucar al Rey de las Tinieblas, a su corte y a todo el reino de Francia haciéndote pasar por mi prima!

18

Chantaje

*L*a cara de Prudence se transforma ante mí o, mejor dicho, veo por primera vez su verdadera cara.

Donde hace unos segundos veía la encarnación misma de la ingenuidad, ahora hay un demonio de doblez. Sus grandes y descoloridos ojos azules me asfixian; semejantes a unos lagos de montaña, ocultan fétidos secretos bajo su límpida superficie, hundidos en el fango. Las dos trenzas rubias que enmarcan su frente alta y abultada, por su parte, parecen largas raíces acuáticas.

Fuerzo una sonrisa fraternal, que desgarra mis músculos cigomáticos.

—Pero ¿qué dices, querida Prudence? Por supuesto que soy Diane, tu prima mayor. Recuerda que tú misma me reconociste a pesar de los años que no nos habíamos visto, de que mi pelo había encanecido y…

—Y nada de nada —me ataje—. La verdad es que fingí reconocerte.

Abro la boca para protestar, pero ella se adelanta.

—No te molestes en negarlo, tengo la prueba de tu usurpación: la carta que escribiste a mis padres a petición mía para darles las gracias por la plumilla. —Levanta su barbilla puntiaguda—. No me mires con esa cara de tonta: no la envié por correo. En lugar de eso, la puse a buen recaudo, de forma que si desaparezco involuntariamente llegue a manos de Hyacinthe de Rocailles.

Con esa advertencia, Prudence desmonta cualquier intento de silenciarla. Me ha observado lo suficiente desde el principio para saber a qué atenerse.

—No veo en qué manera puede probar algo esa carta —gimo, renunciando por el momento a amenazar a mi acusadora con mi daga.

—En cambio, demuestra que no sabes nada sobre el pasado de la auténtica Diane de Gastefriche y que copiaste todo de mi diario. ¿Por qué crees que mencioné su existencia delante de ti? ¿Por qué, si no, lo dejé a la vista todas las noches en mi secreter de la *Novia Fúnebre* sin cerrar jamás con llave la puerta de mi camarote? Sabía que vendrías a buscarlo, porque desde el principio comprendí que eras una impostora.

La vergüenza me mortifica. ¡Yo que me creía tan perversa por aprovecharme de los supuestos estados de ánimo de Prudence a sus espaldas! Ella sí que me ha embaucado, hasta el punto de que me pidió una carta de agradecimiento en la que escribí los detalles que había leído a hurtadillas en su diario. Pensé que eso haría mi carta más creíble, en cambio, con cada palabra no hacía sino tirar piedras sobre mi propio tejado.

—Mi padre no se llama Robert ni mi madre Angélique —susurra Prudence—. En Keradec no hay manzanos, solo perales. No nací en el año 282, sino en 280. —Hace una mueca y echa la cabeza hacia atrás mostrando una hilera de dientes tan finos como perlas—. Sí, mi supuesta prima mayor, tengo veinte años. ¡Yo soy la prima mayor!

La fachada de inocencia de Prudence se resquebraja por completo. De repente, me parece mayor y más astuta que yo. Lo planeó todo hace mucho tiempo.

—Tan pronto como tu retrato apareció en los periódicos, después de que te nombraran escudera, mis padres y yo sospechamos que no eras quien pretendías ser.

—¿Por qué no me denunciaste a la gendarmería? —balbuceo.

Ella se encoge de hombros, agitando los nudos que rematan sus trenzas.

—¿Crees que es fácil para unos pequeños terratenientes de provincia poner sobre aviso a Versalles sin disponer de prueba alguna? Nos arriesgábamos a que nos cortaran la cabeza. No, la verdadera oportunidad llegó cuando la princesa Des Ursins buscó a un familiar que acompañase a la pupila del rey. Sus servicios se pusieron en contacto con nosotros. Inmediatamente comprendimos lo que teníamos que hacer: seguir el juego. Fingir que eras quien asegurabas ser hasta que tuviéramos pruebas irrefutables de tu usurpación.

—¿Para hacer justicia y entregarme finalmente a las autoridades?

—¿Es que la emoción te ensordece? ¡La justicia me importa un bledo, lo único que me interesa es el oro! De todo lo que te he contado, lo único cierto es la ruina de la mansión Keradec. Si compartía mi fiesta de cumpleaños con la verdadera Diane no era por placer, créeme, sino porque nuestros padres no podían permitirse pagar dos fiestas. Esa humillación me horrorizaba. Las restricciones pudrieron mi infancia: siempre tuve muñecas de segunda mano, cenas de Cuaresma y vestidos remendados. —Mira su modesta falda de algodón con repugnancia—. ¿De qué sirve ser noble si vives como una vulgar plebeya? Por suerte, con el dinero que llevaré a casa podré celebrar una espléndida fiesta cuando cumpla veintiún años, en una casa señorial completamente renovada e incluso ampliada. Estoy harta de ser Prudence la prudente: ¡quiero ser extravagante!

Una alegre sonrisa se dibuja en la cara de la joven bretona haciendo bailar sus pecas como pepitas en las olas de un río aurífero.

—Pensé en reclamar lo que me corresponde hace quince días, cuando estaba previsto que te casaras con Pálido Febo —explica—. El anuncio de la competición me sorprendió tanto como a ti, lo creas o no.

Recuerdo su emoción cuando supo que iba a tener que enfrentarme a varias rivales. ¡Pensé que temía por mí, pero no era así! ¡Temía por su dinero! Desde el principio de la competición, sus ánimos solo estuvieron motivados por eso.

—Por suerte, la espera ha terminado. —Suspira—. Ahora que has ganado puedo, por fin, airear mis quejas. Así que aquí están, bien detalladas: exijo los treinta mil luises de oro que quedan del tesoro de Mortange y las cuarenta mil coronas suecas de la duquesa Gustafsson, para redondear. Ese es el precio de mi discreción; como le gusta repetir a mi vieja tía escocesa, Cornelia McBee: «El silencio es oro». —Reflexiona un momento antes de añadir—: Además, también quiero la reliquia más suntuosa de las sirenas, la calavera coronada.

Esa chuchería quedará perfecta encima de la chimenea de la renovada sala de recepción de Keradec. Será un reclamo para nuestros visitantes.

La lista de exigencias me abruma. Pensé que cuando me presentara ante Pálido Febo solo iba a tener que pedirle una gema de su tesoro, el Corazón, pero Prudence reclama lo suficiente para llenar hasta arriba las bodegas de la *Novia Fúnebre*.

—Pálido Febo jamás lo aceptará —afirmo con un hilo de voz.

—Pues deberás echar mano de lo mejor de tu arte de persuasión. Solo tendrás que decirle que es tu regalo de despedida para tu querida prima. En cualquier caso, no tienes mucha elección: si no me das lo que quiero, Rocailles se enterará de la verdad. ¡No quiero ni imaginar el destino que te reservará, teniendo en cuenta cómo encerró a Rafael por el único delito de haber querido desertar! Por no hablar de lo furioso que se pondrá Pálido Febo cuando se entere de que lo han timado con la mercancía…, o la del rey por haber bendecido a una advenediza. No me cabe duda de que ese fue el motivo por el que usurpaste la identidad de mi prima: para hacerte un lugar en la corte y estar lo más cerca posible de su lóbrego sol. ¿Me equivoco?

Ahí termina la perspicacia de Prudence. Al ser una arribista de la peor calaña, imagina que tengo las mismas pretensiones que ella. No sospecha mínimamente que soy una plebeya y, mucho menos, una frondera responsable de la muerte de la verdadera Diane de Gastefriche. En cualquier caso, si Hyacinthe se enterase de mi falsa identidad, sería mi fin. Sé que sospecha de mí desde que descubrió que Cléante pertenecía a la Fronda del Pueblo. Lo único que tendrá que hacer es clavar sus sucios colmillos en mi cuello para averiguar quién soy en realidad y la verdadera razón de mi presencia en los trópicos… ¡No puedo permitirlo!

—Y si consigo lo que quieres, ¿guardarás el secreto? —pregunto conteniendo el deseo de desfigurar a Prudence con las uñas.

—Te lo prometo. Soy la primera interesada en no organizar un escándalo y en guardar el fabuloso tesoro que me vas a entregar sin que el Estado lo registre. ¿Trato hecho?

Me tiende su pequeña mano. La tomo entre las mías y la aprieto dulcemente, conteniendo los deseos de triturársela.

—Trato hecho.

Al salir de la habitación, choca con el enorme cuerpo de Gunnar.

—Vaya, espero no haber interrumpido una reunión familiar —dice el noruego.

—Solo he venido para felicitar a mi prima por su victoria —afirma Prudence.

—Alguien más quiere felicitarla —replica el noruego—. Diane, el capitán solicita su presencia en sus estancias.

Tras escoltarme hasta la parte superior de la torre, Gunnar empuja la puerta esmerilada del piso superior. Una ráfaga de viento helado me azota al entrar en la cámara alta. A pesar del frío, he subido sin chal ni abrigo, solo con mi vestido de tul. Ha llegado el momento de valerme de mis encantos.

El capitán pirata está de pie con su chaqueta blanca en medio de la inmaculada habitación. Su apariencia es tan sepulcral como la primera vez que lo vi en esta misma sala, donde me dijo que tendría que enfrentarme a otras cuatro candidatas.

279

—Señorita de Gastefriche —murmura mientras su primer lugarteniente se escabulle cerrando la puerta—. O quizá debería decir «señora de los Huracanes».

El título me abruma como una corona de plomo. Significa que he ganado la competición, pero también que ahora estoy calificada para ser transmutada con la sangre del Inmutable. Una perspectiva escalofriante que nunca llegará a materializarse, porque estoy más decidida que nunca a escapar antes con el Corazón.

—Podrá llamarme «señora de los Huracanes» después de nuestra boda y de que nos eleven al rango de duque y duquesa, señor —corrijo a Pálido Febo haciendo una reverencia.

Él asiente con la cabeza. Su pelo, recogido en la habitual coleta, le deja la cara completamente despejada. Sus ojos opalescentes parecen más grandes al reflejar las altas llamas de los candelabros de hierro blanqueado por la escarcha.

—Por supuesto, aún no tenemos el mismo apellido —reconoce—, pero permítame que la llame Diane. ¿Puedo tutearla?

Esa combinación de elegancia y barbarie no deja de sorprenderme. A través de las altas ventanas abiertas a los cuatro vientos, la noche empieza a blanquear. El reloj de mármol que está junto a la cama con dosel marca las cinco de la mañana: no tardará en amanecer.

—Con mucho gusto, Febo —le digo—. Tuteémonos.

—Me alegro de que hayas ganado, Diane. Bueno, eso creo.

Qué extraña declaración. Este ser incierto no solo duda de pertenecer a este mundo, sino también de sus sentimientos. El hecho no me sorprende y me tranquiliza aún menos.

—No, en realidad, estoy seguro —añade enérgicamente—. Me siento muy… «feliz».

Una sonrisa le ilumina el rostro al pronunciar esa palabra, que no debe de haber cruzado a menudo el borde de sus labios. La repite como una fórmula mágica, una emoción tangible a la que aferrarse en el torbellino de melancolía que seguramente sea su vida.

—Soy feliz, sí. Cuando nos conocimos, Diane, me gustaron tus hermosos ojos de color azul grisáceo y tu cara de gato. Además, eras diferente de las demás candidatas, aunque no dije nada para no desequilibrar la competición. Eres más salvaje, más solitaria. Como yo.

—Nuestras soledades estaban hechas para encontrarse —le aseguro—. Hablando de nuestra boda, ¿se celebrará en la noche del solsticio de verano, el 21 de junio, según lo previsto?

—Es lo que Gunnar ha decidido.

—¿Tu devoto lugarteniente? —pregunto sorprendida de que sea él quien decida el calendario del dueño del *Urano*.

—Es más que un lugarteniente, en realidad es el padre adoptivo que me crio.

Me quedo sin habla, mi aliento emite una nube de vapor en la habitación refrigerada de forma sobrenatural.

—Es hora de que te cuente algo más sobre mí, ya que estamos destinados a pasar nuestras vidas juntos —dice sin dejar de sonreír—. Durante nuestro último encuentro te dije que apenas recordaba mi primera infancia.

LA CORTE DE LOS HURACANES

—Sí, me explicaste que estuviste a punto de morir cuando aún eras un niño de pañales.

—No, no exactamente.

Me estremezco:

—Vaya, lo siento, debo de haberte entendido mal. ¿No me dijiste que uno de tus únicos recuerdos era la Muerte inclinada sobre tu cuna?

—No era una metáfora. Vi realmente a la Muerte encarnada inclinarse hacia mí, pero no para segar mi vida, sino para maldecirme como un hada maligna.

Ese recuerdo me paraliza. Me viene a la mente la terrible imagen del arcano sin nombre.

—¿Viste a la Muerte? —repito entre dientes—. ¿Qué aspecto tiene? ¿Es como un esqueleto?

Febo niega con la cabeza.

—La Muerte iba envuelta en un largo sudario oscuro. Eso es todo lo que recuerdo, pero esa imagen se me ha quedado grabada. Mis recuerdos comienzan de nuevo en una orilla, donde Gunnar me encontró. Yo estaba allí, inconsciente.

—Una orilla... ¿en Noruega? —aventuro.

—Llevan siglos congeladas, como las de Suecia.

Recuerdo que, para llegar a Canadá, la duquesa Ulrika Gustafsson cruzó el banco de hielo en trineo.

—Gunnar me recogió en una playa del archipiélago de las Bermudas —explica Febo.

Una imagen pasa por mi mente: la de la gran carta marítima que Hyacinthe desplegó la víspera de nuestra llegada a Martinica. Las Bermudas aparecían en una esquina de la carta, porque se encuentran muy al norte de las Antillas. Un puñado de islas arrojadas en medio de la nada.

—Las Bermudas son el último puerto de escala entre Inglaterra y sus colonias de América del Norte —precisa Febo—. Siempre y cuando puedas desembarcar allí, porque los traicioneros bancos de coral que las rodean han provocado más de un naufragio.

—¿Y eso fue lo que te pasó a ti?

Sacude la cabeza, agitando los galones plateados que lleva en los hombros:

—No lo sé. Gunnar me dijo que en la playa donde me recogió esa mañana de primavera del año 281 de las Tinieblas no había restos de naufragio: solo un charco en la arena donde yacía yo, congelado por mi frialdad sobrenatural, y una medalla de recién nacido colgada a mi cuello, donde aparecían grabados un nombre y una fecha.

Se abre el cuello de la chaqueta y se desabrocha la camisa. Veo el nacimiento de su torso pálido, de una blancura opalescente. La luz de la lámpara parece reverberar en su piel confiriéndole un halo irreal. En esa espuma de rayos brilla un pequeño colgante dorado con unos números y unas letras grabados.

8 feb. 278
FEBO
5.12 h.

Pálido Febo vuelve a abrocharse la camisa y retoma su relato:

—Gunnar era el capitán de un ballenero noruego que había venido a pescar a las Bermudas.

—¿Un ballenero? ¿No acabas de decirme que las costas escandinavas estaban heladas durante todo el año?

—Así es, por eso los pescadores viajan a bordo de veleros rompehielos, para abrirse paso en el banco hasta llegar al océano. Verás, antes del advenimiento de la era de las Tinieblas, los noruegos eran los balleneros más famosos del mundo; de hecho, lo siguen siendo, a pesar de que ahora tienen que alejarse mucho de sus costas de origen para alcanzar el mar descongelado donde se encuentran sus presas. El pescado vale su peso en oro, pero se ha vuelto rarísimo.

En Versalles, pude comprobar que los productos derivados de la industria ballenera estaban por todas partes: el aceite se utiliza para la iluminación, la grasa para fabricar maquillaje, y las barbas para hacer las sombrillas y los corsés que lucen las damas de la corte.

—La vieja Europa no solo está saqueando el oro de las Américas, sino también las riquezas de sus fondos marinos... —pienso en voz alta.

—Los europeos no son los únicos —me corrige Febo—. También las sirenas son responsables de la desaparición gradual de las ballenas. Durante tres siglos se han alimentado de ellas, al menos cuando se quedan sin marineros que devorar. Hasta el punto de que, hoy en día, esos gigantes marinos casi han desaparecido por completo.

Nunca he visto una ballena, pero su destino me entristece extrañamente. Víctimas del voraz apetito de la Magna Vampyria y de las abominaciones que aparecieron con el advenimiento de la era de las Tinieblas...

—Hace veinte años, las ballenas ya estaban al borde de la extinción —me explica mi interlocutor—. Tanto es así que la tripulación de Gunnar llevaba meses surcando las aguas de las Bermudas sin haber hecho una sola captura. No podían regresar a Noruega sin haber apresado alguna: como plebeyos, tenían una dispensa especial de la ley de confinamiento durante la temporada de pesca; pero, en caso de que volvieran con las manos vacías, la sentencia de muerte estaba garantizada. Así pues, vivían de la pesca costera y de las escasas cosechas que podían extraer de la ingrata tierra de las Bermudas mientras esperaban avistar una ballena sin creer mucho en ello. En lugar de una ballena, me encontraron a mí.

Febo exhala un largo suspiro, tan frío como el viento que debe de soplar en los fiordos noruegos. Sé que debería presionarle para que termine su historia y pedirle que me dé el Corazón, porque no descansaré hasta conseguirlo. El tiempo apremia, Prudence me ha desenmascarado, la carrera de fondo se ha convertido en un *sprint*, pero, al mismo tiempo, la historia de Febo me fascina... De manera que lo dejo seguir con ella unos minutos más.

—Gunnar y su gente me criaron —prosigue—. Los rudos marinos echaron raíces en la tierra, en un rocoso rincón del archipiélago desdeñado por los ingleses. Poco a poco, fueron perdiendo la esperanza de capturar una ballena e incluso de regresar a sus casas. Gunnar me transmitió todo lo que había aprendido a lo largo de sus viajes: francés e inglés, los idio-

283

mas esenciales para comerciar en el Atlántico septentrional; los nombres de las estrellas del cielo; los nombres de los países de la Tierra. Antes de convertirse en mi primer lugarteniente, es y seguirá siendo en mi corazón el primer ser que cuidó de mí, el albino huérfano que había sido rechazado por el océano.

Medito sobre esas palabras durante unos instantes. Febo Pálido, extranjero en este mundo, fue criado por unos exiliados que también habían abandonado su remoto país. Y cuando me abre por primera vez su corazón es para decirme que su salvador ocupa el primer lugar en él; un hombre que, a pesar de sus bruscas maneras, proporcionó a su hijo adoptivo una sólida educación. Gunnar me recuerda a mi mentor, Montfaucon: un personaje complejo que interpreta el papel de matón.

—El mayor regalo que me hizo fue enseñarme el lenguaje universal por excelencia: la música —murmura Febo.

Da unos pasos hacia su cama con dosel y abre un cofre oblongo de madera con la marquetería blanqueada por la escarcha. Al hacerlo despliega una obra de carpintería dotada de bisagras, de unas cuerdas distendidas y de un teclado en miniatura.

—Perteneció a Gunnar —me dice Febo—. Se lo compró a un mercader veneciano con lo que ganó en las campañas de pesca previas a la de las Bermudas. Es un «clavicordio plegable», lo que significa que se puede transportar a cualquier parte en el mar. Cuando era niño, aprendí a tocar con ese instrumento. Gunnar me lo regaló cuando cumplí siete años. Luego pasé al órgano, pero guardo este clavicordio como un tesoro y lo vuelvo a sacar en ciertas ocasiones.

Toco con la punta de los dedos las teclas de marfil desconchadas y amarillentas por los años. Gunnar me sorprende cada vez más: se gastó sus ahorros en un objeto exquisitamente elaborado para regalárselo al extraño hijo que el destino le había dado. ¡Y pensar que lo consideraba un patán!

—¿Saben los otros miembros de la tripulación del *Urano* que fue Gunnar quien te crio? —le pregunto sin poderlo remediar.

—La gran mayoría no lo sabe. Fue el propio Gunnar quien decidió adoptar el papel de primer lugarteniente para comprobar cómo reaccionaba la tripulación a la maldición que pesa sobre mí. Porque esta no ha hecho sino empeorar con los años.

Su maldición... No solo se manifiesta en el frío que emana de su persona, sino también en su temperamento saturnino, que se alimenta de masacres y asesinatos. Una vez más, su personalidad paradójica me estremece. ¿Cómo es posible que este joven delicado sea al mismo tiempo tan feroz?

Respira hondo y cierra con delicadeza la tapa del clavicordio con sus largos y blancos dedos.

—A medida que crecía en las Bermudas, el frío que me rodeaba empeoraba de forma inexorable. Pronto se hizo imposible cultivar la tierra helada o incluso pescar en las inmediaciones de donde yo estaba. Cuando cumplí ocho años, la tormenta comenzó a levantarse frente a la cabaña donde vivía. Un barco se estrelló contra nuestra costa, luego un segundo. Los noruegos pensaron que podían aprovecharse de esa circunstancia y desde entonces se dedicaron a provocar los naufragios para apoderarse de los restos. Yo, en cambio, pasé a ser su domador de tormentas mucho antes de que tu rey me concediera el título de duque de los Huracanes.

Un brillo rojizo pasa por los ojos cristalinos del capitán, ¿serán las llamas de los candelabros o las de los barcos incendiados por los rayos de las tormentas que él mismo ha desencadenado?

—Atrapados en la tormenta, los barcos ingleses se hacían trizas en los corales —recuerda—. Los noruegos y yo recogíamos los restos que quedaban en la arena: comida, ropa y, en ocasiones, objetos de valor. A los supervivientes los invitábamos a unirse a nosotros, Gunnar lo dejaba a su elección. La mayoría prefería quedarse que volver a Inglaterra y arriesgarse a acabar en la horca por haber perdido uno de los barcos de su majestad. Pero, poco a poco, la armada inglesa, cansada de esas pérdidas, dejó de recalar en las Bermudas. Entonces Gunnar decidió hacerse a la mar: como los barcos ya no venían a nosotros, nosotros iríamos en su búsqueda. Así pues, utilizamos los restos menos dañados para construir la base de lo que, con los años, se convirtió en el *Urano*.

Miro a mi prometido con nuevos ojos. Un huérfano arrancado a la muerte que se dedicó a ir al raque antes de convertirse en pirata. Como si toda su existencia no fuera sino una

285

venganza contra el hada malvada que se inclinó sobre su cuna cuando era niño. Su historia también explica por qué Sterling sabía más de él que los servicios de la princesa Des Ursins: durante mucho tiempo Inglaterra fue el único país que tuvo que soportar las consecuencias de sus terribles poderes.

—Mi maldición alcanzó su punto álgido a medida que me iba acercando a la edad adulta —afirma—, pero aprendí a contenerla en cierta medida gracias a la música. Esta me permite… «canalizar» mi energía. De manera que, cuando toco *pianissimo*, consigo calentar el ambiente unos grados y aplacar la tormenta por unas horas. Eso fue lo que hice anoche en las islas Lucayas: abandoné mi gran órgano para interpretar una ligera fuga en el clavicordio de mi infancia.

Por eso no pude oír nada cuando Gunnar nos dijo que Febo estaba tocando una sonata: la dulce melodía de esa música de cámara no atravesaba las paredes de la torre. Esa forma de lidiar con su maldición me recuerda a Naoko. Mi querida amiga también tiene por costumbre meditar para calmar a la malaboca, el tumor de las Tinieblas que tiene injertado en el cuello. A fuerza de perseverancia, por fin consiguió dominarlo. ¿Y si Febo, algún día, lograra dominar por completo sus impulsos morbosos? En la intimidad de esta habitación, mientras me abre su corazón y me cuenta su historia, creo que es posible.

—Elegí el nombre de *Urano* para bautizar a mi barco, ¿sabes por qué? —me pregunta con dulzura.

—Esto…, ¿te refieres al antiguo dios del cielo? —respondo gracias a mis nociones sobre la literatura de Ovidio.

Febo asiente con la cabeza con la mirada perdida en el horizonte.

—A eso es a lo que aspiro: al cielo. A elevarme por encima de las bajas contingencias de este mundo… —Vacila por un momento y luego añade—: De las dolorosas vilezas de mi condición.

Baja la mirada hacia mí, como si volviera a tocar suelo después de haber ascendido a las esferas.

—Pero, dado lo mediocre que soy, ¡mientras hablo te estás poniendo morada de frío!

—Te aseguro que estoy bien…

286

—Te castañetean los dientes y veo que estás temblando. Y todo eso por llevar el vestido que te pedí... ¡No sabes cómo me siento! Toma, tápate.

Agarra una larga pelliza blanca de la cama con dosel y me rodea con los brazos para echármela sobre los hombros. Me asaltan unas sensaciones contradictorias: el grueso pelaje me calienta al mismo tiempo que su abrazo me hiela.

—Gracias, Febo —susurro.

—De nada, Diane. ¿Puedo hacer algo más para revigorizarte? —Sus facciones tiemblan de conmovedora vergüenza—. Me temo que mi cuerpo no ofrece el dulce calor con el que sueñan los amantes..., pero tal vez un vaso de ron añejo te reanime.

Este es el momento que he estado esperando. ¡Lo puedo sentir! Aquel por el que he viajado desde el otro extremo del mundo hasta la cima de esta torre gélida.

—Una prueba de tu amor me animaría más que un vaso de ron —digo lanzando una nube de vapor en el aire frío.

Al oír esas palabras, el malestar de Febo parece crecer. Mira hacia otro lado, incómodo. 287

—Amar... —dice—. No estoy muy seguro de saber qué significa esa palabra, ya que tengo el corazón helado.

—No será tan frío si, como me has dicho, sientes una especie de amor filial por Gunnar. ¡Además, no tardarás mucho en conocer el amor conyugal!

Febo levanta sus ojos hacia mí, las dos perlas lechosas de pupilas indistinguibles, tan inquietantes.

—¿Me enseñarás a querer? —susurra con timidez.

Intento reír con la mayor ligereza posible para atenuar la intensidad de la situación y para olvidar también la confusión que siento. La declaración de Sterling aún resuena en mi cabeza y la suave caricia de sus labios todavía perdura en los míos. Me resulta difícil hacer juramentos de amor, incluso falsos, después de lo que experimenté hace menos de una hora.

—No soy ni mucho menos una experta en la materia, Febo —digo echando balones fuera—, pero te prometo que aprenderemos juntos. A menudo he oído decir «que el amor no existe, que solo hay pruebas de amor». Hagamos de esa máxima nuestra primera lección. Me prometiste que, si ganaba una proeza, me regalarías una gema como recompensa. ¿Te acuerdas?

Asiente con un entusiasmo inaudito en él.

—¡Por supuesto, lo que quieras! Bajemos ahora mismo a la cámara acorazada.

Me ofrece su brazo, igual que cuando deambulábamos por los meandros del barco. Me dejo llevar por la escalera de caracol que se sumerge en las profundidades del casco, afligida por la amabilidad con la que me trata. ¿Por qué el destino me fuerza a engañar a todo el mundo? ¿Por qué soy esa chica con la que todos se equivocan? Apenas tengo dieciocho años y, de repente, me siento tan cansada que mis piernas casi no pueden moverse. Ahora que estoy tan cerca de mi meta siento la tentación de rendirme. Quiero dar vida a Febo con palabras verdaderas, correr hacia Sterling y encontrar de nuevo sus labios. Cómo me gustaría rendirme al amor, al compañerismo, a los juegos propios de mi edad. ¿Es necesario hacer todos estos sacrificios por… una piedra?

Asustada por mis pensamientos, trato de recordar todo lo que he hecho para llegar hasta aquí, las batallas que he librado: contra los elementos, contra mis rivales, contra las sirenas… En la penumbra de la escalera, la figura iracunda del Inmutable parece susurrarme palabras indistintas… Todas esas imágenes chocan entre ellas en una vorágine que me hace vacilar.

—Estás temblando, Diane, pero no te preocupes: ya casi hemos llegado —me asegura Febo dulcemente.

Alzo la vista hacia su descolorido rostro. Me obligo a recordar cómo mandó asesinar fríamente a la duquesa Gustafsson tras haber iniciado una batalla naval que provocó que hubiera decenas de muertos por el único placer de contemplarla. Además, si no hubieran huido, habría ejecutado a Emine y a Jewel de la misma manera. Y las víctimas seguirán aumentando, porque, supongo, su sed de «entretenimiento» nunca quedará saciada. A pesar de que este ser roto me enternece, he de recordar que también es un cruel asesino. No debo olvidarlo bajo ningún concepto.

—Gracias, ya estoy mejor —digo apoyándome en su brazo para enderezarme—. Solo ha sido un momento de fatiga pasajera.

288

—¿Estás segura? Pareces preocupada.

—Es que hay algo más que debo decirte, Febo. No me atrevo a preguntarte...

—Atrévete, Diane. Te dije que te daría lo que quisieras.

—No es para mí, sino para mi prima Prudence. Después de nuestra boda, regresará a Bretaña. Su familia es muy pobre y me gustaría mucho ayudarlos.

—No digas más. Le daré una buena dote para que también pueda tener un matrimonio feliz. ¿Qué te parecen mil monedas de oro?

Intento sonreír agradecida.

—Es muy generoso por tu parte.

No tengo valor para revelarle a mi caballero que Prudence exige setenta veces más, aparte de la inestimable reliquia de las sirenas. Volveré a la carga más tarde. Por el momento, la prioridad es hacerse con el diamante.

—Ya hemos llegado —anuncia Febo al final de nuestro largo descenso.

Saca una llave de un bolsillo y la introduce en la cerradura de la puerta blindada que está frente a nosotros. La robusta hoja se abre con un chirrido. El amo de la casa gira el pomo de una gran lámpara de aceite que cuelga de la pared... y el esplendor se exhibe ante mis ojos.

¡Cuánto oro hay aquí! Decenas de cofres abiertos muestran las riquezas que contienen, entre las que reconozco las de Alexandre y las de la duquesa Ulrika. Este maná está integrado por candelabros elaborados, máscaras incas, espadas cortesanas con las empuñaduras llenas de gemas engastadas. No sé cuántos collares de perlas resplandecientes cuelgan como lianas en esta selva, tan tupida como la de las islas Lucayas.

—¡Parece la cueva de Aladino! —exclamo.

—¿Quién es ese Aladino?

—Es el héroe de un cuento de *Las mil y una noches*.

Conozco bien esa historia, porque era la favorita de mi hermano Bastien, sin duda porque él, un plebeyo cautivado por la verdadera baronesa de Gastefriche, se identificaba con el personaje del pobre Aladino, que a su vez estaba enamorado de la hija del sultán.

—En la cueva del cuento, Aladino encuentra una lámpara

maravillosa —le explico a Febo—. En ella está encerrado un genio que le permite cumplir sus deseos.

—¿Un genio? —repite.

—Un espíritu inmaterial, exiliado en nuestro mundo, prisionero de la lámpara.

Al pronunciar esas palabras, me doy cuenta de hasta qué punto describen la vida del capitán del *Urano*, ese joven etéreo para quien la realidad constituye una prisión intolerable.

—¿Y el genio logra liberarse? —me pregunta con voz vibrante.

Sus ojos se abren como platos, como los de Bastien cuando le leía en voz alta la vieja recopilación de leyendas que se encontraba en la biblioteca de mis padres. Al igual que mi hermano en el pasado, Febo parece haber vuelto a la infancia de repente y pende de mis palabras para conocer el resto de la historia. Me siento conmovida. En la versión del cuento que conozco no se menciona la liberación del genio.

—No me acuerdo —contesto—, pero da igual, solo es un cuento. Los genios de otro mundo no existen.

Febo, sin embargo, no da su brazo a torcer: me agarra una muñeca con las largas estalactitas que son en realidad sus dedos y me arrastra hasta un rincón de la cámara acorazada. Una vez allí, agarra el borde de una sábana y la quita dando un fuerte tirón, dejando a la vista un magnífico espejo psiqué rodeado de un marco con molduras doradas. Me veo reflejada de pies a cabeza en su amplia superficie: mis zapatos de charol, mi vestido de tul bajo la larga pelliza blanca, mi cara con los labios azules y fríos. Febo no se refleja en él o, mejor dicho, «no del todo». La chaqueta de color marfil y los zapatos de terciopelo pálido se pueden ver con toda claridad, eso sí; pero sus largas manos y su rostro melancólico son tan traslúcidos como el cristal. Los rayos de la lámpara de aceite atraviesan su alta frente, despejada por la coleta, de manera que puedo ver el tesoro resplandeciendo tras sus mejillas.

Su voz sopla como la brisa de diciembre en el hueco de mi oreja, erizando mi nuca paralizada.

—¿Recuerdas cuando, la noche en que nos conocimos, te dije que realmente no pertenecía a este mundo? Aquí tienes la prueba. Soy como el genio de la lámpara. —Espira y da un paso atrás, para observar mejor mi reacción—. No dices nada. ¿Te asusta? ¿Te da asco?

El nudo que tengo en la garganta es tan grande que me impide responder enseguida. El reflejo espectral de Febo no me inspira ni terror ni asco, sino asombro, porque no es la primera vez que veo esa piel traslúcida... En mi última pesadilla, antes de que el opio borrara mis visiones nocturnas, era la mía. En el espejo que me tendía mi madre, yo también me había convertido en una muñeca de cristal.

—Yo... estoy sorprendida —tartamudeo—. Es muy extraño.

—Por eso Gunnar prohibió que hubiera espejos en mis habitaciones. Para que no me enfrentara todos los días a la singularidad de mi ser.

Una hipótesis cruza el umbral de mis labios trémulos:

—Los inmortales no se reflejan en los espejos. ¿No serás un poco... vampyro? ¿Es por eso por lo que la transmutación que nos ofreció el Rey de las Tinieblas no parece interesarte mucho?

Interrogarlo de forma tan directa es todo un atrevimiento por mi parte, pero no puedo evitarlo, porque preguntarle si es un vampyro es como preguntarme si la criatura que vi en mi sueño también lo era.

—No me alimento de sangre y no temo al sol, si es a eso a lo que te refieres —responde.

Supongo que ciertos híbridos, como el mascarón de proa de la *Novia Fúnebre*, son capaces de enfrentarse a la luz del día durante cierto tiempo y protegidos por un velo, pero los dhampyros no pueden sobrevivir más de unas semanas, según me explicó Cléante. En cambio, Febo lleva en el mundo veintidós años.

—En cuanto a la transmutación, aún tengo un mes para pensármelo antes de nuestra boda —dice—. A saber si la operación funcionará en mi caso. No sé quién soy. Ni siquiera sé «lo que soy». ¿Por qué no puedo ser un genio como el de la lámpara? Contigo siento que podría pasar página, olvidar la melodía mortal del pasado y componer un tema completamente nuevo: el nuestro.

Su sonrisa se ensancha iluminando su rostro opalino. En este momento ya no es el fantasma torturado que se oculta en los teclados de su órgano. Es verdaderamente el dios Febo, porque resplandece como un sol invernal.

—Me dijiste que el genio tenía el poder de hacer realidad los deseos más desmedidos —exclama fervorosamente—. He bajado aquí para cumplir los tuyos. —Recorre la cámara con el brazo cubierto por la manga ribeteada—. Dime, ¿qué te complacería, Diane? ¿Un rubí engastado en un anillo como el que le regalé a Carmen?

De repente, recuerdo por qué estoy aquí, en esta cueva de las maravillas. De todas ellas, solo una tiene valor para mí.

—No, el rojo no me sienta bien —digo.

Agarra un collar de perlas negras que cuelga de un candelabro.

—¿Me permites? —pregunta pasándolo por mi espalda.

Llevo el talismán bien escondido en el escote, así que no creo que lo vea; además, no presta ninguna atención al cordón de cuero.

—Aquí tienes un adorno que resaltará el resplandor de tu tez —dice colgando con delicadeza el collar en mi cuello para que pueda admirarlo en el espejo psiqué.

Las perlas son preciosas, proyectan reflejos iridiscentes, pero me cuesta mantener la mirada fija en ellas: el reflejo translúcido de Febo a mis espaldas me confunde, el hielo de sus manos sujetando el collar contra mi piel me hace temblar.

—El negro me parece un poco triste. —Suspiro—. Al fin y al cabo, estamos a punto de celebrar una boda, no un funeral.

Mi intento de hacer un comentario gracioso cae en saco roto. La sonrisa de Febo se desvanece. Se inclina para coger una caja de palisandro y levanta la tapa dejando a la vista dos hermosos pendientes azules en forma de lágrimas.

—Estos zafiros realzarían maravillosamente el brillo de tus iris de color azul grisáceo —sugiere con voz titubeante.

—Temo que compitan con mis ojos y los apaguen.

La perplejidad se pinta en el semblante de Febo.

—No lo entiendo. Creía que querías que te hiciera un regalo, pero nada parece gustarte. —Tira los zafiros como si fueran basura—. ¡Escoge tú misma una joya si no me consideras capaz de hacerlo!

Soy perfectamente consciente de que mis caprichos están

dando al traste con el romanticismo del momento. Esbozo una leve sonrisa para alegrar algo la incómoda situación, pero Febo no sonríe en absoluto. El encanto se ha roto generando cierto malestar entre nosotros.

—A decir verdad, no me gustan mucho los aderezos —confieso—. Ya te he dicho que lo único que me importa es que me des una prueba de tu amor. Cuanto mayor sea esa prueba…, más me llenará.

—No estoy seguro de entenderte.

—Lo que quiero decir es que me gustaría ver la piedra más maciza de tu colección.

La única información que tengo sobre el Corazón es su inaudito tamaño. Eludiendo la mirada crispada de mi anfitrión, escudriño la cámara acorazada, pero, a pesar de que el diamante es tan grande como una pelota de juego de palma, según la breve descripción que me hizo el rey, es como buscar una aguja en un pajar.

Desesperada, mis ojos vuelven a posarse en los de Febo. Tengo la impresión de verme reflejada en ellos como él me ve: una cortesana inútil, dispuesta a mover cielo y tierra por un capricho. No puedo decirle que sé de la existencia del Corazón, que esa joya es para mí más que un antojo y que el destino del mundo depende de ella, porque debo mantener sus poderes en secreto hasta que se la entregue a la Fronda.

—¿Me pides la piedra más grande de este tesoro sin interesarte siquiera por su belleza? —pregunta sorprendido, sin comprender, a la vez que me desprecia—. Pero ¿es que solo te importa su valor de mercado?

—No, no se trata de su valor de mercado, sino de su valor amoroso —repito sintiéndome terriblemente avergonzada.

—Tú, la aristócrata de Versalles, hablas más como una especiera y mides el amor por el peso —dice—. Deberías saber que la piedra más grande de mi tesoro no te interesará. Ni siquiera está tallada: es un diamante en bruto, sin pulir. Una simple bola lechosa de gran tamaño que pesa como el plomo y que encontré hace unos meses en la bodega de un galeón español que regresaba de México.

El corazón me retumba en el pecho. Siento que el calor enciende mis mejillas a pesar del frío reinante.

293

—¿Puedo ver ese diamante, de todas formas? —murmuro.

—Acabo de decirte que es un espanto. ¿No solo no confías en mí para encontrar un aderezo que te quede bien, sino que, además, rechazas mi punto de vista estético?

—Simple curiosidad... —farfullo.

Febo suelta un grito de rabia, rompiendo brutalmente el tono suave con el que me ha hablado desde el principio de nuestra conversación.

—¡Por las Tinieblas!

La imagen del amante atento que ha interpretado desaparece tras su verdadera naturaleza: la de un tirano irascible, un joven Nerón con nervios de cristal e incapaz de soportar la menor contrariedad.

Se da la vuelta con brusquedad y camina a grandes zancadas hacia el fondo de la cámara acorazada, hasta un rincón oscuro donde están los objetos que debe de considerar menos dignos de su interés. Los cofres y las cajas se amontonan de cualquier manera. Febo rebusca en el revoltijo y al final saca una gruesa bolsa de terciopelo negro. Contengo la respiración. ¡El Corazón, el ingrediente alquímico indispensable para el Rey de las Tinieblas! ¡Estoy a punto de verlo, de tocarlo..., de conseguirlo!

Febo tira del cordón de seda... y extrae el diamante, que rueda pesadamente en su mano. Es un orbe traslúcido que cubre la mayor parte de su palma, perfectamente esférico. El joven tenía razón: su superficie irregular y algo rugosa parece absorber más luz de la que refleja. Nada que ver con los brillantes que veía en los cuellos de las damas de la corte, tallados por los mejores diamantistas de Amberes de manera que difractaran los rayos a través de sus múltiples facetas. En cualquier caso, a pesar de su opacidad, el Corazón ejerce cierta fascinación mística sobre mí. Mi mirada se pierde en sus brumosas profundidades, tan indeterminadas como los caminos del futuro.

—Es... magnífico —digo maravillada—. Por favor, Febo, regálamelo.

—¿Qué piensas hacer con él? —pregunta desdeñoso.

—Lo apreciaré tanto como a mi vida.

Debe de dar la impresión de que la visión del diamante me ha excitado sobremanera, porque Febo hace un gesto de fastidio.

—¡Tengo la impresión de que esa piedra te importa más que yo! —suelta; la sospecha prende en sus ojos descoloridos—. A menos que tu corazón ya esté ocupado. ¿Se trata de ese lamentable vampyro que languidece en mis bodegas, el tal Mortange? ¡Admítelo!

—Para mí solo existes tú —le aseguro.

Mientras formulo ese falso juramento, no tengo la cara de Alexandre en mi mente, sino la de Sterling.

—Ni siquiera estamos casados y ya me cuesta creerte —dice Febo con acritud—, pero, al igual que el genio de la lámpara, cumplo con mi palabra. Aquí tienes tu colosal prueba de amor. Disfrútala.

Acto seguido, deja que el diamante resbale de sus largos dedos blancos y caiga en los míos: tras haber pasado por su palma helada, la piedra está tan fría que me parece tener el infierno entre las manos.

19

La fuga

¡*L*o he conseguido! Dondequiera que esté, el bueno de Cléante debe de sentirse orgulloso de mí. El camino ha sido tortuoso, sembrado de terribles pruebas y dolorosos sacrificios, pero el Corazón de la Tierra está en mis manos. Siento una alegría tan tosca como la gema. Nada más entregármelo a regañadientes, Pálido Febo se marchó con la excusa de que quería descansar. ¡Sentí que estaba terriblemente decepcionado por nuestra conversación y que ya no podía soportar por más tiempo mi presencia! ¡Me da igual! Mi papel de seductora termina aquí. Poppy tiene razón, ese hombre es un psicópata. Emine me lo advirtió, es un nuevo Barba Azul. A partir de ahora, lo único que importa es escapar. Y la libertad tiene un nombre: ¡Sterling Raindust!

Cuando salgo de la torre, ya ha amanecido. Es demasiado tarde para correr a las cubiertas inferiores para avisar al lord de que al final acepto su oferta. Debo ser paciente hasta el anochecer. Así que espero, sola en mi habitación, sin apartar la mirada del diamante. Como una adivina inclinada sobre su bola de cristal, intento vislumbrar un mañana más radiante en las turbulentas entrañas de la joya. Imagino la rabia impotente que sentirá Prudence cuando se dé cuenta de que me he ido sin compensarla. Saboreo por adelantado mi viaje a Inglaterra, cuatro semanas para conocer mejor al inmortal que me ha declarado su amor… y por quien, lo confieso, también siento algo muy especial. Planeo ya lo que haré para ponerme en contacto con la Fronda en cuanto llegue a Londres. Incluso pienso en mi reencuentro con el gran escudero, en el rudo orgullo con el que recibirá el diamante, y también en la risa de Naoko y en la tierna mirada de Orfeo.

En mi ensueño, apenas presto atención a la sinfonía que sacude el cristal de mi ventana cerrada. Allá arriba, clavado a su gran órgano, Pálido Febo vierte su frustración en las teclas de marfil. Supongo que no ha pegado ojo en toda la noche. Su música suena más obsesiva que nunca, ya que repite una y otra vez con rabia el tema incompleto que lo ha perseguido a lo largo de su existencia, hurgando sin cesar en su herida. *Fortissimo furioso*: «extremadamente fuerte y furioso». Y todo eso porque lo he contrariado...

Me enterneció por un momento, lo admito, pero enseguida volví a ver su verdadera cara. Bajo su entrañable fragilidad, es un peligroso demente. Un ser lunático al que le complace ejecutar a las mujeres que le desagradan jamás podría haberse aliado a la Fronda del Pueblo. Creo que los temores del gran escudero eran infundados, porque él no se aliará con el Rey de las Tinieblas ni con nadie. Es un hombre demasiado atormentado, demasiado impredecible para comprometerse en un tratado. No me importa si no tengo la oportunidad de matarlo antes de irme: estoy convencida de que él solo se autodestruirá, congelado por su hielo, consumido por su fuego.

A eso de mediodía, Poppy llama a la puerta. Escondo rápidamente el diamante en mi bolso y voy a abrirle. Mi amiga tiene una cara de desconsuelo que contrasta con la alegría que iluminó su semblante la víspera del anuncio de mi victoria.

—No he pegado ojo en toda la noche, *darling* —confiesa cerrando la puerta tras de sí—. Ayer me sentía tan aliviada de que hubieras salido con vida de la última hazaña que no pensé en las consecuencias, pero hoy soy consciente de lo que eso significa: te vas a casar con un monstruo. Es terrible.

Me pone una mano en la mejilla.

—Estás tan pálida y fría que parece que has visto a la muerte en carne y hueso... Pobre Diane, debes de estar aterrorizada ante la perspectiva de esa boda.

—Estoy bien, te lo aseguro.

Pero ella no se da por vencida:

—Yo... no creo que pueda volver a Versalles después de la boda sabiendo que te dejo a merced de semejante individuo.

297

Su preocupación me emociona. Desde el comienzo de este extraño viaje, ha hecho todo lo posible para ayudarme. Primero prodigándome consejos y ánimos, y después intentando acordar mi huida. Quizás algún día pueda abrirle completamente mi corazón y revelarle quién soy en realidad, pero, por el momento, al menos puedo invitarla a escapar conmigo.

—No habrá boda —le confieso tímidamente.

Sus ojos de carbón se redondean.

—¿Qué?

—He decidido aceptar la oferta de lord Raindust. Esta noche zarparé a bordo del *Stormfly*.

La cara de Poppy se ilumina bajo su moño alto.

—¿En serio? Oh, Diane, ¡qué contenta estoy! Es la decisión correcta, ¡estoy segura! Siento que Raindust siente afecto por ti… y que tú…, quizá, ¿por él?

—Tal vez… —respondo de forma evasiva—. Pero «tú» eres la que me importa de verdad, Poppy. —Aparto el largo mechón de pelo negro que cae sobre sus ojos para escrutarlos mejor—. Ven con nosotros. Escapa de este mundo de locos. Navegaremos hasta Inglaterra.

Sus labios morados empiezan a temblar. Siento que vacila.

—¿Qué te retiene aquí? —insisto—. ¿Tu cargo de escudera? ¿Tu lealtad al Inmutable? No te puede ofrecer nada más. El Sorbo del Rey te curó de la tuberculosis, que era la razón por la que viniste a Versalles. Cuando regreses a tu país podrás rehacer tu vida.

—No es mi lealtad al rey lo que me hace dudar —confiesa—. Es Zach. Su lealtad al Inmutable es inamovible, lo sabes tan bien como yo. Nunca querrá irse y yo no puedo abandonarlo.

Medito un instante sobre sus palabras. Convencer a Poppy de que huya conmigo es una cosa, pero Zacharie es harina de otro costal. Si le revelo mis intenciones, corro el riesgo de que todo se vaya al traste.

—Zacharie regresará a la costa francesa con Hyacinthe, Françoise, Prudence y el resto de la tripulación de la *Novia Fúnebre* —insisto para convencerla—. Una vez que haya desertado, no habrá más pretendientas y ese absurdo matrimonio concertado se irá al traste.

—Gunnar fue claro en un punto: los barcos invitados no podrán zarpar hasta la noche del solsticio de verano —me recuerda Poppy.

—Puede ser, pero en la mañana del 22 de junio se irán, sin la menor duda. El primer lugarteniente también se ha comprometido a eso.

Poppy exhala un largo suspiro.

—El problema es que, si vuelvo a Inglaterra ahora y Zach a Francia dentro de un mes, quién sabe si volveremos a vernos —murmura.

—Seguro que sí, Poppy.

Por mucho que intente tranquilizarla, choco con el más infranqueable de todos los muros: el de la pasión. Mi amiga niega con la cabeza decepcionada a todos mis argumentos.

—Vete sin mí —dice al final—. Juro que no revelaré nada a nadie. Es más, me las arreglaré para distraer a los demás y cubrir tu huida. En cuanto oscurezca convocaré una reunión secreta a bordo de la *Novia Fúnebre* con el pretexto de organizar una sorpresa para tu boda. Es lo que corresponde hacer a una dama de honor, ¿no? Zacharie, Prudence, Rocailles: sentaré a todos a la mesa mientras tú pones pies en polvorosa.

Poppy se desvive por mí, así que debo hacer lo mismo por ella, incluso si eso implica hacerle una pregunta dolorosa.

—¿Estás segura de que Zacharie te quiere tanto como lo quieres tú? —le pregunto mirándola a los ojos—. ¿No te arriesgas a cometer con él un error semejante al que Alexandre cometió conmigo?

—Solo puedo confiar en que corresponda a mis sentimientos —responde ella con una sonrisa triste y dulce a la vez.

—¡Es una locura jugarse el destino por una esperanza!

—En eso consiste el amor, *darling*: una pizca de esperanza y una buena dosis de locura. Mortange no tuvo elección: debía cruzar un océano por ti. Tanto si somos mortales como inmortales, aquí abajo somos simples marionetas en manos de Venus.

Al final comprendo que no voy a poder convencer a Poppy. Así que la abrazo con todas mis fuerzas con la esperanza de que podamos volver a vernos.

299

Υ

El día está llegando a su fin cuando alguien vuelve a llamar a mi puerta. ¿Ya es hora de cenar? He estado ocupada haciendo las maletas para el viaje de regreso; he metido en mi bolsa mi peto y mis pantalones de cuero, además de algo de ropa interior y varios ungüentos. No quiero que me molesten.

—Llévese la comida —digo—. No tengo hambre.

—Ábrame, Diane de Gastefriche.

Es la voz grave de Gunnar. Me apresuro a meter la bolsa debajo de la cama. Me alegro de seguir llevando el vestido de tul, que solo me quitaré cuando suba a bordo del *Stormfly*. Con eso pretendo guardar las apariencias y no levantar sospechas en el último momento, justo antes de alzar el vuelo.

—¿A qué debo el honor, señor? —pregunto tras abrir al coloso—. ¿Os envía mi futuro marido?

—No, he venido por voluntad propia. —Me mira de arriba abajo, con sus ojos impenetrables, frunciendo sus tupidas cejas rubias—. Me parece usted más débil, señorita.

Instintivamente, echo un vistazo al espejo de mi tocador. Mi reflejo me sorprende. Hace poco, en el psiqué de la cámara acorazada, observé a Pálido Febo sin prestarme atención a mí misma, pero ahora no hay nada que me distraiga de mi imagen. Entiendo por qué Poppy me dijo que parecía como si hubiera visto a la muerte. Tengo el rostro ajado por el cansancio, tan lívido como si ya hubiera sido transmutada; las pesadas bolsas que lastran mis ojos son, efectivamente, las de alguien que, a pesar de la droga, es incapaz de encontrar el verdadero descanso en el sueño.

—En las cocinas me han dicho que no come —me acusa el primer lugarteniente—. Apenas ha probado bocado desde hace varios días.

—Es que quiero mantener mi cintura de avispa para mi prometido —contesto.

—No está tan gorda como para verse obligada a seguir una dieta semejante.

—Tengo el estómago un poco revuelto, eso es todo, ya se me pasará la náusea.

—¿Igual que se le pasará el gusto por el opio?

Mi mirada se desvía de nuevo hacia mi tocador, pero esta vez se posa en la repisa ¡y me doy cuenta de que he dejado sin querer un frasco de tintura de opio entre los tarros de colorete y ungüentos!

—No sé a qué se refiere… —farfullo.

—No se canse. He reconocido el frasco. El boticario de mi barco ballenero siempre tenía un poco para anestesiar a los marineros antes de amputarles algún miembro; es fácil romperse una pierna o un brazo cuando pescas animales cincuenta veces más grandes que tú. Pero, sobre todo, he reconocido los síntomas: náuseas, pérdida de peso, apatía…, adicción.

—No soy una drogadicta —afirmo con firmeza. Aunque comprendo que no tiene sentido negar que consumo morfina, he de minimizarlo—: ¡Puedo dejarlo cuando quiera!

—Todos los opiómanos dicen lo mismo y nunca lo consiguen.

—Yo no soy una opiómana, ¡aquí está la prueba!

Cojo el frasco, abro la ventana y lo tiro.

Al gigante noruego no parece convencerle mi puesta en escena.

—¿Cómo sé que no tiene más dosis escondidas en algún lugar de esta habitación?

Touché! Ya he metido dos frascos en la bolsa, al lado del Corazón. Solo un poco de tranquilizante hasta que consigamos huir, porque estoy segura de que dejaré de necesitarlo cuando naveguemos rumbo a Inglaterra. En cualquier caso, no quiero ni imaginar lo que pensaría el primer lugarteniente si descubriera mi equipaje…

—Le aseguro que no escondo nada —digo forzando mis labios a estirarse en una sonrisa inocente—. En primer lugar, ¿por qué debería drogarme cuando estoy a punto de casarme con el marido más guapo del mundo?

—El opio también es un marido —me regaña Gunnar—. Un amante celoso que exige una devoción total a sus víctimas. Si es realmente adicta, por mucho que le confisque todas las dosis, encontrará la forma de reengancharse. La única manera de conseguir que lo deje es encerrarla en un lugar donde no pueda acceder al opio. Así traté al boticario cuando se aficionó demasiado a su medicina: lo obligué a estar durante un mes

301

en el fondo de la bodega. —Me mira fijamente con sus ojos azules como el hielo, el color de los mares que surcó a bordo de su rompehielos—. Si es necesario, tenemos tiempo de que se desintoxique antes de la boda. Puedo encerrarla en otro camarote, lejos de sus posesiones.

Me doy cuenta de que el coloso no me está hablando en tono amenazador. No ha irrumpido en mi dormitorio con intención de denunciarme, sino para... ¿ayudarme?

—Le repito que no soy una drogadicta, se lo aseguro. En cualquier caso, le agradezco que se preocupe por mí. En serio.

—Es natural. Está a punto de convertirse en un miembro de pleno derecho de la tripulación del *Urano*. En parte de nuestra familia.

Pienso en la época en que Gunnar y los marineros de su ballenero naufragaron frente a la costa de las Bermudas. Febo me explicó que su padre adoptivo reclutaba a los supervivientes arrojados por el mar. Esa tripulación improvisada, compuesta en parte por criminales y en parte por víctimas, ¿es una familia? ¡No! Yo solo tengo dos: la de las mesetas de Auvernia, que murió asesinada, y la del sótano de la Gran Caballeriza, que se ve obligada a vivir en la clandestinidad.

—Es usted, ¿verdad? —pregunto tras tener una repentina intuición—. ¿Es usted el que anima a Febo a aceptar en su «familia» a todos aquellos que lo pidan?

El noruego deja vagar su mirada. Después de haberme parecido tan penetrantes como fragmentos de hielo, sus ojos claros planean en las alturas, como los de un albatros.

—Así es —afirma—. Así lo determina nuestra ley, la de los marineros del norte y, en el pasado, la de los vikingos. En las tierras hostiles de donde procedo, la hospitalidad no es una palabra huera, pero solo se ofrece una vez. Los esclavos otomanos y las vampyras inglesas permanecerán a bordo de sus respectivos barcos hasta el solsticio, la fecha en que se casará mi hijo adoptivo. Luego podrán elegir también entre unirse a la tripulación del *Urano* o abandonar el barco, unos a bordo de su galera, como hombres libres, y otros en su corbeta, dondequiera que el destino los lleve.

«Su hijo adoptivo...». Es la primera vez que Gunnar menciona en mi presencia el lazo que lo une al capitán pirata. Debe de haberse enterado de que conozco su historia, pero ¿sabrá cuál es la verdadera naturaleza de su protegido? El reflejo espectral del amo del *Urano* en el espejo psiqué vuelve a mi memoria y choca con el recuerdo del reflejo fantasmal de mí misma que vi en el sueño. Esta es mi última oportunidad de averiguar algo más sobre Pálido Febo antes de abandonarlo para siempre..., la última oportunidad de averiguar algo más sobre mí.

—Usted, que lo recogió cuando era un niño, ¿sabe «lo que es»? —pregunto titubeando.

El noruego se me queda mirando unos instantes sin pronunciar una sola palabra, como si estuviera sopesando si voy a ser capaz de entender lo que le pregunto. En el silencio se oyen los acordes del gran órgano: hace horas que el músico toca sin parar en lo alto de su torre.

—Existe un viejo concepto vikingo que se remonta a los albores de los tiempos y al que los marineros del norte siguen apegados: el *wyrd*, el destino —me explica—. Es la idea de que la suma de todas nuestras acciones pasadas determina nuestro futuro. Pesqué ballenas durante mucho tiempo. Las matanzas nunca acababan de dejarme satisfecho: apenas acabábamos de despedazar una presa y la metíamos en el secadero, ya estaba deseando volver a zarpar. Para alimentar a mi pueblo, sí, pero también para enriquecerme. Gracias a la sangre de las ballenas podía comprar objetos tan preciosos como este clavicordio roto que hice traer de Venecia. Me nutría de cultura y soñaba con los refinamientos indolentes del sur, olvidando que yo era un bárbaro del norte, un asesino de ballenas. Entonces el *wyrd* me dio alcance. Contribuyendo a despoblar el océano de esas majestuosas criaturas, construí mi propio infierno. Un buen día, cuando las presas desaparecieron, acabé desterrado en las Bermudas.

Una sombra pasa por la frente del coloso. ¿Culpa? ¿Arrepentimiento? ¿O abatimiento? Por primera vez, detrás de la fuerza bruta que petrifica su cara, muestra su verdadera edad. Sus rasgos me parecen no solo curtidos por los elementos, sino también por el cansancio tras toda una vida vagabundeando por mares extranjeros y por el exilio lejos de su tierra natal.

—Una mañana, el océano me lanzó un nuevo reto —prosigue con la mirada de nuevo perdida en las brumas de la memoria—. Esa vez no se trató de una ballena gigantesca, sino de un niño pequeño.

—¿Cree que fue el océano el que alumbró a Febo? —pregunto incrédula—. ¿Que es de ahí de donde deriva su frialdad sobrenatural, el poder demoniaco de desencadenar huracanes?

—Febo no solo provoca los huracanes: «él es el huracán hecho hombre». Una fuerza de la naturaleza, como lo eran las ballenas. Pero no hay que juzgar a la naturaleza llamándola demoniaca: o combates contra ella, o la aceptas, igual que yo acepté a ese huérfano hace diecinueve años. Las tormentas tropicales destruyen todo a su paso, pero, cuando se aplacan, también ofrecen la oportunidad de reconstruir sobre nuevos cimientos.

Esa visión del mundo me desconcierta. Destruir para reconstruir algo mejor es también el proyecto de la Fronda.

—¿Podrían esos nuevos cimientos de los que habla extenderse al otro lado del ojo del huracán?

—Ya se extienden a todas las Antillas. Los mapas han cambiado desde que el *Urano* surca esta parte del globo. La hegemonía de las potencias coloniales está de nuevo en juego. El Atlántico busca un nuevo *wyrd*.

—He oído decir que, además de los huracanes, otras fuerzas están maniobrando para desestabilizar el dominio europeo —me aventuro a decir—. Me han hablado también de la Fronda del Pueblo…

Gunnar pasa por alto la alusión encogiéndose de hombros.

—La Fronda solo es una fuerza menor en este gran cambio, diría que apenas una brisa en medio de la tormenta. Se trata de unos grupos dispersos cuya cohesión aún está por demostrar. Pienso que los fronderos acabarán como los Hermanos de la Costa de antaño. Aunque se consideren unos rebeldes, su objetivo coincide con el de sus enemigos: la conquista del poder.

«Sí, pero para el pueblo, no para obtener un beneficio personal, ¡esa es la diferencia!», me gustaría replicar, pero no digo nada. Tengo la sensación de que Gunnar no está preparado para escuchar mis argumentos, y, de todos modos, es demasiado tarde para exponérselos. Me voy esta misma noche para no volver jamás. Por supuesto, el antiguo pescador de ballenas no lo sabe.

304

—Me gustaría añadir una última cosa —prosigue—. Siento que haya tenido que enfrentarse a sus rivales antes de casarse con mi hijo adoptivo y le pido que no se lo eche en cara. Fue a él a quien se le ocurrió la idea de la competición cuando recibió la noticia de que Luis el Inmutable iba a proponerle que se casara. Y solo él decidió los detalles de cada hazaña. No niego que el juego puede parecer cruel, pero hay que tener en cuenta que se trata también de un juego político. Con él, el capitán del *Urano* envía un mensaje a todo el mundo: no da su mano a la primera que se presenta y no es tan sencillo sellar una alianza con él. —El semblante de Gunnar se ensombrece—. A decir verdad, las candidatas no erais unas simples jovencitas a las que habían arrojado a la aventura contra vuestra voluntad, sino el brazo armado de los poderes que quieren apropiarse de la fuerza del huracán. Recuerde que les di hasta la mañana siguiente para retirarse después de haberles explicado las reglas, pero todas se quedaron, conscientes de lo que hacían.

Las justificaciones de Gunnar me conmueven. Me doy cuenta de que no suscribe su intento de racionalizar la locura de Pálido Febo. Devoto de su hijo adoptivo, que se ha convertido en su capitán, es ahora su fiel ejecutor, además de su cómplice. Supongo que se arrepiente, pero es demasiado tarde, porque ha unido su destino al del *Urano*. Bajo su apariencia de Hércules hecho de certezas, en realidad está sumido en un mar de dudas. Es falible, como mi mentor Montfaucon, como yo, como cualquier ser humano.

—En lo que a mí concierne, el resultado político me preocupa poco —afirma a modo de conclusión—. ¿Qué me importa si es Francia en lugar de Suecia o Inglaterra? Por encima de todo, espero que esta unión proporcione a mi hijo el equilibrio emocional que necesita tan desesperadamente. Elegí el solsticio de verano porque es el periodo del año en que el sol brilla con más fuerza. En el pasado, en Noruega lo celebrábamos con gran fervor y lo llamábamos Midsommar, pero eso fue antes del advenimiento de la Magna Vampyria. Quiero creer que este es el momento ideal para contrarrestar los fríos humores que atraviesan a Febo. —Exhala un prolongado suspiro—. Me avergüenza haberlo usado como arma para causar naufra-

305

gios cuando era niño. Luego, durante su adolescencia, traté de guiarlo con la esperanza de borrar las secuelas con la música. Ahora soy un anciano perseguido por los fantasmas de las ballenas de antaño. Alguien debe tomar mi relevo, y ese alguien será usted, Diane: el *wyrd* lo ha decidido así.

Formula la profecía final con una voz desprovista de afecto y, sobre todo, exhausta. La voz de un hombre que se ha entregado en cuerpo y alma al destino. Después, el impenetrable cerbero inclina su cabeza calva y sale silenciosamente de mi habitación.

Llamo tres veces a la puerta de Sterling, con la bolsa bien sujeta en el hombro. En cuanto se puso el sol, descendí a las profundidades del *Urano*, a la habitación que compartía con *lady* Jewel hace tan solo una noche. La puerta se abre de inmediato, como si Sterling no estuviera haciendo otra cosa que esperarme. Siempre ha sido madrugador.

—¡Tú! —sisea entre sorprendido y molesto.

Va únicamente vestido con su camiseta interior de algodón blanco, cuyo amplio escote deja a la vista su piel ambarina. Sus ojos negros echan chispas bajo la luz de los faroles del pasillo. Lo empujo al interior de su habitación, entro a toda prisa en ella y cierro la puerta para que nadie pueda vernos. Nos encontramos solos en la más absoluta oscuridad: los vampyros son criaturas nocturnas, de manera que en la guarida de Sterling no hay lámparas ni velas.

—¿Qué mosca te ha picado? —murmura.

Aunque no puedo verlo, la vibración de su voz me dice que está cerca…

—¡La *Mosca de las Tormentas*! —susurro—. He decidido marcharme contigo a bordo del *Stormfly*.

Si estuviera vivo, podría sentir el calor de su cuerpo contra el mío; no obstante, a pesar de que solo percibo su frialdad, esta me calienta como un fuego. Pongo una mano sobre el nacimiento de sus pectorales lampiños, tan duros como el mármol. Paso la otra por su cuello, explorando la nuca afeitada hasta el nacimiento de su cresta. Su pelo, bajo las yemas de mis dedos ciegos, es suave como la seda.

—No entiendo por qué has cambiado de opinión —resopla—. Ayer me juraste que tu deber era servir al rey.

—Las mujeres somos volubles —le digo bromeando.

De repente, se queda inmóvil, justo cuando su torso medio desnudo roza mi corpiño y sus labios están muy cerca de los míos.

—¿Esta escapada te está enfriando más de lo que ya sueles estar? —le pregunto preocupada.

—Al contrario, pequeña impertinente, estoy ardiendo por ti, literalmente.

Siento que sus manos me rodean la nuca para abrazarme. Se inclina de nuevo hacia mí, esta vez sin detenerse, y sella su declaración con un beso.

Una violenta ráfaga de viento me abofetea la cara al salir a la cubierta principal. Las estridentes notas del órgano que siguen cayendo como un aguacero desde la torre me golpean como si fueran granizo.

—Pálido Febo está furioso —me susurra Sterling al oído—. Mira el océano: ¡está desatado!

Estamos en una pasarela secundaria que se abre por encima de la línea de flotación del buque insignia. El estrecho puentecito de cuerda permite acceder a los otros cascos del *Urano*, hasta la periferia donde están amarrados los barcos de los invitados. Pero incluso a esta baja altitud, relativamente protegida de los elementos, el viento arrecia. La calma habitual del ojo del huracán se ha transformado en unas poderosas ráfagas marcadas por violentos relámpagos. El cierzo arranca de las olas nocturnas un polvo de sal abrasivo que irrita mis labios y me provoca escozor en los ojos. En cualquier caso, el espectáculo más sorprendente se desarrolla mar adentro: allí, a la luz de la luna cercada por nubes arremolinadas, el muro del ojo nunca ha estado tan denso.

Siento que mi confianza vacila, tan inestable como la pasarela que está bajo mis pies.

—Ayer el mar estaba tan tranquilo… —me lamento aterrorizada.

—El pasado ya no existe, Diane —dice Sterling—. Solo tenemos el presente. Toma, tápate.

Se quita la casaca de color antracita y me la echa delica-

307

damente por los hombros para protegerme del frío, pero, por encima de todo, para ocultar la blancura de mi vestido de tul, que a estas horas destaca demasiado. Me quito los zapatos de tacón: ya no necesito esos complementos y caminaré mejor descalza.

Apretando bien la bolsa contra mi pecho, sigo corriendo tras Sterling por la red de pasarelas tejidas entre las distintas partes del barco-ciudadela. Con el oleaje parecen estar a punto de romperse. Las cuerdas vibran bajo nuestros pies como los tendones de un titán desgarrado en un potro de tortura. Los cascos crujen como huesos aplastados por la rueda de un verdugo. Aunque ralentiza nuestra carrera, la furia de los elementos también la protege: la mayoría de los marineros se han encerrado en el interior de la embarcación y los pocos que aún quedan fuera están demasiado ocupados maniobrando para ver lo que ocurre bajo la borda. En cuanto a los miembros de mi séquito, están reunidos lejos de aquí, en el comedor de la *Novia Fúnebre*, donde Poppy los ha convocado. Pienso en Prudence, que aguarda que le entregue el oro. ¡Su mansión bretona no recuperará su antiguo resplandor! ¡Al infierno con los Keradec y los Gastefriche!

El robusto contorno del *Stormfly* se perfila en la penumbra. Los oficiales vampyros ya han comenzado a preparar discretamente la partida; Sterling los envió por delante para liberar la corbeta. Vestidos de gris, apenas se los distingue, son unas siluetas acostumbradas a moverse entre las sombras sin llamar la atención; esos inmortales son espías, igual que Sterling. También son grises las velas que se despliegan silenciosamente en la noche.

Me estremezco al pisar la cubierta del *Stormfly*: ¡ya es un pedacito de Inglaterra!

—¡Suelten amarras! —ordena Sterling de inmediato.

Los sables vuelan, cortando los últimos cabos que sujetaban el pequeño barco cautivo. Las velas se hinchan. La corbeta se precipita mar adentro... y, de repente, se detiene en seco.

—¿Qué ocurre? —exclama Sterling. Se vuelve hacia sus hombres—. ¿Habéis olvidado una amarra o un...?

Un aullido estridente ahoga el final de su frase e incluso el del órgano que sigue sonando. Enseguida pienso en la dhampyra de la *Novia Fúnebre*, pero luego recuerdo que ya no existe. No es ella la que grita; de hecho, el origen de ese gemido desgarrador parece estar muy cerca, y el barco de Hyacinthe de Rocailles está amarrado lejos del nuestro.

—¡Viene de las pasarelas! —grita uno de los vampyros ingleses.

Corremos hacia la borda. Alrededor de la popa, las innumerables ventanas y ojos de buey del barco-ciudadela, del que, se suponía, estábamos escapando a hurtadillas, se iluminan. Al fondo, en una de las pasarelas inferiores, distingo una figura humana agarrando la pesada cadena del *Stormfly* para impedirle que zarpe.

Lo que retiene la corbeta no es un coloso de la estatura de Gunnar, sino una frágil damisela que luce un vestido cortesano. Las apariencias engañan: bajo los encajes y las enaguas, su cuerpo, que es un amasijo de engranajes, posee una fuerza monstruosa que ya no tiene nada de humano. Y, tras los enormes quevedos que reflejan la luz de la luna, su boca emite una alarma aún más ensordecedora que la del toque de queda.

—¡Françoise des Escailles! —exclamo horrorizada.

Es la primera vez que oigo salir un sonido de sus labios; es como si toda la rabia por haberme perdido de vista durante tanto tiempo hubiera estallado de golpe.

Me llevo la mano a la garganta y palpo mi corpiño buscando el talismán que, se supone, debería volverme invisible a los sentidos sobrenaturales de mi dama de compañía. El medallón ha desaparecido. ¡Pero si lo llevaba encima cuando salí de mi habitación para ir a buscar a Sterling, estoy segura! De repente, recuerdo que este se quedó inmóvil cuando nuestros cuerpos se rozaron, antes de que sus dedos recorrieran mi nuca para abrazarme y... ¿hacer algo más?

Me vuelvo hacia él jadeando como si me hubieran dado un puñetazo en las costillas.

—Antes, en la oscuridad de tu habitación, me dijiste que estabas ardiendo por mí...

—Ese maldito medallón de plata que llevabas colgado al cuello me quemaba —balbucea—. Deshice el nudo del cordón sin que te dieras cuenta para poder besarte sin romper la magia del momento.

309

—¡Se suponía que debía mantener este talismán pegado a mi corazón en todo momento para ocultar sus latidos!

—¿Sus latidos? No lo sabía. Yo… metí esa joya en el bolsillo de mi chaqueta…

Rebusco en la prenda que me dio Sterling, saco el talismán y me lo cuelgo febrilmente alrededor del cuello.

Pero ya es demasiado tarde. Veo a docenas de personas corriendo por la telaraña de pasarelas blandiendo antorchas y espadas. El aullido vengativo de Françoise taladra mis tímpanos, es tan fuerte que casi no oigo el primer disparo.

20

Sin futuro

*U*n desastre absoluto. Así ha sido el final de la bonita escapada que tan bien había planeado en mi mente. Tres cuartas partes de la tripulación del *Stormfly* ha muerto asesinada. Se trataba de vampyros que no podían rivalizar con las legiones de mortales que se desplegaron en un flujo continuo desde las múltiples partes del *Urano*. Las velas de la corbeta ya habían empezado a incendiarse cuando recibí un violento golpe en la cabeza. Perdí el conocimiento y me desperté en la habitación oscura y sin ventanas donde yazco ahora.

¡Menudo dolor de cabeza!

Busco a ciegas en mi bolsa un poco de opio para aliviarlo, pero mis manos, fuertemente encadenadas, solo tocan el suelo húmedo. Avanzo a tientas hasta una pared de madera ligeramente curvada; deduzco que debo de estar en una celda contigua al casco, en una bodega. Me han quitado el talismán de Zéphirine y mi bolsa, y, con ella, algo aún más precioso que mi amada droga: ¡el Corazón!

Un gemido escapa de mis labios:

—Las Tinieblas han ganado…

—Por supuesto, ¿acaso pensabas que las cosas podían salir de otra manera?

No estoy sola en la mazmorra.

—¿Sterling? —murmuro.

—Estoy aquí, Diane.

La dolorosa ironía de la situación me parte el corazón.

—Lo siento mucho, Sterling —sollozo consternada—. Yo tengo la culpa de que estés encadenado. Y pensar que hace nada, en la intimidad de tu habitación, era tan fácil imaginar un futuro brillante.

—Nunca hubo futuro, Diane.

No hay rastro de rencor en su voz, ningún reproche porque lo hayan capturado por mi culpa. Siento que se acerca a mí haciendo tintinar las cadenas que también deben ceñir sus muñecas. Sus dedos se encuentran por fin con los míos. La frialdad del contacto alivia un poco la jaqueca que está haciendo hervir mi cerebro.

—Sin futuro... —repito—. «Sin futuro». Otra vez con tu maldito lema, a pesar de que estuvimos a punto de conquistar un futuro, los dos, estábamos tan cerca...

—No, Diane —responde en voz baja—. No era un futuro, sino un aplazamiento. Recuerda lo que te respondí en cubierta cuando dijiste que añorabas la calma de antaño: el pasado ya no existe. Al igual que no existe el futuro. Lo único que compartimos es el presente fugaz. Si hubiéramos logrado escapar, solo habríamos podido hacerlo durar un poco más, pero no fue posible. Lástima. Al menos nuestras últimas horas habrán sido ricas en emociones. Tenía razón, eres la maestra por excelencia de los golpes de efecto.

Esta noche, la flema de mi atractivo inglés me sabe a cicuta, el veneno mezclado con néctar con el que los filósofos y los generales de la Antigüedad solían poner fin a sus vidas cuando perdían por completo la esperanza.

—Pálido Febo ordenará que nos ejecuten, ¿verdad? —pregunto con un nudo en la garganta.

—Mañana por la noche —contesta Sterling con voz sosegada, como si la perspectiva de estar a punto de enfrentarse a la nada no le preocupara en exceso.

Reflexiono sobre sus palabras con la mirada perdida en la oscuridad. A diferencia de mí, mi compañero de celda puede verme. Así pues, levanto mis manos encadenadas hacia su cara y lo descifro con la punta de los dedos. Sus pómulos son altos... Su nariz es recta... Sus labios, bien definidos y sin el palillo que suele llevar para mofarse de su condición vampýrica. Él también me toca las mejillas con sus heladas manos, pero, al mismo tiempo, infinitamente suaves, como caricias de mármol. Permanecemos así varios minutos sin intercambiar una palabra, el uno en presencia del otro, saboreando esos momentos de intimidad robados al destino que pronto nos engullirá. En este oscuro nido, que es también nuestra primera alcoba y nuestro último refugio, no percibimos ni las ráfagas ni las olas, solo un latido remoto y repetitivo.

—Debe de ser el viento que hace chocar un obenque contra un mástil... —digo moviendo apenas los labios.

—Estamos demasiado abajo, en las bodegas del *Urano*, así que es imposible que oigamos los aparejos que se encuentran en la superficie —replica Sterling—. Ese ruido lo hace tu dama de compañía dando puñetazos a la pared de su calabozo. Han encerrado a esa furia no muy lejos de nosotros.

—Françoise —digo con amargura.

Mis manos se apartan de Sterling. Una vez más, el sentimiento de culpa me paraliza.

—Estamos aquí por culpa de ella, pero sobre todo por culpa mía. Si no hubieras organizado mi fuga, ahora estarías libre. Si no hubiera perdido el talismán, no estarías enfrentándote a la muerte definitiva.

—No cargues con toda la responsabilidad, no seas pretenciosa —dice Sterling regañándome con dulzura—. Te recuerdo que fui yo quien te sugirió que huyeras y también quien te quitó el colgante. Y deja de hablar de mi muerte definitiva: nunca me he sentido tan vivo como cuando estoy a tu lado.

Se me encoge el estómago. Por amor a mí, Sterling está condenado a la pena capital. No tardará en saber que no se ha sacrificado por la mujer que creía, porque ahora ya no hay nada que impida a Prudence revelar que no soy la auténtica Diane de Gastefriche. Tal vez ya se lo haya dicho a Pálido Febo, a Gunnar, a Poppy y a Zacharie. Si he de ser franca, preferiría que Sterling supiera la verdad de mis labios aquí, en este santuario que solo nos pertenece a nosotros, en lugar de en la cubierta principal, delante de todos los curiosos.

—Alguien me dio en secreto el talismán —susurro—. Servía para protegerme de la resucitada que la Facultad me puso de carabina y de una abominación aún peor que mis enemigos lanzaron contra mí, porque en Versalles no saben realmente quién soy.

313

—¿Quieres decir que no eres una dama de la corte como las demás? Lo sospechaba, a pesar de tu ridícula obstinación en servir a tu rey.

—No fui a Versalles para servirlo, sino para...

El chasquido de una llave girando en una cerradura invisible me interrumpe. La puerta de la celda se abre con un chirrido y aparece una figura sujetando un farol. Mi piel se eriza bajo el vestido de tul. ¿Ya es la hora de la ejecución?

—Vamos, Diane, ¡levántate! —dice una voz familiar.

—¿Zacharie? —pregunto.

Es él, el escudero de Luisiana, cuya silueta se recorta a contraluz del farol. Me ha llamado Diane, así que supongo que Prudence aún no les ha dicho cuál es mi verdadero nombre. Puede que esté esperando al momento de mi ejecución para hacerlo. Entorno los ojos: detrás de Zacharie, en el estrecho pasillo de la parte trasera del *Urano*, hay cuatro miembros de la tripulación.

—¿Has venido para conducirnos a la muerte? —pregunto con acritud—. Después de lo que hiciste con Rafael, ¿piensas añadir otra escudera a tus trofeos de caza?

—No he venido a buscarte para que te ejecuten, sino para salvarte —replica con voz seca—. He negociado con Pálido Febo y he conseguido que acepte que te traslademos de sus cárceles a las de la *Novia Fúnebre*, que están en territorio francés. Lo convencí de que tu crimen es un asunto que compete a la justicia real, porque, por encima de todo, además de huir de tu futuro esposo, renegaste de los deberes que tienes con el Inmutable.

—No veo en qué manera ese traslado puede salvarme —murmuro—. No estoy segura de que sea mejor acabar descuartizada en una plaza pública francesa que devorada por los tiburones en las Antillas.

Zacharie entra en la celda y me atrae hacia él mientras dos de los hombres que lo acompañan mantienen a Sterling a la debida distancia apuntándolo con sus espadas.

—No lo entiendes —me susurra al oído—. Pasando a mi jurisdicción, no solo escapas de los tiburones, también consigues un abogado. O, para ser más precisos, una abogada: Proserpina. El rey me ha pedido que, tras concluir con esta misión en las Antillas, lleve a cabo una segunda en Luisiana. En cualquier caso, Proserpina regresará directamente a Versalles. Ella podrá explicar al rey que fuiste capturada por ese vampyro inglés contra tu voluntad; así te salvará la vida.

Guardo silencio unos instantes. ¿Zacharie, el escudero modelo, está dispuesto a apoyar un falso testimonio para salvar mi pellejo? Además, ¿cuál es la misión secreta que tiene que realizar en Luisiana? Intento descifrar la expresión de su cara, pero en la penumbra no consigo verla bien. Los crujidos sordos del casco rompen el silencio.

—¿Por qué? —pregunto al final.

—Porque he estado pensando en lo que me dijiste el otro día —susurra con un hilo de voz—. Puedo librar mi batalla sin traicionar a mis compañeros de armas… o, al menos, puedo intentarlo. Proserpina también defenderá a Rafael cuando vuelva a palacio: de hecho, le he dado una carta firmada por mí en la que explico que cometí un error al pensar que quería desertar.

La transformación de Zacharie me deja atónita. Imagino a lo que se arriesga por mentir para salvarnos a Rafael y a mí. Además, sé que Hyacinthe contradirá su testimonio escrito; de hecho, ya ha enviado una gaviota a Versalles solicitando permiso para sangrar a Rafael. Por no hablar de las contundentes revelaciones de Prudence. Pero si hay una oportunidad de salir de esta, por pequeña que sea, debo aceptarla… y compartirla con Sterling.

—Gracias de todo corazón, Zach —musito—, pero lord Raindust debe venir con nosotros.

—¿El inglés? —pregunta atragantándose y mirando la silueta de Sterling acurrucada al fondo de la celda—. ¡Ni hablar!

¡*Pum!* Un golpe de advertencia acentúa su negativa.

—¿Qué es eso? —pregunta inquieto el escudero.

—Es Françoise —le contesto—. Debe de haber percibido que voy a marcharme y se agita en su mazmorra. Sea como sea, te repito que no puedo irme sin Sterling.

¡*Pum!* Otro temblor, aún más fuerte: el golpe de reprobación se ha convertido en uno de ariete.

—Te equivocas, Françoise ya no está en su celda —me informa Zacharie—. También me la voy a llevar a bordo de la *Novia Fúnebre*.

315

Mueve la barbilla en dirección a la pasarela: es cierto, mi dama de compañía está allí con las manos encadenadas, flanqueada por dos tripulantes que la sujetan como a una bestia salvaje, con un torniquete apretado alrededor del cuello. En esa posición no puede moverse y mucho menos golpear las paredes con los puños.

¡*Pum!* El tercer golpe es tan violento que casi pierdo el equilibrio. Los marineros apostados en el calabozo levantan los faroles al mismo tiempo que siguen manteniendo a raya a Sterling.

Una lluvia de serrín cae de las vigas del techo, destellando en el halo de las llamas.

—El ruido no procede de las bodegas —murmura Zacharie. Se lleva la mano a la espada, que cuelga enfundada de su cintura—. Es como si... algo estuviera dando golpes «fuera».

Los miembros de la tripulación deben de tener la misma sensación, porque dirigen los faroles hacia la pared curva del casco. Puedo ver a Sterling cambiando el peso de un pie a otro, sin duda aguardando la oportunidad de escapar.

¡*Pum!* Con el cuarto golpe, el calabozo vibra tan intensamente como una campana. Un pánico ancestral se apodera de mis vísceras, igual que cuando oía sonar el toque en el campanario del pueblo. Antaño, el tañido anunciaba la llegada de la noche y el despertar de los chupasangres. Hoy, sin embargo, la alarma procede de una noche aún más terrorífica: la de las profundidades del océano...

—¿Es... un tiburón especialmente grande? —aventura uno de los marineros—. ¿O tal vez una orca?

—El casco del *Urano* es lo suficiente macizo para resistir cualquier asalto —refunfuña con voz vacilante uno de sus compañeros—. Ni siquiera una ballena podría...

¡*Pum!* El quinto golpe le impide terminar la frase. El casco supuestamente indestructible se quiebra con un estruendo ensordecedor lanzando fragmentos de madera tan largos como estacas. Una especie de pilar blanquecino asoma por el agujero. La visión es macabra: se trata de un hueso gigantesco, coronado por unos chorros de agua de mar que brotan con más fuerza que todas las fuentes de Versalles juntas.

El pánico se transforma en puro terror, en un pavor capaz

de dejar petrificado a cualquiera; el agua helada tarda apenas unos segundos en llegarme a las rodillas. Paralizada, veo como el hueso se retira, pero solo para redoblar el ataque. «Ahí fuera, en el abismo, una criatura está usando el hueso de Leviatán a modo de ariete para derribar la puerta de un castillo fortificado». Una posibilidad espantosa me pasa repentinamente por la cabeza: ¿será Tristan? ¡No, no puede ser! Aunque ya no tengo el talismán para protegerme, es imposible que el resucitado me haya encontrado tan rápido en medio del Atlántico.

Los miembros de la tripulación gritan y abandonan a Sterling y a Françoise para intentar salvar el pellejo, pero el borboteo del agua frena su huida. Sus voces quedan ahogadas por el furioso rugido del océano al precipitarse por la brecha. Esta se ensancha aún más…

La pared se agrieta hasta arriba…

Y se hace añicos. Las trombas de agua aplastan los faroles sumergiendo el calabozo y el pasadizo en un abrir y cerrar de ojos, y arrollando tanto a los marineros como a los presos. La oscuridad total cae sobre mí como un yunque, y con ella, todo el peso del Atlántico.

El océano me arrastra.

Lucho en la noche líquida, pero al tener las manos encadenadas no puedo nadar. Soy vagamente consciente de que con cada gesto quemo un poco más de oxígeno de mis pulmones. Alrededor, el mar no es más que una extensión de tinieblas heladas e infinitas. Abro los ojos abrasados por la sal, pero los abro a la nada, todo es en vano.

De repente, una mano me agarra de la muñeca. Horrorizada, suelto un grito mudo y una inestimable burbuja de aire. Un aullido distorsionado por el elemento acuático llega a mis oídos.

—¡Diaaa-a-a-ane-ane-ane!

La mano que me sujeta no puede pertenecer ni a Sterling ni a Françoise, porque los dos tienen las muñecas encadenadas, como yo. Es Zacharie. Quiere ayudarme a subir. Dejo de forcejear y concentro mis últimas fuerzas en los muslos.

¡Debo mover las piernas al ritmo de mi salvador para impulsarnos hacia la superficie!

¡Tenemos que arrojarnos como torpedos humanos hasta salir al aire libre!

317

¡Respirar!

Cuando ya alcanzo a ver la esfera borrosa de la luna dibu-jándose por encima de mi cabeza, una mordaza se cierra en mi tobillo desnudo. Luego otra. Y después una tercera. Las manos que acaban de brotar de las profundidades no son cálidas como las de Zacharie, sino frías como el plomo, como también es tan pesado como el plomo lo que me arrastra de nuevo hacia abajo.

La luna se encoge, semejante a una llama privada de oxíge-no a punto de expirar.

Mi espíritu asfixiado se apaga primero.

Comprendo confusamente que me estoy hundiendo las-trada por las innombrables criaturas que antes empuñaban el ariete. Me estoy... ahogando. Un abismo gigantesco, negro y sin fondo: ¿es esto la muerte?

«Mamá, papá, lo siento: ¡he fallado a la Fronda del Pueblo! Raymond de Montfaucon, perdóname: ¡no seré yo quien de-rroque al Rey de las Tinieblas! Naoko, Orfeo, os mentí: ¡nunca volveremos a vernos!».

318

Mis gritos irrisorios se pierden en el vacío. A modo de eco, la nada me devuelve tres sílabas:

«¿Quién eres?».

Otra vez esa pregunta insistente, la que me hicieron los gules en las profundidades de la tierra y luego mis propios padres en el abismo de mis sueños.

«¿Quién eres?».

Me gustaría taparme los oídos para no oírla más, pero mis manos siguen atadas.

«¿Quién eres?».

Un punto brillante aparece al final de la noche. Mi padre solía tranquilizar a los moribundos prometiéndoles luz al fi-nal del túnel de la agonía. Ahora me toca a mí. La luz se acer-ca inexorablemente a medida que me voy hundiendo.

Parece un rectángulo resplandeciente, semejante a la su-perficie de un espejo...

Un espejo en forma de psiqué...

El psiqué en el que me reflejé ayer al lado del capitán del Urano.

Ahora, en cambio, me veo sola, con mi vestido de tul, cuyos largos faldones diáfanos ondulan como los filamentos de una medusa gigantesca. También son diáfanos el color de mi cara, de mis brazos y de mis manos: mi piel parece hecha de gelatina, como el cuerpo de una medusa. O como el reflejo de Pálido Febo. La boca que me repite por tercera vez la misma pregunta no pertenece a una mujer ni a mi madre. Son mis propios labios traslúcidos los que pronuncian las tres sílabas enigmáticas:

«¿Quién eres?».

—Soy yo: ¡Jeanne Froidelac! —grito, expulsando el último aliento que aún me queda en el pecho.

No solo escupo mi nombre, sino también una mucosidad salada. Imagino que, la próxima vez que inhale, mis pulmones se llenarán de agua marina..., pero, en cambio, en ellos entra aire yodado.

La repentina afluencia de oxígeno me causa una tos dolorosa que me inflama los bronquios. Mis labios sueltan saliva espumosa y los ojos se me llenan de lágrimas. Me doy la vuelta despellejándome las manos atadas con una roca áspera. Sin aliento, intento levantarme. Lo único que consigo es provocar una violenta arcada. Vomito largos chorros de bilis y de agua de mar, varios mechones empapados cuelgan a ambos lados de mi cara como si fueran algas.

—Encantador —dice una voz próxima a mí.

Todavía a cuatro patas en el suelo y con la respiración entrecortada, me limpio la boca en un hombro. Luego alzo la cabeza y parpadeo frenéticamente para aliviar el escozor que me produce la sal. Una multitud de estrellas invade mi campo de visión, a pesar de que las lágrimas difractan su pálido resplandor. Me encuentro en una inmensa cala rodeada de altos acantilados. El viento parece haberse detenido por completo. La temperatura es suave. Unas pequeñas rocas emergen de las tranquilas olas, similares a aquella a la que he ido a parar yo. Una figura se yergue en el islote más cercano al mío, a unos diez metros de mí.

—¿Zacharie? —Toso—. ¿Eres tú?

—Sí, pero ¿quién eres?

319

¡Otra vez la fatídica pregunta que me persigue desde hace semanas! Ahora es Zacharie quien me la hace. Tengo la dolorosa conciencia de haber pronunciado mi verdadero nombre hace unos momentos, cuando volví en mí. ¿Lo habrá oído?

—¡Vamos, sabes de sobra quién soy! —contesto con la voz ronca por la sal—. Diane de Gastefriche, la escudera con la que sellaste un pacto de sangre.

Mi respiración, ralentizada por haber estado en un tris de ahogarme, se agita un poco. Contrariamente a lo que pensaba, quizá Prudence no haya hablado. Intento poner en orden mis pensamientos, que se dispersan como una bandada de gorriones: aunque la bretona le haya revelado a Zacharie que soy una usurpadora, no puede haber podido divulgar lo que no sabe, es decir, que soy una frondera.

—Eso es justo lo que acabo de gritar, ¿te preocupa? —le digo—. Debes saber que Jeanne es mi segundo nombre, eso es todo. —Miro a mi alrededor nerviosa, observando la superficie de la ensenada, tan tranquila y silenciosa como un lago—. Y añadí que en este lago hace frío.

—No hace frío, al contrario, pero, sobre todo, dijiste «Froidelac». Un apellido plebeyo, sin preposición. En cuanto a tu segundo nombre, «Jeanne», suena más bien a una segunda identidad.

—¡Estás delirando!

—No, fuiste tú quien deliró mientras yacías inconsciente en esa roca. «Mamá, papá, lo siento: ¡he fallado a la Fronda del Pueblo!». Eso fue lo que dijiste.

La sangre se me hiela en las venas. Mis miembros fríos se quedan paralizados. Por el contrario, mis dientes comienzan a castañetear impidiéndome pronunciar una sola palabra sensata:

—Yo..., yo...

—También mencionaste al gran escudero —me acusa Zacharie, dirigiéndose a mí como un fiscal en un tribunal—. Y a la alumna japonesa, Naoko Takagari, que desapareció de forma misteriosa el año pasado. Y hablaste del derrocamiento del Rey de las Tinieblas.

Tras liberarme de los espasmos, me pongo en pie de un salto como un demonio que salta fuera de la caja que lo contiene. «¡Huir!». Ese es el instinto que resuena en mi cabeza como una campana, pero no hay salida: la roca donde estoy y en la que apenas puedo dar cinco pasos está rodeada de agua negra. Me dirijo hacia el borde titubeando, el vestido empapado gotea sobre mis pies descalzos.

—Yo en tu lugar no me tiraría —dice una voz a mis espaldas, desde el lado opuesto al del promontorio sobre el que está encaramado Zacharie.

Aturdida, me vuelvo para descubrir quién es el tercer superviviente que ha encontrado refugio en este arrecife engullido por la penumbra. Mi corazón se enciende de alegría al reconocer la figura de Sterling, pero de inmediato se paraliza de miedo cuando caigo en la cuenta de que él también ha oído todo.

—Antes, en el calabozo, empezaste a contarme que en realidad no eras la que todos creían que eras en Versalles —dice.

No necesita levantar la voz para hacerse oír: el silencio de este lugar solo se ve perturbado por las diminutas salpicaduras del agua. A pesar de la distancia que nos separa, puedo oír sus palabras con la misma claridad con la que las oiría si me las susurrara al oído.

—Esperaba que me revelaras alguna ambición secreta —prosigue—. Por ejemplo, el deseo de aspirar a algo más que el título de duquesa. O, por el contrario, el deseo de escapar de los honores y las restricciones para llevar una vida bohemia lejos de palacio. Pero ¿la Fronda del Pueblo? ¡Jamás me lo habría imaginado!

Deja escapar un largo silbido. ¿De cólera? ¿De desprecio? En la penumbra, apenas puedo distinguir su expresión. La luna debe de estar velada por una nube y el lejano resplandor de las estrellas es demasiado difuso. Solo brillan las pálidas manchas de la camisa del lord y su lívida cara.

—Para derrocar al Rey de las Tinieblas, nada menos —dice, haciéndose eco de mi terrible e involuntaria confesión—. Es posible que la reina Ana no se opusiera a esa idea. El problema es que vosotros, los fronderos, queréis acabar con todos los vampyros, ¿me equivoco? Poco importa si son franceses o ingleses. Dime, ¿cuándo pensabas clavarme la estaca en el corazón? ¿Antes o después de derrocar al Inmutable?

—¡Juro que nunca haría tal cosa!

—Vamos, vamos, no jures. Nos has engañado a todos lo

suficiente como para tener ahora la pretensión de añadir un «nunca» o un «siempre» a tu larga lista de mentiras.

Sus hombros tiemblan sacudidos por una risa franca. Su cresta arroja una onda de agua brillante a la noche mientras el alfiler titila en su oreja.

—¡La maestra de los giros de guion! —exclama—. ¡Quién me iba a decir que ese título te iba que ni pintado! —La risa muere en su garganta tan repentinamente como ha estallado—. Mi deber es ejecutarte de inmediato, como corresponde también hacer al caballero de Grand-Domaine. A pesar de nuestras diferencias, has conseguido unirnos contra un enemigo común: tú, mi querida Jeanne.

Siento un prolongado escalofrío al oír pronunciar a Sterling por primera vez mi verdadero nombre. Supuse que lo haría con un suspiro amoroso, en lugar de acompañado de una amenaza de muerte. Siento que me fallan las piernas. ¡Ay, estoy segura de que, si tuviera un poco de opio, sería capaz de pensar con más claridad! Desesperada, alzo las manos atadas y blando las cadenas a modo de arma. Giro sobre mis talones, apuntando alternativamente a Zacharie y a Sterling. Uno aún tiene su larga espada enfundada; al otro le da igual tener las muñecas inmovilizadas, dado que sus colmillos son como dos puñales afilados. Es evidente que no puedo competir con ellos.

—¡Os lo advierto, no os acerquéis más! —los amenazo a pesar de todo, porque estoy dispuesta a defender mi pellejo a toda costa.

—No te preocupes, tu vida está a salvo por el momento —murmura Sterling—. No vamos a arriesgarnos a nadar hasta ti, al menos mientras el agua esté infestada.

Mi mirada se posa en el mar silencioso y en calma. Bajo las lentejuelas que depositan en él las estrellas, veo unas largas formas negras. Deben de ser bancos de tiburones moviéndose entre las rocas.

—Supongo que ninguno de los dos recordaréis nada —dice Sterling—. Grand-Domaine recuperó la conciencia apenas unos minutos antes que tú. Yo, en cambio, no perdí el conocimiento en ningún momento, no tengo un cerebro mortal como el vuestro, que se apaga en cuanto se ve privado de oxígeno. Mantuve los ojos abiertos todo el tiempo, aunque mis ataduras me impidieron actuar. Por ejemplo, justo después de que el casco del *Urano* se abriera, vi a Grand-Domaine intentando devolverte a la superficie. Qué irónico: ¡creía que estaba salvando a la favorita de su soberano y, en realidad, se trataba de su enemiga acérrima! ¡Un conmovedor malentendido digno de las mayores tragedias!

Desde su roca, Zacharie suelta un improperio ahogado, pero no interrumpe a Sterling. Como yo, está deseando saber dónde estamos y cómo hemos acabado aquí.

—Fue entonces cuando vi a las sirenas emergiendo de las profundidades —prosigue Sterling—. Las mismas que nos rodean en este instante.

¿Las... sirenas? Vuelvo a fijarme en el agua oscura y lisa. A decir verdad, mirándolas más de cerca, las formas indistintas que ondulan entre los arrecifes me resultan vagamente familiares... Torsos humanos que acaban en unas largas colas de pez.

—El gigantesco hueso con el que perforaron el casco debía de ser el de una ballena —aventuro recordando que los cetáceos son el alimento preferido de esas abominaciones.

—Apenas el océano entró en el casco, se abalanzaron sobre vosotros sacando las garras —continúa Sterling—. Dado que estaba encadenado, no pude hacer nada, y lo mismo le sucedió a Françoise. Las sirenas nos trajeron a los cuatro hasta aquí.

—¿Françoise está aquí? —pregunto escudriñando la penumbra con los ojos.

—Detrás de ti —contesta Sterling.

En ese momento vislumbro un cuarto islote algo más alejado y ocupado también por un cautivo o, mejor dicho, por una cautiva. Si no he visto hasta ahora a mi dama de compañía es porque está firmemente atada al saliente rocoso con unas cuerdas verdosas que parecen estar hechas con unas algas largas y fibrosas. Las algas también le tapan la boca a modo de mordaza.

—Forcejeó tanto que las sirenas la inmovilizaron —explica Sterling.

—Esas abominaciones se aprovecharon sin duda del momentáneo retroceso de la pared del ojo mientras el *Urano* se detenía en las islas Lucayas —supone Zacharie a la vez que se pasa nerviosamente una mano por el peto reluciente de humedad para eliminar el agua que lo impregna—. Quizá llevaban una semana

323

siguiendo el huracán con la intención de vengarse por el robo de sus reliquias. No entiendo por qué no nos mataron en el acto, después de haber perforado el casco, y aún comprendo menos de qué manera hemos sobrevivido bajo el agua...

—Vuestras raptoras se encargaron de ello —explica Sterling—. Trajeron varias cañas largas y os las metieron en la boca para que pudierais respirar durante la travesía hacia el Diente de la Muerte.

El escudero de Luisiana y yo nos miramos desconcertados.

—¿Qué? —exclama—. ¡Pero si el Diente está a decenas de leguas de las islas Lucays! ¿Está seguro de lo que dice, lord Raindust?

—Estoy completamente seguro. Reconocí el borde de ese espolón negro que se erige desde el fondo del océano. Las salidas a través de las que llegamos esta tarde estaban sumergidas, a diferencia de nuestra primera visita de hace una semana, dado que ninguna marea sobrenatural las había sacado del océano, pero su configuración es tan singular que es imposible equivocarse.

Miro en torno a mí, plenamente consciente de lo que me rodea ahora que mis ojos se han acostumbrado a la penumbra. Reconozco la materia oscura y porosa que compone mi promontorio y el de los otros cautivos: es la roca volcánica del Diente de la Muerte. El mismo granito se erige también alrededor del lago de agua marina donde estamos atrapados. En lugar de crear una brecha en el cielo, como pensé en un principio, los acantilados se unen sobre nuestras cabezas formando una cubierta hermética. No estamos en una cala, sino en una gruta gigantesca, por eso nuestras voces llegan tan lejos en el silencio cavernoso que ningún viento perturba. En cuanto a las «estrellas», en realidad son miles de puntos luminiscentes pegados a la vasta bóveda rocosa. Su pálida claridad nos ilumina desde el principio.

—Son hongos fosforescentes —explica Sterling, que ha seguido la dirección de mi mirada—. Probablemente llevan varios siglos ahí, puede que incluso miles de años, porque a esta cripta semisumergida solo es posible acceder por vía submarina. Así fue como las sirenas nos trajeron hasta aquí y es lo que nos condena ahora. —Señala con la barbilla a nuestras silenciosas centinelas, que siguen moviéndose en las profundidades de la cuenca—. Estamos a su merced.

Zacharie se acerca peligrosamente al borde de su roca y escudriña las oscuras aguas.

—¿Por qué? —dice pensando en voz alta—. ¿Por qué nos han traído aquí? —De repente, arquea las cejas y me fulmina con la mirada—. ¿Sabes algo de esto, frondera? He oído que los renegados de tu clase coquetean con los arcanos prohibidos de la alquimia. ¿Se trata de un truco de magia negra? ¿De la artimaña de una bruja?

Su voz resuena en las paredes de piedra. «Bruja»... Así me llamaron los aldeanos de la Butte-aux-Rats por mis canas y por mi supuesto mal de ojo. Empapada y temblando de cansancio, siento como si los miedos de mi infancia se volvieran a apoderar de mí. Sí, soy como una de esas desafortunadas «brujas» a las que ponen a prueba arrojándolas al agua para comprobar si flotan y que acaban muriendo ahogadas.

—No soy más bruja que tú, Zacharie —digo intentando sostener su mirada inquisitiva—. Desconozco qué intenciones tienen esas abominaciones. En cualquier caso, he de decir que no estoy de acuerdo contigo, no creo que se trate de una simple venganza por el robo de las reliquias. De ser así, habrían entonado su melodía hipnótica para atraer a los marineros del *Urano* y tirar a buena parte de ellos por la borda, cosa que habría sido mucho más sencilla, dado que la *Novia Fúnebre* se ha quedado sin un vigía que dé la voz de alarma. Las sirenas rompieron el casco justo donde Sterling y yo estábamos prisioneros, así que en mi opinión se trata más bien de un acto premeditado, diría que incluso bien planificado.

325

Zacharie se encoge de hombros, poco convencido de mi razonamiento.

—¿Un acto bien planificado, estás de broma? —exclama desde su roca—. Las sirenas son el equivalente marino de los gules: unos monstruos descerebrados. ¡La falta de oxígeno ha producido secuelas en el tuyo, frondera!

—No te apresures a juzgarlas como simples bestias feroces —replico—. Las reliquias que crean demuestran que son más que eso. Son unas criaturas crueles, es innegable, pero al mismo tiempo son capaces de crear... arte.

—Creo que esa intrigante tiene razón, Grand-Domaine —corrobora Sterling—. Las sirenas nos han capturado a propósito y nos han perdonado la vida por una razón que aún no alcanzo a entender. No todos tienen derecho a su clemencia.

—¿Qué quiere decir, Raindust? —pregunta Zacharie.

—¿Ha olvidado a la tripulación del *Urano* que los acompañó hasta las calas? Ellos no usaron cañas para respirar ni fueron debidamente escoltados. Además, deben contentarse con un promontorio para cuatro.

Sterling señala con el dedo índice el más alto de los arrecifes, que se erige en el centro del lago. En un primer momento, no veo nada, ningún prisionero; su escarpada cumbre está desierta. Luego, poco a poco, mi mirada desciende por la empinada roca hasta llegar al borde del agua. Entonces los descubro: cuatro cuerpos sujetos a la base del promontorio con unas algas. A pesar de que esos desgraciados murieron anoche, de ellos solo queda el esqueleto despojado casi por completo de carne. Pienso en el relicario y en las abominables esculturas de hueso y oro.

—«El tiempo reina indiscutiblemente sobre los hombres; es a la vez su padre y su sepulturero» —declama Sterling a modo de oración fúnebre.

No tengo valor para preguntarle de qué tragedia de Shakespeare ha tomado prestada la cita.

—Las sirenas deben de ser las vestales del tiempo, pues han descompuesto en unas horas algo que este tarda años en hacer —constata lúgubremente—. Han raspado todo o, al menos, todo lo que pudieron arrancar con sus garras. Diría que parecen haber ejecutado el descuartizamiento con sus pequeñas manos.

Una visión de pesadilla: da la impresión de que, en efecto, unas manos diminutas y negruzcas están afanándose en los pálidos huesos, extrayendo los últimos jirones de tejido orgánico de los huecos de las articulaciones y en la parte posterior de las cuencas de los ojos. Las manos no tienen dedos, sino unas tenazas tan afiladas como escalpelos. Son cientos de cangrejos pululando para acabar de limpiar los cadáveres a fin de entregar unos lienzos inmaculados a las joyeras marinas.

21

Zacharie

—*E*l sol está a punto de salir —comenta Sterling, distrayéndome de la contemplación morbosa de los esqueletos.

—¿Cómo lo sabe, Raindust? —pregunta Zacharie.

—Lo siento en cada fibra de mi cuerpo.

En las cubiertas inferiores del *Urano*, los sentidos sobrenaturales de Sterling ya le advertían del movimiento de las estrellas en el cielo. El inglés posee el feroz instinto de conservación de los chupasangres, para quienes los rayos solares son letales.

Rebusco en el bolsillo de mi vestido de tul y saco el pequeño reloj que Hyacinthe de Rocailles me dio hace una semana para medir el tiempo que iba transcurriendo en el interior del Diente de la Muerte y así poder salir antes del amanecer. ¡Qué cruel ironía, ahora que estamos prisioneros en él, tal vez para siempre! El segundero sigue funcionando: el reloj parece haber resistido a la inmersión. Marca las seis y media de la mañana.

—Sientes que el día se acerca, pero ¿qué pasa con el cielo? —le pregunto a Sterling—. ¿Estamos lejos de la superficie?

—Contigo, Jeanneton, tocamos fondo a menudo —refunfuña—. Tiendes a caer por debajo del suelo y a arrastrar en tu caída a los demás. Primero fue la Corte de los Milagros y hoy es la de las sirenas; después de las catacumbas de París y de los abismos del Atlántico, ¿piensas llevarme al infierno?

Sin darme tiempo a responder, levanta la cabeza hacia la bóveda rocosa, bordada con miles de hongos fosforescentes. En ese contraluz difuso e irreal, su perfil coronado por la cresta parece el de un hombre cuervo. Un largo graznido se escapa de sus labios. En una ocasión lo oí cantar en París: es su manera de llamar a los pájaros, el don que las Tinieblas desarrollaron en él.

—Si mi voz logra abrirse camino hasta la superficie, obtendremos una respuesta —dice—. Ya veremos.

Tras decir esas palabras, se agazapa en su roca, buscando una posición cómoda para tumbarse.

—¿Qué hace? —pregunta Zacharie.

—He dicho que tengo sueño —responde con voz exhausta. Bosteza abriendo mucho la mandíbula y mostrando sus colmillos, que están en parte retraídos en las encías—. Sea como sea, no nos queda más remedio que esperar.

Se acurruca en posición fetal y cierra los ojos, como si nada de todo esto le importara ya.

Esperar… En efecto, es lo único que podemos hacer. Al final de varias semanas de frenética carrera, de repente me veo abocada a hacer un alto en el camino. Después de cruzar medio planeta para llegar aquí, tengo que acomodarme a apenas unos metros cuadrados. En cualquier caso, no estoy sola en mi roca. Siento que una sombra me rodea y me acecha: la de la abstinencia. Es como una pantera que espera el momento oportuno para abalanzarse sobre una presa exhausta.

Intento distraerme de ese sentimiento obsesivo observando a mis compañeros de infortunio. Cada uno de ellos domina su reino liliputiense, separado de los demás por un mar infestado de monstruos. Sumido en un sueño parecido a la muerte, el cuerpo inanimado de Sterling se parece a un yacente de mármol. Françoise también está inmóvil, firmemente sujeta por sus ataduras. En cuanto a Zacharie, sigue de pie, sin apartar la vista del agua negra por donde se deslizan las formas serpenteantes. El movimiento de las abominaciones nocturnas es un poco más lento, a buen seguro porque el sol brilla en lo alto, en la superficie, pero no por eso han dejado de ser unas guardianas formidables.

—¿De verdad crees que la Fronda del Pueblo puede acabar con la injusticia? —me pregunta de repente Zacharie perforando la oscuridad con su voz.

Su pregunta, tras varias horas de silencio, me coge por sorpresa. Comprendo entonces que lo que ha estado contemplando durante todo este tiempo no eran las sombras de las sirenas, sino sus pensamientos.

—Estoy segura, Zacharie —contesto al cabo de un momento—. Sé que a ojos de la Magna Vampyria, la Fronda es una organización criminal. Sé que me consideras una terrorista, pero lo cierto es que todos los rebeldes fronderos luchan en cuerpo y alma en aras de la justicia.

—Según dicen, combaten únicamente contra el yugo de los vampyros. Solo intentan corregir un tipo de injusticia: la que los inmortales infligen a los mortales. La esclavitud les da igual.

Los latidos de mi corazón se aceleran. Me acerco al borde de mi promontorio. Me da igual que Françoise nos oiga desde el suyo. Lo único que me importa en este momento es ablandar a Zacharie. Jamás habría podido reclutar a Pálido Febo para la Fronda, ahora lo veo con toda claridad, pero mi compañero de armas sí que podría convertirse en uno de sus miembros. Esa pretensión me hace olvidar el opio, al menos durante cierto tiempo.

—Te equivocas —le digo dulcemente en el solemne silencio de la cueva—. La Fronda del Pueblo pretende construir una sociedad más justa para todos. Lucha contra «todos» los chupasangres, tanto los reales como los figurados: los vampyros que se alimentan de los plebeyos y los amos que prosperan aprovechándose de la indigencia de los esclavos.

El escudero alza la barbilla con aire incrédulo.

—¿Qué sabes tú de la esclavitud, Jeanne Froidelac? —me dice—. No creo que hayas visto mucho de tu país antes de viajar a Versalles, dado que estabas sometida a la ley del confinamiento. ¿Qué sabes de la miseria que soportan los millones de seres que fueron arrancados de su continente y que luego han vivido en la servidumbre durante generaciones?

La magnitud del crimen que durante siglos se ha cometido contra una parte de la humanidad me abruma. Me siento diminuta, minúscula, frente a la apisonadora de la historia. En eso radica el peligro, supongo, en considerarse insignificante y, por ese motivo, renunciar a cambiar las cosas. Además, pienso que

329

quizá baste un grano de arena para agarrotar la maquinaria mortal afinada por la costumbre.

—Tienes razón, Zacharie —murmuro—. Me habéis desenmascarado: solo soy una miserable plebeya procedente de Auvernia. No sé mucho del ancho mundo. Sé que nunca podré ponerme en la piel de esas víctimas que son los esclavos negros americanos, pero puedo intentar aprender. Puedo escucharte con todo respeto, a ti, que has estado tan próximo a ellos.

Las piernas de Zacharie, que hasta este momento estaban rígidas como estacas, empiezan a flaquear. A decir verdad, todo su cuerpo se inclina. Baja lentamente y, por primera vez desde que llegamos a la cueva, se autoriza a sentarse. Sus hombros se curvan. Deja caer su espada a un lado sobre la piedra desnuda. Es la primera vez que lo veo sumido en un momento de debilidad. En Versalles se aisló en su celo por servir al rey y con él encerró sus recuerdos y su sensibilidad para ofrecer a la corte la apariencia de un escudero inflexible, de una estatua de bronce.

Pero ahora la estatua se está tambaleando. Le ha bastado encontrar un oído comprensivo para hacer resurgir el pasado. No podía abrir su corazón a la noble Diane de Gastefriche, pero con Jeanne Froidelac, la pequeña plebeya, por fin ha podido bajar la guardia.

—Debería haber imaginado que el rey no haría nada —se reprocha a sí mismo, ensimismado.

Habla en voz baja, pero la cueva reverbera de tal forma que sus murmullos se oyen tan claramente como si estuviera de pie a mi lado.

—Debería haber comprendido que no movería un dedo de su mano inmortal…, la misma mano que hace trescientos años firmó el infame Código Negro. Pensé que podría cambiarlo. Qué idiota fui. —Su cara se retuerce en una mueca amarga—. ¡Cuando pienso en mis padres en Grand-Domaine, confiados en que lo conseguiré!

—Así que eres hijo de una esclava y de Philibert de Grand-Domaine, que luego te concedió la libertad —le pregunto con delicadeza.

Alza bruscamente la cabeza. Sus ojos arden como ascuas.

—¡Ningún amo me liberó: tuve que arrancarle la libertad! Soy testigo del estallido de una revuelta reprimida durante mucho tiempo: un grito brota en sus entrañas y reverbera en la bóveda cavernosa. Su vehemencia me estremece. Entra enseguida en armonía con mis aspiraciones. Echo una mirada a Sterling, pero sigue profundamente dormido.

—Es muy posible que esta cueva se convierta en nuestra tumba —susurra Zach algo más bajo—, pero, si gracias a un milagro, conseguimos escapar de las sirenas, tendré que enfrentarme a un dilema: matarte en nombre del Rey de las Tinieblas o convertirme en un frondero como tú. Le he estado dando vueltas en las últimas horas. He pensado en todo lo que he vivido desde que llegué a Francia. En lo que me dijiste la otra noche en la cubierta del *Urano*. No quiero ser un nuevo Suraj y quedarme esperando un gesto que el Inmutable no hará jamás. El tiempo vuela y yo ya no dispongo de más.

Hace una mueca. ¿Tiempo para qué? ¿Qué urgencia imperiosa lo hace renegar de sus argumentos? La mía es pasarlo a mi bando: ¡el de la Fronda!

Abro la boca para defender mi causa con todo el ardor de que soy capaz, pero él es más rápido que yo:

—Te perdono, Jeanne, y te pido que me permitas unirme a la Fronda. Esa es mi elección. —Asiente vigorosamente con la cabeza, para reforzar la nueva resolución que va en contra de todo lo que ha sido desde que llegó a Versalles—: Pondré a disposición de tu organización rebelde la misma energía que he desplegado al servicio del Rey de las Tinieblas con la esperanza de que eso aumente las posibilidades de salvar a mi pueblo.

La radicalidad de su determinación me conmociona. Comprendo la angustia que representa para él; además, siento que está a punto de abrirme su corazón.

—Es cierto que has quedado desenmascarada, Jeanne —admite—. Así que ahora me corresponde a mí romper la coraza, dado que estamos destinados a seguir combatiendo, ya no como escuderos a plena luz del día, sino en la clandestinidad, como parias. Debes saber que no eres la única escudera que esconde un secreto, yo también tengo uno. Contrariamente a lo que dice en mis papeles de nobleza, no soy el hijo de Philibert de Grand-Domaine.

La revelación me deja sin aliento. ¿Papeles falsos de nobleza? Creía que era la única de los escuderos que había falsificado sus documentos de identidad. ¡Quién me iba a decir que el más diligente de todos recurrió a la misma estratagema!

—El nombre que figura en los papeles es, en realidad, el de mi madre —prosigue—. Se llama Agnès de La Roseraie y procede de la baja nobleza de Nueva Orleans. Su familia perdió todo su dinero y acordó que se casara con Philibert de Grand-Domaine. La joven era guapa e ingeniosa, y él, que era quince años mayor que ella, tenía el poder y la riqueza. El problema fue que también guardaba tesoros de ira y crueldad que mi pobre madre no descubrió hasta después de la boda. En Grand-Domaine, los esclavos eran tratados de forma aún más injusta que en otras plantaciones y la tasa de mortalidad era más alta que en cualquier otro lugar. Por otra parte, los campesinos negros no eran los únicos que vivían aterrorizados por el amo, también lo temían los sirvientes blancos. Todos tenían miedo de morir bajo el yugo de los capataces: un puñado de hombres sedientos de sangre a los que Philibert había convertido en su guardia personal, unos brutos sin ataduras que le habían jurado una lealtad absoluta. Desde los primeros días de su unión maldita, Agnès fue objeto de la cólera de su marido por intentar aliviar la situación de los pobres. Dado que era una mujer ilustrada, conocía el humanismo. Se atrevió a soñar con una forma menos bárbara de administrar la explotación, y creo que, sin osar mencionarla, con la abolición… A escondidas de su terrible marido, visitaba las chozas de los esclavos y pasaba tiempo con ellos cuidándoles las heridas y proporcionándoles libros y alimentos. El tirano acabó descubriendo sus fechorías y para castigarla le prohibió salir de la mansión y quemó toda su biblioteca a la vez que le decía esta terrible frase, que ella me repitió después de que yo naciera: «Al igual que los esclavos, las mujeres no necesitan leer, porque son simples cuerpos descerebrados. Los brazos de los primeros sirven para producir azúcar; las barrigas de las segundas, para producir herederos».

Zacharie aprieta la mandíbula moviendo su piel oscura como si quisiera moler esas palabras viles y repulsivas hasta hacerlas papilla.

—«Producir herederos…» —repite entre dientes—. Esa era la obsesión de Philibert de Grand-Domaine. De hecho, a pesar de que la Facultad de Luisiana llevaba años ofreciéndole la transmutación para recompensarle por el dinero que su plantación aportaba a la corona, él quería engendrar antes un heredero varón, porque temía que, una vez transmutado y tras haber accedido a la vida eterna, no iba a poder reproducirse como los mortales.

»Fue entonces cuando comenzó el martirio de mi madre. No obstante Grand-Domaine visitaba su cama cada noche con creciente brutalidad, ella seguía siendo infértil. Por si fuera poco, la furia del amo se iba acrecentando a medida que veía fracasar sus intentos. Insultaba continuamente a Agnès, convencido de que la culpa era de ella, demasiado pagado de sí mismo para imaginar ni por un momento que el estéril podía ser él. Mi madre me refirió los abusos que había padecido, pero no me atrevo a contártelos… —Zacharie vuelve a contraer los músculos de la mandíbula, y esta vez tengo la impresión de que es el cuello del torturador lo que le gustaría triturar con sus dientes—. Un día ocurrió algo trágico. Mi madre se quedó embarazada. Se dio cuenta porque sentía náuseas y porque tenía los pechos hinchados y doloridos. No se lo dijo a su marido. En lugar de eso, buscó la manera de deshacerse del niño. Una de sus criadas era experta en hierbas e intentó ayudarla. Preparó una infusión de belladona, cólquico, amapola y vincapervinca, pero uno de los capataces interceptó la bolsita y… Philibert de Grand-Domaine montó en cólera, indignado ante la idea de que su mujer quisiera abortar para no tener descendencia con él. Encerró a Agnès en una habitación, como si fuera una ternera a punto de parir en un establo. El capataz, que solía ayudar a las vacas a dar a luz, fue el encargado de vigilarla y recibió una orden terrible: salvar al niño y sacrificar a la mujer. Una vez que naciera su heredero, ya no la iba a necesitar. De esta forma, mi madre vivió nueve meses de tormento, porque el niño del que había querido deshacerse no era hijo de Philibert de Grand-Domaine…, y ella lo sabía. Era yo.

La violencia de la historia me aturde. La forma en que Zacharie la cuenta me impresiona aún más: al recordar a la mujer que estuvo a punto de impedirle nacer no hay amargura ni resentimiento, solo compasión.

—Mi madre tenía la mejor razón del mundo para comportarse como lo hizo —me confiesa leyendo en mis ojos desme-

333

suradamente abiertos las preguntas que me estoy haciendo—. Quería salvar al hombre del que estaba enamorada, a su familia y, sin duda, a muchas más vidas. Porque debes saber que, en la escuálida prisión en que se había convertido su matrimonio, ella había seguido visitando las cabañas de los esclavos que se encontraban al borde del *bayou* (una masa de agua formada por antiguos brazos y meandros del Misisipi), cuidándolos y alimentándolos, haciendo caso omiso de la prohibición de su marido. Fue así como encontró el amor en brazos de mi padre, un joven guerrero africano que había sido capturado en una batalla en Dahomey y al que luego habían devuelto a las Américas. Vivieron una relación prohibida, un tabú supremo en la sociedad racista de Luisiana. Una pasión magnífica, un insulto a las abyectas leyes del virreinato. Una locura deslumbrante, alimentada por momentos robados y por el sueño de huir un día juntos. Agnès no llamaba a su amante Adam, el nombre de esclavo con que lo habían inscrito en los registros de la plantación, sino Adjilé, su nombre de nacimiento, que significa «príncipe». Un nombre hecho a medida para lo que es: un príncipe guerrero.

Zacharie calla un momento, como para exaltar las horas clandestinas en que sus padres se amaron. Supongo que ellos le hablaron muchas veces de esos momentos y que él ahora los está reviviendo, al contármelos a mí.

—Secuestrada en su habitación sin ventanas, Agnès no tenía forma de escapar —murmura retomando la historia del calvario de su madre—. La encerraron con una certeza atroz: cuando naciera el niño, el color de su piel sería una admisión de su culpabilidad. Antes de ejecutarla, la forzarían a decir el nombre del padre y el de sus cómplices para castigarlos.

Me pongo en la piel de Agnès, llevando el fruto de un amor loco, consciente durante todo ese tiempo de que el nacimiento del niño iba a condenar a muerte al hombre que quería. ¡Qué horas, qué días, qué semanas de tormento debió de soportar! ¡Y él, el amante secreto, qué agonía tuvo que sufrir!

—Nací poco después de medianoche, el 25 de septiembre del año 281 de las Tinieblas —dice Zacharie con solemnidad—. Según la historia, Philibert de Grand-Domaine no se dio cuenta enseguida de que yo no era su hijo. Con tal de no aceptar que era estéril, su testarudez lo llevó a no ver cómo era en realidad el color de mi piel y quiso verme como blanco. La gente que lo rodeaba le tenía demasiado miedo como para hacerle cambiar de opinión. También es posible que el champán que bebió para celebrar su recién estrenada paternidad lo obcecara, pero, a medida que la noche palidecía e iba amaneciendo, los rayos de luz iluminaron mi cuerpo y pulverizaron sus ilusiones. Fue presa de una furia satánica. No exigió saber el nombre del padre, como temía mi madre, no. En lugar de eso, ordenó matar a todos los hombres esclavos de la plantación, despreciando su valor de mercado, pero, sobre todo, su valor humano. Ese demonio sádico solo tenía una obsesión: derramar tanta sangre como fuera posible.

Trago saliva, la imagen de ese amanecer terrorífico me encoge el estómago como si lo hubiera vivido. Las primeras horas de Zacharie en este mundo estuvieron marcadas por la sangre y las lágrimas, y a él lo llevaron a la pila bautismal de la tristeza humana.

—La carnicería empezó de madrugada —continúa—, pero, por primera vez, la crueldad de Philibert de Grand-Domaine se topó con un obstáculo. Durante las horas de la noche en que había celebrado su paternidad sirviendo una copa tras otra, la inaudita noticia del nacimiento de un niño mestizo había circulado por la plantación. Los esclavos, presintiendo el terrible destino que les esperaba, habían tenido tiempo de organizarse bajo el mando de Adjilé. Picas, hachas, sierras de madera: reunieron todo lo que pudieron para poder defenderse de las armas de los capataces. Tal y como habían previsto, el aullido iracundo del señor se oyó con las primeras luces del alba: «¡Los voy a matar a todos!». Tras décadas de reinado del terror, Philibert de Grand-Domaine había cometido una equivocación. Un tirano puede oprimir siempre a sus víctimas, pero para ello debe dejarles atisbar que tienen una pequeña posibilidad de sobrevivir. Privándolos de esa esperanza, derriba a la vez las últimas barreras que les impiden cometer un acto desesperado.

»La batalla fue extrema. De los doscientos esclavos de la plantación, la mitad murió esa misma mañana. Los veinte capataces fueron asesinados. A ese sombrío recuento hay que añadir varios sirvientes que quedaron atrapados en el fuego cruzado. En cuanto al hombre responsable de la matanza, encontró su destino a manos de la mujer a la que había torturado. Mientras sus hombres luchaban en los campos, él subió a la alcoba de su esposa, ebrio de vino y odio, para matar a la madre y al niño; pero ella tuvo la fuerza suficiente para salir de la cama donde había dado a luz y romperle el cráneo con un candelabro.

Zacharie enmudece. Tras el relato de la masacre, el silencio sepulcral de la cueva pesa como el de una tumba. Sospechaba que Zacharie guardaba un gran secreto, pero jamás habría imaginado hasta qué punto. Otro hombre podría haber quedado destrozado por un pasado tan trágico; sin ir más lejos, Pálido Febo no ha superado el suyo.

—¿Tu padre, Adjilé, sobrevivió a la batalla? —susurro.

Zacharie asiente con gravedad.

—Sí, le amputaron el brazo que le habían herido con un disparo de fusil, pero incluso lisiado siguió siendo más noble de lo que jamás había sido Philibert de Grand-Domaine. Un líder valeroso y lúcido, justo y comedido. Porque has de saber que mi madre y él han administrado la plantación durante los últimos diecinueve años.

Zacharie yergue la cabeza, liberando su nuca afeitada y su perfil determinado. En la penumbra de la cueva, no sé si estoy mirando al padre o al hijo, pero una cosa es cierta: es un guerrero.

—Desde el otoño de 281, mi madre tiene siempre cerrados los postigos de la habitación más alta de la mansión —concluye—. Consiguió convencer a los nobles de la región de que Philibert de Grand-Domaine había contraído la fiebre del *bayou* y que guardaba cama desde entonces. Ese hombre hosco no tenía amigos, solo socios comerciales que se contentaban con tratar con el dueño de la plantación sin verlo. En cuanto a los capataces, nadie se preocupó por ellos, porque no tenían familia y, oficialmente, siguen chasqueando el látigo en los campos cuando, en realidad, sus huesos se pudren a dos metros bajo tierra.

Reflexiono un momento sobre el destino de los torturadores, que mataron a muchos esclavos en el desempeño de su tarea, y cuyos restos fertilizan ahora las cañas de azúcar.

—Falsificando la letra de Philibert, mi madre consiguió obtener carta blanca para dirigir la finca —continúa Zacharie—. Me declaró hijo natural de su marido y de una esclava, la dulce Simonie, y obtuvo mi reconocimiento valiéndose también de una serie de declaraciones falsificadas. La plantación de Grand-Domaine sigue produciendo azúcar en grandes cantidades, pero detrás de los muros que se han erigido nada sucede como en las demás. Todos los esclavos han sido liberados. Ya no duermen en cabañas insalubres en los márgenes del pantano, sino en las numerosas habitaciones de la casa solariega. Los sirvientes blancos que sobrevivieron a la batalla aceptaron quedarse en pie de igualdad con los antiguos esclavos. El color de la piel ya no cuenta en Grand-Domaine: ahora todos estamos unidos por un destino común. La riqueza y los alimentos se reparten por igual entre los campesinos. Mi madre y mi padre aran la tierra como cualquier otro. Todos trabajan más duro que nunca, pero sin recibir latigazos. Pagan e incluso han aumentado los impuestos que les exige la corona, requisito indispensable para protegerse de la curiosidad de las autoridades.

»Heredé un nombre que es sinónimo de horror absoluto: Grand-Domaine —dice Zacharie con una mueca—, pero para cien almas ese nombre se ha convertido en sinónimo de esperanza. —A continuación, repite, no como un insulto, sino como una plegaria—: ¡Grand-Domaine!

Esas dos palabras resuenan en la quietud de la cueva, indiferente a los asuntos humanos, por encima de los cuerpos inmóviles de Sterling y Françoise. Qué extraños testigos: un vampyro dormido y una autómata encadenada a cuyo alrededor se mueven las sombras de las abominaciones acuáticas. Los últimos ecos de la historia se pierden en las concreciones luminiscentes de la bóveda rocosa: unos sucedáneos de estrellas tan resplandecientes como el remoto sueño de un mundo mejor.

—Es una historia terrible, Zach —murmuro—, pero también, como tú mismo dices, iluminada por la esperanza.

El escudero esboza una sonrisa apagada, que es como un rayo de sol en un día gris.

—Todos sabemos que esa situación no puede durar para siempre, Jeanne. Tarde o temprano, algo nos traicionará. La Facultad se preocupará porque el maestro supuestamente enfermo, que ya es muy viejo y no tardará mucho en morir, no exija la transmutación que se le prometió. Si las autoridades sospechan que está muerto, retirarán a mi madre el permiso de administradora, porque la sociedad patriarcal de Luisiana jamás tolerará que una mujer herede un patrimonio tan vasto. El día en que los inquisidores entren en la plantación, el experimento igualitario se derrumbará en medio de un baño de sangre. Por eso mis padres, Agnès y Adjilé, decidieron anticiparse. Me educaron para convertirme en defensor de su causa. Mi madre me enseñó las lecciones que figuran en los libros y las maneras mundanas; mi padre me transmitió el conocimiento de la naturaleza y el arte de las armas. Toda la comunidad me regaló su fuerza y sus sueños. Me nutrí de largas veladas junto al fuego, de leyendas africanas, de canciones melancólicas y de risas. Luego, a los quince años, me enviaron al otro lado del océano, a Versalles, para ingresar en la escuela de la Gran Caballeriza, donde tenía derecho a entrar por ser hijo único del plantador más importante de Luisiana. Luché para merecer el Sorbo del Rey, pero lo que yo quería no era la sangre del monarca, sino su oreja. Cuando, por fin, entré a formar parte de su guardia personal, pude llevar a cabo la tarea por la que había cruzado el océano. Le mostré, basándome en los números, que la plantación libre de Grand-Domaine era aún más rentable de lo que había sido en los días de la esclavitud.

No doy crédito a lo que estoy oyendo.

—¿Le… contaste al Inmutable todo lo que acabas de decirme? —digo asombrada.

—Únicamente le dije lo que necesitaba oír. Imaginaba que describiendo los horrores de la esclavitud no iba a conseguir que el rey cambiara su política. Así que le dije que Philibert de Grand-Domaine había decidido experimentar lo que sucedería si liberaba a los esclavos temporalmente. Le aseguré que el resultado era un modelo económico prometedor. Que una mano de obra libre es más barata en todos los sentidos. Cuando los esclavos eran liberados, la presunta pereza que se les atribuía desaparecía. Al darles los medios para subsistir, el amo ya no tenía que hacer frente a sus costosas obligaciones: alimentarlos, alojarlos, vestirlos, cuidarlos… ¡Es un presupuesto considerable! Le expliqué al rey que con unas condiciones de trabajo menos severas se habían producido menos muertes en la plantación. En pocas palabras, intenté demostrarle al rey que aboliendo ese sistema podría mejorar la economía de sus colonias americanas. Le aseguré que los trabajadores sanos, motivados por una libertad vigilada, eran más productivos que los esclavos diezmados por los abusos. Unos argumentos que, en teoría, debía apreciar.

Percibo hasta qué punto le cuesta a Zacharie pronunciar esas palabras. Reducir la lucha por la abolición a una sórdida cuestión económica es escalofriante, pero sé que tiene razón: era el único argumento con posibilidades de doblegar al Inmutable.

—La libertad vigilada es precisamente la hipócrita promesa que los señores de la noche hacen a los plebeyos en Europa —comento.

—En cualquier caso, esa hipocresía es mejor que la aniquilación total de la persona que es la esclavitud —replica Zacharie—. Las leyes del confinamiento y del toque de queda son intolerables, por supuesto, pero la ley de los plantadores es la muerte segura a corto plazo, ya sea por el látigo, el linchamiento o la desesperación.

Asiento con la cabeza: una vez más, tiene razón. La condición de plebeyo no es envidiable, pero es mil veces preferible a la de esclavo.

—El rey me prometió diez veces que consideraría mi petición —recuerda Zacharie con acritud—. Y diez veces le creí redoblando mi celo para complacerle. Cuando me convocó para decirme que me enviaba al otro lado del Atlántico para acompañarte, pensé que por fin había llegado el momento. Creía que iba a aprovechar la ocasión para pedirme que llevara una orden real de abolición a las Américas; si no a toda Luisiana, al menos al territorio de Grand-Domaine. Pero, en lugar de eso, me dio una carta para que se la entregara a mi padre después de haber concluido mi misión en las Antillas: le exigía que cesara el experimento de las plantaciones libres en el plazo de un año «con el fin de restablecer el orden en las colonias en estos tiempos de malestar político con Inglaterra». Restablecer el orden... ¡Esa es la razón por la que hay que volver a poner los grilletes a mis hermanas y hermanos!

La cara de Zacharie se crispa. Recuerdo la gran tensión que mostró durante todo el viaje, los ejercicios marciales que hacía solo en la cubierta de la *Novia Fúnebre*, en los que parecía estar luchando consigo mismo. En realidad, era el portador de una orden que ponía punto final a la esperanza de todo su pueblo.

—Como un tonto, estaba convencido de que, si sobresalía asegurando tu boda, el rey quizá reconsideraría su decisión —dice abrumado—. Me imaginé escribiéndole una carta desde Luisiana aprovechando la satisfacción que debía sentir tras la exitosa alianza, pidiéndole que le diera otra oportunidad a la plantación, pero ya no creo en él. Nunca abolirá la esclavitud. Mi demostración económica no le convenció, el poder es lo único que cuenta para él. La emancipación de parte de sus súbditos, por limitada que sea, no encaja con sus planes de dominación absoluta. Pero el tiempo vuela. Cada día que pasa estamos más cerca del final de la comunidad libre de Grand-Domaine. Si logramos salir de aquí, regresaré a mi patria según lo previsto, pero no para cumplir la orden del rey de restablecer la esclavitud, sino para evacuar la plantación. Así pues, te repito la pregunta, Jeanne Froidelac: ¿es posible que la Fronda pueda ayudarme?

Asiento enérgicamente:

—Estoy segura de que pueden, Zach. Conocí a la comandante de la Fronda de Martinica en Fort-Royal. Podría ponerte en contacto con ella. Sus miembros están luchando para socavar el sistema económico de las plantaciones mediante el robo y el sabotaje. Otras ramas están trabajando en la misma línea en el continente americano. ¡Libertad o muerte para todos! Es el lema de la Fronda. Liberaremos a los tuyos.

Sé que haré todo lo posible para ayudar a Zacharie. Asegurándole el apoyo de Zéphirine y de la Fronda antillana. Poniendo en alerta a Montfaucon y a la Fronda europea. ¡Todos juntos lo conseguiremos!

—Los rebeldes me pidieron que convenciera a Pálido Febo para que se uniera a ellos. Tú mismo has visto que es imposible. Pero contigo todos ganamos algo. Eres hijo de un guerrero; predigo que un día no muy lejano te convertirás en comandante. Bienvenido, Zacharie: ¡bienvenido a la Fronda!

Me gustaría abrazarle, pero la distancia que nos separa nos lo impide, así que los dos abrimos los brazos de par en par. Nos quedamos frente a frente, al borde de nuestros respectivos promontorios, como dos ángeles a punto de alzar el vuelo. Dos ángeles de la libertad prisioneros de un cielo rocoso.

22

El calvario

*I*magino que está a punto de anochecer cuando veo que Sterling se mueve.

El día invisible se me ha hecho eterno. ¿Será porque en la inmovilidad de la cueva no hay puntos de referencia? ¿O porque, a pesar de mis intentos por conciliar el sueño, no he podido pegar ojo? Una vez pasada la excitación de mi conversación con Zacharie, la necesidad de opio regresó de forma insidiosa. ¡Ah, lo que daría por unas gotas de tintura, solo unas gotas!

—Sigues viva —comenta Sterling desentumeciéndose—. Confiaba en que las sirenas dieran buena cuenta de ti mientras dormía.

Una leve sonrisa estira sus labios. Como siempre sucede con él, es imposible saber si está bromeando o si es sincero. ¿Qué piensa de mí tras haber descubierto mi verdadera identidad? No tengo la menor idea.

En cuanto a mí... Debo confesar que mis sentimientos por él no han cambiado.

—Siento decepcionarte, pero las sirenas aún no han aparecido —digo tratando de remedar su tono distante.

—Debieron de venir cuando estabas de espaldas, después de que los cangrejos terminaran su disección.

Giro hacia el pico más grande de la cueva. No me había dado cuenta, pero los cuatro esqueletos de los tripulantes del *Urano* se han desvanecido, engullidos por las profundidades... y por las criaturas que allí acechan.

—Tal vez estén esperando a que nos debilitemos por el

hambre y la sed para luego despedazarnos también —aventuro.

—¡Incluso al borde de la inanición, les haré probar el filo de mi espada de plata muerta! —promete Zacharie—. ¡Entonces cantarán una melodía muy distinta de la que embruja a los marineros!

De repente, Sterling se levanta alzando el dedo índice:

—¡Silencio, no hagáis ruido! Hablando de melodías, ¿la oís?

Me pongo en pie y escudriño el silencio. Efectivamente, los agudos sentidos del vampyro han captado las primeras notas de una música que va *in crescendo*, hasta llegar a mis tímpanos mortales. La melodía se mantiene sumamente tenue, muy amortiguada. Parece provenir de una estrecha cavidad, apenas perceptible, que se encuentra en el otro extremo de la cueva, a varios metros por encima del agua.

A pesar de ser casi inaudible por el volumen al que suena, su ritmo lento y majestuoso me llega al corazón. Esas notas que caen como lluvia de plomo… Ese tema que avanza como un ejército en marcha… ¡Ese tema que se repite una y otra vez!

—¡Es el tema perdido de Pálido Febo! —balbuceo.

Los ojos de Sterling se abren como platos:

—¡Sí, tienes razón! —exclama—. ¡Reconozco las notas que ha tocado incansablemente durante semanas, de batallas envueltas en tormentas!

—Es evidente que son las mismas —corrobora Zach, que también ha reconocido la melodía—. Pero escuchad atentamente, porque hay otras. Es como si la sonata estuviera… completa.

Completa: sí, esa es la palabra. Las notas que faltaban cuando Pálido Febo la tocaba están todas ahí, en su lugar. La melodía se despliega en hieráticas volutas.

—Parece un órgano —conjetura Sterling.

—¿El órgano del *Urano*? —sugiere Zach—. ¿Es posible que el barco-ciudadela esté anclado en algún lugar por encima de nosotros, en la superficie?

Sterling niega con la cabeza.

—Lo dudo. La temperatura de esta cueva es tropical, de manera que es imposible que Pálido Febo ande cerca. Es más, ningún pájaro ha respondido a mi llamada desde anoche. Deduzco que los caminos que llevan a la superficie están bloqueados o muy lejos. La música procede del Diente de la Muerte. —Señala con el dedo hacia la grieta de donde parece provenir la melodía—. Quizás esa estrecha boca, la que está allí, conduzca a una cueva adyacente a la nuestra.

Mientras reflexionamos sobre esa hipótesis, guardamos silencio para escuchar el resto de la sonata. Me pregunto si Pálido Febo podría descansar si escuchara por fin la totalidad de la melodía que lo obsesiona. En cuanto a mí, me produce una extraña sensación de plenitud. Antes, en la pequeña iglesia de la Butte-aux-Rats y luego en los bancos de la monumental capilla real de Versalles, me aburría escuchando las pomposas corales que compone la Facultad Hemática para celebrar el reinado de los señores de la noche. Sin embargo, esta tarde, esas notas calladas hacen vibrar mi corazón con un sentimiento casi religioso. ¿Por qué? ¿Cómo? La pieza se detiene antes de que pueda responder a esas preguntas.

Me tambaleo, presa del vértigo provocado por la música y por la falta de opio. Tengo que sentarme, sí, probablemente me sentiré mejor después… Pero al agacharme todos mis miembros tiemblan y mis pies descalzos resbalan en la piedra húmeda. Intento agarrarme a algo, pero no lo consigo debido a las cadenas que aún me inmovilizan las manos…

Y caigo al agua.

—¡Jeanne! —Una salpicadura interrumpe enseguida el grito de Sterling: se ha zambullido sin pensárselo dos veces.

Veo cómo se revuelve furiosamente tratando de avanzar hacia mí, usando todo su cuerpo para ondular en el agua como una anguila. Él también sigue teniendo las muñecas atadas. Unas formas submarinas se precipitan al mismo tiempo hacia mí, mucho más rápidas que él. ¿Qué ha sido de la intrépida trampera que remontaba a nado los ríos de Auvernia? Por mucho que me agite, el cansancio me frena y mis piernas parecen haber perdido la fuerza…

Siento que las manos palmeadas de las sirenas agarran mis pantorrillas, igual que hicieron después de resquebrajar el *Urano*. Pero no intentan hundirme, sino llevarme con

343

ellas. Impulsada por las poderosas colas de esos seres mitad humanos, mitad peces, emerjo de las olas hasta la cintura. De repente, me lanzan sobre la roca, donde aterrizo hecha un ovillo para amortiguar el golpe con mis brazos encadenados. ¿Por qué las sirenas insisten en mantenerme con vida? ¿Me han salvado de ahogarme para devorarme después, igual que las arañas que guardan a sus presas temblando en las telarañas durante días y días?

Me pongo en pie con los codos ensangrentados, dispuesta a zambullirme de nuevo en dirección a Sterling, que sigue chapoteando entre grandes chorros de agua, pero una sirena se erige cuan larga es en la base de mi islote para impedirme saltar.

Me quedo petrificada, sofocada por el olor a marea pútrida que emana de la criatura. Aunque aún recuerdo a los monstruos que custodian el relicario, el horror es tan intenso como el que experimenté la primera vez que las vi. Las branquias rojizas…, las agallas escamosas…, las fauces abiertas llenas de colmillos dispuestos de forma anárquica, como si la naturaleza hubiera enloquecido y hubiera querido plantar en ellas demasiados dientes. Todo es horrendo, pero, al igual que hace diez días, los ojos lechosos de la sirena son los que me cautivan. Y una vez más me sorprende su parecido con los de los demonios parisinos.

—¡Escúchame! —grito estremeciéndome—. ¡No saltaré si salvas a ese vampyro! —Extiendo mi dedo tembloroso hacia Sterling—.Tus hermanas y tú, devolvedlo a tierra firme como habéis hecho conmigo. ¡Ya!

La sirena permanece inmóvil por un segundo. A continuación, se retira silenciosamente presionando la roca con sus manos palmeadas para arrastrarse hacia el agua. Su cuerpo se sumerge hasta que la cola, que acaba en una aleta espinosa, desaparece sin hacer ruido. Ahora solo es una sombra indistinta bajo la superficie que se une a sus compañeras. Todas convergen hacia Sterling y, con un gran impulso submarino, lo lanzan al aire, solo que esta vez no las veo emerger.

Sterling aterriza en su promontorio rodando sobre la espalda.

344

La emoción, la respiración entrecortada, la fatiga y, sobre todo, la aplastante abstinencia: todo eso se abate sobre mí como un mazazo. Aturdida, caigo de rodillas.

—¿Qué vamos a hacer con ella? —canturrea una voz en la oscuridad.

—Lo... lo más prudente es matarla.

Una vez, en París, experimenté el terror de que me devoraran viva: atrapada en las galerías subterráneas de la capital, oí que los gules hablaban de mí como si fuera una presa de caza. Pero eso no fue nada comparado con el pánico que siento en este momento. Porque las voces que debaten sobre mi destino no pertenecen a unas abominaciones sin nombre. ¡Son... las de mis padres!

—Es demasiado peligroso retenerla —dice la voz angustiada de mi padre—. El experimento ha fracasado.

—Pero parece tan inofensiva... —responde la voz de mi madre aguda por la tristeza.

—Eso es solo lo que parece. Podría haber sido una gran esperanza, pero se ha convertido en una terrible amenaza. Ya sabes cómo la moldeamos: de forma inhumana. Hemos analizado las muestras de su sangre y de su piel: están infectadas por la tenebrina. Ya viste su reflejo en el espejo: es el de una abominación.

La avalancha de acusaciones me abruma. Mentiras... Mentiras dictadas por las Tinieblas que fluyen en mi interior desde que bebí el Sorbo del Rey. ¡Ay, si nunca me hubiera mojado los labios con su sangre!

—Ahora puede parecerte inofensiva, pero ¿cómo será dentro de unos años? —farfulla mi padre—. A mí también se me parte el corazón, pero piensa en Bastien y en Valère. No podemos poner en peligro a nuestra familia albergando a un monstruo incontrolable bajo nuestro techo.

¡Esa familia también es la mía!, me gustaría gritar. ¡Aunque mi reflejo infantil sea el de un espectro, no me convertiré en un monstruo como Pálido Febo!

Echo a correr por la noche oscura, alejándome lo más posible de esas voces que no pueden ser realmente las de mis padres, no acabo de creérmelo.

345

—¿Jeanne?
Pero ellas me siguen dondequiera que vaya.
—Jeanne, ¿me oyes?
¡Basta!
—¡Jeanne!

Abro bruscamente los ojos. Por encima de mí no es de noche ni de día, solo veo el falso cielo de la cueva de las sirenas.
—¡Jeanne!
Me pongo en pie, ojerosa, y vuelvo la cabeza. Sterling está allí, en su roca, repitiendo mi nombre. Tengo la impresión de que solo han pasado unos segundos desde que perdí el conocimiento. Excepto por su camisa, que ahora está seca, y porque ya no tiene las muñecas encadenadas.
—Sterling… —balbuceo con voz pastosa—. ¿Cuánto… cuánto tiempo he dormido?
—¡Más de veinticuatro horas, Jeanne! —exclama—. ¡He llegado a pensar que no te volverías a despertar!
Me duelen las extremidades y una náusea terrible me está triturando el estómago. Me siento como si me hubieran vaciado por completo, en especial de lo que tanto ansío: el opio. La bebida negra me regalaba el olvido y el sueño embotando mis sentidos y ahuyentando mis pesadillas. Estas han vuelto ahora con fuerza, más violentas que nunca, ¡acabo de tener una bien amarga!
—Jeanne, háblame, ¿cómo te encuentras? —pregunta Sterling.
Su tono de inquietud es como un bálsamo para mi malestar. «Sigue queriéndome, a mí, a Jeanne, como cuando era Diane». Esa dulce certeza me procura un poco de alivio en medio del agujero negro en que se ha convertido mi cuerpo: una enorme abstinencia.
—Me encuentro bien —contesto—. Me habré resfriado un poco, ya se me pasará.
Intento levantarme, pero tengo las piernas tan flácidas como las de una muñeca de trapo y me caigo golpeándome una mejilla en la dura roca donde mi saliva ha formado un pequeño charco mientras yacía inconsciente.

346

—¡Cuídate, es una orden! —me dice Sterling—. Estás muy pálida... He intentado ir a ayudarte veinte veces, pero las malditas sirenas me lo han impedido en cada ocasión. Por lo visto, quieren mantener separados a los prisioneros, cada uno en su islote. No sé por qué motivo lo hacen, lo único que sé es que debes comer y beber.

Con la mejilla aún apoyada en la roca, bajo lentamente la mirada. A un metro de mí veo unos filetes de pescado crudo acompañados de unas grandes conchas cónicas con largas espinas.

—El pescado es comestible, lo han traído las sirenas —dice una segunda voz. Alzo la vista: es Zach, que también sigue en su roca—. En cuanto a las conchas de murex, unos caracoles marinos, están llenas de agua potable.

Me doy cuenta de lo seca que tengo la garganta. ¡Me muero de sed! Alargo una mano, temblorosa, agarro uno de los caracoles y casi me despellejo los dedos con las espinas. Su abertura está cerrada con un tapón de hueso.

—Probablemente sea una vértebra de león marino o de algún otro mamífero marino —me explica Zach, tratando de no pensar que también puede ser una vértebra humana—. Las sirenas cerraban los caracoles así después de haberlos llenado de agua de lluvia.

Quito el tapón óseo. El agua dulce resbala por mis labios agrietados e irriga mi garganta abrasada por la sal. Vacío tres conchas antes de recuperar la fuerza suficiente para sentarme de nuevo; el hambre, después de la sed, me retuerce las entrañas.

Agarro un filete de pescado, toscamente cortado por las garras de las sirenas. Sobreponiéndome al asco, hinco los dientes en la jugosa carne. Dada la novedad del plato, tengo una arcada y escupo el primer bocado. El segundo lucha por abrirse paso en mi estómago. Respiro hondo para calmar las convulsiones que tengo en el estómago y obligarlo a retener la comida.

—Así me gusta —me anima Sterling—. Necesitas reponer fuerzas antes de serrar las cadenas, como hice yo.

—¿Serrarlas? —tartamudeo con la boca llena de pescado acre—. ¿Con qué?

347

—La espada de Grand-Domaine hace maravillas: no hay metal que resista a la plata muerta.

Sterling sostiene la espada que Zacharie debió de lanzarle mientras yo estaba desmayada.

—No sé qué es más extraordinario, si la solidez de la plata muerta o los lazos que por lo visto habéis creado mientras dormía —comento sobreponiéndome a la náusea para parecer más fuerte de lo que en realidad me siento—. Os dejé como enemigos y ahora os encuentro a partir un piñón.

—Una delicada metáfora, fruto, sin duda, de tu pasado campesino. —Sterling sonríe, a todas luces encantado de volverme a oír hablar con mi habitual franqueza.

—Dada la situación en que estamos, no nos podemos permitir el lujo de tener enemigos —explica Zacharie—. Le he dicho a Raindust que ya no sirvo al reino de Francia, sino a la Fronda, y parecía satisfecho.

—Es imposible negociar con el Rey de las Tinieblas y sus esbirros —corrobora el lord en calidad de doble agente—, en cambio, considero que será posible sellar una alianza con la Fronda y sus representantes cuando salgamos de aquí. Es cuestión de tiempo.

«Tiempo», una palabra que resuena bajo la bóveda secular. A estas alturas, se ha convertido en nuestro común enemigo. ¿Quién puede decir si conseguiremos escapar de esta prisión? Zacharie y yo no moriremos de hambre, al menos eso es seguro. Pero ¿qué será de Sterling? La dieta de los inmortales está integrada por un único alimento: la sangre humana.

—¿Cómo piensas alimentarte? —le pregunto.

Se encoge de hombros, como si le hubiera hecho una pregunta descabellada.

—No te preocupes por mí. Los chupasangres podemos ayunar durante días. Cuando tienes toda la eternidad por delante, aprendes a ser paciente. Además, puedo contar con una compañera de Cuaresma mientras tú y Grand-Domaine os atiborráis de las delicias del mar delicadamente preparadas por nuestras anfitrionas. —Mueve la barbilla en dirección a la roca donde Françoise sigue atada—: Según me ha dicho Grand-Domaine, la señorita Des Escailles no tiene un gran apetito.

En efecto, Zacharie y yo fuimos testigos de la extrema frugalidad de Françoise durante la travesía a bordo de la *Novia Fúnebre*. Su cuerpo resucitado no se mueve gracias al alimento terrenal, sino a una magia negra que prefiero no imaginar. Si su mordaza de algas no la mantuviera callada, estoy segura de que ahora estaría gritando como lo hizo la noche de la frustrada fuga. La autómata me mira fijamente en silencio, desde detrás de sus enormes quevedos. Siento que mi abismo me escruta a través de su mirada vacía: es el abismo que la falta de opio ha cavado en mí.

Sin la danza de las estrellas en el cielo es muy fácil desorientarse. Intento no perder de vista la manecilla de mi reloj de bolsillo. A intervalos de pocas horas, las manos palmeadas emergen del agua para abastecernos de pescado y conchas llenas de agua. Dudo cada vez más de que las sirenas nos mantengan con vida con la única intención de comernos más tarde. Pero, entonces, ¿por qué lo hacen? Lo ignoro por completo.

La alternancia de mañanas y tardes es sustituida por los momentos en que Sterling se despierta y se duerme. Zacharie mantiene la disciplina a su manera, haciendo ejercicio físico con intensidad en su islote. En cuanto a mí, intento seguir un calendario tallando en un rincón de mi roca cada día con un eslabón roto de la cadena. Tal y como predijo Sterling, la espada de plata muerta me liberó rápidamente de mis ataduras. Pero la marca más extraña del paso del tiempo es la sonata lejana que, cada veinticuatro horas, se abre paso en la cueva. Hasta ahora, los gritos para alertar al músico de nuestra presencia no han tenido éxito. Es como si la música fuera interpretada por un mecanismo automático, en lugar de por un ser vivo. Lo único que podemos hacer es mirar el agujero del que procede, conscientes de que no podremos acceder a él mientras las sirenas sigan montando guardia. En cuanto a la melodía, a pesar de que siempre es la misma, no deja de conmoverme. Es el estertor de un cautiverio que quizá dure para siempre, pero a la vez es también el himno de la agotadora batalla que estoy librando contra mí misma. Porque la sensación de abstinencia es cada día mayor...

Mi vía crucis no solo está salpicado de síntomas —las náuseas, los calambres, las terribles jaquecas—, además es un camino de humillación. Aislada en mi pedazo de promontorio como un animal enfermo en su guarida, a veces permanezco tumbada durante horas sobre mi vómito. Tengo que arrastrarme hasta el borde del arrecife para hacer mis necesidades en el mar, tratando de encontrar un rincón donde ni Zacharie ni Sterling puedan verme. El resto del tiempo, nada les oculta el espectáculo de mi decadencia física y mental. Ni siquiera tengo fuerzas para fingir que solo es un resfriado: la última y patética mentira que nadie se cree. La abstinencia es a veces tan acuciante que grito a las sirenas que me traigan opio hasta que se me quiebra la voz. Incluso cuando mi garganta ya no puede articular un solo sonido, el grito continúa en mi cabeza e incluso en mis sueños poblados de fantasmas y monstruos.

Me odio por haber caído tan bajo, aunque sea consciente de que estoy cosechando lo que he sembrado. Me merezco mi calvario.

Yo, que solía jactarme de que iba a poder dejarlo cuando quisiera, me negaba a ver la verdad, porque lo cierto es que me he drogado hasta la médula y ahora estoy pagando el precio. Gunnar me lo advirtió: el opio es un amante celoso que se venga violentamente de las infidelidades. Dudo que pueda dejarlo jamás. Por otro lado, estoy convencida de que Sterling no querrá saber nada más de mí en el futuro. ¿Cómo puede seguir queriéndome después de haberme visto arrastrándome por mis excrementos y berreando de dolor?

—Zacharie está profundamente dormido, hizo una gimnasia muy extenuante anoche —me dice Sterling una noche en la que estoy más o menos consciente—. Puedes quitarte el vestido.

Con los párpados cubiertos de concreciones secas, bajo la mirada hacia mi vestido de novia. La tela, antes inmaculada, está ahora negra de mugre. Las cintas deshilachadas se mezclan con los filamentos de las algas parduscas. El tul se ha endurecido, almidonado por la sal del mar y por mis secreciones corporales. Siento un violento asco por el ser tan repugnante en que me he convertido. Las lágrimas empiezan a surcar mis sucias mejillas.

—Quítate el vestido —repite Sterling en voz baja.

—Yo... no quiero que me veas así —respondo sollozando y desviando la mirada—. Me da mucha vergüenza.

Cada sollozo me oprime dolorosamente el pecho. Mi nariz empieza a gotear, mis labios a echar espuma.

—No tengas vergüenza, Jeanne —me asegura Sterling con gran dulzura—. No hay nada de lo que avergonzarse por estar viva.

Me atrevo a mirarlo por entre los mechones apelmazados por la sal y el sudor. Me sonríe con ternura desde su promontorio.

—Tu cuerpo sufre porque está vivo —murmura—. Su fragilidad lo convierte en algo inestimable. La llama de la existencia puede esfumarse tan rápidamente..., tan fácilmente como una pipa de opio. Lo he visto en los fumaderos de los bajos fondos de Londres. ¡Cuántos destinos se han apagado en esos sótanos malditos! Pero tú eres fuerte, Jeanne. Tú eres ingeniosa, aunque también extremadamente irritante cuando se te mete algo en la cabeza. El hecho es que posees un instinto vital que jamás he visto en otra persona. ¡Eres tan hermosa como la vida misma! Lo percibí ya en nuestro primer encuentro, en esa tarde de noviembre en el patíbulo de Montfaucon, y nunca lo he olvidado.

Mis labios empiezan a temblar. De confusión. De gratitud. De amor herido.

—¿Hermosa en este caparazón inmundo? —digo jadeando—. Este vestido cortesano es mi imagen, tan negra como las mentiras y las traiciones que he cometido para llegar hasta aquí. ¿Y cuál es el resultado? He fracasado en todo. No he sabido vengar a los míos ni cumplir la misión que me encomendó la Fronda ni controlar mis fallos. He fracasado en todo.

—Ese vestido no eres tú, Jeanne. Solo es el último traje correspondiente al papel que interpretaste, el de Diane. Es la última prisión en la que el opio querría encerrarte. Así que te lo repito: quítatelo.

351

Como si quisiera darme ánimos, él también desabrocha la camisa con volantes. Se la quita y su torso inmaculado aparece en la penumbra de la cueva.

—¿Qué haces? —le pregunto.

—Te estoy dando una nueva piel, mi hermosa Jeanne.

Coge una piedra y la envuelve cuidadosamente con la camisa. Acto seguido, con mano segura, la lanza por encima del brazo de mar infestado de sirenas. La camisa lastrada de esa forma aterriza a mis pies.

—Puedes desvestirte sin miedo —me promete Sterling—. A pesar de que me muero por verte, no lo haré.

Se da media vuelta. Me desprendo febrilmente del vestido lastrado por la escoria orgánica que ha generado mi desintoxicación. Sterling tenía razón: me siento como un animal que muda de piel. No es un aligeramiento, también es una liberación. El aire caliente de la cueva acaricia mi piel desnuda, que ha pasado todo este tiempo macerando en su pútrido capullo. La siento estremecerse, respirar: renacer, en pocas palabras. Agarro uno de los caracoles que han traído las sirenas, saco el tapón de hueso y uso su contenido para limpiarme el pecho, el vientre, los muslos y el pelo. El agua clara no solo lava las costras y la suciedad, con ellas se lleva también el bochorno y la angustia. Me siento revivir. Solo entonces, mientras mi cuerpo purificado se seca al aire libre, despliego el regalo de Sterling. Su elegante camisa de algodón está como nueva; supongo que le ha quitado la sal con el agua fresca de las conchas y luego la ha dejado a secar. Todavía impregnada del aura vampýrica, su frescor me envuelve mientras me la paso por los hombros. Mi cuerpo es menudo y la prenda es grande, así que me llega hasta las rodillas, como una túnica, que me ato a la cintura con un alga larga y retorcida.

—¿Puedo darme la vuelta? —pregunta Sterling.

—Sí.

En la gruta no hay espejos, pero el rostro de Sterling es el psiqué más bonito en que me he reflejado en mi vida.

—Lo sabía —murmura—. Mi fénix plateado resurge de sus cenizas de opio.

En cambio, él, ahora me doy cuenta, parece debilitado. Tiene las mejillas hundidas. Los pectorales han desaparecido y las costillas sobresalen de forma alarmante. Caigo en la cuenta de que hace tiempo que dejé de contar los días en la piedra.

—¡Sterling! —exclamo—. ¿Cuánto tiempo llevamos aquí?

—Algo más de un mes. Treinta y tres días para ser exacto.

¿Treinta y tres días? ¿Hasta ese punto he perdido la cuenta? ¡Y Sterling no se ha alimentado en todo ese tiempo!

—¡Te vas a morir de sed! —grito.

—Ya estoy muerto.

—No es momento para hacer juegos de palabras.

Agarro un murex vacío, el que contenía el agua con el que me he lavado. Las largas espinas erizadas que hay en la parte posterior de la concha se parecen a las jeringuillas que había en la botica de la Butte-aux-Rats. Rompo una y me la clavo en el pliegue de un codo, tal como vi hacer tantas veces a mi padre cuando debía pinchar a los aldeanos.

—¿Qué estás haciendo, Jeanne? —exclama Sterling.

—Como puedes ver, estoy pagando el diezmo que me corresponde como plebeya —digo dejando que mi sangre caiga por el agujero de la concha.

Sterling se pone aún más pálido.

—¿Qué? —farfulla—. Yo... ¡te ordeno que pares de inmediato!

—Además de plebeya, soy una rebelde, no lo olvides: no acepto órdenes de los chupasangres. Este diezmo lo pago porque quiero y no hay más que hablar.

Le sostengo la mirada y él hace lo mismo con la mía hasta que el caracol acaba de llenarse. Solo entonces saco la aguja, vuelvo a poner el tapón de hueso en la concha y me vendo el brazo con un alga.

—Ahora solo espero tener tanta puntería como tú —digo—. Antes de unirme a la Fronda con F mayúscula, solía usar un tirachinas en los bosques de Auvernia.

Miro a Zach, que sigue dormido. Luego lanzo el caracol. La concha surca la bóveda en cuyo firmamento brillan los hongos fluorescentes; pasa por encima del agua donde nadan las sirenas y aterriza entre los escuálidos dedos de Sterling.

—No has perdido práctica —murmura.

—No se me escapó un faisán ni una sola vez. Esa cresta de gallo me trae buenos recuerdos.

353

La expresión de desaprobación del lord se desvanece cuando esboza una leve sonrisa.

—Soy una pésima presa, querida: este faisán no está muy gordo.

Ese es el Sterling que quiero: capaz de reírse de sí mismo y del mundo, de burlarse de todo con la elegancia de la desesperación.

Destapa el caracol y se lo lleva a los labios con avidez sin dejar de mirarme. Mientras da largos sorbos a un pedazo de mí, veo que sus pupilas se retraen automáticamente, un reflejo de depredador contra el que no puede hacer nada. En cualquier caso, no me asusta.

—Gracias... —murmura después de vaciar la concha. Luego se pasa la lengua por los labios enrojecidos, para no perder ni una sola gota del preciado brebaje—. Tienes un sabor... único.

—Ya me lo dijiste una vez, ¿te acuerdas? Fue en el Louvre, cuando Marcantonio de Tarella me golpeó en el cuello y tú me curaste con tus besos.

—Lo recuerdo perfectamente, Jeanne. Un buqué como ese nunca se olvida. No se parece al de ningún otro mortal. Es el sabor del deseo.

—¿Por eso me quieres, por mi sabor?

—Forma parte de ti. Igual que tu cabello plateado, tu adorable carita de comadreja, tu hermoso espíritu... y tu mal carácter. Lo acepto todo. Eres una receta deliciosa, un manjar exquisito: un macarrón agridulce cuyos ingredientes son imposibles de identificar.

—Uhm... Si las personas solo son recetas y yo soy un macarrón, ¿qué eres tú? —me burlo de él—. Me inclino por una «gelatina» de menta lo suficientemente blanda para meterse por cada recoveco, que derrite con su diplomacia a la vez que produce escalofríos con su ironía. Perdóname por esta pobre comparación, pero es que la gastronomía inglesa no goza de muy buena fama.

—Es un prejuicio típicamente francés.

—Solo te pido que me demuestres lo contrario.

Mi corazón late con fuerza. ¿Cómo puedo sentir tanta alegría ahora, después de haber pasado una agonía tan espantosa hasta ayer? Podría pasarme horas bromeando con Sterling, olvidando que a nuestras espaldas están Zacharie dormido, Françoise amordazada y las sirenas vigilándonos. Pero esa pregunta me impide hundirme por completo en la dulzura irreal del momento.

—No eres el único que piensa que tengo un gusto diferente —confieso.

Espoleado por los celos, el lord hincha su delgado pecho.

—¿Te lo ha dicho otro vampyro? ¿Mortange, tal vez?

—No. Créeme, el catador del que hablo no es un rival, sino un gul terrible que me lamió la piel en las catacumbas de París. —Tras dudar un momento, añado—: Lo oí conversar con sus compañeros…, y ellos también me entendieron cuando les hablé o, al menos, eso creo.

—¿Los gruñidos inarticulados de los gules son una lengua? —rezonga Sterling—. ¿Y tú la comprendiste? ¿Qué hechizo te lo permitió?

Me encojo de hombros.

—No lo sé. Tal vez el Sorbo del Rey ha desarrollado en mí un don tan tenebroso.

—Por eso, mientras delirabas, gritabas a las sirenas que te trajeran opio… —recuerda Sterling—. Esperabas que te entendieran, como una vez lo hicieron los gules…, el problema es que son dos especies completamente diferentes.

—Yo no estaría tan segura. ¿Recuerdas el día en que te caíste al agua? Pues bien, le pedí a una sirena que te sacara y ella me obedeció.

—Lo habría hecho en cualquier caso. Esas criaturas quieren que los cuatro estemos bien, es obvio, a pesar de que no sepamos por qué.

—A propósito del Sorbo del Rey, hay algo más que aún no te he dicho… Desde que lo bebí tengo sueños premonitorios o al menos solía tenerlos antes de que fueran reemplazados por unas terribles pesadillas en las que veo a mis padres torturándome. Hablan de mí como si yo no fuera una niña, sino un experimento fallido.

Me callo con un nudo en la garganta. Acabo de confiar a Sterling unas cosas que jamás habría imaginado que revelaría nunca a nadie. El inglés permanece de pie sobre su islote, su figura delgada recuerda a la de los espantapájaros con los que los campesinos de Auvernia solían ahuyentar a los estorninos.

—Mis padres eran alquimistas, aunque no sé exactamente lo que hacían en secreto para la Fronda —le explico—. ¿Y si hubieran intentado experimentar sus artes ocultas conmigo, su propia hija? Convertirme en... —recuerdo de pronto la palabra que empleó mi padre— un monstruo.

—No digas tonterías —me regaña Sterling—. ¿Qué clase de monstruo serías?

—Uno semejante a Pálido Febo. De hecho, él solo es un reflejo fantasmal en los espejos. Pues bien, en mis sueños veo el reflejo espectral de la niña que fui.

—Tú misma lo has dicho: son solo sueños. Te he visto reflejada diez veces en los espejos, tu reflejo es extremadamente deslumbrante. Créeme, no te pareces en nada a ese desequilibrado de Febo.

Las palabras de Sterling me tranquilizan un poco. Cree tanto en mí que me transmite confianza.

En ese preciso momento, suena un gruñido a mis espaldas. Zacharie se está despertando. Se ha quitado la camisa para llevar el peto de cuero pegado a la piel, cosa que resulta más adecuada para la humedad de la cueva. Se desentumece bostezando y extendiendo sus brazos desnudos. A diferencia de Sterling, que ha enflaquecido en estas semanas, Zach ha conservado e incluso desarrollado su musculatura gracias a sus ejercicios.

—Jeanne... —dice después de haberse frotado los ojos—. ¿Te... has recuperado?

—Creo que sí.

En su cara se dibuja una amplia sonrisa.

—¡Cuánto me alegro!

—Y yo me alegro de que el destino me haya dado semejantes compañeros de desgracia. —Lanzo una mirada afectuosa a Zacharie y a Sterling, el guerrero moreno y el vampyro pálido—. Ahora que me he recuperado, os prometo que estaré a la altura de las circunstancias. Vamos a encontrar la manera de salir de esta cueva, os lo juro.

En ese momento, aparece el último miembro de nuestra extraña tripulación, el mismo que resulta tan fácil olvidar:

Françoise des Escailles. Se contorsiona en su promontorio luchando por liberarse de las algas con las que la han atado. Es como si tratara de soltarse lo antes posible después de haber pasado varias semanas inmóvil...

—¿Es posible que a tu dama de compañía le guste estar aquí y le desagrade la idea de irse? —sugiere Sterling.

—¡Al contrario, puede que nos esté diciendo que ha llegado la hora de marcharnos! —exclamo.

Apunto un dedo hacia un extremo de la gruta, hacia un rincón donde el agua se agita arremolinándose. Las largas sombras de las sirenas se dirigen misteriosamente hacia ese lugar, como un banco de tiburones atraídos por un cadáver. Al cabo de apenas unos instantes desaparecen en las profundidades. Abandonan por primera vez los accesos a los islotes que han vigilado sin descanso durante varias semanas.

—¡Ahora! —exclamo.

357

23

El abrazo

*M*e zambullo en el agua por primera vez desde hace un mes. El mar está más caliente de lo que recuerdo, a menos que lo sienta así después de haber recuperado las fuerzas. Zacharie y Sterling también se zambullen desde sus respectivas rocas apenas les doy la señal. Los tres compartimos el mismo punto de mira: el extremo de la cueva opuesto a aquel por donde han desaparecido las sirenas. Allí, en la ladera del acantilado, se abre la oscura boca a través de la que nos ha llegado la música misteriosa durante treinta y tres tardes.

¡Ahí está nuestra salida!

Pero, de repente, Zacharie cambia de rumbo y se dirige hacia el promontorio donde Françoise sigue atada.

—¿Qué haces? —exclamo sin aliento—. Algo ha atraído la atención de las sirenas fuera de la cueva, pero ¡pueden volver en cualquier momento!

—Tenemos que cuidarnos las espaldas —gruñe mientras sube a la roca—. Esta criatura de la Facultad ha sido testigo de todas nuestras conversaciones en el último mes. Sabe cuál es tu verdadera identidad, conoce mi historia, sabe que ahora luchamos a favor de la Fronda. Si logramos escapar de esta cueva, no podemos correr el riesgo de que ella hable un día. Debe callar para siempre.

Zach está escalando el arrecife para llegar a la cima donde Françoise está atada. La espada de plata muerta brilla con un resplandor letal en su cintura. Mi corazón zozobra. Desde el comienzo de este viaje, mi compañera no ha sido sino una piedra de molino colgada a mi cuello, que, además, me impidió huir cuando estaba en un tris de hacerlo, pero, a su extraña manera, con su gesto solo pretendía protegerme. Puede que ahora no sea más que una autómata fabricada a medida por la Facultad, pero en el pasado fue una joven como yo, llena de sueños y ambiciones. Tal vez en algún lugar, detrás de sus quevedos abismales, subsista un tenue destello de lo que fue. ¿Y nosotros vamos a apagar esa chispa? ¡Puede que Diane de Gastefriche, la falsa escudera dispuesta a eliminar cualquier obstáculo que se interpusiera en su camino, lo habría hecho, pero ¡Jeanne Froidelac no!

—¡Espera! —grito moviendo furiosamente las piernas en medio de la cuenca para mantenerme en posición estática.

La espada de Zacharie se detiene a unos centímetros de la garganta de Françoise. Esta intenta forcejear, pero las algas con las que está atada son tan resistentes como las cuerdas de cáñamo. Por otra parte, las cadenas que han aprisionado sus muñecas durante un mes han empezado a oxidarse.

—Espera, Zach —le repito—. No la mates.

A pesar de la distancia que nos separa, puedo ver que los ojos de Zacharie se abren asombrados. Sterling, que me ha dado alcance en el agua, parece igualmente perplejo.

—¿Has perdido el juicio, Jeanne? —exclama.

—¿Qué daño puede hacernos, atada y encadenada como está? —suplico en medio de los remolinos—. Si alguna vez logra escapar de las sirenas, cosa que parece improbable, ya estaremos muy lejos —digo alzando la voz para que Zacharie pueda oírme—. ¡Solo tiene una oportunidad entre mil de volver a Versalles! Además, yo no tengo intención alguna de regresar allí, ni tú tampoco, Zach. Françoise podrá contar lo que quiera a Exili, si es que vuelve a hablar. Para nosotros no cambiará nada aquí en las Américas.

Reúno toda mi fuerza de convicción en un grito:

—¡Si tú y yo superamos esto, Zacharie, cortaremos un sinfín de lazos de servidumbre! ¡No empecemos degollando a alguien que no puede hablar!

El luisiano envaina su espada y se zambulle en el agua. Dada su buena condición física, no tarda en alcanzarnos, de manera que los tres llegamos al mismo tiempo al pie del acantilado. De inmediato empezamos a escalar la pared rocosa, aferrándonos a las grietas con nuestros resbaladizos dedos. Sterling nos guía: sus ojos nictálopes pueden ver con más claridad que los nuestros en la penumbra generada por los hongos fluorescentes y además le permiten detectar los mejores agarraderos. Su cuerpo aligerado por el ayuno avanza con seguridad, mi sangre le ha dado el impulso de energía que necesitaba. Zacharie y yo seguimos sus pasos. Cada metro que ascendemos nos aleja más del agua y de las garras de las sirenas, en caso de que estas reaparezcan.

De vez en cuando, miro por encima de mi hombro. El lago subterráneo permanece totalmente liso, sin una sombra que perturbe su superficie.

—Deja que te ayude —me dice Sterling.

Hemos llegado al umbral de la boca sombría, que se encuentra a veinte metros por encima del agua, y me tiende su brazo enjuto donde aflora una red de venas violáceas. Le agarro la mano y él me iza renegando.

—Ya estamos aquí —murmura Zacharie uniéndose a nosotros—. No sé si llegaremos a la superficie, pero al menos deberíamos… encontrar al que lleva un mes dándonos serenatas.

Desde lo alto de nuestro pedestal echamos un último vistazo al lugar donde hemos pasado este fantasmagórico mes. Desde allí arriba, el lago de agua salada parece menos vasto de lo que pensaba desde mi islote. Durante cuatro semanas, mi mundo se ha reducido a este circo de piedra, donde llegué a pensar que acabaría mis días. En realidad, fue la sorprendente cuna donde volví a la vida. Cuando me dispongo a darme la vuelta, algo llama mi atención: abajo, en el lugar donde desaparecieron las sirenas, el agua empieza a burbujear de repente.

—¡Las abominaciones han vuelto! —exclama Zacharie.

Apenas pronunció estas palabras, una melodía se eleva en la bóveda rocosa; una melodía celestial, exquisita, tan dulce como el néctar que alimenta a los dioses.

—La sonata ha cambiado esta noche —murmuro embelesada.

—No procede de la galería, sino de la cueva —añade Zacharie con voz de asombro, mientras se inclina peligrosamente hacia el abismo.

Sterling suelta un aullido:

—¡No es la sonata, desgraciados! ¡Son las sirenas, que han empezado a cantar!

Nos agarra a cada uno de una mano y tira violentamente de nosotros hacia él, pero el hechizo es más poderoso que su escasa fuerza. ¡Lo único que quiero es saltar! Zacharie también lucha con un único objetivo: ¡reunirse con las sirenas!

Cuando estamos a punto de escapar de Sterling, este lanza un grito prolongado y estridente. Es su grito de hombre-pájaro, suficientemente poderoso para elevarse hasta los habitantes del cielo y para ahogar la cautivadora melodía de las habitantes del mar.

El encantamiento se rompe de repente; Zacharie y yo nos tambaleamos hacia atrás. Tras recuperar bruscamente la conciencia al borde del precipicio, nos miramos angustiados. Hemos estado a punto de caernos… Acto seguido, nos adentramos en el túnel después de Sterling, que sigue gritando a todo pulmón. Justo antes de desaparecer en las sombras, lanzo una última mirada a la cueva de las sirenas. Aunque el resplandor de los hongos es difuso, juraría que las burbujas marinas se han teñido de color rojo sangre.

361

Antiguamente, en la Butte-aux-Rats, la gente solía bailar la farándula en la plaza del pueblo para celebrar el final de la cosecha. Los campesinos formaban una alegre cadena humana que danzaba al son de un violín. Hoy es Sterling el que dirige el baile cogiéndome la mano derecha para guiarme a través del túnel ciego mientras yo doy la izquierda a Zacharie. Los tres avanzamos vacilantes en la oscuridad.

Calculo que hemos avanzado al menos cien metros cuando Sterling deja de gritar. Su prolongado ulular da paso a un silencio tan denso como la oscuridad: nos hemos adentrado tanto en el acantilado que ya no oímos el canto de las sirenas.

—No cantaban por nosotros o, cuando menos, no solo por nosotros —digo tras recuperar el aliento—. Creo que intentaban defenderse: algo parece haberlas atacado.

—Sí, eso es lo que pienso yo también —concuerda Zacharie. Su voz está muy cerca, aunque no puedo verlo—. ¿Visteis cómo se tiñó de sangre el mar?

—Por lo visto las distrajo un gran peligro y por eso dejaron de vigilarnos de repente —aventura Sterling—. Es evidente que un intruso ha intentado penetrar por los canales submarinos que llevan a la cueva y que lo ha conseguido en el preciso momento en que escapamos causando algunas bajas entre las sirenas.

Permanecemos en silencio un momento, especulando en la oscuridad.

—¿Qué criatura podría ser tan feroz como para derrotar a todo un banco de sirenas? —pregunta Zacharie—. ¿Un tiburón particularmente despiadado?

—Los dientes de una sirena no tienen nada que envidiar a los de los tiburones —señala Sterling—. Esas criaturas son las mayores depredadoras de los mares y atacan incluso a las ballenas.

—A menos que se hayan encontrado con un depredador aún más formidable —murmuro sintiendo el pánico que irradian mis terminaciones nerviosas—. Un intruso en el océano.

362

Cuando el *Urano* se partió hace un mes, estaba segura de que era imposible que Tristan hubiera podido encontrarme tan pronto, pero ha pasado ya mucho tiempo desde que perdí la protección del talismán que me dio Zéphirine...

—¿Y de dónde puede haber salido este monstruo sino del océano? —me pregunta Zacharie.

—De un siniestro laboratorio alquímico. Igual que Françoise. ¿Recuerdas cómo se agitaba en su islote cuando las sirenas empezaron a abandonar la cueva? Como si hubiera percibido que un peligro invisible para nosotros nos acechaba, pero que ella podía sentir.

—¿Te refieres a otro resucitado? —pregunta Sterling—. ¿Por qué dices eso?

En el oscuro pasadizo explico a mis dos compañeros que mis enemigos en la corte devolvieron la vida a Tristan de La Roncière y luego lo enviaron tras de mí para que se vengara.

Zacharie, que asistió en primera fila al fracaso del complot el pasado otoño, sisea:

—¡Es increíble! ¡El líder de la conspiración de La Roncière ha regresado de entre los muertos!

—El talismán que me regaló la comandante Zéphirine no solo me hacía invisible a los sentidos de Françoise, sino también a los de Tristan —les explico—. Pues bien, hace un mes perdí ese colgante, así que el resucitado quizás haya podido dar conmigo en esas cuatro semanas.

—No podemos estar seguros de que sea él —protesta Zach—. Y, aun así, tengo mi espada de plata muerta.

—Si debes usarla, D'Artagnan, será mejor que lo hagas al aire libre y no en este agujero donde no se ve nada —replica Sterling—. Sigamos andando.

Nuestro camino... solo puedo imaginarlo apoyándome por completo en Sterling. Zacharie y yo cojeamos tras él, tratando de no tropezar. Avanzamos lentamente y con dificultad, anduvimos a tientas para no golpearnos la cabeza ni despellejarnos las rodillas. Haciendo gala de una gran paciencia, Sterling nos va señalando los obstáculos que aparecen en estas galerías irregulares que atraviesan el Diente de la Muerte como una red de nervios. Una cosa parece segura: no fueron excavadas por manos humanas, sino por los elementos en tiempos inmemoriales... En cada bifurcación, nuestro guía elige entre ir a la derecha o a la izquierda optando por la ruta que le parece más practicable. También intenta aprovechar los filones ascendentes con la esperanza de llevarnos a la superficie. Pero, a pesar de poder ver en la noche, está tan perdido como nosotros.

—Es un verdadero laberinto —admite por fin—. No se ve el final y empiezan a fallarme las fuerzas. Arriba está amaneciendo, puedo sentirlo.

Nunca me acostumbraré a ese don que tiene de percibir el amanecer, incluso en esta cloaca donde jamás han brillado los rayos del sol.

—¡Ahora no es el momento de rendirse! —le intima Zach—. Ya dormirás luego.

Sterling aguanta un poco más, pero sus pasos, cada vez más lentos, no llevan a ninguna parte.

—Bebe de mi garganta para vigorizarte —lo invito.

—No..., no quiero desangrarte... —gime con voz pastosa.

—Todavía tengo reservas; tú, en cambio, te has quedado sin ellas.

363

Me desabrocho el cuello de la camisa holgada que me dio y me acerco a él en la oscuridad. Le busco la nuca con las yemas de los dedos, como hice hace un mes en su camarote del *Urano*. Solo que hoy no atraigo su cara hacia mí para darle un beso, sino para que él apoye la suya en el hueco de mi clavícula palpitante.

Cierro los ojos, esperando el dolor del mordisco…, pero lo único que siento en mi pecho es la fría mejilla de Sterling, su sedosa cresta de pelo acariciando mi mejilla. Su boca ha dejado de murmurar protestas. Ya no se mueve.

—Se ha dormido apoyado en mi cuerpo —murmuro conmovida.

Zacharie lo zarandea para despertarlo, pero es inútil, así que al final le pido que pare:

—Déjalo dormir un poco. Aún está muy débil.

—¡Pero sin él estamos ciegos! —insiste Zach.

—Razón de más para dejarle recuperar sus fuerzas. Sus ojos son también los nuestros, así que nos volveremos a poner en camino cuando vuelva a abrirlos.

La nuestra es una huida extraña. Nos fuimos como si alzáramos el vuelo y ahora aquí estamos, de nuevo inmovilizados. Nuestra nueva celda es aún más estrecha que nuestras rocas solitarias: la ceguera forma unos barrotes infranqueables. Ni siquiera puedo consultar mi reloj de bolsillo para saber cuántas horas faltan para la próxima noche; oigo el tictac, pero no puedo ver las manecillas.

En esta prisión tenebrosa, Zacharie y yo solo podemos esperar sentados en el suelo escabroso. Nos hemos apoyado el uno en el otro, porque es mejor estar de cara en caso de que nos ataque un enemigo. Mi compañero empuña su espada, y yo, una piedra afilada que he recogido del suelo palpándolo a tientas. La cabeza de Sterling descansa en mi regazo.

—¿De verdad quieres a ese vampyro? —pregunta Zach de repente con voz dubitativa—. Tengo que admitir que me cuesta entenderlo. ¿No se supone que los fronderos somos los enemigos acérrimos de los chupasangres?

—Yo tampoco lo entiendo —confieso—. Jamás habría imaginado que Sterling Raindust aparecería en mi vida. Lo cierto es que ha dado un vuelco a todas mis certezas.

—Sea como sea, todavía debe quedarte una: vuestra relación es imposible. Lo sabes tan bien como yo. Es una locura esperar lo contrario.

Las palabras de mi nuevo aliado me llegan directamente al corazón.

—¿Acaso no era también imposible el amor del que naciste? —le pregunto dulcemente.

El escudero guarda silencio un momento, luego resopla en la oscuridad:

—Tienes razón, Jeanne Froidelac.

—¿Sabes?, una querida amiga me dijo en una ocasión que el amor es eso: un poco de esperanza y mucha locura.

—Esa amiga tenía facilidad de palabra, pero ¿sabía de lo que hablaba?

—Hablaba de ti, Zacharie de Grand-Domaine.

Tengo la sensación de que su respiración se acelera, elevando su ancha caja torácica, que reposa en la mía.

—¿Hablaba de mí? —repite por fin.

—Sí, de ti y de nadie más. Solo pronunciaba tu nombre. En cambio, a ti te he oído decir el suyo muy pocas.

—Proserpina… —susurra.

Ahora soy yo la que se sorprende.

—¿Lo sabías?

—He hecho todo lo posible por olvidarla, pero ¿cómo puedo evitar que mi corazón no se derrita con cada una de sus sonrisas pícaras y tímidas a la vez? ¿Cómo no emocionarme al oír sus estallidos de risa grave y sonora?

—Pero ¡si nunca le has dicho nada!

Deja escapar un largo suspiro y su estremecimiento llega hasta mis huesos.

—Porque no podía permitirme la locura de tener una relación con ella. Porque toda mi energía estaba concentrada en un único objetivo: convencer al rey de que aboliese la esclavitud. El Inmutable no aprueba las uniones que no ha sellado con su propia mano, lo sabes tan bien como yo. Era un riesgo que no quería, mejor dicho, que «no podía» correr.

El peso del arrepentimiento grava las palabras de Zach. En

365

el pasado no respondía a los avances de Poppy para no disgustar al Inmutable, y ahora se da cuenta de que concedió su lealtad a quien no se la merecía. Lo sacrificó todo por ese soberano ingrato, incluido el amor que podría haber dulcificado su exilio en Versalles, lejos de los suyos.

—No hablemos más de ello —dice—. En cualquier caso, ya es demasiado tarde y nunca volveré a ver a Poppy. Ya no pertenecemos al mismo mundo: a diferencia de mí, ella sigue siendo una escudera del rey.

Mientras me dispongo a contestarle que no se puede jurar sobre el porvenir, un crujido rompe el silencio que reina en el túnel. Siento la espalda de Zach endurecerse contra la mía.

—¿Has oído eso? —susurra.

—Venía de tu lado, ¿verdad?

—Sí, sonó delante de mí y sigue oyéndose.

Los crujidos son cada vez más fuertes... y más cercanos. Como si unas pesadas botas hicieran rechinar las piedras bajo sus suelas. Zarandeo a Sterling para despertarlo, pero no tengo más éxito del que Zach ha tenido antes. Así que poso con delicadeza su cabeza inanimada en una roca plana. Luego me enderezo apretando con fuerza la piedra con los dedos, lista para defender mi pellejo y el de mi bello durmiente.

—Es Tristan, estoy segura —susurro con el pecho oprimido por la ansiedad—. Reconozco el ritmo de sus pasos.

Por mi mente pasan los recuerdos de mi primer encuentro con el resucitado en una noche algo menos oscura que esta. Fue en un muelle helado del Sena, el pasado mes de diciembre. El hielo crujía bajo sus pies como la grava en este momento. No me atrevo siquiera a imaginar el abismo que ese monstruo debe de haber cruzado para venir hasta mí, pisoteando el fondo de los océanos con sus implacables zancadas...

—¡Cuidado, abominación! —ruge de repente Zacharie.

Dado que es un guerrero de élite, toma la iniciativa en el ataque. Puedo sentir cómo se separa de mi espalda para saltar hacia delante, tan flexible como una pantera. Puedo oír el choque de su cuerpo con el del resucitado. También puedo oír sus gritos guerreros, los silbidos de su espada, el juego de pies propio de un esgrimista sin igual. Por el contrario, su adversario no emite sonido alguno: privado de su cabeza, Tristan ha perdido la voz. Así pues, el eco de la justa invisible resulta aún más atroz, porque da la delirante impresión de que el escudero está luchando contra sí mismo y que se va agotando poco a poco en esa lucha. El choque de sus golpes se atenúa a medida que aumenta el ruido que hace al respirar. Me rindo a la evidencia: si todo un banco de sirenas capaces de ver en la noche no ha podido derrotar al aparecido, el caballero de Grand-Domaine, por valiente que sea, tampoco lo conseguirá. Ni siquiera puedo lanzar la piedra para ayudarlo, porque en la oscuridad podría dar en el blanco equivocado.

—¡Tienes que huir, ahora! —grito—. ¡Mientras te queden fuerzas!

—¿Qué? —pregunta Zach con la respiración entrecortada.

—No vas a poder detener a Tristan, yo sí. Ha venido a por mí. Tiene un mechón de mi pelo cosido en el corazón y nada podrá detenerlo hasta que volvamos a reunirnos.

El sonido de una estocada, aún más débil, acentúa un gemido de dolor. Zacharie ha recibido un golpe.

—Huye, te digo —le insto con el corazón desbocado.

—Ni hablar…, uf…, no voy a permitir que te sacrifiques…, uf…, por mí.

—No es un sacrificio: es mi destino, no el tuyo. Este duelo está perdido de antemano; si te quedas, es un suicidio. ¡La plantación de Grand-Domaine y la Fronda te necesitan!

Zacharie lanza otro grito de dolor, tan próximo que puedo sentir sus vibraciones en el aire. Imagino que Tristan lo ha vuelto a empujar en mi dirección.

—Hazlo por mí, te lo suplico, por tus padres, por todos los tuyos. Y por Sterling. Tú no puedes salvarme, pero él sí.

Extiendo una mano temblorosa en la oscuridad. Mis dedos se encuentran con el hombro sudoroso del esgrimista. Le doy un último abrazo fraternal a modo de despedida.

—Yo… me niego a abandonarte, Jeanne…, uf…, yo…

No termina la frase: un sonido sordo de carne aplastada interrumpe sus últimas palabras, seguido por el ruido metálico que hace su espada al caer al suelo y por el estruendo de su cuerpo al desplomarse.

—¡Zacharie! —grito intentando correr a rescatarlo.

Una mano me atrapa en el aire y se cierra alrededor de mi

367

cuello. El invierno pasado, cuando Tristan intentó asfixiarme en el muelle desierto, ya experimenté el contacto con ese guante de cuero, solo que esta noche huele de manera diferente: percibo un tufo a barro y a agua salada semejante al de las sirenas. El resucitado me aplasta contra él sin que pueda hacer nada para resistirme. Mi mejilla queda pegada a su pecho viscoso, cubierto de algas y musgo marino. Tras esos depósitos húmedos, puedo oír el tictac de su corazón mecánico, los engranajes de una máquina infernal cuyo único propósito es matarme.

Me aprieta como si fuera un pisapapeles y esta vez nada le impedirá rematar su abrazo mortal. Las conchas incrustadas en su torso raspan mi piel a través de la camisa. Los latidos de mi corazón se espacian. Mi respiración se va haciendo cada vez más lenta.

Yo...

voy...

a morir...

Un grito estridente rompe el silencio de manera inesperada. Ese grito inhumano me resulta familiar, la primera vez que lo oí me desgarró el alma, porque significaba la muerte de la esperanza. Hoy, en cambio, es la señal de su resurrección.

—¿Fran... Fran... çoise? —pregunto jadeando.

El chirrido es cada vez más rápido, al ritmo de la furia que se desencadena en la oscuridad. Una violenta sacudida nos azota, a Tristan y a mí. Mi torturador suelta una mano para defenderse de los golpes de su atacante sin dejar de sujetarme con la otra. Tras verse liberados, mis pulmones se llenan de un gran soplo de aire. Agito con violencia los brazos; mis puños golpean el aire.

Otra sacudida: supongo que Françoise acaba de cargar con la cabeza gacha sin dejar de gritar. Está combatiendo por mí, porque la Facultad lo ha dicho así. A pesar de ser mucho más pequeña que Tristan, consigue que se tambalee. En los bosques de Auvernia aprendí que no hay que dejarse engañar por el tamaño de los jabalíes, porque, a fin de cuentas, no son sino simples manojos de músculos que destruyen todo a su paso. Las masas de hierro que los cirujanos pusieron bajo las enaguas de Françoise hacen que resulte tan temible como una bala de cañón.

Al tercer impacto, Tristan se estrella contra la pared rocosa del túnel. Por muy poco no quedo aplastada entre esta y su cuerpo. Para esquivarlo, ruedo hasta el suelo. Con las costillas magulladas, me arrastro por las piedras.

Aturdida, toco el cuerpo de Zacharie, que yace en el suelo; el resucitado lo ha abatido. Puedo oír que se está volviendo a levantar para atacarme de nuevo…, y a Françoise golpeándolo por cuarta vez. Pero los gritos de mi dama de compañía no tardan en convertirse en un hilo de voz. Intuyo que el cuerpo descabezado la ha agarrado con sus manos de estrangulador para ajustar cuentas con ella antes de acabar conmigo.

A mi lado se oye un leve y grave gruñido:

—¿Jeanne…?

—Zach, estás vivo… —digo con dificultad.

—Mi… mi espada —balbucea.

—¡No hay tiempo para buscarla!

Enseguida vibra un acorde profundo en el túnel que se une al largo y agónico gemido de Françoise. Reconozco el comienzo de la sonata, ¡tan potente y tan cercana! Si suena, significa que acaba de anochecer y que Sterling no tardará en despertarse.

—¡Sterling! —exclamo jadeante mientras lo busco a tientas en la oscuridad.

Una mano aferra la mía.

—Estoy aquí, Jeanne.

No necesito explicarle nada, porque capta al instante la situación. Me ayuda a ponerme en pie. Asimismo, Zacharie, esa fuerza de la naturaleza, se levanta en un santiamén. Con Sterling despierto, recuperamos la vista, y la sonata hace las veces de brújula.

Reanudamos nuestra carrera, con más frenesí que nunca. Cogida de la mano de mis dos compañeros, ya no presto atención a los guijarros que me despellejan los pies. ¡Correr! ¡Dirigirse hacia la música! Es lo único que importa. Los largos acordes se entremezclan con nuestras angustiadas respiraciones, tan hechizantes como los de la giga sin reposo. Las notas nos llevan, nos llaman…, nos atraen. ¿No es un rayo de luz lo que veo elevarse ante nosotros? Sí, una pálida luz se intensifica a cada segundo que pasa. La loca esperanza de alcanzar la superficie me hace sentir como si volara.

De repente, la galería se ensancha y emergemos a un lugar extraordinario: un vasto circo rocoso de unos cien metros de diámetro, similar a aquel donde las sirenas nos han tenido cautivos durante un mes. Solo que, en esta ocasión, el cielo no está tapado por una bóveda de piedra: en el firmamento que se ve en lo alto del acantilado circular que nos rodea, que es más alto que el muro de la Caza, brillan verdaderas estrellas.

Estamos en un cráter extinguido. Probablemente es el que corona el Diente de la Muerte, el solitario volcán perdido en medio del Atlántico. En el centro de esta depresión, invisible desde el mar, se erige una gran cabaña con el techo de paja, bañada por los rayos de una luna jorobada.

Esa casa solitaria, perdida en medio de un campo de lava negra y estéril, sin vegetación alguna, constituye un espectáculo surrealista, pero lo más asombroso es que de ella es de donde procede esa sonata perdida que siempre ha obsesionado a Pálido Febo.

24

Athanor

*E*l último acorde de la sonata reverbera en un eco majestuoso alrededor del cráter envuelto en las tinieblas. Apenas termina de sonar, se oye otra pieza musical, pero esta vez no suena delante, sino detrás de nosotros. El ritmo es igual de solemne: son las botas de Tristan. Por fin ha conseguido liberarse de Françoise; a decir verdad, suponía que solo era cuestión de tiempo.

Mis dos compañeros y yo nos miramos aterrorizados. Un guerrero privado de su espada, un vampyro falto de sangre y una joven que a modo de armadura lleva una camisa. No tenemos la menor posibilidad de derrotar al ser invencible que me persigue. El único refugio factible es la cabaña con techo de paja que se encuentra en medio de la nada, aunque sus paredes de ladrillo y sus ventanas con postigos de madera ofrezcan una escasa protección contra las embestidas del aparecido.

Echamos a correr a la vez. ¡El circo es tan vasto y la cabaña está tan lejos! A medida que me voy acercando a ella, me doy cuenta de que los alrededores están cubiertos por osamentas de animales marinos: espinas de grandes peces, radios de aletas y cartílagos blanquecinos. Mi cabeza es un hervidero de preguntas. ¿Será la carne de esos peces el origen del humo que sale por la chimenea? ¿Quién puede vivir en este lugar remoto, tan alejado de todo? Me recuerda extrañamente al cuento de *Ricitos de Oro*, uno de mis favoritos cuando era niña: ¿encontraremos tres osos dentro, o quizás algo peor?

Zacharie es el primero en llegar a nuestro destino.

—¡Ábrannos! —grita.

Nada más dar un puñetazo a la puerta, se oye un tremendo estruendo. Lo primero que pienso es que el cielo está a punto de caer sobre nuestras cabezas, pero enseguida veo que unos murciélagos han alzado el vuelo. Anidan bajo el tejado de la cabaña y los golpes de Zach los han despertado. Ahora vuelan sobre nuestras cabezas por docenas: son unas bestias enormes, tan grandes como perros, que baten sus membranosas alas en la noche.

Sterling aporrea también la robusta hoja de madera.

—¡Abrid en nombre de la reina de Inglaterra, que será generosa con vuestra hospitalidad! *Queen Anne will reward you for your hospitality!*

Sin embargo, la puerta permanece herméticamente cerrada. Mientras mis compañeros siguen llamando, me alejo de la cabaña para enfrentarme a mi fatalidad. Tristan ha venido a buscarme a mí, no a ellos. Avanza bajo la luz de la luna y en este momento se encuentra en mitad del camino que conduce a la cabaña. Su apariencia, que mis dedos reconocieron en la oscuridad, ahora se confirma: el torso incrustado de conchas…, los hombros carcomidos por el musgo…, las botas que arrastran tras de sí tiras de algas viscosas. A diferencia de antes, cuando la oscuridad absoluta alimentaba mi pánico, la visión del resucitado me causa un inaudito sosiego. Ese cuerpo no solo carece de cabeza, también de odio. Es una simple máquina; inexorable, desde luego, pero de la misma forma que lo son los engranajes de un reloj. No se puede culpar a un reloj por dar la hora exacta. En caso de que haya llegado la mía, que así sea.

Cierro los ojos. Las pisadas mecánicas de Tristan se mezclan con los golpes frenéticos de Zach y Sterling. El ritmo sincopado del instinto de muerte y el deseo de vivir, que, de repente, se detiene.

Vuelvo a abrir los ojos, desconcertada. Delante de mí, Tristan se ha parado inexplicablemente. A mis espaldas tampoco se oye ya aporrear a la puerta. Acaba de abrirse con un chirrido de bisagras. Me vuelvo poco a poco. Un cuadrado iluminoso se recorta proyectando la luz procedente de una chimenea en el umbral de piedra volcánica. Una figura alta se yergue en él. Es una mujer que luce un vestido largo con guardainfante.

—Señora —farfulla Zacharie inclinando la cabeza.

—*Madame* —añade Sterling.

La mujer permanece tan inmóvil como una estatua con los rasgos de su cara ocultos por la penumbra. El contraluz solo muestra una silueta de vestal y el contorno de su larga cabellera. ¿Hablará solo francés o inglés?

—Señora, déjeles entrar —le imploro—. Al menos a ellos dos. Le prometo que ese monstruo no amenazará su hogar. Se detendrá en cuanto me ponga la mano encima.

—Ya se ha detenido —responde la mujer.

Su voz es amplia y grave, y no delata temor. Vuelvo a mirar hacia atrás, en dirección al resucitado. No la vi en mi carrera enloquecida, pero ahora veo que una línea blanquecina se dibuja en el suelo rocoso frente a los esqueletos de peces trazando una circunferencia de unos veinte metros de radio alrededor de la casa. Mis compañeros y yo la cruzamos sin verla siquiera, pero Tristan parece haber chocado con ella como si se tratara de un muro infranqueable.

—Ninguna abominación puede cruzar la línea de protección que yo misma tracé —explica la mujer—, pero vosotros la habéis cruzado sin haber sido invitados.

Un prolongado escalofrío me recorre la espalda. Sea quien sea la maga, estamos a su merced. Si ha tenido el poder de frenar a un demonio tan poderoso como Tristan, no dudo que también tendrá el de aplastarnos. Las palabras que estamos a punto de pronunciar decidirán nuestro destino.

—Somos náufragos en busca de asilo —dice Sterling para empezar.

—¿Y qué le hace pensar que mi casa está abierta a los ingleses?

La voz de la desconocida es hiriente como un látigo. Identificarse como partidario de la reina Ana quizá no haya sido la mejor manera de presentarse. Entorno los párpados intentando arrancar de la oscuridad cualquier detalle que me permita averiguar la identidad de nuestra interlocutora. La silueta del vestido, que bloquea la puerta, me recuerda a los que se llevan en Versalles. En cuanto a los zapatos que apuntan hacia el umbral, tienen los tacones rojos, iguales a los de las vampyras de la corte. ¡La dama debe de ser una inmortal francesa!

—El caballero de Grand-Domaine y yo, la señorita de Gastefriche, somos franceses —me apresuro a puntualizar—. Usted también lo es, ¿verdad, señora? Lord Sterling Raindust es inglés, por supuesto, pero nos salvó la vida. No le pedimos asilo en nombre de la reina Ana, sino del rey Luis.

—¿Quiénes sois vosotros para tener la osadía de encomendaos al Inmutable? —refunfuña la desconocida.

—Sus escuderos, señora, ¡y aquí tiene la prueba! —exclama Zacharie.

Avanza para que lo ilumine la luz de la luna y le muestra el sol que aparece grabado en su coraza de cuero.

—Pasad —dice la misteriosa habitante de la cabaña.

Acto seguido, da un paso atrás para dejarnos pasar. En el preciso momento en que franqueo el marco de la puerta, una frialdad sobrenatural penetra hasta la médula de mis huesos. La apariencia de nuestra anfitriona se define. Lo que había tomado por un vestido cortesano es, en realidad, un traje de luto: de hecho, la dama va vestida de negro de pies a cabeza. Incluso cubre su cabeza con un velo de viuda negro y opaco, confeccionado con una redecilla tan tupida que me resulta imposible distinguir las facciones que se ocultan detrás de él; a contraluz, había confundido la tela con su cabellera. Esa figura sepulcral emana un aura de autoridad escalofriante.

Me quedo petrificada en la puerta, congelada por el recuerdo del mascarón de proa de la *Novia Fúnebre*. ¿Podría ser esta criatura una dhampyra? ¿O incluso la encarnación de la muerte? Porque lo cierto es que corresponde perfectamente a la aparición que me describió Pálido Febo. Además de las primeras notas de la sonata, es el único recuerdo que conserva de su primera infancia. «Vi realmente a la muerte inclinarse sobre mí —me dijo cuando estábamos solos—. Iba envuelta en una larga y oscura mortaja».

La voz de nuestra terrible anfitriona resuena a mi lado arrancándome de mis pensamientos.

—Sentaos —nos invita señalando el fondo de la sala con su larga mano, la única mancha clara en su lúgubre persona.

Cuatro sillones flanquean una enorme chimenea, como si estuvieran esperándonos. Están bellamente elaborados y tienen los pies de balaustre. Una letra bordada adorna los respaldos tapizados con terciopelo carmesí: una gran M. El resto de la habitación tiene un aire lujoso que contrasta con el humilde exterior de la cabaña: gueridones taraceados, candelabros de oro y armarios con molduras. La pieza central es un órgano cuyos altos tubos ocupan toda la pared derecha; aunque sus dimensiones son más modestas que las del gran órgano del *Urano*, el instrumento resulta desproporcionado en la cabaña y es lo suficientemente potente como para enviar sus notas a través de las galerías del Diente de la Muerte, hasta la cueva de las sirenas. Enfrente de él hay una librería igualmente espectacular, repleta de miles de volúmenes de lomos relucientes. Por último, un sinfín de retratos adornan las paredes revestidas de madera, tan apretados entre sí que apenas se puede ver el papel pintado que hay detrás. Caballeros de aire severo y damas de la aristocracia, niños sonrientes y muchachas de aire soñador: una asamblea de desconocidos parece escrutarme con sus ojos pintados, inmóviles para siempre.

—¿Y bien? —dice la señora con impaciencia.

Mis compañeros y yo nos miramos. No nos queda más remedio que obedecer, porque, si salimos de la cabaña y cruzamos la circunferencia protectora, volveremos a estar a merced del resucitado. Me siento en el borde del sillón, incómoda. La camisa que llevo a modo de túnica, las piernas desnudas, el pelo revuelto me hacen sentirme fuera de lugar. Sterling y Zacharie, uno con el pecho al aire y el otro con los brazos llenos de magulladuras y moratones, también parecen cohibidos.

La anfitriona toma asiento en el cuarto sillón, frente a nosotros. El calor de la chimenea es un alivio para mis doloridos miembros. En la olla que cuelga en la llar burbujea algo que emana un olor a hierbas aromáticas que no logro identificar, a pesar de los numerosos años en que ayudé a mi madre a recoger plantas medicinales. El fuego que arde en el hogar esculpe los relieves del velo negro de nuestra anfitriona sin llegar a desvelar del todo el misterio. En cualquier caso, cada vez creo menos que se trate de una dhampyra. Cléante me explicó que esas pobres criaturas apenas sobreviven unos pocos meses y salta a la vista que esta reclusa lleva mucho tiempo viviendo en la cabaña.

—No pongáis esa cara de perplejidad —nos intima—. Ya os he dicho que el monstruo que os perseguía no puede en-

375

trar aquí. La línea de protección que tracé hace varios siglos jamás ha fallado.

¿Siglos? Por eso la estela de la dama es tan fría, señal de que las Tinieblas la han impregnado durante todo ese tiempo. Además de frialdad, de ella se desprende un aura de poder que rara vez he visto, ni siquiera en Versalles, porque los únicos que la proyectan son los inmortales más antiguos y los arquiatras más poderosos. Me pregunto cómo se alimentará esta chupasangre en un refugio tan solitario como este. Espero que los náufragos de paso no le sirvan de sustento...

—Decidme qué habéis venido a hacer los escuderos del Inmutable a este desolado lugar —nos ordena.

Lanzo una mirada furtiva a Zacharie. Gracias a que nos presentamos como leales servidores del tirano, podemos quedarnos por el momento en esta cabaña. Nuestra anfitriona no necesita saber que hemos renegado de nuestro antiguo amo.

—El rey en persona me envió a las Antillas para casarme con un capitán pirata, porque quería sellar con él una alianza diplomática —le cuento—, pero las sirenas nos capturaron, a mí y a los dos caballeros que me acompañaban.

Una risa sin alegría mueve el velo.

—¿Sacrificar a una jovencita para forjar una alianza con un criminal del otro lado del mundo? ¡Luis nunca cambiará!

La forma en que habla del Inmutable, como si fueran íntimos amigos, me turba.

—¿Conoce al rey? —me atrevo a preguntarle.

—Mejor que nadie.

Tengo la impresión de que la temperatura de la habitación está bajando varios grados más a pesar del fuego de la chimenea. El rostro velado de la vampyra me recuerda de repente al del rey, también oculto por una máscara desde hace trescientos años. En algún lugar al fondo de la habitación, un alto reloj desgrana los segundos con su pesado péndulo de bronce.

—No eres la primera persona que Luis ha sacrificado en el altar de su ambición, jovencita —suelta la vampyra—, pero hay algo que me intriga: si las sirenas os capturaron a los tres, ¿por qué os dejaron con vida? Normalmente descuartizan enseguida a sus presas.

—No lo sé, señora...

—Deben de haber percibido algo diferente en vosotros, me pregunto qué será. —Se inclina hacia mí haciendo crujir la tela de su vestido—. Dame la mano.

—¿Mi mano, señora?

Por toda respuesta, la vampyra me agarra la muñeca. A pesar del miedo y de la frialdad que siento en la piel cuando esta entra en contacto con la suya, no me rebelo. No es el momento adecuado de contrariarla.

—Qué interesante —murmura, pasando la punta de su uña pintada con un esmalte oscuro por la palma—. Tu línea de la muerte es increíblemente larga.

No puedo reprimir un escalofrío, que la quiromántica capta al vuelo.

—¿Qué te pasa?

—Nada, tengo un poco de frío.

No me atrevo a decirle que alguien ya me ha dicho algo parecido. El Ojo de los Inocentes me reveló lo mismo el invierno pasado y sus palabras me inquietaron. Un recluso y un retiro diferentes, pero la misma predicción.

La vampyra suelta bruscamente mi muñeca y pone el dedo índice en la rodilla que me he arañado durante la caótica huida por las entrañas del Diente de la Muerte. Después desliza el dedo ensangrentado por debajo del borde de su velo y se lo lleva a sus labios invisibles.

—Este sabor… —murmura—. Lo reconozco.

El corazón me da un vuelco. Sterling me dijo también que mi sabor era diferente, al igual que los gules parisinos, pero ninguno de ellos supo reconocer el gusto.

—¿Qué está tratando de decir, señora?

—Que posees el raro buqué de antaño y que eso es, a todas luces, lo que detuvo a las sirenas.

Señala con el dedo a Sterling.

—Tú, el vampyro de Albion, has bebido la sangre de Diane de Gastefriche, ¿verdad? —le acusa.

—Solo dos veces —se defiende el inglés—. Hace seis meses y hace apenas unas horas.

—Por eso las sirenas también te perdonaron la vida. —Se vuelve hacia Zacharie—. En cuanto a ti, a pesar de ser mortal, supongo que contienes asimismo el fluido vital de la joven.

377

—Antes de partir hacia las Antillas, sellamos un pacto de sangre en Versalles —recuerda Zach.

—¡Françoise también se hizo un corte en la mano para mezclar mi sangre con la suya! —añado sin poderme contener.

A continuación, le explico a nuestra anfitriona que las sirenas hicieron un cuarto prisionero que no pudo llegar hasta el cráter que se encuentra en la superficie. Además, nuestras carceleras mataron sin vacilar a los cuatro marineros que habían tenido la desgracia de naufragar con nosotros... y que no tenían ni una gota de mi sangre en sus venas.

La vampyra asiente con la cabeza agitando su largo velo negro.

—Supongo que las sirenas atacaron el barco porque olieron tu fluido, has de saber que tienen un sentido del olfato tan fino como el de los tiburones. ¿Es posible que lo probaran antes?

Trago saliva, sorprendida por su clarividencia.

—Hace mes y medio, vine aquí, al Diente de la Muerte, al relicario de las sirenas, porque un rico coleccionista me había pedido que le llevara un trofeo. Una gran marea había hecho emerger temporalmente las entrañas del pico, de manera que era posible acceder a ellas desde la superficie.

—Recuerdo la tormenta, fue bastante inusual para la época del año —corrobora la vampyra—. El viento soplaba tan fuerte por encima del cráter que no podía salir de mi cabaña. ¿Encontraste a alguna sirena durante esa expedición?

—Pasaron rozándome. Una de ellas me hizo un corte en una mejilla.

—Estoy segura de que ese aperitivo la dejó intrigada.

De repente, todo cobra sentido. Tal y como sospechaba, las abominaciones de los mares no persiguieron al *Urano* para vengarse, sino para dar conmigo. Tan pronto como el muro del huracán se debilitó momentáneamente alrededor de las islas Lucayas, agujerearon el casco con la precisión de un cirujano de la Facultad, justo donde yo estaba.

—¿Qué son las sirenas? —pregunto bajando la voz, imaginando que mi venerable interlocutora sabe responder a las preguntas más misteriosas.

—Son hijas del matrimonio alquímico del mar y las Tinieblas.

Esa respuesta sombríamente poética me recuerda lo que Raymond de Montfaucon me dijo una vez sobre los gules: «Según sabemos, se forman directamente en las entrañas de la tierra por generación espontánea y por influjo de las Tinieblas».

—¿Así que las sirenas son las primas de los gules, los hijos de la tierra? —aventuro.

—Así es. Cuando las Tinieblas se apoderaron del mundo hace trescientos años, fecundaron los cuatro elementos para crear cuatro especies de abominaciones. Los gules nacieron de la tierra; las sirenas, del agua; los ifrits, del fuego; y las sílfides, del aire.

Ifrits y sílfides…, la mención de esas criaturas que aún desconocía me deja pensativa. Callamos por un instante. El suave sonido de la ebullición llena el silencio que reina en la cabaña: son las burbujas que estallan en la olla que hierve a fuego lento. Nuestra anfitriona se levanta, hierática, descuelga un largo cucharón de un gancho que se encuentra encima de la chimenea y lo sumerge en el brebaje.

—Aquí, en medio del océano, no hay abominaciones —prosigue removiendo la mezcla—. Solo las sirenas representan una amenaza. Cuando las grandes lluvias de otoño llenan las galerías del Diente de la Muerte, a veces se aventuran hasta el cráter, pero nunca cruzan la línea de protección. Se quedan atrapadas en ella como mosquitos en una tela de araña.

Echo un vistazo a través de una de las ventanas, la única que no tiene los postigos cerrados. Veo el valle de lava negra y el cuerpo descabezado de Tristan. No ha movido un músculo desde que lo vimos, permanece parado en una zancada inacabada, la que estaba dando cuando se detuvo en seco. En cuanto a los esqueletos que en un primer momento pensé que eran de peces, ahora me doy cuenta de que están coronados por unos cráneos humanoides. Docenas de sirenas han debido de llegar a la cabaña a lo largo de los siglos para terminar sus días en ella. Pero si la línea mágica es el hilo de una telaraña, ¿quién es la araña? ¿Nuestra anfitriona? Observo sus prendas de luto con nuevos ojos, conmocionada por la inquietante impresión de estar delante de una viuda negra.

La mujer deja de remover su poción y cuelga el cucharón.

379

—A pesar de todo, las sirenas siguen viniendo todos los años y mueren aquí, como las olas en la orilla —dice con fatalismo—. Imagino que intentan recuperar los tesoros que les robo. —Con un ademán de la mano, señala los candelabros dorados, los valiosos objetos de decoración que hay sobre las consolas y una serie de tarros dispuestos en una estantería—. Los piratas no son los únicos que codician el relicario de las sirenas. Mis murciélagos frugívoros suelen ir allí para sustraerles algo.

—¿Sus murciélagos frugívoros?

—Mis murciélagos gigantes, los guardianes de mi tranquilidad. Mantienen alejados a los buitres que anidan en la cima del cráter, que acuden atraídos por los cadáveres que arroja el mar, porque las joyeras solo guardan ciertos esqueletos para embellecerlos. Los murciélagos también me traen bagatelas, libros, ropa. Hace dos siglos me permitieron incluso reconstruir el órgano de salón donde toco melodías de antaño para aliviar mi soledad. Pero, sobre todo, me proporcionan los viales de sangre que necesito para alimentarme. En los barcos saqueados por las sirenas se encuentra de todo.

De manera que así se alimenta esta chupasangre solitaria. Después de una eternidad siguiendo esa dieta, imagino que la perspectiva de beber directamente de las yugulares de dos mortales debe de resultarle diabólicamente tentadora…

Como si pudiera leerme la mente, suelta una risa seca:

—No me mires así. No voy a abalanzarme sobre tu cuello. Las sirenas te mantuvieron con vida porque tu extraño gusto les intrigó y yo comparto su curiosidad.

Esas palabras, dichas supuestamente para engatusarme, no me tranquilizan en absoluto. Si esta inmortal ha identificado el sabor de mi sangre, significa que ya la ha probado con anterioridad. Tal vez quiera hacerlo de nuevo, a pesar de que lo niegue.

—¿Quién es usted, señora? —le pregunto con un susurro.

A modo de respuesta, señala el monograma tallado en el dintel de la chimenea: la misma M que adorna los respaldos de los sillones:

—Solo soy una letra. Llámame señora M.

¿M como… muerte? Una vez más, no puedo evitar pensar en la muerte encarnada que atormenta los recuerdos lejanos de Pálido Febo.

—Permíteme devolverte la pregunta —me interrumpe—. ¿Quién eres?

¡Otra vez esa maldita farsa que me persigue incluso hasta en esta cabaña perdida en un cráter situado en el otro extremo del mundo! «¿Quién eres?». Supongo que la vampyra no se refiere a cosas como mi estado civil, que aparece escrito en mis papeles de nobleza falsificados. En realidad, me está preguntando por una identidad mucho más profunda.

Miro a Sterling, que está arrellanado en su sillón. Él también parece estar aguardando mi contestación. Pero ¡no sé qué decir! De repente me siento mareada y debo agarrarme al borde de mi asiento.

—Ya le he dicho quién soy —balbuceo escudriñando su velo negro—. Diane de Gastefriche, hija del barón Gontran de Gastefriche, escudera del Rey de las Tinieblas.

—Doy fe de lo que dice, señora —confirma Zacharie, ansioso por corroborar mi falsa identidad.

Pero ella lo detiene con un gesto de la mano y me pregunta de nuevo:

—Ahórrame esos nombres, que, como todos los títulos, no dejan de ser simples apariencias. ¿Quién eres de verdad?

—¡No lo sé!

No he podido contener el grito un momento más, pues llevo varias semanas haciéndome la misma pregunta. Porque mis pesadillas recurrentes me han transmitido un miedo sordo, que culmina hoy.

La señora M permanece inmóvil en su sillón durante unos instantes, como una de esas estatuas veladas de plañideras que bordean los cementerios y que parecen juzgar a los vivos.

—No tienes ni idea, ¿verdad, mi pobre niña? —murmura por fin con una punta de compasión en su voz—. No tienes ni idea de quién eres y mucho menos «de lo que eres». Pero yo puedo adivinarlo.

—¿Qué puede adivinar?

La atmósfera de la habitación ha cambiado de forma sutil. Todo está en suspenso. ¿Hemos caído en un abismo donde el tiempo ha quedado abolido de repente? Sterling permanece inmóvil en su asiento. Zacharie contiene la respiración. Hasta el fuego parece haber dejado de crepitar. Si no fuera por el tictac del reloj, que nos recuerda que los segundos siguen pasando, sería como estar en un cuadro.

—Intuyo que eres una criatura alquímica semejante a las sirenas y los gules —afirma finalmente la señora M con voz solemne.

Siento como si la silla cediera bajo mis pies. Mis manos resbalan por los reposabrazos y me aferro a ellos con la punta de las uñas. Más aún, me aferro a mis certezas:

—¡Soy un ser humano, no una criatura alquímica, nací de padres humanos! Crecí a su lado, en pleno día. No tengo nada en común con las sirenas ni con los gules, aunque... pueda entender su lengua.

Mientras hago esta confesión, comprendo hasta qué punto contradice mis desesperadas aspiraciones de normalidad.

—No soy una abominación nocturna —musito.

—No eres una abominación nocturna, no, en efecto. Eres algo mucho más raro: una abominación diurna, fruto de la alquimia más avanzada.

¡Esto es demasiado! Me levanto de mi asiento temblando.

—¿Qué sabe usted de alquimia, señora, para hacer tal afirmación? —le suelto.

—Lo que he aprendido a lo largo de tres siglos de estudio —contesta señalando su imponente biblioteca.

—No crea que sabe tanto —exclama Sterling, saliendo en mi defensa—. «El tonto cree que es sabio, pero el sabio se sabe tonto».

—Shakespeare, *Como gustéis*, acto V, escena 1 —replica la vampyra al vuelo.

Sterling se queda atónito por un momento. Por primera vez se enfrenta a alguien que conoce los escritos de su bardo tan bien como él.

—Esta joven no es ninguna abominación, digan lo que digan sus viejos grimorios —continúa bajando la voz—. Doy fe.

—¿Igual que puedes dar fe del delicioso sabor de su sangre, mi pequeño *lord*? —se burla la señora M—. ¿Por eso pareces tan encariñado con ella?

—Yo... no —protesta Sterling.

—No mientas. Sé la atracción que un sabor similar ejerce sobre nosotros, los inmortales. ¿No detectas en él lo que más falta en nuestras interminables existencias? ¿Lo que deseamos tan ardientemente en el fondo de nuestra noche eterna y lo que nos está prohibido?

Una risa nada jovial atraviesa el velo.

—¡Es el aroma del día!

Al mencionar el día prohibido para siempre a los vampyros, el fuego del hogar parece intensificarse. Sterling se queda sin saber qué decir. Recuerdo la forma en que solía describir mi sangre, diciendo que tenía «el gusto del deseo». Los vampyros anhelan el sol más que cualquier otra cosa en el mundo. Tal vez por eso nuestra anfitriona está dedicando su tiempo a hablar conmigo, para estudiarme o quizá para domesticarme. Y tal vez esta sea mi oportunidad de averiguar la respuesta a las preguntas que me atormentan. Vuelvo a sentarme lentamente.

—Dice que mi sangre tiene el aroma del día —murmuro— y, además, cuando se llevó una gota a sus labios, comentó que la «reconocía». Esa es justo la palabra que empleó.

—Así es, porque las he probado antes en todos los horrorus que yo misma he creado.

Si el término «abominación diurna» me asustó, porque proyectó en mi mente las sombras distorsionadas de todos los monstruos nocturnos que he conocido en mi vida, la palabra horrorus me aterroriza aún más, porque no evoca nada. Suena a «horror», es lo único que puedo deducir de ella. Miro con pavor a Zacharie y a Sterling, y veo que los dos están lívidos.

—Los horrorus se encuentran sin duda entre las creaciones más raras de las artes ocultas —explica la señora M con una voz tan plena y grave como la noche—. Son tan extraordinarios que algunos los consideran imposibles. Para el alquimista se trata de jugar a ser Dios e invertir el entenebrecimiento del mundo, en el microcosmos de su atanor.

Microcosmos…, atanor…, entenebrecimiento… Esas palabras desconocidas me producen vértigo.

La señora M se levanta bruscamente, los pliegues de su vestido desprenden una corriente de aire gélido.

—Seguidme si queréis entenderlo —nos ordena cogiendo un candelabro con dos velas de llama vacilante.

383

Siento un toque frío en mi brazo: es Sterling, que se ha acercado a mí para sostenerme. Con delicadeza, me ayuda a ponerme en pie.

—Estoy aquí —me susurra al oído—. Pase lo que pase.

La señora M se acerca a una larga cortina de terciopelo negro que hay al lado de la librería y la descorre con un ademán seco. Descubro con estupor que tras ella hay una segunda habitación, tan amplia como la que acabábamos de dejar. La modesta cabaña es, en realidad, tan grande como una granja. El mobiliario aquí es muy diferente del de la sala de estar. Largas mesas cubiertas de un sinfín de frascos, alambiques y tubos de ensayo. La luz de las velas resplandece en retortas de varios tamaños, que se abren como grandes flores de cristal sobre sus trípodes. Una escalera de hierro conduce a un tragaluz por el que se accede a un telescopio astronómico orientado hacia el cielo.

—Bienvenidos a mi laboratorio —dice la vampyra.

Pasa por delante de un gran espejo ovalado. Su silueta, completamente cubierta de negro, se refleja en él, salvo sus manos blancas. De Sterling, sin embargo, que todavía sigue sin camisa, lo único que puedo distinguir son sus pantalones, sus zapatos..., y el alfiler de plata que parece flotar en el vacío, donde debería estar su oreja. Zacharie cierra la marcha con su altiva estatura, erguido en su peto.

—Esta es la pieza principal de mi colección —explica la señora M apartándome del espejo—. Mi atanor, mi horno filosófico.

Se refiere a una especie de horno de bronce grabado con signos cabalísticos.

—En él, algunos buscan convertir el plomo en oro, pero los verdaderos alquimistas persiguen objetivos más espirituales, como la piedra filosofal o el elixir de la inmortalidad —dice.

Me estremezco. De repente, me cuesta respirar el aire del laboratorio, que huele a azufre, a hierro y a cristal quemado. Porque lo que está en juego aquí va más allá de la búsqueda de mis orígenes, lo presiento. ¡Se trata del nacimiento de toda la Magna Vampyria!

—¿Fue un horno como este el que se utilizó para transmutar lo Inmutable? —me atrevo a preguntar.

La señora M sacude la cabeza, agitando su velo negro.

—No lo sé. Ese es un secreto que aún no he conseguido desentrañar: el del entenebrecimiento. En otras palabras, la manera en que hace tres siglos aparecieron las Tinieblas y penetraron en el cuerpo del primer vampyro de la historia antes de extenderse por el mundo.

Exhala un suspiro en el que me parece ver las decenas de miles de noches que debe de haber pasado dándole vueltas a ese misterio irresoluble. Me doy cuenta de lo larga que ha sido su soledad en este revoltijo de alambiques, entre estos frascos llenos de líquidos desconocidos.

Una pregunta sube hasta mis labios:

—Dice que ignora cómo surgieron las Tinieblas, pero ¿sabe «lo que son»?

—Es difícil definirlas. ¿Son una energía, una onda, un éter? Se manifiestan sobre todo por su acción: corromper la materia por dondequiera que pasan.

Al margen de las sirenas y de los gules, pienso en las naranjas sanguinas del castillo, en las espadas vampýricas, que beben sangre, en la nuca de mi querida Naoko, infectada por la malaboca. Dondequiera que se posen, las Tinieblas manchan todo lo que tocan... Y hay aprendices de brujo lo suficientemente locos que se atreven a creer que pueden imponerles su voluntad, cuando lo único que hacen es ayudarlas a propagarse.

—La alquimia es capaz de captar y emplear el poder corruptor de las Tinieblas —observo con acritud—. El resucitado decapitado que no se mueve de la línea de protección que tiene ahí fuera lo demuestra. Al igual que las rosas vampýricas de Versalles y muchos otros horrores. Usted misma nos ha confesado que ha realizado oscuros experimentos.

—En efecto —admite la señora M—. Tanto los arquiatras de la Facultad como los alquimistas clandestinos en nuestros sótanos procedemos de la misma manera. Elegimos un objeto, ya sea vivo o inanimado, y obligamos a las Tinieblas a impregnarlo para transformarlo. Algunas operaciones son más difíciles que otras. Crear una rosa vampýrica es relativamente fácil; crear un resucitado es mucho más complejo. En cuanto a la producción de un horrorus, como he dicho, se trata de un logro muy poco frecuente, porque una operación de ese tipo afecta a la trama misma de nuestro mundo… y del otro.

El gran silencio del cráter donde se erige la cabaña parece adquirir de repente una dimensión casi sagrada, que me recuerda a la cámara mortuoria del rey en Versalles. En esa habitación atemporal, donde Luis XIV se transmutó hace trescientos años, tuve la visión de otro mundo durante unos instantes. La de una Francia donde reinaba la Luz, donde mis padres y mis hermanos vivían en paz, donde no existían los vampyros. Al cabo de unos meses, en París, volví a ver esa luminosa posibilidad cuando agarré la mano de Pierrot, el niño clarividente.

—Ese otro mundo del que habla —mascullo—, yo… lo he entrevisto.

—No me sorprende en absoluto. Porque tienes una parte de él en ti.

Me tambaleo, intento apoyarme en una mesa, derribo un trípode. Por suerte, gracias a sus rápidos reflejos, Zach agarra la retorta que estaba encima de ella antes de que caiga al suelo.

A la luz de las velas, la dama emerge como una silueta en un teatro de sombras.

—Verás, aunque los maestros alquimistas aún no conocen la naturaleza exacta de las Tinieblas, han ido elaborando una teoría a lo largo de los siglos: la de los mundos paralelos —nos explica.

—¿Mundos… paralelos?

—Sí, como dos líneas independientes que siguen su propia trayectoria sin encontrarse jamás. En el año 1715 de la antigua era, fecha de la transmutación del Inmutable, el entenebrecimiento generó una realidad secundaria: el mundo donde vivimos desde entonces. Según parece, el mundo de la Luz no fue aniquilado a pesar de todo, sino que ha seguido existiendo durante tres siglos en otro ámbito espacio-temporal…

—Donde la fecha es… 2015 —completo la frase, boquiabierta—. La que debería ser en el antiguo calendario si este nunca se hubiera interrumpido.

La dama asiente con la cabeza y, con su elegante mano, señala varios libros de su biblioteca, algunos que estudia en el laboratorio. A pesar de la penumbra, Sterling se acerca a ellos para leer los títulos en voz alta:

—*Charlas sobre la pluralidad de los mundos, Fantasías de otro mundo, Suposiciones de las antípodas…*

—¡Es increíble! —exclama Zacharie estupefacto.

—Increíble pero cierto —replica la señora M. Se vuelve hacia mí—: No eres la primera que ha tenido visiones del mundo de la Luz. Considéralas una confirmación de la teoría que os estoy explicando. Otro signo aún más tangible es la existencia de los horrorus. Aunque extremadamente raros, son la prueba viviente de la pluralidad de los mundos: se trata de unos seres nacidos en el mundo de las Tinieblas, pero marcados por el de la Luz.

—¿Marcados por el mundo de la Luz? —repito desconcertada—. Yo… no lo entiendo.

—Entonces, déjame explicarte el proceso de su creación.

Pone uno de sus dedos blancos sobre la superficie de una gran retorta.

—Primera etapa: la sublimación. Durante varios meses refino unos cuantos litros de mi sangre inmortal llevándola a ebullición para que se evapore su esencia: la tenebrina.

A continuación, señala una compleja red de tubos de cobre que acaban en el horno alquímico, que, a la luz de los candelabros, brilla con un resplandor místico.

—Segunda etapa: la digestión. Los vapores tenebrinos son transportados al vientre del atanor, donde quedan encerrados. Allí se calientan a temperaturas extremas durante varios meses más. Se trata de la digestión alquímica. El principio es forzar a las Tinieblas a actuar, no sobre la materia, sino sobre «ellas mismas». Esto va en contra de su naturaleza corruptora, que siempre busca un soporte externo que transmutar. Así pues, esta operación es infinitamente laboriosa y delicada, incluso peligrosa. Muchos alquimistas inexpertos han perecido en terribles explosiones al tratar de obligar a las Tinieblas a digerirse a sí mismas, pero yo lo he conseguido.

¿El poder maligno de las Tinieblas enfrentándose a sí mismas? Sterling da un paso adelante, protegiéndome valerosamente con su cuerpo demacrado de la señora M y de las revelaciones finales que esta se dispone a hacer:

—Después de haber acusado a la señorita de Gastefriche de ser una abominación, ¿quiere hacernos creer que es aún peor

387

que los gules o las sirenas? Si los primeros proceden de la tierra transmutada por las Tinieblas y las otras del agua, ¡no me atrevo a imaginar qué abominable criatura puede nacer de las Tinieblas «transmutadas por ellas mismas»!

—Veo que conoces bien la literatura, pequeño *lord*, teniendo en cuenta cómo citas a Shakespeare. Pero ¿qué hay de tu álgebra? ¿Acaso al otro lado del Canal no te enseñaron que menos por menos es igual a más?

La mención de esa regla me trae recuerdos lejanos de las lecciones de matemáticas que me impartía mi padre en el mostrador de la botica, solo que en esta ocasión no se trata de pastillas ni de ungüentos. La ecuación que acaba de enunciar la señora M es el núcleo de mi naturaleza, de mi misterio.

—Menos por menos equivale a más —murmuro—. ¿Quiere decir que las Tinieblas multiplicadas por las Tinieblas generan... la Luz?

—Esa es la idea que subyace en la creación de los horrorus —asiente la vampyra con aire grave—. Sutilizar el tejido que separa el mundo de las Tinieblas del de la Luz de manera que esta pueda filtrarse por él. Eso sí, se trata tan solo de una visión fugaz, que dura menos de un segundo, porque el velo que separa los dos mundos no se puede desgarrar y ningún elemento físico puede traspasarlo. Esto me lleva a la tercera etapa: la destilación. Consiste en fijar la Luz fugaz antes de que se apague por completo para condensarla en un líquido precioso: la luminina.

—La luminina... —repito rodando por mis labios la nueva palabra llena de promesas—. ¿Es lo mismo que la esencia del día?

El invierno pasado, Montfaucon me dio un anillo hueco que contenía unas gotas de ese licor luminoso para aturdir a los gules parisinos, que temen a la luz por encima de cualquier otra cosa.

—Es evidente que tienes algunas nociones de alquimia —comenta la señora M—, pero no, son dos sustancias diferentes. La esencia del día se obtiene recogiendo laboriosamente los rayos del sol de nuestro mundo mientras que la luminina concentra el sol del otro mundo. No es un simple elixir inorgánico, sino un auténtico humor que se opone a la tenebrina.

Coge uno de los grimorios que hay sobre la mesa de su laboratorio y lo abre por la página marcada con un señalador. El antiguo pergamino ilustra los tres pasos que acaba de describir más el último: la inyección.

—Como sin duda sabes, para transmutar a un mortal en vampyro es necesario hacerle absorber una gran cantidad de sangre con tenebrina —dice con voz profética—. En cambio, para crear un horrorus, el alquimista intenta realizar la operación contraria inyectando el humor opuesto a un niño. El resultado no es un señor de la noche, sino un guerrero de la Luz capaz de hacer retroceder a las Tinieblas y de hacer surgir un nuevo amanecer en nuestro mundo. Un hombre-aurora: un *homo aurorus*.

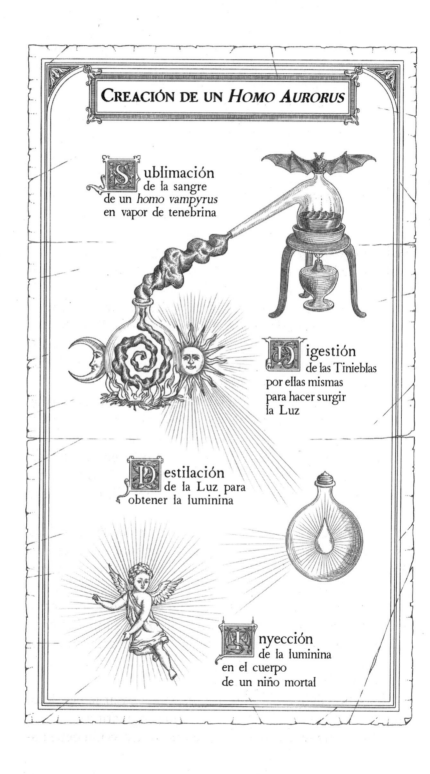

Creación de un *Homo Aurorus*

Sublimación de la sangre de un *homo vampyrus* en vapor de tenebrina

Digestión de las Tinieblas por ellas mismas para hacer surgir la Luz

Destilación de la Luz para obtener la luminina

Inyección de la luminina en el cuerpo de un niño mortal

25

M

¡*U*n *homo aurorus*!

¡Debería haber entendido *aurorus* como «aurora» y no *horrorus* como «horror»!

Cuando la señora M inició su explicación malinterpreté los nombres de las criaturas de las que hablaba. Pensaba que se trataba de unos monstruos aterradores, cuando, en realidad, la alquimista evoca el sueño de unos guerreros de la Luz capaces de vencer a las Tinieblas...

Las últimas palabras resuenan en el silencio de la cabaña. Zacharie y Sterling parecen tan aturdidos como yo. ¿Es realmente una inmortal la que habla así? ¿Es realmente una chupasangre tan vieja como el Inmutable quien, en su soledad, está tratando de desarrollar el arma definitiva? ¡Un triunfo semejante permitiría a la Fronda del pueblo salir por fin de la clandestinidad!

—Las antiguas religiones, previas a la era de las Tinieblas, describían a los ángeles como seres de Luz pura —recuerda la dama con voz remota—. En el pasado, la gente rezaba a esas criaturas celestiales implorándoles que los protegieran de sombras. Pero en los últimos trescientos años, el cielo de nuestro mundo ha estado desierto. Nuestras plegarias ya no obtienen respuesta. Así que nos hemos visto obligados a crear nuestros propios ángeles o, cuando menos, a tratar de crear algo que se parezca lo más posible a ellos, los aurorus.

Hojea las páginas del grimorio haciendo pasar tablas decoradas con símbolos cabalísticos y extrañas miniaturas.

—Este tratado ocultista explica que la inyección debe hacerse a un recién nacido para maximizar las posibilidades de éxito —murmura—. Hay dos razones para ello. En primer lugar, la cantidad de luminina producida por destilación es tan pequeña que en el cuerpo de un niño mayor o de un adulto se diluiría demasiado. En segundo lugar, los recién nacidos son más maleables y aún no han sido contaminados por nuestro mundo.

Se detiene ante una página que muestra un grabado naíf de un niño nimbado en una mandorla iluminada con pan de oro.

—El tratado también afirma que los aururus recién inyectados irradian un halo de calor a su alrededor. Esto se debe a que están impregnados de Luz, una inversión del aura fría que emana de los cuerpos de los inmortales. De hecho, se dice que basta el contacto con estos prodigios para disipar las Tinieblas. Más aún: que atraen a los vampyros igual que la llama de una vela atrae a las polillas, para consumirlos. En teoría, si fueran muy numerosos, podrían derrotar a los señores de la noche, descongelar la tierra y erradicar las abominaciones. —La señora M lanza un prolongado suspiro y cierra el grimorio con aire de cansancio—. Por desgracia, se trata de simples conjeturas. Crear el equivalente de los ángeles encarnados es una ambición demiúrgica. A medida que va pasando el tiempo voy perdiendo la esperanza de que un alquimista, por dotado que sea, pueda igualarse a Dios…

Me señala con un dedo como si fuera una parca.

—Tú eres fruto de esa arrogancia, jovencita. No sé quién te creó como eres, pero el experimento fracasó. Eres un aururus defectuoso. Una quimera alquímica. Un boceto aproximado. Pues tu Luz está velada. La luminina que utilizaron para crearte no era pura. La digestión no acabó de completarse en el atanor, de forma que las Tinieblas no se transmutaron por completo. La destilación estaba teñida de sombra, por lo que se introdujo un poco de noche en el extracto luminoso que te inyectaron. Sucede como con tus extrañas canas, se obtuvo una mezcla de luz y oscuridad. —La dama alza una mano hacia mi cara y me acaricia el pelo con la punta de los dedos como si tocara las cuerdas de un arpa—. Este mundo se ha apoderado de ti y ya no conservas casi nada del otro, solo un sabor diferente, el vago aroma de la Luz que perdura en tu sangre mil veces diluido. Justo lo suficiente para que los vampyros puedan saborearlo con fruición sin arriesgarse a quemarse la garganta. Eso es todo. No tienes poder para disipar las Tinieblas. Al contrario, estas predominan en ti, porque se han desarrollado a raíz de la operación a la que te sometiste. Eso explica por qué puedes entender la lengua de los gules, según dijiste hace poco; porque eres una abominación como ellos y como todos los aurorus defectuosos que yo misma he creado.

Esa revelación me deja conmocionada. El nudo que obstruye mi garganta me impide articular una sola palabra. Me quedo como paralizada delante de la vampyra, que me escruta a través de su velo, aunque no pueda distinguir sus ojos. La imagen de mis padres me parte el corazón y los ojos se me llenan de lágrimas. Un aurorus, así que eso es lo que soy..., igual que Pálido Febo, supongo. A eso se deben el misterio que lo envuelve, la farsa de sus orígenes, del oscuro *phébus* que es, en realidad, su existencia. La conciencia de que comparto la condición de ese pirata loco es lo que más me espanta.

—Lo único que me sorprende es que hayas sobrevivido hasta la edad adulta y que parezcas tan sana a pesar de tus heridas —comenta la señora M—. No veo en ti el aura helada que se va intensificando en mis criaturas, señal de que las Tinieblas siguen devorándolas desde su interior. Tu aura inicial se ha enfriado hasta volverse banalmente humana, como la de cualquier otro mortal. —Señala el gran espejo ovalado que hay al fondo del laboratorio—. Es más, emites un reflejo normal, en lugar del medio reflejo de esos seres desgarrados entre dos mundos que son los aurorus fracasados. Esa inestabilidad los destruye físicamente y los lleva al borde de la locura. Es una angustia que siempre acaba con su muerte. Así pues, los que he creado a lo largo de los siglos nunca han alcanzado la edad adulta. Hasta ahora, todos mis experimentos para crear un aurorus perfecto han fracasado.

—Diane no es un experimento ni, mucho menos, un fracaso —protesta Sterling.

Noto que le cuesta pronunciar mi nombre falso, pero aún le es más difícil contradecir la implacable exposición de nuestra interlocutora.

393

—Sí, Sterling, soy un experimento fallido —le digo—. Mis pesadillas no eran simples extravagancias, sino auténticos recuerdos. A estas alturas es innegable.

Me subo lentamente el dobladillo de la larga camisa de mi amigo, que luzco a modo de túnica, hasta la mitad de uno de mis muslos. Allí, a unos centímetros por encima de la rodilla, hay una fina marca rosada.

—Siempre pensé que era una marca de nacimiento —murmuro—. Me negué a buscarle una relación con algo cuando en sueños vi a mi padre tomar una pequeña muestra de mi piel con un bisturí para analizarla.

Apenas pronuncio esas palabras, siento que mi garganta se destapa. Durante semanas he luchado con todas mis fuerzas para negar la evidencia que quería abrirse paso en mi interior. Hasta el punto de enfermar, de embrutecerme con la droga, pero, ahora que por fin lo acepto, siento un extraño alivio. ¿Y si fuera ese el significado de la carta del ahorcado que me mostró la comandante Zéphirine en Fort-Royal? ¿Y si el sacrificio que tenía que hacer fuera el de mis ilusiones, mi fantasía de una familia perfecta, esa que idealicé erróneamente?

Me da igual si me llaman «aurorus» o «abominación», porque solo son palabras. En ambos casos, mis padres me usaron como conejillo de Indias en sus intentos de crear un arma para ponerla al servicio de la Fronda. Fracasaron. Mi padre lo admitió: «Podría haber sido una gran esperanza, pero se ha convertido en una terrible amenaza». Al mismo tiempo que me atormenta, esa terrible constatación me libera. Y explica muchas cosas. En mi infancia mi padre diagnosticó que era medio sanguínea y medio melancólica para explicar mis estados de ánimo extremos y volubles; pero no era la batalla entre la sangre y la bilis negra la que se libraba en mí, sino la de la luminia y la tenebrina. Esa lucha sigue haciendo estragos cada día de mi existencia, incendiando regularmente mi cerebro, atacando mis meninges con violentas jaquecas. Es evidente que el viaje a estos tristes trópicos ha favorecido mi lado más oscuro. En la gélida compañía de Pálido Febo, que tanto se parece a mí, mis Tinieblas se exaltaron avivando en mi corazón la sed de muerte que me atemorizó durante la batalla naval.

Dejo caer el borde de mi improvisada túnica sobre las rodillas y me vuelvo lentamente hacia la vampyra:

—El hombre y la mujer que me criaron eran alquimistas, señora. En las últimas noches han pasado por mi mente los recuerdos de mi infancia, y estos corresponden por completo a lo que acaba de contarnos. Cuando era un bebé, emitía un semirreflejo similar al que ha descrito. También he recordado esas palabras, «experimento fallido», que mis padres emplearon para describirme.

Trago saliva, y con ella el acre sabor de esa horrible expresión perteneciente a mi pasado.

—Mi parte de Tinieblas explica por qué puedo entender a los gules, como usted misma dijo. Puede que también sea la razón por la que tuve tantos sueños premonitorios el invierno pasado en París. Todos me advertían de que se avecinaba una trampa mortal.

—Eres fruto de una operación que intentó distorsionar el tiempo —explica la alquimista—. Es posible que tu mente padezca aún las secuelas, incluso podría ser un don premonitorio...

—Un don que destruí, quizá para siempre, atiborrándome de opio. Tuve que buscar un sedante, por la agitación que me producían las esperanzas que se habían depositado en mí.

Zacharie me agarra un brazo para que no diga nada más. Dada su condición de nuevo miembro de la Fronda, teme que me delate a mí misma y, conmigo, a la causa.

—Déjame, Zach —lo tranquilizo—. Esta dama está en el mismo bando que nosotros, el de la resistencia a las Tinieblas. Todo lo que nos ha contado lo demuestra. Solo me queda por hacerle una pregunta: ¿por qué? —Escruto la cara velada—. Usted me hizo antes esa pregunta, señora, así que ahora me toca a mí hacérsela: ¿quién es usted?

—Te vuelvo a decir que solo soy una letra —contesta echando balones fuera.

—Necesito saber algo más. Esta letra exige otras. Señora M solo es una inicial.

—El nombre que hay tras ella pertenece al pasado. Ya no tiene ningún significado, porque hace mucho tiempo que me retiré del mundo.

395

—Pero hace poco dejó allí una huella —afirmo—. Otro nombre, que empieza por P... como Pálido.

La sombra se estremece frente a mí. Por un momento tengo la impresión de que la larga toga negra de encaje solo cubre el vacío, que va a caer como una sábana, pero la señora M aguanta.

—¿Có... cómo es que conoces a Pálido Febo? —tartamudea.

—Porque lo he visto.

—Pero ¡eso es imposible! ¡Murió hace diecinueve años!

—Está vivito y coleando, se lo aseguro. Más desgarrado que nunca entre dos mundos, usando sus propias palabras. Hasta el punto de que su aura helada desencadena tormentas en cualquier estación del año. Como la que barrió el Diente de la Muerte hace un mes.

La señora M se agarra a la mesa más cercana para no perder el equilibrio, un tubo de ensayo cae y se hace añicos en el suelo con el estruendo propio del cristal al romperse. La señora M percibió con toda claridad los signos de la tormenta a principios de mayo, nos lo acaba de decir, pero su reclusión es tal que jamás había oído hablar del capitán pirata que lleva años aterrorizando la costa atlántica.

—Así que sobrevivió... —murmura como si hubiéramos desaparecido y lo hiciera consigo misma—. Estaba convencida de que había muerto como los demás, después de que un buitre se lo llevara burlando la vigilancia de mis murciélagos.

—El buitre depositó a Febo en una playa de las Bermudas, varias leguas al norte de aquí. Tal vez la frialdad sobrenatural de su presa asustó al ave rapaz o le congeló las garras... Un ballenero noruego acogió al niño y lo educó para convertirlo en el pirata que es hoy.

Apoyándose en las paredes de su laboratorio, la señora M empieza a andar. Vacila mientras pisa sin darse cuenta los fragmentos de cristal. La seguimos hasta el salón contiguo. Después del frío del laboratorio, me alivia regresar a esa acogedora sala. Aunque no sé qué hay en la olla, su aroma me hace caer en la cuenta de lo hambrienta que estoy, aunque, más que de comida, tengo hambre de conocimiento, además de la sensación de que la señora M nos va a revelar más cosas.

La dama se deja caer en el taburete que se encuentra frente al órgano. Allí, en el atril que corona los teclados gemelos hay varios objetos: un libro de partituras cerrado, un metrónomo y un estuche de ébano. Con manos temblorosas, la vampyra abre la caja negra y vierte el contenido sobre las teclas de marfil: una veintena de medallas de oro, parecidas a la que vi colgando del cuello de Pálido Febo. Me acerco a varias de ellas. En cada una aparecen grabados un nombre, una fecha y una hora diferentes.

8 sep. 96
APOLO
6.58 h.

12 jul. 122
FAETÓN
10.11 h.

3 abr. 201
SOL
1.13 h.

30 may. 245
HELIOS
3.45 h.

—Además de ropa para vestirme, mis murciélagos me traen también libros para que me instruya y frascos de sangre para alimentarme —murmura entre dientes sin mirarnos, con los ojos clavados en las medallas—. A veces se alejan del relicario, vuelan hasta los lugares donde las sirenas han hecho naufragar algún barco. Los he entrenado para buscar a los supervivientes. Alguna que otra vez hay niños a bordo de esos barcos, grumetes o los hijos de algún noble que realizaba la travesía transatlántica. En esos casos, los murciélagos intentan arrebatárselos a las sirenas y evitan que se ahoguen. Una vez cada veinte años, más o menos, rescatan a una criatura superviviente. Entonces yo la acojo y me apresuro a ponerle la inyección, después la trato como si fuera mi propio hijo.

Roza las medallas como si estuviera acariciando las mejillas de sus antiguos protegidos.

—Cada vez que creo un aurorus, grabo un colgante con su nombre —murmura con nostalgia.

—¿Una medalla de nacimiento? —exclama Zacharie—. Pero si usted no sabe la verdadera fecha de nacimiento de los niños a los que hechiza.

—Las cifras corresponden a la hora de producción exacta de la luminina que inyecto en cada uno de ellos —explica la vampyra suspirando—. Verás, en el punto álgido de la digestión alquímica, el tiempo se detiene en las inmediaciones del atanor y, de esta forma, marca el instante preciso en que emerge la preciosa esencia. Entonces anoto ese dato en la medalla con fines de investigación, para comprender si la luminia producida en una determinada estación o momento del día tiene más posibilidades de generar un aurorus perfecto. Del mismo modo, pruebo la sangre de mis protegidos con la esperanza de sentir si la Luz se refuerza con el tiempo; pero, por desgracia, por el momento solo ha disminuido. Mis esperanzas siempre se han visto defraudadas. A pesar de todos los cuidados que les prodigo, mis pobres ángeles se marchitan y mueren como los efímeros.

La señora M pronuncia esas palabras con la voz quebrada:

—Habrían... habrían muerto de todas formas si no se los hubiera arrebatado a las sirenas. Les ofrecí unos cuantos años más de vida, pero pocos..., demasiado pocos. Guardo las medallas en memoria de los fallecidos. La de Febo es la única que falta en mi colección. Calculo que apenas tenía unos meses cuando los murciélagos me lo trajeron y estuvo conmigo tres años antes de que el buitre se lo llevara. Era mi joven protegido, ¿es posible que por ese motivo sobreviviera más que los otros después de la inyección? —Me mira a través del velo—. Como tú, que, sin duda, tuviste que someterte a la operación cuando eras muy pequeña.

Esas revelaciones me horrorizan y me conmueven al mismo tiempo. En su búsqueda desesperada para recuperar la Luz, la señora M ha sacrificado víctimas inocentes, niños a los que solo salvó de morir ahogados para someterlos a sus experimentos. En cualquier caso, siento que sufrió el martirio con la muerte de todos y cada uno de ellos, porque décadas e incluso siglos más tarde aún no ha encontrado consuelo. ¿Por qué se infligió tanto dolor a sí misma?

—Apolo, Sol, Faetón, Helios, Febo —digo—. Todos esos nombres aluden a «experimentos fallidos» y hacen referencia al sol, el día y la claridad. ¿Por qué usted, una vampyra inmemorial, combate para devolver la Luz al mundo?

—Para que Luis vuelva también a mi lado —suelta exhalando un suspiro.

La confesión me atraviesa como una flecha. Zach suelta una maldición. El propio Sterling sale de su flema habitual con una exclamación de sorpresa:

—¿Usted... lo quiere? —balbuceo, incrédula.

Un semidiós infernal caminando entre nosotros: eso es lo que es el Inmutable, tanto para mí como para todos los súbditos de la Magna Vampyria. Jamás habría imaginado que alguien pudiera sentir otra cosa por él que no fuera fascinación, terror u odio.

—Lo quería '—asiente la señora M, conjugando el verbo en pasado—. Cuando los dos aún éramos mortales. Primero en secreto, tras la muerte de su primera esposa en 1683. Luego abiertamente. Por aquel entonces, en Versalles me conocían como Françoise d'Aubigné, la marquesa de Maintenon.

Madame de Maintenon..., ese nombre me evoca vagos recuerdos de las lecciones de historia que me impartía mi padre. Intercambio una mirada con Sterling y Zacharie. Ellos también parecen haber oído hablar de esa mujer, que fue la última favorita de Luis XIV antes de su transmutación. La historiografía oficial no la incluye entre las grandes aristócratas que se transmutaron inmediatamente después del rey, como la princesa Des Ursins o el marqués de Mélac. Como ella misma ha dicho, su nombre pertenece al pasado.

Pero es precisamente el pasado el que ahora se apodera de ella como de una pitonisa. Puedo sentir que ha entrado en un trance melancólico donde la invaden los recuerdos, unos recuerdos que, según puedo ver, para ella siguen estando tan vivos como siempre.

—Luis era la persona más alegre que había conocido en mi vida —nos cuenta jugando nerviosamente con la medalla estampada con el nombre de Apolo para que la luz de los candelabros se refleje en su superficie—. De hecho, hizo del sol su emblema; él, que era el rey de los astros y el astro de los reyes. Su ardor excitaba a las tropas en el campo de batalla. Le encantaba bailar e iluminaba cualquier ambiente con su mera presencia. Cuando su mirada se posaba sobre ti en la galería de los Espejos, era como si un rayo de sol de mediodía te deslum-

399

brara con su incandescencia. Pero también podía ser dulce en privado, como el sol en un amanecer de mayo.

Me cuesta imaginar al Inmutable, ese gigante de hielo y severidad, como un ser fogoso y apasionado, pero la voz de la señora M vibra con el calor, con las brasas de un amor que sigue ardiendo después de tantos años.

—Pero todo sol debe ponerse un anochecer —prosigue exhalando un suspiro—. Luis se enfrió en su vejez. A medida que se iba acercando la muerte, se ensombreció. De repente, la vida le parecía espantosamente corta dado lo mucho que aún le quedaba por hacer. Así fue como él y sus médicos empezáron a interesarse por los secretos prohibidos de la alquimia. Traté de disuadirlo, porque yo era muy piadosa en ese momento y la antigua Iglesia condenaba las artes ocultas, pero cuanto más le pedía que detuviera sus trabajos blasfemos, más terco se volvía… y más se alejaba de mí.

La señora M deja caer la medalla de Apolo, que choca con las otras en el teclado inferior del órgano emitiendo un tintineo semejante al de una cuchilla.

—Entonces, por amor, cometí el gran error de mi vida. Me condené por él. Decidí seguir sus pasos para no perderlo: recibí el beso de las Tinieblas a su lado. Los vampyros de la primera generación que se transmutó éramos siete, pero no bebimos la sangre de otro inmortal, sino que tomamos parte en la gran operación alquímica que orquestó Exili, el único capaz de llevarla a cabo. El rey fue el primero, yo la segunda y luego nos siguieron cinco príncipes: nos pusimos en manos de los arquiatras. Ingenuamente pensé que, una vez transmutados, Luis y yo permaneceríamos juntos toda la eternidad; sin embargo, cuando desperté en mi lecho de mármol en la cámara mortuoria, me di cuenta de que ya no era la misma y de que el hombre de mi vida también había cambiado terriblemente. Tal es la maldición de los siete vampyros de la primera generación: quedamos desfigurados de modo indecible. La cara de Luis desapareció tras la máscara de oro y yo he ocultado el mío durante tres siglos bajo este velo de noche.

Se lleva una mano temblorosa hacia el pedazo de tela. Sterling, Zacharie y yo no nos atrevemos a decir una sola palabra.

A saber qué horror inefable ha reemplazado lo que una vez fue la cara de la marquesa de Maintenon.

—Rogué a Luis que pusiera fin a nuestras existencias impías —continúa la señora M dejando caer pesadamente la mano—. Le imploré que nos expusiéramos a los rayos del alba para que el sol que tanto amaba nos iluminara por última vez y nos reuniera, pero él se negó. Me desterró, no solo de la corte, sino también de los anales de la historia, más aún, de su memoria. Rota de dolor y desterrada, hui tras robar algunas de las obras más valiosas de la biblioteca de la Facultad. Mi camino errante me apartó de mi antigua fe, en un mundo que se había convertido en un valle de lágrimas y del que Dios había desertado. Regresé a la región de mi infancia, las Antillas, donde crecí. Al final encontré este retiro, que no puede ser más recóndito: la isla volcánica. Aquí, apartada del mundo, nada me distrae de mis experimentos alquímicos. Creo que estos fueron los que atrajeron a las sirenas; la luz que aparece de forma intermitente en mi atanor acicateó sus sentidos sobrenaturales. Hace tres siglos convirtieron a las entrañas de este pico en su santuario submarino, hasta tal punto que los marineros lo han bautizado como el Diente de la Muerte. Aquí guardan sus reliquias, cubiertas de oro y joyas. En mi opinión, su habilidad para el adorno es un intento desesperado de iluminar su noche eterna, de imitar la Luz que les han prohibido para siempre.

—Las sirenas no solo dieron su nombre al Diente de la Muerte —observa Zacharie con aire sombrío—. También transformaron el Triángulo de las Bermudas en un lugar de siniestra reputación. Un área del océano donde los barcos desaparecen con más frecuencia que en cualquier otro lugar. Eso le viene muy bien para obtener los materiales que necesita para su trabajo clandestino.

Perdida en sus pensamientos, la vampyra responde sin siquiera mirarlo:

—Las sirenas son útiles, sí, supongo… Solo tienes que mantenerlas a cierta distancia. Para eso sirve la poderosa línea de protección que tracé. Además de protegerme de las abominaciones marinas, me oculta de las que la Facultad ha enviado en mi búsqueda para poder recuperar los grimorios que robé.

401

Dicho esto, la señora M recoge las medallas con las manos y las vuelve a meter cuidadosamente en el estuche de ébano. Acto seguido, baja la tapa como si estuviera sellando una tumba.

—Dado que nos convertimos en unos demonios inmortales desafiando la ley divina, estamos condenados a intentar crear unos ángeles que nos salven —resume—. Todos los míos llevan nombres de dioses, genios o espíritus solares, porque eso es lo que he estado intentando conseguir desesperadamente a lo largo de trescientos años: hacer regresar el sol de antaño. A pesar de que el retorno de la Luz signifique en última instancia la desaparición de todos los inmortales, incluso de los más ilustres. —Tiende una mano hacia la vela más cercana y juega con la llama con la punta de los dedos—. Si Luis arde, yo también arderé, y ese fuego nos reunirá por fin.

Esa promesa de destrucción es también la declaración de amor más desgarradora que he oído en mi vida. Levanto suavemente la mano y la dirijo hacia la señora M, vacilo y, por fin, decido ponerla en uno de sus hombros. Bajo el encaje negro, su cuerpo está tan frío como el lecho de mármol donde despertó hace trescientos años.

—Para recordar al Luis que quería, cada noche toco su pieza favorita, la melodía que más le gustaba cuando era joven —murmura—. Es lo primero que hago cuando salgo del ataúd. Me siento ante los teclados y canto la obertura del *Ballet real de la noche*.

Alarga la mano hacia la consola del órgano y abre la partitura, doblada por los años. Aparece una página amarillenta y cubierta de notas medio descoloridas. Ese modesto pergamino me conmociona, porque data de antes de la era de las Tinieblas y porque estas son las notas que han atormentado a Pálido Febo durante diecinueve años.

Ballet real de la noche. Obertura.
Este libro pertenece a PHILIDOR el Mayor. Ordinario de la música del rey
y guardián de todos los libros de la biblioteca musical, año 1702.

—Hace mucho tiempo, cuando aún bailaba, Luis interpretó el papel principal en este ballet compuesto por el señor Lully —recuerda la señora M—. Interpretaba al dios Apolo, completamente vestido de oro, que hacía retroceder a la noche con sus rayos mientras la Aurora cantaba sus alabanzas. Sí, en ese ballet era el aurorus perfecto. Ese es el Luis que quiero recordar.

Pasa las páginas de la partitura hasta llegar al libreto que contiene la letra del ballet. Lee algunas líneas en voz alta. Supongo que son las que canta la Aurora en la obra: una oda al sol naciente que eclipsa las estrellas:

> El Sol que me sigue es el joven Luis.
> La tropa de astros huye
> cuando avanza la gran estrella;
> la débil claridad de la noche
> que triunfó en su ausencia
> no se atreve a oponerse a su presencia:
> todos los fuegos volubles se desvanecen,
> el Sol que me sigue es el joven Luis.

404

La señora M pulsa las teclas del órgano y toca el comienzo de la sonata. La música de Febo… El soplo grave del instrumento hace temblar las paredes y los innumerables retratos enmarcados. Como si los recuerdos de antaño renacieran. ¿Cuántos contemporáneos de la antigua señora de Maintenon se han convertido en polvo y cuántos han perdurado como ella durante trescientos años?

—Esta pieza no solo está grabada en su memoria, sino también en la de Febo —le confío después de que la última nota deje de sonar—, porque es el único recuerdo que tiene de sus primeros años aquí, en este cráter, a su lado.

La dama reflexiona sobre estas palabras unos instantes y luego declara:

—Por lo que me has contado, ese aurorus goza de una longevidad excepcional, pero me temo que también es defectuoso, que está demasiado contaminado por las Tinieblas para poder luchar contra ellas. —Cierra con delicadeza la partitura y, con ella, la página del pasado—. En los últimos años he llegado a la conclusión de que para crear un aurorus perfecto falta un ingriente esencial. Un componente de una integridad absoluta, que debería añadir en el momento de la digestión alquímica para que esta sea completa y genere una lumínina pura. Una sustancia totalmente inalterable, hasta el punto de que las Tinieblas no puedan corromperla cuando esté dentro del atanor. Me refiero al material más límpido que jamás ha generado la tierra: su corazón.

—El Corazón de la Tierra —farfullo abrumada.

Zacharie y Sterling se miran desconcertados, porque es la primera vez que me oyen hablar de él. La señora M, por su parte, se aleja del órgano para volver hacia mí su cara enlutada de sombras. Aunque no puedo distinguir sus facciones, el temblor de su voz me hace imaginar su asombro.

—¿Qué dices? ¿Cómo conoces ese nombre? Solo aparece en antiguos códices españoles de la época de la conquista, pero incluso entonces como una mera hipótesis. Los textos hablan de un diamante tan antiguo y tan puro que se remonta a los orígenes del tiempo…

—He visto ese diamante. Lo he tocado. Salió de las minas de México y ahora está a bordo del barco de Pálido Febo. Este ignora su valor, pero Hyacinthe de Rocailles, el corsario que nos trajo a las Antillas, lo ha descubierto. Creo que quiere apoderarse de la gema. No es el único. El Inmutable me pidió que me hiciera con ella para utilizarla en sus experimentos alquímicos. Estos van en dirección contraria a los suyos, señora: el rey no busca la victoria de la Luz sobre las Tinieblas, sino, al contrario, lograr que estas conquisten el día.

—¡Diane! —exclama Sterling, atónito ante estas revelaciones.

Esto es lo único que tanto Zacharie como él seguían ignorando sobre mí. Ha llegado el momento de contarle a la señora M el último secreto que me queda por revelarle.

—No es necesario que sigas usando ese nombre, porque no me llamo así —le digo dulcemente a Sterling—. Nos hemos desenmascarado, así que puedes llamarme Jeanne: el nombre con el que me conoce la Fronda del Pueblo. —Me vuelvo hacia la vampyra—: Sí, señora, pertenezco a la Fronda, al igual que Zacharie. La rebelión persigue el mismo objetivo que usted: el retorno de la Luz.

405

—Eso he oído, en efecto, pero nunca me he tomado a esos rebeldes muy en serio. Por supuesto, sabía que algunos de ellos hacían incursiones en la alquimia, que a veces incluso capturaban vampyros supernumerarios para efectuar sus experimentos, pero nunca he creído que unos simples mortales pudieran ser capaces de poner fin al reinado de los señores de la noche. Y, sin embargo, ¡aquí estás ahora, hablándome del Corazón de la Tierra!

Respiro hondo y le pregunto:

—Si yo le trajera el Corazón, señora, ¿cree que podría crear por fin el aurorus perfecto que desea? ¿Un ser que, además de vivir, fuera capaz de luchar eficazmente contra las Tinieblas?

La vampyra asiente con la cabeza:

—Sin duda, pero también necesitaría un niño al que inyectar el suero...

—Ya hay suficientes vidas inocentes en juego. Esta vez tendrá que conformarse con un adulto que ya ha recibido su primera dosis. Considérelo un recordatorio.

Sterling suelta un gruñido de protesta:

—¿Tú, Jeanne? No, ¡es demasiado peligroso!

—Al contrario. Si sobreviví la primera vez, tengo más posibilidades de volver a superarlo.

La luz de las velas esculpe los prominentes pómulos de mi sombrío inglés y esculpe los huecos de sus mejillas. A pesar de lo mucho que ha adelgazado, su cara me parece irresistible. Sterling me conmueve con su flema, pero aún más cuando la pasión lo arrolla y soy yo quien la atiza. En ese momento, me doy cuenta de que nunca he querido a ningún hombre como a él. También soy consciente de que, si recupero el Corazón y la señora M consigue reavivar mi Luz dormida para que pueda ponerla al servicio de la Fronda, Sterling y yo no podremos volver a besarnos.

Mientras mi cara tiembla de consternación, la suya va recuperando poco a poco su impresionante calma.

—Pensándolo bien, si eso es lo que realmente quieres, Jeanne, me plegaré a tus deseos —dice. Ha recuperado su voz grave y firme, su famoso *self-control*—. Tendré que admirarte a través de unas gafas oscuras, eso es todo.

El intento típicamente raindustiano de reírse de las contingencias me conmueve y me angustia a la vez.

—Sterling… —murmuro abrumada.

La idea de no volver a saborear su boca me estremece. Esa dulzura… ¿Por qué tengo que sacrificar el amor, acaso estoy maldita? Ahora es mi determinación la que flaquea, y él se apresura en salir en mi ayuda para animarme.

—Ya sabes cuál es mi lema. Sin futuro. No lo elegí yo, pero tuve que decidirme a aceptarlo, porque no me quedaba más remedio. Por primera vez, tú y yo tenemos quizá la oportunidad de escribir el futuro, ahora me doy cuenta. Un futuro para ti. Para Zacharie. Para todo el mundo.

Una sonrisa estira sus labios pálidos, los mismos labios que hace unas horas mi sangre tiñó de rojo.

—Prefiero vivir un aplazamiento ardiente de esperanza a tu lado, aunque solo sea un fogonazo, a una fría eternidad con la certeza de que las Tinieblas acabarán congelando el universo. Eso es lo que quiero, Jeanne. ¡Y no pienso renunciar a ello! —Su sonrisa se ensancha mostrando sus afilados colmillos—. Ya ves, yo también puedo ser tan terco como una cabeza de hierro. Proserpina me dijo que ese era tu apodo. Debo admitir que te va como anillo al dedo.

Nuestra alquimia es así, no hace falta que aparezca escrita en los grimorios para que yo la entienda: estamos hechos para contrarrestarnos, como dos estados de ánimo opuestos que se equilibran. Cuando Sterling se deja paralizar por la fatalidad de un vivir sin futuro, yo lo enardezco. Cuando la duda hierve en mi cerebro, él enfría mis sobrecalentadas meninges. Frío y calor. Vida y muerte. No necesito haber estudiado las artes ocultas para conocer esta eterna ley de la naturaleza: los opuestos se atraen. Me acerco a él y apoyo las manos en su pecho. Es como si la señora M y Zacharie hubieran desaparecido por un momento. Sterling y yo nos hemos quedado solos.

—Nada te podrá hacer cambiar de opinión, *lord* Raindust —susurro—. Y nada debe desviarme de mi camino. Así pues…

Ha llegado el momento de hacerme la pregunta crucial, sin evasivas: ¿todavía estoy convencida de que el propósito de mi presencia en este mundo es servir a la Luz? Acabo de enterarme de que mis padres pusieron en peligro mi vida para ofrecer un arma a la Fronda; en esas circunstancias, ¿todavía me quedan ánimos para librar un combate en el que me he visto in-

407

volucrada a la fuerza? Al sondear mi corazón descubro que en él sigue vibrando la misma sed de justicia. Pero no para tomar el relevo a los Froidelacs, sino en nombre de todos aquellos que se han cruzado en mi camino desde que salí de Auvernia: Montfaucon, Naoko, Toinette, Paulin, Pierrot, Cléante y Zéphirine. Y también en el de aquellos que no he conocido, pero que sufren igualmente en silencio, como los habitantes de la plantación libre de Grand-Domaine, y en la de los innumerables oprimidos que siguen esperando que alguien los libere.

—Que así sea —digo al final con una nueva determinación—. Intentaremos recuperar el Corazón. —Luego, dirigiéndome a la señora M, añado—: Usted es una poderosa inmortal, ¿podremos contar con su ayuda?

—No puedo ir con vosotros, porque estoy vinculada para siempre a este lugar —responde pesarosa—. Si abandonara mi cabaña, no solo mi línea de protección perdería todo su poder y liberaría al invencible resucitado que te persigue, sino que todas las abominaciones que la Facultad ha enviado tras de mí se despertarían de inmediato. Docenas de aparecidos cobrarían vida para salir en mi búsqueda y, en caso de que lo consiguieran, todas nuestras esperanzas se perderían. En cualquier caso, el hecho de estar condenada a permanecer aquí no me impide hacerte un regalo.

Se acerca a un estante y coge de él un pequeño frasco cerrado con un sello de cera.

—He tardado tres siglos en elaborar esta poción amorosa —me explica—. Para realizarla tuve que destilar las lágrimas de mi desengaño amoroso: en este pequeño frasco hay condensados trescientos años de anhelo. Este brebaje es incoloro, inodoro e insípido, pero no te equivoques: cualquiera que beba un sorbo se enamorará perdidamente de la primera persona en que se posen sus ojos. —Levanta el valioso frasco hacia la luz—. Pensé en hacérsela beber a Luis la noche de nuestro reencuentro, para reavivar su llama antes de inmolarnos juntos. Pero ahora será Febo quien la beba de la copa que le ofrecerás. De esta manera, ganarás su corazón y, al mismo tiempo, el Corazón de la Tierra, porque ya no podrá negarte nada. Sea como sea, ten cuidado: el hechizo es tan poderoso que ninguna fuerza en el mundo podrá romperlo una vez consumado, ni siquiera la mía. Solo la muerte de uno de los dos amantes acabará con él.

Sterling se enfurece a mi lado, pero enseguida lo aplaco con un juramento:

—Ten por seguro que no tengo la menor intención de jugar a *Romeo y Julieta* con Febo. En cuanto me apodere del diamante, me iré y no volveré a verle nunca más.

La alusión a Shakespeare parece apaciguarle. Permite que la señora M me entregue el frasco. Lo examino un momento en la palma de mi mano, emocionada al pensar que un recipiente tan pequeño pueda contener un poder tan inmenso.

—Si pudiera acercarme a la cama de Pálido Febo por la noche, podría deslizar la poción entre sus labios —sugiero—. De esta forma, yo sería lo primero que vería cuando despertara.

—Pero si ni siquiera sabemos dónde está el *Urano* —replica Zacharie—. Lo dejamos hace un mes…

—¿No me dijisteis que un huracán acompaña siempre a ese barco? —nos recuerda la señora M.

A continuación, se mueve entre los instrumentos barrocos de su laboratorio, en dirección a una esfera de madera dorada en la que aparecen tallados unos caballitos de mar.

—Mirad este barómetro: indica que la presión es más baja de lo que debería ser en esta época del año —dice señalando la aguja inclinada hacia la izquierda—. Eso significa que a menos de diez leguas de aquí hay un frente borrascoso.

—Es lógico —reflexiona Sterling en voz alta.

El *Urano* tiene por costumbre navegar por el mar de las Bermudas cuando no va más al sur para atacar a las flotillas. Pero incluso en el caso de que consigamos llegar al barco, ¿cómo entraremos en el dormitorio del capitán? Su torre es una verdadera fortaleza…

—Excepto las ventanas de su dormitorio, que no tienen cristales ni contraventanas, para que la habitación se pueda ventilar constantemente y así se puedan disipar los aromas que entran en ella.

—De acuerdo, pero la habitación se encuentra a veinte metros de altura —precisa Sterling con la cara contraída por la concentración—. Volviendo a *Romeo y Julieta*, corres el riesgo de romperte el cuello representando de nuevo la escena del balcón.

Ya está reconsiderando el acuerdo del principio al que habíamos llegado. La perspectiva de que Febo pierda la cabeza por mí parece molestarle más que la de mi transformación en un guerrero de la Luz, que será letal para él.

—Renuncia a la idea de la poción, Jeanne —me insta—. Pensándolo bien, no creo que sea una buena idea. Tiene que haber otra solución.

—Te repito que no estamos hablando de una auténtica relación amorosa, Sterling —le digo dulcemente—. Es una simple estratagema. Yo no beberé la poción, lo hará Febo.

—Y cuanto antes la beba, mejor —afirma con aire grave la señora M—. Necesitamos recuperar el Corazón lo antes posible, sobre todo porque hay alguien más que lo codicia, ese tal Rocailles del que me habéis hablado.

—¿Qué día es hoy? —exclamo, recuperando de repente la noción del tiempo—. Sterling dijo que habíamos estado treinta y tres días en la cueva de las sirenas. Eso significa que hoy es…

—20 de junio, ¡la víspera de la noche del solsticio de verano! —exclama Zach, que ha hecho el mismo cálculo que yo—. A partir de mañana, los barcos de los invitados de Pálido Febo podrán zarpar de nuevo, ¡esperemos que no levaran anclas después de que todas las pretendientas desapareciesen! Si Rocailles consigue hacerse con el diamante, se marchará con él.

—Tal y como sospechaba —gruñe la señora M—. No podemos perder ni un minuto.

Se acerca a la ventana y la abre. La cálida brisa de la noche tropical me acaricia la frente. El olor del cráter, que ignoré en mi frenética carrera por llegar a la cabaña, invade mis fosas nasales. El acre aroma de la roca volcánica se mezcla con el olor dulzón a descomposición que emana de los huesos que están esparcidos por la línea de protección.

La señora M se inclina hacia delante y suelta un grito desgarrador, que me recuerda al que lanza Sterling cuando convoca a los pájaros nocturnos. Una sombra cruza el cielo, por delante de la gran luna difuminada por el aire saturado de humedad. El don tenebroso de nuestra anfitriona la une a los quirópteros, dado que un murciélago rojo se aferra al marco de la puerta con sus largas patas dotadas de garras. El animal nos observa con sus negros ojos, con la cabeza y el hocico alargado como el de un zorro inclinados hacia abajo. Es tan grande que, incluso plegadas, sus alas ocupan todo el hueco de la ventana.

—Mis murciélagos son lo suficientemente fuertes como para transportar pesadas reliquias, a veces incluso los cuerpos que sustraen a las sirenas —explica la señora M—. Utilizan las grandes redes de pesca que roban a los barcos arrastreros en las Bermudas. Así pues, pueden llevaros a la habitación de Febo y luego traeros de vuelta en cuanto hayáis recuperado el Corazón. —La vampyra acaricia la barbilla triangular de la criatura alada, que le obedece con la docilidad de un perro—. Mis murciélagos localizarán con facilidad el huracán. Acercándose a él desde lo alto, podrán sobrevolar el muro y descender directamente por el ojo sin tener que sufrir los rigores de la tormenta.

—Un momento, señora —la interrumpe Sterling, aún reacio a la idea de que me utilicen como cebo para obtener el diamante—. Si llegamos al *Urano* por el cielo, la tripulación podría descubrirnos.

—A menos que no puedan veros. Debes saber, lord Raindust, que la alquimia permite crear unas poderosas bombas de humo, ilusiones que se confunden con las nubes. —Da una palmada—. Vamos, dejad que os dé algo de comida a vosotros, los mortales, un vial de sangre a ti, el vampyro, y ropa decente a los tres. El sol acaba de ponerse y la noche es joven: tenéis tiempo para robar el diamante y traérmelo antes del amanecer, pero para que eso sea posible los tres debéis partir sin más demora.

—Un segundo: ¡en ningún momento hemos dicho que ellos vayan a acompañarme! —protesto—. Pienso ir sola.

—No te lo consiento —replica Zach—. La libertad o la muerte, ese es mi lema ahora también, no lo olvides. Lucharé a tu lado si las cosas se nos van de las manos.

—Me temo que tú también tendrás que soportar mi presencia —me advierte Sterling—. Yo también pienso ir. Lo único que te pido es que me dejes interpretar tu lema de la Fronda a mi manera. «Libertad o muerte», sí, esa es la elección que ofreceré a Pálido Febo: si se niega a liberarte después de darte el diamante, porque está demasiado enamorado de ti, será un placer matarlo, pues la muerte es la única capaz de romper el hechizo de esa poción amorosa.

411

26

La poción

Siento que floto en las alas de un sueño.

El vuelo de los murciélagos frugívoros es extrañamente regular, a diferencia del de los murciélagos más pequeños que veía en Europa, que zigzaguean al moverse. Tal vez sus gigantescas alas membranosas favorezcan su estabilidad. La red donde estoy tumbada se balancea suavemente, como una hamaca. El aire de la altura, fresco sin llegar a ser frío, acaricia mi cara. Ni siquiera tengo vértigo: las botellas de humo que están enganchadas en los eslabones liberan un vaho alquímico que me impide ver el mar, que está cientos de metros más abajo. Tampoco veo las estrellas, y la luna solo es un halo que irradia su luz a mi caparazón de nubes.

Me siento bien con el vestido de damasco que me regaló la señora M y que sacó del armario que trajo de Versalles hace mucho tiempo; la dama eligió un color malva para complacer el ojo ultrasensible de Pálido Febo. Una precaución a todas luces inútil, porque, una vez que haya bebido la poción, solo prestará atención a mi cara.

Zach y Sterling viajan en unas redes similares a las mías. El ruido del viento y las alas nos impide hablar. Apenas puedo distinguir sus siluetas en la penumbra. Nuestra anfitriona también los vistió a ellos. No me atreví a preguntarle si las bonitas casacas de color gris perla que les regaló procedían asimismo de Versalles o si, en cambio, las había sacado del relicario de las sirenas…

ϒ

Tras un largo y algodonoso vuelo, siento que por fin empezamos a descender. El estruendo de olas golpeando unos cascos se mezcla con el batir de las alas. Se oyen los gritos de unos marineros ocupados en unas maniobras, pero no la música del órgano: estamos en plena noche y el capitán debe de estar en la cama. Poco a poco, una silueta confusa va tomando forma bajo nosotros, hasta que un cono oscuro y puntiagudo atraviesa las nubes artificiales: es el tejado de la torre del *Urano*. ¡Hemos llegado a nuestro destino sin sentir siquiera la violencia del huracán!

Los murciélagos se posan con asombrosa delicadeza, para tratarse de unos animales tan grandes. Las tejas no tardan en cubrirse con un manto de pelaje rojo y un sinfín de garras; nuestras redes, por su parte, quedan colgadas del tejado puntiagudo de la torre, suspendidas al lado de una gran ventana abierta a los cuatro vientos. Pendida entre el cielo y el mar, consulto mi reloj: es la una de la madrugada. Teniendo en cuenta el viaje de regreso, es necesario que volvamos hacia las cuatro, como muy tarde, para llegar al Diente de la Muerte antes del amanecer, a las siete. Además de que los murciélagos vuelan mejor de noche, Sterling no se verá obligado a soportar los rayos diurnos.

El *lord* está de pie al otro lado de la ventana, sostenido por su red, que se encuentra al lado de la de Zacharie. Las bombas de humo siguen envolviéndolos en una espesa niebla. Los dos han sacado las dagas que la señora M les dio. En caso de peligro, podrán saltar al interior de la habitación para ayudarme. Por precaución, yo también tengo una, pero no pretendo usarla: la poción es un arma más sutil y, sobre todo, más eficaz.

Me levanto en el borde de mi red y miro a través de la ventana la inmensa sala en penumbra. Los candelabros están apagados. La luz de la luna, velada por la niebla, ilumina tenuemente los contornos de los muebles, los teclados del gran órgano y el clavicordio plegable que se encuentra en un rincón. Al fondo distingo la silueta de la cama con dosel y la forma de un cuerpo cuyo torso emerge de entre las mantas agarrotadas por el frío: es Pálido Febo y está profundamente dormido.

Me libero de la red, franqueo el marco de la ventana y pongo un pie en el suelo de madera escarchada. Entre los muchos zapatos que tiene la señora M, elegí unas bailarinas de suela

413

plana: un calzado apropiado para un ladrón o un asesino, puesto que con ellas no haces ruido al caminar. De esta forma, me dirijo hacia la cama sigilosamente. Las lenguas de niebla han entrado conmigo en la habitación para ocultar mi intrusión. A medida que avanzo voy quitando con cuidado el tapón de cera del frasco. Las facciones de Febo se dibujan con mayor precisión, su cabeza blanquecina está hundida en la almohada esmerilada, semejante a un ópalo sobre un cojín de terciopelo. En una curiosa inversión de géneros, me siento como el príncipe encantador acercándose a la cama de la Bella Durmiente para despertarla con un beso de amor...

—¿Diane de Gastefriche?

Me quedo petrificada en el sitio. He tardado demasiado en darme cuenta de que Febo no estaba dormido. Sus extraños ojos fantasmales me confundieron. Me pareció ver dos párpados blancos cerrados, pero, en realidad, era el blanco de sus globos oculares con el iris descolorido. Sus pupilas me escrutan. Cierro la mano para esconder el frasco.

414

¿Debo saltar sobre la cama para obligarlo a tragar la poción? Si lo hiciera, me arriesgaría a derramar el preciado líquido.

O, por el contrario, ¿me conviene desenvainar la daga, ponérsela en el cuello y exigirle que me entregue el diamante? El problema es que luego será difícil escapar con él tras haber bajado a la cámara acorazada, que se encuentra en las cubiertas inferiores.

—Creí que no volvería a verte, pero me alegro de que estés aquí —dice Febo tirando del cordón de terciopelo colgado junto al cabecero.

El tintineo de la campanilla me hiela la sangre. En cuanto a las palabras que acaban de salir de la boca del capitán, me sumen en una gran confusión.

—Has venido para nuestra boda, ¿verdad? —me pregunta. Su torso lechoso resplandece en la penumbra, el pequeño medallón de oro donde está grabado su nombre brilla en su esternón—. Y veo que estás acompañada.

Intuyo que, alertados por nuestras voces, Zach y Sterling acaban de entrar en la habitación y están ahora a mis espaldas.

—Sí, he venido para nuestra boda —miento—. Te imploro que me perdones, Febo. Debes atribuir mi intento de fuga a la angustia de una joven que se enfrenta al matrimonio. Después unas sirenas me secuestraron, junto con mis dos acompañantes, ¡menuda historia! Nos mantuvieron cautivos durante mucho tiempo. Y cuanto más nos acercábamos al solsticio, más añoraba tu presencia. Al final logramos escapar de esas abominaciones. Y aquí me tienes ahora, deseando unirme a ti para siempre. —Sonrío de la manera más alegre que puedo—. ¿Te apetece que bebamos un vaso de tu ron añejo para sellar nuestro matrimonio?

Me acerco al escritorio de ratán, cojo la jarra de ron blanco, el licor que Febo me sirvió durante nuestro primer encuentro. Lleno dos copas de cristal y aprovecho la penumbra para vaciar la poción en una de ellas.

Ya se oyen los pasos de Gunnar y sus hombres subiendo las escaleras del calabozo. Me apresuro hacia la cama con una copa en cada mano y le entrego a Febo la destinada a él.

El capitán la coge, pero, en lugar de apurarla, la pone en su mesilla de noche y saca la pistola que tenía escondida bajo las sábanas. Me apoya la punta del cañón en el pecho, a quemarropa.

—Me temo que es demasiado tarde para brindar por nuestra unión, mi querida Diane, porque he cambiado de planes —susurra—. Voy a casarme con otra joven. Hyacinthe de Rocailles te ha encontrado una sustituta. En cualquier caso, te repito que me alegro de que hayas venido con tus amigos. Será un honor contar con vosotros tres cuando mañana por la noche me case con *lady* Castlecliff.

415

«Invitados» o «prisioneros»: hace tiempo que entendí que, para Pálido Febo, esos dos términos eran sinónimos. Nos encerró a los tres en una habitación sin ventanas de su torre, amueblada con unas cuantas sillas y una lámpara de aceite. En cuanto al destino que nos tiene reservado para después de su boda, no me hago ilusiones: nos hará subir al tablón para ser pasto de los tiburones, y dudo que esta vez las sirenas tengan tiempo de acudir en nuestra ayuda.

—Todavía nos queda una esperanza —les digo a mis compañeros de celda tratando al mismo tiempo de convencerme a mí misma—. Vosotros también visteis cómo Febo volvía a verter en la jarra las dos copas de ron que no habíamos tocado. Eso significa que aún no hemos perdido la poción.

—¿Y qué? —pregunta Sterling—. Si ese lunático bebe un vaso, solo se enamorará más de sí mismo mientras se mira al espejo.

—Ya, pero nunca bebe solo, y se resiste a contemplar su imagen traslúcida en los espejos. Sin embargo, mañana por la noche estará en compañía de su nueva esposa, Poppy.

El nombre cae como una piedra en el silencio del calabozo. Para mí, es una amiga devota. Para Zach, es la chica de la que está secretamente enamorado. Para Sterling, es su compatriota, sobre todo después de que intentara convencerme para que huyera con él.

—¡Ese monstruo de Hyacinthe la está sacrificando para luego presumir en Versalles! —sisea Zacharie con rabia—. Ya puedo verlo jactándose de que ha cumplido su misión: casar a una escudera del rey, sea quien sea, con el príncipe de los piratas.

—A eso me refiero, podemos recuperar el control gracias a Poppy —digo—. Tenemos que encontrar la manera de que se entere de la existencia de la poción. Si consigue que su marido se la beba cuando estén solos en la cámara nupcial, ella lo dominará por completo.

—¿Y si Hyacinthe la transmuta primero? —pregunta Zach—. Se supone que el ritual debe celebrarse en la noche de bodas.

—La señora M planeaba usar la poción con el Rey de las Tinieblas —le recuerdo—. Sea como sea, el hechizo hará efecto en Febo, tanto si es mortal como inmortal.

No añado nada, pero sé que Zacharie teme que Poppy sea transmutada. Si su nuevo marido se convierte en un vampyro, a ella le sucederá lo mismo…, una hipótesis que preferimos no mencionar en voz alta.

—¿Cómo podemos ponernos en contacto con ella? —pregunta Sterling.

—Tendremos que esperar al banquete de bodas: no nos dejarán salir de aquí hasta entonces.

Sterling bosteza como si se le fuera a caer la mandíbula.

—Bueno, en ese caso, que paséis un buen día y que durmáis bien.

—¿Qué significa eso de que pasemos un buen día? —pregunta Zach indignado—. ¡No me digas que piensas volver a dormir como un tronco muerto!

—Muestra algo más de respeto por los difuntos, Grand-Domaine. Está amaneciendo *and I need my beauty sleep*, como dicen las actrices de los teatros del Soho. En cuanto a vosotros dos, os aconsejo que también descanséis. Puede que la noche del solsticio sea la más corta del calendario, pero, teniendo en cuenta lo que está en juego, esta vez será también la más larga.

Dicho esto, se acurruca en el suelo y cierra los ojos.

Mis padres están ahí, frente a mí. Aunque sé que estoy soñando, la escena tiene la precisión propia de la realidad. Es un recuerdo más de una larga serie, pero ya no siento la angustia existencial de antaño, porque ahora sé quién soy.

Y también sé quiénes son las personas que tengo delante: ya no son los padres que he idealizado durante toda mi vida, sino unos seres humanos falibles, hechos de zonas grises y paradojas, de dudas y defectos.

¿Unos valientes rebeldes al servicio de un ideal? Sí, pero también unos alquimistas sin escrúpulos para quienes el fin justifica los medios.

¿Unos padres que protegen a sus dos hijos? Sí, pero también unos verdugos que no dudan en arriesgar la vida de la hija que trajeron al mundo.

Si yo soy un experimento imperfecto, ¡ellos también lo son!

—¿Estás realmente segura de que quieres quedártela? —pregunta mi padre con el semblante descompuesto por la tristeza y la angustia—. Piensa en los peligros que conlleva.

Mi madre asiente con gravedad, sin que le tiemble la voz:

—Estoy completamente segura. Sigue siendo nuestra hija. Y nunca podremos expiar del todo lo que le hemos hecho.

La culpa y el remordimiento contraen un poco más las facciones de mi padre.

—Lo sé —gime—. No sabes lo culpable que me siento... Sacrificamos a la carne de nuestra carne con la esperanza de

417

crear un arma que pudiera salvar a millones de otras vidas, pero todo fue en vano. Es evidente que la digestión alquímica falló.

—No del todo, ¡mira!

Mi madre saca un pequeño reloj de bolsillo de su delantal. Reconozco enseguida el que le vi llevar colgado del cuello durante toda mi infancia y que guardé como recuerdo de ella hasta que se lo regalé a Orfeo. Abre la tapa:

—Las manecillas se detuvieron a las 7.38, cuando el atanor alcanzó su punto más caliente —argumenta—. Lo que significa que la luminina se produjo bien y que fue ese el humor que le inyectamos.

Mi padre sacude la cabeza desconcertado:

—Tal vez, pero su Luz se está disipando —balbucea con la voz entrecortada por los sollozos—. Ha perdido todo su calor y ya está empezando a enfriarse como una vampyra. Las Tinieblas están actuando en ella en este momento. Nos embarcamos en una operación que era demasiado compleja para nosotros. ¡Qué locura haber querido dar forma a un aurorus! ¿Y si, en su lugar, hubiéramos creado un demonio? A saber en qué se convertirá cuando crezca.

—Ningún padre puede predecir lo que será de sus hijos. Lo único que puede hacer es darle todo su amor, eso es todo. Tenemos mucho para dar a Jeanne, para redimir nuestro crimen.

Una sonrisa de esperanza ilumina la cara de mi madre, sus tensas facciones. La emoción me coge por sorpresa. Mi madre guardó hasta su muerte el reloj de bolsillo, prueba de mi diferencia, como si fuera una joya preciosa, y metió en él un mechón de mi pelo.

De repente, entiendo por qué me convertí en la persona que soy hoy en día. Si me hubieran tratado como un mero experimento, habría muerto tan rápidamente como las innumerables criaturas de la señora M, a quien su inconsolable angustia le impedía tratarlas con verdadero afecto. Si hubiera sido acogida por una tripulación de rudos marineros convertidos en piratas, como Febo, podría haber sobrevivido, pero devorada por la culpa de haber sido utilizada como un arma y por la duda de no saber nada sobre mis orígenes. Tras esos comienzos caóticos, mis padres me criaron en un caparazón de ternura junto a Valère y a Bastien. Es más, me protegieron y *me ocultaron las actividades clandestinas que llevaban a cabo, conscientes de que yo era más frágil. Así fue como me encarné en este mundo, a diferencia de Febo, que jamás se ha acostumbrado a él. Mi pelo se volvió gris, mientras que el suyo permaneció blanco. Mi reflejo se estabilizó en los espejos, mientras que su imagen no acabó de materializarse.*

A pesar del peligro que representaba, mis padres se arriesgaron a conservarme a su lado.

Para educarme.

Y, sobre todo, para quererme.

Me arrojo a los brazos de la mujer que me sonríe, sus ojos brillan y sus labios rebosan «perdón».

Una palabra escapa de mi boca infantil, es la primera vez que la digo:

—¡Mamá!

Abro los ojos poco a poco. Ya no es mi madre la que me estrecha contra su cuerpo. A pesar de que el abrazo ha dejado de ser tibio y ahora es más bien frío, me siento protegida, porque estoy en brazos de Sterling Raindust.

—¿Ya estás despierto? —le pregunto con la voz ronca por el sueño.

—«¿Estáis seguros de que estamos despiertos? Para mí es como si estuviéramos durmiendo y soñando» —me contesta con una media sonrisa socarrona.

La luz del farol que hay en el techo se difracta a través de mis ojos, aún nublados por el sueño, dibujando una especie de halo sobre la cabeza de Sterling. Si yo soy un ángel artificial de color gris, él es mi ángel vampýrico moreno.

—Shakespeare —supongo.

—*El sueño de una noche de verano.*

—Qué apropiado para la noche del solsticio, la primera del verano.

Que Sterling se haya levantado ya significa que el sol se ha puesto. Me incorporo, desentumezco los miembros y me quito el polvo del vestido. Zacharie también se estira. Al igual que yo, siguió el consejo de Sterling y ha dormido para recuperar las fuerzas.

419

Un ruido de pasos resuena tras la puerta de la habitación ciega. El cerrojo gira. La puerta se abre y aparece Gunnar acompañado por una docena de guardias armados hasta los dientes. Él no nos afrenta esposándonos, dado que estamos desarmados. Tampoco nos pregunta cómo nos las arreglamos para llegar a lo alto de la torre por la mañana. La verdad es que esa información le parece irrelevante, ya que, al igual que nosotros, sabe que Pálido Febo nos matará antes de que acabe la noche.

—Cuando fui a verla a su camarote hace un mes, sabía que iba a escapar, pero no me dijo nada —me reprocha mientras subimos por la escalera de caracol que lleva a las cubiertas superiores. No hay odio ni reproche en su voz, es una simple observación—. Podría haberse casado con el capitán esta noche y, en lugar de eso, va a morir al amanecer con sus compañeros. ¿Por qué huyó y por qué ha regresado ahora?

—Tuve miedo. Así es la naturaleza humana. Ahora estoy pagando el precio. O quizá sea la venganza del *wyrd*.

El primer lugarteniente reflexiona sobre mis palabras unos instantes mientras caminamos por un amplio pasillo, que atravieso por primera vez.

—No podré defender su caso ante Febo —me advierte por fin—. Cuando lo abandonó, montó en cólera de una manera...

Por primera vez desde que lo conozco, me parece detectar cierta emoción en la voz del noruego. Una especie de temor. ¿Será el miedo a haber contribuido a crear un monstruo?

—Gracias por intentar defenderme, Gunnar —le digo—. Si me permite intercambiar unas palabras con *lady* Castlecliff, quizás ella sea capaz de ablandar a su marido.

—Haré todo lo que pueda cuando termine el banquete de bodas, pero no dispondré de mucho tiempo, ya que la transmutación de los novios está programada para después.

—¿Ya están celebrando el banquete de bodas? ¿Y la ceremonia nupcial?

—Tuvo lugar hace un momento, con un puñado de asistentes. El *Urano* no tiene una capilla y Febo tenía prisa por casarse con su nueva prometida por miedo a que ella también alzara el vuelo. Su transmutación tendrá lugar a medianoche, justo después de la cena.

Mientras pronuncia esas palabras, dos puertas se abren ante nosotros. Unas ráfagas de música de cámara salen de ella al mismo tiempo que surge ante nuestros ojos la sala más grande del barco-ciudadela. Por lo visto, estamos en el castillo de popa: al fondo, un gigantesco ventanal se abre al cielo nocturno iluminado por la luna llena. Se parece a la sala del consejo de la *Novia Fúnebre*, solo que es diez veces más grande. En el centro de la sala, bajo una deslumbrante araña, hay una gran mesa cubierta con un mantel blanco y decorada con flores de coral blanqueado. Una veintena de invitados ya han tomado asiento, vestidos también con colores apagados para no herir la sensibilidad de los ojos del novio. Nuestros carceleros nos empujan hacia delante para obligarnos a entrar. Alrededor de la sala, envueltos en sombras, unos violinistas están interpretando un concierto. Los músicos están flanqueados por treinta guardias dispuestos a intervenir al menor gesto de insubordinación.

Nos sentamos en las sillas vacías. Entre las caras que veo reconozco a un puñado de corsarios de la *Novia Fúnebre*, la tripulación del *Urano* vestida con prendas de tonalidades pálidas, varios de los Hermanos de la Costa que conocimos en las islas Lucays y unas cuantas damas españolas o portuguesas que sobrevivieron a la batalla naval. Mi mirada se detiene en la cara que me es más repugnante, la de Prudence. Está sentada al otro lado de la mesa, justo enfrente de mí. A su izquierda hay dos domalobos suecos que escaparon de la masacre que sufrió la tripulación de la duquesa Gustafsson, obligados como nosotros y como tantos otros a hacer de extras. Entre sus trenzas rubias, la expresión de Prudence es tan dura como la de una estatua, totalmente desprovista del candor que creí ver en ella. Me doy cuenta de que aún no ha revelado mi verdadera identidad a los pasajeros del *Urano*, ya que aquí todos me siguen llamando Diane. ¿A qué está esperando? ¿Acaso cree que todavía tengo una oportunidad de recuperar al novio? ¿O tiene un plan aún más maquiavélico para utilizarme y tratar de obtener su dinero?

—Siempre supe que no te casarías con nadie más que conmigo —me susurra una voz al oído.

Giro bruscamente la cabeza para ver quién es el vecino que está sentado a mi derecha y descubro que se trata de Alexandre de Mortange. El vampyro luce una soberbia casa-

421

ca de seda azul celeste: justo el color de sus ojos, que en este momento me miran con concupiscencia.

—A… Alex… —tartamudeo.

—Entiendo que la emoción te haga tartamudear —dice con una sonrisa que deja a la vista sus dientes de marfil—. Yo también estoy pletórico de felicidad. En cuanto supe anoche que habías vuelto, pedí expresamente que me sentaran a tu lado.

—Pero… pensaba que eras prisionero de Pálido Febo…

—Así es: lo era —corrobora—. ¡La rueda gira, mi querida Diane! El capitán decidió liberarme en cuanto intentaste huir: tan pronto como quedaste fuera de juego, no vio la necesidad de mantenerme entre rejas, pues ya no me consideraba un rival. De hecho, me ha autorizado a zarpar de nuevo mañana a bordo de mi barco, ¿lo recuerdas? El mismo que abordaste y despojaste del oro que transportaba.

Las palabras de Alexandre tienen la gelidez del sarcasmo, pero su voz arde de esperanza mientras me susurra al oído unas palabras que solo yo puedo oír:

—Si esta vez me prometes un amor sincero, podría intentar llevarte conmigo.

No puedo evitar lanzar una mirada de reojo a Sterling. Está sentado a tres asientos de distancia, entre dos señoras desvaídas que lucen unos vestidos de color crema. Echa humo en silencio mientras me ve hablando con Mortange, a quien ambos creíamos enterrado para siempre.

—Estoy seguro de que en realidad no escapaste, sino que te secuestró ese pérfido inglés —chilla Alexandre—. También te convenció de que no me querías, «pero sí que me quieres, Diane». Sé que es así. Siempre lo he sabido.

La obstinación de Alexandre en engañarse a sí mismo, después de todo lo que le he dicho a la cara, me desconcierta y me trastorna, porque durante semanas yo también fui adicta a una droga dura. El opio de Mortange tiene nombre: el amor.

Eso me hace sentir más escrúpulos por aprovecharme de su adicción. Si consigo hablar con Poppy y ejecutar mi plan, no será necesario. Pero aun así necesito un punto de referencia para el caso de que falle mi plan.

—Gracias por tu misericordia, Alex —dije—. Soy muy afortunada.

En ese momento, la puerta del comedor se abre para dejar entrar a los últimos invitados. Me giro en la silla. Son los novios. Como de costumbre, Pálido Febo va vestido con su uniforme blanco de galones plateados; además luce una diadema de oro en el pelo, que lleva recogido en una coleta: una corona ducal. En cuanto a Poppy, está irreconocible. Su cara parece haber recuperado la lividez enfermiza de los días en que sufría de tuberculosis. Ha cambiado sus coloridos trajes de denim por un enorme vestido blanco con una cola interminable. Reconozco la pálida tela de las velas del *Urano*: por lo visto, ha servido para confeccionar ese traje barroco, fantasmagórico, que hace que mi amiga parezca un barco fantasma humano. Su moño bohemio se ha transformado en una enorme estructura escalonada, realizada con la misma tela, que corona su cabeza con un aparejo que roza el techo. Es como si las costureras del barco-ciudadela hubieran echado mano de los grabados más extravagantes del *Mercure Galant* y añadido unos cuantos más para crear esa monstruosidad que pretende rivalizar con la moda versallesca.

Una sombría procesión sigue a la pareja: Hyacinthe de Rocailles, vestido con un manto negro bordado con hilo de oro, y cuatro de sus lugartenientes vampyros. Estos transportan solemnemente cuatro grandes jarras de cerámica negra selladas con lacres. Es la sangre del Rey de las Tinieblas.

—Damas y caballeros, les presento a los duques de los Huracanes, ¡por la gracia de Luis el Inmutable! —proclama Hyacinthe haciendo un gesto teatral con su manga adornada con encaje.

Los aplausos se mezclan con los tonos agudos de los violines mientras los recién casados toman asiento a la mesa con Rocailles, al lado de Gunnar. Antes de sentarse a su vez, los lugartenientes colocan las cuatro jarras sobre unos trípodes. Cuando termine la cena, a medianoche, su contenido se transfundirá en los cuerpos de los recién casados, de acuerdo con el procedimiento secreto establecido por la Facultad, que presidirá Hyacinthe.

Febo pide silencio dando golpecitos con su cuchara en una de las numerosas copas de peltre que tiene delante:

—Queridos invitados, gracias por haber acudido esta noche a celebrar nuestra felicidad, la de la duquesa y la mía —anuncia.

¿Habla en serio? La mitad de los invitados que se sientan alrededor de la mesa han venido obligados. El semblante de su esposa no expresa felicidad, sino angustia. Esta parodia de boda es una farsa siniestra. Mi corazón se debate entre la angustia y la piedad que siento por Febo, ese ser que nunca ha encontrado su lugar en el mundo. El metal de la corona que luce en la cabeza o el anillo de boda que lleva al dedo no lo ayudará a arraigar más. Al contrario, esta noche el capitán pirata parece estar en el cénit de su locura.

—Como prueba del amor que siento por mi querida y dulce esposa, aquí está la joya que me pidió —prosigue.

Chasquea los dedos y uno de sus guardias se apresura a entregarle una bolsa de terciopelo negro, que reconozco al vuelo.

—Tengo el honor de entregarte este diamante en bruto, Proserpina —declara Febo mientras saca la gran piedra de su estuche. La coloca sobre la mesa—. En mi opinión, una aguamarina habría sido más adecuada para tus ojos, pero te he concedido lo que deseabas. Sigo sin comprender por qué tanto a ti como a la señorita de Gastefriche os parece tan especial esta triste bola de escarcha.

—Solo… solo pretendo asegurarme de que me quiere tanto como la quería a ella —responde Poppy, blanca como la pared.

Me mira presa del pánico, encorsetada en el vestido de vela; parece un cormorán enredado en unas redes de pesca.

—¡Ah, la psicología femenina siempre será un misterio para mí! —Se ríe el capitán.

En la mesa se oyen unas risas ahogadas, algunas son espontáneas, pero la mayoría responde a una falsa obsequiosidad. Prudence se limita a mirarme como si pretendiera decirme: «Tú deberías haberte sentado en esa silla con ese vestido; si no haces algo para recuperar el lugar que te corresponde, ¡te entregaré a Hyacinthe de Rocailles!». De todos los invitados, él es quien se ríe con mayor franqueza. Comprendo de inmediato lo que está a punto de suceder: convenció a Pálido Febo para que se casara con Poppy y luego forzó a esta a pedir el Corazón a su futuro esposo…, ¡para poder recuperarlo y luego huir con él! ¿Cómo consiguió chantajear a Poppy para que accediera a sus exigencias? Prefiero no imaginármelo.

¡Cómo me gustaría poder hablar con mi amiga! Tranquilizarla contándole que arriba, en la cámara nupcial, la espera una poción amorosa en la jarra de ron blanco, pero aún no puedo hacerlo. Unos tripulantes ataviados para la ocasión con uniformes de criado traen frascos de sangre para parte de los invitados y, para el resto, platos llenos de una carne humeante. Uno de ellos aterriza delante de mí. Me cuesta identificar la carne negruzca y fibrosa que, al deshilacharse, deja a la vista una fina estructura ósea. ¿Será pollo? ¿Conejo?

—Para variar del pescado hervido que solemos comer, me complace ofrecerles un pedazo de carne —dice Febo—. Una bandada de quirópteros se posó anoche sobre el *Urano*, como un regalo del cielo para mi boda. Mis cocineros los han frito y los han condimentado a su gusto.

—El murciélago es el símbolo del Rey de las Tinieblas —aprueba Hyacinthe con una sonrisa—. Es un manjar, antes de beber su sangre sagrada.

Siento una arcada. Los murciélagos de la señora M, que debían llevarnos de vuelta a la cabaña de su ama, nunca volverán a volar.

—¡Propongo un brindis por los recién casados! —dice Hyacinthe levantando su copa.

Mientras los invitados mortales hacen ademán de agarrar las copas de peltre y los inmortales las que están llenas de sangre, las grandes puertas vuelven a abrirse.

Los violinistas dejan de tocar.

—Ha llegado un nuevo invitado —anuncia uno de los guardias apostados a la entrada de la sala.

—No esperábamos a nadie más —objeta Gunnar arqueando las cejas.

—Un barco francés acaba de atravesar la muralla del ojo con un enviado de la corona a bordo. —El guardia se hace a un lado para dejar pasar a un hombre alto tocado con un turbante—: Suraj de Jaipur, escudero del Rey de las Tinieblas.

27

La boda

doy crédito a mis ojos.

¿Suraj aquí? ¿En virtud de qué milagro?

Vestido con la coraza blasonada con el sol real, el símbolo de su autoridad, hace una profunda reverencia.

—Le presento mis respetos, capitán Febo. Me disculpo por perturbar la fiesta, de la que su tripulación me informó nada más llegar.

El ruido de los cubiertos ha cesado alrededor de la mesa, al igual que las conversaciones. Todos contienen la respiración. Hasta Hyacinthe parece perplejo tras haber tenido que interrumpir el brindis por los novios y mantiene la copa de sangre suspendida en el aire.

Suraj levanta la cabeza, su mirada oscura se mueve de Poppy a mí y viceversa.

—Tengo entendido que se va a casar con *lady* Castlecliff y no con la señorita de Gastefriche —dice.

—En efecto, ese es nuestro deseo —confirma Febo—. ¿No es así como se expresa su soberano, en plural?

—Sí, señor.

—Bueno, pues ahora que soy duque, creo que voy a imitarlo, me gusta, esto…, ¡«nos» gusta imitarlo, vaya!

Febo esboza una sonrisa cruel e ingenua a la vez; parece un niño que se divierte torturando a los insectos a los que considera sus súbditos.

—Pero díganos, Jaipur, ¿a qué debemos su visita? —pregunta a Suraj—. Dice que acaba de enterarse de nuestras nupcias, así que supongo que no ha cruzado el océano para felicitarnos.

El resplandor de la araña reverbera en la cara escultural de Suraj. Su turbante está adornado con un broche de topacio que armoniza con el brillo cobrizo de su piel. Es guapo, majestuoso: un emisario de Versalles que emana la autoridad que representa.

—No, en efecto, no he venido para asistir a la boda —corrobora—. Mi señor, el Inmutable, recibió hace un mes una gaviota que le avisaba de la deserción de uno de sus escuderos, el caballero Rafael de Montesueño, y me envió aquí para llevar al culpable de vuelta a palacio, donde será juzgado.

Hyacinthe se revuelve en su asiento mirando a Suraj con su único ojo. Él envió ese pájaro a Versalles la noche en que detuvieron a Rafael.

—¿Qué? —exclama dejando su copa de sangre sobre la mesa—. ¿Llevarlo a palacio? En mi misiva, propuse a su majestad que yo mismo me ocuparía de la ejecución.

—Su majestad le está muy agradecido, capitán Rocailles, pero un escudero que ha bebido un sorbo de su sangre, la más sagrada de todas, solo puede ser juzgado por él.

El corsario, vestido con un espléndido abrigo bordado con hilo de oro, frunce el ceño. Aunque había planeado convertir a Rafael en su nuevo mascarón de proa, no puede oponerse a la voluntad del rey.

—Que así sea —decreta Febo—. Vayan a buscar al tal Montesueño a las bodegas de la *Novia Fúnebre* y tráiganlo aquí para que se una a la celebración. Esta noche quiero que todos participen en los festejos, incluidos los prisioneros. Usted también, Jaipur, puede tomar asiento, pero antes debe dejar sus armas en la entrada, porque estamos entre gente civilizada. Mañana por la mañana podrá marcharse con su cautivo.

Suraj se deshace de su espada cortesana y de su daga haladie. Las coloca en el gran rimero que hay junto a la puerta, donde se amontonan ya las numerosas armas de los invitados. Los criados añaden dos nuevas sillas a la mesa, al igual que dos platos de carne de murciélago. Los violinistas reanudan su lánguido concierto y los invitados retoman sus conversaciones. Los brillantes ojos de Suraj se cruzan furtivamente con los míos mientras ocupa su lugar a cuatro sillas de distancia de mí.

427

—¿Dónde estábamos? —pregunta Febo—. Ah, sí, Rocailles, estaba a punto de brindar por nuestra unión. Proceda, se lo ruego.

Hyacinthe abandona su expresión de abatimiento y esboza una sonrisa propia de un cortesano versado en las normas de etiqueta. Ha perdido un mascarón de proa, pero aún le queda el Corazón, que, a ojos de un alquimista como él, es aún más preciado.

Así pues, alza su copa llena de sangre:

—¡Señor duque, señora duquesa, bebamos por su felicidad, que no tardará en ser verdaderamente eterna!

Imitando al resto de los invitados, me llevo la copa de peltre a los labios mientras intento captar la mirada de Poppy. La pobre se ve obligada a alzar la suya, como todos, para beber por esta unión que la horroriza. Por fin, sus ojos se cruzan con los míos: están temblando de angustia. ¡Ay, si pudiera hablar con ella telepáticamente!

—Bebamos también por nuestra felicidad —murmura Alexandre a mi lado—. Mírame, Diane, amor mío.

Con los labios rozando la bebida, mareada por el olor del alcohol, mi mirada se aparta de los novios para posarse en mi vecino de mesa, que me escruta con un fervor inquietante por encima de su copa de color bermellón.

—Bebe —me anima con voz vibrante—. Y querámonos para siempre.

Horrorizada, aparto la copa de mi boca, porque he reconocido el olor sutil y ardiente a la vez: ¡es el del ron blanco de Pálido Febo! Intuyo que, si Alexandre insiste en que lo beba, es porque ese demonio ha conseguido la jarra donde eché la poción de amor.

—Bueno, ¿a qué estás esperando? ¡Bebe! —me ordena—. ¡Y mírame!

Me arrebata la copa de la mano y me la acerca para obligarme a apurar su contenido. Me levanto para apartarme de él tirando la silla al suelo. Los violines dejan de sonar. Todas las miradas se vuelven hacia mí. Los guardias ya están desenvainando sus espadas para detenerme.

—¿A qué viene tanto alboroto? —gruñe Febo—. ¿Te niegas a brindar en nuestra boda, Diane? Qué mal perdedora eres.

—Me encantaría brindar con otra copa, pero no con esta —susurro.

—¿Por qué no?

—Porque... porque sospecho que el vizconde de Mortange quiere envenenarme.

Alexandre se levanta de la silla temblando de indignación:

—¿Envenenarte? ¡Eres tú quien me está envenenando con tu cruel indiferencia! Solo pretendo una cosa: ¡que me quieras como deseabas que te quisiera ese hombre!

Señala con su dedo tembloroso al novio.

—Alexandre... —balbuceo, sintiendo que la situación se me está yendo de las manos.

Pero ya es demasiado tarde para razonar con él. Todos los presentes lo escuchan. Llevado por su rencor, se lanza a una logorrea salpicada de sollozos:

—Apenas supe anoche que estabas a bordo, ¡el corazón me dio un vuelco! Corrí a la torre donde estabas encerrada. Ya sabes que las Tinieblas me concedieron el don de escalar las pendientes más escarpadas.

429

Recuerdo nuestro primer encuentro en el balcón de la mansión de los Gastefriche. La imagen aterradora de Alexandre deslizándose como un lagarto por la pared de la sala del trono en Versalles. Miro nerviosa alrededor de la mesa. Los invitados murmuran enfervorizados. Por su expresión, Febo parece escandalizado. Poppy, por su parte, ha vuelto a palidecer.

—¡Es imposible entrar en la habitación ciega donde te encerraron! —continúa Alexandre con la voz entrecortada—. Así que, aferrándome a la pared, pegué la oreja hasta el amanecer. Así fue como oí tu conversación con Grand-Domaine y Raindust, y me enteré del plan para hechizar a Febo con la poción amorosa que habías echado en su jarra de ron blanco.

—¡Bonito cuento! —bromea Sterling manteniendo su característica flema. Acto seguido, se vuelve hacia el amo de la casa—: Capitán Febo, solo son las divagaciones de un pretendiente despechado, nada más.

Pero Alexandre, embargado por la emoción, ignora la interrupción del lord:

—Apenas me desperté al anochecer, volví a subir a la torre, esta vez hasta la habitación de Pálido Febo, y robé la jarra.

Luego, esta noche, me las arreglé para verter su contenido en tu copa, Diane. —Posa el recipiente de peltre delante de mí sobre la mesa—. ¡Bebe, te digo! Si miento, como afirma ese miserable inglés, esta bebida no te producirá ningún efecto, pero, si digo la verdad, ¡la poción funcionará y por fin caerás rendida en mis brazos!

Un silencio sepulcral subraya sus palabras. Alexandre acaba de confesar un robo, pero a la vez me acusa de un intento de envenenamiento. Su estrategia de tierra quemada consiste en obligarme a beber, aunque eso signifique hundirnos a los dos.

Con los nervios a flor de piel, echo otro vistazo alrededor de la mesa. Frente a mí, Prudence tiembla de frustración tras haberse enterado de que la poción podría haberme hecho cambiar de opinión, me habría empujado a casarme con el novio y, sin duda, habría asegurado su fortuna. Por su parte, Pálido Febo permanece tan inmóvil como siempre. Como si se hubiera convertido en estatua tras mirar a la Gorgona.

Pero sigue vivo, como demuestra el amargo silbido que escapa de sus labios:

—Esa copa… Agárrela de una vez.

—Sí, eso es, ¡obligue a beber a Diane! —insiste Alexandre—. Ya verá como he dicho la verdad.

—Mortange tiene razón —susurra Hyacinthe de Rocailles sentado a dos asientos de distancia del capitán—. Dele a esa intrigante un poco de su propia medicina.

Paralizado aún por la ira y el asombro, Febo parece titubear.

En ese momento, las puertas dobles de la sala de banquetes se abren de nuevo sobresaltando a los presentes y haciendo bailar las arañas en el techo. Dos corsarios de la *Novia Fúnebre* se detienen en el umbral flanqueando a una figura envuelta de pies a cabeza en terciopelo oscuro. Por un instante, tengo la impresión alucinatoria de ver a la señora M tras haber abandonado su roca por primera vez en tres siglos…, pero me equivoco. No es una mujer, sino un joven: Rafael de Montesueño, que luce las austeras prendas negras típicas de los españoles y que lleva las manos atadas a la espalda. No lo he reconocido enseguida porque lleva una gruesa venda negra sobre los ojos que le tapa también parte de la cara.

Los hombres que escoltan al prisionero están de pie en la puerta sin saber qué hacer, porque al llegar se han dado cuenta de que en la sala estaba teniendo lugar un drama.

—Vaya una interrupción desafortunada —los reprende Hyacinthe—. Aguarden en el pasillo, por favor.

Pero Febo los detiene dando una palmada.

—No, al contrario. Llegan justo a tiempo. Que Montesueño se siente a la mesa.

Los corsarios empujan al cautivo hacia el último asiento libre. Rafael, con las manos atadas en la espalda, casi se desploma entre dos mujeres que tiemblan de miedo, dos supervivientes de la batalla naval. ¿Qué ocurre? ¿Será que Febo, más errático que nunca, se ha olvidado ya de la existencia de la poción y simplemente quiere seguir con el festejo?

Miro a Suraj, que está al otro lado de la mesa. Bajo su turbante de color ocre, se sonroja al ver a su querido amigo sometido a semejante ultraje.

—¿Cómo se atreve a tratar así a un escudero real? —grita a Hyacinthe, con la voz quebrada por una fría rabia—. ¡Vendarle los ojos como si fuera un condenado ante un pelotón de fusilamiento!

431

Una mueca de desprecio estira la refinada boca de Rocailles.

—El destino de este renegado le interesa de forma especial, caballero de Jaipur. Da la impresión de que es casi un hermano para usted.

—Un hermano de armas, sí —dice Suraj.

Su angustia me parte el corazón. La débil sonrisa que se dibuja en los labios sin sangre de Rafael, bajo el borde de la venda, me conmueve aún más. Aunque no puede verlo, ha reconocido la voz de su amante.

—Debe saber que vendé los ojos de Montesueño porque quería prepararlo para convertirlo en el mascarón de proa de mi barco —se defiende Hyacinthe—. Solo esperaba la autorización del rey. Lástima, ese dandi no tendrá el honor de adornar mi afamado barco. —Hace un gesto a sus hombres—: Quítenle la venda de los ojos y asunto zanjado.

—¡No! —exclama Febo contradiciendo a Hyacinthe por segunda vez—. Que vacíe primero la copa de ron. Después le quitarán la venda.

Todas las miradas se vuelven hacia el dueño de la casa. La misteriosa sonrisa que se dibuja en sus exangües labios no augura nada bueno: normalmente significa que una idea perversa acaba de surgir en su trastornada mente.

—Pero... es Diane quien tiene que beber de esa copa, no ese joven —insiste Alexandre, que ha vuelto a levantarse de golpe de su silla, tenso como un resorte.

—¡Pare ya, Mortange! —le ordena Febo ajustándose la corona ducal—. Vuelva a sentarse. ¡Nosotros, los duques de los Huracanes, no vamos a plegarnos a las órdenes de un vulgar ladrón! Alégrese de que no le hayamos arrojado ya a los tiburones.

Dos guardias obligan a Alexandre a volver a sentarse mientras un tercero lleva la copa a los labios de Rafael, cuyas manos siguen atadas.

—¿Qué significa esto, Febo? —exclama Suraj.

—Estamos animando un poco la velada, eso es todo. No hay una boda digna de ese nombre sin juegos galantes y nos complace que nuestra Corte de los Huracanes rivalice con la de las Tinieblas. He oído que el de la gallina ciega está de moda en Versalles.

—Pero no se le habrá ocurrido... —gime Suraj.

—Tranquilícese. Solo es un entretenimiento inocente, eso es todo. Montesueño será el cazador. Le haremos dar vueltas sobre sí mismo y luego le quitaremos la venda de los ojos. Lo casaremos con la primera dama que vea. Dos bodas por el precio de una: ¿quién da más? ¡Qué demonios! ¿No les parece divertidísimo?

La megalomanía de Febo ha alcanzado el colmo de la locura, hasta el punto de que el propio Gunnar, que está sentado a su derecha, parece preocupado.

—Capitán, ¿es realmente necesario?

—«Alteza», nada de «capitán» —le increpa su hijo adoptivo—. Así es como te dirigirás a nosotros a partir de ahora. —Chasquea los dedos—: Guardias, vamos: hagan beber al cazador. Y vosotros, los músicos: tocadnos algo más alegre mientras jugamos a la gallina ciega.

Los músicos entonan una melodía animada. Un guardia inclina la cabeza de Rafael hacia el respaldo de su silla mientras otro lo obliga a abrir la boca para verter el contenido de la copa.

Fuera de sí, Suraj se levanta de un salto de su silla y corre hacia Rafael para poner fin a la siniestra farsa.

—¡Suéltalo!

Rápido como un rayo, Hyacinthe se lanza hacia delante para interponerse. Los torsos de los dos hombres chocan violentamente, la coraza grabada con el sol real contra la camisa con volantes. Por mucho que Suraj sea un guerrero de élite, hace siglos que Hyacinthe es un inmortal, así que consigue someter a su oponente agarrándolo por el pescuezo.

—¡Su afán por defender a ese culpable es sospechoso! —murmura mientras forcejea con el escudero—. Me pregunto qué puede haber detrás, pero tengo una forma infalible de averiguarlo...

Abre al máximo la mandíbula, mostrando sus caninos erectos... y los clava en la base del cuello de Suraj.

—¡Hyacinthe! —grita Poppy, como si se hubiera despertado de repente de una pesadilla—. ¡Deténgase! ¡No toque a Suraj!

Pero el vampyro sigue chupando la sangre de su víctima, que parece debilitarse por momentos. En cuanto a Febo, está encantado con el espectáculo y no hace nada para disuadirlo. Mi corazón late enloquecido, hasta dolerme, de angustia impotente, de rabiosa frustración. ¡Si Suraj aún tuviera su daga, podría defenderse! ¡Si los guardias armados no nos obligaran a permanecer en nuestras sillas, Zacharie y yo volaríamos para ayudar a nuestro compañero!

—¿Suraj? ¿Qué está pasando? —grita Rafael con los ojos aún vendados y esposado.

En ese instante, Hyacinthe saca los colmillos del cuello del escudero y esboza una horrible sonrisa sangrienta.

—¡Justo como pensaba! ¡La sangre tiene el sabor acre del amor apasionado! En mi opinión, Jaipur y Montesueño son algo más que hermanos de armas..., y la misión de llevar al prisionero a Versalles no fue ordenada por el rey, en absoluto. ¡No voy a permitir que me roben mi mascarón de proa tan fácilmente! Jaipur no solo no se llevará a Montesueño, sino que este me rogará que haga con él lo que quiera.

Mientras sigue sujetando firmemente la nuca de Suraj con una mano, alcanza a Rafael con la otra... y le arranca la venda de los ojos.

433

—¡Rafael, cierra los ojos! —grito.

Pero es demasiado tarde. Rafael no es consciente del poder de la poción que le han forzado a beber. Abre los ojos, angustiado, buscando la mirada del ser amado cuya voz ha oído…, pero solo ve la cara de Hyacinthe cerca de la suya.

Parpadea una vez, dos veces, y luego pregunta con voz asombrada:

—¿Quién… quién es usted?

—Soy tu futuro, amigo mío —susurra el capitán corsario—. Soy tu porvenir, que se nutre de tu pasado. Pronto me suplicarás que te dé mi abrazo mortal, pero ahora deja que acabe de una vez con este.

Mientras amaga con volver a clavar sus colmillos en la yugular de Suraj para poner fin a su vida, Poppy suelta un nuevo grito:

—¡Hyacinthe, me prometió que no haría daño a los escuderos! ¡Que me ayudaría a convencer a Febo de que los perdonara! ¡Lo que vale para Diane y Zacharie también es válido para Suraj y Rafael! —Hipa, con la voz enronquecida por los sollozos—. Me… me lo juró… a cambio del diamante.

Con la boca chorreando sangre, el corsario mira a Pálido Febo. Este ha dejado de sonreír.

—¿El diamante? —gruñe agarrando el brazo de su mujer—. ¿Qué significa ese truco, Proserpina? ¡Creíamos que ese regalo de bodas era para ti!

—Hyacinthe me pidió que se lo pidiera para luego entregárselo a él —dice sin dejar de sollozar, a todas luces conmocionada—. Me dijo que pensaba usarlo en sus experimentos alquímicos. Con la excusa de que las artes ocultas están prohibidas, me hizo jurar que no se lo diría a nadie, sobre todo al rey.

Una mueca deforma las facciones de Febo. La furia le hace temblar. La temperatura en la habitación baja al instante varios grados.

—¡Tú también nos has mentido! —ruge sacudiendo a Poppy—. ¡Todos nos han mentido, traicionado, abandonado! Emine, Jewel, Rocailles, Diane, tú: ¡el mundo entero!

Poppy, con la cabeza inclinada bajo su plúmbeo tocado, con los ojos embadurnados de negro debido a las lágrimas, se

muestra tan flácida como una muñeca de trapo en manos de
su marido. Suraj resbala poco a poco a los pies de Hyacinthe.
El corsario empuña un estilete rojo mientras una flor púrpura
se va abriendo en un costado del escudero. Horrorizada, comprendo por qué la legendaria fuerza de Suraj cedió tan pronto a
la embestida del vampyro, ¡porque, antes de abalanzarse sobre
él, este lo apuñaló a traición con el arma cortesana que llevaba
escondida! ¡Su combate cuerpo a cuerpo no fue una pelea, sino
una lenta agonía! Hyacinthe se limitó a beber del cuello de su
adversario cuando este ya estaba herido de muerte.

Desfallecido, el escudero cae de rodillas con el cuello doblado. El rubio demonio se desinteresa de él para concentrarse en
el patrón del *Urano*.

—Este alborotador era peligroso, alteza, usted mismo lo ha
visto —alega—. Era mi deber detenerlo antes de que atentara
contra su vida o la de su esposa...

—¡Silencio! —lo interrumpe Febo—. ¡No finja que le importa cuando lo cierto es que ha intentado manipularnos!

El nuevo duque de los Huracanes se levanta, poderoso, con
su casaca adornada con galones. Sobre su cabeza, la gran araña
comienza a oscilar o, para ser más precisos, toda la sala empieza a balancearse con creciente violencia. Alrededor de la mesa,
los dientes de las damas en traje de noche castañetean, así de
intenso es el frío. A través del gran ventanal del castillo de proa
ya no se ven la luna ni las estrellas: la pared del ojo del huracán
se eleva hasta el cielo. La furia de Febo congela su aura más
rápidamente que nunca y concentra una tormenta de propor-
ciones mitológicas.

—¡De manera que nos convenció de que nos casáramos
con esta mentirosa con la única intención de apoderarse del
diamante! —exclama Febo. Acto seguido, agarra el Corazón
y lanza un desgarrador grito de rabia—: Nadie salvo yo se va
a adueñar de este maldito pedrusco, ¿me oyen? Ni Diane, ni
Proserpina, ni usted, Rocailles. ¡Deténganlo, guardias!

La enorme araña traquetea furiosamente en el techo mientras un sinfín de lágrimas de cristal se hacen añicos.

Hyacinthe se separa del cuerpo arrodillado de Suraj, que
se desploma al suelo. Dotado de una velocidad sobrenatural, se
abalanza sobre Febo. Clava la hoja del estilete aún manchada

435

con la sangre del escudero en el pecho del duque, donde debería estar el corazón. Entre tanto, trata de arrebatarle el diamante con la otra mano. Pero Febo, incluso herido de muerte, se niega a soltarlo. Se aferra a la piedra como si fuera su vida.

—¡A mí, la guardia! —grita Gunnar mientras corre en ayuda de Febo.

El coloso se dispone a golpear a Rocailles con toda su mole, pero en ese instante una sombra se interpone entre los dos adversarios y recibe el impacto.

—¡Rafael! —exclamo, pues es él quien acaba de arrojarse a los pies del noruego para evitar que le ponga las manos encima al corsario.

El poder de la poción es tan increíble que, apenas unos minutos después de haberla absorbido, Rafael ya se está sacrificando para salvar al asesino de su amante.

Aprovechando aquella inesperada distracción, Hyacinthe se precipita hacia la salida de la sala, seguido de sus lugartenientes vampyros. Los Hermanos de la Costa y los domalobos corren hacia la pila donde han depositado las armas para recuperarlas. Gunnar deja el cuerpo inconsciente de Rafael tendido junto al de Suraj y se dirige hacia su hijo adoptivo. Este se tambalea agarrando el diamante con una mano; con la otra, el estilete que aún tiene clavado en el pecho. La corona ducal resbala de su cabeza. Su espalda golpea una de las tinajas reales. El alto recipiente de cerámica negra se rompe al chocar contra el suelo, liberando un chorro de sangre tan oscuro como la noche. Un vapor maligno se eleva inmediatamente del charco: una emanación de tenebrina pura. Cegado, Febo suelta el Corazón. La gran gema rueda por el suelo dando sacudidas cada vez más violentas, como la pelota con la que la comparó en su día el rey.

¡Ahora o nunca!

Aprovecho que soy muy menuda para escabullirme de entre las manos de mis guardias, me tiro al suelo y avanzo a cuatro patas bajo la capa de vapor negro, que se va tornando densa poco a poco. Serpenteando entre las piernas de los hombres que luchan en medio del caos, pongo una mano en el diamante. Luego me arrastro hacia atrás hasta llegar al umbral de la sala.

—¡A mí! —grito mientras me pongo en pie.

436

Sterling y Poppy me siguen; el *lord* ayuda a su compatriota a levantar la larga cola de su vestido.

Zacharie se inclina sobre los cuerpos inertes de Suraj y Rafael. Uno ya se ha desangrado casi por completo, pero lo más probable es que el otro solo esté noqueado. Levanta al español con sus poderosos brazos y enfila el pasillo a nuestro lado, con él a cuestas.

Unas trombas de agua helada nos reciben cuando salimos a la cubierta principal del *Urano*. Es como si el cielo se hubiera rasgado para dejar salir las lágrimas de los dioses. El estruendo resulta ensordecedor.

—El *Stormfly* es nuestra única oportunidad —grita Sterling—. ¡Es el único barco capaz de atravesar semejante tormenta!

—¿Con qué tripulación? —grita Poppy presa del pánico—. Todos los oficiales ingleses fueron pasados por las armas después de vuestro intento de fuga de hace un mes.

—Los galeotes —vocifera Zacharie—. Todavía están retenidos a bordo de la galera otomana. No podemos permitir que perezcan en la tormenta, de ninguna manera. ¡Tripularán el *Stormfly* como hombres libres!

Echamos a correr bajo el chaparrón.

Hace cuatro semanas, Sterling y yo también corríamos hacia el *Stormfly* en pleno aguacero. Teníamos que alejarnos de Pálido Febo, que estaba desahogando su cólera con su gran órgano. Esta noche nadie está tocando el instrumento; de todas formas, ninguna nota podía ahogar el gélido pandemonio en que se ha convertido el océano.

La pasarela se abre ante nosotros, una visión fantasmal, balanceándose como una serpiente enloquecida. Nuestros hombros se ven azotados por grandes chorros de agua salada capaces de hacernos caer al vacío en cualquier momento. Sterling encabeza la marcha. Zacharie va detrás de él, jadeando bajo el peso del cuerpo inconsciente de Rafael. Yo sigo sus pasos agarrando la mano de Poppy para ayudarla a avanzar a pesar del vestido confeccionado con las velas, que se hincha con el viento helado y que amenaza con hacerla salir volando a cada paso. Con la otra mano aprieto el diamante contra mi pecho; el Corazón de la Tierra pegado a mi corazón.

Nos encaminamos como podemos hacia la silueta del *Stormfly*, que emerge débilmente de los remolinos de niebla en la noche estriada por los relámpagos. Cuando, por fin, subimos a la corbeta, no sentimos el menor alivio: es tan inestable como las pasarelas y se tambalea violentamente al ritmo del mar embravecido. Los tablones de madera de la cubierta empiezan a crujir furiosamente: me doy cuenta de que la lluvia se ha convertido en granizo.

—¡Volveré enseguida con los galeotes! —grita Zach mientras deja el cuerpo de Rafael en el suelo.

Salta de nuevo a la pasarela y de inmediato pasa a otra, que lleva a la vecina galera otomana. En ese preciso momento, se oye un tremendo crujido. Miro hacia arriba: el mástil más grande del *Urano* acaba de sucumbir a las fuerzas ciclópeas de la tormenta, que lo han hecho añicos. En su caída arrastra hacia abajo un batiburrillo de velas endurecidas por la escarcha y cae sobre un segundo mástil, luego sobre un tercero, como si fueran unas fichas de dominó de dimensiones titánicas.

Poppy se aferra a mí, temblando de terror y frío, mientras Sterling se afana como un demonio en el castillo de proa para realizar las primeras maniobras antes de la llegada de la tripulación.

—No sabes el miedo que tengo, Diane —solloza, pero su débil voz se pierde en el fragor de la tormenta.

—Diane está muerta, Poppy.

Los ojos de mi amiga, a los que el rímel ha dado forma de estrellas al derretirse, se abren desmesuradamente.

—¿Muerta? ¿Quieres decir... que te han transmutado?

—No, no me han transmutado, me he dado a conocer.

No sé si saldremos vivos de este tifón. En caso de que estos sean nuestros últimos minutos de vida, quiero que Poppy sepa la verdad. Igual que se la revelé a Zacharie y a Sterling. Se lo debo.

—Diane solo era una máscara —grito en medio de los elementos desencadenados—. Me llamo Jeanne y soy una rebelde frondera.

—¿Una frondera? —repite.

Se queda tan sorprendida que por un momento sus dientes dejan de castañetear. Tengo la impresión de ver pasar por sus ojos la historia de nuestra caótica amistad. La determinación con la que luché para lograr el Sorbo del Rey, mis traiciones, mis remordimientos: ahora todo cobra sentido.

—No se te escapa una, *darling* —exclama. Su voz ha dejado de temblar y no manifiesta el menor reproche. Se apresura a añadir—: No debes decirle nada a Zacharie cuando vuelva.

—Ya lo sabe, mi querida Poppy —digo con fuerza mientras el viento agita mis mechones grises—. Se ha puesto de mi parte y ha renegado de la lealtad que prometió al Inmutable. Ya no hay nada que le impida... quererte.

Una sonrisa, primero incrédula, luego luminosa, se dibuja en la cara devastada de Poppy: un rayo de sol en la tormenta.

—¡Mira, ya ha vuelto! —exclamo apuntando un dedo hacia la pasarela.

En efecto, un grupo de siluetas se abre paso entre la niebla. Ahora sí que podremos zarpar enseguida. Cuando me dispongo a gritarle a Sterling que leve anclas, cae un rayo en la torre del *Urano*. Esta se incendia iluminando la noche agujereada por piedras de granizo tan grandes como canicas. Vislumbramos una multitud agitada por movimientos opuestos. No se trata solo de Zach y de los galeotes liberados; otro escuadrón se precipita hacia una segunda pasarela de donde cuelgan estalactitas. Unos hombres vestidos de blanco de pies a cabeza: Pálido Febo y su guardia personal.

Los dos grupos se encuentran en el punto donde las pasarelas convergen para formar una única que conduce a la popa de la corbeta. Los guardias del *Urano* están bien armados y además van acompañados de los antiguos esclavos, que empuñan las cimitarras abandonadas por los jenízaros otomanos. Puede que no tengan experiencia de combate, pero les mueve algo más precioso: una sed insaciable de libertad, capaz de mover montañas. Allí, en el apocalíptico contraluz de la torre en llamas, en medio de esta tormenta propia del fin del mundo, comienza la batalla final. Los aullidos del viento se mezclan con los de los combatientes, que caen en racimos a las olas embravecidas.

—¡Jeanne, Proserpina, poneos a cubierto! —grita Sterling desde el trinquete.

Demasiado tarde: un puñado de guardias abandona el combate cuerpo a cuerpo para subir al *Stormfly*. Los listones de la cubierta se cubren al instante de escarcha, porque es su capitán el que abre la marcha, el príncipe del invierno en persona se encuentra a diez pasos de mí. En una mano empuña una espada mientras la otra permanece crispada en su pecho, donde lo hirió el estilete de Hyacinthe de Rocailles. ¿Cómo es posible que siga vivo después de haber recibido una puñalada en el corazón?

Mientras sus corsarios se abalanzan sobre Sterling, él da un paso hacia mí. Una pequeña figura se recorta a su espalda. Reconozco a Prudence de Keradec por su vestido de corte descolorido a causa de la lluvia helada y sus trenzas colgando como dos largas sanguijuelas húmedas y flácidas.

—Ahí está —grita señalándome con un dedo tembloroso—. La que se hace llamar Diane de Gastefriche, a pesar de ser una impostora.

La despreciable prima ha esperado hasta el último momento para jugar su preciosa baza. ¿Qué espera ganar con esta tardía revelación? ¿Una parte del tesoro de Pálido Febo? ¿Acaso no sabe que la degollará después de matarme?

—¡Pérfida intrigante! —me espeta él con voz sepulcral al tiempo que los hombres de Zacharie invaden la cubierta.

Empujo a Poppy detrás del mástil de mesana para ponerla a buen recaudo, pero no es a ella a quien quiere. Ya ha olvidado a su esposa. Ha sobrevivido a sus heridas para venir a matarme a mí, solo a mí.

—¡Gunnar ha muerto en la batalla por tu culpa! —me acusa con la voz quebrada por la locura.

Doy un paso atrás, pisoteando con los talones la escalera que sube a la cubierta de popa sin apartar la mirada del loco.

—¡Ya no eres la única que tiene la sangre de tu rey en las venas! —ruge subiendo los peldaños detrás de mí, con un paso tan ineluctable como el de Tristan—. Nos hemos bebido una jarra entera para reparar nuestro corazón traspasado. Y aquí estamos, ¡listos para poner fin a tus días!

El viento arranca la cinta de su coleta. Su largo pelo blanco se despliega como los filamentos de una medusa alrededor de

su lívido rostro, donde brillan dos perlas negras: sus ojos, que
en este momento tienen las pupilas espantosamente dilatadas.
Febo ya no es mortal, pero tampoco se ha transformado en
un vampyro, porque la transmutación no se ha llevado a cabo
de acuerdo con el procedimiento requerido, siguiendo el ritual
establecido por la Facultad, que desconozco. Se ha convertido
en algo a caballo entre las dos cosas, en un híbrido monstruoso:
más que nunca, es una quimera desgarrada. En este momento,
el aurorus caído parece realmente un horrorus.

Agarra la espada con las dos manos. Su pecho desgarrado y
privado ya del torniquete comienza a derramar sangre negra
sobre el blanco de su casaca. Detrás de él, el mar es un caos in-
conmensurable. Las olas, tan altas como en los maremotos, van
arrancando uno a uno los componentes del barco-ciudadela,
que luego alzan el vuelo empujados por el tornado. Como si el
Urano estuviera regresando al cielo del que tomó su nombre.

—¡Nosotros, el duque de los Huracanes, te condenamos a
muerte! —grita Febo, entre los vapores tenebrinos que salen
de su herida.

Agarrada a la barandilla del castillo de popa, desarmada y
sin armadura, alzo ante mí el único escudo que tengo a mi disposición: el Corazón.

Febo levanta su espada para abatirme, como Júpiter convo-
cando a las fuerzas celestes…

Y el cielo responde con un rayo que desgarra el empíreo
para caer en la punta de su espada. Una luz deslumbrante nos
ciega. Un calor incandescente nos consume.

441

28

El solsticio

Abro los ojos, deslumbrada.

Unos rayos intensos se filtran a través de las cortinas de mi dormitorio, espolvoreados de oro. Parpadeo varias veces y me estiro, bostezando. ¿Qué hora es para que el sol brille con tanta fuerza? Me siento como si hubiera dormido una eternidad y hubiera tenido extraños sueños. Bosques hormigueantes de criaturas indistintas... Castillos acechados por peligrosas fiestas nocturnas... Mares oscuros azotados por tormentas dantescas... Esos retazos de sueños se van difuminando ya en mi memoria, como jirones de niebla fría en el cálido resplandor matutino.

El olor a tocino asado me hace cosquillas en las fosas nasales y acaba de despertarme. Me levanto, me pongo un suéter encima del camisón, salgo de mi habitación y bajo la escalera.

En la planta baja descubro una cocina reluciente de metal bruñido. Mi madre trajina en los fogones: de ahí procede el delicioso aroma.

—Llegas justo a tiempo para tus huevos fritos con beicon —dice dándome la espalda—. ¿Has dormido bien?

—Como un tronco. He tenido varios sueños extraños..., bueno, más bien pesadillas.

—¿Pesadillas? —pregunta mi madre, inquieta—. ¿Sobre qué?

Deja su espátula de madera y se gira para mirarme. Su cara parece un poco diferente esta mañana. Bah, desecho ese absurdo pensamiento.

—No recuerdo gran cosa —murmuro—. Estaba oscuro, húmedo y lleno de monstruos pululando. Algo así como… nuestro mundo invadido por las Tinieblas.

Un silbido de incredulidad se eleva en el salón contiguo a la cocina. En él hay un amplio sofá, y encima de él, un joven acurrucado que viste unos pantalones vaqueros y lleva gafas: es mi hermano mayor, Valère.

—¡Vaya imaginación morbosa que tienes! ¿De dónde sacas todo esto, Diane? Deberías ir al psiquiatra.

«Diane»…, sí, claro, ese es mi nombre, el de siempre, pero me suena raro.

—Me gustaría saber qué ha soñado Diane —replica un segundo chico sentado en el sofá, sacándome de mis pensamientos.

Es mi otro hermano, Bastien, vestido también con unos vaqueros. Veo que los dos sujetan en la mano una especie de estuche lleno de botones, que pulsan frenéticamente sin apartar los ojos de un extraño espejo que cuelga frente al sofá.

En él luchan unas figuras luminosas. Supongo que los dos chicos mueven de manera mágica a esas marionetas utilizando sus respectivas cajas. ¿Será algún tipo de juego?

—¡Vamos, basta, desenchufad la consola y levantaos del sofá! Que sea domingo no implica que os paséis el día ganduleando. Ya es casi mediodía.

¿Psicólogo?… ¿Consola?… ¿Sofá?… Y esa palabra que mamá usó antes: ¿beicon? ¿Por qué esas palabras, que debería conocer, me suenan tan extrañas?

No le demos más vueltas, ¡después de comer todo irá mejor! Me siento a la mesa de la cocina, frente a mi plato de huevos con tocino. Me muero de hambre, ¡como si acabara de volver de un viaje al otro lado del universo!

Una vez saciada, entro para asearme en un cuarto de baño cuya ducha está alicatada con unos relucientes azulejos blancos. Abro el grifo y la alcachofa que está en lo alto lanza un chorro de agua humeante. Aprieto las bocas de unos tubos de colores de donde salen unos ungüentos cremosos y perfumados: todos estos objetos, que sin duda me rodean cada mañana,

443

me impresionan hoy como si los usara por primera vez. Igual que los vestidos que hay en el armario de mi dormitorio. ¿De verdad yo llevo esas prendas tan cortas y ceñidas, confeccionadas con unas telas que desconozco? Me decido por unos vaqueros como los que llevan mis hermanos y por una camiseta con unos dibujos estampados.

Vestida de tal guisa, inspecciono más a fondo mi habitación. Las paredes están cubiertas de carteles con unos títulos coloreados. En uno aparece un enorme tiburón emergiendo del agua: *Tiburón*. En otro se distingue una vista del espacio donde flota una estructura circular: *2001: Una odisea del espacio*. Me detengo frente a una estantería llena de libros. Mi mirada recorre los lomos cuidadosamente alineados.

Algunos de los títulos me evocan recuerdos lejanos: *Cuentos* de Charles Perrault, *Las metamorfosis* de Ovidio o *Las mil y una noches*. Otros me parecen completamente nuevos. No recuerdo haber leído nunca estos libros: *El conde de Montecristo, Drácula, Phobos*. El último título me dice algo. *Phobos...* Ese sonido resuena en mí como... como...

—¡Diane, baja! —me llama mamá desde la planta inferior—. Hay alguien que quiere verte: Febo.

¡Febo, claro! ¡Es justo el nombre que tenía en la punta de la lengua!

Bajo corriendo la escalera. En la puerta de casa hay un joven vestido con una camisa blanca. Lleva el pelo, muy rubio, recogido en una coleta, que despeja su cara de tez diáfana. Sonríe con ternura. En esta mañana llena de confusión es la primera certeza: me quiere. ¿Es... mi novio?

—Diane —dice acercando su mano a mi cara para acariciarme el pelo.

—Has venido, Febo —susurro.

—Claro que he venido. Habíamos planeado pasar el día juntos, recuerda. Hoy y todos los días a partir de ahora.

Se inclina y me da un beso en los labios, tan dulce como esta mañana de verano.

28 bis

El solsticio

Abro los ojos, deslumbrada.

Unos rayos resplandecientes se filtran a través de las cortinas de mi dormitorio, espolvoreados de oro. Parpadeo varias veces y me estiro bostezando. ¿Qué hora es para que el sol brille con tanta intensidad? Además, ¿de dónde sale este extraño *déjà vu*?

Bajo a la cocina, donde mi madre ya me ha preparado un desayuno delicioso. Apoltronados en el sofá, Valère y Bastien me toman el pelo por mis pesadillas de la noche pasada, que ya he olvidado. Por más que intento pensar en ellas mientras me ducho, los recuerdos se me escapan. Es como si el agua hirviendo los arrastrara y desaparecieran por el desagüe negro, el único punto oscuro en esta tersa mañana.

Una vez vestida, deambulo un rato por mi habitación, pasando el dedo por los libros de mi biblioteca. Entre dos novelas hay una caja de cartón. La cojo y miro el título medio descolorido: *El tarot prohibido*.

¿Un tarot aquí? Pero si no sé leerlo. Además, ¿por qué está prohibido? La caja parece mucho más vieja que mis libros, es más, que todos los muebles de mi habitación. Es como si hubiera aterrizado aquí por error, salida de otra época.

Me siento a mi escritorio y levanto la tapa. De ella se eleva un polvo brillante. Saco una baraja de cartas con el dorso negro y desgastado, adornada con miniaturas descoloridas por el tiempo. Parecen unos relojes de arena.

¿Qué hago ahora con esas cartas? Tal vez podría dejarme guiar por el instinto… Cojo cinco de ellas al azar y les doy la

445

vuelta delante de mí formando una cruz. Un esqueleto armado con una guadaña, un vampyro saliendo de su ataúd, un personaje espeluznante vestido de oscuro, un hombre colgado de un pie y un planeta agarrado por dos manos… El resultado es bastante lúgubre.

No: mirándola bien, la última carta parece transmitir un mensaje feliz. Se llama «el Mundo» y la mano que lo corona es luminosa, tan brillante como la de esta mañana resplandeciente en que me acabo de despertar.

—Diane, baja —me llama mi madre—. Febo acaba de llegar.

Bajo corriendo la escalera y me lanzo en brazos de mi novio.

El loco

Las tinieblas

El mundo

El ahorcado

28 ^{ter}

El solsticio

Abro los ojos, deslumbrada.

Bajo a la cocina, desayuno, intercambio unas palabras con Valère y Bastien, me doy una ducha y me visto...

La rutina de esta algodonosa mañana de domingo se ve alterada por un detalle insólito: encima de mi escritorio hay cinco cartas cruzadas. Me acerco a mirarlas. ¿Quién las ha puesto ahí? ¿Es una broma de Bastien, mi hermano artista a quien siempre le han gustado los objetos insólitos? ¿Y de dónde viene esa melodía apagada que parece filtrarse por la pared?

Acerco el oído al tabique que separa mi habitación de la de Bastien. Mi hermano tiene la costumbre de escuchar música a todo volumen mientras dibuja, pero esta melodía no se parece a las que suelen gustarle, bueno, eso creo. La música parece más pomposa, más majestuosa..., más antigua. Y no procede de la habitación de mi hermano.

—¡Diane, baja! —me llama mi madre—. Febo ya ha llegado.

Me separo de la pared, asombrada. Sí, tengo que bajar, mi novio me está esperando... Me quiere. Entonces, ¿por qué esta reticencia a reunirme con él? La música sigue sonando en mi habitación sin que yo pueda identificar el origen. Echo otro vistazo a las extrañas cartas. La quinta, llamada «el Mundo», se mueve ligeramente, a pesar de que en la habitación no hay ninguna corriente de aire...

En medio de este acogedor dormitorio, en esta cálida casa, me invade una fría angustia. «Por lo visto, es la música la que mueve la carta». Sí, ¡el pedazo de cartulina desgastado por los años se balancea al ritmo de las notas! Empieza a girar sobre sí mismo, como la aguja de una brújula que ha perdido el rumbo. Las dos manos que sujetan el planeta se mueven alternativamente arriba y abajo. Como si la carta dudara en entregar su mensaje. Como si el destino del mundo estuviera suspendido.

La voz de mi madre me saca del estupor:

—¡Diane, date prisa!

Bajo las escaleras de forma mecánica, con la vaga sensación de que, en realidad, no soy yo la que se mueve, sino un autómata programado para hacerlo. Febo está de pie en la puerta, rodeado de un halo de luz, como un ángel sonriente.

Dejo que me abrace, pero no puedo saborear la felicidad del momento. Mi corazón está en otra parte.

—¿La oyes?

—¿Qué, Diane?

—La música.

Sacude suavemente la cabeza.

—La única música que oigo es el canto de los pájaros en el solsticio de verano.

Claro, la melodía que llenaba la casa… ¡eran los pájaros cantando en el exterior! Pero ¿dónde están ahora? Todavía los oigo, pero no los veo por ninguna parte.

Antes de que pueda añadir algo, Febo sella mis labios con un beso.

449

El solsticio

$\mathcal{A}$bro los ojos, deslumbrada.

A menos que haya sido el canto de los pájaros lo que me ha despertado, filtrándose por las paredes de mi habitación. ¿Qué especie cantará así, con tanta voz y solemnidad? Me precipito hacia mi escritorio, aprovechando que los sueños de esta noche aún no se han desvanecido. Las cinco cartas siguen ahí. La última da vueltas sobre sí misma al ritmo de la melodía.

«¡Tengo que recordar! ¡Antes de que la luz del día disipe por completo los recuerdos de la noche!».

Me concentro todo lo que puedo en las ingenuas imágenes de las cartas, dejando que resuenen en mi alma. Su organización, que creía aleatoria, va cobrando sentido poco a poco. No es la primera vez que las veo juntas, en otro mundo, en otra vida... Sí, puedo adivinar, o más bien puedo recordar: ¡esa cruz representa el pasado, el presente y el futuro!

Cojo un lápiz y empiezo a garabatear febrilmente en el escritorio al lado de cada carta: el pasado; el presente; la piedra angular; los cimientos; el futuro.

Luego vuelvo a concentrarme en cada carta, con la respiración entrecortada, mientras los trinos de los pájaros siguen vibrando en mis tímpanos.

Las Tinieblas. La carta del centro soy yo en este instante. Las Tinieblas representan la confusión que agita mi mente. Parezco una de las marionetas que aparecen en la imagen moviéndose como autómatas. Escribo en el escritorio: «Yo».

El Loco. Los rasgos del vampyro que sale de su ataúd me resultan familiares. Es alguien que conozco. ¿Alguien a quien quiero? No: «alguien que me quiere». Un nombre cruza mis labios: «Alex…, Alexandre de Mortange».

Lo escribo febrilmente. Luego miro la carta de los cimientos.

El Ahorcado. El joven colgado por un pie es un inconformista que tiene una visión diferente de la de los demás. Durante mucho tiempo no quise ver lo que sentía por él, pero ahora que las bases se han asentado ya no puedo negar lo que desea mi corazón. «Sterling Raindust», murmuro guiada no sé muy bien por qué certeza mientras escribo su nombre encima de la mesa.

La composición empieza a tener cada vez más sentido. Alude a los hombres de mi vida, no esta, la soleada, sino la nocturna, la del sueño. Lo que significa que la carta del pasado, que está a la izquierda de la cruz, debe de representar una relación superada, extinguida…, muerta.

451

La Muerte. Ese es el nombre de esta carta, estoy segura, aunque no aparezca. La muerte, que me ha perseguido con su venganza como un amante celoso…, o, más bien, debería decir, *el Muerto*. Porque eso es lo que es: un fantasma del pasado. Un amor difunto que se ha vuelto monstruoso.

Su nombre me viene de golpe a la mente, como un mal presagio: «Tristan de La Roncière».

Lo que me lleva a la quinta y última carta, la que sigue girando sobre sí misma al ritmo hechizante del canto de los pájaros.

El Mundo. La mano de la Luz y la mano de las Tinieblas lo dominan alternativamente. Como si el mundo del día, donde he despertado, y el mundo nocturno, donde he soñado, estuvieran librando una batalla. Si las otras cartas representan a la gente que me rodea, esta también debe hacerlo. A decir verdad, representa mi futuro más inmediato: el ser querido que me espera en la puerta, como cada mañana.

—Febo —digo.

La puerta de mi habitación se abre arrancándome de mis pensamientos. Es mi madre, con cara de preocupación:

—Diane, pero ¿es que no me oyes cuando te llamo? —me pregunta.

No, no la había oído. Los pájaros cantaban demasiado alto, pero ella no parece darse cuenta. Tampoco parece ver las cartas que hay encima de mi escritorio, donde escribo. Me pregunto si al menos me ve a mí. Quiero decir, si me ve como realmente soy, no como una marioneta como las que aparecen en la carta de las Tinieblas.

—Febo te está esperando abajo —me dice.

No me he duchado ni me he vestido, pero aun así bajo corriendo la escalera, cuyos escalones vibran con el canto de los pájaros.

La piedra angular
ALEXANDRE

El loco

El pasado
TRISTAN

El presente
YO

El futuro
FEBO

Las tinieblas

El mundo

Los cimientos
STERLING

El ahorcado

Puede que Tristan, Alexandre y Sterling solo sean recuerdos medio borrados, ¡pero Febo es real! A menos que sea justo lo contrario. Me detengo al pie de la escalera, presa de una intuición que me produce vértigo. De repente, esta casa demasiado cómoda me parece irreal. Sus paredes me parecen de papel, como un castillo de naipes que deja entrar el estridente coro de los pájaros. ¿Será porque no dejo de oírlo? La melodía me resulta cada vez más familiar…

Camino los últimos metros que me separan de la puerta principal. Febo parece sorprendido de verme llegar en camisón, pero no tarda en esbozar una tierna sonrisa:

—¡Vaya, perdona, Diane, te he despertado!

—¿De verdad estoy despierta? —le pregunto.

—¿Cómo dices?

Las palabras suben a mis labios temblorosos, como si otra persona las dijera por mí:

—¿Estás seguro de que estamos despiertos? Me parece que dormimos, que seguimos soñando. —Trago saliva, abrumada por la experiencia mediúmnica, y me apresuro a añadir—: ¿Cómo sabemos que no estamos soñando y que nuestra vida real no está al otro lado?

—¿De qué estás hablando, Diane? ¿A qué lado te refieres?

—Al lado de la noche. Al mundo del año 300 de la era de las Tinieblas.

El canto de los pájaros se eleva a nuestro alrededor, cada vez más fuerte. La cara de Febo se descompone. Pero no solo eso. La casa que nos rodea se desmorona: las paredes se derrumban y el techo sale volando, arrastrado por el huracán de la melodía.

—¡No me digas que no oyes la música de los pájaros! —grito, pero enseguida rectifico—: «¡Tu música!».

Porque, de repente, recuerdo que es la suya: la sonata inacabada que intentó completar durante toda su vida. Ahora está terminada. La sonata está ahí, con toda su majestuosidad, interpretada por unos pájaros invisibles cuyas voces hacen las veces de flautas y oboes.

—¡El *Ballet real de la noche*! —balbuceo a medida que voy recordando desordenadamente—. ¡El tema que habías perdido! El que te tocaba la señora M, la dama que te acogió poco después de nacer en la vida real.

454

Las ráfagas de viento azotan con furia mi cabellera gris, que golpea mis mejillas; deshacen el nudo de la coleta de Febo para apoderarse de la suya. Esta agitación me recuerda la tormenta en la que combatimos hasta que un rayo cayó en su espada y nos fulminó.

—Pero esta es la vida real... —protesta él, aturdido—. Estamos en el año 2015, no en el 300...

—Te equivocas, Febo. Estamos en una no vida. Aquí, la fecha no es el año 300 ni el 2015. Es un bucle que se encuentra fuera del tiempo, donde repetimos una y otra vez el día del solsticio de verano. Es una trampa donde me siguen llamando Diane, cuando mi verdadero nombre es Jeanne.

Me doy cuenta de que ya no hay casas a nuestro alrededor, ni paisaje alguno. El panorama ha desaparecido. Lo único que queda es un techo ardiente por encima de nuestras cabezas, ondulando como un velo tan vasto como el cielo. De él procede el resplandor que confundí con el sol estival, de esta tela traslúcida pero perfectamente hermética. Deja que se filtre la Luz de otro mundo al mismo tiempo que impide que las partículas físicas la atraviesen.

—Estamos atrapados en una cavidad que separa el mundo de la Luz del de las Tinieblas —exclamo—, pero el velo que hay entre los dos siempre será infranqueable. Me lo dijo la señora M. —Me obligo a respirar más despacio, a organizar mis pensamientos y a comunicárselos con la mayor claridad posible al joven confuso que está delante de mí—. Tenemos un poco de luminina en la sangre, tú y yo, porque otros decidieron que fuéramos aurorus. Unas manos poco escrupulosas nos inyectaron la nostalgia de un mundo de la Luz inalcanzable, porque nacimos en el mundo de las Tinieblas. Pertenecemos a él. Y es a ese mundo al que debemos volver.

Los ojos de Febo se abren como platos y luego se van apagando poco a poco. Supongo que porque él también está recordando.

—Tengo más que una gota de Luz en mí —protesta, abriendo el cuello de su camisa con las yemas de los dedos.

Veo su torso pálido, donde Hyacinthe de Rocailles le clavó el estilete. En la herida abierta, junto a la pequeña medalla de oro grabada con su nombre, brilla un diamante. Reconozco

455

el Corazón. La gema está incrustada en la carne de Febo, del mismo modo en que las sirenas solían engastar las piedras preciosas en los huesos de los muertos. El Corazón de la Tierra se ha convertido en su corazón, se aloja en el atanor de su pecho.

—No quiero volver a las Tinieblas —musita—. Nada me une a ellas. Allí me duele todo. Yo… prefiero existir en lo que tú llamas no vida. Puede que este lugar solo sea una trampa, como dices, una lámpara tan estrecha como la del genio de *Las mil y una noches,* pero es suficiente para mí. Y tú puedes quedarte aquí conmigo. ¿Pasarás el futuro a mi lado?

La pregunta de Febo me atraviesa como una revelación. ¡Mi futuro aún no está decidido! Por eso el arcano del mundo —el del futuro— daba vueltas sobre mi escritorio. La elección es exclusivamente mía: permanecer en esta cavidad de Luz en compañía de Febo o volver a las Tinieblas para recuperar mi vida de antes.

—Quédate conmigo —me implora estrechando mis manos entre las suyas—. Tú y yo somos iguales, tú misma lo has dicho. ¿Aurorus? Desconozco esa palabra, pero sé que el mundo de abajo no tiene nada que ofrecer a unas almas perdidas como las nuestras. Allí solo hay sufrimiento, tiranía y desesperación.

—Es cierto, Febo —admito con el corazón acelerado—, pero a la vez es algo más, algo que este pequeño enclave jamás logrará ser: «real». Gente de verdad que sufre a diario, que lucha contra la tiranía intentando encender la llama de la esperanza. Esa gente me quiere y me está esperando. Me necesitan… y yo los necesito a ellos.

Mis dedos se despegan de los de Febo.

Él alza el vuelo, atrapado en el cielo de su espejismo de Luz.

Dejo que el *Ballet real de la noche* me hunda en el pozo de las Tinieblas.

29

Adagio

Abro los ojos, deslumbrada.

No es la luz de un espejismo solar la que hace brotar las lágrimas en mis ojos, sino la de un rostro muy real que se inclina hacia mí. La cara de Sterling Raindust, recuperado de sus adversidades y, sobre todo, rebosante de amor.

—¡Jeanne, por fin has vuelto! —exclama.

Deja de masticar nerviosamente su palillo y se lo mete detrás de la oreja.

—Tranquila, no hagas movimientos bruscos —me recomienda con dulzura.

También es dulce el balanceo de la cama bajo mi espalda. Aunque, a decir verdad, toda la habitación se mece como una cuna. Estoy en el camarote de un barco. La temperatura es agradable. Una lámpara oscila lentamente en el techo. A través del ojo de buey veo brillar la luna sobre un mar en calma.

—¿Dónde estoy? —balbuceo incorporándome y apoyándome en el cabecero del lecho.

—A bordo del *Stormfly*. Hemos soltado amarras. Escapamos de la tormenta y ahora estamos lejos.

—¿Y el *Urano*?

—La tormenta lo destruyó. Yo… pensé que se te llevaría para siempre… a ti también.

Los recuerdos vuelven a pasar por mi mente: el huracán furioso, los mástiles del barco-ciudadela rompiéndose, la torre en llamas…

—Quise correr en tu ayuda cuando Febo te acorraló en el castillo de popa —me explica Sterling—, pero un rayo cayó sobre vosotros antes de que pudiera daros alcance. Cuando la bola de fuego se disipó, habías desaparecido, todo lo que quedaba era un polvo destellante en la noche. —Su voz tiembla de ansiedad mientras revive la escena—. Pero yo sabía que no te habías desvanecido del todo. En esa noche apocalíptica, mientras la batalla causaba estragos en cubierta, sentí que seguías allí, cerca de mí. Aunque ya no podía verte, tenía la intuición de que aún podías oírme. Así que te llamé. Primero grité y luego me puse a cantar.

No necesita decir nada más. Sé que la voz de Sterling puede imitar de manera mágica el canto de los pájaros. Lo he presenciado en muchas ocasiones. Además, oí esa voz en mi sueño.

—El *Ballet real de la noche*, fuiste tú quien me lo cantó, ¿verdad? —murmuro.

—Lo hice con todo mi corazón para llamarte de nuevo a mi lado.

—Te oí, Sterling.

—Y volviste. Tu cuerpo se volvió a materializar en el mismo lugar…, justo donde habías desaparecido, pero sin Pálido Febo. Tras quedarse sin su jefe, sus guardias depusieron las armas y pudimos zarpar. Has dormido durante dos días y dos noches.

Me coloca una almohada tras la espalda para que esté más cómoda en la cama. Su hombro me acaricia y sus pectorales me rozan a través de la bata de lino que me dio. Siento la masa reconstituida de sus músculos bajo el algodón de su camisa y supongo que se ha revitalizado bebiendo las botellas de sangre que había en las bodegas del *Stormfly*, una embarcación acondicionada para toda una tripulación de vampyros.

Levanto una mano y toco su mejilla fría, que ha recuperado su contorno.

—¿Dónde has estado? —me pregunta conmovido.

—Justo donde acabas de decir: cerca. En algún lugar entre dos realidades. —Frunzo el ceño tratando de comprender un misterio que casi pertenece al mundo de las artes ocultas—. ¿Recuerdas la digestión alquímica que la señora M nos describió? Creo que ese fenómeno se produjo cuando el rayo cayó sobre nosotros. La sangre de Pálido Febo, que contenía la tenebrina del rey, se elevó al punto de suprema incandescencia. La tenebrina se convirtió al instante en luminina bajo el efecto de la fulguración, cuya temperatura debe de ser cien veces superior a la que hay en los atanores. Y el Corazón de la Tierra, que tenía en la mano, actuó como catalizador para completar esa inesperada reacción, ese proceso extraordinario.

—Las Tinieblas se digirieron a sí mismas afinando el tejido que separa nuestro mundo del de la Luz... —razona Sterling recordando las palabras de la vampyra.

—Y fui arrastrada a esa especie de bolsillo —completo en voz baja—. Porque de verdad era solo eso: un universo de bolsillo, un estrecho dobladillo en el tejido de la realidad. Vi cosas extrañas. Objetos desconocidos, ropa y libros, proyectados tal vez desde el otro mundo. Eran como imágenes en una linterna mágica. O como las visiones de Pierrot. En cuanto a los miembros de mi familia que poblaban el espejismo, creo que fui yo quien los imaginó. Porque los míos, los Froidelac, solo pertenecen a esta realidad.

La constatación me llena de nostalgia. Ojalá mis padres y hermanos existieran en el mundo de la Luz, aunque sepa que jamás podré acceder a él. Pero ellos nacieron, vivieron y murieron en el mundo de las Tinieblas. Para siempre jamás.

—Este mundo es tuyo y mío también —murmura Sterling en voz baja—. Merece la pena luchar por él.

No doy crédito a lo que oigo.

—¿El cínico *lord* Sterling Raindust hablando de combatir para algo que no sea el caos generalizado? —me burlo incrédula—. Has cambiado, ¿verdad?

—Tú también has cambiado —rebate—. La ácida Diane de Gastefriche, que desconfiaba de todo y de todos, se convirtió en Jeanne Froidelac. Una guerrera igual de combativa, lo sé, pero que por fin se atreve a bajar la guardia. —Me aparta con los dedos los mechones plateados que caen sobre mis ojos para mirarme mejor—. Te confesé que tu instinto vital me sedujo desde la primera noche en que te vi, a mí, el hombre muerto que pensaba que nunca volvería a experimentar tales sentimientos. Pues bien, ha llegado el momento de que por fin nos permitamos vivir, Jeanne..., y amar.

El tranquilo balanceo del camarote me sosiega. La tierna mirada de Sterling me sobrecoge. Después de la sinfonía ca-

459

tastrófica de los elementos, interpretada *fortissimo furioso*, es hora de oír un delicado *adagio*. El nuestro.

Sterling acerca sus labios a los míos, pero en ese momento la puerta del camarote se abre y aparecen Poppy y Zacharie. ¡Cuánto han cambiado ellos también desde que salimos de Versalles en aquella fría noche de marzo de hace tres meses!

—¡Ves, Zach, no estaba soñando, te dije que había oído la voz de Jeanne! —exclama Poppy—. ¡Está despierta!

Mi amiga se ha quitado el vestido de novia y el delirante tocado para recomponer el moño alto y suelto, que parece ser una especie de firma inimitable. Un peinado tan libre y descarado como ella.

—¡Levántate, dormilona, ya está bien de dormir! —dice tirando de mí, igual que solía hacer en el dormitorio de la Gran Caballeriza—. ¡Encima de que has arruinado mi boda…!

Burlarse del sórdido calvario por el que ha pasado es su manera de exorcizar el trauma. Detrás de sus estridentes carcajadas puedo percibir la profunda emoción que experimenta. Yo también siento que mi corazón se derrite por mi amiga, que se sacrificó sin dudarlo y se casó con un monstruo con la esperanza de poder salvar así a sus compañeros.

—Siento haber sido un poco aguafiestas, pero es que el novio no me gustaba mucho —bromeo.

—¡A quién se lo dices! Desapareció como por arte de magia. Otro gallina con miedo a comprometerse que se acobarda en el último minuto.

La risa de Poppy muere en su garganta y adopta un aire serio.

—*Joking aside*, ¿dónde demonios se ha metido Pálido Febo?

—Se ha quedado en un sueño, en un más allá donde ha dejado de sufrir y al que se llevó el Corazón.

—En efecto, la piedra también ha desaparecido —confirma Zacharie—. No la hemos encontrado.

El escudero lleva una chaqueta de lana de color carbón parecida a la de Sterling; sin duda la ha tomado prestada del guardarropa de la corbeta inglesa. Su cara aparece marcada por varias cicatrices recientes, las secuelas de la terrible batalla que selló el fin del *Urano*.

—La esperanza de crear un ángel de luz pura se desvaneció con el Corazón —constata Zacharie—. La señora M no podrá convertirte en un aurorus perfecto, Jeanne.

—Bah, la perfección está sobrevalorada —afirma Poppy—. No hay nada más encantador que la imperfección. Una voz ligeramente quebrada, un moño suelto son irresistibles. ¿Verdad, Zach?

Me doy cuenta de que están cogidos de la mano.

—¡No me mires así! —dice Poppy dedicándome uno de sus típicos guiños—. He de reconocer que tenías razón: Febo no era para mí. Demasiado... frío para mi gusto. No dejé las lluviosas Tierras Altas de Inglaterra para acabar congelándome en el Polo Norte. En brazos de Zach vuelvo a sentirme viva de nuevo.

Enrojece de placer. La cara de Zacharie también se ilumina con una tierna sonrisa que me emociona.

—Es verdad, Poppy, todo lo que viene de Inglaterra es frío a primera vista, pero, a veces, en un segundo momento, puede ser más ardiente de lo habitual —le digo mirando a Sterling con cariño.

—¡No te abalances sobre él todavía, espera al menos a que salgamos! —Poppy se ríe—. Vamos, venga, os invito a mi segunda boda, a tu *lord* y a ti. —A continuación, añade haciendo un cómico mohín—: ¡Espero que esta vez no lo eches todo por la borda!

Debo de haber puesto una expresión extraña, porque añade:

—Bueno, sí, Zach y yo nos vamos a casar en Grand-Domaine, siguiendo los pasos de Adjilé y Agnès.

—¡Oh, Poppy, no sabes cuánto me alegro por ti! —exclamo sintiendo que mis mejillas se sonrojan de felicidad—. Pero ¿no vas a volver a Versalles?

—Se acabaron las reverencias y los chismorreos. Pertenezco a Zacharie y a su familia.

Mi amiga aprieta un poco más la mano de su amante.

—Mañana haremos escala en Martinica —explica Zacharie—. Allí, en Fort-Royal, contactaré con la Fronda, como me dijiste. Los antiguos galeotes son ahora hombres libres, así que podrán unirse a las filas de la organización rebelde si quieren. La mayoría me lo ha pedido. ¡Porque el combate de la Fronda

461

del Pueblo no terminará mientras quede un solo esclavo en esta tierra!

Su serena resolución me estimula. Al sentirse por fin en sintonía consigo mismo, después de haber pasado varios años interpretando un papel en esa prisión que es, en realidad, la corte de Versalles, hasta resulta más atractivo y fuerte.

—Después de pasar por Martinica, Poppy y yo navegaremos hacia Luisiana —prosigue—. Oficialmente, sigo siendo el escudero del rey, portador de la orden real de cerrar la plantación libre de Grand-Domaine; en realidad, evacuaré a los míos con la ayuda de los rebeldes luisianos.

Ser testigo del amor que los une, a él y a Poppy, me conmueve en lo más profundo. El suyo es un sentimiento más que poderoso, porque se ha incubado durante mucho tiempo y ahora florece al servicio de un ideal que lo trasciende: la lucha por la libertad universal.

—Prudence vendrá con nosotros para que no te estorbe en Londres —precisa Zacharie.

Recuerdo la última imagen que vi de mi falsa prima antes de perder el conocimiento: una arpía escupiendo bilis en la tormenta.

—Prudence sobrevivió —farfullo.

Zach asiente:

—Está encerrada con llave en su camarote del *Stormfly*. Podría haberla matado, ya que en el asalto final se alió con Febo y sus guardias, pero no hay que ensañarse con los enemigos que yacen en el suelo. Esa es la lección que me enseñaste en la cueva de las sirenas cuando me pediste que perdonara a Françoise. —Me mira con sus oscuros ojos y luego añade—: Hace unos días, cuando nos enfrentamos a Tristan, Françoise nos salvó el pellejo. Quién sabe, quizá Prudence también se redima.

Asiento con la cabeza, meditando sobre sus sensatas palabras.

—Eres muy amable ofreciéndote a cuidar de Prudence y espero que mejore con el tiempo —le digo—, pero no tengo intención de ir a Londres…, al menos no por el momento.

Sterling se tensa a mi lado.

—Pero yo creía… que Sterling y tú… —tartamudea Poppy, desconcertada.

462

—Lo nuestro durará, no te preocupes. Dos testarudos juntos son aún más cabezotas, pero tengo que regresar a Francia. He de volver a Versalles.

Ahora es mi fogoso *lord* el que se indigna.

—¡Ni se te ocurra, Jeanne! Te lo prohíbo.

—No te pongas trágico, ¡no estamos en un teatro! —lo reprendo con ternura. Con las piernas bajo la barbilla, giro en el colchón para mirarlo a los ojos—. Escúchame. Te destinaron a la embajada de París. En teoría, debería resultarte muy fácil conseguir un puesto en Versalles. Nos veremos todas las noches, ¿qué más da si nos queremos bajo el cielo de Francia o el de Inglaterra? Lo que importa es que estemos juntos. Además, que esté allí será importante para todos los que cuentan con mi presencia en palacio.

Lo cojo del brazo.

—Tengo que informar al gran escudero sobre todo lo que ha pasado. Debo contarle la maravillosa aventura que hemos vivido en las Antillas. Asegurarle que Pálido Febo y el Corazón ya no constituyen una amenaza. Hablarle de la señora M. ¿Quién sabe? Tal vez ella pueda convertirse en un nuevo aliado de la Fronda. —Respiro hondo, anclándome firmemente en la cama, en mi cuerpo, en una realidad que es la mía—. La frontera entre los mundos es infranqueable. Ninguno de nosotros pasará jamás al mundo de la Luz, pero podemos seguir inspirándonos en él para hacer retroceder a las Tinieblas aquí, en la Tierra. Como hicimos con la electricidad que nos procuró Pierrot. ¿Cuántas otras maravillas nos quedan aún por descubrir y reproducir?

Sterling asiente con la cabeza. En la atmósfera del camarote, bajo el halo de la lámpara de aceite, su alfiler de plata brilla de un modo tenue, como una estrella.

—A decir verdad eres un poco insoportable, ¿sabes? —me acusa con dulzura.

—Por eso me quieres —rebato guiñándole un ojo—. Además, tengo muchas ganas de presentarte a mis queridos amigos, Naoko y Orfeo. Creo que te gustarán. Es más, estoy convencida de que te adorarán. Creo incluso que sabrás encontrar la manera de llevarte bien con ese gruñón de Montfaucon, siempre y cuando saques a Shakespeare a colación en el momento oportuno. ¡A los dos os encanta dar lecciones a los demás!

463

Esa reflexión me hace sonreír. Mi Sterling. ¡Estoy deseando compartir su flemático encanto con mi familia para escribir una nueva página en nuestro libro!

De repente, ese pensamiento me hace recordar al hombre cuya historia de amor tuvo un final abrupto.

—¿Y Rafael? —pregunto preocupada.

—Sigue enclaustrado en su camarote de popa, como Prudence, pero no porque lo hayan encerrado —me explica Poppy con tristeza—. No quiere ver a nadie. Es como si fuera prisionero de su propia cabeza. La melancolía lo está consumiendo.

Pienso en los últimos momentos que vivió Rafael antes de perder el conocimiento, en la poción que le obligaron a beber, en el asesinato de su amante ante sus ojos... y en el reflejo que tuvo de proteger a su asesino del ataque de Gunnar. ¿Qué pasará ahora en su corazón, seguirá latiendo por el cruel Hyacinthe? ¿O, por el contrario, lejos ya de su verdugo, se habrá liberado del encantamiento y se habrá sumido en el dolor por haber perdido a Suraj? Aparto mis sábanas.

—¿Seguro que estás bien para levantarte? —pregunta Sterling, inquieto.

—Después de todo este tiempo, deberías saber que no soy de porcelana, *lord* Raindust. Necesito hablar con Rafael.

—Pero si te he dicho que no quiere ver a nadie —replica Poppy pesarosa.

—Puede que todavía quiera oír lo que tengo que decirle.

Me levanto, me desentumezco y me echo un chal por encima del camisón. Luego deposito el beso en los labios fríos y suaves de Sterling que estábamos a punto de darnos cuando Poppy y Zach irrumpieron en mi camarote. Al final, enfilo el pasillo del *Stormfly* hasta llegar a la última cabina. Llamo tres veces para anunciarme. No contestan. Giro suavemente el picaporte.

La habitación permanece en penumbra, la lámpara de aceite que cuelga del techo está ajustada al mínimo. Cierro con delicadeza la puerta a mis espaldas y giro el pomo para reavivar la llama. Entonces veo la figura encorvada de Rafael, que está sentado en el borde de la cama, con el pecho hundido. Su vestido negro de luto nunca me ha parecido tan apropiado. No hace ningún ruido ni tampoco el menor gesto que indique que ha percibido mi presencia.

Así pues, me acerco a la cama y me siento a su lado.

—Soy yo, Jeanne —susurro—. Los demás deben de haberte dicho que ese es mi verdadero nombre y que lo oculté durante meses a toda la corte, ¿me equivoco?

Sigue sin responder.

—Cuando me confiaste tu secreto el año pasado en la Gran Caballeriza, no sabías que yo también ocultaba uno. Creo que eso nos une de una forma particular. Igual que los momentos especiales que tuve ocasión de compartir con Suraj el invierno pasado, cuando los dos investigábamos en París.

Al oír mencionar a su amante, Rafael da por fin señales de vida. Levanta lentamente la cabeza, sus mechones castaños caen a ambos lados de su cara espantosamente pálida. Hace más de un mes que no ha visto la luz del día: primero, Hyacinthe de Rocailles lo encerró en las bodegas de la *Novia Fúnebre* y ahora se niega a salir de su camarote. Pongo una mano encima de una de las suyas para consolarlo. Para que mis dedos dejen de temblar.

465

—La desaparición de Suraj es trágica —digo con un nudo en la garganta—, pero también es una victoria: la última, la más deslumbrante de todas, la que ganó contra sí mismo. Él te quería más que a nada en el mundo, estoy absolutamente segura, pero no se permitía vivir ese amor por miedo a... desagradar al Inmutable. Creía que el futuro del reino de Jaipur dependía de ello. Por eso peleasteis la noche que embarcamos en Nantes, ¿verdad?

Rafael vuelve sus ojos verdes hacia mí. Parecen dos esmeraldas engarzadas en su demacrado rostro. Unas palabras escapan de sus labios secos, quizá las primeras que pronuncia desde que subió a bordo del *Stormfly*:

—¿Cómo lo sabes?

—Os vi a los dos en el albergue de la Partida. Y al día siguiente supuse que te habías hecho la herida que tenías en la mejilla durante el altercado. —Lo miro a los ojos y le pregunto—: ¿Qué pasó en Nantes, Rafael? ¿Te importaría contármelo?

—Suraj sabía que yo quería huir de Versalles —contesta—. El día antes de dejar el palacio, le dije que nunca iba a volver allí, porque desde que éramos escuderos se negaba a que nos viéramos para no levantar sospechas. Y porque era demasiado duro para mí permanecer a su lado en esas condiciones. La noche en que embarcamos vino a verme a Nantes sin avisarme. Me llevó al albergue, donde hicimos el amor como locos, como condenados. Luego me imploró que volviera después de haber cumplido mi misión en las Antillas. —Rafael lanza un profundo suspiro—. Le dije que no tenía fuerzas para hacerlo, que jamás podría regresar a la prisión de Versalles sabiendo que allí no nos íbamos a poder besar como acabábamos de hacerlo. En lugar de eso, le pedí que huyera conmigo, que empezáramos una nueva vida en las Américas. Se negó. El tono subió y llegamos a las manos.

La historia de esa última noche de amor al borde del abismo me parte el corazón.

—Suraj se echó atrás respecto a ese desquiciado plan de desertar —digo casi susurrando—, pero tú fuiste hasta el final. En cuanto llegamos a las Antillas, intentaste poner rumbo a las Américas, y lo habrías conseguido si Zach no se hubiera interpuesto. Puedo asegurarte que se culpa a sí mismo por haberte capturado en el momento justo en que estabas a punto de huir.

Rafael se encoge de hombros.

—Le he perdonado. Es agua pasada.

—¡Las vacilaciones de Suraj también son agua pasada! —le aseguro enfervorizada—. Cuando la gaviota de Hyacinthe llegó a Versalles pidiendo autorización para ejecutarte, no dudó ni un segundo: zarpó para salvarte. Hizo caso omiso de los consejos del Inmutable; no fue él quien lo envió a las Antillas. Vino por iniciativa propia, consciente de que, después de un acto de insubordinación como ese, jamás iba a poder volver a palacio. —Aprieto la mano de Rafael que tengo en la mía con más fuerza—. Al final te eligió a ti por encima de todo. Murió libre, luchando por la persona que más quería en el mundo: ¡por ti, Rafael! Nada pudo apagar la llama de vuestro amor, ¡ni siquiera la sombra del Rey de las Tinieblas!

El corazón me late con fuerza y los ojos me escuecen, pero Rafael no parece compartir mi exaltación.

—Ya no siento en mí la llama de la que me hablas —confiesa.

Enmudezco por un momento. Durante meses fui testigo de la intensidad de la pasión frustrada que había entre ellos. No puede haberse apagado de la noche a la mañana, es imposible.

—Entiendo que la inmensa pena que sientes te haya dejado como anestesiado —digo tratando de consolarlo.

—No lo entiendes. Ya no puedo sentir esa llama, porque se ha encendido otra, que no es tierna ni cálida como la que me inspiró Suraj, sino dolorosa y ardiente. Un fuego devorador que me consume el corazón desde que estoy lejos de «él».

Suelto su mano como si me hubiera quemado con el fuego que evoca con voz áspera.

—¿Él? —repito—. Quieres decir que…

—Sí: Hyacinthe de Rocailles.

El nombre del corsario resuena lúgubremente en el silencio del camarote.

—¿Sobrevivió? —susurro por fin.

—Sterling me dijo que su barco, la *Novia Fúnebre*, también había logrado salvarse de la destrucción. Hyacinthe navega rumbo al oeste. Varias personas pueden atestiguar que se ha apoderado del Corazón de la Tierra, empezando por Poppy. Jamás tendrá la osadía de regresar a Francia, donde lo ejecutarían por alta traición. —La voz de Rafael se vuelve soñadora—: Me pregunto hacia qué parte de las Américas se dirige ahora su velero.

—¡Un velero en cuya proa ese monstruo quería crucificarte, Rafael! —le recuerdo temblando de indignación.

Pero nada puede apagar el brillo que ilumina los ojos del caballero español cuando se menciona el nombre de ese diablo rubio que quería asesinarlo para decorar su embarcación. El combustible que alimenta la llama de sus ojos jamás se apagará. Tal es el terrorífico poder de la poción amorosa de la señora M, más embriagadora que cualquier tintura de opio.

La propia alquimista nos reveló que era incapaz de deshacer el hechizo una vez lanzado.

—Lo amo —dice Rafael haciendo una mueca.

Me doy cuenta de que esa confesión lo transporta y lo desgarra al mismo tiempo.

—Lo amo a mi pesar, porque sé que no debería hacerlo. Aunque me odie por sentir lo que siento… Pero el senti-

467

miento es más fuerte que yo, más fuerte que cualquier otra cosa. —Se le quiebra la voz—. Más fuerte que el amor que una vez compartí con Suraj.

Siento que se me encoge el estómago. Al beber la poción, Rafael no solo se ha convertido en un adorador de su peor enemigo, sino que además ha perdido una historia que formaba parte de él, a menudo caótica y febril, pero también dulce, como lo son los primeros amores. ¿Qué queda de las páginas clandestinas que escribió con el orgulloso escudero indio?

—Lo que sentías por Suraj pervive en algún lugar, estoy segura —insisto—. Porque era un afecto puro y verdadero, a diferencia de ese hechizo al que llaman amoroso, pero que solo es un oscuro encantamiento.

—Todo amor es un encantamiento y los corazones no conocen la diferencia —replica con la mirada perdida en el vacío—. El mío arde por volver a ver a Hyacinthe. Iría hasta el fin del mundo para dar con él.

Recuerdo a Alexandre de Mortange, que cruzó un océano como si él también fuera víctima de un hechizo. ¿Dónde estará ahora? ¿Se habrá hundido en el fondo del Atlántico? ¿Estará navegando hacia las Américas a bordo de la *Novia Fúnebre*? ¿O estará ya de camino a Versalles para intentar reconquistarme allí? A pesar de todos los obstáculos que ha interpuesto en mi camino a lo largo de estos meses, no puedo por menos que sentir cierta simpatía por él. Ya no soy capaz de guardarle rencor. Mis ansias de vengarme se han aplacado. En caso de que haya sobrevivido, espero que encuentre por fin la paz. Rafael tiene razón: nuestros corazones, estén vivos o muertos, son unas máquinas poderosas que giran de forma descontrolada y acaban volviéndonos locos.

—Hyacinthe te matará —profetizo con un hilo de voz, consciente de que mis argumentos no van a servir de nada.

—Puede que lo haga. A menos que yo lo mate primero, que lo mate por amor.

Me asusto al ver que el fuego mágico que arde en los hermosos ojos de Rafael y que me había entristecido en un principio se intensifica sobremanera. Paradójicamente, también me da la esperanza de que sobrevivirá a su búsqueda. La pasión es un arma, la más peligrosa de todas, sobre todo cuando alcanza tal grado de incandescencia.

—Quiero su cara —gruñe el apacible Rafael, transformado de repente en un infierno abrasador que nada puede saciar—. Quiero su pelo, para embriagarme con su aroma. Quiero sus ojos, el azul y el ardiente, para perderme en ellos para siempre. Quiero todo su cuerpo, y también su alma, en caso de que la tenga. Si no me lo da todo, se lo arrancaré.

Sé que, en cuanto toquemos tierra, no habrá quien impida a Rafael salir en busca del corsario. Y en caso de que llegue a encontrarlo, ¿quién saldrá vencedor? ¿El vampyro milenario o el ser de fuego que él mismo creó al obligarlo a mirarlo a la cara? Para Hyacinthe, solo era un juego cruel, pero al hacerlo puede haber creado a su némesis...

Vuelvo a poner la mano en el brazo del escudero, que se estremece como un adivino que despierta de una visión; se vuelve hacia mí. Los iris han recuperado su color verde. El momento del resplandor ha pasado, hasta que salte la próxima chispa.

469

—Vamos —digo—. Tienes que comer algo. Has de recuperar las fuerzas. Dondequiera que te lleven tus pies, las necesitarás.

Rafael me sonríe, tenuemente al principio, luego de forma más franca.

—Sí, tienes razón. Tengo hambre.

Abandonamos el camarote, subimos unos escalones y salimos a cubierta. La suave brisa tropical nos acaricia la cara y el apetitoso aroma de pescado a la parrilla estimula nuestras fosas nasales. Mientras hablaba con Rafael, Zacharie se ha puesto a cocinar bajo las estrellas. Está dorando la pesca del día en un brasero, cuyo alegre crepitar se mezcla con el rumor de las olas. Poppy trajina poniendo una larga mesa en cubierta con la ayuda de varios miembros de la tripulación, que nunca volverán a ser esclavos. Se yerguen, dignos y fuertes, frente al alisio. Sus ojos orgullosos se vuelven hacia el horizonte del futuro. Sus labios tararean canciones que son al mismo tiempo alegres y nostálgicas. A pesar de que no entiendo la letra, intuyo que hablan de dolor y esperanza, de lo que hemos perdido y de lo que hemos encontrado.

—¡Doradas sazonadas con chile al estilo de Luisiana! —anuncia con orgullo Zacharie mientras nos unimos a él.

—Sangre descolorada al estilo de Luisiana —replica Sterling con cara de abatimiento.

Levanta un frasco que han sacado de las bodegas del *Stormfly*.

—Ya te dije que la cocina inglesa dejaba mucho que desear —comento riéndome.

—Será mejor que te andes con cuidado, francesita desvergonzada, ¡porque puedo masticarte como el macarrón que eres!

Me abraza fingiendo que me muerde la garganta, pero, en lugar de eso, me besa en el hueco del cuello, tan fresco como la brisa de esa noche de verano.

Epílogo

—Su majestad está lista para recibirla, señorita de Gastefriche —anuncia un pomposo mayordomo a la entrada de la galería de los Espejos.

Las dos puertas de la sala inmensa y desierta se abren. En
medio de la galería se ve una silueta imponente, envuelta en
un largo manto de armiño espigado adornado con murciélagos
dorados.

Es el rey.

Solo, igual que estaba hace cuatro meses, casi el mismo día,
cuando me convocó para hablar conmigo en esta misma galería.
Me acerco a él, levantando el borde de mi suntuoso vestido de
damasco amarillo, con la cabeza inclinada en señal de deferencia. Mis zapatos resuenan en el reluciente parqué, recordándo-
me el romper de las olas y el batir de las velas. Los miles de
lágrimas de las arañas resplandecen silenciosamente a mi alrededor, como los hongos fosforescentes de la gruta de las sirenas.
El aura fría que emana el soberano se intensifica a medida que
me voy acercando a él. La comparación con la de Pálido Febo es
inevitable. Esta lleva el invierno hasta a finales de julio.

—Veo que viene con las manos vacías, señorita —estalla
la voz del Inmutable por encima de mi cuello, más atronadora
que todos los cañones del *Urano* juntos.

—Lo siento, señor —respondo—. El Corazón se hundió
con el barco del capitán pirata en el curso de la terrible tormenta de la que yo pude escapar a duras penas.

—Y en la que murieron dos de nuestros escuderos, el caballero de Montesueño y *lady* Castlecliff —añade el monarca con voz de hastío—. Ahórrenos los desafortunados detalles,
nuestros consejeros ya nos han contado las circunstancias de su

fracaso. En cuanto a Suraj de Jaipur, a quien creíamos totalmente entregado a nosotros, desapareció de Versalles de la noche a la mañana, sin dejar rastro. Solo Zacharie de Grand-Domaine es digno de la confianza que hemos depositado en él. Le confiamos una misión en Luisiana, pero eso es lo único que usted puede saber.

Me inclino un poco más, con los brazos colgando sobre la rica tela de mi vestido, como una marioneta suspendida en las manos de un titiritero. Fingiendo que lo ignoro todo, saboreo aún más lo que sé: en este preciso momento, Zacharie está liberando a su pueblo a espaldas del soberano. Él y Poppy están encendiendo un nuevo fuego de revuelta. En algún otro lugar del continente americano, Pierrot y los rebeldes que lo acompañan están haciendo todo lo posible para desarrollar la electricidad. Al final, esos focos de insurrección se encontrarán, llevados por el viento de la esperanza, para prender un fuego que engullirá todo el imperio del Rey de las Tinieblas.

—Su expedición nupcial a los trópicos terminó en una debacle —me regaña el Inmutable—. Veamos, señorita, ¿qué tiene que decir en su defensa?

—No tengo cómo defenderme, señor, pero, si me lo permite, he de decir que la debacle la padeció sobre todo Pálido Febo, ese ser ambicioso que se atrevió a reclamar el sol como suyo y que saqueó las riquezas que le pertenecían por derecho. Solo hay una estrella del día: usted. Él, el falso sol, fue engullido por las olas y se apagó.

Por un momento, el rey se olvida de sus reproches. Incluso me parece oír una risa seca que hace vibrar su cuerpo ancestral.

—No falta delicadeza en sus halagos —admite—. Levántese, señorita.

Me yergo y, por primera vez desde el pasado marzo, me encuentro con la mirada abismal del primer vampyro de la historia. Los dos agujeros negros que se abren en la máscara dorada son tan aterradores como siempre, pero en ellos veo algo más que unos abismos insondables. Esa nada es también una carencia: la pérdida de un amor muerto hace tiempo, traicionado en el altar de la ambición política. Los ojos vacíos del rey no son únicamente unos abismos que pretenden devorar el mundo: también son grietas en su alma.

—Estoy seguro de que se las arreglará para reconquistar el día incluso sin el Corazón —le aseguro, moviendo los párpados—. ¿Acaso no es usted el rey de las estrellas y la estrella de los reyes?

Envalentonada por su silencio, declamo en voz baja:

> La tropa de las estrellas huye
> cuando avanza la Gran Estrella;
> las tenues claridades de la noche,
> que triunfan en su ausencia,
> no se atreven a soportar su presencia.

Son palabras tomadas del libreto del *Ballet real de la noche*, que vi en la cabaña de la señora M. Vestigios lejanos de una época en que la frígida envoltura que tengo enfrente aún estaba viva, se embriagaba de pasión y hacía arder las tablas del suelo cuando bailaba. Tengo la impresión de que el manto de armiño que cubre el cuerpo del Inmutable se estremece imperceptiblemente.

¿Hasta el punto de despertar un pasado enterrado y olvidado? No.

Un simple comentario escapa de sus labios metálicos:

—Ah, eso está muy bien dicho, señorita. Es evidente que no da la talla cuando se trata de forjar grandes alianzas políticas, ahora lo entendemos. Pero sabe entretenernos mejor que la mayoría de los astutos cortesanos que parasitan en nuestra corte. En este instante están pataleando a las puertas de la galería como buitres, esperando que pronuncie su caída en desgracia. Vamos a dejarles boquiabiertos demostrándoles que, a pesar de sus contratiempos..., aún goza del favor real. A tres meses de nuestro jubileo, mientras el virreinato de Inglaterra aumenta sus provocaciones y las estirges de la Terra Abominanda se atreven a desafiar nuestra autoridad, necesitamos mostrar a la corte y al mundo que estamos bien rodeados. Pronto nombraré tres nuevos escuderos. El cuarto siglo de las Tinieblas, que está a punto de comenzar, será el de la reafirmación de nuestra supremacía.

Con un ademán majestuoso, me tiende su enorme mano de mármol con largas uñas negras. Poso mis diminutos dedos en su palma helada.

473

—Camine con nosotros, ratoncito gris —me ordena—. La corte debe verla, ¡la corte debe celebrarla!

Las puertas se abren de par en par ante nosotros.

La multitud de cortesanos se esparce por la galería de los Espejos, duques y marqueses que tiemblan de envidia. Los inmortales más poderosos del reino, atiborrados con la sangre de miles de plebeyos, no tienen más remedio que inclinarse ante una joven mortal de dieciocho años, porque camina del brazo del rey. Sus miradas nocturnas, con las pupilas infinitamente dilatadas, se vuelven hacia mí. Respondo con la más luminosa de las sonrisas.

¡Cuidado, Versalles, he vuelto!

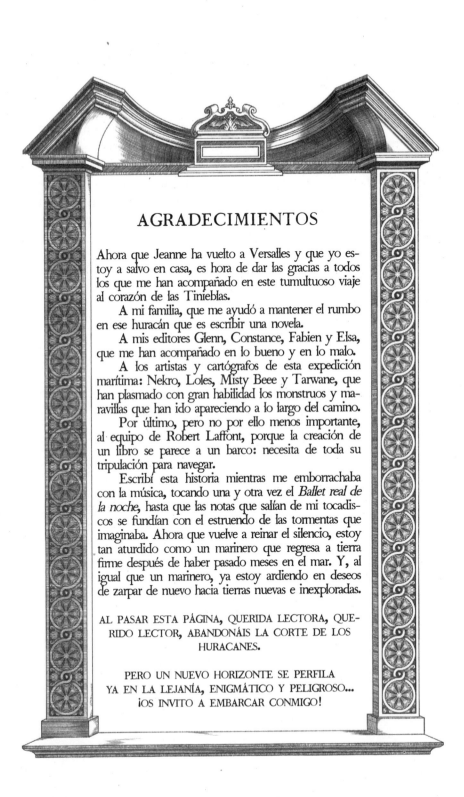

AGRADECIMIENTOS

Ahora que Jeanne ha vuelto a Versalles y que yo estoy a salvo en casa, es hora de dar las gracias a todos los que me han acompañado en este tumultuoso viaje al corazón de las Tinieblas.

A mi familia, que me ayudó a mantener el rumbo en ese huracán que es escribir una novela.

A mis editores Glenn, Constance, Fabien y Elsa, que me han acompañado en lo bueno y en lo malo.

A los artistas y cartógrafos de esta expedición marítima: Nekro, Loles, Misty Beee y Tarwane, que han plasmado con gran habilidad los monstruos y maravillas que han ido apareciendo a lo largo del camino.

Por último, pero no por ello menos importante, al equipo de Robert Laffont, porque la creación de un libro se parece a un barco: necesita de toda su tripulación para navegar.

Escribí esta historia mientras me emborrachaba con la música, tocando una y otra vez el *Ballet real de la noche*, hasta que las notas que salían de mi tocadiscos se fundían con el estruendo de las tormentas que imaginaba. Ahora que vuelve a reinar el silencio, estoy tan aturdido como un marinero que regresa a tierra firme después de haber pasado meses en el mar. Y, al igual que un marinero, ya estoy ardiendo en deseos de zarpar de nuevo hacia tierras nuevas e inexploradas.

AL PASAR ESTA PÁGINA, QUERIDA LECTORA, QUERIDO LECTOR, ABANDONÁIS LA CORTE DE LOS HURACANES.

PERO UN NUEVO HORIZONTE SE PERFILA
YA EN LA LEJANÍA, ENIGMÁTICO Y PELIGROSO...
¡OS INVITO A EMBARCAR CONMIGO!

Otros libros de la serie
VAMPYRIA

PRIMERA ENTREGA DE VAMPYRIA, LA SERIE DE FANTASÍA
JUVENIL DE LA QUE TODO EL MUNDO HABLA.

LOS VAMPYROS COMO NUNCA LOS HAS CONOCIDO.

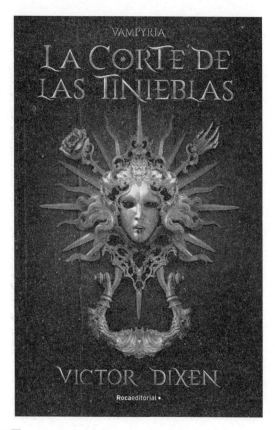

En el año 1715, el Rey Sol se transmutó en vampyro y de esta forma se convirtió en el Rey de las Tinieblas. Desde entonces, su dominio despiadado y absoluto se extiende por el reino de la Magna Vampyria: una gran federación que comprende Francia y sus reinos vasallos, congelados para siempre en el tiempo. El pueblo llano sufre bajo el yugo de hierro de un tirano que los hace vivir en el miedo y se apodera de su sangre para alimentar a la aristocracia vampýrica.

Tres siglos más tarde, Jeanne, una joven plebeya, asiste impotente a la masacre de toda su familia. Buscando la manera de vengarse, asume una identidad falsa con el fin de ser admitida en la prestigiosa Escuela de la Gran Caballeriza, donde los jóvenes aristócratas se preparan para vivir como cortesanos en Versalles. ¿Cuánto tiempo sobrevivirá entre las intrigas de los inmortales, las traiciones de sus compañeros y las abominaciones que se arrastran bajo el oro de Versalles?

SEGUNDA ENTREGA DE VAMPYRIA.

PARÍS, LA CIUDAD DE LA LUZ, AHORA SE HA CONVERTIDO
EN LA CIUDAD DE LAS SOMBRAS.

A los ojos de Versalles, Diane de Gastefriche es la favorita de Luis XIV, el vampyro supremo que durante trescientos años ha impuesto su yugo sangriento sobre Francia y Europa. En realidad, su nombre es Jeanne Froidelac: pertenece a la Fronda, una organización secreta que trabaja para desmantelar el imperio del Rey de las Tinieblas.

En las profundidades de París aparece un misterioso vampyro renegado que reina sobre una corte subterránea poblada por demonios y abominaciones. Luis XIV intenta capturar a este escurridizo rival y apropiarse de su ejército; esto lo haría más poderoso que nunca. ¿Conseguirá Jeanne eliminar a la Dama de los Milagros antes de que el Rey de las Tinieblas la capture?

Una profunda inmersión en una historia única y alternativa del Gran Siglo, ensombrecido para siempre. Una fantasía épica y barroca situada en el límite del tiempo.

Este libro utiliza el tipo Aldus, que toma su nombre
del vanguardista impresor del Renacimiento
italiano, Aldus Manutius. Hermann Zapf
diseñó el tipo Aldus para la imprenta
Stempel en 1954, como una réplica
más ligera y elegante del
popular tipo
Palatino

La corte de los huracanes.
Vampyria 3
se acabó de imprimir
un día de otoño de 2023,
en los talleres gráficos de Liberdúplex, s. l. u.
Crta. BV-2249, km 7,4. Pol. Ind. Torrentfondo
Sant Llorenç d'Hortons (Barcelona)